의
천
도
룡
기

7

의천도룡기 7 – 의천검 도룡도를 잃고

1판 1쇄 발행 2007. 10. 8.
1판 18쇄 발행 2022. 5. 10.
2판 1쇄 인쇄 2023. 10. 16.
2판 1쇄 발행 2023. 10. 30.

지은이 김용
옮긴이 임홍빈
발행인 고세규
편집 임지숙 디자인 정윤수 마케팅 박인지 홍보 반재서
발행처 김영사
등록 1979년 5월 17일 (제406-2003-036호)
주소 경기도 파주시 문발로 197(문발동) 우편번호 10881
전화 마케팅부 031)955-3100, 편집부 031)955-3200 │ 팩스 031)955-3111

값은 뒤표지에 있습니다.
ISBN 978-89-349-2077-9 04820
       978-89-349-2079-3 (세트)

홈페이지 www.gimmyoung.com   블로그 blog.naver.com/gybook
인스타그램 instagram.com/gimmyoung   이메일 bestbook@gimmyoung.com

좋은 독자가 좋은 책을 만듭니다.
김영사는 독자 여러분의 의견에 항상 귀 기울이고 있습니다.

倚天屠龍記

김용 대하역사무협

임홍빈 옮김

의천도룡기

의천검 도룡도를 잃고

7

중국 문학의 원류 〈사조삼부곡〉의 완결판
오천 년 동양의 지혜와 문화를 꿰뚫는 역작

김영사

주공은 유언비어가 나돌까 두려워하고

周公恐懼流言日

왕망은 겸손히 아래 선비들을 공경하는데

王莽謙恭下士時

만약 그날에 한 몸이 죽어버렸던들

若使當時便身死

천고에 충신과 간신을 누가 분별하랴

千古忠佞有誰知

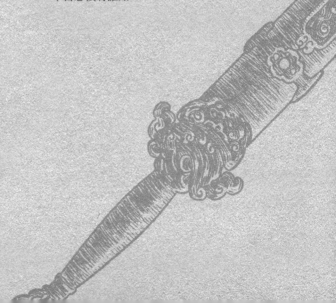

7권

倚天屠龍記

의천검 도룡도를 잃고

十誥靈文

帶過招愆　怪得誰個　吾今指惺　急早看破
認祖歸根　斬絕枝柯　幸遇三期　령爾墮落
五老大慈　拯濟洪波　須下勅文　三曹會合
明根老祖　代眾解脫　捨身救苦　牢獄枷鎖
陰陽解釋　普赦罪過　願爾同心　性定神和
掃心飛相　無人無我　一團和氣　守定彌陀
共湊圓滿　纔有結果　三乘九品　依功定錄

天元傳旨令　勅令三歲郎　天人交接法
替母挽賢艮　離釣坎中客　乾取坤宮娘
陰陽堤上岸　好設考佛場　有考有升降
無魔道不光　識得魔之好　魔過有餘香
考選五四盤　引保他名揚　証執要考正
萬靈一齊彰　設考爲那樣　九六昧心腸
輪迴千萬變　結下冤孽賬　千妖下了世

▲《십고영문十誥靈文》

명교는 청나라 때 이르러 민간에서는 이미 불교, 도교와 합류되었다. 그러나 경문 중에는 아직도 '명근노조가 중생을 대신하여 해탈하였다明根老祖 代衆解脫'마도가 없으면 빛이 나지 않으며, 마를 알수록 좋으니 마에는 향기의 여운이 남아 있다無魔道不光 識得魔之好 魔過有餘香'와 같은 어록이 존재한다. 류춘렌柳存仁 선생에게 가르침을 받고 아울러 경본經本을 빌려주셔서 인쇄판을 만들 수 있었다.

◀ 오진 〈쌍송도雙松圖〉

오진吳鎭(1280~1354)은 절강성 가흥현 출신으로 박학다식하고 세속의 영예와 이익을 업신여긴 화가다. 시골에 거처하며 아이들을 가르치고 점괘를 즐거움으로 삼으며 살았다. 그림 그리는 필묵에 호매한 기백이 흐르면서도 창백할 정도로 옅은 담묵淡墨을 썼다. 이 그림은 원근법이 분명하여 가까운 사물은 크게, 멀리 있는 사물은 작게 묘사한 것이, 서양의 투시화透視畵 이론에 부합한다. 중국 고대 화가들은 이런 기법을 '평원법平遠法'이라고 일컬었다. 원화는 타이베이 고궁박물원에 소장되어 있다.

▲ 왕면 〈남지춘조도南枝春早圖〉 부분

왕면王冕(1335~1407)은 절강성 제기현 출신으로, 이 책의 주인공 장무기와 같은 시대 사람이다. 주원장의 부장部將 호대해胡大海가 소흥 지역을 공략했을 때 작전방식을 제공했다.《유림외사儒林外史》내용 가운데 주원장이 왕면을 찾아가는 이야기가 묘사되기도 했다. 이 그림은 정유년丁酉年(1357)에 그린 것인데, 그때는 장무기가 명교 교주에 처음 추대되었을 시기였다.

▲ 원나라 순종順宗의 황후 다기塔濟 초상

눈썹을 일자로 그리고 머리에 높다란 관을 썼다. 원나라 역대 황후의 초상화는 하나같이 이렇
게 그려졌다.

▲ 〈책은 그 사람의 인품을 나타낸다書如其人〉

악비가 베긴 〈제갈량의 후출사표後出師表〉 앞머리에 주원장이 제자로 덧쓴 글. 〈전출사표前出師
表〉 앞머리에도 〈순수한 올바름은 굽혀지지 않는다純正不曲〉라는 제자를 덧붙였다. 제자 위에
'홍무어서洪武御書'의 보인寶印을 찍었다.

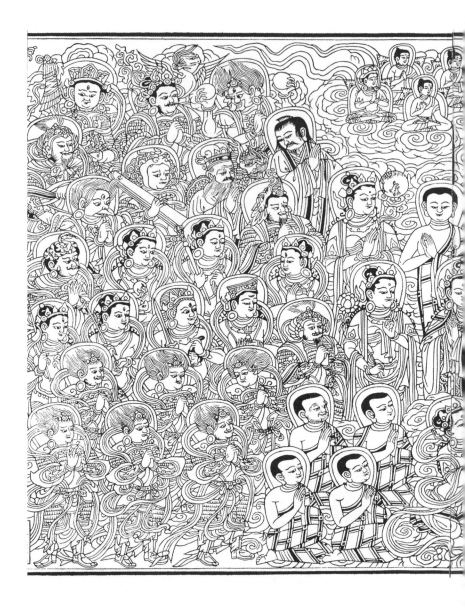

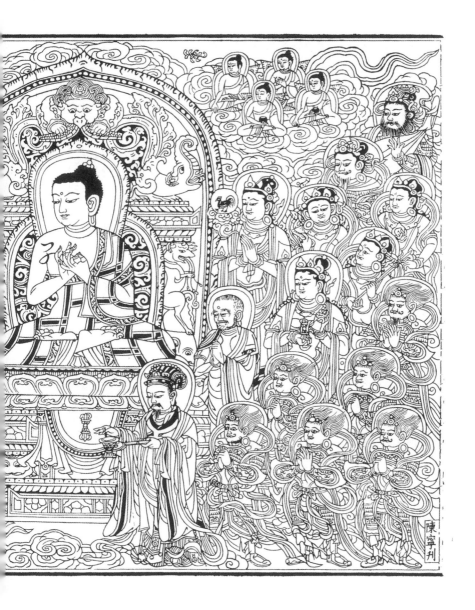

▲ 원나라 때 간행된 불경 속표지 그림

쑤저우 적사장磧砂藏 불경 속표지 그림인데, 화가 진승陳昇이 원나라 때 사람이다. 이 그림은 원대 판화의 일품에 속한다.

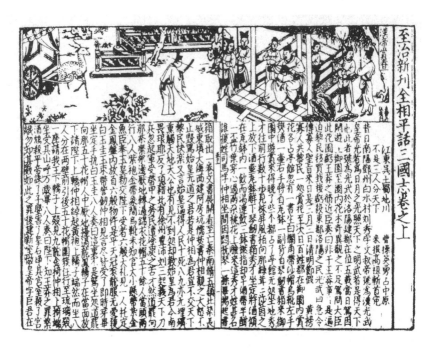

江東吳土蜀地川　曹操奸雄占中原
南北三分天下　來擒兩漢斬首陽

昔日南陽鄧州白水村劉秀字文叔東都洛陽武帝是也其武帝號光武遊此花園内賞玩之情千花奇觀之美酒一飲而醉連歡三四遍醉後東都洛陽之民傳姓曹字孟德一行三人坐間因此

十八年後南陽鄧州白水村劉秀即義破其王莽帝印即位十餘年帝天子印即位十餘年帝後漢天子劉秀即位五載當困駕困此花園内賞玩之情

左圖(右)：

五百将這等人使似自家兄弟兒子一般看
待因此上這等軍士但遇著廝殺便在官人
前面殺得贏了人都道官人好廝殺誰知道
是他撫恤人好自家縱然會廝殺對得幾箇
還是齊心伴當多呵贏得人如今封公封侯
做都督府官前輩皆因撫恤得伴當
好功勞都做他的大官人位子他坐令後進
的承襲得的及一了不曾有軍管的做了管
軍指揮千百户衛所鎮撫有那一等愚蠢看
魯他那一箇害軍的心並無一點人心如那

右圖(右)：

制論管軍官每知道前輩老官人每到處裏將廝殺
但尋見一兩箇好漢留在根前十分用心撫
恤著似那般積漸聚得多少或一百二百三

月

論武臣恤軍勑

洪武二十一年六

守禦之道忿意非為以致亡了富貴人家今
後守禦軍官每能以此為戒依著我的言語
呵做都督封公封侯有甚麼難處不但保得
名爵身家後来子子孫孫也必然昌盛好名
兒在世間如何磨滅得故勑

▲ 명나라 태조 〈논무신휼군칙서論武臣恤軍勑書〉

명 태조 주원장은 무관들의 공로를 치하하고 장병들을 위로하며 사상자를 구휼하라는 내용의 칙서를 반포했다. 황제의 성지聖旨가 고상하고도 위엄 있는 궁정 문투를 버리고 일반 백성들이 평소 쓰는 백화문으로 작성되었다는 점이 이채롭다. 명 세종 가정嘉靖(1522~1566) 연간에 간행된 《황명조령皇命詔令》에 수록된 것이다.

◀ 원나라 때 간행된 《지치신간전상평화삼국지至治新刊全相平話三國志》

원나라 영종의 지치至治(1321~1323) 연호는 도합 3년으로, 그 무렵은 장취산이 탄생한 지 오래지 않았을 때다. 장무기와 조민, 주원장을 비롯한 사람들이 모두 이 책을 읽어보았을 가능성이 많다. 이 책은 중국에서 가장 오래된 백화문의 장편 장회소설章回小說 가운데 하나인데, 일본 국회도서관에 일부가 보존된 것을, 청징쟈承景嘉 선생이 영인본으로 만들어온 덕분에 볼 수 있었다.

于
道
衰
聲
聞
于
天
致
使
愚
民
誤
中
妖

不
鮮
偈
言
之
妄
誕
酷
信
彌
勒
之
真
有
冀
其

治
世
以
甦
其
苦
聚
根
為
燒
香
之
黨
根
撅
汝
潁

蔓
延
河
洛
妖
言
既
行
兇
謀
遂
逞
焚
蕩
城
郭

殺
戮
士
女
茶
毒
生
靈
無
端
萬
狀
元
以
天
下

兵
馬
錢
糧
無
功
効
愈
甚

熟
慮
或
倹
元
氏
為
名
或
托
鄉
軍
之
號
或
以

孤
兵
獨
立
皆
欲
自
為
由
是
天
下
土
崩
瓦
解

而
終
不
能
濟
世
安
民
是
以
有
志
之
士
旁
觀

予
本
濠
梁
之
民
初
列
行
伍
漸
至
提
兵
灼
見

皇
帝
詔
曰
朕
本
農
夫
託
身
緇
流
因
有
元
失
馭
海
宇
八

分
遇
時
多
艱
入
於
軍
伍
覩
羣
雄
之
無
律
逐
率

眾
以
渡
江
撫
太
平
定
建
業
選
將
練
兵
東
征
西

討
幾
二
十
年
矣

上
穹
眷
祐

祖
宗
積
德
山
川
百
神
之
助
大
將
軍
等
運
謀
竭
忠
六
師

用
命
遂
致
強
殂
弱
服
疆
宇
真
安
諸
蕃
入
貢
華

夷
一
統
朕
自
愧
德
薄
上
無
以
報

天
心
下
無
以
答
神
貺
恐
貽

祖
宗
之
累
且
何
以
答
諸
將
委
身
暴
露
之
艱
苦
今

▲ 명나라 태조 〈의상정토장사조議賞征討將士詔〉(좌)

'정벌군 장병들에 대한 포상을 의논하여 결정하라'는 황제의 조칙詔勅이 반포된 것은 명나라 건국 후인 홍무洪武 3년(1370) 11월 12일이다. 이 문서에서 태조 주원장은 스스로 "짐은 본디 농부 출신으로 한동안 불가에 몸을 의탁하여 승려 노릇을 해왔다"고 밝히고, "전략전술을 잘 운용하고 충성을 다한 대장군 이하 모든 신하들과 군명에 절대 복종한 전체 부대"에게 명나라 건국의 공로를 돌렸다. 여기서 대장군이란 서달徐達을 가리킨다.

▲ 주원장의 장사성張士誠 토벌 명령서(우)

주원장이 오왕吳王으로 있던 용봉龍鳳 12년(1366) 11월에 반포되었다. 용봉은 당시 명교 의병 세력의 상징적 황제로 추대된 한림아韓林兒의 연호다. 이 무렵 주원장은 이미 농민 출신 의병세 력에 대해 공개적으로 지탄하는 내용의 명령을 하달했다. 그로부터 1개월 뒤 용봉황제 한림아 가 장강 도하 도중 익사하면서 용봉이란 연호는 다음 달에 폐지되고, 이듬해 정월 주원장이 오 왕 고유의 연호를 쓰기 시작했다. 장사성 역시 반원反元 의병활동을 전개하면서 주원장과는 경 쟁적인 적대세력이었다.

▲ 명나라 태조 주원장의 칙서勅書(좌)

군자의 도리와 소인배의 도리를 토론하는 내용이다.

▲ 대장군 서달의 행서行書(우)

아래쪽에 '명明 개국공開國公'이란 도장이 찍혔다. 서달의 후예가 쓴 글이 아닌지 의심된다. 원본은 현재 하와이 거주 미국인 개인 저택에 소장되었다.

"만약 말이에요, 제가 당신한테 무슨 잘못을 저지른다면 날 때리고 욕하고 죽이겠죠?"

주지약이 몸을 옆으로 뒤틀어 장무기의 얼굴을 빤히 올려다보면서 물었다. 그는 더 참지 못하고 한쪽 볼에 가볍게나마 입맞춤을 했다.

"그대처럼 온순하고 부드러운 여인, 단정하고도 현숙한 아내가 남편에게 무슨 잘못을 저지를 리 있겠소?"

주지약이 장무기의 뒷덜미를 감싸 안고 어루만지며 가벼운 한숨을 토해냈다.

"아무리 성인군자라 해도 잘못할 때가 있는 법이죠. 하물며 어려서부터 부모님의 훈계 말씀 한마디 듣지 못하고 자란 저야 오죽하겠어요?"

의천검 도룡도를 잃고 사랑하는 이마저 죽었는데

아리는 페르시아인이 준 외상 치료 고약을 바르고 나서도 열이 여전히 내리지 않은 채 헛소리를 그칠 줄 몰랐다. 지난 며칠 동안 바다에서 떠도느라 감기 몸살까지 겹쳤던 것이다. 페르시아인의 약은 도검刀劍에 다친 상처를 치료하는 데 특효가 있었을 뿐, 체내의 풍한風寒을 물리치는 데는 효과가 없었다. 장무기는 그녀를 보기만 해도 안타까움에 겨워 애가 탈 지경이었다.

사흘째 되던 날, 이들 일행은 동쪽 수평선 아득히 보이는 자그마한 섬을 하나 발견했다. 장무기는 선장더러 그쪽으로 배를 몰아가도록 분부했다. 섬은 둘레가 몇 리 남짓밖에 안 되지만 키 작은 관목과 꽃나무들이 많았다. 오래도록 바다 물결에 시달려온 일행은 흙을 밟자 정신까지 번쩍 들었다.

장무기는 주지약더러 아리와 조민 두 병자를 돌봐달라고 부탁한 다음 풀밭을 샅샅이 뒤지며 약초를 찾아다녔다. 그러나 이 섬에서 자라는 화초나 풀은 중원 땅의 것과 전혀 종류가 달라 대부분 이름조차 모르는 것들이었다. 어스름하게 땅거미가 질 무렵까지 헤매던 끝에 장무기는 약효가 있을 법한 풀 한 가지를 겨우 찾아서 돌아왔다. 그는 약초를 바윗돌에 찧어 아리에게 먹였다.

아리 곁에 누운 조민 역시 줄곧 혼수상태에 빠져든 채 깨어나지 않아 은근히 걱정이 되었다. 맥박을 짚어보니 안정된 상태로 고르게 뛰는 것을 보아 큰 이상은 없는 듯싶었다. 아무래도 바다 여행길에 시달리느라 몹시 지쳐 깊은 잠에 빠져든 게 분명했다.

한참이 지나서 마침내 조민이 깨어났다. 그녀는 자신이 잠든 사이 장무기가 눈 한 번 돌리지 않고 지켜봤다는 사실을 깨닫자 살포시 미소를 지었다.

"뭘 그렇게 뚫어져라 보고 있어요? 생판 낯모르는 사람처럼……."

장무기도 덩달아 웃음을 지었다.

"곤하게 쿨쿨 잠든 것이 정말 배불뚝이 돼지처럼 잘도 자더군. 혹시 상처가 도지지나 않았을까 얼마나 걱정했는지 모르오. 기분은 좀 어떻소?"

"별로 언짢은 느낌은 들지 않아요. 잠이 덜 깼는지 머리가 좀 무겁기만 하네요."

"상처를 입고 나서 몸이 덜 회복되어 그런 모양이오. 섬을 아무리 뒤져보아도 약초 같은 것을 도무지 찾아낼 수 없구려. 하루나 이틀쯤 더 푹 자고 나면 좋아질 거요. 시장하지는 않소? 식욕이라도 있어야 뭘 좀 먹고 기운을 차릴 텐데."

"됐어요. 제가 주 언니를 거들어 밥을 짓죠."

그러자 주지약이 손사래를 쳤다.

"몸도 덜 좋은데 잠이나 더 자둬요. 밥이 다 되거든 깨울 테니까. 배에서 가져온 요리가 제법 괜찮더군요. 통닭구이도 있고 반찬도 푸짐해서 우리 오늘 밤 한턱 단단히 먹을 수 있겠어요. 맛있는 국물까지 한 대접 마시게 해드리죠."

혼수상태에 빠진 아리를 제외하고 나머지 일행 다섯은 화톳불을 지펴놓고 둘러앉아 저녁을 먹었다. 사방에는 이름 모를 꽃향기가 밤바람에 실려 그윽하게 흩날리고, 싱그러운 풀의 풋내까지 진동하는 것이 사뭇 유별나게 색다른 정경을 자아냈다. 비좁은 선실 안에서 답답하게 밤낮없이 갇히다시피 보내온 나날에 비하면 그야말로 천국이 따로 없었다. 그래서인지 아리 역시 다소 정신을 차렸다.

"송아지 오라버니, 우리 오늘 밤은 여기서 자요. 배로 돌아가기 싫어."

다른 사람들도 구태여 반대할 까닭이 없었다. 섬은 비록 작았으나 밤공기는 따사로웠고, 샘물도 맑은 데다 사나운 맹수 같은 것도 보이지 않았다. 일행은 모두 마음 푹 놓고 편안히 잠들었다.

이튿날 아침 일찌감치 잠을 깬 장무기는 일어서서 한 걸음 내디디려는데 다리가 휘청거려 넘어질 뻔했다. 어찌 된 노릇인지 두 다리에 힘이 하나도 없고 나른하게 맥이 풀린 것이 마치 허방을 내딛는 허탈한 느낌이 들었다. 이런 일은 이제껏 한 번도 겪어보지 못했다. 이상하다 싶어 무심결에 눈을 비비고 바닷가를 내려다보니 이건 또 웬일인가? 엊저녁 잠자리에 들 때까지 분명 해변에 정박해 있던 페르시아인의 배가 보이지 않았다. 깜짝 놀라 비틀거리는 걸음걸이로 바닷가로 뛰어나가 사방을 두리번거렸으나, 어제 타고 온 그 배는 그림자조차 보이지 않았다.

오른쪽으로 몇 걸음 가다 보니 웬 여자 하나가 해변 모래밭에 엎어져 있었다. 대뜸 달려가 뒤집어놓고 보니 얼굴이 온통 피투성이가 되어버린 아리였다. 황급히 껴안고 콧김부터 더듬어보았다. 들숨 날숨이 붙어 있는지 끊겼는지 알 수 없을 만큼 미약했다. 대경실색한 장무기가 소리쳐 불렀다.

"거미, 거미! 이게 어떻게 된 일이야?"

아리는 두 눈 질끈 감은 채 대꾸가 없었다. 다시 자세히 살펴보았더니, 양 뺨이 예리한 칼날에 10여 군데나 찢겨 있는 게 아닌가! 생선을 저며내듯 이리저리 잘게 찢겨나간 피투성이 얼굴이 보기만 해도 무섭게 일그러져 있었다. 금화파파의 암기에 얻어맞아 상처를 입고 나서부터 출혈이 너무 심해 체내에 쌓였던 천주만독수의 독기가 핏물을 따라 빠져나온 덕분에 흉측하게 부풀어 올랐던 얼굴의 부기가 거의 절반 이상 가라앉고, 지난 며칠 동안은 어릴 적 곱상하던 옛 얼굴 모습까지 어렴풋하게나마 알아볼 수 있을 정도로 회복된 참이었는데, 이제 두 뺨에 또다시 10여 군데나 칼자국 상처가 나고 보니 모처럼 옛 모습을 되찾은 얼굴이 도로 추악하게 바뀌어버렸다.

장무기는 아리의 배가 불룩해진 것을 보았다. 누군가 바닷물에 던져 넣어 짠물을 잔뜩 들이켠 게 분명했다. 그나마 다행인 것은 아침나절 썰물 때라 바닷물이 쓸려 나가고 얕은 모랫바닥이 드러났기에 망정이지, 그렇지 않았던들 지금쯤 꼼짝없이 익사했을 터였다. 장무기는 부들부들 떨리는 손길로 그녀의 몸뚱이를 뒤집어놓고 양 발목을 거꾸로 잡은 채 그 자리에서 훌쩍 몇 차례 몸을 허공으로 띄워 올렸다. 이윽고 아리의 입에서 바닷물이 흘러나왔다. 그것을 본 장무기는 옳다구나 싶어 도약 자세로 그녀의 입에서 바닷물이 더는 흘러나오지 않을 때까지 계속 뜀뛰기를 했다. 똑바로 누여놓고 맥박을 짚어보았더니 뛰다가는 말고 그쳤다가는 다시 뛰고, 박동이 불안정한 데다 미약하기 짝이 없었다.

장무기는 어떻게 더 손을 써볼 도리가 없어 한숨을 돌리려는데 갑자기 양부 사손과 주지약, 조민 일행이 마음에 걸렸다. 혹시 그들마저 해를 입은 것은 아닐까 하는 생각이 머릿속을 휩쓸고 지나가자, 그는 대뜸

31. 의천검 도룡도를 잃고 사랑하는 이마저 죽었는데

아리를 껴안은 채 왔던 길로 내뛰면서 목청껏 외쳐 부르기 시작했다.

"큰아버님! 아무 일 없으십니까?"

사손의 대답이 들리지 않았다. 황급히 잠자던 곳으로 달려가보니 그는 단정한 자세로 누워 쿨쿨 코까지 골아가며 단잠에 푹 빠져 있었다. 숨결도 맥박도 이상 없는 것을 보니 마음이 놓였다. 그런데 무심결에 잠자리 주변을 돌아보니 정작 신변에 있어야 할 도룡도와 의천보검이 보이지 않았다.

조민과 주지약, 아리, 이들 세 처녀는 어젯밤 멀찌감치 떨어진 바위 더미 뒤편에 잠자리를 잡았다. 허겁지겁 그리로 달려가보니 주지약은 몸을 모로 누운 채 잠들어 있었으나 조민은 보이지 않았다. 눈길이 우선 주지약에게 쏠렸다. 삼단같이 탐스러운 머리카락이 절반 남짓 잘려나가고 왼쪽 귓불마저 한 모서리가 베인 채 아직도 피가 흘러나오고 있었다. 그러나 무슨 좋은 꿈이라도 꾸는지 얼굴에 아련하게 미소를 띤 채 깊이 잠들어 있었다. 어슴푸레 밝아오는 아침 햇살에 비쳐 한없이 고운 얼굴 모습이 마치 봄꿈에 취해 고개 숙인 해당화를 연상시켰다. 하지만 지금은 처녀의 얼굴 모습이나 감상하고 있을 때가 아니었다. 장무기는 속으로 비명을 지르면서 연거푸 주지약을 소리쳐 깨우기 시작했다.

"주 소저, 일어나시오! 주 소저, 어서 깨어나요!"

장무기가 아무리 외쳐 불러도 주지약은 일어나지 않았다. 콧김을 더듬어보았더니 다행히도 호흡은 변함없었다. 손길로 어깨를 흔들어 붙였더니 하품만 길게 하고서 곧 돌아누워 도로 깊은 잠에 빠져들었다.

'이런, 미약迷藥에 당했구나! 간밤에 이렇듯 괴변이 숱하게 벌어졌는데 전혀 낌새를 못 챘다니 어떻게 이럴 수 있단 말인가? 내가 이처럼 전신이 나른하게 풀리고 기력이 모조리 빠져버린 것도 역시 중독을 당했기 때문이다. 도대체 누가 이렇게 감쪽같이 손을 썼을까?'

그제야 조민을 걱정하는 마음이 불쑥 솟아 사면팔방으로 뛰어다니며 찾아보았으나 종적이 없었다. 해변을 따라서 한바탕 뛰는 동안 시시각각으로 떠오르는 것은 바닷물에 빠진 그녀의 시체가 파도에 떠밀려 모래사장 위에 불쑥 올라오는 모습, 바닷물 속에 둥둥 떴다 가라앉았다 하는 모습, 그 끔찍한 상상만이 꼬리에 꼬리를 물고 이어졌다. 그러나 다행히도 그런 무서운 광경은 끝내 나타나지 않았다. 그 대신 걱정스러운 마음이 차차 서글픈 심정으로 바뀌어갔다.

'그렇다면 이 모든 게 결국 조 낭자가 저지른 일이란 말인가? 어젯밤 일행이 먹은 음식에 독을 타서 모조리 실신시켜 이 황량한 무인도에 내버려두고 자기 혼자 페르시아인의 배에 올라 선원들을 협박해서 훌쩍 떠나버린 것은 아닐까? 왜 그랬을까? 무엇 때문에 그런 짓을 저질렀을까? 나를 따돌려 이런 섬에 있게 하고 무림지존 도룡도와 의천보검을 송두리째 가져다 마음 놓고 명교 세력을 일망타진하기 위해서……?'

생각은 또 바뀌었다.

'그녀는 부상을 당하고 나서 몸 상태가 썩 좋지 않았다. 그런 몸으로 페르시아 선원들을 위협해 배를 끌고 떠나지는 못했을 것이다. 허어, 그것참……. 수중에 도룡도와 의천보검 같은 신병이기를 지니고 있으니 선원들도 놀랍고 두려운 나머지 그녀의 호령대로 따를 수밖에 없었는지도 모르잖은가? 조민, 조민! 세상 천하에 부귀영화가 뭐 그리 대수로운 것이라고 네게 쏟아부은 내 깊은 애정과 의리를 헌신짝 내던지듯 까맣게 잊어버린 채 어떻게 차마 그런 짓을 저지를 수 있단 말이냐? 아아,

오랑캐 여자란 역시 믿을 게 못 되는구나. 우리 족속이 아닌 만큼 그 심보도 다를 것은 당연한 노릇이다. 어머니가 임종 때에 뭐라고 당부하셨더냐? 아리따운 여자일수록 남을 더 잘 속인다고 하지 않았던가?'

세상에 태어나 외톨박이 고아가 된 이래 평생을 두고 남에게 버림받고 속임수에 빠져왔으나 오늘처럼 이렇게 크게 당해본 적은 없었다. 하염없이 망망대해를 바라보고 있으려니 수평선 너머 사라져간 아소의 모습이 새삼스레 떠올라 미칠 것만 같은 심정이었다. 마음 같아서는 당장 바닷물에 풍덩 뛰어들어 깊숙이 가라앉아 두 번 다시 떠오르고 싶지 않았다.

자포자기 심경에 빠진 장무기는 한동안 넋을 잃은 채 바다 쪽을 바라보다 문득 양부 사손에게 생각이 미쳤다. 두 눈이 멀어 앞을 보지 못하는 데다 목숨처럼 소중히 여기던 도룡도마저 잃어버렸으니 무엇으로 당신 몸을 지킬 것인가? 게다가 치명상을 입고 기지사경을 헤매고 있는 거미 아리, 그리고 중독 상태에 빠진 주지약 소저까지 이 고립무원의 외딴섬에 갇혀 있으니 장차 누가 이들을 보호해준단 말인가? 이들 세 사람의 목숨을 지켜주어야 할 사람은 장무기 자신 하나밖에 없었다. 그는 두 번 다시 바다 쪽을 돌아보지 않고 사손이 있는 곳으로 달음박질쳤다.

"큰아버님! 큰아버님!"

마구 소리쳐 부르면서 흔들어 깨우자, 사손은 잠이 덜 깬 기색으로 겨우 일어나 앉았다. 그러고는 흐리멍덩하게 물었다.

"웬일이냐?"

"큰일 났습니다! 우리 모두 간계에 빠졌습니다!"

"아니, 뭐라고?"

소스라쳐 묻는 사손에게 장무기는 페르시아인의 배가 없어진 일, 아리와 주지약이 한꺼번에 상처를 입은 사실을 간략하게 설명해주었다. 사연을 다 듣고 난 사손이 놀란 기색으로 다시 물었다.

"그럼 조 낭자는?"

"보이지 않습니다. 그녀 하나만……."

　장무기는 암울한 말투로 대답했다. 그러고 나서 숨을 한 모금 들이마신 다음 내식內息을 조금 일으켜보았다. 사지 팔다리가 물먹은 솜처럼 나른하게 풀리고 기력이 전혀 솟구치지 않았다. '이게 도대체 무슨 증세일까?' 다음 순간 저도 모르게 입에서 한마디가 튀어나왔다.

"큰아버님, 우리 모두 십향연근산에 중독된 모양입니다."

"뭐 십향연근산이라고?"

　사손 역시 그 독약에 대해 알고 있었다. 육대 문파 고수들이 조민 일당의 계략에 걸려 십향연근산의 독약으로 맥 한번 제대로 추스르지 못하고 고스란히 사로잡힌 사연을 장무기가 앞서 말해준 적이 있었기 때문이다. 사손이 충동적으로 벌떡 몸을 일으켰으나, 역시 두 다리가 휘청거리더니 도로 주저앉고 말았다. 발밑이 구름 위에 떠오른 것처럼 허탈한 것이 힘줄기라곤 전혀 쓸 수 없었던 것이다.

　잠시 후 정신을 가다듬은 사손이 또 물었다.

"그럼 도룡도와 의천보검은? 역시 죄다 가져갔겠구나!"

"예, 모두 안 보입니다."

　풀이 죽은 기색으로 대답하다 보니 슬그머니 부아가 치밀었다. 곧이어 실망과 낙담, 좌절감이 한꺼번에 밀려들었다. 양부 곁에 있으니 어린애나 다를 바 없어 장무기는 명교 교주의 존엄이나 체통 따위는

31. 의천검 도룡도를 잃고 사랑하는 이마저 죽었는데

다 던져버리고 그 자리에서 목 놓아 대성통곡하기 시작했다. 눈물로 얼룩진 두 눈망울에 선하게 떠오른 것은 이미 떠나버린 아소에 대한 그리움과 서글픔, 그리고 자기 애정을 배반하고 떠난 조민의 가증스러운 행위에 대한 원망과 서글픔이었다.

양부 앞에서 한바탕 울고 난 그는 아리의 상세가 걱정스러워 또다시 두 여인이 누워 있는 곳으로 달려갔다. 주지약을 한두 차례 흔들어보았으나 여전히 깊은 잠에 빠져 깨어날 줄 몰랐다. 장무기는 생각했다. '일행 가운데 내력이 가장 깊고 두터운 내가 제일 먼저 깨어나고 큰아버지가 그다음으로 일어났다. 주 소저의 내공 수준은 우리 두 사람에 비해 훨씬 뒤떨어지니 금방 깨어나기는 힘들 것이다.'

눈물이 채 마르기도 전에 생각은 또다시 조민을 향해 치달렸다.

'조 낭자는 지엄한 군주 신분과 명예, 지위를 헌신짝처럼 내던지고 초야필부草野匹夫에 지나지 않는 나를 따라 이 거칠고 험난한 강호 천지를 떠돌아다녔다. 그런 사람이 이렇듯 의리 없고 무정할 리는 없다. 혹시 페르시아 선원들 중 솜씨 좋은 자가 섞여들어 한밤중에 남몰래 상륙해서 독을 타 우리 일행을 혼미 상태에 빠뜨려놓고 조 낭자를 납치해간 것은 아닐까?'

그러나 품속을 더듬어보니 성화령 여섯 자루는 고스란히 들어 있었다. '만약 페르시아 명교의 고수가 우리 일행을 쓰러뜨렸다면 무엇보다 먼저 성화령부터 꺼내갔어야 옳았다. 그 소중한 보배를 내버려두고 저들이 잘 알지도 못하는 도룡도나 의천검 따위의 병기를 가져갈리 있겠는가? 또 저들이 우리 중토 명교를 적대시했다면 누구보다 먼저 호교법왕의 한 분이신 양부 금모사왕부터 죽여 없앴어야 옳을 일

이지, 조 낭자를 납치해서 어디다 쓰겠는가?'

웬일인지 자꾸만 조민을 변호해주고 싶은 마음에 이것저것 궁리하고 따져보았으나, 생각하는 것마다 허점만 드러날 뿐 좀처럼 자신을 납득시킬 만한 타당한 변명거리가 떠오르지 않았다.

다시 아리의 상처를 살펴보았다. 숨결은 더욱 미약해지고 배 속에 고인 바닷물도 더는 흘러나오지 않았다. 초조해진 장무기는 우선 급한 대로 가느다란 나뭇가지를 찾아 금침 모양으로 깎아 써보았으나 역시 효험이 없었다. 하는 수 없이 산기슭에 가서 지혈 효과가 있을 법한 약초를 좀 뜯어다 이빨로 잘게 씹어 아리의 얼굴에 붙여준 다음, 다시 주지약의 두피頭皮와 귓불 상처에도 붙여주었다.

누군가의 손길이 닿는 감촉에 놀랐는지, 주지약이 길게 하품을 하더니 두 눈을 번쩍 떴다. 그러고는 장무기가 손을 내밀어 자신의 머리 위를 더듬는 것을 보고 부끄러운 나머지 얼굴이 새빨개지면서 거세게 그 손길을 밀쳐냈다.

"당신…… 무슨 짓을 하는 거예요……?"

말끝을 미처 맺기 전에 귀뿌리가 불에 덴 듯 화끈거리자 저도 모르게 그리로 손을 가져다 댔다.

"아얏!"

놀란 외마디 소리와 함께 벌떡 튕겨 일어나면서 그녀가 외쳐 물었다.

"이게 어떻게 된 거예요? 아이고머니……!"

질문을 던지다 말고 일어나려던 몸뚱이가 비틀거리더니 똑바로 서지 못하고 두 무릎이 툭 꺾이면서 장무기의 품속에 안기듯 쓰러졌다.

31. 의천검 도룡도를 잃고 사랑하는 이마저 죽었는데

"주 소저, 두려워할 것 없어요."

장무기는 손을 내밀어 부축하면서 위안의 말을 건넸다.

무심코 제 곁에 누워 있는 아리의 끔찍한 얼굴 모습을 바라본 주지약이 깜짝 놀라 엉겁결에 두 손으로 자기 얼굴부터 더듬었다.

"나도…… 나도 저 꼴이 되었나요?"

"아니오. 얼굴은 괜찮소. 다른 데를 조금 다쳤을 뿐이오."

"페르시아 못된 뱃놈들 소행이군요. 그런데 내가…… 내가 어떻게 이 지경이 되도록 감쪽같이 모르고 있었을까?"

울적한 기색으로 혼잣말하듯 중얼거리는 그녀를 보고, 장무기는 그저 한숨이나 내리쉬며 대꾸할 수밖에 없었다.

"어쩌면 조 낭자가 저지른 짓인지도 모르겠소. 엊저녁 음식에 그녀가 독을 탔는지도 모르오."

주지약은 넋 잃은 표정으로 반 조각만 남은 귓불을 더듬더니 훌쩍훌쩍 울기 시작했다.

"주 소저, 당신은 상처가 그만하니 다행이오. 귓불만 조금 다쳤을 뿐이고 정수리의 살갗은 머리카락으로 덮으면 남의 눈에 띄지 않을 거요."

"머리카락이라뇨? 그럼 내 머리카락도 없어졌단 말이에요?"

"정수리 살갗이 조금 벗겨졌을 뿐이니 머리카락이 다시 자라날 때까지 양쪽 가장자리 머리털을 위로 올려 묶어 가리면 당분간 괜찮을 거요."

그러자 주지약이 매섭게 쏘아붙였다.

"나더러 머리털을 묶어 가리라니, 내가 왜 그렇게 해야 하죠? 난 이 모양 이 꼴로 당했는데, 당신은 지금 기를 쓰며 그 알량한 조 낭자만 감싸고도는군요!"

영문도 모른 채 갑작스레 면박을 당한 장무기가 사뭇 겸연쩍은 기색으로 대꾸했다.

"내가 언제 그녀를 감싸고돌았다는 거요? 이렇듯 모진 심보로 악랄하게 아리를 해쳐 저 꼴로 만들어놓았는데, 내가 그 계집을 용서할 줄 아시오?"

눈앞에 칼자국투성이가 된 아리의 얼굴을 마주하고 있으려니 장무기는 가슴 아픈 눈물만 하염없이 흘러내렸다. 신세가 이 지경에 이르고 보니 무엇을 어떻게 해야 좋을지 모른 채 마음의 갈피를 잡지 못했다. 그저 가부좌를 틀고 앉아 운공이나 하는 수밖에 없었다. 정신을 집중시키고 체내 구석구석을 점검해보니 중독 증세가 여간 심각한 게 아니었다. 애당초 이 십향연근산은 조민 일당의 독문 해독제가 없으면 풀리지 않는다. 하지만 해독약을 구하지 못하는 지금 그가 할 수 있는 일이라곤 내공으로 십향연근산의 극독과 맞부딪치는 수밖에 딴 길이 없었다. 그는 즉시 내식을 일으켜 사지 백해四肢百骸 구석구석에 퍼진 독소를 천천히 옮겨다 단전에 몰아넣었다. 그러고는 억지로 단전에서 한 덩어리로 응집시킨 다음, 한 방울 한 방울씩 땀에 섞어 체외로 밀어내기 시작했다. 한 시진 남짓 공력을 운기하고 나서 확실히 효과가 있음을 느낀 그는 비로소 마음이 한결 놓였다. 그러나 이 방법은 구양신공을 바탕으로 하는 것이라 사손이나 주지약에게 권할 수는 없었다. 우선 자신의 체내에 있는 독성부터 말끔히 몰아내고 나서 온전해진 몸으로 다시 사손과 주지약 두 사람이 독성을 몰아낼 수 있도록 도와주는 길밖에 없는 것이다.

말은 하기 쉽지만 실제로 그 과정은 복잡다단하기 이를 데 없었다. 장무기는 이레째가 되어서야 겨우 3할 정도의 독소를 몰아낼 수 있었다. 다행히도 이 십향연근산은 중독된 사람의 내력을 쓰지 못하게 하는 작용만 할 뿐 다른 해를 끼치지는 않았다.

주지약은 처음 며칠 동안 말도 붙이지 못할 정도로 앙탈을 부렸다. 하지만 점점 제풀에 성미가 누그러져 나중에는 곧잘 사손과 함께 바닷가로 나가서 고기를 낚거나 새를 잡으러 섬 안을 뛰어다니곤 했다. 아궁이에 불을 지펴 물 끓이고 밥 짓는 일도 자연스럽게 그녀 몫이 되었다. 해가 지면 그녀는 장무기, 사손과 멀찌감치 떨어져 섬 동쪽 산기슭 아래에 찾아놓은 동굴로 돌아가 홀로 밤을 보냈다. 될 수 있는 대로 장무기가 운공하는 데 방해가 되지 않으려고 일행과 멀찌감치 떨어진 곳에 거처를 잡은 것이다.

장무기는 하루하루 낮밤을 부끄러움 속에 보냈다. 일행 모두가 이렇듯 횡액을 당한 것은 순전히 자기가 조민을 끌어들였기 때문이라고 생각했다. 조민이 과연 누구였던가? 몽골 황실 여양왕의 군주요, 또 명교와는 불구대천지 원수인 원나라 관부官府의 우두머리가 아닌가? 중원 무림계의 원로 고수 가운데 얼마나 많은 사람이 그녀의 손에 꺾이고 해를 입었는지 어찌 모르겠는가? 그럼에도 자신은 그녀를 방비하기는커녕 맞닥뜨릴 때마다 번번이 속수무책으로 멍청히 당하기만 했으니 정말 어리석기 짝이 없었다. 사손과 주지약은 이런 자기를 원망하거나 탓하지 않았다. 그럴수록 장무기의 마음은 안쓰럽기 이를 데 없었다. 어쩌다 주지약과 눈길이 마주칠 때면 장무기 쪽에서 먼저 외면했다. 따가운 그녀의 눈빛에서 말없는 질책을 느꼈기 때문이다.

'장무기, 당신은 조민이란 계집의 미색에 단단히 홀렸어! 그 결과가 뭐지? 이토록 엄청난 화를 입은 게 도대체 누구 때문이야?'

아리의 병세는 날이 갈수록 무거워졌다. 남쪽 바다 외딴섬에 자라는 나무와 풀뿌리는 모두 호청우의 의서에 수록되지 않은 것이 대부분이었다. 이런 상황에서는 제아무리 고명한 의술을 지닌 장무기라 하더라도 어떻게 손써볼 여지가 없었다. 아리의 상처를 무엇으로 어떻게 치료하면 나을 수 있는지 뻔히 알면서도 수중에 쓸 치료약이 없는 것이다. 쓸 만한 재목감이라도 있으면 뗏목 한 척 엮어서 위험을 무릅쓰고 연안을 따라 항해할 수도 있으련만 섬 바닥을 온통 뒤지고 헤매며 다녀도 고작 땔감으로나 쓸 키 작은 잡목들만 무성할 뿐이었다. 만약 의술에 밝지 않았던들 한낱 초조한 마음에 애나 태우면 그만이겠으나, 정통한 의술의 소유자이면서도 약재가 없어 전혀 손을 쓰지 못하고 있으니 밤낮없이 가슴을 칼로 저며내는 듯한 고통에 시달릴 수밖에 없는 것이다.

그날 저녁에도 장무기는 열을 내리게 하는 약초를 씹어 아리의 입에 먹여주었다. 하지만 안타깝게도 아리가 약초를 삼키지 못하자 쓰라린 가슴에 겨운 나머지 그녀의 얼굴에 방울방울 눈물만 떨어뜨렸다. 아리가 얼굴에 떨어지는 물방울의 감촉을 느꼈는지, 눈을 번쩍 뜨더니 장무기를 발견하고 희미하게 웃음을 지어 보였다.

"송아지 오라버니, 슬퍼하지 말아요. 난 이제 좋은 곳으로 갈 거야. 저승에 가면 그 심보 모질고 매정한 장무기 녀석도 만날 수 있으니까…… 그놈한테 꼭 말해줘야지. 이 세상천지에 송아지 오라버니 한 사람만 이렇게 나를 위해주었다고…… 장무기 네까짓 녀석보다 천만 배는 더 잘해주었다고 말해줄 거예요."

그 말을 듣고 장무기는 목이 메었다. 뭐라고 대꾸해야겠는데 도무지 마음을 다잡을 수가 없었다. '거미 아리! 네가 오매불망 그리워 찾던 장무기를 눈앞에 두고도 알아보지 못하는구나. 아아, 이제 사실대로 말해 줘야 하는가? 내가 바로 장무기라고…… 아니다! 지금은 충격을 주어선 안 된다. 어느 정도 회복되거든 그때 얘기해주어도 늦지 않을 것이다.'

거미가 그의 손을 잡았다.

"송아지 오라버니, 내가 끝끝내 당신한테 시집가겠다 하지 않아서 날 무척 원망했죠? 사실 난 다 알아요. 당신은 날 기쁘게 해주려고 마음에도 없는 거짓말로 날 속여왔어요. 내 얼굴이 얼마나 흉측한지 모를 줄 알아요? 게다가 성미도 못돼먹었는데 당신이 어떻게 날 받아들이겠어요?"

"아니, 아니야! 난 절대로 거짓말한 게 아니었소. 그대처럼 정 깊고 솔직한 여인을 아내로 맞아들인다면 정말 내 평생 그보다 더 기쁜 일 은 없을 거요. 당신 병이 다 낫고 모든 일이 다 처리되거든 우리 둘이 서 그길로 결혼합시다."

아리는 살포시 손길을 내뻗어 장무기의 뺨을 어루만졌다. 그러면서 절레절레 고개를 흔들었다.

"송아지 오라버니, 난 아무래도 당신에게 시집갈 수가 없어요. 내 마음은 벌써 오래전에 그 흉악스럽고 박정한 장무기한테 주어버렸으니까. 송아지 오라버니, 난 무서워요. 저승에 가서 그 사람을 만나볼 수 있을까? 거기서도 날 구박하고 때리고 모질게 대하면 어쩌지?"

장무기는 섬뜩 놀라고 말았다. 거미의 말씨가 헛소리를 하는 게 아니었다. 성한 사람처럼 정신도 맑고 두 뺨에 발그레하니 홍조마저 피어올랐다. 이런 증세는 임종이 박두한 사람에게 나타나는 회광반조廻光返照*

---

* 원래는 불가 선종禪宗에서 쓰는 말. 자기 자신을 반성하고 진정한 자신을 발견하거나 자신의 본래 심성을 돌이켜 생각한다는 뜻이다. 그러나 속세에서는 임종하기 직전 고통을 받거나

현상이 아닌가? 그렇다면 거미는 오늘 밤을 넘기지 못할지도 모른다.

그가 멍하니 넋을 잃은 기색으로 대답이 없자, 거미는 애타게 손을 잡아 흔들면서 똑같은 말로 다시 물었다. 그제야 장무기는 어쩔 수 없이 부드러운 말씨로 대꾸했다.

"그러지 않을 거요. 그 사람은 영원히 당신을 사랑할 거요. 자기 목숨보다 더 당신을 애지중지 사랑해줄 거요."

"제발 덕분에 송아지 오라버니가 나한테 해준 그 절반만큼이라도 날 아끼고 위해줄 수 있을까……?"

"하늘이 굽어보고 계시오. 그 장무기란 사람은 틀림없이 온갖 정성을 다 바쳐 당신을 사랑하고 아껴줄 것이오. 그 사람은 어릴 적 당신한테 못되게 굴었던 소행을 후회하고 있을 거요. 장무기…… 그가 당신을 사랑하는 마음은 지금의 나하고 전혀 다를 바 없소. 털끝만치도 다르지 않을 거요."

"그렇다면…… 나도 마음이 놓여요……."

거미의 입에서 안도의 한숨이 흘러나왔다. 어느덧 입술 언저리에 실낱같은 미소가 감돌았다. 장무기의 팔목을 잡았던 손이 슬며시 풀리더니 스르르 두 눈이 감겼다. 그러고는 마침내 숨이 멎었다. 장무기가 숨결과 심장박동을 더듬어보았으나 모두 잡히지 않았다. 거미 아리는 기어코 한 많은 세상을 하직한 것이다.

장무기는 그녀의 시신을 품어 안았다. 어찌 된 노릇인지 울음도 나

정신이 흐트러진 사람이 마지막 숨을 거두는 순간에 마치 석양이 하루의 햇빛을 찬란하게 비추고 서산에 지듯 고통을 잠시 잊은 채 본래의 맑은 정신을 되찾아 유언하거나, 친지들과 작별을 나눌 수 있는 짧은 시간을 표현할 때 이 용어를 써왔다.

31. 의천검 도룡도를 잃고 사랑하는 이마저 죽었는데

오지 않았다. 식어가는 그녀의 얼굴엔 여전히 미소가 사라지지 않았다. 자기 눈앞에 있는 사람이 바로 장무기라는 사실은 알아보지 못한 채, 저승에서 기다리고 있을 장무기를 만나볼 수 있다는 간절한 열망에 부풀어 눈을 감은 것이다.

'나는 왜 사실을 얘기해주지 않았을까? 이 송아지 오라버니가 바로 장무기였노라고 어째서 밝히지 않았는가? 요 며칠 새 거미의 정신이 혼미했을 때는 그렇다고 치자. 방금 임종 직전에 한순간이나마 맑은 정신으로 돌아왔을 때 왜 속 시원히 얘기해주지 못했는가? 이젠 늦었다. 후회해도 소용없는 일……. 사실 이런 지경에 와서 얘기해준들 안 하든 달라질 것이 뭐 있으랴? 불상한 거미, 저승에 가서 이 장무기를 찾지 못한다면 또 얼마나 낙심하랴……?' 가슴은 터져 나갈 것처럼 슬픔으로 가득 찼으나 울음소리는 끝끝내 나오지 않았다.

거미의 시신을 껴안은 채 상념은 오로지 한군데로 치닫기 시작했다. '조민, 그 계집이 얼굴에 이토록 끔찍한 상처만 입히지 않았던들, 바닷물에 던져버리지만 않았던들 거미의 상처는 고칠 수 있었을 것이다. 조민, 그 계집이 우리를 이 황막한 무인도에 버려두고 달아나지 않았던들 단 사나흘이면 중원 땅에 돌아가 거미의 목숨을 구해낼 방법이 분명코 있었으리라.' 생각이 여기에 미치자 저도 모르게 한에 사무친 절규가 터져 나왔다.

"조민! 이 독사 전갈보다 더 지독한 계집! 언제고 내 손에 걸리는 날이면 나 장무기가 결코 네 목숨을 살려두지 않으리라!"

갑자기 등 뒤에서 냉랭한 목소리가 그 다짐을 받았다.

"어디 두고 봅시다. 아마도 조민의 꽃같이 아리따운 모습을 보게 되면 그 손아귀에 맥이 풀리고 말겠죠?"

후딱 돌아서서 바라보니 주지약이 세찬 바닷바람에 옷자락을 나부끼면서 표연한 자세로 오뚝 서 있었다. 얼굴에는 경멸의 빛이 가득했다. 장무기는 서글픈 심정에 부끄러움까지 치밀어 그녀를 향해 거듭 다짐했다.

"난 지금 내 외사촌 누이동생의 시신을 두고 맹세했소! 만약 내 이 손으로 그 요사스러운 계집을 잡아 죽이지 않는다면 나 장무기는 천지간에 얼굴을 들고 다니지 못할 거요!"

"암, 그래야 기개 있는 사내대장부라 하겠죠!"

주지약은 그제야 앞으로 달려오더니 아리의 시체를 어루만지며 대성통곡했다. 사손 역시 울음소리를 더듬어 다가왔다. 그리고 아리가 죽었다는 사실을 알고 비탄에 빠졌다.

장무기는 산비탈 아래 그늘진 곳에 무덤을 팠다. 섬의 표면 지층이 몹시 얕아 불과 두어 자 남짓 파들어가자 이내 단단한 화강암층이 나왔다. 바위 더미를 들어낼 삽도 곡괭이도 없어 하는 수 없이 그 얕은 구덩이에 아리의 시신을 누여놓았다. 흙을 덮으려다 보니 부종과 생채기투성이가 된 그녀의 얼굴이 눈에 띄었다. 가뜩이나 피범벅이 된 얼굴에 모난 돌 부스러기와 흙더미가 닿으면 얼마나 아플까 싶어 그는 생나무 가지를 듬뿍 꺾어다 시신 위에 골고루 덮고 나서 다시 돌멩이로 살그머니 눌러놓았다. 그래도 돌멩이에 눌리면 아플까 봐 흙더미를 끼얹기가 애처로워 자꾸만 나뭇가지를 꺾어다 쌓아 올렸다.

그는 굵다란 나무줄기를 한 토막 꺾어 들고 껍질을 벗겨낸 다음, 편편해지도록 깎은 겉면에 아리가 쓰던 비수로 글씨를 한 줄 새겼다.

사랑하는 아내 거미 은리의 무덤

그런 뒤 그 아래에 또 글자를 새겼다.

삼가 장무기 세움

무덤 앞에 비목까지 세우고 나자 그는 비로소 목 놓아 울었다.
"은 소저가 당신한테 깊은 정을 주었지만, 당신 역시 그녀에게 의리
를 다한 셈이에요. 오늘 맹세한 말을 저버리지 말고 조민을 죽여 없애
그 원수를 갚아준다면 은 소저도 구천지하에서 미소를 머금겠지요."
곁에서 지켜보던 주지약이 위안의 말을 건넸으나, 비통한 울음소리
는 좀처럼 그칠 줄 몰랐다.

장무기는 상심이 지나쳐 허탈감에 빠졌다. 그 바람에 겨우 단전으
로 몰아넣은 독기가 다시 체내 구석구석으로 퍼지고 말았다. 그는 또
며칠 동안 고생한 끝에 가까스로 독기를 단전에 다시 응집시켰다. 그
것을 몸 밖으로 완전히 몰아내는 데 10여 일이 걸렸다.
거의 열대지방에 속한 이 자그만 섬에는 이름도 모를 갖가지 야생
과일이 숱하게 많아 손길 나가는 대로 얼마든지 따 먹을 수 있었다. 게
다가 이따금 날아드는 바닷새와 해변에서 낚아 올린 물고기로 일행
세 사람은 굶주리지 않고 별 어려움 없이 나날을 보낼 수 있었다.
주지약은 장무기에게 더욱 마음 써서 따뜻이 대해주었다. 아리의
죽음, 조민의 배신, 아소와의 이별 등으로 이날 이때껏 정을 주던 여인

들을 연거푸 잃어버리고 슬픔과 미움에 휩싸여 어쩔 바를 모르고 방황하는 그의 심사를 이해할 수 있었기 때문이다.

그동안에도 장무기는 적지 않은 시일과 공력을 쓴 끝에 양부 사손의 독기를 완전히 몰아냈다. 애당초 그다음은 주지약의 독기를 풀어줄 차례였으나, 주지약은 내력을 송두리째 잃어버린 데다 사손처럼 구양신공을 빨아들일 힘조차 없었다. 그녀의 체내에서 독기를 몰아낼 방법이 없는 것은 아니었으나, 장무기는 마음만 다급할 뿐 아무리 용기를 내려 해도 선뜻 손을 쓰지 못했다. 무기력한 사람의 독성을 몰아낼 방법은 오직 하나뿐이었다. 한 손바닥을 상대방의 등허리 살갗에 붙이고 다른 한 손을 배꼽 위 아랫배에 갖다 붙여 공력을 일으켜야 했다. 그런데 젊디젊은 청춘 남녀가 아무 사이도 아닌데 어떻게 살갗을 맞댄단 말인가? 하지만 이 방법이 구양신공을 그녀의 몸속에 흘려 넣는 유일한 방법이었다. 이 문제를 놓고 장무기는 며칠 동안 고민하고 주저하면서 좀처럼 결단을 내리지 못했다.

그날 저녁 식사가 끝난 자리에서, 사손이 불쑥 물었다.

"무기야, 우리가 이 섬에서 얼마나 더 살아야 할 듯싶으냐?"

장무기는 양부가 무슨 뜻으로 묻는지 영문을 모른 채 심드렁하게 대꾸했다.

"글쎄요, 저도 뭐라고 말씀드릴 수가 없군요. 그저 지나가는 배가 우리를 구원해 중원 땅으로 돌아갈 수 있기만 바랄 따름입니다."

"여기 온 지 달포가 넘었다. 그동안에 먼발치로나마 지나가는 배 그림자라도 본 적이 있더냐?"

"없습니다."

"그래, 네 말이 맞다. 내일이라도 배가 불쑥 나타날지 아니면 100년 세월이 흐르도록 지나가는 배 한 척 없을지는 하늘만 아는 일이다."

양부의 말을 들으면서 장무기는 한숨이 절로 나왔다.

"바다 한구석 외딴 무인도라 이 근처를 지나가는 뱃길도 없는 모양입니다. 우리가 중원 땅에 돌아갈 수 있을 것인지 없을 것인지, 정말 생각만 해도 아득할 뿐입니다."

"으음, 여기서 해독약을 구하기는 다 틀린 노릇이고……. 얘야, 십향연근산의 독기가 몸속에 남으면 팔다리 힘을 못 쓰게 되는 것 말고 또 다른 해독을 끼치는 부작용은 없느냐?"

"중독된 시일이 오래지 않으면 별달리 큰 해는 없습니다. 하지만 이런 종류의 극독은 살갗 깊숙이 파고들어 뼈마디를 삭이기 때문에 날짜를 오래 끌면 결국 오장육부의 손상을 면치 못하게 됩니다."

"흐흠, 그렇다면 어째서 내 독기를 몰아낸 방법으로 주 소저를 치료해주지 않는 거냐? 주 소저는 너하고 어릴 적부터 아는 사이라고 했지? 네가 현명한독에 시달렸을 때 돌봐준 사람이 누구였느냐? 무기야, 주 소저는 네게 은혜를 베풀었다. 또 이렇듯 온유하고도 덕성 있는 요조숙녀를 어디 가서 찾을 수 있겠느냐? 설마하니 주 소저가 밉상이라고 싫어하는 건 아니겠지?"

"아닙니다. 주 소저가 아름답지 않다면 세상에 미인이랄 사람이 어디 또 있겠습니까?"

"그럼 됐다. 내가 중신을 들 테니 주 소저를 아내로 맞아들이거라. '남녀칠세부동석'이니 뭐니 하는 번거로운 허례허식일랑 생각지도 말고."

곁에서 가만 듣고 있던 주지약은 두 사람의 화제가 자신의 혼인 문제로 옮아가자 부끄러움에 겨워 얼굴이 온통 새빨개지면서 일어나 피하려고 했다. 사손이 벌떡 일어나더니 양팔을 벌려 그 앞을 가로막고 껄껄 웃었다.

"가지 말게, 가지 마! 오늘 이 중신아비가 혼사를 한 건 결판 지어야겠어."

"사 대협님, 어른답게 체통을 지키지도 못하시는군요! 우리 모두 어떻게 해서든지 중원으로 돌아갈 방도나 궁리해야 할 판국인데, 어쩌자고 쓸데없는 말씀을 하시는 겁니까?"

주지약이 토라진 목소리로 쏘아붙였으나, 사손은 너스레를 떨어가며 그녀를 설득하기 시작했다.

"하하! 청춘 남녀가 서로 좋아서 결합하는 일이야 평생에 다시없을 종신대사終身大事인데, 그게 어째서 쓸데없는 짓이란 말인가? 무기야, 네 부모도 북극 외딴 무인도에서 천지신명 앞에 무릎 꿇어 절하고 부부의 연을 맺었단다. 그 두 사람이 속된 세상의 허례허식을 깨뜨리고 인간의 순수한 정만으로 맺어지지 않았던들 이 세상에 어찌 네 녀석이 태어날 수 있었겠느냐? 하물며 오늘 이 자리에 큰아비 되는 내가 주례를 서겠다는 게 아니냐? 설마 네가 주 소저를 싫어하지는 않겠지? 주 소저의 몸에서 극독을 몰아내주고 싶은 생각이 없는 건 아니겠지?"

듣다 못한 주지약은 얼굴을 가리고 달아나려 했다. 사손이 그녀의 옷소매를 잡아끌면서 껄껄 웃었다.

"어딜 가시려고? 내일은 또 안 만날 작정인가? 아, 그랬군! 주 소저가 눈먼 이 시아비를 싫어하는 모양이로구나."

"아, 아닙니다. 사 대협께선 당대의 호걸이신데……."

"그럼 승낙하는 거지?"

"아닙니다, 아니에요!"

"주 낭자, 내 아들이 너무 못나서 그러는가?"

이 물음에 주지약은 잠시 머뭇거리더니 마지못한 듯이 대답했다.

"장 교주님은 탁월한 무공으로 강호에 명성을 떨치는 분입니다. 이런 영웅을…… 남편으로 섬긴다면 더 바랄 게 무어겠습니까. 하지만……."

"하지만 뭔가?"

사손의 다그치는 말에 주지약이 장무기 쪽을 흘낏 보더니 고개를 숙이며 다 기어들어가는 목소리로 말했다.

"하지만…… 저분이 마음속으로 진정 좋아하는 사람은 은리 소저, 조 낭자, 아소 낭자일 뿐이에요. 그걸 내가 아는데……."

장무기는 깜짝 놀랐다. 사실 그의 가슴 한구석에는 아직도 조민에 대한 상념이 지워지지 않았다. 주지약은 그가 조민을 쉽사리 잊지 못한다는 사실을 너무나 잘 알고 있었다. 그녀에게 조민은 결코 무시하지 못할 천부적 미모와 재질을 겸비한 연적이라는 점을 한시라도 잊지 않은 것이다.

물정 모르는 사손이 뿌드득 이를 갈며 다짐했다.

"은리 소저는 이미 세상을 떠났어! 아소도 페르시아로 가버려서 다시는 볼 수 없지. 조민, 그 천한 계집년은 우리를 이토록 처참하게 해치고 달아난 요물이야! 그런 계집을 우리 무기가 아직도 잊지 못하다니, 그럴 리가 있나? 무기야, 네 입으로 분명히 말해봐라!"

그러나 지금 장무기의 가슴은 온통 미망으로 가득 차 있을 따름이었다. 해맑게 웃는 조민의 얼굴 모습, 우스갯소리로 종알거리며 상대방의 약을 올리는 모습이 눈에 선하게 떠올랐다. 뾰루퉁하니 토라져 돌아서는 뒷거리는 지금도 가슴을 설레게 했다. 만약에 조민을 아내로 맞아들여 평생 죽을 때까지 함께 살 수만 있다면 세상에 그보다 더 큰 행복은 없을 것만 같았다. 그러나 결심을 재촉하는 양부 사손의 말을 듣는 순간 상념은 이내 바뀌어갔다. 거미 은리의 얼굴에 가로세로 흉측하게 그어진 칼자국들, 선혈이 낭자한 그녀의 얼굴 모습을 떠올리면서 장무기는 마음을 다잡고 단호하게 대꾸했다.

"조 낭자는 제 원수입니다. 그녀를 죽여 제 사촌 누이의 원수를 갚아주고야 말 겁니다!"

"자, 보라고! 주 소저, 이래도 이 아이를 의심할 텐가?"

사손은 흡족한 표정으로 자신만만하게 물었으나, 주지약은 여전히 고개 숙인 채 나지막하게 속삭여 부정했다.

"그래도 전 마음이 놓이지 않아요. 당신이 저 사람에게 독한 맹세를…… 독한 맹세를 시킨다면 또 모르지만……. 그러지 않고서는 차라리 독이 발작해서 죽는 한이 있더라도 저 사람이 제 몸에 손을 대어 극독을 몰아내도록 허락하지는 못하겠어요."

사손이 냉큼 장무기 쪽을 돌아보았다.

"무기야, 어서 맹세해라!"

양부의 엄한 분부를 듣고서 장무기는 그 자리에 무릎 꿇었다.

"나 장무기가 외사촌 누이의 피맺힌 원수를 잊는다면 천지신명께서 용납하지 못하리라!"

그러자 주지약이 다시 한번 다그쳤다.

"좀 더 분명히 말씀하세요! 조 낭자에 대해서는 어찌하실 건가요?"

사손 역시 맞장구를 쳤다.

"딴은 그렇군! 무기, 이놈아! 맹세를 하려거든 주 소저 말대로 좀 더 분명히 맹세해야지. '천지신명이 용납하지 못한다'니 그런 애매모호한 소리가 어디 있느냐?"

주지약과 사손이 번갈아 윽박지르자, 장무기는 목청을 돋우어 다시 맹세했다.

"몽골 족속의 요사스러운 계집 조민은 오랑캐 황제를 위해 힘써 우리 한족 백성들에게 해악을 끼치고, 우리 무림계의 의로운 선비들 목숨을 다쳤으며, 그러고도 모자라 내 양부님의 보도를 훔쳐가고 내 외사촌 은리의 목숨까지 해쳤으니, 장무기가 살아 있는 한 이 불구대천지 원수를 반드시 갚고야 말리라. 이 맹세를 어기는 날, 천지신명이 장무기를 미워하여 벌하리라!"

장무기의 입에서 독한 맹세가 나오자, 주지약도 그제야 방그레하니 흡족한 미소를 지었다. 그러면서도 한마디 더 못 박는 걸 잊지 않았다.

"어쩌면 복수하는 그날 당신이 차마 손을 쓰지 못하고 사정을 둘 것 같은데, 안 그래요?"

그러자 사손이 더 말할 것 없다는 듯이 손사래를 쳤다.

"자, 그만하면 됐다! 길일양진吉日良辰 손꼽아볼 것도 없이 오늘이 바로 길일이다. 우리 모두 강호의 호걸인데, 쓸데없이 할망구들처럼 이러쿵저러쿵 자질구레하니 번거롭고 까다로운 속례 따위에 얽매일 게 뭐 있겠느냐? 너희 둘이서 당장 맞절하고 천지신명께 부부가 되겠노라고 여쭙기나 해라. 그럼 혼례식은 다 되는 것이니까 십향연근산의 독을 뽑아주려무나. 하루라도 빠를수록 좋다."

그제야 장무기도 제 뜻을 밝혔다.

"잠깐만, 안 됩니다! 큰아버님, 그리고 지약, 제 말 좀 들어주십시오. 두 분께서 잘 아시다시피 저 산기슭에 묻힌 아리는 죽을 때까지 깊고 무거운 정리로 저를 대해주었습니다. 그녀는 어린 나이에 호접곡에서 저를 처음 보았을 때부터 지아비로 마음에 두어왔고, 저 또한 마음속에 거미였을 때의 그녀를 아내로 여겨왔습니다. 비록 둘이서 혼인의 예를 올린 것은 아닙니다만, 부부로서 의리는 맺어진 셈입니다. 이제 그녀의 뼈가 다 식지도 않은 마당에 제가 어찌 다른 이와 새로운 연분의 환락을 누릴 수 있겠습니까?"

"으음, 네 말도 옳기는 하다. 그럼 어찌할 셈이냐?"

"제 생각은 이렇습니다. 오늘 우선 주 소저와 약혼 예식을 올리고 해독하는 일을 돕도록 하겠습니다. 그렇게 해야 피차 마음이 더 편안할 것입니다. 만약 천행으로 우리가 중원 땅으로 돌아가게 되어 제가 조민을 죽이고 도룡도를 되찾아 큰아버님 손에 넘겨드리고 나면, 그때 주 소저와 정식으로 혼례를 올리겠습니다. 그래야만 의리와 명분이 모두 온전할 것 같습니다. 큰아버님의 의향은 어떠신지요?"

"허허허! 이 녀석, 의견이 아주 그럴듯하구나. 하지만 10년이고 20년이고 여길 떠나 중원 땅에 돌아가지 못한다면 어쩔 테냐?"

"3년 뒤에 우리가 이 섬을 떠날 수 있든 없든, 그때는 큰아버님이 주관하셔서 저희의 혼사를 이루어주시면 되지 않겠습니까."

사손이 고개를 끄덕끄덕하더니 주지약에게 물었다.

"주 낭자, 그대 뜻은 어떠신가?"

주지약은 고개 숙인 채 대답을 않고 한참 동안 생각에 잠겨 있더니 마침내 겸손히 대꾸했다.

"저에겐 부모님도 일가친척도 없습니다. 외롭게 자란 고아에게 무슨 주변머리가 있겠습니까? 모든 것을 어르신께서 주재하시는 대로 따르겠습니다."

"하하하! 좋다, 좋아. 그럼 우리 셋이서 한마디로 결정한 거다. 너희 둘 사이는 약혼한 몸이니까, 더 이상 거리낄 것도 없는 셈이다. 무기야, 어서 내 며늘아기의 독을 풀어주려무나."

사손은 껄껄대고 웃으면서 벌떡 일어서더니 두 사람만 남겨둔 채 휘적휘적 뒷산을 향해 걸어갔다.

"지약, 내 이 고충을 이해해주시겠소?"

양부의 뒷모습이 사라지자, 장무기는 그녀에게 미안스러운 표정을 지어 보였다.

"저 같은 못난이를 당신이 선뜻 받아주실 리가 있나요? 어떻게 해서든지 핑계를 대고 미루는 게 당연하죠. 제가 아니라 조민 낭자였다면 오늘 밤 당신은 아마도……."

미소를 지으며 예까지 말하던 주지약이 멋쩍은 듯 고개를 돌려 외면하고 입을 다물었다. 그 모습을 보고 장무기는 가슴이 덜컥 내려앉았다.

'아아, 우리가 한배에 타고 있을 때 나는 어떤 망상을 꿈꾸었던가? 아리따운 네 여인을 한꺼번에 아내로 맞아들이고 싶었지. 지약의 말도 틀리지 않다. 내 마음속에 진정으로 사랑했던 여인이 누구였던가? 바로 악독스럽기 짝이 없고 독사 전갈보다 더 교활한 조민, 그 요녀였다. 나처럼 선악 분별도 못 하고 미색에 홀려 요사스러운 계집에게 미련을 버리지 못하는 녀석이 무슨 영웅호걸이란 말인가? 부끄럽구나, 정말 저 바닷물에 풍덩 뛰어들고 싶을 만큼 부끄러운 노릇이다.'

주지약이 흘낏 그를 돌아보았다. 멍하니 바다 쪽만 바라보는 장무기의 넋 잃은 표정을 보자, 이내 그 심중을 헤아리고도 남았다. 주지약은 잠자코 일어나 그의 곁을 떠나려 했다.

흠칫 놀란 장무기가 얼른 손길을 내밀어 잡아끌었다. 뜻밖에도 그녀의 몸뚱이가 맥없이 끌려오더니 가슴에 푹 안겨왔다. 공력이 회복되지 못한 상태에서 두 다리의 힘이 빠져 휘청거리다가 잡아당기는 대로 끌려온 것이다. 그녀는 품속에서 빠져나오려고 몸부림쳤으나 어쩐 일인지 벗어날 수가 없었다. 장무기의 손길이 놓아주지 않은 것이다. 속이 상한 그녀가 야멸치게 쏘아붙였다.

"나더러 한평생 당신에게 이토록 수모나 당하다 죽으란 말인가요?"

앙탈을 부리면서 쌔근거리는 모습이 더할 나위 없이 가냘프고 아리땁기만 했다. 장무기는 나긋나긋 부드러운 그녀의 몸을 껴안고 속삭였다.

"지약, 우리가 어릴 적 한수강 물 한복판에서 처음 만났을 때는 오늘 같은 날이 있을 줄 몰랐소. 나는 지금도 잊지 못하오. 광명정 결투에서 나 혼자 곤륜과 화산, 양대 문파의 원로 고수 넷과 싸웠을 때 그대는 남몰래 가장 요긴한 관점을 귀띔해주어 내 목숨을 구했소. 그때 일을 생각하면 지금도 당신에 대한 고마움에 가슴이 미어질 지경인데, 그런 내가 어찌 딴마음을 품겠소?"

몸부림치던 주지약도 그가 옛 추억을 떠올리자 마음이 포근해진 듯 어느새 우람한 사내의 품속에 기댄 채 머리를 파묻었다.

"그날 제가 당신 가슴을 의천검으로 찔렀는데, 날 원망하지 않았단 말이에요?"

"난 다 알고 있소. 스승의 엄한 명령을 어기지 못하고 부득불 그렇게 한 줄을. 그대가 내 심장부를 정통으로 찌르지 않았을 때, 난 벌써 그대가 내게 남모르는 애정을 품고 있다는 걸 알아차렸소."

"피이!"

입술을 뾰족 내밀면서도 두 뺨에는 발갛게 달무리가 피어올랐다.

"진작 이럴 줄 알았더라면 그때 서슴없이 단칼에 심장을 꿰찔러버렸을걸. 그랬더라면 이 한없이 기나긴 세월을 당신에게 수모당하지 않고 깨끗이 해결되었을 텐데."

장무기는 그녀의 몸뚱이를 으스러져라 힘주어 껴안았다.

"이제부터는 오로지 그대만을 더 아끼고 사랑해줄 거요. 우리 둘이서 부부 일체가 되었는데, 내 어찌 당신을 업신여긴단 말이오?"

"만약 말이에요, 제가 당신한테 무슨 잘못을 저지른다면 날 때리고 욕하고 죽이겠죠?"

주지약이 몸을 옆으로 뒤틀어 장무기의 얼굴을 빤히 올려다보면서 물었다. 불과 두세 치 거리, 두 뺨이 마주 닿을 듯 가까운 거리에 난초의 향내 같은 숨결이 풍겨오자, 그는 더 참지 못하고 한쪽 볼에 가볍게나마 입맞춤을 했다.

"그대처럼 온순하고 부드러운 여인, 단정하고도 현숙한 아내가 남편에게 무슨 잘못을 저지를 리 있겠소?"

주지약이 장무기의 뒷덜미를 감싸 안고 어루만지며 가벼운 한숨을 토해냈다.

"아무리 성인군자라 해도 잘못할 때가 있는 법이죠. 하물며 어려서부터 부모님의 훈계 말씀 한마디 듣지 못하고 자라온 저야 오죽하겠어요? 언제 어디서 당신에게 잘못을 저지를지 모르지요."

"하하, 염려 말구려. 당신이 정말 내게 잘못하는 일이 생기면 그때는 내가 잘 타이르고 용서해주리다."

"저한테 주는 당신의 그 마음, 절대로 변하지 않겠죠? 제가 잘못을 저질러도 죽이지는 않을 거죠?"

"쓸데없는 생각일랑 버리구려. 세상에 그런 일이 어떻게 일어난단 말이오?"

장무기는 다시 한번 입맞춤을 했다. 그러나 입술에 이상할 정도로 차가운 느낌이 들었다.

"저는 당신의 입으로 직접 약속하는 말을 듣고 싶어요."

그녀의 목소리가 유별나게 떨려 나왔다.

"하하! 좋소! 내 단단히 약속하지. 그대에게 주는 마음 변하지 않을 것이고, 또 당신이 내게 무슨 잘못을 저질러도 사랑하는 아내 주지약에게 발길질 주먹질이나 손찌검 한 번 하지 않을 것이오. 이젠 됐소?"

주지약이 그의 두 눈을 뚫어져라 응시했다.

"난 시시덕대며 하는 소리가 싫어요. 다시 한번 엄숙하게 약속해 줘요."

"허어 참, 당신 그 조그만 머릿속에 무슨 꿍꿍이가 들었는지 알 수가 없구려."

장무기는 기가 막혀 웃음이 또 나왔다. 그러나 자신의 얼굴에 못 박힌 그녀의 시선에서 문득 뭐라고 형언하기 어려운 야릇한 예감 같은 것을 느꼈다. 애절하고도 가련해 보이면서도 무엇인가 알지 못할 비밀을 감추고 미리 용서를 간구하는 듯한 인상을 받은 것이다. 뇌리에 선 뜻 의혹이 스쳤다. 그러나 이내 생각을 바꿔먹었다. 아무래도 자기가 조민, 아소, 아리 세 여인에게 정을 남기고 있다는 사실이 이 여자를 불안하게 한 모양이다. 하지만 어쩌랴? 앞으로 다시는 그들을 생각하지 않으면 될 게 아닌가?

그는 웃음기를 거두고 엄숙히 말했다.

"지약, 그대는 나의 아내요. 지난날 내가 마음을 다잡지 못하고 방황한 것은 사실이오. 그저 당신이 탓하지 않기만 바랄 따름이오. 이제 오늘부터 그대에 대한 내 마음은 결코 변함이 없을 거요. 그대가 무슨 잘못을 저지른다 하더라도 단 한마디 심한 말로도 책망하지 않을 것이오."

"무기 오라버니, 당신은 사내대장부예요. 오늘 저녁 제게 하신 말씀, 꼭 기억해두세요."

그러고는 어두운 하늘 위에 갓 떠오른 초승달을 가리키면서 이렇게 덧붙였다.

"저 하늘의 초승달이 우리 두 사람의 증인이 될 거예요."

"옳소, 그대 말이 맞소. 저 하늘의 밝은 달빛이 우리 둘만의 사랑을 증명해주고 있소."

주지약을 품어 안은 채, 그는 하늘가에 떠오른 달을 바라보며 감회 깊은 기색으로 하고 싶은 말을 이어나갔다.

"지약, 나는 이 세상에 태어나 이날 이때껏 숱한 사람들에게 속아왔소. 어릴 때부터 남을 너무 쉽게 믿다가 얼마나 많은 고초를 겪었는지, 그 때문에 몇 차례나 죽을 고비를 넘겼는지 일일이 기억조차 못할 정도요. 내가 북극 빙화도에서 부모님과 큰아버님, 이렇게 넷이 함께 살 때에만 인간 세상의 모질고도 간교한 술수를 모르고 지내왔을 뿐이오. 중원 땅에 발을 딛고 나서 처음으로 남의 속임수에 걸려든 것은 뱀을 가지고 놀던 거지와 만났을 때였소. 그 거지는 나더러 포대 자루 속에 재미있는 것이 있다면서 들여다보라고 했소. 자루 속에 머리통을 들이밀었더니 그대로 덮어씌워 날 사로잡던 거요. 이후에도 어린 나를 속인 어른들이 얼마나 많았는지, 외톨박이 고아가 된 지 10여 년 동안 나는 다른 이가 반평생 겪을 경험을 다 겪으면서 용케도 살아남았소. 그런데 이번에 또 당하고 말았소. 우리와 생사 환난을 같이해오던 사람이 여기서 또 나를 속여 넘겼소. 조 낭자는 분명 우리가 첫날 먹은 음식에 극독을 섞어 넣었을 거요. 안 그렇소?"

주지약이 쓱쓰레하니 웃었다.

"당해보기 전에는 안 믿더니, 이젠 깨달아봤자 이미 늦은걸요. 당신이란 분은 원래 그런 사람인가 봐."

그 말을 듣는 순간, 장무기의 머릿속에 퍼뜩 영감이 떠올랐다.

'오늘 이후로는 두 번 다시 내게 속임수를 쓸 간사한 자가 없겠지. 한세상을 영원히 이렇게 살아갈 수만 있다면 얼마나 좋을까!'

생각만 해도 가슴속에 뿌듯한 행복감이 차올랐다. 그는 주지약의 손을 꼭 부여잡으며 말했다.

"지약, 그대야말로 이젠 영원히 영원히 나와 제일 가까운 사람이 되었소. 그대가 나를 잘 돌봐주구려. 이다음에 중원으로 돌아가서도 혹시 내가 간사하고 교활한 소인배들에게 빠져들지 않도록 도와주어야 하오. 그대처럼 어진 아내의 내조가 있는 한 나도 남에게 당하는 일이 훨씬 줄어들 것이 아니겠소?"

그러나 주지약의 얼굴에는 알지 못할 그늘이 드리워 있었다. 그녀는 고개를 가로저었다.

"저는 이 세상에서 가장 쓸모없는 여자예요. 나약하고 무능하고 생김새조차 미련하죠. 그 총명하기 이를 데 없는 조 낭자에 비하면 하늘과 땅 차이 아닌가요? 조 낭자는 둘째치고라도 아소의 영리한 심기心機는 또 어떤가요? 전 어림 반 푼어치도 없죠. 당신이 선택한 이 주지약은 천하에 둘도 없는 바보 멍텅구리라니까. 설마 오늘에 와서도 그걸 모르는 건 아니겠지요?"

"난 그대처럼 충직하고 후덕하고 현숙하고 지혜로운 여인이 필요하오. 그래야 날 속이지 않을 테니까."

이 말을 들으면서 주지약은 더욱더 깊숙이 그의 품 안에 머리를 파묻었다.

"무기 오라버니, 제가 당신과 부부로 맺어질 수 있다니 더 바랄 것 없이 기쁘기만 해요. 그저 당신이 저를 아둔하고 쓸모없는 계집이라 경멸하지만 않으신다면 제 모든 것을 다 바쳐 당신을 섬기겠어요. 앞으로 제가 당신께 무슨 일인가 잘못했다고 깨달으시더라도 그게 모두 당신을 사랑하기 때문인 줄로 알아주세요."

"나를 사랑하기 위해서라면, 그대가 무슨 일을 저지르더라도 내 결코 원망하지 않을 거요."

주지약이 그의 손을 끌어다 살포시 잡더니 손등을 어루만지면서 조심스레 화제를 바꾸었다.

"무기 오라버니, 지금 제 마음속에 아주 엄청나게 어려운 문제가 하나 있어요. 도대체 어떻게 해야 좋을지 당신이 저를 위해서 결정해주세요."

장무기는 영문도 모른 채 자신 있게 대답했다.

"그대는 내 사랑하는 아내요. 그대의 일이라면 곧 내 일이나 다를 바 없소. 세상에 다시없을 어려운 일이라 하더라도 우리 둘이서 함께 떠 맡고 나갑시다."

"그날, 대도 만안사 보탑에서 제 사부님이 장문인의 철지환을 저한 테 넘겨주셨어요. 그리고 또 당신과 아주 친근하게 지내라는 분부도 내리셨고……."

이 말을 듣자 장무기가 제 넓적다리를 철썩 소리가 나도록 후려쳤다.

"당신 사부님이 그런 명까지 내리셨다니, 그것참 잘되었구려!"

"그게 아니에요. 사부님이 저더러 당신과 친근하게 지내라고 하신 말뜻은 당신에게 사모의 정을 품으라는 것이 아니고, 진짜 당신을 정 랑情郎으로 삼아서는 안 된다는 말씀이었어요. 더구나 당신에게 시집 가서 아내 노릇을 해서는 절대로 안 된다고 하셨어요. 그분은…… 그 분은 저를 윽박질러 아주 독한 맹세까지 시켰어요……."

"맹세라니, 무슨 맹세?"

"제가 만약 당신과 결혼해서 부부가 된다면 저를 낳아주신 부모님 이 비록 세상을 떠나 지하에 계시지만 유해遺骸가 평안을 얻지 못할 것 이라고…… 또 제 사부님이신 멸절사태 어른도 죽은 뒤에 악귀가 되 어 제 평생토록 따라붙으면서 밤낮없이 불안하게 살아가도록 저주하 시겠노라고…… 저와 당신 사이에 태어난 자식들도 아들은 대대로 비 천한 종 노릇을 하게 될 것이요, 딸아이는 대대로 창녀가 될 것이라고 저주하셨어요……."

말끝에 음성이 떨리다 못해 흐려졌다. 장무기는 듣기만 해도 전신

53

에 식은땀이 부쩍 돋아나고 저도 모르는 사이에 솜털이 곤두섰다. 묻는 목소리마저 덜덜 떨려나왔다.

"그럼 왜…… 어째서……?"

"사부님이 저를 윽박질러 당신에게 가까이 접근하라 분부하신 뜻은 정말 당신을 위해주라는 것이 아니고, 당신을 남편으로 맞아들여서도 안 된다는 말씀이었어요. 다만, 당신 곁에 접근해서 암암리에 해치라는 뜻으로 말씀하신 것인데……."

그제야 장무기도 퍼뜩 깨닫는 바가 있었다. 바로 이것은 멸절사태가 기효부를 윽박질러 명교 광명우사 양소의 목숨을 해치라고 사주했을 때 사용한 수법이 아닌가? 마음속 의혹이 확연히 풀리자 그는 더이상 놀라 허둥대거나 두려워하지 않았다. 그는 한결 냉정해진 말투로 주지약에게 물었다.

"당신이 맹세하지 않았으면 그만 아니오?"

"그때 사부님은 제 발치 앞에 무릎 꿇고 엎드리셨어요. 제가 승낙하지 않으면 일어나지 않겠노라고 버티셨죠. 저는 어쩔 수 없이 그분이 시키는 대로 맹세하고 말았어요. 무기 오라버니, 저는 한마음 한뜻으로 당신에게 시집가고 싶어요. 일심전력으로 당신과 친해지고 사랑하겠다는 생각뿐, 결코 당신을 해칠 뜻은 추호도 없어요. 하지만 사부님이 제게 그런 맹세를 시킨 것을 생각하면 도무지 마음이 불안해서 못 견디겠어요."

장무기는 양팔로 그녀를 단단히 껴안고 부드럽게 말해주었다.

"나한테 이렇게 다 말해준 바에야 해칠 리가 없지. 안 그랬다가는 내가 당신을 더 경계하도록 만들었을 게 아닌가?"

"그럼 제가 한 그 맹세는 어쩌죠?"

"스승이 억지로 시킨 맹세니까 지키지 않는다고 누가 뭐랄 것도 없겠지. 대수롭게 여길 것 없어요. 지약, 내 이제 말하지만, 그날 만안사 법당에서 조민이 당신 얼굴에 칼자국을 몇 군데 그어놓겠다고 협박했을 때 난 정말 당신의 꽃같이 어여쁜 얼굴이 망가질까 봐 얼마나 다급했는지 모르오. 그때 마음속으로 맹세한 것이 있는데, 그게 뭔지 알아 맞혀보겠소?"

"그야 물론 청익복왕이 말한 것처럼 당신도 저를 위해 복수할 생각으로 조 낭자의 얼굴에 칼자국이나 몇 군데 그어주겠다고 결심했겠죠."

장무기는 절레절레 도리질을 했다.

"아니오. 그때 난 속으로 이렇게 다짐했소. '이제 내가 주 소저를 구해주지 못하고 남의 손에 용모를 훼손당하면 아무리 흉악한 추팔괴로 바뀐다 하더라도 천지신명께 맹세하노니 이 장무기는 하늘이 두 쪽 나는 한이 있더라도 이 아가씨를 아내로 맞아들일 것이며, 평생토록 아끼고 위해주고 온전히 보호해주리라. 누구든지 나를 진정으로 대해주는 아가씨라면 나 역시 그녀를 진정으로 대해줄 것이며, 미우나 고우나 아리땁거나 추루하거나 전혀 상관하지 않겠노라'고 맹세했소."

갑자기 산비탈 응달진 곳 바위 더미 뒤에서 웬 여자의 목소리가 바람결에 흩날리듯 들려왔다.

"이런! 송아지 오라버니, 정말인가요?"

장무기는 소스라치게 놀라 자리를 박차고 벌떡 일어섰다. 목소리의 주인이 아무래도 거미인 듯싶었다. 그는 소리가 들려온 쪽을 향해 버럭 고함쳤다.

"아리 동생! 당신이야?"

뒤미처 주지약이 비명을 지르더니 장무기의 품속으로 뛰어들었다.

"끼약! 귀신이다, 귀신!"

장무기는 목소리의 주인공이 누군지 미처 알아보러 갈 여유도 없이 우선 그녀부터 안아주고 부드럽게 위안의 말을 건넸다.

"두려워하지 말아요. 아리가 아니니까."

어스름한 달빛 아래 주지약의 얼굴빛이 참담할 정도로 하얗게 질렸다. 몸살에 걸린 병자처럼 전신이 오슬오슬 떨리고 장무기의 팔뚝을 부여잡은 양손이 얼음장같이 차가웠다. 장무기는 그녀를 껴안은 채로 다시 제자리에 앉았다. 한참이 지나서야 주지약도 서서히 안정을 되찾았다. 그러나 목소리만큼은 여전히 떨려 나왔다.

"은 소저는 분명히 죽었는데…… 우리가 장사까지 지냈는데…… 죽은 시신이 어떻게 말을 할 수 있을까?"

"내가 잘못 들었나 보오. 바람결에 나뭇잎 흔들리는 소리였을 거요. 방금 얼굴에 칼자국을 그어서 용모를 망가뜨렸다는 얘기를 하다 보니, 외사촌 누이가 연상되어 당신까지 놀라게 만들었구려."

주지약이 훌쩍훌쩍 울기 시작했다.

"사부님 말씀이, 제가 진심으로 당신을 사랑하면 그분은 원귀가 되어서 내 평생토록 따라붙어 밤낮없이 불안하게 만드신다고 했는데…… 혹시 돌아가신 사부님의 원귀가 나타나서 놀라게 한 것은 아닐까요? 사부님은 또 우리가 자식을 낳으면 아들은……."

장무기가 그 말을 받아 허공에다 대고 큰 소리로 외쳤다.

"장무기와 주지약이 훗날 결혼하여 자식을 낳게 되면 아들은 어질고

의로우며 무공이 뛰어난 고수가 될 것이요, 딸아이는 총명하고 아리따 운 규수로 자라나 뭇사람의 총애를 독차지하게 될 것이다! 우리 자손들 이 어찌 대대로 미천한 종살이를 하거나 창녀가 될 리 있겠는가?"

주지약도 마음이 놓였는지 활짝 웃으면서 다시 그의 품속으로 뛰어 들었다.

"무기 오라버니, 당신 말씀대로 이루어진다면 더 바랄 것이 없겠어 요! 진정 마음 놓고 당신에게 시집가겠어요!"

이튿날부터 장무기는 구양신공을 일으켜 주지약의 체내에 있는 독 을 몰아내주기 시작했다. 공력을 상실한 몸이라 구양신공을 받아들이 지 못할 것 같았는데 뜻밖에도 순조롭게 진행되었다. 음식을 적게 먹 었기 때문에 중독 상태가 사손보다 깊지 않았던 모양이다. 사나흘이 지났을 때, 주지약은 내력이 완전히 회복된 느낌이 들고 신체에도 별 이상이 없노라고 귀띔했다. 독성이 말끔히 가신 게 분명했다.

이렇듯 총총히 몇 달이 지나갔다. 외딴 무인도에는 동쪽부터 새 절기 가 찾아오는지 숲속에 복사꽃이 몇 그루 흐드러지게 만발했다. 장무기 는 탐스럽게 핀 꽃가지를 꺾어 들고 오랜만에 아리의 무덤을 찾았다.

무덤 앞에 꽃을 내려놓던 그는 문득 '사랑하는 아내 거미 아리의 무 덤'이라 새겨놓은 비목이 흙바닥에 쓰러져 있는 것을 발견했다. 들짐 승이 지나다 부딪쳐서 쓰러뜨렸는가? 장무기는 별 생각 없이 비목을 집어 제자리에 다시 단단히 세워 꽂았다.

'불쌍한 아리! 일생을 그리움과 고통 속에서 단 하루도 마음 편한 날을 보내지 못하고 살다가 죽었다. 어설픈 비목이나마 쓰러진 것도 모르고 주 소저와 즐거움을 누리느라 찾아오지도 못했으니, 지하에서 이 박정한 장무기를 얼마나 원망하고 있으랴. 미안하다, 아리! 정말 미안해.'

무덤 앞에 무릎 꿇은 채 고개를 떨어뜨리고 새삼 자책과 비탄을 되새기고 있는 그의 귀에 유난히 시끄러운 바다 갈매기들의 우짖는 소리가 들려왔다. 고개를 쳐들고 하늘을 우러르던 시선이 무심코 멀리 바다 끝 수평선에 가서 멎었다. 그리고 다음 순간 저도 모르게 벌떡 일어섰다. 두 눈을 비비고 다시 한번 바다 쪽으로 한껏 시야를 넓혔다. 배였다! 돛단배 한 척이 섬을 향해 다가오고 있었다.

범선은 순풍을 받아 돛폭이 북처럼 팽팽하게 부푼 채 거센 파도를 헤쳐가며 바야흐로 이 무인도를 향해 미끄러져 오고 있었다.

뜻하지 않은 기쁨에 장무기가 목청을 놓아 소리쳤다.

"큰아버님, 지약! 배가 와요! 배가 온다고요!"

외침을 들은 사손과 주지약이 앞서거니 뒤서거니 그 곁으로 달려왔다.

"어떻게 해서 이 외딴섬까지 배가 찾아올까요?"

주지약의 목소리가 떨려 나왔다.

"참 이상한 일도 다 있군. 혹시 해적선은 아닐까?"

흥분을 가라앉힌 장무기도 떨떠름한 기색으로 중얼거렸다.

반 시진도 못 되어 배는 섬 바깥 바다에 닻을 내리고 정박했다. 그러더니 작은 종선 한 척이 해안을 바라고 노를 저어왔다. 세 사람은 바닷가로 뛰어갔다. 그런데 이게 또 웬일인가? 작은 배 위의 선원들이 뜻밖에도 하나같이 몽골 수군 복장을 하고 있는 게 아닌가?

장무기는 가슴이 철렁 내려앉았다. 혹시 조 낭자가 양심의 가책을 느껴 마음을 돌려먹고 되돌아온 건지도 몰랐다. 흘끗 곁눈질로 주지약을 바라보니 그녀 역시 고운 눈살을 찌푸린 채 가슴이 일렁거리고 있었다. 표정은 담담했지만 조민이 돌아왔을까 봐 속으로 무척이나 걱정스러워하는 기색이 완연했다.

잠깐 사이에 종선이 모래 여울목에 뱃머리를 대자 선원 다섯 명이 뭍으로 올라왔다. 앞장서서 다가오던 몽골 수사水師 군관이 장무기를 발견하고 허리 굽혀 인사를 건넸다.

"혹시 장무기, 장 공자님 아니십니까?"

몽골군이 분명한데 묻는 말은 유창한 중국어였다.

"그렇소, 내가 바로 장무기요만, 귀관은 뉘신지?"

장무기가 스스로 신분을 밝히자, 군관의 얼굴에는 삽시간에 기쁨이 넘쳐흘렀다.

"소관의 이름은 바쑤타이拔速台입니다. 오늘 공자님을 찾아내다니, 소관에게 정말 이런 행운은 다시없을 것입니다. 소관은 장 공자님과 사 대협 어른을 영접해 중원 땅으로 모시라는 명을 받들고 왔습니다."

이 말을 듣고 장무기는 고개를 갸우뚱했다. 방금 이 몽골 군관이 거론한 사람은 장무기와 사손 두 사람뿐 주지약과 아리의 이름은 없었던 것이다.

"귀관께서 험한 바닷길에 오시느라 고생이 많으셨소. 한데 어느 분의 명을 받들고 오셨는지?"

장무기가 따져 묻자, 바쑤타이는 자기가 아는 대로 사실을 말해주었다.

"소관은 복건福建 지방 해안수비대 다루가치達魯花赤* 수군 제독의 부하로서, 보르도스勃爾都思 장군의 명을 받들어 이렇게 영접을 나왔습니다. 보르도스 장군께선 장 공자님과 사 대협을 찾아 모시도록 도합 여덟 척의 원양 함선을 이곳 복건성과 절강성浙江省, 광동성廣東省 일대 해역에 파견했는데, 뜻밖에도 소관이 으뜸가는 공을 세우다니 그야말로 꿈만 같습니다."

바쑤타이가 말하는 투로 보건대 장무기 일행을 찾아낸 수색대는 아마도 진급과 큰 포상금을 받는 모양이었다. 장무기는 보르도스란 몽골 장군의 이름조차 들어본 적이 없었다. 다만 그 장군 역시 조민의 명을 전달받아 수색 함대를 파견했으리라고 추측했다.

"당신의 상관이 어째서 우리를 찾아오라고 했는지 그 까닭을 아시오?"

"모릅니다. 보르도스 장군께서는 그저 '장 공자님은 아주 고귀하신 분이요, 당대의 영웅호걸이니 찾는 대로 각별히 모셔라'라고만 명하셨습니다. 무슨 연유로 공자님 일행을 모셔오라는지, 소관은 워낙 지위가 낮고 미천한 몸이라 듣지 못했습니다."

이때 주지약이 한마디 끼어들었다.

"그럼 소민군주가 지시한 것은 아닐까요?"

"소민군주라니요? 소관은 복이 없어 그런 높으신 분을 뵙지도 못했

---

* 몽골어로 '진압鎭壓하는 자, 제재制裁를 가하는 자, 날인捺印하는 자'란 뜻의 관직명인데, 정복지에 파견된 감찰관監察官, 총재관總裁官의 뜻으로 바꿔 썼다. 원나라 때 한족이나 피정복지 사람은 정식 벼슬아치에 임명될 수 없었으므로 대다수 행정 군사 기관 및 각 지방 부府, 주州, 현縣에 다루가치를 설치하고 주로 몽골족을 임명했다. 색목인들도 임명되어 주로 관인官印을 맡아 실권을 행사하기도 했다.

습니다."

"흥, 복은 무슨 복! 왜 못 보았다는 거죠?"

"소민군주로 말씀드리자면 우리 몽골족, 아니 천하에서 으뜸가는 미인이시고 문무를 겸전한 재원이요, 여양왕 전하의 천금같이 귀한 따님이신데, 소인 같은 미관말직이 무슨 복으로 군주마마의 옥안을 우러러 뵐 수 있겠습니까?"

"흥!"

주지약이 기가 막혀 코웃음 치더니 더는 말을 붙이지 않았다.

그 틈에 장무기가 얼른 화제를 돌렸다.

"큰아버님, 어찌 됐든 우리 일단 배를 타기로 하지요."

"음, 그렇게 하자꾸나. 바쑤타이 장군, 우리가 저 동굴에 있는 휴대 물품을 챙겨와서 배에 오를 테니 여기서 잠시만 기다려주시겠소?"

"아, 그러셔야죠! 소관이 수부들과 함께 가서 보따리를 져다 드리겠습니다."

"하하, 우리 같은 조난자들에게 보따리가 어디 있겠소? 수고를 끼칠 것도 없소이다."

그는 장무기와 주지약의 손을 잡고 산등성이 뒤로 돌아갔다. 그러고는 바쑤타이 일행이 듣지 않는 곳에 다다르자, 두 사람에게 말했다.

"얘들아, 조민이 갑작스레 수색선을 보내 우리를 찾는 걸 보면 아무래도 또 무슨 음모를 꾸미고 있는 게 틀림없다. 너희 생각에는 어떻게 대처해야 좋을 듯싶으냐?"

"큰아버님께선 저 배에 조…… 조민이…… 타고 있다고 생각하시는 겁니까?"

"그 요사스러운 계집이 타고 있다면 차라리 좋겠다. 저놈들이 주는 음식을 조심해야 해. 까딱하는 날엔 또 그 요녀의 술수에 당할지도 모르니까."

"옳은 말씀입니다. 여기 저장해둔 말린 생선과 과일이 있으니 그걸 가져가지요. 마실 물도 따로 말입니다. 배에서 주는 음식은 일절 먹고 마셔선 안 됩니다."

"내 짐작으로는 저 배에 조민이 타고 있지는 않을 듯싶다. 저들은 지난번 페르시아 놈들처럼 우리를 배에 올려 태우고 바다 한가운데까지 데려가서 오도 가도 못 하게 한 뒤 대포를 쏘아 격침시킬 게 분명해."

양부의 말에 장무기의 가슴속에는 한바탕 쓰라린 비애가 훑고 지나갔다. 그래서 저도 모르게 목소리마저 떨려 나왔다.

"설마 조민이 그토록 악랄한 심보를 품었을까요? 우리를 이 조그만 섬에 내버려두어도 제 명대로 살다 죽어서 영원토록 중원 땅에는 돌아가지 못할 텐데요. 또 우리 셋이서 그녀한테 크게 잘못한 일도 없는데……."

그러자 사손이 차갑게 코웃음을 쳤다.

"흠, 네가 만안사에서 육대 문파 고수들을 모조리 풀어주었는데, 그 계집이 네게 앙심을 품지 않을 리 있겠느냐? 게다가 명교 교주가 실종되었다는 소문이 파다하게 난 지금쯤 교단에서 위아래 사람들이 송두리째 쏟아져 나와 교주를 찾느라 혈안이 되어서 바다 구석구석까지 샅샅이 뒤질 터인데, 언젠가는 이 섬에까지 찾아오지 않겠느냐? 그걸 조민도 예상하고 있는 거야. 그러니까 우리를 아예 바다 밑에 장사 지내 흔적도 찾아내지 못하게 할 셈이지. 속담에 '화근을 제거하려면 뿌리까지 뽑아야 한다斬草除根'고 하지 않았더냐?"

"함포를 쏘아 격침시키면 바쑤타이를 비롯한 몽골 관군들까지 억울하게 죽지 않겠습니까?"

"하하. 얘, 무기야! 군국대사軍國大事의 중책을 맡아 천군만마를 거느리고 전쟁을 지휘하는 자가 부하 몇 놈쯤 죽는다고 아까워할 줄 아느냐? 몽골족이 너처럼 어질고 자비심으로 똘똘 뭉친 놈들이었다면 사해 천하를 정복하고 그 숱한 나라들을 휩쓸지 못했을 거다. 자고로 위대한 공업功業을 세운 영웅호걸들은 하나같이 무서운 결단력의 소유자였다. 그런 사람들은 아무리 자기편이라 해도 필요할 때는 가차 없이 처치했다. 하잘것없는 졸병이 아니라 제 부모 처자식마저 돌보지 않고 죽음 속에 던져 넣을 텐데 남들이야 더할 나위가 있겠느냐?"

장무기는 한참 동안 그 말을 새김질하던 끝에 결국 수긍했다.

"큰아버님 말씀이 옳습니다."

대꾸는 했으나 공연히 마음이 울적해졌다. 아무리 정도를 걷는 인물일지라도 대의를 위해서는 가차 없이 사사로움을 끊고 소小를 희생해야 한다는 그 비정함이 인간 장무기의 심사를 뒤흔든 것이다. 조민 역시 장무기라는 강대한 적을 처치하기 위해 말단 부하 몇몇쯤은 능히 희생시키고도 외눈 하나 깜짝하지 않을 것이다. '그렇다면 나는 도대체 어떤 부류의 인물인가? 조민처럼 무자비하게 부하들마저 서슴지 않고 죽여가면서 목적한 일을 성취시킬 배포가 과연 있을까? 나 역시 꿈은 크다. 중원 땅에 돌아가는 날 천하의 영웅호걸을 규합해 중원의 정복자 몽골 오랑캐를 몰아내겠다는 원대한 꿈을 가지고 있다. 그러나 중원 천하를 도탄에서 건져내어 태평성대로 나라를 다스릴 만한 지도자로서 역량을 갖추고 있는가?' 생각 끝에 그는 자기도 모르게 고개를 가로저었다. 그럴 능력도 없거니와 그렇게 하고 싶지도 않았던 것이다.

그가 무슨 생각을 하고 있는지 알지 못하는 주지약이 의아한 눈초리로 그를 바라보다가 사손을 향해 물었다.

"양부님, 우리가 어떻게 해야 좋겠는지 말씀해주세요."

"며늘아기에겐 무슨 묘책이라도 있느냐?"

사손이 도리어 반문했다.

"그렇다면 차라리 배를 타지 말아요. 저 몽골 군관더러 '우리는 여기서 사는 게 좋다, 중원 땅에 돌아가고 싶지 않다'고 말하면 그만 아니에요?"

"하하! 멍텅구리는 역시 바보 멍청이 같은 소리만 하는구나. 우리가 배를 타지 않아봐라. 저놈들이 그냥 순순히 물러설 듯싶으냐? 절대로 우리를 그냥 내버려두지 않을 거다. 설사 우리가 저 배 안에 있는 군사들을 다 죽여 없앤다고 치자. 그래도 저놈들은 열 척 스무 척 계속해서 보내올 거다. 더구나 중원에는 무기가 감당해야 할 일이 태산같이 쌓였는데, 이런 황막한 무인도에서 늙어 죽게 만든대서야 될 법이나 하겠느냐?"

주지약의 얼굴이 벌겋게 물들더니 나지막하게 대꾸했다.

"아무래도 양부님께서 결정하셔야겠습니다. 저희 둘은 양부님의 분부대로 따를 테니까요."

사손은 잠깐 생각에 잠기더니 두 사람을 바짝 다가서게 하고 귓속말로 몇 마디 속삭였다. 그 말을 듣고 장무기와 주지약의 얼굴이 환하게 밝아져서 이구동성으로 찬탄했다.

"그것참 묘책이십니다!"

짐 보따리를 다 챙기고 나서, 장무기는 은리의 무덤을 찾아 잠시 묵도하면서 작별의 눈물을 흩뿌렸다. 그런 뒤 일행과 함께 범선에 올랐다. 배에 오른 장무기는 선실과 선창 안팎을 구석구석 살펴보았다. 사손이 예상한 대로 조민은 배 안에 없었다. 선상 갑판에서 눈에 뜨이는 인물들 역시 모두 무공을 익히지 않은 듯싶어 다소 마음이 놓였다. 이윽고 닻줄이 감기고 돛폭이 펼쳐지자, 범선은 무인도를 뒤로하고 외해로 빠져나갔다. 배가 해안에서 수백 척 거리 바깥으로 벗어났을 때 사손이 장무기에게 눈짓 신호를 보냈다.

장무기는 느닷없이 뒷손질로 등 뒤에 서 있던 바쑤타이의 오른 팔목을 움켜잡는 것과 때맞춰 그 허리춤에 차고 있던 패도佩刀를 뽑아 뒷덜미에 칼날을 얹었다. 이제 돌아가면 상금을 듬뿍 타리라고 한창 꿈에 부풀어 있던 바쑤타이는 마른하늘에 날벼락을 맞은 격이라 그만 혼비백산을 하고 말았다.

"아이고, 장 공자님…… 왜 이러십니까?"

"내 명령대로 따르시오! 우선 조타수더러 키를 동쪽으로 돌리라고 하시오!"

바쑤타이가 전신을 와들와들 떨면서 변명했다.

"장 공자님, 소관…… 소관은 공자님께 아무런 죄도 저지르지 않았습니다."

"내 말대로만 하시오. 조금이라도 어기거나 반항했다가는 내 당장 그대 목을 끊어버리고 말겠소!"

"아이고, 예! 예에!"

바쑤타이가 겁에 질린 목소리로 키잡이에게 호통쳐 명령했다.

"조…… 타수! 조타수! 어서 빨리 배를 동쪽으로 몰아라!"

조타수가 분부대로 키를 돌리자 배는 무인도를 스칠 듯이 가로질러 동쪽 바다를 향해 미끄러져 나가기 시작했다.

장무기의 입에서 호통 소리가 터져 나왔다.

"너희 몽골 놈들이 우리를 해치려 할 모양이지만, 내 벌써 네놈들의 간계를 꿰뚫어보았다. 어서 바른대로 실토하지 못하겠느냐? 한마디라도 거짓말을 했다가는 네놈의 목숨이 날아갈 줄 알아라!"

으름장을 놓으면서 장무기는 오른 손바닥을 들어 뱃전을 내리쳤다. 그러자 "퍽!" 하는 소리와 함께 나무 부스러기가 사방으로 흩날리는 가운데 뱃전 모서리가 한 뭉치나 부서져 삽시간에 이빨 빠진 형국이 되고 말았다.

그것을 본 몽골 수병들은 너 나 할 것 없이 아연실색, 두 다리에 맥이 탁 풀리고 머리카락이 곤두섰다. 바쑤타이는 이빨을 딱딱 마주쳐가며 와들와들 떨리는 목소리로 통사정을 했다.

"공자님, 제발 굽어 살펴주십시오. 소관은 상사의 명을 받들어 공자님을 모셔가는 일밖에 딴 뜻이 없습니다. 소관…… 소관은 그저 이번에 공을 세워 상금이나 듬뿍 받을까 좋아했을 뿐 악의라곤 반 푼어치도 품지 않았습니다. 정말입니다! 공자님을 해쳤다가는 제 상금도 날아갈 게 아닙니까?"

바쑤타이의 간절한 태도로 보건대 거짓은 아닌 듯싶었다. 장무기는 우선 팔목을 놓아주었다. 그러고는 성큼성큼 뱃머리 쪽으로 걸어가더니 굵다란 쇠사슬에 달린 육중한 닻을 하나 집어 들고 몽골 수병들을 향해 소리쳤다.

"모두 똑똑히 보아둬라!"

호통 소리와 함께 힘껏 던져 올린 무쇠 닻이 좌르르 풀려나가는 사슬을 이끌고 화살같이 허공으로 까마득하게 솟구쳐 올라갔다.

"으와아!"

몽골 수병들의 입에서 경탄에 찬 아우성이 터져 나왔다.

거대한 무쇠 닻이 다시 떨어져 내리는 순간, 장무기는 오른손으로 훑어내듯 재차 떠밀어 올렸다. 무쇠 닻은 또 한 차례 공중으로 날아 올라갔다. 이렇듯 연속 세 차례 떠밀어 올리고 나서야 그는 무서운 기세로 추락하는 닻을 가볍게 받아 뱃머리에 사뿐히 내려놓았다.

몽골족은 역대로 말안장 위에서 천하를 정복한 민족이다. 그러기에 몽골인이 가장 존경하는 인물은 누구보다 무예와 용맹이 뛰어난 용사였다. 범선 안의 몽골 수병들은 그가 보인 경천동지할 위력적인 무공을 목격하고 일제히 갑판에 무릎을 꿇었다.

선장과 키잡이는 장무기의 명령대로 배를 동쪽으로 몰았다. 범선은 연 사흘 동안 망망대해를 곧바로 항진했다. 보이는 것이라곤 그저 한없이 펼쳐진 파도와 하늘가에 맞닿은 수평선뿐이었다.

사손은 조민이 포함을 배치했다면 필시 광동성과 복건성 인근 해역일 것이라고 추측했다. 이제 범선이 대양 깊숙이 들어왔으니 대포를 장착한 몽골 수군 함대와 마주칠 우려는 없어진 셈이었다. 닷새째가 되자 그는 조타수에게 명령해 뱃머리를 북쪽으로 돌리게 했다.

배는 북쪽을 향해서 20여 일을 더 항진했다. 이쯤 되면 제아무리 총명한 조민의 두뇌가 열 배 스무 배 뛰어나더라도 일행이 타고 있는 배의 위치를 알아낼 수 없을 터였다. 범선의 조타수는 사손이 명한 대로 키를 서쪽으로 꺾어 돌렸다. 달포 만에 비로소 중원 땅으로 회항하는 셈이었다. 그동안 장무기 일행은 무인도에서 가져온 말린 식량만을 꺼내 먹거나, 아니면 바다의 신선한 물고기를 잡아 끼니로 삼았을 뿐, 선상의 음식물은 일절 입에 대지 않았다.

이날 정오 무렵, 서북방 수평선 위에 마침내 육지가 나타났다. 오랜 항해에 지칠 대로 지친 몽골 수병들은 흙냄새를 맡고 미칠 듯이 환호성을 질렀다. 드디어 집에 돌아온 것이다.

해 질 녘 거대한 범선은 해안에 닻을 내렸다. 온통 바위투성이인 데다 수심이 아주 깊어 곧바로 해안에 정박할 수 있었다.

"무기야, 네가 먼저 올라가서 여기가 어딘지 살펴보려무나."

양부의 명을 받고서 장무기는 몸을 날려 해안에 상륙했다. 그러고는 혼자 터벅터벅 내륙으로 들어갔다. 사방은 길도 없이 온통 짙푸른 삼림으로 뒤덮여 있었다. 한겨울에 쌓였던 눈이 갓 녹기 시작했는지 땅바닥은 발목이 잠길 만큼 질퍽거리는 수렁 천지였다. 겨우겨우 앞으로 나아갔더니 숲이 갈수록 울창해져 갈 길을 가로막았다. 하늘이 보이지 않을 정도로 음침한 그늘 속에 나무 한 그루 한 그루가 모두 천공天空을 떠받친 기둥처럼 까마득히 솟구쳤는가 하면 나무줄기 둘레 또한 서너 사람이 양팔을 이어 껴안아야 맞닿을 만큼 우람한 고송古松들뿐이었다.

방향을 가늠할 수 없자, 그는 몸을 솟구쳐 나무 끝 줄기 위로 올라갔다. 사면팔방 어디를 둘러보아도 온통 나무숲의 바다가 끝없이 펼쳐져 있었다. 인적이라곤 찾아볼 길 없는 원시림의 세계였다. 더 나가봤자 마찬가지일 듯싶어 그는 나무에서 내려와 배가 정박한 곳으로 돌아갔다. 거의 해변에 다다를 무렵, 그는 바람결에 실려오는 처절한 비명을 들었다. 사람의 목숨이 끊어질 때 나오는 단말마의 소리, 그것은 바로 범선에서 들려오고 있었다.

장무기는 가슴이 철렁 내려앉아 쏜살같이 배를 향해 치달려갔다. 훌쩍 뱃머리에 뛰어오르고 보니 갑판 여기저기에 몽골 수병들의 시체가 어지러이 널려 있었다. 군관 바쑤타이도 예외는 아니었다. 선원들과 몽골 수군 장병이 한 사람도 남김없이 떼죽음을 당한 것이다.

사손과 주지약은 갑판 위에 멀쩡하게 서 있었다. 적의 그림자는 보이지 않았다.

"큰아버님, 지약! 무사하십니까? 적은 어디로 갔습니까?"

"적이라니, 어떤 놈들 말이냐? 혹시 어디서 적의 종적이라도 발견했느냐?"

"아니요, 전 못 봤습니다. 그럼 이 몽골군들은……."

"나하고 지약 둘이서 죽였다."

별것 아니라는 투로 대꾸하는 양부의 말에 장무기는 더욱 놀랍고 의아스러웠다.

"아니, 그럼 이 오랑캐 놈들이 중원 땅에 돌아오자마자 또 우리를 해치려 했단 말씀입니까? 정말 간덩어리가 커도 유분수지 이놈들이 그런 속셈을 품었을 줄은 생각 못 했군요."

"그런 게 아니다. 내가 죽여서 입막음을 한 것이다. 이놈들이 입을 봉하면 조민이란 계집도 우리가 돌아온 사실을 모를 게 아니냐? 이제부터 그 계집은 환한 곳에 노출되었고 우리는 어둠 속에 잠복한 셈이다. 이렇게 되면 그 계집을 찾아서 복수하기가 훨씬 수월해지겠지!"

장무기는 숨이 막혀 입을 열지 못했다. 그러나 사손은 대수롭지 않다는 듯이 덤덤한 기색으로 되물었다.

"왜 그러느냐? 내 수단이 너무 잔혹하다고 탓하는 모양이구나. 오랑캐 관군들은 우리 적이야. 이런 놈들한테 보살님의 자비심으로 대할 필요가 있겠느냐?"

장무기는 말이 없었다. 거의 달포 남짓 한배를 타고 끝없는 파도에 시달리면서 자기들의 명령이라면 털끝만치도 게으름을 부리지 않고 죽는 시늉까지 해 보이며 시중을 들어온 사람들이었다. 비록 적이라고는 하지만 이런 상황에 닥치고 보니 아무래도 미안한 감정이 앞서는 것을 어쩔 수가 없었다.

사손이 그의 심사를 눈치채고 다짐을 두었다.

"옛사람이 좋은 말씀을 했지. '도량이 작으면 군자가 아니요, 독한 심보를 품지 않으면 사내대장부가 못 된다量小非君子 無毒不丈夫'고 했다. 내가 적을 해치지 않으면 적이 나를 해치게 마련이다. 조민 그 계집이 우리를 이토록 모질게 대했는데, 우리라고 그러지 말라는 법이 어디 있느냐? 병법에 '적의 수법을 역이용해 적에게 되갚아준다以其人之道 還治其人之身' 하지 않았더냐?"

"큰아버님 말씀이 옳습니다."

대답은 하면서도 바쑤타이의 시신을 바라보노라니 왈칵 눈물이 쏟아질 것 같았다.

사손이 다시 명을 내렸다.

"배에다 불을 질러서 태워버려야겠다. 지약아, 저놈들의 시체를 뒤저 돈이 될 만한 금은붙이를 거둬들이고 호신용으로 병기 석 자루만 골라놓아라."

주지약이 분부대로 거행했다. 이윽고 세 사람은 범선에 불을 지르고 제각기 뭍으로 뛰어내렸다. 선체가 워낙 큰 탓에 배는 한밤중이 될 때까지 타고 나서야 마침내 연기와 불꽃을 흩날리며 기우뚱하니 바닷물 속으로 가라앉았다. 몽골군 수병들과 선원들의 시체 역시 하나같이 잿더미로 변한 채 배와 더불어 깊은 바다 밑에 가라앉았다.

이제 바닷물 위에는 타다 만 나무토막 몇 개만 둥실둥실 떠다닐 뿐 아무런 자취도 남지 않았다. 장무기의 마음도 한결 홀가분해졌다. 비록 모질고 악랄한 점은 있다 해도 역시 세상 물정에 닳고 닳은 사람답게 깨끗이 마무리 짓는 양부 사손의 솜씨야말로 자기로서는 도저히 미치지 못한다는 것을 새삼 깨달았다.

해변 바위틈에서 되는대로 하룻밤을 지새운 세 사람은 다음 날 새벽부터 숲을 헤치고 남쪽으로 방향을 잡아 걷기 시작했다. 무인지경의 삼림지대에 들어선 지 이틀째 되던 날에야 심마니들 일고여덟 명과 마주쳤다. 일행은 이런저런 수작 끝에 그들의 입을 통해 이곳이 산해관山海關 바깥 요동遼東 지방이라는 사실을 알게 되었다. 그렇다면 장백산맥長白山脈에서 그리 멀지 않다는 얘기였다. 심마니 패거리와 헤어지고 났을 때 주지약이 불쑥 물었다.

"양부님, 저 사람들마저 모조리 죽여 입막음을 해야 하지 않을까요?"

그 말을 듣고 장무기가 버럭 고함쳐 꾸짖었다.

"지약, 무슨 소릴 하는 거요! 저 심마니들은 우리가 누군지도 모르는데 왜 죽여서 입을 봉한단 말이오? 설마 우리와 마주치는 사람마다 모조리 죽여 없앨 작정이오? 그래야 당신 마음이 놓이겠소?"

주지약은 군색한 나머지 얼굴빛이 온통 새빨개졌다. 장무기가 이토록 그녀를 질책한 적은 없었다. 사손이 주지약의 편을 들며 한마디 거들었다.

"내 생각대로라면 역시 저 심마니들마저 죽여 없애는 것이 옳겠다만, 교주님께서 더는 인명을 살상하기 원치 않으시니 하는 수 없구나. 가능한 한 빨리 옷차림이나 바꾸어 적의 눈에 띄지 않도록 행적을 감추어야겠다."

그러고는 장무기더러 들으라는 듯이 또 한마디 덧붙였다.

"전해 내려오는 애기를 듣자니 몽골의 첫 황제 칭기즈칸은 전쟁할 때 적을 습격하게 되면 행군 도중에 마주친 사람은 나그네든 목동이든 가차 없이 죽여서 입막음을 했다더구나. 그렇게 하니까 행적이 누설되지 않았던 거야. 몽골 족속이 천하를 차지하게 된 까닭도 역시 나름대로 일리는 있었어."

세 사람은 걸음을 재촉하고서도 이틀 만에야 가까스로 삼림지대를 벗어날 수 있었다. 그리고 하룻길을 더 가서 외딴 농가를 한 채 발견했다.

장무기는 은 덩어리를 주고 농부의 헌 옷가지를 사들였다. 워낙 가난뱅이 집안이라 여벌의 옷이 없었기에 일행은 길 가는 도중 연거푸 일고여덟 군데 농가를 뒤져서 겨우 세 벌을 마련할 수 있었다. 윗도리 아랫도리 할 것 없이 더럽고 지저분한 누더기 옷가지였다. 성미가 깔끔한 주지약은 땟국이 줄줄 흐르는 바지를 받아 들고 역겨운 냄새에 구역질을 했으나 사손은 오랜만에 옷다운 옷을 입어보게 된 터라 무척이나 흐뭇한 기색이었다.

"자, 이젠 얼굴과 머리, 팔다리에 진흙을 바르면 감쪽같을 거야!"

장무기가 퀴퀴한 잿빛 진흙으로 온통 칠갑을 하고 나서 시냇물에 제 모습을 비춰보았더니 완전한 상거지 꼴이었다. 이제는 조민과 마주쳐도 자기를 알아보지 못할 정도로 한심한 요동 지방 토박이 거지 꼬락서니가 되고 만 셈이다.

일행은 계속 남쪽을 향해 내려갔다. 그리고 만리장성을 통과해 중원 땅에 들어섰다.

그날 오후, 세 사람은 제법 번화한 도시에 당도하자 그길로 규모가 제법 큰 주루를 찾아 들어갔다. 2층까지 객석을 차릴 만큼 으리으리한 술집이라, 상거지 꼴을 한 장무기는 문턱을 넘어서기가 바쁘게 두세 냥짜리 은 덩어리부터 꺼내 기세 좋게 계산대 위에 놓았다. 빌어먹는 거지로 오인받아 문전박대를 당할까 봐 선수를 친 것이다.

"주인장, 우선 이걸 받아두고 우리가 식사를 다 마친 다음에 계산합시다."

그런데 뜻밖에도 술집 주인이 벌떡 일어나더니 송구스러운 표정을 지으면서 장무기가 건네준 은 덩어리를 두 손으로 공손히 떠받들어 도로 내미는 게 아닌가?

"여러 어르신께서 저희 가게를 찾아주신 것만도 황송한데, 술값 밥값이 몇 푼이나 된다고 돈을 받겠습니까? 저희가 다 알아서 모실 테니 어서 2층으로 오르십시오."

의아한 기색을 감추지 못하고 2층에 올라 자리를 잡은 후 장무기는 주지약에게 귀띔해 물었다.

"혹시 우리 행색에 무슨 허점이 드러난 게 아닐까? 어째서 주인이 돈을 받지 않으려 하는지 모르겠군."

주지약도 이상하다 싶어 다시 한번 일행의 옷차림새를 꼼꼼히 뜯어보았다. 그러나 그 자리에 앉아 있는 것은 분명 갈 데 없는 세 명의 거지일 뿐 정체가 드러날 만한 구석은 없었다. 그녀가 고개를 갸우뚱하는데 사손이 두 사람에게 주의를 환기시켰다.

"내가 들어보니 그 주인장의 말투가 몹시 겁먹은 기색이더구나. 그러니 모두 조심해야겠다."

그때 우당탕퉁탕 계단을 딛고 올라오는 발걸음 소리가 요란하게 울리더니 손님 일곱 명이 나타났다. 그런데 이건 또 웬일까? 공교롭게도 2층에 올라온 손님들 역시 거지 차림새였다. 이들 일곱 거지는 창문에 딸린 식탁을 차지하고 사뭇 거드름을 부려가며 자리에 앉았다. 뒤따라 올라온 심부름꾼이 주문을 받는데, 어느 고관대작의 귀인이나 모시듯이 연신 허리를 구부려가며 말끝마다 "어르신네, 어르신네"를 연발했다.

장무기는 눈치채이지 않게 저들의 행색을 유심히 살펴보았다. 거지들의 등에는 제각기 자그만 보따리가 다섯 개, 혹은 여섯 개씩 매달려 있었다. 모두 개방 소속 중견급 제자들이었다.

심부름꾼 녀석이 술과 음식을 주문받아 내려간 지 얼마 안 되어 또 예닐곱 명의 개방 인물이 올라오더니, 잠깐 사이에 도합 30여 명이나 되는 거지들이 연달아 술집 안으로 들어와 자리를 메웠다. 그중에는 칠대七袋 제자 세 명도 끼어 있었다.

장무기는 그제야 확연히 깨달았다. '옳거니, 오늘 이곳에서 개방의 회합이 열리는 모양이구나!' 그러기에 술집 주인이 자기네 일행 셋도 개방의 제자들인 줄 알고 돈을 받지 않은 것이다. 그는 고개 숙인 채 사손에게 목소리를 낮춰 속삭였다.

"큰아버님, 공연히 쓸데없는 일에 휘말려들지도 모르겠으니 아무래도 이 자리를 피하는 게 좋을 듯싶습니다. 개방 사람들이 적지 않게 몰려들고 있으니 말입니다."

바로 그때 술집 심부름꾼이 커다란 쟁반에 쇠고기와 통닭구이, 그리고 고량주 다섯 근이 담긴 술병을 떠받들고 올라왔다. 사손은 배 속에서 쪼르륵 소리가 나기도 하려니와 여러 달 동안 맛 좋은 음식을 배불리 먹어본 적이 없는 터라 구수한 통닭구이 냄새를 맡자 식욕이 크게 동한 나머지 그걸 두고 도무지 그냥 일어설 수가 없었다.

"얘야, 우리 그냥 앉아서 찍소리도 내지 말고 먹기나 하자꾸나. 저 친구들이 설마 시비야 걸겠느냐?"

말을 끝내기가 무섭게 사손은 배갈 한 대접을 그득 따라 단숨에 반 대접이나 꿀꺽꿀꺽 들이켰다. 그러면서 속으로 생각했다.

'하늘이 사손을 불쌍하게 보셨구나! 20여 년 기나긴 세월을 바다 밖에서 떠돌다가 오늘에 와서야 이 기막힌 술맛을 다시 보게 되다니……'

그의 얼굴에 깊은 감회가 서렸다. 아무 데서나 마실 수 있는 싸구려 술이었지만 그의 입에는 도가道家의 신선들이나 즐긴다던 옥액경장玉液瓊漿, 불가佛家에서 최고의 음료로 치는 제호탕醍醐湯*보다 더 맛좋은 술이었다. 배갈 반 대접을 들이켜고 나서 그는 "후우!" 하고 깊은 한숨

---

* 불교 용어로 '최상의 맛'을 가리킨다. 우유를 정제하면 우유, 자양 음료, 생연유, 숙성 연유, 크림의 다섯 가지 유제품이 나오는데, 그중 최고의 맛이 제호다.

을 내쉬었다. 말로 형용하지 못할 만큼 기분이 상쾌했다. 남은 반 대접을 마저 비우고 났을 때 그는 불현듯 장무기에게 나지막하게 속삭여 주의를 주었다.

"조심해라. 솜씨가 대단한 인물이 두 명 올라오고 있다!"

장무기는 층계를 딛고 올라오는 발걸음 소리에 귀 기울였다. 과연 지금 나타나고 있는 두 인물은 남달리 비범한 무공의 소유자가 분명했다.

두 사람이 층계 끝에 모습을 드러내자, 2층에서 시끄럽게 떠들며 질탕하게 먹고 마시던 개방 제자들이 화다닥 자리를 박차고 일어났다. 사손의 손짓 신호에 따라 장무기와 주지약도 덩달아 일어섰다. 장무기 일행이 자리 잡은 식탁은 한쪽 으슥한 귀퉁이라 다른 사람의 눈에 잘 띄지 않았으나, 남들이 모두 일어서는데 마냥 앉아 있다가는 당장 주목을 받아 소란이 일어날 것 같았다.

장무기는 개방 제자들의 영접을 받고 있는 두 인물을 주시했다. 하나는 보통 키에 얼굴 생김새가 말끔했다. 세 가닥 수염을 길게 기른 품이 거지 옷차림새가 아니라면 영락없이 과거에 낙방한 선비쯤으로 보일 용모였다. 그 뒤에 선 인물은 얼굴이 온통 울퉁불퉁한 근육투성이에 억센 수염이 창끝처럼 뻗친 것이 여간 흉포하게 생긴 게 아니었다. 더구나 얼굴빛마저 거무튀튀한 것이 마치 삼국시대 관운장의 청룡언월도를 받들고 따라다니던 주창周倉과도 같은 인상을 주었다. 두 사람 모두 나이 오십을 넘겼는지, 수염과 머리털이 희끗희끗했다. 등에는 제각기 작은 포대 자루가 자그마치 아홉 개씩이나 매달려 있었다. 그 포대는 개방 인물의 신분과 지위를 나타내는 것으로 그 속에 저마다 쓰는 암기 따위를 숨겨가지고 다니는데, 이들 두 사람의 것은 너무 작아서 무엇이 담겼는지 짐작하기도 어려웠다.

범상치 않은 인물이 나타나자, 장무기는 온몸의 신경을 곤두세웠다. 개방은 강호에서도 가장 큰 방회였다. 태사부님의 말씀으로는 지난날 홍칠공이 방주로 있을 때에는 너그럽고 무공이 뛰어난 홍 방주를 정파와 사파 흑백 양도 어느 편에서나 존경했다고 한다. 그 뒤를 이은 여협 황용, 야율제 등도 역시 발군의 실력을 지닌 인물들이었다고 했다. 그러나 이들이 차례차례 세상을 떠나고 나자 수십 년 이래로 개방을 이끌고 나갈 만한 인재가 배출되지 않았다. 그러자 개방의 명성과 위세는 왕년에 비해 훨씬 떨어지고 말았다. 현재 방주로 있는 사화룡史火龍은 강호에 모습을 드러낸 적이 별로 없기 때문에 그가 어떤 인물인지 아는 이가 극히 드물었다. 지금 나타난 두 사람은 등에 진 포대 자루가 아홉 개인 점으로 보아 개방 안에서도 방주를 제외하고는 지위가 가장 높은 인물인 셈인데, 지난번 영사도에서 양부 사손의 도룡도를 탈취하려던 개방 장로들과 이 둘이 어떤 연관을 맺고 있을까 궁금했다.

장무기는 가슴을 더듬어보았다. 품속에는 아직도 성화령 여섯 자루가 고스란히 들어 있었다. 조민이 도룡도와 의천보검을 훔쳐 달아난 지금, 몸에 지닌 병기라곤 이 성화령밖에 없었다. 조민은 십향연근산으로 장무기를 중독시키고도 그에게 또 무슨 기상천외한 재간이 있는지 모르는 터라 품속까지 감히 뒤지지 못했을 것이다. 만약 이 자리에서 개방 측과 시비가 벌어진다면 수적으로 절대 우세한 개방 제자들을 상대해 맨주먹으로 싸워서는 승산이 없을 것이 분명했다. 일거수일투족에 신중을 기해야 하는 마당에 성화령을 잃어버리지 않고 몸에 지니고 있다는 사실만으로도 얼마나 마음이 든든한지 몰랐다.

구대 장로 두 사람은 2층 객석 한복판에 놓인 큼지막한 식탁을 차지하고 앉았다. 거지들도 분분히 제자리를 찾아갔다. 술과 음식이 줄지어 올라왔다. 개방 제자들은 와자지껄 소란을 부리면서 먹고 마시기 시작했다. 젓가락 숟가락은 아예 제쳐놓고 요리는 손으로 움켜다 먹고 국물은 사발째로 들이켜는 난장판이 벌어진 것이다.

장무기와 사손은 온 신경을 귀에 모은 채 두 원로의 대화를 엿들었다. 그러나 이들 역시 술 마시고 안주 집는 일밖에 별다르게 주고받는 얘기가 없었다. 공적인 일에 관해서는 일언반구도 없고 기껏 한다는 말이 "자네 한 잔 들게!" 아니면 "쇠고기 맛이 아주 그럴듯한걸?" 정도가 고작이었다. 이윽고 이들 두 구대 장로가 식사를 마치고 아래층으로 내려가자, 나머지 거지 패거리도 거나하게 취해서 우르르 뒤따라 몰려나갔다. 이제 2층에는 장무기 일행 셋만 덩그러니 앉아 있었다. 거지 떼가 자취를 감추었는데도 사손은 여전히 목소리를 낮추어 속삭였다.

"무기야, 저자들을 어떻게 보느냐?"

"개방 패거리가 여기 모인 것은 그저 한 끼니 질탕하게 먹고 마시기 위해서가 아닙니다. 저들은 오늘 저녁 어디 으슥한 곳에 따로 모여 본격적인 회의를 가질 것 같습니다."

"필시 그럴 거다. 개방은 이날 이때껏 우리 명교와 적대 관계를 지속해왔다. 광명정을 불태울 때도 가담했고, 또 그것도 모자라 내 도룡도를 빼앗으려고 영사도에 고수들을 보내기까지 했다. 만일 저 간교한 놈들이 우리 명교를 해칠 계략을 꾸민다면 그냥 지나칠 수야 없는 노릇이지. 우리도 슬며시 끼어들어 무슨 짓을 벌일 작정인지 분명히 알아봐야겠다."

식사를 마친 세 사람은 아래층으로 내려가 다시 음식값을 계산하려고 했다. 그러나 아무리 돈을 내밀어도 주인은 막무가내로 받지 않았다. 겁에 질린 기색을 보아하니 개방 친구들이 공짜로 질탕하게 먹고 퍼마신 게 분명했다. 이것만 보더라도 평소 개방 제자들의 횡포가 얼마나 심한지 알 만했다.

술집을 나선 장무기 일행은 곧바로 초라한 객점을 찾아들었다. 마을 안팎에 개방 소속 거지 떼가 득시글거렸지만, 이들은 빌어먹는 거지의 관습대로 객점에 투숙하지 않았기에 장무기 일행과 마주칠 염려는 없었다.

날이 저물고 어둑어둑해지자 사손이 장무기를 불렀다.

"얘야, 나는 앞을 못 보니 아무 일도 탐지할 수가 없구나. 지약은 무공이 그리 높지 않아 널 따라나서봐야 짐만 될 거다. 고생이 되겠지만 아무래도 너 혼자 다녀와야겠다."

"그렇게 하는 게 저도 좋겠습니다."

그는 방 안에서 잠깐 휴식을 취하고 나서 객점 문을 나섰다. 그런데 어찌 된 노릇인지 저녁 무렵까지도 온 마을 안팎을 발칵 뒤집어놓다시피 하던 거지 떼가 한 녀석도 보이지 않았다. 큰 길거리 좁은 골목을 샅샅이 살펴보았으나 거지라곤 그림자도 없었다. 반 시진 전만 해도 득시글거리던 녀석들이 한꺼번에 사라졌다면 멀리 가지 못했으리라. 장무기는 곧장 눈에 뜨이는 대로 음식점 한 군데를 찾아 들어갔다. 그러고는 일부러 개방 제자인 것처럼 행세하느라 눈알을 부라리면서 주먹으로 계산대 돈 궤짝을 "꽝!" 소리가 나도록 내리치고 호통을 쳤다.

"이봐, 주인장! 우리 형제들이 다 어디로 간 거야?"

주인과 종업원들은 개방 패거리들 가운데 웬 성질 못된 거지가 야료를 부리나 싶어 잔뜩 겁을 집어먹은 채 가슴살이 떨려 제대로 대꾸도 하지 못했다. 그나마 제법 담보가 큰 종업원 한 녀석이 아첨을 떨어가며 손가락으로 북쪽을 가리켰다.

"개방 친구분들은 서로 연락을 주고받으시면서 모두 저…… 저쪽으로 가셨습니다요. 어르신네, 차 한 잔 드릴깝쇼?"

"안 마신다, 안 마셔! 무슨 놈의 냄새나는 차를 마시라는 거야?"

대뜸 호통 질러 기를 꺾어놓고 음식점 문턱을 나선 장무기는 큰대자 걸음걸이로 으스대가며 북쪽으로 길을 잡았다. 성깔 못된 거지 노릇을 한 자신의 모습을 생각하니 그저 우습기만 했다.

빠른 걸음걸이로 시가지를 벗어난 지 얼마 안 되어 북쪽으로 뻗은 길 곁 우거진 수풀 속에서 그림자가 번뜩 움직이더니 개방 제자 한 명이 일어났다. 거동을 보아하니 자기를 가로막을 것 같았다. 그곳을 지나치는 사람을 모조리 붙잡고 늘어져 시비를 걸어볼 태세였다. 장무기는 속력을 가해 돌개바람처럼 그 곁을 스치고 지나갔다. 개방 제자가 얼떨결에 무엇이 번쩍 움직이는 것을 느끼고 좌우를 두리번거렸으나, 거기에는 아무것도 없었다. 사람을 보았는지 허깨비를 보았는지 알 턱이 없어 두 눈을 비비면서 자기가 현기증이라도 일으켰는가 의심이나 할 따름이었다.

장무기는 개방 측이 가는 길 곳곳마다 보초를 깔아놓아 삼엄한 경계망을 펼쳤다는 데 생각이 미치자, 즉시 경공신법을 펼쳐 곧바로 북쪽을 향해 질주해나갔다. 가는 곳마다 나무 뒤, 수풀, 산등성이, 바위 틈서리, 어느 곳에나 빠짐없이 매복을 설치하고 보초들이 서 있었다. 그러고 보니 이들은 오히려 장무기에게 길을 인도하는 지표가 된 셈이었다. 4~5리쯤 치닫고 났을 때 거기서부터는 서너 걸음에 하나씩 경계병들이 물샐틈없이 치밀하게 지키고 있었다. 이들의 무공 실력이 별것은 아니라 해도 밝은 대낮에 그 시선을 낱낱이 피해가기란 쉽지 않았다. 어쩌다 눈에 띄어 실랑이라도 벌어진다면 적지 않게 귀찮아질 것 같아, 장무기는 아예 대로를 벗어나 산중 오솔길로 멀찌감치 돌아 접근해갔다.

눈앞에 길게 뻗은 산길을 따라 산중턱 아래에 절간이 나타났다. 규모가 어지간히 큰 사찰이었다. 주변의 분위기로 보건대 거지 패거리가 그 안에 모여 있는 게 분명했다. 진기 한 모금을 들이켜고 동북방 모서리에서 서편으로 꺾어 돌아 개방의 경계초소를 반 바퀴 우회해 절간 측면에 붙었다. 사원 앞쪽에 '미륵불사彌勒佛寺'란 편액이 큼지막하게 걸렸는데, 건물이나 자리 잡은 터가 무척 장엄하고도 우람했다. 중원 각처에서 봉기한 의병들은 대부분 '미륵불이 세상에 나타났다'는 구호를 내걸고 활동하는데, 이따금 '미륵불'을 '명왕明王'이라고 바꿔 부르기 때문에 장무기는 미륵불사란 이름의 사원을 보자 저도 모르게 친근감이 들었다.

'여기 모인 개방 인물 중에는 수뇌부에 속한 요인이 적지 않을 것이다. 지금 내 옷차림새는 개방의 거지 떼와 다를 바 없으나 저들의 예리한 안목에 발각되지 않으리란 보장도 없지 않은가? 그렇다면 아예 안전하게 방법을 바꾸어 탐지하는 게 나을 것이다.'

이렇게 생각한 그는 사방을 둘러보다 대웅전 앞뜰 왼편의 해묵은 소나무 한 그루에 가서 눈길이 멎었다. 반대편에는 오래된 잣나무 한 그루가 있어 이른바 송백松柏 한 쌍이 울창하게 뻗은 가장귀와 나무줄기를 꼿꼿이 세워 대웅전 처마 끝보다 높이 치솟아 있었다. 그는 소나무를 주목

31. 의천검 도룡도를 잃고 사랑하는 이마저 죽었는데

했다. 빽빽하게 우거진 솔가지 그늘이면 자기 한 몸을 감추기에 넉넉해보였다. 절간 뒤로 돌아간 그는 몸을 날려 지붕 위로 뛰어올랐다. 그러곤 거기서 다시 무릎걸음으로 처마 끝까지 기어 내려간 다음 가벼운 도약으로 맞은편 소나무 꼭대기로 훌쩍 건너뛰었다. 굵다란 가장귀 뒤에 몸을 숨기고 아래를 굽어보던 장무기는 속으로 외마디 소리를 질렀다.

'이크, 천만다행이로구나! 들킬 뻔했다.'

대웅전 안의 정경이 일목요연하게 눈길에 들어온 것이다.

대웅전 돌바닥에는 개방의 무리들이 우글우글 몰려 앉아 빈틈조차 보이지 않았다. 인원수가 줄잡아 300~400명은 족히 되는 듯싶었다. 모두 안쪽을 향해 앉았기 때문에 그가 소나무 위로 건너뛰었는데도 알아차린 녀석이 없었다.

널찍하게 트인 전각 한복판에는 부들로 짠 방석 다섯 장이 빈자리에 가지런히 놓여 있었다. 누군가 더 와야 할 사람이 있는 모양이었다. 뜻밖에 거지들은 300~400명이나 모였으면서도 숨소리 하나 내지 않고 엄숙하게 앉아 있었다. 아까 한낮에 왁자지껄 소란을 피우고 서로 음식을 다퉈가며 질펀하게 먹고 마셔대던 광경과는 전혀 딴판이었다. 수백 년 동안 명성을 누리던 개방이 근자에 들어 쇠퇴했다고는 해도 지난날의 엄격한 전통이 모두 사라진 것은 아니었다. 술집에서 벌어진 어수선한 양상은 그저 평소 때나 보이던 정경이었을 뿐, 지금 대웅전 안의 분위기야말로 방회 내부의 장로들이 제자들을 엄격히 단속하고, 법을 극도로 근엄하게 집행하고 있다는 방증이기도 했다.

대웅전 정면 중앙에 미륵불상 하나가 좌정해 있었다. 웃통을 벗고 불룩한 배를 드러낸 채 입을 딱 벌려 웃는 품이 여간 자상하고 친근해 보이지 않았다.

장무기가 이리저리 둘러보고 있을 때 대웅전 안에서 누군가 한 사람이 큰 소리로 호통을 질렀다.

"장발용두掌鉢龍頭 납시오!"

그 소리에 맞춰 거지들이 일제히 일어섰다. 장무기에게도 낯익은 선비 차림의 구대 장로가 손에 깨어진 바리때를 한 개 받쳐 들고 대웅전 벽 뒤편에서 천천히 걸어 나오더니 오른쪽 끄트머리에 자리 잡고 우뚝 섰다. 바리때는 거지들이 밥을 빌어먹는 하류 계층임을 상징하는 그릇이다.

"장봉용두掌棒龍頭 납시오!"

또 한 차례 호통이 울리자, 이번에는 부뚜막 귀신 같은 구대 장로가 양손으로 철봉 한 자루를 높지거니 치켜들고 성큼성큼 걸어 나오더니 왼쪽 끄트머리에 자리 잡고 섰다. 울퉁불퉁한 근육 덩어리에 시꺼먼 상판이 역시 장무기가 술집 2층에서 곁눈질로 엿보고 관운장의 부하 장수 주창을 닮았다고 품평했던 험상궂은 인물이었다.

뒤미처 또 한 번 호통이 울렸다.

"집법장로執法長老 납시오!"

몸매 수척한 늙은 거지가 손에 쪼개진 대나무 조각을 하나 들고서 나타났다. 발놀림이 무척 경쾌하고 날렵한 것이 발밑에서 먼지 한 톨 일지 않았다. 박쥐왕 위일소보다는 다소 손색이 있으나 경공신법이 대단하다는 것쯤은 한눈에 봐도 알 만했다. 개방 제자들에게 법 집행을 하는 무서운 장로였다.

"전공장로傳功長老 납시오!"

이번에 등장한 인물은 백발이 성성한 데다 수염까지 허옇게 센 늙은 거지였다. 빈손으로 나타났으면서도 몸놀림이나 보법으로 보아 무공 수준의 깊이를 헤아릴 수 없을 정도로 막강한 인물이었다. 전공장로라면 제자들에게 무공을 지도해주는 개방 최고의 원로 사범이다.

네 장로는 가운데 것 하나만 남겨놓고 좌우에 놓인 부들 방석을 아래쪽으로 옮겨다 깔아놓은 다음, 일제히 대웅전 안쪽을 향해 공손한 자세로 늘어서서 허리 굽히고 입을 모아 외쳤다.

"방주님, 이리 납시오!"

소나무 위에 몸을 숨기고 지켜보던 장무기도 찔끔 놀랐다. 지금 이곳에서는 어느 지역 분타分舵의 회합이 아니라 개방 수뇌부들이 총집결한 중대 회의가 열리고 있는 것이다. 강호 소문에 현임 개방 방주의 이름은 금은장金銀掌 사화룡이라고 들었다. 그러나 무림계에서 그 진면목을 보았다는 사람은 거의 없었다. 도대체 어떻게 생긴 인물일까?

네 장로의 말이 떨어지자, 개방 제자들은 일제히 허리를 구부렸다. 그러고도 한참 만에 미륵불상 뒤쪽 병풍 너머에서 발걸음 소리가 나더니 기골이 장대한 사나이가 호기로운 걸음걸이로 휘적휘적 돌아나왔다. 6척 장신의 훤칠한 키에 얼굴은 불그스레하니 혈색이 감도는 품이 지방 토호의 우두머리 행색에 자못 당당한 위엄이 서렸다. 그는 대웅전 한복판에 나와 서더니 거만하게 양손으로 허리를 짚고 장내를 한 바퀴 둘러보았다.

개방 제자들이 일제히 소리 맞춰 하례를 드렸다.

"예하 제자들, 방주님께 문안 올리오!"

방주 사화룡이 오른손을 휘저으며 한마디 건넸다.

"그만 됐다! 모두 잘들 있었느냐?"

"방주님께서도 평안하신지요?"

개방 제자들도 이구동성으로 응답했다.

사화룡이 가운데 놓인 부들 방석에 좌정하자, 제자들도 질서 정연하게 땅바닥에 자리 잡고 앉았다. 사화룡은 대뜸 장발용두를 돌아보고 분부를 내렸다.

"옹씨翁氏 아우님, 우선 자네가 금모사왕과 도룡도에 대한 일부터 여기 있는 모든 형제에게 설명해줘야겠네."

장무기는 개방 방주의 입에서 '금모사왕과 도룡도'라는 말이 나오자 가슴이 마구 요동쳤다. 오늘 개방의 모임은 역시 양부가 우려한 대로 금모사왕 사손과 도룡도, 그리고 명교에 관한 것이 분명해졌기 때문이다. 그는 온 신경을 두 귀에 집중시켰다.

이윽고 장발용두가 자리를 털고 일어나더니 방주에게 꾸벅 절하고 나서 제자들을 향해 돌아섰다.

"여러 형제들! 마교와 우리 개방은 지난 60여 년간 피투성이 싸움을 계속해오면서 원한이 극도에 달했소. 이런 사실은 형제들도 이미 잘 아는 터라 길게 얘기하지 않겠소. 그런데 마교는 최근 들어 새로운 교주를 옹립했소. 이름은 장무기, 지난번 광명정 포위 공격전에 참가한 형제들은 아마 본 적이 있을 거요. 육대 문파 고수들이 마교의 마지막 숨통을 끊어놓기 바로 직전에 나타나서 훼방을 놓은 그 젊은 풋내기 녀석이 교주가 된 것이오. 그러나 형제들! 젖비린내 솜털도 가시지 않은 어린것이 무슨 재주로 큰일을 감당하겠소? 우리 사 방주님의 위대하신

지략을 보름달 빛에 비한다면 그놈은 한낱 반딧불에 지나지 않을 따름인데, 제까짓 녀석이 어떻게 우리 방주님과 맞먹을 수 있단 말이오?”

“옳소! 옳소!”

장내에서 우레 같은 환호성과 박수갈채가 울려 나왔다. 사화룡의 얼굴에도 자못 의기양양한 기색이 피어올랐다.

“하지만 유감스럽게도 마교도는 새로운 교주를 추대하고 나서부터 사분오열로 갈라져 피투성이가 되도록 골육상쟁을 거듭하던 면모를 일신해 급기야는 우리 개방의 심복대환心腹大患으로 바뀌고 말았소이다. 지난 1년 사이에 마교의 우두머리들은 전국 각처에서 거대한 세력을 규합해 잇따라 봉기하고 있소. 강소성江蘇省과 산동성山東省 일대에서는 한산동韓山童, 주원장朱元璋의 무리가, 호남湖南과 호북성湖北省 일대에서는 서수휘徐壽輝의 무리가 원나라 관군을 연패시키고 적지 않은 지역을 점령했소. 이들의 기세야말로 무시할 수 없을 정도로 막강하오. 더구나 주원장 방면은 병력도 강성할 뿐 아니라 민심을 얻어 그 명성과 기세가 실로 얕잡아볼 수 없을 지경에 이르렀소. 만에 하나라도 저들 세력이 막중한 대사를 이룩해 몽골 오랑캐 족속들을 북방으로 몰아내고 천하를 얻는 날이면 우리 개방의 수십만 형제는 죽어서 묻힐 땅조차 없게 될 것이오!”

말끝이 떨어지기 무섭게 개방 제자들의 입에서 노성이 터져 나와 대웅전이 들썩거렸다.

“절대로 그놈들이 대사를 이룩하게 내버려둘 수 없소!”

“개방은 맹세코 마교 놈들과 끝까지 싸워 생사 결판을 내야 하오!”

“마교가 천하를 차지했다가는 우리 개방 형제들의 목숨을 어디다 붙이고 살 수 있겠소?"

"몽골 오랑캐는 반드시 무찔러야 하오! 그러나 마교 교주가 용상龍
床에 앉는 것은 천부당만부당한 일이오!"

장무기는 그 말을 듣고 흐뭇하기만 했다. 지난 몇 개월을 바다에서
떠도는 동안 명교 형제들이 착실하게 의병을 일으켜 중원 각처에서
기막힌 전과를 올리고 있었다니 이처럼 반가운 소식이 또 어디 있단
말인가? 명교와 적대 관계에 놓인 개방이 우려하는 것도 무리는 아니
다. 그러나 개방 세력도 10여 만 명이 훨씬 넘고 호걸의 수도 많다. 만
일 명교가 이들과 연합 세력을 형성해서 항원전抗元戰을 펼친다면 막중
한 대사를 더욱 쉽게 이룰 수 있을 텐데, 어떻게 하면 개방 세력과 지
난날의 원혐을 말끔히 씻어내고 우호 관계를 맺을 수 있을까?

장발용두는 장내의 소란이 가라앉기를 기다려 다시 말을 이었다.

"방주님께선 이제껏 연화산장蓮花山莊에서 정양하시느라 오랫동안
강호를 섭렵하지 않으셨소만, 이렇듯 중대한 사건이 터지자 몸소 나서
서 처리하시기로 결단을 내리셨소. 더구나 하늘이 우리 개방을 보우하
사 팔대 장로 진우량이 무당파 제자를 하나 사귀어 그로부터 극히 중
대한 소식을 알아냈소."

장발용두는 여기까지 말하고 나서 잠시 뜸을 들이더니 목청을 돋우
어 소리쳤다.

"진 장로, 이리 나오시오!"

"예에!"

벽 뒤에서 응답하는 소리가 나더니 두 사람이 정답게 손을 맞잡고
걸어 나왔다. 나이 서른도 안 돼 보이는 표독스러운 상판의 인물, 그자

는 장무기에게도 낯이 익었다. 바로 영사도에서 사손에게 목숨을 용서받고 도망친 그 진우량이었다. 다른 한 명은 용모가 준수하게 잘생긴 스물예닐곱 살 정도의 청년으로 역시 장무기가 아는 사람이었다. 다름 아닌 대사백 송원교의 아들 송청서였다.

방금 장발용두가 "진우량이 무당파 제자 한 사람을 사귀었다"고 얘기했을 때만 하더라도 그는 사백이나 사숙의 평범한 제자쯤으로 예상했다. 그런데 뜻밖에도 당사자가 무당파 제3대 제자 가운데서도 으뜸으로 손꼽히는 송청서였다니, 참으로 뜻밖이 아닐 수 없었다. 그는 항렬과 나이로 따져서 사형뻘 되는 송청서가 어떤 경위로 개방 인물과 어울리게 되었는지 이해할 수가 없었다. 하기야 무당파와 개방은 모두 의협의 정도를 지향하는 문파이니만치 쌍방의 제자들이 교분을 맺었다고 해서 물론 이상할 것은 없다. 그러나 진우량은 교활하고 잔혹하기 짝이 없는 위험인물이다. 하필이면 송 사형이 저런 자와 경솔하게 교분을 맺었다니 이상한 노릇 아닌가?

바야흐로 장무기가 곤혹스러움에 빠져 있을 때, 진우량과 송청서는 이미 방주 사화룡에게 절을 하고 나서 전공, 집법 두 장로와 장봉, 장발 두 용두에게도 인사를 올린 다음, 다시 개방 제자들을 향해 돌아가며 포권의 예를 건네고 있었다.

장발용두가 다시 입을 열었다.

"진 장로, 자네가 이 사건의 전후 인과관계를 형제들에게 설명 좀 해주게."

진우량은 서슴없이 송청서의 손을 잡고 한 걸음 앞으로 나섰다.

"여러 형제들! 이분 송청서 소협은 무당파 송원교 대협의 아드님이

시오. 훗날 무당파 장문이 되실 분은 여기 이 송 소협 말고 아무도 없소. 현재 마교의 교주 장무기는 바로 송 소협의 사제뻘 되는 놈이라, 마교도 내부에서 일어난 일은 모두 이 송 소협이 손금 보듯 훤히 알고 있소이다. 몇 달 전 송 소협은 내게 마교의 우두머리 금모사왕 사손이 동해 영사도에 와 있다는 소식을 전해주었소."

이때 집법장로가 끼어들었다.

"금모사왕은 전체 무림계의 추적 대상으로 정말 쓸모가 많은 놈이오. 그러나 20년 이래 그자의 행방은 아무도 모르고 있었는데, 송 소협이 어디서 그런 소식을 알아냈는지 이 늙은이에게 말씀 좀 해주시오."

그것은 장무기의 가슴속에서도 큰 의혹으로 남아 있던 문제였다. 자삼용왕은 무열武烈 부녀에게서 사손의 행방을 알아내어 북극 빙화도에 있던 그를 유인해왔다고 했다. 하지만 이 일은 극도로 비밀리에 진행되었기 때문에 아는 사람이 없었을 터인데, 어떻게 개방 측에 알려지고 또 도룡도를 빼앗기 위해 고수들이 영사도에 파견되었는지 그 경위만큼은 알 길이 없었다. 장무기도 영사도를 떠난 이후부터 사손과 여러 차례 이 문제를 놓고 추리해보았으나 끝내 의문을 풀지 못한 상태였다. 그런데 엉뚱하게도 사형 되는 송청서가 개방 인물 진우량에게 귀띔해주었다니, 송청서는 도대체 어디서 그 비밀을 알아냈단 말인가? 장무기는 온몸이 귀가 된 것처럼 정신을 집중시켜 송청서의 해명을 고대했다. 그런데 막상 입을 연 사람은 송청서가 아니라 진우량이었다.

"우리 방주님께서 복이 많으셔서 개방에 이런 기막힌 연분이 찾아든 셈이지요. 동해 바다 영사도에 사는 금화파파란 여인이 어떤 경로로 사손의 소재를 알아냈는지는 잘 알지 못합니다. 하지만 그 노파는 주로 바다에서 자라왔기 때문에 항해술에 매우 정통한 것은 사실입니다. 아무튼 그녀는 북극 황량한 무인도에 숨어 있던 사손을 찾아내어 영사도로 유인해왔습니다. 당시 영사도에는 금화파파에게 사로잡혀 끌려온 무씨 부녀 두 사람이 감금되어 있었습니다. 아비의 이름은 무열, 그 딸은 무청영이라고 하는데, 저 옛날 대리국 황실의 '남제'로 일컫던 일등대사의 전인으로서 일양지 무공절기를 이어받아 일파를 이룬 인물입니다. 이들 부녀는 금화파파가 중원 땅에 나가고 없는 틈을 타서 감시자를 죽이고 그 섬에서 탈출했습니다. 천신만고 끝에 산동 지방까지 오기는 했으나 또다시 위기에 처해 꼼짝없이 목숨을 잃게 된 것을 때마침 송 소협과 만나게 되어 구원을 받은 것입니다. 그들 부녀는 송 소협의 은혜에 보답하느라 영사도에서 보고 들은 사연을 얘기해주었고, 송 소협은 그들의 입을 통해 금모사왕의 행방을 알 수 있었던 것입니다."

그제야 집법장로도 고개를 끄덕였다.

"흐음, 일이 그렇게 된 것이로군!"

아무도 듣지 못했으나, 염탐꾼 신세가 된 장무기 역시 속으로 똑같은 말을 되뇌면서 고개를 주억거렸다. 이제껏 품었던 의문이 말끔히 풀린 것이다. 무열과 무청영, 실로 오랜만에 듣는 이름이었다. '주장령과 이들 부녀는 교묘한 술책으로 나를 속여 양부 사손이 북극 빙화도에 계시다는 사실을 실토하게 만들었다. 간악하기 이를 데 없는 작자들! 요사스러운 주구진은 오래전 거미의 손에 죽었지만 그 아비 되는 주장령은 어떻게 되었을까? 동굴 속에 들어가 〈구양진경〉을 찾아냈을까? 아니, 어쩌면 절벽 중턱에서 여전히 오도 가도 못 하는 신세가 되었다가 끝내 외로운 귀신으로 화해 지금쯤 까마귀처럼 울부짖으며 저

승 세계를 헤매고 있을지도 모른다.'

한편에선 진우량의 설명이 계속되었다.

"저와 송 소협은 생사지교를 맺은 사이입니다. 사손이 영사도에 있다는 소식을 듣고 나서 저는 그 즉시 계 장로, 정 장로와 함께 칠대 제자 네 명을 대동하고 영사도로 떠났습니다. 악적 사손을 생포하고 도룡도를 탈취해서 방주님께 바치기 위해서였지요. 그러나 뜻밖에도 영사도에는 마교의 대병력이 먼저 도착해 있었습니다. 우리 형제들은 사력을 다해 마교도와 싸웠으나 끝내 중과부적으로 계 장로와 칠대 제자 넷이 우리 개방을 위해 목숨을 잃고 말았습니다. 영사도 전투에 관해서는 정 장로께서 보고하시겠습니다. 정 장로, 이리 나와서 말씀하시지요!"

그 말이 떨어지기가 무섭게 팔뚝 하나 끊긴 정 장로가 거지 패거리 가운데서 일어나더니 영사도에서 벌어졌다는 명교와 개방 제자들 간의 악전고투에 대해 설명을 늘어놓기 시작했다. 그 입에서 나온 말은 장무기가 두 눈으로 목격한 것과는 생판 다른 내용이었다. 개방 고수 일곱 명이 비겁하게 눈먼 사자왕 하나를 에워싸고 무차별 공격하던 장면은 아예 입 밖에도 내지 않은 채 도리어 '명교 병력'이 얼마나 많았는지, 또 자기네 몇몇이서 얼마나 용감무쌍하게 적을 맞아 싸웠는지, 그리고 마지막에 가서는 진우량이 어떻게 목숨을 아끼지 않고 나서서 자기를 대신해 의롭게 죽으려 했는지 등 터무니없는 거짓말만 그럴듯하게 침을 튀겨가며 엮어대는 것이었다. 그리고 말끝은 이렇게 맺었다.

"진우량 형제가 원래 지혜와 용기를 겸비한 인물이라는 사실은 여러분도 잘 아시겠으나, 당시 그 위태로운 상황 속에서 보여주신 의리와 기백이야말로 세상에 다시 보기 어려운 것이었소. 잔악무도한 사손

91

마저 진씨 형제의 의로움에 감복해 끝내 손을 쓰지 못했을 정도였으니 말입니다."

장내의 거지 패거리가 웅성웅성 술렁대는 기미를 보이더니 일제히 박수갈채를 퍼부어 대웅전 건물을 또 들썩거리게 만들었다.

전공장로가 찬사를 던졌다.

"진씨 아우님이 지용智勇을 겸비한 것만도 대단한데, 그렇듯 의리와 기백을 보여주다니 더욱 가상한 일이오!"

이윽고 진우량이 나서서 허리 굽혀 답례하며 겸손을 떨었다.

"불초 아우 된 이 사람은 방주님과 여러 장로 어르신의 가르침을 받은 몸, 우리 개방을 위해서라면 끓는 물, 타오르는 불길 속에라도 서슴지 않고 뛰어들 각오가 되어 있습니다. 변변치 못한 일 하나 했기로서니 전공장로 어른과 정 장로의 칭찬 말씀이 너무 지나쳐 이 아우의 마음이 자못 송구스럽기만 할 따름입니다. 고맙습니다!"

겸손한 말씨와 공로를 자랑하지 않는 태도가 거지 패거리의 존경심을 더욱 부채질했다.

소나무 위에서 엿듣던 장무기로서는 기가 찰 노릇이었다. 화가 나기보다는 어처구니가 없었다. 저토록 비열하고도 염치없는 위인이 순식간에 의리의 사나이로 추앙받게 될 줄이야 누가 알았으랴? 분명 저 작자는 저 혼자 살기 위해 친구의 목숨을 팔아넘기려고까지 했다. 얼마나 교묘하게 술책을 부렸는지, 그 자리에 함께 있던 정 장로마저 그 허점을 꿰뚫어보지 못하고 감쪽같이 속아 넘어가 저토록 입에 게거품을 물어가며 칭찬하고 있지 않은가? 진우량, 이자는 실로 세상에 보기 드문 간웅奸雄임이 분명하다.

'현재 명교 세력은 전국 도처에서 봉기해 대승리를 거두고 있다. 마지막에 가서 오랑캐를 몰아내고 나면 개방 사람들 예언대로 명교가 천하를 장악하고 다스리게 될지도 모른다. 큰아버님 말씀으로는, 위대한 공을 세우고 천하의 기업基業을 닦을 대장부라면 심보가 모질어 필요하다면 부모 처자식마저 죽여야 할 경우가 있노라고 하셨다. 이런 끔찍한 짓을 명교 교주인 내가 해야 하다니 천부당만부당한 말씀 아닌가? 누가 뭐래도 명교 교주 노릇은 사퇴하고야 말리라. 천하 대사를 도모할 재간으로 따진다면 나는 아마 진우량의 발치 밑에도 따라붙지 못할 것이다.'

여기까지 생각하다 보니 장무기는 공연스레 울적해졌다. 진우량의 간계에 양부 사손과 자신도 영락없이 속아 넘어갔다. 그 여우같이 교활한 술책을 간파한 사람은 오로지 자삼용왕과 조민뿐이 아니던가? '아아, 조 낭자! 그토록 총명하고 다재다능한 여인이 어쩌자고 인품은 이렇게나 모질고 간교하단 말인가!'

이때 집법장로가 벌떡 일어서더니 냉엄한 말투로 외쳤다.

"우리 개방의 형제들이 또 그처럼 마교도의 손에 죽임을 당했는데, 이 피맺힌 원수를 갚지 않고 그냥 두어야 한단 말인가!"

그러자 개방 제자들이 당장 "와아!" 하고 함성을 지르면서 흥분에 들뜨기 시작했다.

"우리는 기필코 계 장로의 복수를 하고야 말리라!"

"광명정을 짓밟아 평지로 만들고, 마교 세력을 모조리 소탕하자!"

"장무기를 죽여라! 사손을 죽여라!"

"마교는 우리 개방의 불구대천지 원수다! 보는 족족 깡그리 죽여 없애자!"

"방주님, 어서 명령을 내려주십시오! 천하의 개방 제자들이여, 일제히 봉기하여 마교도를 쳐 죽이러 나갑시다!"

집법장로가 다시 방주 사화룡 쪽으로 돌아섰다.

"방주님, 복수전을 펼쳐 이 부끄러운 치욕을 씻으려면 어떻게 거사할 것인지 분부를 내려주십시오."

그러자 사화룡은 이맛살을 찌푸리면서 떠듬떠듬 명령을 내렸다.

"그 문제는…… 우리 개방의 대사이니까…… 흠흠, 시간을 넉넉히 가지고 충분한 의논을 거쳐 긴 안목으로 계획을 세워야 할 거야. 집법장로, 자네가 칠대 제자 이하는 잠시 물러나도록 지시하게. 그리고 우리 수뇌부 사람들만 남아서 잘 상의해보도록 하세."

"예에!"

집법장로가 한마디로 응답하더니 제자들에게 큰 소리로 방주의 명을 전달했다.

"방주님의 호령이시다! 칠대 제자 이하는 대웅전에서 물러나 모두 사원 바깥에 대기하라!"

지위 계급이 낮은 개방 제자들이 떠들썩하니 응답하면서 방주를 향해 허리 굽혀 예를 올린 다음 일제히 절간 대문 바깥으로 물러났다. 이제 대웅전에는 팔대 제자 이상의 수뇌부들만 남았다. 진우량이 먼저 방주 앞으로 한 걸음 나섰다.

"방주님께 여쭙겠습니다. 여기 이 송청서 아우는 우리 개방을 위해 자못 큰 공적을 세웠으니 개방에 가입할 수 있도록 허락해주십시오. 이 사람의 재주와 신분이면 훗날 우리 개방을 위해 더 큰 공을 세우리라 믿습니다."

송청서가 깜짝 놀라 그 말을 가로막으려 했다.

"그건…… 그럴 수 없습……."

말을 끝내기도 전에 진우량의 날카로운 눈초리가 그의 얼굴을 쏘아보았다. 송청서는 독사와도 같은 진우량의 눈초리를 받자마자 고개를 푹 떨어뜨리더니 더는 말을 잇지 못했다.

사화룡이 흡족한 표정을 지으며 고개를 끄덕였다.

"그것참 좋은 일이군. 송청서를 우리 개방에 받아들여 임시로 육대 제자의 지위에 앉히겠다. 그대는 팔대 장로 진우량의 통솔 아래 들어가 그 지휘를 받도록 하라. 이제부터는 모름지기 개방의 규칙을 엄수하고 본방을 위해 힘써야 한다. 그대가 비록 육대 제자이긴 하나 오늘은 특별한 날이니 전례를 깨고 대사를 의논하는 데 참여시키겠다."

송청서는 두 눈에 분함과 원망이 가득 서렸으나, 울분을 억누른 채 사화룡 앞에 나아가 무릎을 꿇었다.

"제자 송청서, 방주님께 인사 올립니다. 육대 제자의 지위를 내려주신 은혜, 깊이 감사드립니다."

이어서 여러 장로에게도 돌아가며 예의를 차렸다.

집법장로가 준엄하게 다짐을 두었다.

"송씨 아우, 그대는 이제 우리 개방에 투신한 몸이니 방규幇規로 약정된 지시에 따라야 하네. 훗날 그대가 무당파 장문이 되더라도 본방이 내리는 명령을 준수해야 하는 것일세. 내 말 무슨 뜻인지 알아듣겠는가?"

"예."

"우리 개방과 무당파는 비록 의협동도義俠同道를 함께 걷고 있으나 전통 관습은 아주 다르네. 훗날 무당파 장문인의 자리가 그대에게 이

어질 것은 틀림없는 사실일 터, 그럼에도 그대가 자진해서 본방에 투신하다니 이해하기 어려운 일일세. 이에 대해 명백한 설명이 있어야 할 것이네."

집법장로의 추궁을 받자, 송청서는 흘끗 진우량의 눈치를 살피더니 군색한 표정으로 해명을 했다.

"진 장로께서 제게 베풀어주신 은혜가 막중하고 또 진 장로의 인품을 사모하던 나머지 기꺼운 마음으로 따르기로 결심했습니다."

그 말을 듣고서 진우량이 껄껄 웃으며 알 듯 모를 듯 엄포를 섞어 말했다.

"지금 여기엔 외부 사람이 없으니까 얘기해도 상관은 없겠지. 아미파 장문 멸절사태가 세상을 뜬 이후 새로이 젊고 아리따운 아가씨가 장문인의 지위를 이어받았지요. 이름이 주지약이라고 했던가? 하하, 그 낭자와 송씨 아우님은 죽마고우로 함께 성장해서 약혼까지 한 사이였습니다. 그런데 뜻밖에도 마교의 우두머리 장무기란 놈이 우격다짐으로 가로채 그녀를 해외로 끌고 나갔지 뭡니까. 송씨 아우님은 억울하고 분해서 제게 그녀를 도로 찾아달라고 하소연했습니다. 그러니 저도 형 된 몸으로 기필코 그녀를 되찾아주겠노라고 철석같이 다짐했지요. 안 그런가, 송 아우? 하하, 하하하!"

듣자 하니 진우량이란 녀석, 갈수록 못 하는 소리가 없었다. 장무기는 속이 부글부글 끓어올라 견딜 수가 없었다. 당장 뛰어 내려가 요절내고 싶지만 그래도 꾹 눌러 참고 계속 귀를 기울였다.

사화룡도 재미가 있는지 고개를 뒤로 젖히며 껄껄대고 웃었다.

"자고로 영웅호걸은 미인관을 넘기 힘들다더니 과연 송씨 아우님도 예외는 아니로군. 낭군은 무당파 장문인, 또 각시는 아미파 장문인이라, 문파도 서로 잘 어울리지만 신랑 신부도 한 쌍의 천정배필일세그려!"

그러나 집법장로는 그런 정담 따위에는 관심이 없는지 다시 한번 송청서에게 날카로운 질문을 던졌다.

"송씨 아우가 그렇듯 억울한 일을 당했다면 어째서 장삼봉 진인이나 부친 되시는 송 대협 어른께 주재해달라고 간청을 드리지 않았는가?"

진우량이 또 그 말을 대신 받았다.

"송씨 아우가 얘기한 바에 따르면, 그 장무기란 놈은 바로 무당칠협 가운데 다섯째이던 장취산의 아들입니다. 장삼봉은 평생을 두고 일곱 제자 중에서 장취산을 제일 아끼고 사랑했는데, 그 자식 놈까지 편애를 한 것이지요. 그런 관계로 무당파는 근자에 들어 마교 측과 손잡을 기세마저 보이고 있습니다. 그러니 장삼봉이나 송 대협이 마교 측에 밉보일 만한 행동을 피하려 할 수밖에 더 있겠습니까. 현재 중원 무림계에서 명실공히 마교도와 정면으로 대결할 세력은 오직 우리 개방 뿐입니다. 또 마교와 맞서 싸울 만큼 충분한 역량을 갖춘 방회 문파도 우리밖에 없습지요."

집법장로가 당연한 말씀이라는 듯 고개를 주억거렸다.

"아무렴, 그렇고말고! 이제 마교를 섬멸하고 장무기란 놈을 잡아 죽이기만 하면 송씨 아우님의 소원도 이뤄지겠지. 그렇지 않은가? 하하!"

소나무 가장귀 뒤에 몸을 숨긴 장무기는 문득 지난날 광명정 싸움터에서 송청서가 주지약을 대하던 기색이 유별났음을 상기했다. 거미가 귀띔했을 때만 하더라도 그냥 자기를 약 올리느라 그런 줄로 알았는데, 지금에서야 비로소 송청서가 오래전부터 주지약을 좋아하고 있었다는 사실을 깨달았다. 하지만 송청서의 처신은 해괴하기만 했다. 무당파 제자가 개방에 투신한다고 해서 안 될 것은 없지만, 그러기 위해서는 먼저 태사부와 송 사백의 허락을 받아야 한다. 여자 하나 때문에 사문을 배반하고 제멋대로 천륜마저 저버리다니 인품이 어찌 이렇게도 형편없단 말인가? 더구나 주지약이 진정으로 사랑하는 사람은 그가 아니라 바로 장무기 자신이다. 송청서가 제아무리 개방의 도움을 얻어 그녀에게 압력을 가하기로서니 그녀의 마음을 돌이켜 순종하게 만들 수 있겠는가? 송 사형은 이미 무당파 후계자로 지목되어 강호에 명성이 알려진 인물인데, 어쩌면 이렇듯 멍청한 결단을 내릴 수 있단 말인가?

진우량이 또 다른 문제를 끄집어냈다.

"방주께 아뢰오. 불초 제자가 이번 여행 도중 대도 근처에서 마교의 중요 인물 한 놈을 사로잡았습니다. 이놈은 우리 개방의 대업을 수행하는 데 크게 도움이 될 듯하니 방주님께서 직접 처리해주십시오."

그 말을 듣자 사화룡의 입이 딱 벌어졌다.

"아, 그런 일이 있었는가? 수고했네! 어서 이리 끌어오게."

진우량은 의기양양한 기색으로 손뼉을 세 번 쳤다.

"그 마귀 두목을 이리 끌어내라!"

대웅전 뒤편에서 개방 제자 넷이 손에 병기를 잡은 채 양팔을 뒷짐지워 결박한 포로 하나를 끌고 나왔다.

장무기의 눈길도 자연스레 그 포로에게 쏠렸다. 나이가 어림잡아 스무 살쯤 되었을까 한데 얼굴 모습이 무척 낯익었다. 몇 달 전 호접곡에서 명교 대회합이 열렸을 때 본 적이 있는 듯싶은데 이름자는 기억나지 않았다.

포로로 끌려온 청년은 얼굴이 온통 울분으로 가득 차 있었다. 진우량 곁을 지나치는 순간 그는 느닷없이 "카악!" 하고 입을 딱 벌리곤 싯누런 가래침을 한 모금 뱉어냈다. 진우량이 눈치 빠르게 슬쩍 피하더니 손바닥을 뒤채어 냅다 청년의 뺨을 후려갈겼다. 청년의 뺨따귀는 삽시간에 퉁퉁 부어올랐다. 끌어가던 개방 제자가 등 뒤에서 거칠게 떠다밀면서 호통쳤다.

"방주님이시다! 냉큼 무릎 꿇고 머리 조아려라!"

등 떠밀린 청년이 다시 한 차례 "어흠!" 하고 기침하더니 또 가래침을 사화룡에게 뱉어냈다. 청년과 사화룡 사이에 거리가 워낙 가까운데다 가래침을 뱉어내는 동작이 무척 빨랐다. 사화룡은 황급히 자라목을 움츠리고 피하려 했으나 소용없었다. "퉤!" 하는 소리가 났을 때 싯누런 가래침은 벌써 이마 한복판에 철썩 달라붙고 말았다. 진우량이 발길질을 가로 휩쓸어 그 청년을 쓰러뜨리더니, 사화룡 앞을 가로막고 서서 삿대질을 해가며 호통쳤다.

"이런 미친 놈, 간덩어리가 부었구나! 죽고 싶어 환장했느냐?"

청년도 질세라 마주 대고 욕설을 퍼부었다.

"밥 빌어먹는 거지 놈들아! 이 어르신이 네놈들의 손아귀에 떨어졌으니 살아 돌아갈 생각은 없다. 아귀 같은 놈들, 배가 고프면 날 구워 먹든 삶아 먹든 마음대로 해라!"

진우량이 앞을 가로막는 틈을 타서 사화룡은 재빨리 이마에 달라붙은 가래침을 닦아냈다. 진우량이 뒷걸음질로 두 발짝 물러서더니 송구스러운 기색으로 변명했다.

"방주님, 요 어린 녀석은 마교도 안에서도 일류급에 속하는 고수입니다. 무공 실력이 사대 호교법왕보다 윗길에 드는 놈이라 절대로 얕잡아볼 수 없습니다."

숨어서 엿보고 있던 장무기는 진우량의 그 말뜻을 알아듣지 못했다. 그러나 이내 무슨 의도로 하는 소린지 깨닫고 소리 없이 웃음을 터뜨렸다. 진우량은 일부러 청년의 무공 실력을 과장해서 방주의 추태를 덮어주고 있는 것이다. 그러나 엄연한 개방의 방주가 가래침 하나 피하지 못한단 말인가? 게다가 그는 저런 모욕을 당하고서도 분노하기는커녕 당황해서 어쩔 줄 모르는 표정이었다.

"진씨 아우님, 그놈이 누군가?"

곁에서 지켜보던 집법장로가 조용히 물었다.

"한림아韓林兒란 놈입니다. 바로 강소, 산동 지방 일대에서 날뛰는 마교 우두머리 한산동의 자식이지요."

그제야 장무기도 청년이 누구인지 생각났다. 호접곡 회합 때 명교 수령 한산동의 등 뒤에 서 있던 젊은이였다. 서로 대화를 나눌 겨를이 없어 이름조차 모르고 있었는데, 한산동의 아들을 여기서 보게 될 줄이야……

진우량의 대꾸에 집법장로는 펄쩍 뛸 듯이 기뻐했다.

"옳거니, 그놈이 한산동의 아들이라고? 진씨 아우님, 자네 정말 큰 공을 세웠네. 방주님, 한산동은 조금 전에 장발용두가 보고드린 것처럼 현재 회수淮水와 사수泗水 일대에서 막강한 의병 세력을 확보하고 원나라 관군을 연달아 격파해 명성을 크게 떨치는 마교의 우두머리입니다. 그 부하 장수로 활약 중인 주원장과 서달, 상우춘 같은 자들도 모두 마교에서 손꼽히는 인물입니다. 이제 그 아들 녀석이 우리 손아

귀에 들어왔으니 이놈을 인질로 삼아 협박한다면 한산동의 세력을 쉽
게 우리 개방에 복속시킬 수 있을 겁니다."

이 소리를 듣자 한림아는 목청이 터져라 욕설을 퍼부어댔다.

"제밀할 놈들, 대낮에 개꿈일랑 작작 꿔라! 우리 아버님이 어떤 영
웅호걸이신데 너희같이 염치없는 거지 녀석들한테 협박당할 듯싶으
냐? 아버님은 오로지 장 교주님 한 분의 호령만 들으실 뿐이다. 언감
생심 간덩어리가 부어터졌지, 개방의 거지 녀석들이 우리 명교와 패권
을 다투려 하다니 제 분수도 모르는 놈들이구나. 너희가 신주 모시듯
떠받드는 저 방주란 놈은 우리 장 교주님의 신발 한 짝 쳐들고 따를
자격도 없는 녀석이다."

그가 방주까지 들먹여가며 욕설을 퍼부었으나, 진우량은 아랑곳하
지 않고 낄낄대며 한림아를 조롱했다.

"이봐, 한씨 아우님, 자네가 섬기는 장 교주란 친구가 그토록 영웅이
라니, 우리도 흠모의 정을 금치 못하겠네. 어디 그 어르신이 어떻게 생
겨먹었는지 궁금한데, 우리한테 소개해줄 생각은 없나?"

"장 교주님은 아주 큰일을 맡으신 분이야! 우리 명교 형제들조차 쉽
게 뵙지 못하는데, 너희같이 냄새나는 거지 녀석들을 만나볼 틈이 있
겠느냐?"

"헤헤헤, 그건 자네가 모르는 소릴세. 강호에 소문이 파다하게 났는
데 들어보지 못했는가? 장무기란 놈은 진작 원나라 관군 손에 사로잡
혀 대도에 끌려가 참수형을 당했어. 뎅겅 잘린 모가지도 사방 천지 돌
려가며 구경거리로 만들었다더군. 그런 줄도 모르고 자네 허풍이 너무
센 거 아냐?"

교주가 처참하게 죽임을 당했단 말에 한림아가 고래고래 소리를 질렀다.

"개방귀 같은 소리 작작해라! 오랑캐 놈들이 무슨 재주로 우리 교주님을 붙잡는단 말이냐? 네놈 말대로 장 교주님이 대도에 가신 건 틀림없는 사실이다. 하지만 뭣 하러 가셨는지 알기나 하느냐? 몽골 놈들에게 사로잡힌 육대 문파 고수들의 목숨을 구해주러 가셨다. 오랑캐의 천군만마가 철통같이 에워싸고 있는 그 속을, 당신 마음대로 들락날락하시면서 깡그리 구해내셨단 말이다! 뭐, 참수형을 당했다고? 그 주둥이는 구더기 씹을 때나 써먹어라!"

욕을 듣고도 진우량은 낄낄대기만 했다.

"그래도 강호에 떠도는 소문이 그러하니 난들 안 믿을 수가 있나. 요 반년 동안은 어째서 한산동, 서수휘, 곽자흥郭子興, 주원장, 팽형옥 화상 같은 것들의 얘기만 들리고 장무기 이름 석 자는 까맣게 빠졌는지 모르겠군. 아무래도 붙잡혀 죽은 게 틀림없어."

한림아는 약이 오르다 못해 얼굴이 시뻘겋게 달아오르고 이마에 시퍼런 힘줄이 불끈 돋아났다.

"우리 아버님이나 서수휘 같은 분들은 모두 장 교주님의 호령을 받아 움직이신다! 그런 분들을 어떻게 장 교주님과 비교하는 거냐?"

"장무기 그 녀석 무공 실력이야 물론 대단하지. 그런데 관상을 보니 명이 짧아 젊은 나이에 비명횡사를 당할 상이었어. 그놈의 명줄을 점쳐본 관상쟁이가 그러는데, 장무기란 인간은 올해 정초를 못 넘기고 죽을 거라고 하더군."

바로 그때 장무기는 대웅전 앞뜰 맞은편 잣나무 가장귀 하나가 돌연 파르르 흔들리는 것을 발견했다. 발치 아래 대웅전 안에 있는 사람들은 전혀 낌새를 못 챘으나 장무기는 그 나뭇가지 틈서리로 들릴 듯 말 듯 사람의 한숨짓는 소리를 몇 차례 들을 수 있었다. 하지만 호흡 소리는 이내 잦아들었다.

장무기는 바짝 긴장했다. 자기보다 먼저 온 사람이 있는 줄 까맣게 몰랐던 것이다. 아마 상대방의 무공 실력도 대단한 것이 분명했다. 온 신경을 두 눈에 모으고 잣나무 가지를 조심스레 살폈다. 무성한 바늘잎 그늘 아래 가려진 푸른 옷자락 한 귀퉁이가 눈길에 사로잡혔다. 상대방은 나뭇잎과 같은 옷 색깔로 교묘하게 위장하고 있었다. 장무기의 시력이 유별나게 뛰어나지 않았던들 발견하기 쉽지 않았으리라.

발치 아래 대웅전 안에서는 한림아의 노성이 터져 나오고 있었다.

"이 빌어먹을 거지 놈들아! 우리 장 교주님은 타고난 성품이 인자하고 후덕하신 데다 의리와 기백을 무겁게 여기시는 분이라 하늘에서 복을 내리고 보우해주실 분이다! 앞으로 100년은 더 사신다 해도 희한하게 여길 사람은 없을 거다."

"하지만 세상 사람의 운수는 헤아리기 어렵다는 걸 자넨 모르나? 소문에 듣자니, 고 녀석은 간사한 자의 꾐에 빠져 원나라 밀정에게 사로잡혀 처형당했다던데, 그게 사실로 밝혀졌으니 이 노릇을 어쩌겠나? 아무리 천복을 타고났어도 운수가 사나우면 비명횡사를 당하게 마련이니 청춘 나이에 요절한다 해도 희한하게 여길 사람은 없을 거야. 자네도 손가락 꼽아 따져보게나. 장무기란 친구는 누가 보더라도 삼팔은 이십사, 바로 스물네 살에 생사관生死關을 넘기지 못할 운명이라던데, 자네 생각은 어떤가? 오호 애재라! 참으로 가련한 인생이로다!"

31. 의천검 도룡도를 잃고 사랑하는 이마저 죽었는데

간살맞은 진우량이 짐짓 애처로운 기색으로 한숨마저 내리쉬며 말했다.

돌연, 잣나무 가장귀에서 짙푸른 그림자 하나가 번뜩이더니 대웅전 앞뜰 지상으로 뛰어내렸다.

"장무기가 여기 있다! 어떤 놈이 나더러 비명횡사에 요절을 했다고 악담을 퍼붓는 거냐?"

호통 소리가 미처 멎기도 전에 그는 벌써 대웅전 섬돌 위로 올라섰다. 문 앞을 지키던 장봉용두가 무지막지한 두 손바닥을 벌려 뒷덜미를 움켜잡으려 했으나, 그는 날렵한 동작으로 상대방의 손길을 가볍게 피해 빠져나갔다. 기름독에 빠진 미꾸라지 잡는 격이라더니 장봉용두의 양손은 허공의 바람만 잡고 말았다.

머리에는 쪽빛 방건을 쓰고 푸른 빛깔의 장삼을 걸친 모습이 자못 소탈한 선비 차림인데 관옥冠玉처럼 해말간 얼굴에 초롱초롱 물기마저 감도는 두 눈동자가 보는 이의 마음을 잡아끌었다. 바로 남장 여인 조민이었다.

"엇!"

소나무 가장귀에 걸터앉아 있던 장무기의 입에서 경악에 찬 실성이 흘러나왔다. 갑작스러운 조민의 출현에 가슴이 철렁 내려앉은 것이다. 다음 순간, 그는 걷잡을 수 없는 감정의 폭풍에 휩쓸려 들었다. 놀라움과 분노, 애모의 정과 미움의 정이 한꺼번에 뒤섞인 것이다. 게다가 반가움마저 솟구치는 것은 어인 심사일까?

사화룡을 비롯한 개방 제자들은 이제껏 한 번도 장무기를 본 적이 없었다. 단지 명교 신임 교주가 불과 20여 세가량의 젊은이로 뛰어나게 강한 무공 실력의 소유자라는 사실밖에 아는 것이 없었다. 조민이 날렵한 동작으로 장봉용두의 일초를 피해내는 솜씨를 목격하고 보니 틀림없는 일류 고수인 터라, 그들은 바로 저 무서운 명교 교주가 나타났다고 믿었다. 경악과 충격 속에 개방 제자들은 어느 누구도 방금 소나무 위에서 흘러나온 외마디 실성을 귀담아듣지 못했다.

그러나 눈치 빠른 진우량만큼은 조민의 행동거지를 수상쩍게 보았다. 용모가 너무 예쁘장한 데다 나이도 걸맞지 않게 어려 보이고 음성 또한 간드러지게 교태마저 서린 것이 강호에 소문난 장무기의 모습과는 영 딴판이었던 것이다.

"명교 교주 장무기는 벌써 죽은 지 오래일 텐데, 어디서 또 가짜가 나타났을꼬?"

빈정거림 섞어 상대방의 속을 떠보려는데, 조민이 대뜸 호통쳐 응수했다.

"장무기는 두 눈 멀쩡하게 살아 있는데, 네놈이 어쩌자고 말끝마다 죽었다고 악담을 퍼붓는 거냐? 여기 있는 네놈들의 씨가 말라 죽은 뒤에도 장무기는 세상 복락 다 누리고도 남을 복상福相이란 걸 모르느냐?"

장무기는 그녀의 몇 마디 말투가 비탄의 감정을 띤 것을 보고 어쩐지 마음이 착잡해졌다. 그녀가 바다 한복판 외딴 무인도에 자기를 팽개쳐놓고 달아난 자책감 때문에 그러려니 싶었다. 그토록 악랄하고 잔혹한 여인에게 무슨 양심이 있고 자책할 마음이 있으랴? 공연히 그녀에 대한 미련을 아직껏 버리지 못하고 좋은 면으로 생각하려는 자신의 착각 아니겠는가?

진우량이 다시 호통쳐 물었다.

"넌 도대체 누구냐?"

조민도 지지 않고 마주 호통치며 대꾸했다.

"내가 바로 명교 교주 장무기다. 네놈들이 내 부하를 잡아 어쩔 셈이냐? 어서 썩 결박을 풀어놓지 못하겠느냐? 어떤 놈이든지 나를 상대할 자신이 있거든 이리 나서보거라!"

이때 진우량 곁에서 싸늘한 비웃음이 터져 나왔다.

"조민 낭자, 딴사람이 그대를 알아보지 못한다고 해서 이 송청서마저 몰라볼 줄 아셨소? 방주님께 아뢰오! 이 여인은 조정 대신 여양왕 차칸테무르의 따님으로 소민군주라 합니다. 그 휘하에 적지 않은 고수들이 있으니 경계하셔야 합니다."

송청서의 말이 끝나기가 무섭게 집법장로가 휘파람을 불어 제자들에게 비상 경계령을 내렸다.

"장봉용두, 자넨 형제들을 거느리고 절간 바깥에서 적의 습격에 대비하시게!"

"알았소이다!"

장봉용두가 한마디로 응답하더니 대웅전 바깥으로 뛰쳐나갔다. 삽시간에 미륵사 동서남북 사면팔방에서 개방 제자들이 주고받는 휘파람 소리가 울려 퍼졌다.

개방의 단호하고도 신속한 대처에 놀랐는지, 당차기로 이름난 조민도 얼굴빛이 보일 듯 말 듯 미미하게 바뀌었다. 그래도 침착성을 잃지 않고 손뼉을 한 번 치자, 절간 담장 머리 위에서 두 사람이 훌쩍 뛰어내렸다. 바로 현명이로 녹장객과 학필옹이었다.

"저놈들 잡아라!"

집법장로가 호통쳤다. 분부가 떨어지기 무섭게 칠대 제자 넷이 두 패로 나뉘어 녹장객과 학필옹에게 덮쳐들었다. 그러나 이들의 솜씨가 현명이로의 상대가 될 턱이 없었다. 단 3초 만에 칠대 제자 넷은 저마다 부상을 당해 여기저기 나가떨어졌다. 이윽고 전공장로가 벌떡 일어서더니 무지막지하게 큰 장도長刀를 휘둘러 학필옹부터 후려 찍었다. 단칼에 두 토막을 내어버릴 듯 후려 찍는 칼바람의 기세가 사납기 그지없었다. 학필옹도 사양치 않고 학취필鶴嘴筆로 요격해나갔다. "땅!" 하는 굉음과 더불어 두 자루의 병기가 맞부딪쳤다. 강공으로 3초를 교환하고 났을 때, 전공장로는 학필옹이 자신에게 벅찬 상대라는 사실을 직감했다.

다른 한쪽에서는 어느새 녹장객이 사슴뿔 지팡이로, 양손에 자루 짧은 쌍극雙戟을 나눠 잡은 집법장로, 바리때를 손에 든 장발용두와 맞서 어우러진 채 사납게 싸우고 있었다. 쉴 새 없이 돌아가며 주고받는 공방전이 좀처럼 승부를 내지 못했다.

제자들을 풀어 절간 주변에 물샐틈없이 경계망을 배치한 장봉용두가 대웅전으로 들어서다가 싸움판을 목격했다. 누구보다 열세에 처한 것은 전공장로였다. 그는 얼굴이 온통 핏빛으로 시뻘겋게 상기된 채 한 발짝 한 발짝 뒷걸음질치는 전공장로의 모습을 보고 속으로 깜짝 놀랐다. 세상에 이럴 수가……! 공력의 깊고 두터움으로 따지면 개방 제자들 가운데 으뜸가는 전공장로가 그까짓 늙은이 하나를 당해내지 못하고 계속 밀릴 수가 있단 말인가? 그러나 비정하게도 현실은 장봉용두의 상식을 뛰어넘고 있었다. 헐떡헐떡 거칠게 몰아쉬는 숨결, 바람 한 점 없는데도 곤두서기 시작한 백발의 머리 터럭, 개방의 최고수

전공장로는 이미 낭패한 지경에 몰린 상태였다. 비록 그가 대적할 때 남의 도움을 싫어한다고 해도 적의 손에 목숨을 잃게 내버려둘 수는 없었다. 그는 즉시 철봉을 번쩍 치켜들고 싸움판에 뛰어들어 학필옹의 종아리를 휩쓸어 쳤다.

현명이로가 들이닥쳤을 때 조민은 곧바로 물러나려고 생각했으나, 공교롭게도 장검을 휘두르며 달려드는 진우량에게 퇴로가 막히고 말았다. 그녀는 아까부터 진우량의 입담에 약이 바짝 올라 있던 터라 만안사에서 육대 문파 고수들을 윽박질러 배운 무공의 정수를 모조리 풀어내어 인정사정없이 맹공을 퍼붓기 시작했다.

날카로운 칼바람 속에 일초는 화산검법, 다음 일초는 곤륜검법이 잇따라 펼쳐졌다. 이어서 공동파의 검초절학과 아미파의 금정구식金頂九式이 펼쳐졌을 때, 이미 거세게 몰아치는 칼바람을 피해 쫓기던 진우량의 손아귀에는 장검마저 튕겨 날아가고 없었다. 뒤미처 둥그렇게 원을 그린 조민의 장검 칼끝이 가상의 원점 한복판을 표적 삼아 곧바로 찔러들었다. 칼끝이 지향한 원점은 곧 진우량의 심장부였다.

"쨍!"

돌연 왼쪽에서 가로 뻗어온 일검이 그녀의 치명 일격을 차단했다. 훼방꾼은 바로 송청서였다.

대웅전 널따란 바닥에서는 사람들이 뒤얽혀 일대 혼전을 벌이느라 아수라장이 되었다. 장무기는 해묵은 노송 가장귀에 몸을 숨긴 채 저들의 공방 초식을 낱낱이 굽어보고 있었다. 송청서의 무당검법은 과연 온건한 가운데서도 매섭기 짝이 없었다. 상대방에게 실오리만큼의 빈틈도 허용하지 않는 품이 부친 송원교의 진전眞傳을 남김없이 터득하고 있었다. 정신을 가다듬고 다시 장검을 주워 든 진우량이 가세해 측방으로 돌아가며 협공을 퍼부었다. 조민은 육대 문파 고수들을 협박해 많은 절초를 익혔으나 단시간에 익힌 탓으로 잡다하기만 할 뿐 순수함은 없었다. 송청서 한 사람과 대결해도 승부가 나기 어려운데 진우량마저 뛰어들었으니 승산이 있겠는가. 어느덧 그녀는 수비에만 치중할 뿐 공격을 전혀 하지 못했다.

장무기는 공연스레 초조해졌다. 조민이 어째서 보통 장검으로 싸우는지 이해할 수 없었다. 의천보검을 쓰면 상대방의 병기를 부러뜨리고 쉽게 포위망에서 벗어날 수 있을 게 아닌가? 그러나 얇은 홑적삼 아래 하늘거리는 그녀의 허리춤에는 아무것도 없었다. 용의주도하고 치밀하기로 이름난 조민이 오늘 개방과의 일전을 예상하지 못했을 리 없었다. 하물며 현명이로까지 대동하고 왔다면 정탐만이 목적은 아니었을 것이다. 그런데도 그녀는 의천보검을 가져오지 않은 것이다.

한동안 가슴을 죄면서 싸움판을 내려다보던 장무기는 일순 정신이 번쩍 들었다. '장무기, 지금 무슨 생각을 하고 있는 거냐? 이 몽골 오랑캐 여자는 분명 너의 적이다. 아리를 처참하게 죽인 범인이다. 자기 입으로 살인범을 잡아 복수하겠다고 맹세한 네가 지금 누구를 위해 가슴을 죄고 있는 것이냐? 의리도 줏대도 없는 녀석, 세상을 떠난 외사촌 누이뿐 아니라 큰아버님, 지약에게 미안한 생각도 없단 말이냐?'

바야흐로 대웅전 싸움판에는 개방 고수들이 줄지어 늘어났다. 그러나 조민에게는 더 이상 응원군이 없었다. 정세가 갈수록 재미적게 돌아가자, 녹장객이 조민을 향해 소리쳤다.

"군주님, 사제! 우리 뒤뜰로 퇴각합시다. 기회를 봐서 여기서 빠져나가야겠습니다!"

"좋아요! 하지만 저 진가 성을 가진 놈은 그냥 내버려두고 갈 수 없어요. 장 공자더러 비명횡사를 당할 상이라고 악담 저주를 퍼부은 놈이에요. 내가 분해서 견딜 수 없으니, 당신네 둘이서 저놈에게 한바탕 혼뜨검을 내주세요."

"알겠습니다. 저놈은 우리한테 넘기고 군주님 먼저 물러가십시오!"

"또 한 가지, 한림아는 장 공자에게 충성을 바친 젊은이니까 잊지 말고 무슨 방도를 써서라도 구해주세요."

"먼저 가십시오. 사람을 구하는 일일랑 우리 형제들이 기회를 엿보아 해결할 테니까요."

이들 세 사람은 강적들에게 포위당한 채 집중 공격을 받고 있으면서도 한가롭게 사람을 구출할 문제까지 상의하고 있었다. 도무지 상대방은 안중에도 없는 모양이었다.

대웅전을 중심으로 싸움은 갈수록 격렬해졌다. 그러나 개방의 방주 사화룡은 전각 한 귀퉁이에 엉거주춤 서 있기만 한 채 시종 한마디 명령도 내리지 않았다. 그 대신 전공장로와 집법장로가 조민 일행이 주고받는 대화를 듣고서 연달아 부하들에게 명령을 내려 이들이 빠져나갈 퇴로를 차단했다.

돌연, 녹장객과 학필옹이 약속이나 한 듯 일제히 찰거머리 떼처럼 엉겨 붙는 적들을 모조리 떨쳐버리더니 사나운 기세로 방주 사화룡을 향해 돌진했다. 그 동작이 기막힐 정도로 빨라 사화룡은 피할 엄두조차 내지 못했다. 그러나 눈치 빠른 진우량이 그보다 한발 앞서 방주 앞으로 달려가 그 곁에 버티고 섰다. 방금 조민이 두 늙은이와 나눈 대화를 엿듣고서 분명 인질을 잡으리라고 직감한 것이다.

현명이로의 장력이 한꺼번에 미륵불상을 후려쳤다. "퍽!" 하는 소리, 불상 금칠이 벗겨지고 그 속의 흙 부스러기가 이리저리 뿌옇게 흩날리는 가운데 불상과 좌대가 금방이라도 넘어갈 듯 휘청휘청 흔들렸다. 학필옹이 다시 한 발 내딛더니 불경스럽게도 미륵부처님의 불룩 나온 아랫배에 쌍장 일격을 보탰다. 기우뚱 흔들리던 불상이 반공중에서 곤두박질치듯 앞으로 넘어왔다.

"꽈당!"

"우와앗!"

거대한 미륵불상이 제단을 박살내고 거꾸로 굴러떨어지는 바람에 혼비백산한 거지떼들이 경악성을 터뜨리면서 이리 뛰고 저리 뛰고 피하느라 정신이 하나도 없었다. 대웅전 안이 온통 흙먼지로 뿌옇게 흐려져 아무것도 보이지 않는 아수라장이 되고 말았다.

그 혼란의 와중을 틈타 조민이 재빨리 대웅전 앞뜰로 뛰쳐나갔다. 그녀를 발견한 송청서의 장검, 장봉용두의 철봉이 한꺼번에 들이닥치면서 뒤쫓기 시작했다. 게다가 문턱을 넘어서는 순간, 문짝 곁에서 느닷없이 개방 제자들의 몽둥이 석 자루가 하반신을 휩쓸어 쳤다. 송청서가 내지르는 장검을 막으랴, 장봉용두가 후려치는 철봉을 피하랴 정신이 없는 판국에 몽둥이찜질까지 당하게 된 조민이 우선 몽둥이 석 자루부터 피하느라 몸을 뒤틀었으나, 세 번째 들이닥친 몽둥이에 그만 왼쪽 정강이뼈를 호되게 얻어맞고 말았다. 조민은 중심을 잡지 못하고 앞으로 거꾸러졌다. 송청서가 장검의 손잡이 끄트머리로 그녀의 뒤통수를 찍어 내렸다. 기절시켜 사로잡을 속셈이었다.

내리찍는 칼자루 끄트머리가 뒤통수에 닿기 바로 직전, 갑자기 장봉용두의 철봉이 불쑥 끼어들더니 장검을 난폭하게 튕겨냈다. 그 바람에 휘청했던 송청서가 몸을 가누려는 찰나, 그림자 하나가 번뜩 날아오르더니 절간 담장을 뛰어넘었다. 조민이 사라진 것이다. 뜻밖의 황당한 일을 겪은 송청서가 후딱 돌아서서 장봉용두에게 따져 물었다.

　"어째서 저 계집을 도망치게 놓아주는 거요?"

　그러자 장봉용두가 오히려 두 눈알을 부라리며 노성을 질렀다.

　"자네가 내 철봉을 막은 이유가 뭔가?"

　"아니, 그 철봉으로 내 장검을 튕겨내시고도 무슨 말씀을 또 그렇게……."

　"다퉈봤자 이득 될 것은 없다. 군소리 집어치우고 어서 쫓기나 해라!"

　호통을 지른 장봉용두가 먼저 담장을 뛰어넘었다. 송청서도 뒤따라 담장 바깥으로 뛰쳐나갔다. 담장 머리 밑 한 귀퉁이에 다리뼈가 부러진 칠대 제자 한 명이 쓰러져 있었다.

　"그 요사스러운 계집이 어느 쪽으로 달아났느냐?"

　장봉용두의 물음에 절간 담장 외곽을 지키고 있던 개방 제자 일곱 명이 우르르 달려왔다.

　"못 봤습니다. 이리로 도망쳐 나온 놈은 하나도 없었습니다."

　"뭐라고? 방금 이 담장을 뛰어넘은 자가 있었는데 네놈들은 모두 장님이란 말이냐?"

　장봉용두가 울화통이 터지는지 버럭 소리 질렀다. 육대 제자 가운데 한 명이 다리뼈가 부러진 칠대 제자를 부축해 일으키다가 대답했다.

　"방금 이 형님께서 담을 넘어왔을 뿐 다른 사람은 아무도 없었습니다."

장봉용두는 귀신에 홀린 표정으로 머리를 긁적거리더니, 이번에는 다리 부러진 칠대 제자에게 물었다.

"넌 어째서 담장을 넘어왔느냐?"

"저…… 저도 모르겠습니다. 어떤 놈한테 덜미를 붙잡혀 이리로 팽개쳐졌습니다. 그 요망한 계집년이 요술을 부렸는지…… 아이고, 아야 야……!"

장봉용두는 후딱 몸을 돌이키더니 노기등등한 말투로 송청서에게 따져묻기 시작했다.

"방금 자네가 칼자루로 내 철봉을 걸어 올린 이유가 뭔가? 우리 개 방에 들어오자마자 배신부터 할 작정인가?"

엉뚱한 오해를 받은 송청서도 마주 고함쳐 반박했다.

"무슨 말씀을! 제가 칼자루로 그 계집의 뒤통수를 찍으려는데, 용두 형님께서 철봉으로 칼을 튕겨내지 않았습니까? 그 바람에 계집마저 놓쳐버렸는데……."

"그럴 리가 있나! 내가 뭣 때문에 자네 칼을 튕긴단 말이야? 장봉용 두 직분에까지 오른 내가 적을 도와 달아나게 했다고? 자네, 날 뭐로 아는 거야? 내 다시 묻겠는데, 어째서 칼로 찔러 죽이지 않고 칼자루 로 뒤통수를 찍으려 했는가? 흥, 내 비록 늙기는 했어도 눈이 짓물러 터지지는 않았어. 내 눈은 못 속인다고!"

송청서는 무당파 제3대 제자이긴 하지만 무당 문하의 모든 사람에 게 미래의 장문인으로 인정받는 몸이다. 그러기에 유연주나 장송계 등 몇몇 사숙도 송청서에게 예의를 지켜 종래 거친 말 한마디 건네지 않았다. 무당산에서 이렇듯 곱게 자라면서 존대를 받아온 그는 남에게 모욕적인 언사를 받아본 적이 없었다. 비록 개방에서 장봉용두가 자기보다 신분이 높기는 하지만, 실수는 분명 그쪽에서 저질러놓고 그 죄를 자기한테 덮어씌워 '배신' 운운하면서 질책을 퍼부으니 송청서의 성미로는 도저히 참을 수가 없었다.

"저더러 배신을 했다니 그 말씀 너무도 가당치 않소이다. 용두 형님께선 제게 누명을 씌워 책망하시는데 여기 그 광경을 지켜본 증인들이 있습니다. 이 아우가 칼자루로 그 계집의 뒤통수를 찍는 순간, 형님이 철봉으로 가로막는 장면을 한두 사람이 목격한 게 아니란 말이외다. 물론 목격자들이 보지 못했다고 발뺌한다면야 꼼짝없이 제가 이적 행위를 한 셈이 되겠소이다만……."

"요놈의 자식, 웃어른을 공경할 줄 모르는구나! 네놈이 무당파의 위세를 믿고 내게 대들 참이냐?"

성미가 불같은 장봉용두가 버럭 고함을 지르더니, 대뜸 철봉을 치켜들기가 무섭게 송청서의 정수리를 겨누고 냅다 후려쳤다. 분김에 내리친 거라 그 위세가 강맹하기 이를 데 없었다.

송청서 역시 분노를 이기지 못하고 선뜻 장검을 들어 가로막았다. "땅!" 하는 쇳소리가 지겹게 울리면서 불똥이 사방으로 튀어 날았다. 장봉용두의 뚝심이 얼마나 거센지 송청서는 칼자루를 잡은 손아귀가 찢겨나가듯 엄청난 통증을 느꼈다.

"요 송가 놈이 감히 칼을 들어 맞상대를 하려 들다니, 이적 행위뿐 아니라 하극상의 죄까지 범하는구나! 요놈 혹시 적에게 매수되어 우리 개방을 염탐하러 잠입한 첩자 아닌가?"

말끝이 떨어졌을 때 두 번째 철봉 공격이 날아들었다. 송청서도 피하거나 사양치 않고 장검으로 맞서 싸우기 시작했다. 이때 절간 문턱을 넘어서 뛰쳐나온 사람이 장검을 내뻗어 철봉을 막았다.

"용두 형님, 왜 이러십니까? 절 봐서 고정하십시오!"

싸움을 가로막고 끼어든 사람은 바로 팔대 장로 진우량이었다.

"조민, 그 요사스러운 계집은 어디 있는가?"

진우량이 이번에는 송청서를 향해 물었다. 그러자 장봉용두가 분노를 이기지 못해 씨근벌떡 숨을 몰아쉬면서 송청서를 가리켰다.

"저놈이 놓아주었어!"

송청서도 질세라 황급히 변명을 했다.

"아닙니다, 용두 형님이 놓아보냈습니다!"

그때 절간에서 휘파람 소리가 길게 울리면서 현명이로 두 늙은이가 개방 제자들을 꼬리에 달고 득달같이 뛰쳐나왔다. 사방을 두리번거리던 그들은 조민이 없는 걸 확인하더니 "껄껄껄" 장소를 터뜨리며 일제히 쌍장을 뻗어냈다. 두 사람의 네 손바닥이 장력을 토해내자, 담장 밖에서 적의 퇴로를 막던 개방 제자 넷이 삽시간에 거꾸러졌다. 뒤미처 대웅전 안에서 전공장로와 집법장로 패거리가 쫓아 나왔으나, 현명이로의 기나긴 웃음소리는 벌써 100여 척 바깥으로 사라져가고 있었다. 더는 추격해봤자 헛수고일 따름이었다.

방금 직전 송청서가 칼자루를 돌려 잡고 조민의 뒤통수를 내리쩍었을 때 장무기도 그 광경을 똑똑히 보고 있었다. 가벼워 보이면서도 무거운 타격력. 그 일격이 가벼운 것이었다면 정신만 잃겠지만 조금이라도 세차게 후려 찍는 날이면 그 자리에서 목숨이 날아갈 판이었다. 장무기는 더 생각해볼 여지도 없이 즉시 소나무 위에서 뛰어내리는 것과 동시에 건곤대나이 심법을 구사해 장봉용두의 배후에 찰싹 달라붙다시피 접근한 다음 그 손아귀에 잡힌 철봉을 툭 건드려 앞으로 떠밀어 보냈다. 철봉은 주인의 의사와는 상관없이 남의 손에 떠밀려 송청서의 장검을 튕겨내버렸다. 그가 수련한 건곤대나이 심법은 본래부터 신묘하기 이를 데 없는 무공이다. 게다가 무인도에서 지루한 나날을 보내던 몇 달 동안 아소가 번역해준 성화령 비결을 다시 수련해 건곤대나이 심법과 융화시킴으로써 장무기는 페르시아 세 사자가 구사한 괴상야릇한 초식보다 열 배나 월등한 무공을 창안해낼 수 있었다. 그리고 지금 이 자리에서 그 신묘하기 짝이 없는 무공을 처음 시도해본 것이다. 이 괴상야릇한 무공이 돌발적으로 펼쳐지자 송청서와 장봉용두 같은 고수들조차 전혀 낌새를 채지 못했으니 실로 불가사의하다고밖에 형언할 길이 없으리라.

아무튼 장봉용두는 송청서가 자신의 철봉을 가로막은 줄로 알았다. 그리고 송청서는 장봉용두의 철봉이 중간에 뻗어와서 장검을 튕겨내는 것을 똑똑히 보았다. 이들 두 사람이 동시에 흠칫 놀라는 순간, 장무기는 왼손으로 칠대 제자 한 명을 움켜잡아 담장 바깥으로 내던졌다. 장봉용두와 송청서의 눈길이 무의식중에 담장 너머로 날아가는 칠대 제자의 그림자를 쫓는 찰나, 장무기는 조민을 껴안고 대웅전 지붕 꼭대기로 솟구쳐 올라간 것이다.

훤히 밝은 대낮엔 세상의 모든 만물이 형체를 감출 수 없다. 그러나 개방 제자들은 장봉용두와 송청서가 그림자를 뒤쫓아 담장 머리 바깥으로 뛰어넘는 것과 때를 같이해서 벌 떼같이 절간 문을 박차고 우르르 몰려나갔다. 물론 그들 중 몇몇의 눈길에 무엇인가 헛것이 머리 위로 스쳐 지나가는 듯 아찔한 느낌이 들기는 했지만 때마침 대웅전 안의 미륵불상이 무너져 내리면서 일으킨 흙먼지가 건물 안팎에 안개처럼 자욱하게 퍼져서 그 헛것의 정체가 무엇인지 알아보지 못한 채 그만 놓쳐버리고 말았다. 더구나 풍비박산으로 깨어진 미륵불상의 파편 조각을 피해 쏟아져 나온 동료들과 절간 문턱 앞뒤에서 뒤범벅으로 섞이는 바람에 대낮의 유령인지 도깨비인지 모를 헛것에 신경 쓸 여유조차 없었다. 무공이 뛰어난 고수들은 현명이로 두 늙은이를 포위 공격하는 데만 정신이 팔렸고, 나머지 변변치 못한 제자들은 제 몸 하나 보호하는 데만 급급했다. 이래서 결국 아무도 지붕 꼭대기로 솟구쳐 오른 장무기를 알아본 자가 없었던 것이다.

위기일발의 순간에 목숨을 건진 조민은 몸뚱이가 억센 두 팔에 안겨 구름 타고 하늘을 나는 듯 절간 지붕으로 올라갔다. 지붕 위에 내려앉기가 무섭게 눈을 뜨자, 짙은 눈썹에 준수한 용모의 청년이 한눈에 들어왔다. 장무기……! 그녀는 제 눈을 의심했으나 다음 순간 기쁨에 겨운 나머지 자기도 모르게 소리를 지르고 말았다.

"당신이었군요!"

"쉿!"

장무기가 얼른 손으로 그 입을 틀어막았다. 사방을 둘러보니 미륵사 절간 전후좌우, 어디에나 개방 제자들이 우글거렸다. 조민을 데리고 여기서 탈출하기란 별로 어렵지 않았다. 그러나 개방 측이 명교를 치기 위한 비밀 모의를 하는 마당에 모든 내막을 정탐하지 않고 떠나기에는 너무 기회가 아까웠다. 더구나 송 사형이 어떻게 본파를 배반하고 개방에 들어가게 되었는지 그 까닭을 알고 싶었다. 개방 측은 그를 이용해서 무당파마저 손아귀에 넣을지도 모른다. 송청서와 장봉용두가 말다툼을 벌일 때 장무기는 장봉용두의 눈초리가 흉포하게 빛나는 것을 똑똑히 보았다. 개방 인물 중에는 진우량 말고도 간교한 인물이 적지 않은데, 송청서가 언제 어디서 그런 자들의 독수에 걸려들지도 몰랐다. 게다가 자기에게 맹목적인 충성을 보이는 한림도 내버려두고 갈 수는 없었다. 대웅전 안팎은 뿌연 흙먼지가 안개처럼 뒤덮여 있었다. 모험이긴 하지만 차라리 대웅전 안으로 숨어들어 정탐하는 것도 나쁘지는 않을 것 같았다.

장무기는 지붕 위에서 슬금슬금 기어 내려와 기왓장 끄트머리까지 갔다. 그러고는 두 발을 처마 끝 물받이에 걸고 거꾸로 매달려 몸을 숙인 다음, 기둥과 대들보를 붙잡고 전각 안으로 미끄러져 들어갔다. 좌대 중앙의 미륵불상 자리는 텅 비었으나 그 좌우로는 또 다른 불상이 안치되어 있었다. 장무기는 우선 급한 대로 부처님의 등 뒤에 몸을 숨겼다. 건물 안에는 미처 피하지 못하고 미륵불상에 깔려 다친 개방 제자 몇몇이 널브러진 채 끙끙 신음 소리를 내고 있을 뿐, 한림아는 어디로 끌려갔는지 보이지 않았다.

장무기는 주변을 돌아보았다. 조민과 자기 두 사람이 몸을 숨기기에는 부처님의 체구가 너무 작았다. 조민이 좌대 한 곁에 걸린 거대한 북틀을 손가락질했다. 굵다란 목제 틀에 걸린 북은 사람 키보다 높은 10척 높이로 지상에서 떨어진 채 허공에 덩그러니 매달려 있었다. 그녀가 손가락질하는 뜻을 이내 알아차린 장무기는 뒷벽에 몸을 찰싹 붙이고 북 뒤편까지 기어간 다음, 오른손 가운뎃손가락으로 북에 덮인 쇠가죽을 열십

자로 찢어냈다. 팽팽하게 당겨진 가죽이 "찌익!" 소리를 내며 좌우로 벌어졌다. 장무기는 조민을 껴안은 채 그 속으로 쑤시고 들어가 앉았다.

아무리 북이 크다 해도 두 사람씩이나 들어앉았으니 옴짝달싹도 못할 정도로 비좁았다. 조민은 그의 몸에 기댄 채 가녀린 숨결을 토해냈다. 북이 만들어진 지 여러 해, 그동안 쌓이고 쌓여 케케묵은 흙먼지와 후덥지근한 군내에 숨이 막힐 지경인데 여기다 그녀의 옷깃에서 풍기는 그윽한 향내까지 곁들여져 장무기의 콧속을 간질였다. 그의 가슴속은 조민에 대한 사랑과 증오로 가득 차 있었다. 어느덧 그녀의 몸이 살며시 품 안으로 기대어 들었다. 보드라운 머리칼이 뺨에 닿았다. 일순 황홀감에 빠져 사르르 감기던 장무기의 눈이 번쩍 뜨였다.

'장무기, 정신 차려라. 조민의 목숨을 구해주다니……. 어쩌자고 또다시 악녀에게 마음이 쏠리는 거냐?'

장무기는 손을 내밀어 매몰차게 그녀의 머리를 밀쳐냈다. 자기 어깨에 기대지 말라는 뜻이었다. 당장에라도 천 마디 만 마디 질책을 퍼붓고 싶었지만, 입을 열 처지가 못 되었다. 무안을 당하고 약이 오른 조민이 팔꿈치로 가슴을 내질렀으나 장무기의 몸에서 자연스럽게 우러나오는 반탄력에 되밀려 반대로 제 옆구리를 찌르고 말았다. 조민은 너무나 아파서 비명을 지르려 했으나 그럴 줄 알고 장무기의 손이 한 발 앞서 입을 틀어막아버렸다.

갑자기 발치 밑에서 집법장로의 목소리가 울렸다.

"방주님께 아뢰오. 적들은 이미 도망쳐 종적이 없사오나, 저희가 무능해 한 놈도 잡지 못했으니 벌을 내려주십시오."

이어서 방주 사화룡의 대꾸가 들려왔다.

"됐네, 됐어! 적들의 무공이 얼마나 거센지 모두 똑똑히 보았으니 자네와는 전혀 상관없네. 제밀할 것, 모두 재수가 옴 붙어서 그런 셈 치세!"

"감사합니다, 방주님!"

뒤이어 들어온 장봉용두와 송청서가 삿대질을 해가며 입씨름을 벌였다. 두 사람은 누가 조민을 놓아주었는지 아직도 결말을 내지 못하고 여전히 상대방 탓으로 밀어붙이고 있었다. 송청서는 증인까지 들먹여가며 변명하고, 장봉용두 역시 입에 거품을 물고 송청서를 몰아세웠다. 모처럼 잠잠해졌던 대웅전 안의 분위기가 또다시 험악해졌다.

방주 사화룡도 시비를 가려내기 난처했던지 진우량을 돌아보고 물었다.

"진씨 아우님, 자네 보기엔 실정이 어떻던가?"

"방주께 아뢰오. 장봉용두는 본방의 원로이시니 거짓을 말할 리 없습니다. 그리고 송씨 아우도 일편단심으로 본방에 가입한 몸이요, 또 조민이란 요녀와도 적대 관계에 있으니 고의적으로 놓아줄 리가 없습니다. 제가 보건대 그 계집의 무공이 괴이해 차력타력의 수법으로 용두 형님의 철봉을 건드려 송씨 아우가 들고 있던 장검을 튕겨낸 듯합니다. 혼란 중에 쌍방이 살피지 못해서 오해를 불러일으킨 모양입니다."

북틀 속에서 숨어 듣던 장무기가 혀를 내둘렀다. '진우량이란 놈, 과연 대단하구나! 현장에서 상황을 보지도 않았는데 십중팔구 알아맞히다니 추리력이 여간한 자가 아니다.'

사화룡이 판결을 내렸다.

"진씨 아우의 말이 사리에 맞군. 자, 두 분 모두 본방을 위해 애쓰다가 오해가 생겼으니 너무 신경 쓰지 말게나."

"설령 저놈 얘기가 옳다 치더라도……."

장봉용두가 그래도 불만이 있는지 투덜투덜 반론을 제기하려고 하자, 진우량이 잽싸게 말꼬리를 가로채며 송청서에게 분부했다.

"이봐, 송씨 아우. 용두 형님은 덕망이 높으신 분이야. 자넬 책망하시더라도 달게 받아야지 대들면 쓰나? 어서 형님께 사과하게!"

사태가 이쯤 되자 송청서도 어쩔 도리가 없었다. 그는 장봉용두에게 허리 굽혀 사과했다.

"용두 형님, 방금 이 아우가 여러모로 죄를 많이 지었습니다. 부디 용서해주십시오."

장봉용두는 속에서 울화통이 부글부글 끓었으나 더 이상 다른 말을 할 수가 없었다.

"흥! 됐네, 그만두게!"

진우량이 방금 한 말은 어떻게 보면 송청서를 나무라고 있는 것처럼 보였지만, 잘 새겨 들어보면 장봉용두가 잘못했다는 소리나 다름없었다. 특히 조민이 용두 형님의 철봉으로 송씨 아우의 장검을 튕겨냈다든가, 용두 형님은 덕망이 높은 사람이니 책망하더라도 달게 받아라는 말투 속에 그 뜻이 다분히 내포되어 있었다. 개방의 장로들도 귀머거리가 아닌 바에야 그 말뜻을 분명히 알아들었을 것이다. 하지만 진우량은 요즘 들어 방주의 신임을 톡톡히 받는 인물이었다. 더구나 어찌 된 까닭인지 방주 사화룡이 그의 말이라면 팥으로 메주를 쑨대도 믿어주고 있었다. 그런 줄 뻔히 아는데 어느 누가 방주한테 미움을 사려고 섣불리 장봉용두의 역성을 들겠노라 나서겠는가?

사화룡이 다시 진우량에게 물었다.

"진씨 아우, 아까 소란을 피운 계집이 여양왕의 친딸이라고 했지? 그렇다면 이상한 일 아닌가? 마교는 원나라 조정의 불구대천지 원수인데, 어째서 마교의 교주 장무기 일에 그 계집이 두둔하고 나서는지 모르겠군."

진우량은 대꾸할 말을 찾지 못하고 생각하는 척 고개를 숙였다. 귀신같이 머리가 잘 돌아가는 그도 두 남녀 사이의 내막을 정확히 알지는 못했다.

그러자 장발용두 역시 이해가 안 되는지 한마디 거들었다.

"아까 보니 그 오랑캐 군주란 계집이 눈물을 글썽글썽하며 여간 분해하는 게 아니더군요. 진씨 아우가 마교 교주 녀석을 욕했는데, 그 오랑캐 군주란 계집은 제 아비 욕이라도 들은 것처럼 펄펄 뛰지 않았습니까? 당최 무슨 영문인지 모르겠습니다."

이때 송청서가 나서며 말했다.

"방주님, 그 일에 대해선 제가 좀 알고 있습니다."

"호오, 그런가? 어디 말해보게."

"마교가 비록 조정과 원수지간이긴 합니다만, 그 소민군주란 요녀는 장무기에게 홀려서 시집을 못 가 안달이 났습니다. 그래서 기를 쓰고 장무기를 감싸고도는 거지요."

"아하……!"

개방 호걸들의 입에서 일제히 탄성이 새어나왔다. 모두가 뜻밖이라는 표정을 지었다.

북틀 속에 들어앉은 장무기도 그 말을 똑똑히 들었다. 심장 고동이 마구 날뛰기 시작했다. '그게 사실이란 말인가? 정말 조민이 나를 사

랑하고 있을까?'

조민이 고개 돌려 그를 올려다보았다. 두 남녀의 눈길이 마주쳤다. 희
부옇게 비쳐드는 빛줄기를 통해 정이 가득 담긴 그녀의 두 눈을 보았다.
그것을 보는 순간 장무기는 가슴이 뜨겁게 달아올라 저도 모르게 양팔
로 그녀의 몸뚱이를 사납게 끌어당겨 자기 가슴에 단단히 부여안았다.
그러고는 머리 숙여 앵두 같은 그녀의 입술에 입맞춤을 하려 했다. 그러
나 끝내 입맞춤을 하지 못했다. 힘주어 껴안았던 양 팔뚝도 스르르 맥이
풀렸다. 마치 죽은 거미의 넋이 뒷덜미를 잡아당기기라도 하는 듯했다.
뒤미처 머릿속에 비참하게 죽은 거미의 모습이 떠오르자, 한껏 달아올
랐던 머리가 싸늘하게 식어버렸다. 조민에 대한 사랑이 삽시간에 증오
로 돌변한 것이다. 그녀를 부여안은 오른손이 팔뚝을 힘껏 비틀었다.

비록 혼신의 기력을 다 쏟아 비튼 것은 아니었으나, 조민이 견뎌내
기엔 너무 벅찼다. 그녀는 팔뚝이 부러져 나갈 것만 같은 아픔에 눈앞
이 캄캄해져 거의 까무러칠 지경이었다. 목구멍에선 아리가 퍼부었던
것처럼 "심보 못되고 명 짧은 무기 녀석!"이란 욕설이 튀어나오려 했
으나 꾹 참으며 소리를 지르지 않았다. 고통을 참고 있으려니 눈물만
하염없이 흘러나왔다. 장무기의 손등에 떨어진 눈물이 다시 손등을 타
고 흘러내려 그의 옷깃을 적셨다. 그래도 마음을 독하게 다져먹은 장
무기는 모른 척 외면하고 거들떠보지 않았다.

진우량의 놀란 목소리가 들려왔다.

"아니, 자네 그걸 어찌 알았는가? 세상에, 정말 그런 해괴한 일도 다
있다니……."

"장무기, 그놈은 생김새가 보잘것없이 평범하지만, 마교의 사술^{邪術}

을 배워 여자를 곧잘 유혹하지요. 아마 숱한 계집이 그놈의 올가미에 떨어졌을 겁니다."

송청서의 목소리에는 원한이 서리서리 맺혀 있었다.

집법장로도 납득이 되는지 고개를 끄덕였다.

"맞는 말일세. 마교 놈들은 확실히 음탕해. 그것들은 사내나 계집이나 할 것 없이 사람을 미혹시키는 음양채보술陰陽採補術에 능통하거든. 아미파의 여제자 기효부도 마교의 양소란 놈한테 몸을 버리고 명예마저 더럽혔으니까. 장무기의 아비 장취산이 백미응왕의 딸년한테 걸려들어 패가망신한 것도 채화술법採花術法에 걸린 탓이지. 그 몽골 오랑캐 군주란 계집도 장무기 녀석의 채화술에 홀려서 몸 바치고 단맛을 보았으니 갈 데까지 가서 빠져나오지 못하는 거야. 그러지 않고서야 왕녀라는 고귀한 신분마저 헌신짝 버리듯 내던지고 그놈의 품속에 파묻힐 리가 있나? 이제 알 만하군, 알 만해."

"그런 강호의 패류悖類는 보는 대로 씨를 말려야 하오. 살려두었다는 온 천하 양갓집 규수들이 하나도 성하지 못할 테니까."

한데 방주 사화룡은 그런 '강호의 패륜아'가 무척이나 부러운지 혀를 내밀고 입술을 핥으면서 낄낄대고 웃었다.

"그 요사스러운 군주가 비록 오랑캐 출신의 계집이긴 하네만, 꽃처럼 아리따운 얼굴에 달덩이 같은 모습이 딴은 제법 미녀 축에 들더군. 제밀할 것! 아미파 장문인 주 소저에 몽골 왕실의 군주마마까지 꿰어차다니, 고 음탕한 장무기란 놈이 염복 하나는 많구먼!"

어둠 속에서 장무기는 터져 나오려는 분통을 참느라 온몸이 와들와들 떨렸다. 채화술법을 쓰다니, 내가 누구 몸을 망쳤단 말인가? 그는 세상에 태어난 이래 지금까지 여전히 동정을 잃지 않은 몸이었다. 그런데 아미파 멸절사태를 비롯해서 보는 사람마다 자기더러 '음적淫賊'이라 손가락질했다. 이게 도대체 몇 번째 듣는 악담인지 헤아릴 수도 없을 정도였다. 정말로 억울하기 짝이 없다. 더구나 조민이 자신에게 몸을 바치고 갈 데까지 다 갔다는 얘기는 도대체 무슨 근거로 하는 말일까? 생각이 여기에 미치자 장무기는 정신이 번쩍 들었다.

'맙소사! 지금 내가 조민과 있는 모습을 들켰다가는 영락없는 음적의 누명을 쓸 게 아닌가? 이런 꼴로 어디다 결백하다고 변명을 하랴? 아마 태사부님이 보셔도 믿지 않으실 것이다.'

다시 전공장로의 목소리가 들려왔다.

"아미파 주지약 낭자도 그 음탕한 놈의 수중에 떨어졌다면 아마 지금쯤 정조를 보전하기 힘들겠군. 하지만 송씨 아우, 너무 걱정하지는 말게. 무사하다면 우리가 반드시 주 낭자를 도로 빼앗아와서 자네 아내가 되도록 도와주겠네. 지난날 기효부 사건과 같은 일이 또 생겨서야 되겠는가?"

집법장로도 덩달아 맞장구를 쳤다.

"형님 말씀이 지당하시오. 무당파는 당시 은리정의 약혼녀도 보호해주지 못하더니, 이젠 송청서의 고민 하나 해결해주지 못하는군요. 송씨 아우가 우리 개방에 투신한 이상, 우리 형제들이 그 소원을 이뤄주지 못한다면 무슨 면목으로 아우를 대하겠소. 우리에게 그만한 실력이 있으니까 송씨 아우도 무당파의 후계자이면서도 본방의 육대 제자로 서슴없이 들어온 게 아니오?"

장내는 개방 호걸들의 자화자찬, 호언장담으로 시끌벅적했다. 모두

'음탕한 도적' 장무기를 죽이고 송청서의 아내를 빼앗아오자는 내용이었다.

조민이 장무기의 귀에다 대고 속삭였다.

"당신은 골백번 죽어도 용서받지 못할 음탕한 도적놈이야!"

노여움과 안타까움, 원망, 그리고 한없는 연모의 정이 뒤섞인 하소연이었다. 이 한마디가 장무기의 독한 마음을 산산이 흩어버렸다. 뒤미처 보이지 않는 번뇌의 불길이 가슴속에서 활활 타오르기 시작했다. '간사하고도 악독한 계집! 그렇지만 않았다면 내 더 바랄 것 없이 평생을 바쳐 사랑해주었으련만…….'

가죽 한 겹을 사이에 두고, 대웅전에서는 거지 떼들에게 고맙다고 사례하는 송청서의 목소리가 들려왔다.

방주 사화룡이 경망스레 묻는 소리가 들렸다.

"송씨 아우, 자네 그 음탕한 놈이 어떻게 몽골 오랑캐 군주를 유혹해서 간통했는지 내막을 아는가?"

"저도 거기까지는 자세히 모릅니다. 당사자가 아닌 바에야 알 도리가 없지요. 다만 이런 적이 있었습니다. 조민이 지난번 조정 무사들을 이끌고 무당산을 습격해서 태사부님을 잡아가려고 했습니다. 그런데 장무기란 놈이 나타나자 얌전히 물러갔습니다. 그 바람에 무당파가 절체절명의 위기를 모면했지요. 또 저희 셋째 사숙 유대암은 20여 년 전에 어떤 자의 독수에 걸려 사지 팔다리뼈가 으스러져 폐인이 되셨습니다. 그런데 그 계집이 또 장무기에게 영약을 선사해서 부러진 뼈를 잇고 지금은 걸어 다닐 수 있을 만큼 회복되셨습니다. 어째서 그 요사스러운 계집이 천재일우의 기회를 스스로 포기하고 물러갔으며, 또 무슨 까닭으로 적에게 진귀한 영약을 아낌없이 선사했는지, 방주님과 여러 형님께선 아시고도 남을 것입니다."

이 말을 듣자 집법장로가 먼저 알아듣겠다는 듯이 고개를 주억거리며 소감을 털어놓았다.

"음, 역시 그런 일이 있었군. 무당파는 창건 이래로 원나라 조정엔 눈엣가시와도 같은 존재인데, 그 오랑캐 군주가 무엇 때문에 번번이 도와주었겠는가? 자고로 계집이란 사내놈과 일단 배가 맞으면 물불 가리지 않고 엉겨 붙어 떨어질 줄 모르는 법이지. 그러니 저 요사스러운 계집도 장무기를 좋아하지 않았다면 적을 도와줄 까닭이 없었겠지. 그러고 보면 장무기란 음탕한 녀석이 인품은 단정하지 못해도 태사부나 사백, 사숙들을 떠받드는 향화香火의 정리만큼은 갸륵하구먼."

"아, 예에…… 제가 생각해도 그놈은 아직 근본을 잊지는 않은 것 같습니다."

송청서가 떨떠름하게 대꾸하자 진우량은 사화룡을 돌아보고 말했다.

"방주님, 송씨 아우의 말을 듣고 보니 제게 좋은 계책이 하나 떠올랐습니다. 잘만 하면 그 장무기 녀석을 움쭉달싹 못 하게 굴복시켜서 마교 전체 세력을 우리 개방의 명령 한마디에 부려먹을 수도 있겠습니다."

그 말에 사화룡이 펄쩍 뛰다시피 좋아했다.

"이런, 진씨 아우님이 드디어 묘책을 생각해냈구먼! 자, 어서 말해보시게."

"여긴 이목이 너무 많아서 안 되겠군요. 모두 한집안 식구이긴 합니다만, 기밀이 새어나갈지도 모르니까요."

전각 안이 갑자기 물을 뿌린 듯 조용해지더니, 잠시 후 발걸음 소리가 어수선하게 들렸다. 10여 명이 바깥으로 나가는 기척이었다. 개방에서도 신분이 가장 높은 몇몇 수뇌부 인물만 남은 모양이었다. 그래도 진우량은 마음이 안 놓여 다시 한번 경계를 요구했다.

"이 계책은 일언반구라도 새어나가선 아니 되오. 송씨 아우, 그리고 두 분 용두 형님, 만에 하나라도 엿듣는 자가 있을지 모르니 우리 주변을 샅샅이 뒤져봅시다."

진우량의 말 한마디는 방주가 내린 호령보다도 무거웠다. 곧이어 "휙, 휙!" 바람 가르는 소리와 함께 장봉용두, 장발용두가 지붕 위로 솟구쳐 올라갔다. 진우량과 송청서는 대웅전 안팎을 구석구석 살펴보기 시작했다. 불상을 안치한 좌대, 벽에 드리운 휘장까지 낱낱이 들추고 불경을 새겨 걸어놓은 편액扁額 뒤에서부터 앞뜰 해묵은 소나무 잣나무 고목 위에까지 샅샅이 살펴보았다. 그러나 이들은 좌대 한 결 나무틀에 덩그러니 매달린 북 가죽은 그대로 지나쳤다. 장무기는 속으로 조민의 기민한 사려에 새삼스레 감탄을 금치 못했다. 대웅전 내부에서 이 거대한 법고法鼓보다 더 좋은 은신처는 없었던 것이다.

이윽고 수색을 마친 네 사람이 대웅전에 다시 모였다. 이윽고 진우량이 목소리를 한껏 낮추었다.

"이 일은 아무래도 송씨 아우님이 전적으로 책임지고 밀어붙여야겠네."

"제가요?"

"그렇다네. 자, 그럼 이제 슬슬 얘기해보겠습니다. 우선 장발용두 형님은 오독실심산五毒失心散을 얼마쯤 조제해서 송씨 아우에게 넘겨주십시오. 송씨 아우는 그 약을 가지고 무당산으로 돌아가 은밀히 장 진인과 무당 육협이 드실 음식에 섞어 넣으시게. 우리는 무당산 아래 잠복해 있다가 일이 성사되었다는 송씨 아우의 신호를 받는 즉시 올라가서 장삼봉 진인 이하 여러분을 일거에 사로잡는 겁니다. 그리고 이들을 인질로 삼아 협박한다면 효성이 유별나게 지극한 장무기란 놈이 우리 개방의 호령대로 따르지 않고 배겨나겠습니까?"

"묘책이군, 묘책이야!"

누구보다 먼저 방주 사화룡이 손뼉쳐가며 탄성을 질렀다. 이어서 집법장로 이하 수뇌부들도 기꺼운 표정으로 찬동하고 나섰다.

"참으로 훌륭한 계략일세. 본방의 오독실심산은 효력이 지독하니까 실패할 리가 없지. 욕심 같아서는 장무기란 놈의 음식에 타서 직접 중독시키면 더 좋으련만, 마교 놈들의 방비가 보통 주도면밀해야 말이지. 그건 어렵겠고, 역시 진씨 아우님 말대로 일을 에둘러서 추진하는 게 낫겠어. 송씨 아우는 무당 제자이니만치 무당파 사람들을 생포하는 데 적격 아닌가. 옛말에도 '집안 도둑은 막기 어렵다' 했으니, 귀신도 모르게 성공할 수 있을 거야."

송청서의 안색이 하얗게 질려 떠듬거리며 말했다.

"그건…… 그건 안 됩니다. 저더러 아버님을 독약으로 해치라니, 천부당만부당한 말씀입니다!"

"이보게, 자넨 모르겠지만, 오독실심산은 우리 개방에 비전되는 영약일세. 사람의 정신을 일시적으로 혼미하게 만들 뿐 몸에는 전혀 해독을 끼치지 않는다네. 엄친 송 대협의 어질고 의협심 두터운 인품을 우리 가운데 어느 누가 깊이 존경하고 흠모하지 않겠는가? 그 어르신의 머리카락 하나도 다치게 하지 않겠네. 그런 일은 절대로 없으니 마음 놓게나."

진우량이 듣기 좋게 달랬으나, 송청서는 여전히 응낙하지 않았다.

"제가 개방에 가입하는 것도 사전에 태사부님과 가친의 허락을 받아야만 옳은 일이었습니다. 제가 독단으로 개방에 들어온 사실을 그분들이 아시면 엄하게 책망하실 텐데, 저는 어떻게 감당해야 좋을지 모르겠습니다. 그러나 개방은 전통적으로 의협의 길을 걷고 있느니만치 무당파의 근본 취지와 배치되는 것이 아니므로 큰 죄를 저질렀다고는 생각지 않습니다. 하지만 저더러 무당산에 돌아가서 불효와 하극상을 범하라는 분부만큼은 결단코 받아들일 수 없습니다."

"이런 한심한 친구 봤나, 생각이 아주 꽉 막혔군. 자고로 큰일을 도모하는 사람은 사소한 절개에 얽매이지 않는다 하지 않았던가? 옛날 영웅호걸 중에 대의멸친大義滅親으로 청사靑史에 이름을 남긴 이가 얼마나 많았는가? 더구나 우리 계략은 마교에 대응하기 위해서라고 내 분명히 말했네. 일시적으로 무당의 여러 협사를 인질로 잡아놓고 장무기란 음적을 제압하겠다는데 어째서 그렇게 머리가 안 돌아가나? 지난번 자네도 직접 참전해서 알겠지만, 육대 문파가 서역 광명정 포위 공격전을 계획했을 때 무당파가 얼마나 적극적으로 주도했는가? 훗날 장 진인이나 엄친께서 이 사실을 아신다 하더라도 대의를 위해 부득이한 처사였노라고 이해해주실 것일세."

"제가 만약 그 일을 저지른다면 양심의 가책도 견딜 수 없으려니와 강호 무림계 인사들의 지탄을 받을 것은 불 보듯 뻔할 터인데, 제가 무슨 면목으로 세상에 나서겠습니까?"

"음식에 약을 타고 나서 자네도 정신을 잃은 것처럼 쓰러져 있기만

하게. 그럼 우리는 자네까지 한데 묶어서 장 진인과 엄친, 또 여러 사숙들하고 한방에 가둬놓겠네. 그러면 아무도 자넬 의심할 사람이 없지 않겠는가? 여기 모인 일곱 사람 말고 세상 천지에 어떤 자가 그 비밀을 알겠는가? 그저 대의멸친을 실천하는 영웅호걸이라고 감복할 뿐이지 비웃을 리가 있겠는가?"

송청서도 완강했지만 설득하는 진우량도 집요했다. 곰곰이 생각에 잠겼던 송청서가 마침내 결단을 내리고 쭈뼛쭈뼛 입을 열었다.

"방주님과 진씨 형님의 명을 거역해서는 안 되겠지요. 더구나 저는 이제 갓 본방에 가입한 몸이니 기회가 주어지면 물불 가리지 않고 전심전력으로 공을 세워야 옳을 줄 압니다. 그러나 세상에 인간으로 태어났으면 효와 의를 근본으로 삼아야 하는 법, 저더러 아버님을 해쳐서 불효자가 되게 하고 하극상을 범해 의리를 저버리게 하는 분부만큼은 아무래도 받들지 못하겠습니다."

개방 사람들뿐 아니라 무림계에 몸담은 인사들은 누구나 효를 제일 숭상해왔다. 이제 송청서가 효를 내세워 거절하자 아무도 강요할 수 없게 되었다. 그러나 진우량은 싸늘한 웃음을 머금은 채 독살스러운 눈빛으로 송청서를 노려보았다.

"하극상이라, 그것이 우리 무림인들에게 가장 큰 금기인 줄은 자네가 구차스레 설명하지 않아도 다 알고 있네. 그런데 막 칠협은 송씨 아우님과 어떻게 되는 사이더라? 막 칠협의 항렬이 높은지, 아니면 송씨 아우님의 항렬이 높은지 조금 아리송하구먼. 그것부터 분명히 말씀해 주시지 않겠나?"

뜻밖에도 송청서는 대꾸가 없었다. 숨 막히는 정적이 대웅전을 가득 메웠다. 개방 수뇌부 대여섯 명의 눈초리가 일제히 송청서에게 쏠렸다. 마침내 송청서가 "푸우!" 하고 깊은 한숨을 토해냈다.

"좋습니다. 기왕에 내리신 명이니 이 아우도 말씀대로 따르지요. 하지만 여러분께선 제게 확실히 약속해주셔야 합니다. 아버님을 추호라도 다치게 하거나 그분께 모욕적인 언동을 일체 하지 않겠노라고 말입니다. 그러지 않으면 제 몸이 여기서 갈기갈기 찢기고 명예가 더럽혀지는 한이 있더라도 그 같은 불충불효한 일은 떠맡지 않을 겁니다."

드디어 송청서의 입에서 응낙을 받아내자, 사화룡과 진우량은 춤이라도 출 듯이 기뻐했다.

"그야 이를 말씀인가! 천지를 두고 맹세한 바나 다름없네. 송씨 아우는 우리와 형제지간이 아닌가? 그렇다면 송 대협도 우리 모두의 어르신이 되는 셈일세. 자네가 굳이 그런 조건을 달지 않더라도 우리는 그분께 자식으로서, 조카로서의 예를 다할 작정이네."

그들 사이에 오가는 대화를 엿들으면서 장무기의 가슴속에는 의혹이 구름처럼 피어나기 시작했다. 송 사형은 저들의 요구를 줄곧 완강하게 거절했다. 당연히 끝까지 버텨야 하는 것이다. 그런데 진우량이 막내 사숙의 이름을 들먹이자 송 사형은 단번에 풀이 죽어 무릎을 꿇고 말았다. '막 칠협'이란 말 한마디에 저들의 흉계를 수락해버린 것이다. 여기에는 틀림없이 수상한 내막이 감춰져 있을 터였다. '아무래도 일곱째 사숙을 만나 여쭤봐야겠다. 그래야만 진상을 알 수 있을 것이다.'

집법장로와 진우량을 비롯한 개방 수뇌부 일곱 명은 바야흐로 무당산 공격 계획을 짜느라 여념이 없었다. 장삼봉과 송원교 이하 무당파 제자들을 중독시킨 다음, 개방 측은 어떻게 쳐들어갈 것인지를 의논했다. 문제가 제기될 때마다 진우량이 도맡아 설명하고 방주 사화룡은 시종 같은 말만 연발했다.

"아주 훌륭해! 절묘한 계책이군! 그것도 좋지!"

이윽고 계획의 틀이 잡히자, 장발용두가 덧붙였다.

"오독실심산을 무당파에 쓰려면 아주 대량으로 조제해야만 할 거요. 그런데 지금은 엄동설한이라 다섯 가지 독물이 모두 땅속에 숨어 있소. 제가 장백산까지 달려가서 그것들을 캐내다 직접 약으로 배합해야만 하오. 눈얼음 속에서 파낸 독물 다섯 가지는 모두 그 독성이 아주 약해서 음식에 넣어도 좀처럼 발각되지 않을 테니 일류 고수에게는 그런 독물이 안성맞춤이지요."

집법장로가 지시를 내렸다.

"진씨와 송씨 두 아우님은 장발용두를 모시고 장백산까지 가서 약을 조제해오게. 우리는 먼저 남쪽으로 내려가겠네. 한 달 후 노하구老河口에서 만나기로 하지. 오늘이 섣달 초파일이니까 내년 정월 초순쯤 되겠군."

그러고는 다시 장봉용두를 돌아보고 당부했다.

"우리 손에 들어온 한림이란 놈은 아주 유용하게 써먹을 것이니 장봉용두께서 각별히 유념해 지켜주시오. 마교도들이 언제 어디서 탈취하려 들지 모르니 단단히 조심하셔야 합니다. 자, 그럼 모두 각자 정한 대로 헤어져 떠납시다. 이런 데서 오래 머물면 적의 이목에 뜨이기 십상이오."

개방 수뇌들은 분분히 방주 사화룡에게 작별을 고하고 떠나갔다. 장발용두와 진우량, 송청서 세 사람이 한발 앞서 북쪽을 향해 출발했다. 잠깐 사이에 미륵사 안팎을 뒤덮었던 개방의 거지들은 말끔히 흩어져 그림자도 남지 않았다.

장무기는 돌연 두 다리를 좌우로 벌려 질풍같이 가로후리기
로 휩쓸기가 무섭게 땅바닥에 두툼하게 쌓인 눈 더미를 휘
말아 올리더니 네 사람을 향해 맹렬한 기세로 흩뿌려 보냈
다. 난데없는 눈보라가 좌에서 우로 부챗살처럼 퍼져 나가
면서 상대방의 시야를 차단해버렸다. 네 사람이 엉겁결에
이구동성으로 외마디 소리를 터뜨렸다.

무당사협은 느닷없이 면전으로 들이닥치는 눈보라 공세에
아무것도 보지 못했으나 재빨리 임기응변을 발휘해 뒤로 몸
을 솟구쳤다.

32

억울한 누명 하소연할 길 없으니 미칠 것만 같네

개방 사람들이 떠나가고 대웅전 안팎이 조용해지자, 장무기는 북틀 속에서 뛰쳐나왔다. 조민 역시 나와서 구겨진 옷매무새부터 가다듬었다. 기뻐하는지 토라졌는지 뜻 모를 야릇한 표정으로 장무기를 흘겨보았다. 곁눈질로 힐끔 쳐다보는 그녀의 눈길이 얄미워 장무기는 버럭 화를 냈다.

　"흥, 무슨 염치가 있다고 날 보는 거요?"

　조민이 방긋 웃으면서 되물었다.

　"무슨 소리예요? 내가 위대하신 장 교주님께 죄라도 지었단 말인가요?"

　장무기가 냅다 호통을 쳤다.

　"당신이 도룡도를 훔쳐간 것은 내 뭐라 탓하지 않겠소! 또 우리 넷을 그 황량한 무인도에 떨쳐놓고 혼자 도망친 배신행위도 원망하지 않겠소! 하지만 중상을 입고 사경을 헤매던 은리에게 또다시 독하게 손을 대어 목숨마저 해치다니, 당신같이 악랄하고 지독한 여자는 정말 세상에 보기 드물 거야!"

　말하다 보니 비통과 분노를 억제할 길 없어 손바닥 안팎으로 번갈아가며 조민의 따귀 넉 대를 후려갈겼다.

　손만 뻗으면 닿을 만큼 가까운 거리에서 조민은 어떻게 피할 도리도 없이 고스란히 얻어맞고 두 뺨이 삽시간에 벌겋게 부어올랐다. 아프고도 분한 마음에 그녀는 두 눈에서 눈물이 주르르 흘러내렸다. 항변하는 목소리에 울음이 섞여 나왔다.

"나더러 도룡도를 도둑질했다는데, 그걸 누가 봤단 말이에요? 또 내 손으로 은 소저를 해쳤다고 누가 그래요? 당장 오라고 해서 나하고 대질시켜줘요!"

죽은 사람을 불러오라니, 장무기는 그 뻔뻔스러움에 더욱 분노가 치밀었다.

"좋아! 아리를 이승으로 나오라고 할 게 아니라, 내가 널 저승으로 보내줄 테니까 거기 가서 그녀와 대질하라고!"

덥석 내민 두 손길이 그녀의 가냘픈 목덜미를 좌우 양쪽으로 거머쥐고 힘껏 조이기 시작했다. 숨통이 막힌 조민이 본능적으로 손가락을 내뻗어 장무기의 가슴을 찔렀으나, 그는 손을 풀지 않았다. 곧 질식 상태에 빠져든 그녀는 삽시간에 얼굴이 온통 자줏빛으로 부풀어 오르더니 이내 까무러치고 말았다.

조민의 목을 움켜 조일 때만 해도 장무기는 그녀를 반드시 죽여야겠다고 다짐했다. 하지만 숨통이 막혀 몸부림치다 정신을 잃어버린 채 축 늘어진 그녀의 몰골을 보니 저도 모르게 마음이 여려져 두 손을 풀고 말았다.

"털썩!"

의지할 데를 잃은 조민의 몸뚱이가 뒤로 벌렁 넘어가더니 대웅전 불상 좌대 아래 놓인 목제 무릎 깔개에 뒤통수를 부딪치고 나둥그러졌다.

한참 뒤에야 부스스 깨어나 정신을 차린 조민은 장무기가 두 눈을 부릅뜬 채 자기를 뚫어져라 내려다보고 있는 것을 발견했다. 얼굴에는 걱정스러운 기색이 가득했다. 조민이 눈을 떴을 때에야 장무기의 입에서 안도의 한숨이 흘러나왔다. 그녀가 물었다.

"방금 은 소저가 세상을 떠났다고 했어요?"

장무기의 가슴속에서 또 한 차례 분노의 불길이 타올랐다.

"당신 손으로 얼굴에 열 번 스무 번 칼부림해서 그어놓고도 모자라 바닷물 속에 던져 넣고 않았소? 그러고도 아리가 아직도 살아 있을 듯싶었소?"

버럭 호통쳐 꾸짖는 말에, 되묻는 조민의 목소리가 떨려 나왔다.

"누가…… 도대체 누가 그런 말을 했어요? 내가 은 소저 얼굴을 난도질하고 바닷물에 빠뜨려 죽였다고 말이에요. 주 소저가 그랬나요? 아닌가요?"

"주 소저는 절대로 뒷전에서 남의 험담이나 하는 사람이 아니오. 그녀는 자기 눈으로 직접 보지 못한 일로 남을 모함할 줄 모르는 사람이오!"

"그럼 은 소저 스스로 한 말인가요?"

"은 소저가 어떻게 말을 할 수 있겠소? 그 황량한 무인도에는 우리 다섯밖에 없었잖소. 큰아버님이 칼부림을 했겠소, 아니면 내가 했겠소? 그렇다고 은 소저가 스스로 제 얼굴에 난도질을 했겠소? 흥, 당신의 심보를 난 다 알고 있어! 내가 거미를 아내로 맞아들일까 봐 겁이 나서 그녀를 그 지경으로 만든 거지? 그녀가 죽든 살든, 이 장무기는 그녀를 내아내로 여기고 있어. 당신은 내 아내를 죽인 거나 다를 바 없다고!"

조민은 고개를 숙인 채 한동안 말이 없었다. 그러고는 다시 물었다.

"중원에는 어떻게 돌아왔죠?"

이 물음에 장무기가 싸느랗게 웃었다.

"그야 당신 덕분이 아니겠소? 몽골 수군 함선을 보내서 우리를 모셔 오라고 했으니까. 다행히도 내 큰아버님은 나처럼 무용지물이 아니라서 우리 모두 당신의 간계에 빠져들지 않았단 말이오. 함포로 무장한 함대를 연안에 파견해 기다리게 했다가 우리가 탄 배를 격침시킬 의도였지? 흥, 모처럼 마음 써서 꾸민 계략이 실패로 돌아가 안됐소!"

조민은 벌겋게 달아올라 화끈거리는 두 뺨을 차가워진 양 손바닥으로 어루만지면서 멍하니 장무기를 바라보았다. 그리고 한참 만에야 눈망울 속에 애련한 기색이 감돌더니, 이윽고 땅이 꺼져라 긴 한숨을 내리쉬었다.

애잔한 눈빛을 마주 바라보고 있던 장무기는 얼른 고개를 홱 돌려 외면해버렸다. 혹여 마음이 약해질까 봐 두려웠던 것이다. 그는 자신에게 다짐이라도 하듯 갑작스레 발을 거세게 굴렀다.

"난 하늘을 두고 맹세했소! 원통하게 죽은 외사촌 누이의 원수를 기필코 갚고야 말겠노라고. 오늘은 내가 워낙 마음 약한 무용지물이라 당신 목숨에 손을 대지는 못했어도, 당신이 악한 짓을 계속 저지르는 한 언젠가는 내 손에 걸려들 때가 있을 거요! 그때에는 절대로 가만두지 않겠소!"

말을 마치자마자 그는 후딱 돌아서서 큰 걸음걸이로 미륵사 절간 대문을 나섰다. 100여 척 거리를 벗어났을 때 등 뒤에서 조민이 쫓아오며 소리쳐 부르는 소리가 들렸다.

"장무기! 당신 지금 어딜 가는 거야?"

"내가 어딜 가든 그게 무슨 상관이오?"

"사 대협과 주 낭자에게 할 말이 있으니 만나게 해줘요."

"죽고 싶어 따라나서겠다는 거요? 내 큰아버님은 손속에 인정사정을 두지 않는 분이오!"

이 말에 조민이 차갑게 코웃음을 쳤다.

"당신 양부는 심보 모질고 손속이 매섭긴 하지만, 당신처럼 바보 멍청이는 아니죠! 또 한 가지, 아닌 말로 사 대협이 날 죽이면 당신은 손에 피 안 묻히고 사촌 누이의 원수를 갚게 될 테니 당신 소원을 이루는 셈이 아니겠어요?"

"내가 왜 바보 멍청이란 말이오? 아무튼 난 당신이 큰아버님을 만나는 게 싫소!"

"호호, 장무기, 이 바보 멍텅구리 같은 녀석! 딴소리 말고 좀 솔직해질 수 없어? 사실 마음속으로는 날 잃기 싫은 거지? 내가 사 대협에게 가서 죽임을 당할까 봐 겁이 나는 거지? 안 그래?"

또 한 번 조민에게 속을 찔린 장무기는 저도 모르게 얼굴이 화끈 달아올라 버럭 고함을 지르고 말았다.

"쓸데없는 소리! 난 당신이 의롭지 못한 일을 자꾸 저지르다가 죽음을 자초하도록 내버려두고 싶을 뿐이야. 제발 나한테서 멀리 떨어져 내 일에 참견하지 말았으면 좋겠어. 날 자꾸 건드리면 당신 목숨이 위태로워질 거야. 제발 내 손으로 당신을 죽이게 하지 마!"

그래도 조민은 못 들은 척 슬금슬금 다가섰다.

"누가 뭐래도 난 사 대협과 주 소저를 만나 몇 마디 분명히 물어봐야겠어요. 내 뒤에서 남이 험담하는 소리를 듣고 싶지 않아요. 할 말이 있거든 서로 얼굴을 맞대고 떳떳이 얘기하자는 거예요."

장무기는 슬그머니 호기심이 일었다.

"그분들한테 뭘 묻겠다는 거요?"

"만나보면 자연 알게 되겠죠. 난 위험을 무릅쓴다고 해서 두렵지 않아요. 그런데 당신은 오히려 내가 어떻게 될까 봐 걱정이 되는 모양이군요."

한순간 장무기는 머뭇거리다가 이내 결단을 내렸다.

"좋소! 이건 당신이 자청해서 가는 거요. 만약 큰아버님이 실수를 쓰더라도 난 구해주지 못할 줄 아시오."

"그런 걱정일랑 마세요."

"내가 걱정을 한다고? 흥! 오히려 당신이 어서 죽었으면 좋겠소."

조민이 싱긋 웃었다.

"그럼 여기서 직접 손을 쓰지 그래요?"

"흥!"

장무기는 세차게 콧방귀를 뀌더니 다시는 거들떠보지 않고 빠른 걸음걸이로 마을을 향해 걸어갔다. 조민도 졸랑졸랑 뒤따라갔다. 마을 어귀에 거의 다다랐을 때 장무기가 멈춰 서서 뒤돌아보고 말했다.

"조 낭자, 내 일찍이 당신에게 세 가지 일을 해준다고 약속했소. 첫 번째 일은 당신이 도룡도를 훔쳐갔으니, 그 일은 끝난 셈이나 마찬가지요. 아직 두 가지가 남아 있소. 이제 당신이 큰아버님을 만났다가는 죽지 않고 배겨날 도리가 없을 텐데, 그래도 기어코 만나러 가겠다면 내가 그 전에 남은 두 가지 일을 다 해드리고 싶소. 그래야만 내 마음의 빚도 청산되어 홀가분해질 듯싶은데, 어떻소?"

조민이 활짝 웃으며 말했다.

"내가 죽어서 안 될 이유치고는 무척 빈약하군요. 어디 가슴에 손을 얹고 생각해봐요. 날 죽여야 할 이유를 찾지 못하셨죠? 난 다 알아요. 당신은 차마 나를 잃고 싶지 않은 거예요."

또 한 번 속을 찔린 장무기가 버럭 노성을 질렀다.

"차마 그렇다고 칩시다! 어쩔 테요?"

"난 정말 기분이 좋군요. 정말 기뻐요. 당신의 진심을 여태 확인할 수 없었는데 진정으로 날 위해주니 이젠 됐어요. 당신 마음을 명백히 알았으니까요."

장무기는 어처구니가 없어 한숨을 푹 내쉬었다.

"조 낭자, 제발 부탁이오. 내가 이렇게 싹싹 빌 테니 어서 빨리 당신 갈 데로 가시구려."

그러나 조민은 고개를 가로저었다.

"난 꼭 사 대협을 만나야겠어요."

조민의 고집을 꺾지 못한 장무기는 하는 수 없이 객점에 들어섰다. 사손이 묵는 방 앞에 이르러 문을 두어 번 두드렸다.

"큰아버님, 계십니까?"

장무기는 입으로 사손을 부르면서 몸뚱이는 어느새 조민 앞을 가로막고 섰다. 두어 번 불렀으나 방에서는 아무 대꾸가 없었다. 그는 방문을 조심스레 밀어보았다. 방문이 잠겨 있었다. 문득 의심이 들었다. 눈먼 양부는 귀가 무척 예민해서 자신이 문밖에 다다른 기척만 내면 자다가도 놀라 벌떡 깨어났을 터였다. 또 외출했다면 방문이 안에서 잠길 리가 없었다. 그는 즉시 손에 힘을 주었다. "쩍!" 하는 소리와 함께 빗장이 부러지고 방문이 열렸다. 과연 사손은 그 안에 없었다. 창문이 절반쯤 열려 있는 것으로 보아 창문을 통해 나간 모양이었다.

그는 주지약의 객실로 달려가 또 두어 차례 불렀다.

"지약, 지약!"

응답하는 소리가 들리지 않았다. 문을 밀고 들어서보니 주지약도 사라지고 없었다. 구들 침대 위에는 옷가지들이 단정하게 가지런히 놓여 있었다. 장무기는 놀랍고 의아스러움에 마음이 불안해지기 시작했다. 혹시 적과 맞닥뜨린 것은 아닐까?

객점의 심부름꾼을 불러 물어보았으나, 그들이 나가는 것을 보지 못했다고 했다. 다투거나 싸움이 벌어지는 기척도 들리지 않았다고 했다. 그 말을 듣고서야 장무기는 다소 마음이 놓였다. 아무래도 두 사람 모두 무슨 기척을 듣고 바깥 동정을 살피러 나간 모양이었다. 양부는 비록 두 눈이 멀었다 해도 무공 실력이 워낙 뛰어난 분이라 당세에 적수가 드물다. 더구나 주지약처럼 세심하고도 신중한 동반자가 뒤따른 만큼 별다른 사고는 나지 않으리라. 사손의 방으로 돌아온 그는 창문을 통해 바깥으로 뛰어나가 사방을 살펴보았으나, 역시 아무런 이상이 없어 다시 방으로 돌아왔다.

"사 대협이 안 계신 걸 보고 왜 한숨을 쉬어요? 도리어 마음이 놓이는가 보죠?"

뒤따라 들어온 조민이 얄밉게 물었다.

"또 터무니없는 소리! 내가 언제 한숨을 쉬었다는 거요? 마음이 놓이다니, 누구 때문에?"

32. 억울한 누명 하소연할 길 없으니 미칠 것만 같네

장무기가 펄쩍 뛰는데, 조민은 배시시 웃었다.

"내가 당신 얼굴 표정 하나 못 읽을 줄 아세요? 방문을 밀어붙이고 들어섰을 때 잠깐 멍하더니 잔뜩 굳어졌던 얼굴이 풀리는 걸 내가 다 봤다고요!"

대꾸할 말이 없어진 장무기는 그녀를 거들떠보지 않고 구들 침상에 비스듬히 걸터앉았다. 조민도 생글생글 웃으면서 걸상을 끌어다놓고 마주 앉았다.

"다 알아요. 사 대협이 날 죽일까 봐 겁이 났다가 천만다행히도 그분이 안 계시니까 한시름 놓은 거죠. 당신이 진짜 날 버리지 못한다는 걸 내가 모를 줄 알고?"

장무기는 제 분에 못 이겨 으르렁대기 시작했다.

"그래, 좋소! 내가 당신을 버리지 못하겠다면 어쩔 테요?"

"난 그냥 좋아서 죽을 지경이죠, 뭐."

"좋아 죽겠다면서 왜 날 두 번 세 번 거듭 해치려 든 거요? 그런 것도 날 버리지 못해서 한 짓이었소?"

조민의 얼굴에 갑자기 발그레하니 홍조가 깃들었다. 대꾸하는 목소리가 자꾸만 기어들어갔다.

"옳아요. 전에 난 확실히 당신을 죽이려고 했죠. 하지만 녹류산장에서 처음 만난 이후로 장무기란 고 괘씸한 녀석을 죽어도 저버릴 수 없게 되었어요. 만약 두 번 다시 당신을 해치겠다는 마음을 품는다면 나 민민테무르는 죽어서도 18층 지옥에 떨어져 영원토록 창칼의 산과 끓는 기름 가마솥에서 벗어나지 못할 테고, 억만 겁이 돌아도 다시는 환생하지 못할 거예요."

진지하기 이를 데 없는 무거운 맹세, 깊은 정이 담긴 그 말을 듣는 순간, 장무기의 가슴이 마구 설레고 심장이 뛰기 시작했다.

"도룡도와 의천보검은 그렇다 치고 왜 나를 무인도에 버려두고 떠났소?"

"당신이 자꾸 그렇게 주장하면 나로서는 입이 열 개라도 변명할 말이 없군요. 사 대협과 주 소저가 돌아오거든 우리 넷이 대질해서 깨끗이 밝히기로 하죠."

"입에 발린 감언이설로 나 한 사람은 속여 넘길 수 있겠지만, 내 큰아버님과 주 소저는 못 속일 거요."

이 말에 조민이 방그레 웃었다.

"그럼 왜 당신 하나만 나한테 속아 넘어가죠? 그것도 아주 기꺼이……. 마음속으로 날 좋아하기 때문에 그런가요?"

"그렇다면 또 어쨌다는 거요?"

장무기는 분한 생각에 툭 쏘아붙였다.

"정말 그렇다면 내 기분이 썩 좋죠. 아주 속이 후련하게 말이에요."

웃으며 대꾸하는 조민의 모습이 꽃떨기처럼 아름다웠다. 장무기는 마주 바라보기만 해도 설레는 가슴을 진정시킬 길이 없었다. 방금 자기한테 넉 대나 호되게 얻어맞아 벌겋게 부어오른 두 뺨을 보고 있으려니 저도 모르게 안쓰러운 느낌이 들어 고개 돌려 외면해버렸다.

"절간에서 반나절 동안이나 실랑이를 하며 보냈더니 배가 몹시 고프네요."

조민은 혼잣말하듯 중얼거리더니 객점 종업원을 불러 자그만 황금 한 덩어리를 꺼내주고 분부를 내렸다.

32. 억울한 누명 하소연할 길 없으니 미칠 것만 같네

"어서 최고급으로 술과 요리 한 상을 차려 내오게. 우리가 몹시 시장하니까 서둘러서 마련하게나."

"어이구, 잠시만 기다리십쇼! 금방 대령할 테니까요."

황금을 본 종업원은 연신 허리 굽혀 응답하더니 부리나케 주방으로 달려가 우선 먹음직스러운 과일을 내오랴, 과자를 내오랴 한바탕 부산을 떤 끝에 얼마 안 있어 진짜 술과 요리를 푸짐하게 차려 내왔다. 조민이 젓가락을 먼저 들고 같이 먹자는 시늉을 했으나, 장무기는 고개를 흔들었다.

"큰아버님이 돌아오시거든 함께 듭시다."

매정한 대꾸에 조민은 입술을 비죽거렸다.

"사 대협이 돌아오시면 내 목숨은 부지 못 하겠죠. 그럼 나 먼저 먹어야겠어요. 배불리 먹고 죽은 귀신이 때깔도 곱다 하지 않았어요?"

말투는 그래도 얼굴 표정이나 행동거지를 보면 두려워하는 것 같지 않았다.

"내 수중에 있는 것이라곤 황금 덩어리뿐이니까 그분들이 돌아오시거든 따로 술자리 한 상 차리게 하죠 뭐."

"내 어찌 감히 당신같이 귀한 분과 마주 앉아 음식을 들 수 있겠소? 더군다나 십향연근산을 언제 탈지 누가 아오?"

차가운 대꾸가 날아들자, 조민의 얼굴 표정이 당장 굳어졌다.

"먹고 싶지 않거든 그만두세요. 하긴 그래야 나한테 독살당하지 않을 테니까."

그녀는 저 혼자 먹기 시작했다.

장무기는 주방에 시켜서 밀떡 몇 장을 가져오게 한 다음 조민과 멀찌감치 떨어져 구들 침상에 올라앉아 우적우적 씹어 삼켰다. 조민의 식탁에는 구운 양고기, 통닭구이, 고기튀김, 생선회 등 온갖 요리 접시가 푸짐하게 널렸다. 한참 젓가락질을 하던 조민이 갑자기 밥그릇 속에 눈물을 떨어뜨렸다. 다시 몇 입 더 집어먹더니 끝내 젓가락을 던져버리고 식탁 위에 얼굴을 파묻었다. 소리 안 나게 훌쩍거리던 울음소리가 머리통을 감싼 양 팔꿈치 사이로 점점 크게 새어나왔으나, 장무기는 끝내 그쪽을 거들떠보지 않았다.

한참 동안 제 설움에 겨워 흐느끼던 그녀가 고개를 쳐들고 눈물로 범벅이 된 얼굴을 훔쳐냈다. 한바탕 울고 났더니 한결 마음이 개운해진 듯 창밖을 내다보면서 혼잣말로 중얼거렸다.

"이제 곧 날이 어두워지겠지. 한림아는 어디로 끌려갔을까? 종적을 잃어버리면 구해내기가 쉽지 않을 텐데……."

이 말을 듣자 밀떡을 뜯던 장무기가 찔끔 놀라 침상에서 벌떡 일어났다.

"맞았소! 먼저 한씨 형제를 구해와야겠소."

조민이 종알종알 쏘아붙였다.

"남부끄러운 줄도 모르나 봐! 누가 당신하고 얘기한댔어요? 공연히 남의 말을 엿듣고 떠들게……."

모처럼 들떴던 장무기의 마음이 도로 가라앉았다. 느닷없이 토라졌다가는 수줍어하고, 기뻐 어쩔 바를 몰랐다가 이내 슬퍼서 눈물을 뚝뚝 흘리는 변덕스러운 모습을 보니 밉살맞기도 하고 사랑스럽기도 했다. 수시로 행동이 바뀌는 이 처녀의 심사야말로 도대체 갈피를 잡을 수가 없었다. 그는 서둘러 남은 밀떡 반 조각을 단 세 입에 마저 먹어치운 다음 곧바로 일어서서 방문을 열었다.

"나도 같이 가겠어요."

조민이 따라나섰다.

"필요 없으니까 따라오지 마시오."

"왜요?"

"당신은 내 사촌 누이를 죽인 흉악범이잖소? 내가 어떻게 동생의 목숨을 해친 원수와 함께 다닌단 말이오?"

"좋아요, 당신 혼자 가세요!"

뜻밖에도 조민이 순순히 떨어졌다. 장무기는 방문을 열고 나서려다 퍼뜩 이상한 느낌이 들어 도로 돌아섰다.

"여기서 뭘 하려는 거요?"

"기다렸다가 사 대협이 돌아오시면 당신이 한림아를 구출하러 갔다고 말씀드릴 거예요."

"큰아버님은 악한 사람을 원수처럼 미워하시는 분인데, 당신 목숨을 용서해주실 것 같소?"

그러자 조민이 청승맞게 한숨을 내쉬었다.

"그야 내 팔자가 사나워서 그런데, 무슨 도리가 있겠어요?"

장무기는 잠시 생각해보더니 마지못해 동행을 허락했다.

"좋소, 그럼 나하고 같이 한림아를 구하러 갑시다. 함께 돌아와서 대질하면 될 테니까."

조민의 얼굴에 웃음꽃이 환하게 피어났다.

"떠나기 전에 미리 분명히 말해둘 게 있어요. 이건 내가 당신하고 같이 간다고 애걸복걸 매달린 게 아니라, 당신이 먼저 청해서 가는 거예요. 알겠죠?"

"내 팔자에 살이 끼어서 당신 같은 원수와 맞닥뜨렸으니 하는 수 없군. 내 운수가 사나운 셈 칩시다."

조민이 애교 띤 얼굴로 방긋 웃더니 한마디 덧붙였다.

"잠깐만 여기서 기다려요."

그러고는 문턱을 넘어서면서 손길 나가는 대로 방문을 닫았다.

한참이 지나서야 방문이 다시 열리더니 여인의 복장으로 갈아입은 조민이 나타났다. 담비 가죽으로 지은 바람막이 외투 속에 붉은 비단 겉옷을 걸친 품이 몹시 화려해 보였다. 장무기는 그녀가 보따리에 이런 귀중한 옷가지를 가지고 다닐 줄은 상상도 못한 터라 속으로 혀를 내둘렀다. 이 여자는 휼계譎計만 백출하는 줄 알았더니 하는 짓이 모두 남의 의표를 찌르고 있으니 말이다.

"멍청하게 뭘 그렇게 보는 거예요? 이 옷차림새가 보기 좋아요?"

"얼굴 모습이나 옷차림새는 복사꽃처럼 아리땁지만, 당신 가슴속엔 독사 전갈이 도사려 앉았소."

"위대하신 장 교주님의 칭찬 말씀이 정말 고맙군요. 장 교주님, 당신도 멋들어지게 한 벌 갈아입고 뽐내보시죠."

그 말을 듣고 장무기는 슬그머니 역정이 났다.

"난 어려서부터 누더기만 입고 살아온 몸이오. 내가 남루한 꼬락서니를 한 게 싫거든 나하고 같이 다니지 않으면 될 게 아니오?"

"공연한 걱정을 다 하시네! 난 그저 당신이 멋들어지게 차려입으면 어떻게 보일까 궁금해서 그러는 것일 뿐이에요. 잠깐만 더 기다리시겠어요? 냉큼 가서 당신 입을 옷 한 벌 사오죠. 어차피 개방 거지들이 큰

32. 억울한 누명 하소연할 길 없으니 미칠 것만 같네

길로 산해관에 들어갔을 테니까 걸음걸이만 좀 빨리하면 따라잡기는 어렵지 않을 거예요."

그녀는 대답도 기다리지 않고 벌써 휑하니 객실 바깥으로 나가버렸다.

다시 구들 침대 위에 엉덩이를 붙이고 걸터앉은 장무기는 속으로 자신을 책망했다. '아무래도 나는 마음이 굳세지 못하다. 그러니까 저렇듯 어린 처녀의 손아귀에 놀아나고 있는 게 아닌가. 조민이 외사촌 누이를 죽인 범인이라는 사실을 뻔히 알면서도 마주 보고 앉아서 우스갯소리나 주고받다니……. 장무기, 장무기! 네가 이렇듯 마음이 모질지 못해서야 사내대장부라고 할 수 있겠느냐? 무슨 낯으로 명교 교주 노릇을 하면서 영웅호걸을 호령하겠다는 거냐?'

한참을 기다렸으나 조민은 돌아오지 않았다. 이제 날은 벌써 저물어 캄캄해졌다. 멍하니 앉아 기다리다 지친 그는 마음을 고쳐먹었다. '내가 왜 그 여자를 기다려야 하나? 이러고 있을 게 아니라, 차라리 나 혼자서 한림아를 구하러 가는 게 낫겠다.'

그러나 생각은 이내 또 바뀌었다. '만약에 그녀가 옷을 사가지고 돌아오다 큰아버님과 마주치면 어떻게 될까? 그분의 손바닥이 천령개를 내리치는 날이면 단 일장에 머리가 박살 나고 뇌장腦漿이 나를 위해 사온 옷가지와 더불어 땅바닥에 널릴 텐데…….'

그런 끔찍한 상상을 하고 있으려니 가슴이 두근거려 도무지 견딜 수가 없었다. 안절부절못하고 온갖 망상에 시달리고 있으려니, 가볍게 내딛는 발걸음 소리가 들려왔다. 그리고 맑은 향내가 코끝에 스며들었다. 조민이 큼지막한 보따리 두 개를 안고 방 안에 들어선 것이다.

"이렇게 오래 기다려야 하다니! 옷을 갈아입을 것도 없소. 어서 빨리 적을 뒤쫓기나 합시다."

짜증이 잔뜩 밴 목소리에 조민이 빙그레 웃었다.

"그토록 오래 기다렸는데 잠깐 옷 갈아입을 시간도 못 내겠어요? 내가 타고 갈 준마 두 필을 끌어왔으니까 밤새워 뒤쫓으면 따라잡을 수 있을 거예요."

종알종알 변명해가면서 보따리를 끄르더니 바지저고리와 신발, 버선까지 하나하나씩 꺼내놓았다.

"작은 시골이라 변변한 물건이 없더군요. 우선 급한 대로 갈아입으시고, 대도에 올라가거든 담비 가죽으로 지은 외투 한 벌 더 사드릴게요."

이 말에 장무가 정색을 하고 대꾸했다.

"조 낭자, 당신은 내가 부귀영화를 탐내어 조정에 귀순하리라 여기고 있는 모양인데, 그런 기대는 일찌감치 접는 게 좋을 거요. 나 장무기는 떳떳한 중국인 자손으로서, 영토를 갈라주고 임금 자리에 올려앉힌다 해도 몽골 조정에는 절대로 투항하지 않을 테니 말이오."

조민이 어처구니가 없다는 듯 한숨을 내쉬면서 늘어놓은 옷가지를 장무기의 눈앞에 들어 보였다.

"장 교주님, 이걸 좀 봐요. 이게 몽골족 옷인가요, 아니면 중국인 옷인가요?"

그녀의 손에 들린 옷은 잿빛 다람쥐 가죽 저고리였다. 장무기는 고개를 끄덕끄덕했다. 사 온 옷가지들이 하나같이 중국인 복장이었다. 조민은 저고리를 내려놓고 그 자리에서 한 바퀴 돌았다.

"보세요. 내 모습이 몽골 왕족 군주인가요, 아니면 보통 중국 여자

같은가요?"

장무기는 앞서 그녀가 입은 옷차림새가 화려하고 사치스럽다는 인상만 받았을 뿐, 복식이 몽골족 것인지 한족 것인지 가려보지는 않았다. 그런데 이제 그녀가 일깨워주는 말을 듣고 새삼스레 훑어보니 이건 완연한 중국인 처녀의 차림새가 아닌가? 더구나 수줍은 듯 두 뺨에 발그레하니 달무리가 지고 촉촉하게 젖은 두 눈망울에 가득 담긴 정감을 보자, 그는 비로소 그녀가 무슨 생각으로 이런 옷차림새, 이런 태도를 보이는지 그 의도를 명백히 알아차릴 수 있었다.

"당신…… 당신이……."

말을 더듬는 장무기 앞에 조민이 나지막하게 속삭였다.

"당신이 마음속으로 날 버리지 않는다면, 난 그것만으로 족해요. 몽골 족속이니 한족이니, 그런 것 따위에는 마음 쓰지 않으니까요. 당신이 중국인이라면 나도 중국인이 될 테고, 당신이 몽골 사람이라면 나도 몽골 사람일 따름이에요. 당신은 그저 군국대사軍國大事니, 중화민족과 오랑캐의 구분이니, 나라의 흥망성쇠, 위엄과 권세, 명분이 어떠니 그런 것만 생각하고 계시겠죠. 무기 오라버니, 하지만 내 마음속에는 오직 당신 하나만 들어 있을 뿐이에요. 당신이 착한 사람이라도 좋고 못된 악당이라도 좋아요. 나한테는 마찬가지니까요. 내 한평생 죽을 때까지 나는 그저 당신만 따를 겁니다."

진솔한 애정 고백에 장무기는 또다시 격한 감동을 느꼈다. 세상에 어느 처녀가 이렇듯 깊고도 무한한 정감을 담아 자기 심경을 고백한단 말인가? 그는 자기도 모르게 정에 이끌려 마음의 갈피를 잡지 못했다. 흐트러진 심사를 가라앉히느라 한참이 지나서야 입을 열어 물었다.

"당신이 내 외사촌 누이를 죽인 것은 내가 그녀를 아내로 삼을까 봐 두려워서 그랬소?"

그러자 조민이 바락 악을 썼다.

"은 소저는 내가 죽인 게 아니라고 몇 번 말해야 하나요? 당신이 믿어주든 말든 내가 할 말은 이 한마디뿐이에요!"

장무기의 입에서 한숨이 흘러나왔다.

"조 낭자, 당신이 내게 애정을 갖고 대하는 마음씨에 나 역시 격한 감동을 느꼈소. 나도 목석은 아니니까. 하지만 정말 안타깝소. 우리 사이가 이런 지경에까지 왔는데, 날 속여서 뭘 하겠다는 거요?"

"종전의 나는 이 세상에서 내가 제일 똑똑하고 영리한 줄만 알았어요. 무슨 일을 하든 내 뜻대로 할 수 있었죠. 그런데 세상만사 헤아리기가 이렇듯 어려울 줄은 몰랐어요. 우리 오늘은 나가지 말아요. 당신은 여기서 사 대협을 기다리고, 나는 주 소저 방으로 건너가 거기서 그녀를 기다릴게요."

"그건 왜?"

"왜냐고 묻지 마세요. 그리고 한림아 일은 걱정하지 않아도 될 거예요. 반드시 그 사람을 구출해서 당신 앞에 데려오겠다고 내가 보장할 테니까요."

말을 마치고 휭하니 문밖을 나선 그녀가 주지약의 거처로 건너가더니 안에서 방문을 닫아걸었다.

장무기는 구들 침상에 비스듬히 기대앉은 채 곰곰이 생각했다. 오늘은 바깥에 나가지 말고 두 사람이 올 때까지 기다리라니, 도대체 무

32. 억울한 누명 하소연할 길 없으니 미칠 것만 같네

슨 의도로 그러는 것인지 종잡을 수가 없었다. 이때 퍼뜩 한 가지 생각이 머릿속을 스쳐갔다.

'혹시 내가 지약과 약혼했다는 사실을 눈치챈 것은 아닐까? 이제 또 지약마저 해칠 속셈으로 저쪽 방에 건너가 기다리고 있는 것은 아닐까? 어쩌면 현명이로가 미륵사에서 곧장 이 객점으로 달려와 큰아버님과 지약을 해쳤는지도 모른다.'

생각이 현명이로에게 미치자 금세 놀랍고 두려운 마음이 솟구쳤다. 녹장객과 학필옹의 무공은 너무나 강력해 양부 사손이 눈이 멀지 않았더라도 이들 가운데 어떤 사람과 대적해서 이길 승산이 별로 없었다. 그는 당장 침대 위에서 벌떡 일어나 조민이 있는 방으로 건너가 문을 두드렸다.

"조 낭자, 당신의 부하 현명이로는 어디로 갔소?"

조민의 목소리가 방문을 사이에 두고 흘러나왔다.

"아마 내가 절간에서 빠져나와 관내關內로 돌아간 줄 알고 지금쯤 남쪽으로 뒤쫓아가고 있을 거예요."

"그 말, 사실이오?"

안에서 차가운 비웃음이 들려왔다.

"내 말을 믿지도 않으면서 뭣 하러 자꾸 물어요?"

장무기는 대꾸할 말이 없었다. 방문 바깥에서 엉거주춤 서 있으려니 조민이 묻는 소리가 다시 들려왔다.

"어디 내가 짐작으로 맞혀볼까요? 당신은 지금 내가 현명이로를 이 객점에 보내 사 대협과 당신이 애지중지하는 주 소저를 해치지 않았을까 겁이 나서 그러는 거죠? 어때요, 이래도 내 말을 안 믿으시겠어요?"

이 말로 조민은 장무기가 마음속으로 가장 두려워하고 있던 것을 건드린 셈이었다. 그는 두 번 생각해볼 것도 없이 발길질로 문짝을 걸어차기가 무섭게 안으로 뛰어들었다.

"당신…… 당신이 정말……."

어느새 이마에 힘줄이 시퍼렇게 돋아나고 다그쳐 묻는 목소리가 떨려 말이 제대로 나오지 않았다.

조민은 그의 사납고 거친 모습을 보자 갑자기 두려워졌다. 방금 공연한 말을 했구나 싶어 후회스러운 느낌마저 들었다.

"당신을 좀 놀라게 해주고 싶어 한 말이지, 절대로 그런 일은 없었어요!"

딱 부릅뜬 눈초리로 상대방의 얼굴을 뚫어져라 노려보면서 장무기가 천천히 따져 묻기 시작했다.

"당신은 털끝만치 두려워하는 기색도 없이 내 큰아버님을 만나겠다고 이 객점에 찾아왔소. 또 말끝마다 대질하겠다는 둥 거리낄 것 없이 행동해왔소. 그게 모두 그 두 사람이 없다는 것을 벌써 미리 알고 한 소리가 아니면 뭐요?"

다그쳐 묻는 중에도 발길은 이미 두 걸음이나 다가섰다. 이제 그녀와의 간격은 불과 3척, 손바닥만 치켜드는 날이면 일장에 정수리를 박살 내어 땅바닥에 쓰러뜨릴 수 있었다.

조민 역시 두 눈 딱 부릅뜨고 그의 눈초리를 마주 쏘아보았다.

"장무기, 내 분명히 말하겠어요. 세상만사를 자기 눈으로 직접 목격하지 않고 함부로 말하는 게 아닙니다. 더구나 제멋대로 터무니없는 상상을 해서도 안 되지요. 날 죽이고 싶거든 당장 이 자리에서 손을 쓰세요. 당신 양부가 죽지 않고 멀쩡히 살아 돌아오신다면 당신 마음이 어떻겠어요?"

흥분에 들떴던 장무기는 정신이 번쩍 들었다. 가만 생각해보니 자신이 부끄럽게 행동한 점도 없지 않아 있었다.

"큰아버님만 무사히 돌아오신다면 그보다 좋은 일이 어디 있겠소. 그분의 생사 안위를 놓고 함부로 이야기해서는 안 되오."

조민이 고개를 끄덕였다.

"저도 그런 말을 하는 게 아니었어요. 잘못했으니 너무 나무라지 마세요."

부드러운 목소리로 자신의 잘못을 인정하는 것을 보니 장무기의 마음은 금세 누그러졌다. 그도 쑥스러운 미소를 지으면서 사과했다.

"나도 너무 경솔하고 거칠게 굴었소. 미안하구려."

그러고는 사손의 방으로 돌아갔다. 하지만 그날 밤이 다 지나고 다음 날 새벽이 되도록 사손과 주지약은 돌아오지 않았다. 장무기는 시시각각으로 엄습해오는 불안감에 잠을 이루지 못한 채 하룻밤을 꼬박 뜬눈으로 지새웠다. 날이 밝아오자, 조반을 뜨는 둥 마는 둥 건성으로 해치우고 나서 도대체 그들 두 사람이 어딜 갔는지 조민과 상의했다. 조민의 이마에도 주름살이 깊게 잡혔다.

"그것참 이상한 일도 다 있네요. 아무래도 우리 둘이서 개방 방주 사화룡의 일행을 뒤쫓아가서 탐문해보는 게 낫겠어요."

"그럴 수밖에 없겠소."

장무기 역시 고개를 끄덕이며 수긍했다.

두 사람은 즉시 숙박비를 계산해서 주인에게 넘겨주고, 만약 사손이나 주지약이 돌아오거든 객점에서 기다려달라는 말을 전하도록 당부해놓았다.

객점 종업원이 마구간에서 준마 두 필을 끌고 왔다. 짙은 밤색 빛깔 터럭에 윤기가 자르르하니 광채가 나는데, 몸통이 우람하고 네 다리가 유별나게 길었다. 장무기도 찬탄을 금치 못할 정도로 아주 보기 드문 명마들이었다. 조민이 빙긋 웃더니 자신부터 훌쩍 말안장에 올라탔다. 이윽고 두 사람을 태운 준마가 어깨도 나란히 마을을 벗어나더니 곧바로 남쪽을 바라고 질풍같이 달리기 시작했다. 네 발굽을 모아 힘차게 치닫는 두 필의 준마와 안장 위에 앉은 화려한 옷차림의 준수한 두 남녀를 보고, 마을 사람과 길손들은 모두 귀족 집안의 젊은 부부가 유람 삼아 세상을 떠돌아다니는 것쯤으로 여겼다.

두 사람은 하루 낮 동안 쉬지 않고 200여 리를 달렸다. 그들은 도중에 하룻밤을 묵고 다음 날 아침 일찍 다시 개방 사람들을 뒤쫓았다. 정오가 가까울 무렵, 한겨울 세찬 삭풍이 등 뒤에서 휘몰아치더니 하늘마저 어두컴컴해지고 잿빛 구름장이 정수리를 찍어 누를 것처럼 낮게 깔리기 시작했다. 그리고 다시 20여 리를 치달렸을 때 거위 깃털만 한 함박눈이 펄펄 흩날리면서 곧이어 폭설로 바뀌어갔다.

가는 길 내내 장무기와 조민은 대화를 거의 나누지 못했다. 시간이 갈수록 눈발이 더욱 거세게 쏟아져 두 사람은 말 한마디 없이 열심히 갈 길만 재촉했다. 이날 종일 지나쳐간 곳은 온통 황막하고 썰렁한 산길이었다. 해 질 녘이 되자 진종일 쏟아져 내린 눈이 거의 한 자 높이까지 쌓여 이름난 준마 두 필의 발굽으로도 더는 지탱하기 어려웠다.

32. 억울한 누명 하소연할 길 없으니 미칠 것만 같네

하늘이 갈수록 어두워지자, 장무기는 두 다리로 등자를 버틴 채 안장 위에서 몸을 곧추세우고 사방을 두루 돌아보았다. 사람 사는 집 한 채, 연기 나는 굴뚝 하나 보이지 않아 마음이 적지 않게 초조하고 망설여졌다.

"조 낭자, 이대로 길만 재촉했다가는 말들이 지탱하지 못할 것 같은데, 어쩌면 좋겠소?"

그러자 조민의 입에서 쌀쌀맞은 대꾸가 나왔다.

"당신은 짐승이 버티지 못하는 것만 걱정하고, 사람이야 죽거나 말거나 거들떠보지도 않는군요."

그제야 장무기도 면구스러운 생각이 들었다. 자기야 구양신공 덕분에 피로감을 느끼거나 추운 줄 몰랐으나, 공연히 사람을 구해야겠다는 생각만 급해서 미처 그녀를 돌보지 못한 것이다.

또 한 마장쯤 더 갔을 때 갑자기 왼쪽 길 곁 수풀 속에서 노루 한 마리가 툭 뛰쳐나오더니 산속으로 냅다 뛰어 달아나기 시작했다.

"저놈을 잡아서 저녁 식사나 합시다."

말끝이 떨어지기 무섭게 훌쩍 솟구쳐 오른 몸뚱이가 안장을 벗어나 눈밭에 찍힌 노루 발자국을 뒤쫓았다. 산비탈을 돌아나가자 저녁노을이 안개처럼 몽롱하게 깔린 가운데 노루란 놈이 동굴 속으로 뛰어드는 게 보였다. 그는 숨 한 모금 깊숙이 들이켠 다음 쏜살같이 뒤쫓아 노루가 동굴 속에 들어가기 직전에 덜미를 움켜잡았다. 덜미 잡힌 노루가 고개를 돌려 팔뚝을 물어뜯으려고 했으나, 장무기가 다섯 손가락에 힘을 주자 목뼈가 "으직!" 소리를 내며 부러졌다. 동굴은 그리 넓지 않았으나 두 사람의 몸을 간신히 들여놓을 수는 있었다. 그는 노루를 번쩍 들고 조민이 기다리는 곳으로 돌아왔긋.

"저쪽에 동굴이 하나 있소. 우리 오늘 밤을 거기서 지새우는 게 어떻겠소?"

조민은 말없이 고개만 끄덕였다. 불현듯 무슨 생각을 하는지 얼굴이 붉어져 고개를 돌리고 외면한 채 말고삐를 낚아채어 장무기의 뒤를 따라왔다.

장무기는 말 두 필을 끌어다 비탈진 등성이 곁 커다란 소나무 두 그루에 비끄러매놓고 마른 나뭇가지를 주어다 동굴 안에 화톳불을 지폈다. 의외로 동굴 안에는 들짐승의 배설물이 없고 지저분한 냄새도 나지 않았다. 안쪽을 들여다보니 칠흑같이 어두워 끝닿은 데가 보이지 않았다.

장무기는 마음 놓고 노루를 잡아 배를 가르고 껍질을 벗겨 눈덩이로 말끔히 씻은 다음 화톳불에 올려놓고 굽기 시작했다. 조민이 담비 가죽 외투를 벗어 동굴 바닥에 깔고 앉았다. 불빛이 활활 타오르면서 동굴 안은 봄날처럼 따스해졌다. 어쩌다 흘끗 돌아보니 일렁거리는 불빛이 밝아졌다 어두워졌다 명멸하는 가운데 그녀의 갸름한 얼굴에 반사되어 한결 요염한 모습을 갑절이나 돋보이게 했다. 이틀 전 따귀를 맞은 뺨에 부기가 미처 가시지 않아, 장무기는 보면 볼수록 가슴이 아팠다. 사과 한마디 건넸으면 좋겠는데 어인 노릇인지 입 밖에 말이 나오지 않았다. 조민도 무슨 낌새를 챘는지 흘끗 눈길을 돌려 마주 바라보고 있었다. 두 눈길이 마주치자 어설픈 웃음이 히죽 흘러나왔다. 하룻길 내내 치달려 오느라 지칠 대로 지친 몸뚱이의 피로감과 시장기가 그 웃음 한 번에 흔적도 없이 모조리 녹아들었다.

노루 고기가 먹음직스럽게 익자, 두 사람은 다리 하나씩 찢어 들고 뜯기 시작했다. 때아닌 만찬을 즐기면서 장무기는 화톳불에 마른 나뭇가지를 더 얹어놓았다. 배를 채운 그는 동굴 벽에 기대앉은 채 상대방을 바라보았다.

"이제 눈 좀 붙이겠소?"

조민이 화사하게 웃으며 맞은편 바위 벽에 비스듬히 기대앉더니 스르르 두 눈을 내리감았다. 장무기는 그녀의 몸에서 풍겨나오는 향내를 코끝으로 느낄 수 있었다. 두 눈을 내리감은 채 방그레하니 상기된 그녀의 두 뺨을 보고 있으려니, 다가가서 입맞춤을 하고 싶은 충동이 일었다. 하지만 이내 그 상념을 억누르고 눈을 감았다.

한밤중이 되었을 때 홀연히 멀리서 말발굽 소리가 어렴풋이 들려왔다. 장무기는 즉시 깨어났다. 귀 기울여 들어보니 네 필의 말이 남쪽에서 올라오고 있었다. 동굴 바깥에는 큰 눈이 여전히 날리고 있었다. 깊은 밤중에 폭설을 무릅쓰고 길 재촉을 하는 걸 보니 아주 급한 일이 생긴 모양이었다.

말발굽 소리는 동굴 근처까지 와서 뚝 그쳤다. 그리고 한참이 지난 후 천천히 동굴 쪽으로 접근해왔다. 장무기는 속으로 찔끔했다. 동굴은 산등성이 뒤편 후미진 구석에 있어서 노루란 놈이 길잡이 노릇을 하지 않았다면 결코 찾아내지 못할 곳인데, 어떻게 여길 찾아오는 자가 있단 말인가? 하나 이내 무슨 까닭인지 깨달았다. '옳거니! 우리가 눈밭에 남겨둔 발자국이 한밤까지 내린 폭설에도 아직 덮이지 않았구나……'

이때 조민도 놀라 깨었다.

"혹시 저 사람들이 적은 아닐까요? 우리 잠시 피해서 어떤 사람들인 지 살펴보기로 해요."

그리고 나서 그녀는 동굴 어귀에 쌓인 하얀 눈 더미를 그러모아 화 톳불부터 껐다. 그와 동시에 말발굽 소리가 뚝 그쳤다. 뒤미처 뽀드득 뽀드득 눈을 밟고 다가오는 발소리가 들리더니 잠깐 사이에 동굴 밖 100여 척 되는 곳에 이르렀다.

"저들 네 사람의 몸놀림이 무척 빠른 걸 보니 무공 실력이 아주 대 단한 고수들 같소."

장무기는 조민에게 속삭여 주의를 환기시키면서도 속은 난감하기 짝이 없었다. 만약 다른 은신처를 찾겠답시고 이대로 동굴 바깥으로 나섰다가는 보나 마나 저들 네 사람의 눈에 발각될 것이 틀림없을 터, 그렇다고 동굴 속에 가만 앉아 있다가 저들이 들이닥치는 날이면 꼼 짝없이 들킬 게 뻔했다. 장무기가 어쩔 줄 모르고 있는데, 조민이 살그 머니 손을 잡아끌고 동굴 안쪽 으슥한 구석으로 들어갔다. 동굴은 안 쪽으로 갈수록 좁아졌으나 깊이가 어지간히 깊어 100여 척쯤 들어가 고 보니 비스듬히 꺾여 돌아가는 곳이 나왔다. 모퉁이를 막 돌았을 때 동굴 바깥에서 누군가의 목소리가 들려왔다.

"이런! 여기 동굴이 있군."

장무기는 그 음성을 듣고 깜짝 놀랐다. 귀에 익은 목소리, 그것은 바 로 넷째 사백 장송계의 것이 아닌가? 놀라움과 반가운 마음이 한꺼번 에 솟구치는 순간, 또 다른 사람의 목소리가 들려왔다.

"말발굽에 사람 발자국이 바로 이 동굴까지 이어져왔군요."

뜻밖에도 이번에는 여섯째 사숙 은리정의 목소리였다. 장무기가 막

32. 억울한 누명 하소연할 길 없으니 미칠 것만 같네

소리쳐 부르려는데, 조민의 손바닥이 먼저 입을 막았다. 그녀가 귀에 다 대고 속삭였다.

"당신이 여기 이렇게 나하고 같이 있는 모습을 저 사람들한테 들키면 재미없을 거예요."

장무기도 생각해보니 틀린 말은 아니었다. 물론 자신과 조민 사이는 누가 뭐래도 부끄러운 점 하나 없이 떳떳한 몸이다. 그러나 한창 젊은 남녀 한 쌍이 으슥한 동굴 안에서 함께 잠을 자고 있는 광경을 보면 아무리 변명해도 믿어주지 않을 터였다. 더구나 조민은 몽골족 출신으로 원나라 황실의 군주 신분이다. 일찍이 그녀는 장송계, 은리정 등을 사로잡아 만안사 보탑에 가둬놓고 적지 않게 욕을 보이지 않았던가? 이제 사백 사숙들이 원수와 맞닥뜨리면 심기가 불편해질 것은 보나 마나 뻔했다. '어떻게 할까? 차라리 셋째 사백과 여섯째 사숙이 동굴 밖으로 나가면 나 혼자 뒤쫓아가서 만나보는 것이 좋겠다.'

그런데 이번에는 또 유연주의 목소리가 들려왔다.

"이크! 여기 솔가지를 태운 자국이 있군. 흐흠, 노루 가죽에 아직 피가 마르지도 않았고 말이야."

뒤미처 또 다른 목소리가 사뭇 침울하게 울렸다.

"난 아무래도 마음이 불안하이. 그저 일곱째가 평안 무사했으면 좋겠어."

대사백 송원교의 목소리였다.

얘기를 듣고 보니, 송원교를 비롯해 유연주, 장송계, 은리정 네 사백 사숙 어른들이 막내 사숙 막성곡의 행방을 찾기 위해 총출동한 게 분명했다. 어찌 된 일일까? 대화 내용을 들어보니 일곱째 사숙이 강적을 만나 모두 걱정스러워하는 기색이었다. 형제들의 우려를 떨쳐버리려는 듯 장송계가 웃음 섞어 말했다.

"하하, 우리 큰형님이 막내를 끔찍이도 사랑하신단 말씀이야. 그러니까 아직도 그 녀석을 철부지로만 보시는 거 아니오? 큰형님, 근년에 들어서 막 칠협의 위엄과 명성이 얼마나 혁혁한지 알고나 계시오? 옛날 어릴 적 코흘리개가 아니란 말이외다. 설사 강적과 맞닥뜨렸다 해도 일곱째 혼자서 넉넉히 상대하고도 남을 테니 아무 걱정 마세요."

은리정이 그 말을 받았다.

"저는 일곱째 아우 걱정은 하지 않습니다. 오히려 무기, 그 아이가 지금 어디서 무얼 하는지 몰라 걱정됩니다. 현재 그 녀석이 명교 교주 자리에 있으니 그 아이를 모해하려고 노리는 적수들이 적지 않겠지요. 나무도 크게 자라면 바람을 많이 맞는다고 하지 않습니까. 그 녀석은 무공이 높다고는 하지만 사람 됨됨이가 너무 충직하고 인덕만 두터워서 강호 풍파가 얼마나 험악한지 잘 모릅니다. 그러니 간교한 자의 술수에 빠져들까 그게 걱정스럽군요."

몰래 엿듣던 장무기는 마음속으로 깊은 감동을 느꼈다. 여러 사백 사숙이 시시때때로 자기를 이렇게 생각해주다니 그 무거운 은혜와 깊은 정분을 어떻게 갚아야 좋을지 몰랐다.

조민이 귓결을 간질이며 속삭였다.

"들었죠? 나는 간교한 계집이고, 당신은 이미 내 술수에 빠져들었으니 말이에요. 안 그래요?"

이어서 송원교의 목소리가 다시 들려왔다.

"일곱째가 북쪽으로 무기를 찾으러 왔다가 뭔가 실마리를 잡은 모

32. 억울한 누명 하소연할 길 없으니 미칠 것만 같네

양이야. 그런데 천진객점天津客店에 총총히 남겨놓은 여덟 글자가 무슨 뜻인지 알 수 없으니, 그게 문제일세."

"막내가 '집안에 변고가 생겼으니 깨끗이 청산해야 한다門戶有變 函須淸理'고 하지 않았습니까? 우리 무당 문하에 어떤 몹쓸 패륜아가 생겼다는 뜻인데, 혹시 무기 그 녀석이 잘못을 저지른 것은 아닌지……."

장송계가 여기까지 말하고 나서 말끝을 맺지 못하고 얼버무렸다. 말투에 깊은 우려가 담겨 있었다. 은리정이 대신 변호하고 나섰다.

"무기 그 녀석은 우리 무당파의 명예를 손상시킬 짓은 절대로 저지르지 않았을 겁니다. 제가 장담하거니와 그것만큼은 믿어 의심치 않습니다."

"글쎄, 자네 말도 일리가 없는 건 아니네만, 조민이란 그 요사스러운 계집이 너무 간교하고 악독해서 하는 말일세. 무기는 나이도 한창 젊은 데다 혈기가 왕성한 때라 미색에 혹하면 제 아버지처럼 패가망신하기 십상이지 않나? 제발 덕분에 요녀한테 홀려서 지위도 명예도 잃는 그런 끔찍한 일이 생기지 않아야 할 텐데……."

네 사람은 다음 말을 잇는 대신 그저 장탄식만 내뱉을 따름이었다.

이어서 부싯돌 치는 소리가 들리더니 솔가지가 탁탁 튀면서 불붙는 기척이 들려왔다. 불빛이 동굴 뒤편에까지 비쳐들었다. 둥글게 감돌아든 지형을 따라 빛줄기가 꺾여 돌았고, 장무기는 어렴풋하게 조민의 안색을 볼 수 있었다. 원망스러운 듯 노여운 듯 뭐라 형언하기 어려운 착잡한 기색이 피어났다. 방금 장송계가 한 말을 듣고 무척 성이 난 게 분명했다. 흠칫 놀란 장무기의 가슴에 두려움이 솟구치기 시작했다.

'넷째 사백의 말씀에도 일리가 있다. 내 어머니는 별로 악행을 저지르지 않으셨어도 아버님께 그토록 누를 끼치셨다. 여기 있는 조 낭자는 내 외사촌 누이를 살해하고 태사부님과 여러 사백 사숙님께 욕을 보였으니, 그 허물이 어찌 내 어머니와 견줄 수 있겠는가?'

생각이 여기에 미쳤을 때 장무기의 가슴은 걷잡을 수 없이 마구 뛰기 시작했다. '만약 저분들이 나하고 조 낭자가 여기 함께 있는 장면을 목격하셨다가는, 내 몸뚱이에 황하의 강물을 다 쏟아붓는다 해도 씻지 못할 누명을 쓰고 말 것이다.'

갑자기 대사백 송원교가 떨리는 목소리로 말했다.

"이보게, 넷째. 사실 내 마음속에 줄곧 의혹이 하나 있는데, 차마 입이 떨어지지 않네그려. 그렇다고 막상 얘기를 하자니 죽은 다섯째한테 미안하고 말일세."

장송계가 무거운 입으로 천천히 되물었다.

"큰형님은 지금 무기 녀석이 일곱째한테 독수를 쓰지 않았을까, 그걸 걱정하고 계시는 겁니까?"

송원교의 대꾸가 들려오지 않았다. 그러나 장무기는 비록 대사백의 모습을 보지는 못했어도 그가 머리를 천천히 끄덕이고 있음을 짐작으로 알아차릴 수 있었다. 그걸 증언이라도 하듯 장송계의 변명이 들려왔다.

"무기, 그 아이는 본성이 순박하고 후덕해서 사리대로 본다면 그럴리가 없을 겁니다. 다만 걱정스러운 것은 일곱째의 성질이 너무 거칠고 조급해서 무기를 지나치게 다그치다가 둘이서 온전하지 못하게 됐을까 봐 걱정입니다. 게다가 조민이란 요사한 것이 간계를 부려 중간에서 시비라도 불러일으켰다면, 그랬다면…… 에이 참! 헤아리지 못할 것이 사람의 마음이요, 세상만사 인간 뜻대로 돌아가는 게 없다던데, 조물주가 아니고서야 누가 그 속을 알겠습니까. 자고로 영웅은 미인의 문턱을 그냥 지나치지 못한다지만, 제발 덕분에 무기란 녀석이 그 고비를 잘 벗어나기를 바라야죠."

넷째 사형의 뒷마디가 자신 없게 수그러들자, 은리정이 안타깝다는 듯이 두 사형에게 핀잔을 주었다.

"큰형님, 넷째 형님! 그런 헛소리들 모두 쓸데없는 군걱정 아니오? 또 막내아우도 무슨 흉악한 일을 당하지는 않았을 테니 마음들 놓으세요."

그러나 송원교의 목소리는 여전히 무거웠다.

"자네 말대로라면 오죽이나 좋겠는가? 하지만 이 장검을 보게. 일곱째가 늘 몸에 지니고 다니던 것 아닌가? 이 칼을 발견했을 때부터 내 가슴살이 떨려 견딜 수가 없네. 잠을 자든 음식을 먹든 도무지 마음이 편치 못하고 불길한 생각만 드니 어쩌겠나?"

이때서야 둘째 유연주마저 동조하고 나섰다.

"그 점만큼은 확실히 이해 못 할 일입니다. 우리처럼 무학을 수련하는 사람이 호신용으로 늘 지니고 다니던 병기를 아무 데나 함부로 내버려둘 리가 있겠습니까. 더구나 이 칼은 스승님께서 손수 내려주신 것인데……. 옛말에 '검이 있는 한 그 주인의 목숨도 붙어 있고, 검을 잃으면 주인도 목숨을 劍在人在 劍亡人亡'……."

속담을 끌어다대던 유연주가 갑자기 입을 다물었다. 마지막 한마디, "주인도 목숨을 잃는다"는 말이 막성곡의 운명을 지목하는 것 같아 차마 할 수 없었던 것이다.

스승이 하사하신 장검을 막내 사숙이 아무 데나 놓아두고 행방불명 되었다니……. 장무기도 그 말을 듣자 뭔가 불길한 생각이 들었다. 또 한편으로는 답답하고 씁쓸한 기분마저 들었다. '나더러 조민의 미색에 홀려 막내 사숙을 해쳤다니 세상에 어찌 그런 일이 있을 수 있단 말인가?' 한참 동안 분을 삭이고 있으려니, 동굴 안쪽 깊숙한 곳에서 들짐승 수컷 몸뚱이에서 나는 역겨운 체취가 풍겨나왔다. 어쩌면 이 동굴 깊숙한 곳에는 아직도 들짐승이 웅크리고 있는지도 몰랐다. 그는 송원교 일행에게 발각될까 봐 숨 한 모금 크게 내쉬지도 못한 채 조민의 손을 잡아끌면서 살금살금 안쪽으로 들어갔다. 남은 한 손은 불뚝 튀어나온 바위 모서리에 부딪치지 않으려고 앞으로 내밀고 나아갔다. 고작 세 걸음을 내디뎠을까, 모퉁이를 돌자 휘젓던 손길에 부드러운 물체가 닿았다. 오래 묵은 솜이불처럼 투박하고도 푹신한 감촉이 사람의 몸뚱이 같았다.

깜짝 놀란 장무기의 머릿속에 한 가지 생각이 번갯불처럼 스치고 지나갔다. 적인지 내 편인지 알 수는 없으나, 조금이라도 소리를 내게 했다가는 대사형 일행이 금방 알아챌 것이다. 급소를 제압해야 한다는 생각이 들자, 그는 어둠 속에서 즉각 왼손을 휘둘러 그 사람의 가슴과 배 사이 다섯 군데 혈도를 연거푸 내리찍었다. 그러고는 손목을 움켜잡았다. 그러나 그 사람의 손은 얼음같이 차가웠다. 벌써 오래전에 숨이 끊긴 시체였던 것이다.

동굴 어귀 쪽에서 꺾여 들어오는 흐릿한 빛줄기를 통해 그 사람을 자세히 살펴보았다. 그리고 이내 그 시체의 주인이 바로 일곱째 사숙 막성곡임을 알아보았다. 그는 두말없이 막내 사숙의 시체를 안아들고

뚜벅뚜벅 동굴 바깥으로 걸어 나가기 시작했다. 놀랍고 당황한 나머지 송원교 일행에게 발각되어서는 안 된다는 생각조차 잊어버린 것이다. 불빛이 점차 강해지면서 시체의 얼굴이 또렷하게 보였다. 일곱째 사숙 막성곡이 틀림없었다. 핏기라곤 한 점도 비치지 않는 창백한 얼굴, 무엇이 그리 원통했는지 미처 감지도 못하고 부릅뜬 두 눈망울이 볼수록 끔찍스럽기만 했다. 장무기는 다시 한번 놀라움과 슬픔에 휩싸여 한동안 어떻게 해야 좋을지 모른 채 그 자리에 망연자실하게 서 있었다.

부주의하게 내디딘 발걸음 소리는 고요한 정적에 싸여 있던 동굴 안을 쩌렁쩌렁 울렸고, 송원교 일행의 귀에도 똑똑히 들렸다. 유연주가 먼저 소리쳤다.

"안쪽에 사람이 있다!"

서슬 푸른 한광寒光이 번뜩이는 것과 동시에 무당사협이 일제히 장검을 뽑아 들었다.

느닷없이 번뜩인 칼 빛에 소스라친 장무기는 그제야 정신이 번쩍 들었다.

'아차, 큰일 났구나! 내가 막내 사숙의 시신을 안은 채 여기 숨어 있었으니 입이 열 개라도 누명에서 벗어나지 못하겠구나.'

그는 일곱째 사숙이 자기한테 여러모로 잘해주었던 것을 떠올렸다. 그랬던 그가 이렇듯 처참하게 목숨을 잃고 말았으니 장무기의 비통은 이루 형언할 길이 없었다. 삽시간에 천만 가지 온갖 상념이 뇌리를 스쳐갔다. 그러나 송원교 일행과 맞닥뜨리게 되면 어떻게 누명을 벗어야 할지 전혀 생각나지 않았다.

조민의 두뇌 회전은 역시 장무기보다 훨씬 빨랐다. 뒤에 서 있던 그녀가 훌쩍 몸을 솟구치더니 어느새 뽑아 들었는지 장검으로 칼춤을 추며 바깥으로 달려 나갔다.

"쏴아, 쏴아! 휙, 휙!"

어둠을 등진 채 매섭게 후려 찌르는 연속 네 차례의 칼부림이 무당사협에게 일검씩 골고루 배당되었다. 하나같이 아미파 비전의 절초, 상대방과 죽기 살기로 목숨 걸고 싸우는 공격 초식이었다. 캄캄절벽 어둠 속, 느닷없이 꿰찔러드는 기습 공격에도 불구하고 무당사협은 이미 뽑아 들고 있던 장검으로 침착하게 하나하나 가로막았다. 하지만 조민이 노린 것은 정면 대결이 아니었다. 공격과 수비가 엇갈리는 찰나, 수비자들의 자세가 흔들리면서 실낱같은 틈서리가 벌어지자 그녀는 벌써 포위망을 돌파하고 동굴 어귀 쪽을 향해 달음박질치고 있었다.

"잡아라!"

무당사협이 후딱 돌아서서 뒤쫓아 나갔을 때 조민은 그들이 타고 온 말 네 필 가운데 한 마리의 고삐를 끊고 안장 위에 올라타고 있었다. 단칼에 고삐를 끊은 칼이 이제 막 찔러드는 송원교의 일검을 가로막더니 양 발꿈치로 말 배때기를 사납게 들이질렀다. 느닷없는 발길질에 놀란 짐승이 고통을 이기지 못하고 질풍같이 치달려 나갔다.

그러나 요행으로 위험에서 벗어났다고 좋아하기에는 아직 일렀다. 조민은 돌연 등뼈가 으스러지는 듯한 아픔을 느꼈다. 어느새 따라붙은 유연주의 일장에 얻어맞은 것이다. 등 뒤에서 무당사협이 경공신법을 펼쳐 급박하게 추격해왔다. 어떻게 해서든지 추격자들을 꼬리에 달고 한 걸음이라도 더 멀리, 더 멀리 도망쳐야 했다. 그럴수록 외통수에 몰려 오도 가도 못 할 신세가 되어버린 장무기가 동굴에서 탈출할 가망성이 더 늘어나는 것이다. 그러지 않고서야 이 억울한 누명을 어떻게 벗을 수 있단 말인가? 천만다행히도 이들 네 사람은 동굴 안에 또 다른 사람이 숨어 있다는 사실을 까맣게 모르고 줄기차게 뒤쫓아왔다. 등줄기의 고통이 심장부 쪽으로 번져가면서 숨이 막혀 견딜 수가 없었다. 그녀는 칼끝을 되돌려 말 궁둥이를 푹 찔렀다. 짐승이 처절하게 울부짖으면서 또다시 쏜살같이 치달려 나갔다.

동굴 속에서 조민이 별안간 뛰쳐나갔을 때 장무기는 한순간 그녀의 의도를 알아채지 못했다. 하나 다음 순간 그녀가 '조호이산지계調虎離山 之計'로 자기를 탈출시키려는 고육지책이었음을 깨닫고 즉시 막성곡의 시신을 안은 채 동굴 바깥으로 달려 나왔다. 귓결에 조민이 무당사협을 유인해 동쪽으로 치닫는 기척이 들리자 그는 서쪽으로 질주했다. 단숨에 2리 남짓 뛰고 났을 때 큼지막한 바위 더미가 보였다. 그는 바위 뒤쪽 응달진 구석에 눈과 흙더미를 파헤치고 막성곡의 시신을 감춰놓았다. 그러고는 다시 대로변으로 돌아와 길 곁 커다란 나무 위로 뛰어올랐다. 경악과 비탄, 분노와 원통한 감정이 뒤섞여 가슴속의 흥분이 가라앉지 않았다. 일곱째 사숙의 비참한 죽음을 떠올리니 눈물이 끊임없이 흘러나왔다. '어째서 우리 무당파는 이렇듯 어려운 일만 겪는단 말인가? 막내 사숙을 죽인 범인은 도대체 누구일까? 등뼈로 연결된 갈빗대가 마디마디 부러진 걸 보면 틀림없이 내가장력內家掌力에 얻어맞은 것이 분명한데……'

돌연, 장무기의 머릿속에 뭔가가 스쳐 지나갔다. 엊그제 미륵사 절간 대웅전에서 진우량이 송청서에게 던진 한마디였다.

"하극상이라……. 그런데 막 칠협은 송씨 아우님과 어떤 사이였더라?"

'하극상, 막 칠협'이라니, 혹시 그들과 막내 사숙 간에 무슨 내막이 있는 것은 아닐까?

반 시진쯤 지나서 동쪽에서 기수 셋이 말을 휘몰아 치닫는 소리가 났다. 백설이 하얗게 깔린 눈밭에 송원교와 유연주가 제각기 말 한 필씩을 타고, 은리정과 장송계가 말 한 필에 함께 탄 채 달려오는 모습이 시야에 들어왔다. 곧이어 유연주의 목소리가 들려왔다.

"그 요녀가 내 일장에 얻어맞은 데다 말과 함께 깊은 골짜기 아래로 굴러떨어졌으니 살아남기는 힘들 거야."

장송계가 그 말을 받았다.

"만안사 보탑에 갇혀서 당한 치욕을 오늘에야 갚으니 속이 다 후련합니다. 그 계집이 하필이면 그 동굴 속에 숨어 있었을 줄이야 누가 알았습니까. 세상만사 돌아가는 게 참으로 기기묘묘하군요. 정말 뜻밖이었습니다."

은리정이 물었다.

"넷째 형님, 그 계집이 동굴 속에 숨어서 무슨 꿍꿍이짓을 꾸미고 있었을까요?"

"그야 난들 알 수 있나. 아무튼 요녀를 죽여버렸으니 분풀이는 단단히 한 셈일세. 그나저나 일곱째를 찾아야지! 살아 있으면 정말 좋겠는데, 어디서 찾아야 할지⋯⋯."

일행 넷은 주거니 받거니 대화를 나누면서 점점 멀어져갔고, 뒷얘기는 더 이상 들리지 않았다.

송원교 일행이 멀리 사라진 후, 장무기는 부리나케 나무 위에서 뛰어내려 눈 바닥에 찍힌 말발굽 자국을 따라서 동쪽으로 추적했다. 그의 마음은 초조하기 이를 데 없었다. '비록 간사하고 교활한 여자이긴 하나 이번만큼은 확실히 목숨까지 던져가며 나를 구해주지 않았던가? 만에 하나 그 때문에 목숨을 잃었다면 나는…… 나는 어떻게 해야 좋단 말인가?'

다급해진 걸음걸이가 삽시간에 4~5리를 치달려 이윽고 깎아지른 절벽 끄트머리에 다다랐다. 시뻘건 핏자국이 한 덩어리로 엉킨 하얀 눈밭에 짐승과 사람 발자국이 어지럽게 찍히고, 벼랑 끝에는 커다란 바위 더미가 무너져 내린 흔적이 있었다. 조민이 말을 타고 여기까지 쫓겨 왔다가 엉겁결에 길을 잘못 들어 벼랑 아래로 굴러떨어진 게 분명했다.

"조 낭자! 조 낭자!"

장무기가 벼랑 아래를 향해 소리쳐 불렀다. 그러나 두세 차례 연거푸 외쳐 불렀어도 시종 응답이 없어, 그는 벼랑 끝까지 바싹 다가서서 밑을 굽어보았다. 어두운 밤중이라 밑바닥이 어디까지 닿았는지 보이지 않았다. 붓끝처럼 수직으로 곤추선 벼랑에는 거의 발 디딜 틈조차 없었다.

그는 숨 한 모금 크게 들이켠 다음 두 발을 아래쪽으로 길게 뻗고 절벽의 바위 면을 마주 바라보는 자세로 아래쪽을 향해 미끄러져 내려갔다. 20~30척을 미끄러져 추락 속도가 점점 빨라지자, 그는 양손 열 손가락에 힘을 주어 암벽에 두텁게 얼어붙은 눈얼음에 푹 찔러넣었다. 순간적으로 제동이 걸리면서 추락하던 몸뚱이가 멈칫하더니 다시 미끄러져 내렸다. 이렇듯 대여섯 차례를 거듭하고 나서야 골짜기 밑바닥에 다다랐다. 발바닥에 닿는 물렁한 감촉을 느낀 그는 황급히 뒷걸음질로 도약해 물러났다. 정신을 가다듬고 보니 발로 디뎠던 것은 짐승의 뱃가죽이고, 말안장에 앉은 조민은 두 손으로 말 목덜미를 단단히 부여잡은 채 실신해 있었다.

손을 내밀어 콧김을 더듬어보았다. 미세하나마 아직 숨결은 붙어 있었다. 그는 비로소 마음이 다소 놓였다. 계곡은 사시사철 응달진 그늘이라 어둡고 음산했다. 한겨울 내내 쌓인 눈이 허리까지 파묻힐 정도로 깊었다. 조민의 몸뚱이가 안장에서 벗어나지 않고 엎드린 덕분에 곤두박질쳐 떨어져 내린 힘줄기를 짐승이 고스란히 받아 즉사하고, 그녀는 기절한 상태로나마 온전히 목숨을 부지할 수 있었던 것이다.

장무기는 맥박을 짚어보았다. 상처가 가벼운 것은 아니라 해도 생명에는 지장이 없었다. 그는 조민의 몸뚱이를 품어 안은 채로 네 손바닥을 마주대고 공력을 일으켜 상처를 치료하기 시작했다.

조민이 등줄기에 얻어맞은 그 일장은 무당파 본문 무공이라, 그 맥상脈像을 누구보다 깊이 알고 있던 장무기로서는 상처 치료에 그리 큰 어려움을 느끼지 않았다. 불과 반 시진 만에 그녀는 혼수상태에서 천천히 깨어나기 시작했다. 그래도 장무기는 마음을 놓지 못하고 그녀의 몸속에 구양진기를 줄기차게 주입시켰다. 또다시 반 시진 남짓이 지나고 하늘빛이 차츰 밝아올 무렵, 그녀는 마침내 입을 딱 벌리고 시커먼 핏덩이를 한 모금 크게 토해내더니 두 눈을 떴다.

"그분들, 모두 가셨나요? 당신을 보지 못했죠?"

힘없는 목소리로 제일 먼저 속삭여 묻는 말에, 장무기는 가슴이 벅

찰 정도로 깊은 감동을 받았다. 자신의 안위보다 장무기를 더 걱정하고 있는 것이다.

"날 보진 못했소. 당신…… 당신이 나 때문에 큰 고생을 했구려."

입으로 대꾸하면서도 그는 손으로 계속 진기를 쏟아붓고 있었다.

조민이 다시 눈을 감았다. 사지 팔다리에 힘이라곤 하나도 없었으나, 구양진기를 받아들인 가슴과 아랫배가 무척 포근하고 후련해지는 느낌이 들었다. 구양진기가 몸속에서 몇 바퀴 돌고 났을 때 그녀는 고개를 돌리고 웃음을 지어 보였다.

"많이 좋아졌으니까 당신도 좀 쉬세요."

장무기는 양팔로 그녀의 허리를 껴안고 제 오른 뺨을 그녀의 왼 볼에 슬쩍 갖다 붙였다.

"고맙소. 당신이 내 명예를 지켜준 것은 목숨을 열 번 구해준 것보다 더 고마운 일이었소."

그 말에 조민이 웃음 지었다.

"나는 애당초 간사하고 악독한 요녀라 명예 따위는 필요 없고, 그저 이 알량한 목숨 하나 부지하는 게 더 중요해요."

바로 그때 절벽 위에서 누군가 성난 목소리로 쩌렁쩌렁 외쳐대는 호통이 들려왔다.

"죽일 년의 요녀가 아직도 목숨이 끊어지지 않았구나! 어째서 막 칠협을 죽였는지 어서 썩 불지 못할까!"

귀에 익은 유연주의 목소리였다.

장무기는 대경실색했다. 멀찌감치 떠났다고 믿은 사백과 사숙들이 어떻게 해서 되돌아왔는지 까닭을 알 수 없었다.

조민이 재빨리 귀띔해주었다.

"어서 고개를 돌려요! 저분들에게 당신 얼굴을 보여선 안 돼요!"

뒤미처 장송계가 또 호통쳐 으름장을 놓았다.

"요사스러운 계집, 대답하지 않을 거냐? 오냐, 좋다! 그렇다면 바윗돌을 던져서 짓눌러 죽일 테다!"

찔끔 놀란 조민이 고개를 쳐들고 위를 바라보았다. 과연 송원교 이하 네 사람이 제각기 큼지막한 바윗돌을 하나씩 쳐들고 서 있었다. 수틀리면 당장 내던져버릴 기세였다. 면적이 항아리처럼 비좁은 골짜기 밑바닥에서 바윗돌에 얻어맞았다가는 장무기와 조민 모두 꼼짝없이 죽게될 판이었다. 그녀가 얼른 장무기의 귓전에 입술을 대고 속닥거렸다.

"우선 가죽옷을 찢어 얼굴부터 가리세요. 그러고 나서 날 안고 도망가요."

장무기는 그녀가 시키는 대로 가죽 외투를 한 자락 길게 찢어 얼굴을 가리고 뒤통수에 매듭지은 다음, 챙이 넓은 가죽 모자를 두 눈만 드러낸 채 이마까지 덮일 정도로 푹 눌러썼다.

앞서 조민을 뒤쫓았던 무당사협은 그녀를 몰아붙여 절벽 아래로 굴러떨어지게 하고 나서도 마음을 놓지 않았다. 강호를 떠돌아다니면서 의협을 행해오던 그들이라 오랜 경험으로 보아 조민이 존엄한 군주의 신분으로 호위 무사 하나 없이 혈혈단신으로 험한 바깥세상을 나돌아다닐 리가 없다고 짐작한 것이다. 그들은 일부러 말을 휘몰아 2~3리나 되는 거리를 멀찌감치 벗어났다가 말고삐를 길 곁 나무에 비끄러매고 슬그머니 되돌아와 횃불을 밝혀 들고 조민이 뛰쳐나간 동굴부터 뒤져보기 시작했다. 동굴 깊숙한 곳에서는 사나운 들짐승이 뜯어 먹다 남긴 사향노루 두 마리의 시체와 핏자국을 발견했다. 날카로운 이빨 자국에 물려 피투성이가 된 노루의 주검에서는 아직도 체취가 남아 있었다.

동굴 밖으로 나와서 주변을 이곳저곳 수색하던 네 사람은 결국 장무기가 남긴 발자국을 찾아냈고, 발자국을 추적하던 끝에 막성곡의 시신까지 찾아내고야 말았다. 손발을 야수에게 물어뜯겨 차마 눈 뜨고 보지 못할 정도로 참혹한 막내의 시신을 목격하고 무당사협은 분노를 금치 못했다. 그중에서도 마음 여린 은리정은 땅바닥에 엎어져 대성통곡을 했다. 유연주가 눈물을 훔쳐내더니 상황을 분석했다.

"조민 그 요사스러운 계집이 무공 실력은 만만치 않으나 혼자 힘만으로는 일곱째의 목숨을 해칠 수 없었을 거야. 이것 봐, 여섯째. 너무 슬퍼하지 말고 어서 일어나게. 이제라도 범인을 샅샅이 찾아내서 말끔히 죽여 일곱째의 원수를 갚도록 하세."

심지 깊은 장송계도 한마디 보탰다.

"우리 이 동굴 부근에 잠복하세. 날이 밝으면 그 요녀의 부하들이 상전을 찾으러 올 테니까."

그것은 평범하기 짝이 없는 '수주대토守株待兔' 계략이었으나, 지금 형편으로서는 별달리 뾰족한 계책도 없는 터라 무당사협은 비통한 심사를 억누르고 동굴 양쪽 바위 뒤에 몸을 숨긴 채 마냥 기다리기 시작했다.

• 구습舊習에 젖어 시대의 변천을 모르는 사람, 또는 요행으로 불로소득이나 바라는 경우를 일컫는 관용어.《한비자韓非子》〈오두五蠹〉 편에 수록된 우화에서 나온 말이다. 어떤 농부가 우연히 논두렁 나뭇등걸에 머리를 들이받고 죽은 토끼를 한 마리 주웠는데, 또 다른 토끼도 그렇게 걸려 죽으리라는 바람으로 어리석게 나뭇등걸 곁을 하염없이 지키고 있었으나, 끝 내 아무런 소득도 얻지 못했다는 얘기다.

이윽고 날이 밝았다. 그러나 조민의 부하들이 찾아오는 기미가 보이지 않았다. 하릴없이 밤을 지새운 이들은 다시 조민이 추락한 절벽으로 달려가 살펴보기 시작했다. 이때 절벽 아래서 두런두런 얘기하는 사람의 목소리가 어렴풋이 들려왔다. 아래쪽을 내려다보니, 비단옷을 입은 한 사내가 조민을 껴안고 무슨 말을 하고 있는 게 아닌가? 과연 요사스러운 계집이 끝내 죽지 않고 살아 있었던 것이다. 사실 이들 네 사람은 막성곡의 사인을 다그쳐 물어야 했기 때문에 바윗돌을 하나씩 들고 있으면서도 절벽 아래로 던질 의사는 애당초 없었다.

눈 덮인 협곡은 그 형태가 마치 깊은 우물처럼 생겨 사방이 깎아지른 암벽으로 이루어지고 서북쪽 모퉁이에만 좁디좁은 출로가 나 있었다. 그 점을 꿰뚫어본 장송계가 자신 있게 엄포를 놓았다.

"이 개 같은 몽골 오랑캐 놈아! 냉큼 저쪽으로 기어 올라오지 못하고 뭘 꾸물대는 거냐? 자꾸 미적거렸다가는 이 바윗돌을 던져서 묵사발로 만들어버릴 테다!"

장무기는 어처구니가 없었다. 지금 그들은 자기를 몽골인으로 착각하고 있는 것이 분명했다. 하기야 사치스럽고 화려한 비단옷을 걸친 데다 '요사스러운 계집' 조민과 함께 들러붙어 있으니 오해를 살 만했다. 장무기는 재빨리 사방을 둘러보았다. 그러나 몸을 숨겨 피신할 데라곤 한 군데도 보이지 않았다. 만약 무당사협이 바윗돌을 내던지는 날이면 물론 자기 한 몸은 이리저리 피하여 살아날 수 있겠지만, 상처를 입은 조민은 목숨을 부지하지 못할 것 같았다. 상황이 이러하니 그저 분부하는 대로 따를 수밖에 없었다. 그는 조민을 부여안고 좁디좁은 바위 틈서리를 타고 꿈지럭꿈지럭 기어오르기 시작했다. 일부러 무공이 약한 것처럼 보이려고 두세 걸음 내딛다가 주르르 미끄러지곤 했다. 원래 이 계곡은 바위 틈서리가 워낙 가파르고 비좁아 사람이 올라가기 매우 힘들었다. 그는 일부러 숨 가쁘게 헐떡거리며 낭패스러운 꼬락서니를 보이고, 열 걸음에 일고여덟 차례는 고꾸라지고 자빠져가며 한참 만에 가까스로 평지에 오를 수 있었다.

눈 덮인 골짜기를 벗어나자마자 장무기는 조민을 껴안은 채 곧장 도망칠 궁리를 했다. 자신의 경공신법이라면 팔뚝에 사람을 하나 안고 있다 해도 네 분 사백 사숙이 따라잡지 못하리라고 예상한 것이다. 그러나 장송계는 눈치가 빠른 사람이었다. 그는 장무기가 암벽을 타고 올라올 때 일부러 낭패스러운 꼴을 하는 것이 과장된 짓임을 꿰뚫어 보고 형제들에게 일찌감치 주의를 환기시켜놓은 상태였다. 평지에 올라선 장무기가 한 걸음 내딛자, 네 귀퉁이를 차지하고 있던 무당사협의 장검이 불과 반 척도 못 되는 거리까지 육박해 들었다.

송원교의 입에서 한 맺힌 호통 소리가 터져 나왔다.

"이 몽골 오랑캐 놈아! 털가죽으로 얼굴을 가렸다고 목숨 건져 도망칠 수 있을 듯싶으냐? 무당파 막 칠협이 누구 손에 죽었는지 냉큼 실토해라! 만에 하나 반 마디라도 헛소리를 지껄였다가는 내 이 칼로 개 같은 오랑캐 놈의 몸뚱이를 갈기갈기 찢어놓고 배를 갈라버리고야 말 테다!"

송원교는 본디 무당칠협 중에서 성품이 가장 온화하고 예의바른 정인군자였으나, 막성곡이 그렇듯 처참한 모습으로 죽은 것을 보고 비분에 들뜬 나머지 저도 모르게 험악한 말을 내뱉었다. 이는 송원교의 평소 행동으로 보아 극히 드문 일이었다.

조민이 어쩔 수 없다는 듯이 한숨을 내리쉬며 장무기에게 말했다.

"얄루부카押魯不花 장군, 일이 이 지경으로 된 바에야 저 사람들한테 사실대로 말해주세요."

그러고는 귓속말로 얼른 속삭였다.

"성화령 무공을 쓰세요!"

장무기는 네 분 사백 사숙을 상대로 무력을 쓰고 싶지 않았다. 그러나 형세가 워낙 급박해진 터라 싸우지 않고서는 도저히 이 곤경을 헤쳐나갈 길이 없었다. 그는 어금니를 악물었다. 그러고는 느닷없이 안고 있던 조민의 몸뚱이를 냅다 은리정에게 던져 보낸 다음, 사뭇 걸쭉한 목소리로 괴성을 질러대면서 반공중으로 훌떡 솟구쳐 오르더니 공중제비를 한 바퀴 도는 것과 동시에 손을 불쑥 내뻗어 장송계를 움켜갔다.

얼떨결에 요녀의 몸뚱이를 덥석 받아낸 은리정이 한순간 어리둥절해 있다가 이내 그녀의 혈도를 찍어 거칠게 눈 바닥에 팽개쳐버렸다.

이 순간에도 장무기는 성화령의 괴상야릇한 무공을 구사해 주먹질로 송원교를 치고, 발길질로 유연주를 공격하고 있었다. 머리 박치기로 장송계를 들이받는가 하면 뒷손질로 어느새 은리정의 장검을 낚아채 빼앗았다. 그야말로 토끼가 뛰면 눈독 들인 새매가 곤두박질쳐 내린다더니, 잽싸고도 날래게 상대방의 의표를 찔러대는 괴이한 공격 초식이었다. 제아무리 무공이 정교하고 강하다는 무림의 일류 고수들도 장무기가 목표를 바꿔가며 연속 퍼붓는 일고여덟 차례 공격에 일대 혼란을 일으켜 손발이 제멋대로 놀아 쩔쩔매기나 할 뿐, 동료 형제들과 연합 공세를 펼치기는커녕 오히려 제 한 몸뚱어리 보전하기조차 어려움을 느껴야 했다.

장무기는 구양신공을 익힌 데다 건곤대나이 심법으로 무장한 몸이다. 그런 막강한 무공의 소유자였음에도 영사도에서 페르시아 세 사절이 구사하는 성화령의 괴상야릇한 공격 초식과 맞닥뜨리자 맥을 못추고 한동안 악전고투를 겪었다. 그러나 지금의 장무기는 성화령 여섯 자루에 기재된 무공을 모두 익혔으니 당시 풍운 삼사보다 몇 갑절은 더 뛰어난 셈이었다. 성화령에 새겨진 것이 비록 심오한 상승 무공은 아니지만 그 괴이하기 짝이 없는 방향 전환이야말로 중원 제일가는 무당사협의 넋을 몽땅 빼놓기에 충분했다. 물론 솜씨 서투른 자가 단독으로 이 무공을 썼다면 무당파의 내가정종內家正宗 무공 앞에 적수가 되지 못했으리라. 하나 장무기는 구양신공을 바탕으로 삼고 건곤대나이 심법으로 맥락을 이은 데다 무당파의 무공이라면 속속들이 꿰뚫어 알고 있었으니 그의 일초 일식 어느 것이나 무당사협의 허점과 빈틈만을 노려서 공격해 들어가고 있었던 것이다. 공방전이 20여 합쯤 전개되자 장무기의 성화령 무공은 갈수록 변화무쌍해졌다.

조민이 눈밭에 누운 채 큰 소리로 응원했다.

"얄루부카 장군! 저 한족 야만인들이 자기네만 잘났다고 뻐겨왔는데, 오늘 저들한테 우리 몽골 사람들의 기막힌 씨름 솜씨를 따끔하게 맛보여줘요!"

장송계가 덩달아 소리쳤다.

"저 오랑캐 녀석의 무공이 괴상야릇하기 짝이 없으니 태극권으로 방어하세!"

검법으로 재미를 보지 못한 무당사협이 일제히 장검을 거둬들이고 태극권법을 펼쳐 제각기 문호를 엄밀히 수비했다.

그때 장무기가 돌연 땅바닥에 털썩 주저앉더니 두 주먹으로 제 가슴을 사납게 두드리기 시작했다. 무당사협은 한순간 영문을 모른 채 어리둥절했다. 평생을 두고 숱한 강적들과 맞닥뜨려보고 또 수많은 괴상야릇한 무공 초식을 겪어왔으나 이 오랑캐 장군 녀석이 땅바닥에 주저앉아 제 가슴을 치는 무공 같은 것을 본 적도 들은 적도 없었다. 그만큼 장무기의 건곤대나이 심법은 중원 무학 중에서 실로 기상천외한 일가를 이루고 있었던 것이다. 어안이 벙벙하던 무당사협은 일단 거두어들인 장검을 다시 뽑아 들었다. 송원교와 유연주, 장송계의 칼끝이 장무기를 정면으로 찔러드는 동안 은리정은 측면에서 찔러들었다. 은리정은 자신의 병기를 이미 빼앗겼으나, 막성곡의 패검佩劍을 등에 지고 있던 터라 우선 급한 대로 그것을 뽑아 든 것이다.

넉 자루 칼끝이 바싹 다가들어 찌르려는 순간, 장무기는 돌연 두 다리를 좌우로 벌려 질풍같이 가로후리기로 휩쓸기가 무섭게 땅바닥에 두툼하게 쌓인 눈 더미를 휘말아 올리더니 네 사람을 향해 맹렬한 기세로 흩뿌려 보냈다. 난데없는 눈보라가 좌에서 우로 부챗살처럼 퍼져 나가면서 상대방의 시야를 차단해버렸다. 네 사람이 엉겁결에 이구동성으로 외마디 소리를 터뜨렸다.

이 괴초 역시 성화령에 기재된 것으로서 오랜 옛날 페르시아의 산중 노인 하산이 재물을 약탈할 때 쓰던 살인 초식이었다. 그는 이스메일란 교파를 창건하기 전, 페르시아 사막지대에 은거하면서 주로 대상隊商들을 습격해 재물을 빼앗아 연명한 적이 있는데, 멀리서 대상들의 행렬이 오는 게 보이면 즉시 모랫바닥에 주저앉아 제 가슴을 두드리면서 하늘을 우러러 서럽게 울부짖었다. 그러면 대상들은 무슨 일인가 싶어 가까이 다가와서 묻게 마련이었다. 이때 하산은 느닷없이 발길질로 모랫바닥을 걷어차 대상들의 눈에 모래를 흩뿌려 시야를 가려놓고 그 틈에 신월도新月刀를 뽑아 휘둘러 눈 깜짝할 사이에 몰살해버리곤 했다. 실로 음독하기 짝이 없는 살인 수법이었다. 수십 명이나 되는 대상이 영문도 모른 채 순식간에 황량한 대사막에 질펀하게 널브러져 비명횡사를 당했으니 효과만큼은 최고였다. 하산은 대상들의 시체를 모랫바닥에 감쪽같이 파묻고 재물을 챙겨 유유히 제 소굴로 돌아가곤 했는데, 오랜 세월이 지난 오늘 머나먼 동녘 중원 땅에서 장무기 역시 눈을 차올려 하산의 모랫바닥 걷어차기와 똑같은 효과를 거둔 것이다.

무당사협은 느닷없이 면전으로 들이닥치는 눈보라 공세에 아무것도 보지 못했으나 재빨리 임기응변을 발휘해 뒤로 몸을 솟구쳤다. 하지만 장무기의 내뻗은 손길이 그보다 더 빨랐다. 넷이서 뒤로 물러나는 순간, 그는 유연주의 두 다리를 덥석 껴안고 한 바퀴 뒹굴면서 대혈세 군데를 잇따라 찍은 다음, 곧이어 허공으로 공중제비를 돌아 떨어지면서 오른쪽 무릎치기로 은리정의 정수리 오처혈五處穴과 승광혈承光穴을 내리찍었다. 정수리 혈도를 찍힌 은리정은 그저 아찔한 느낌만 들었을 뿐 제자리에 서 있지 못하고 맥없이 땅바닥에 털썩 쓰러졌다. 뒤미처 송원교가 아우들을 구하러 달려들었다. 장무기는 등진 자세 그대로 벌렁 주저앉더니 양팔을 활짝 벌리고 그 품속으로 덮쳐 들어갔다. 송원교는 미처 칼끝을 돌려 찌를 틈도 없이 우선 급한 대로 왼손의 검결을 풀어 일장을 후려쳤다. 그러나 장력을 쏟아내기도 전에 가슴 한복판이 뜨끔해지더니 숨이 꽉 막혀 내쉴 수가 없었다. 장무기의 양 팔꿈치가 앞가슴 혈도를 한꺼번에 쥐어박은 것이다.

이 꼴을 본 장송계는 크게 놀랐다. 형제들 넷 가운데 자기 한 사람만 남았으니 이 괴한의 적수가 못 될 것은 보나 마나 뻔했다. 하지만 동문의 의리가 얼마나 두터운데 혼자만 도망칠 수 있으랴. 그는 검을 번쩍 들고 바람을 매섭게 가르면서 장무기를 겨냥하고 연속 삼검을 찔러 들어갔다.

장무기는 넷째 사백이 위급한 난관에 봉착했으면서도 보법에 흐트러짐 없이 맹렬한 기세로 연속 삼검을 내찌르자 저도 모르게 속으로 갈채를 보냈다. '내가 이 괴상야릇한 성화령 무공을 배우지 못했다면 네 분 사백 사숙의 연합 공세를 막아내기가 보통 어려운 일이 아니었을 것이다.'

갑작스레 장무기가 머리통을 앞뒤 좌우로 원을 그리면서 마구 내젓기 시작했다. 그러나 장송계는 상대방의 괴상야릇한 동작에 흔들림 없이 냉정한 기색으로 노려보더니 "휙!" 하고 허공을 찢는 소리와 함께 장검의 칼끝으로 곧장 앞가슴을 찔러 들어갔다. 칼끝이 날아들자 장무기는 흠칫 목을 움츠려 피하더니 머리통을 그대로 칼끝 앞으로 마주 내밀었다. 장송계의 칼끝이 움찔하는 찰나, 느닷없이 벌러덩 나자빠진 장무기가 앞으로 덮쳐들면서 장송계의 아랫배와 왼쪽 넓적다리 혈도 네 군데를 번개같이 찍어버렸다. 삽시간에 한쪽 다리가 마비된 장송계는 중심을 잃고 그 자리에 털썩 쓰러지고 말았다.

방금 찍은 혈도 네 군데는 하나같이 하반신을 제압했을 뿐이라, 장무기가 다시 등줄기 중추혈中樞穴에 일지一指를 더 찍으려 할 때였다.

"으와악!"

갑자기 장송계가 큰 소리로 처절하게 비명을 질렀다. 두 눈이 홀떡 뒤집히면서 심한 경련을 일으키다가 이내 숨이 끊어진 듯 온몸이 꼿꼿하게 굳어졌다. 느닷없는 변괴에 장무기는 그만 혼비백산하고 말았다. 방금 혈도를 찍은 손길이 그다지 무거운 것도 아니어서 경상조차 입힐 만한 게 아니었는데 어째서 넷째 사백의 숨이 끊어질 수 있단 말인가? 혹시 자기가 모르는 고질병이 있어서 별안간 타격을 입고 발작한 것은 아닐까? 생각이 여기에 미치자 등줄기에 식은땀이 돋아났다. 부들부들 떨리는 손길로 황급히 넷째 사백의 콧김부터 더듬었다. 그 순간, 돌연 장송계의 왼손이 슬그머니 뻗어오더니 장무기의 얼굴을 가리고 있던 복면을 홱 잡아채어 벗겨버렸다. 두 사람은 서로 빤히 바라보았다. 한참이 지나서야 장송계가 입을 열었다.

"잘한다, 무기…… 이제 봤더니…… 이제 봤더니 너였구나. 우리가 그토록 널 위해주었는데, 이럴 수가……!"

그는 오열을 터뜨렸다. 얼굴은 분노의 기색으로 침통해졌고 어느새 눈물이 주르르 흘러내렸다. 사실 그는 광명정에서 장무기가 구양신공에 건곤대나이 심법을 곁들인 무공 수법으로 육대 문파 영웅호걸들에게 대항하는 광경을 본 적이 있었다. 더구나 성화령의 무공은 애당초 건곤대나이에 바탕을 두고 변화시킨 것이라 서로 비슷하기도 했다. 기지가 뛰어난 장송계는 오랑캐 녀석이 장무기와 비슷한 무공을 쓸 때부터 일말의 의혹을 품고 있던 터라 상대방의 손길에 등줄기 혈도를 찍히는 순간 일부러 죽은 척 가장해 관심을 끈 다음 재빠른 손찌검으로 적의 얼굴을 가린 복면을 벗겨낸 것이다.

장무기는 천성이 솔직한 데다 넷째 사백에 대한 걱정이 앞서 미처 방비할 생각조차 못 했다. 본의 아니게 정체를 드러낸 그는 죽고 싶을 정도로 상심했다. 한참 만에 장무기가 가까스로 입을 열었다.

"넷째 사백님…… 제가 아닙니다……. 일곱째 사숙은 제가 죽인 건 아닙니다……."

"허허, 허허허!"

장송계의 허탈한 웃음소리가 참담하게 울렸다.

"좋아, 아주 좋고말고! 어서 빨리 우리 넷을 한꺼번에 죽이려무나. 큰형님, 둘째 형님! 그리고 여섯째 아우, 모두 잘 보셨지요? 이 오랑캐는 우리가 그토록 애지중지하던 무기 녀석이었단 말입니다!"

송원교, 유연주, 은리정 세 사람은 꼼짝달싹 못 하는 몸이었으나 매서운 눈초리로 일제히 장무기를 노려보았다.

사백과 사숙들의 원한에 가득 찬 눈총을 한 몸에 받은 장무기는 정신이 아찔해지고 마음에 혼란을 일으켜 아무것도 생각할 수 없었다. 이제 할 일은 땅에 떨어진 장검을 집어 들고 자신의 목젖에 대고 쓰윽 그어버리는 일뿐이었다. 그리고 그대로 실행에 옮겼다. 서슬 푸른 칼날이 목덜미에 막 닿는 찰나 조민의 다급한 목소리가 들려왔다.

"장무기! 사내대장부가 한때 억울한 일을 좀 당했기로서니 그걸 참지 못하고 죽으려는 거야? 하늘 아래 진상이 밝혀지지 않는 일이라곤 하나도 없어. 당신은 하늘이 두 쪽 나는 한이 있더라도 막 칠협을 죽인 진범을 찾아내 반드시 복수를 해야만 한다고! 그래야만 무당과 여러 협사 어른이 당신에게 쏟은 극진한 사랑이 헛되지 않게 된단 말이에요!"

흠칫 놀란 장무기가 정신을 번쩍 차렸다. 과연 일리가 있는 말이었다.

"그럼 이제 우린 어떻게 해야 하지?"

짧았던 생각을 속으로 뉘우치면서 그는 형체 없는 흡인력에 이끌리듯 그녀에게 다가섰다. 그러고는 등줄기와 허리께의 급소를 추궁과혈推宮過血 수법으로 주물러 은리정에게 찍혔던 혈도를 모두 풀어주었다. 조민이 부드러운 목소리로 그를 위로해주었다.

"너무 속상해하지 마세요. 당신네 명교에는 고수가 많고 내 부하들 역시 재능과 수완이 뛰어나니까 반드시 진범을 붙잡을 수 있을 거예요."

이때 장송계의 성난 소리가 들려왔다.

"장무기, 네놈에게 털끝만치라도 양심이 남아 있거든 어서 빨리 우리 넷을 죽여라! 네놈이 부끄러운 줄 모르고 저 요사스러운 계집과 노닥거리는 추태를 내 차마 눈 뜨고 보지 못하겠다!"

넷째 사백에게 호통을 들은 장무기의 얼굴빛이 금세 새파랗게 질렸다. 그는 사실 지금 이 상황에서 무엇을 해야 할지 아무것도 생각나지 않았다. 이러지도 저러지도 못하고 망연자실한 그를 조민이 다시 일깨워주었다.

"우리 무엇보다 먼저 한림아부터 구하러 가요. 그런 다음에 객점으로 돌아가 당신 양부님을 찾아보고서, 당신의 일곱째 사숙을 누가 죽였는지 그 진범을 추적 조사하고, 또 당신의 외사촌 누이를 살해한 범인까지 찾아내야 해요."

'거미를 죽인 범인'이 또 다른 범인을 찾으러 가자니, 세상에 이럴 수가 있나? 장무기는 너무나 어처구니가 없어 멍하게 되물었다.

"뭘…… 어떻게 하자고?"

그러자 조민의 입에서 차가운 반문이 연거푸 터져 나왔다.

"막 칠협을 당신이 죽였나요? 어째서 당신의 사백과 사숙 네 분이 당신을 범인으로 단정했죠? 은리 아가씨를 내가 죽였나요? 어째서 당신은 나를 범인으로 지목하고 몰아세우죠? 설마 당신이 남에게 억울한 누명을 씌우는 것은 괜찮아도, 남이 당신에게 억울한 누명을 씌우는 것은 용납 못 하겠다, 그런 얘기는 아니겠죠?"

앙칼지게 쏘아붙이는 몇 마디가 청천벽력과도 같이 장무기의 고막을 뚫고 들어갔다. 너무나 큰 충격에 그는 할 말을 잃은 채 퀭한 눈망울로 허공을 쳐다보았다. 지금 이 시각에 몸소 겪어보고 나서야 세상일이란 게 이따금은 헤아리기 어렵다는 사실을 깨달은 것이다. 이제 그의 마음속에는 한 가지 생각밖에 없었다. '조 낭자…… 혹시 이 여인도 나처럼 억울한 누명을 썼단 말인가?'

뒤미처 조민의 차분히 가라앉은 목소리가 들려왔다.

"당신이 네 분에게 찍은 혈도를 저분들이 스스로 풀 수 있나요?"

장무기가 고개를 가로저었다.

"그 수법은 성화령에 기재된 기문 무공奇門武功이라, 열두 시진이 지난 후에 저절로 풀리면 모를까, 스스로 풀지는 못할 거요."

"음, 그렇다면 우리 이 네 분을 동굴 속에 모셔다놓고 떠나기로 해요. 진범을 찾기 전에는 이 네 분과 다시 만나서는 안 돼요."

"그 동굴에는 사나운 들짐승도 있고 노루가 드나들기도 하는데, 손가락 하나 꼼짝 못 하시는 분들이 무사할 것 같소? 일곱째 사숙의 시신도 들짐승들한테 물어뜯겼지 않소?"

조민이 딱하다는 듯이 한숨을 내쉬었다.

"이런 답답한 양반을 봤나. 경황이 없으니까 아무것도 생각나지 않는 모양이군요. 넷째 사백 한 분은 윗몸을 움직일 수 있잖아요. 손을 쓸 수 있는 분에게 장검 한 자루 쥐여드리면 들짐승 따위가 제아무리 사납기로서니 어떻게 범접이나 하겠어요?"

"그렇군!"

장무기가 한마디로 대답했다. 그러고는 일단 무당사협을 하나씩 안아다가 눈바람을 피할 수 있도록 커다란 바위 뒤로 옮겼다. 네 사람의 입에서 욕설과 호통이 끊이지 않고 터져 나왔으나, 장무기는 두 눈에 글썽글썽 눈물을 머금은 채 못 들은 척 넘겨버렸다. 이윽고 한 시름 덜게 된 조민이 그들을 향해 으름장 섞어 한바탕 훈계를 퍼부었다.

"네 분께서는 무림계의 원로 고인들이신데, 어쩌자고 이렇듯 사리가 어둡습니까? 만에 하나, 막 칠협께서 진짜 장 공자님의 손에 살해당하셨다면 지금쯤 이분은 칼을 휘둘러 네 분마저 죽여 입막음을 했어야 옳지 않겠어요? 그런 짓이야 어려울 게 하나도 없을 테니 말이죠. 막 칠협의 목숨을 해칠 마음이 있었다면 당신네 네 분의 목숨인들 해치지 못할 까닭이 어디 있겠습니까? 두 번 다시 그 입에서 악담 저주가 나온다면 나 조민이 당신네들한테 따귀를 한 대씩 올려붙이겠어요. 이 몸은 애당초 간사하고 악독한 요녀라, 뭐든지 하겠다면 그대로 하는 사람이니까요. 오래전 대도 만안사 절간에서는 내가 장 공자님의 체면을 봐서 무당파 여러분만은 예의바르게 대해드렸답니다. 하지만 여러분도 알다시피 소림파, 곤륜파, 아미파, 화산파, 공동파 고수들은 하나같이 내 지시대로 부하들에게 손가락을 끊겼지요. 이렇듯 심보 못

되고 악랄한 요녀가 무당파 협사 여러분께 무슨 결례되는 짓을 한 적이 있었던가요?"

송원교 일행 네 사람은 두 눈 멀뚱멀뚱 뜬 채 서로 얼굴만 마주보았다. 생각해보니 만안사 절간에서 이 요녀가 무당파 제자들에게 사뭇 예의를 다해 대우해준 것만큼은 확실했다. 비록 장무기란 놈이 막성곡을 죽였다고 단정을 내리기는 했어도 공연히 이 요사스러운 계집의 성미를 건드렸다가는 무슨 수모를 겪을지 모를 판이었다. 사내대장부가 죽임을 당할망정 그런 치욕을 당해서야 되겠는가? 요망한 계집의 손에 따귀라도 몇 대 얻어맞았다가는 평생을 두고 씻지 못할 치욕이 될 것이 분명한 터라, 그들은 당장 입을 다물고 더는 욕설을 퍼붓지 못했다.

조민이 빙그레 웃더니 장무기를 향해 돌아섰다.

"얼른 가서 우리가 타고 온 말을 끌어와요. 저분들을 동굴까지 태워 가야죠."

장무기는 머뭇거리기만 할 뿐 좀처럼 움직이려 하지 않았다.

"아무래도 내가 안아다 모셔야겠소."

이 말에 조민은 고개를 갸우뚱하다가 이내 그 심사를 알아차리고 코웃음을 쳤다.

"흥! 별꼴이야. 당신 무공이 아무리 높다 해도 어떻게 네 사람을 한꺼번에 안고 갈 수 있단 말이에요? 지금 내가 당신 없는 틈에 저 네 분을 해칠까 봐 겁이 나는 거죠? 끝끝내 날 믿지 못하겠다면 좋아요! 내가 냉큼 가서 말을 끌고 올 테니까 당신 마음대로 여기서 지키고 계세요!"

장무기는 그녀가 자신의 속을 훤히 꿰뚫어보자 얼굴이 화끈 달아올랐다. 하지만 성격을 종잡기 어려운 이 처녀의 수중에 사백 사숙들의 목숨을 맡길 수는 없었다. 군색한 대답이 그의 입에서 나왔다.

"그럼 당신한테 수고를 끼쳐야겠소. 내가 여기서 네 분을 지키고 있을 테니 가서 말을 끌고 오시구려. 한데 상처는 좀 어떻소? 걷기가 불편하지는 않소?"

"은근히 마음 쓰는 척하지 말아요. 당신이 아무리 호의를 베풀어도 남들은 당신을 믿지 않는다는 사실을 모르나 봐? 일편단심 뜨거운 당신의 그 알량한 정성을, 저분들은 인두겁을 쓴 늑대의 심보로밖에 알아주지 않으시니 그게 문제죠!"

비웃음 섞어 한마디 던진 그녀가 홱 돌아서더니 말을 묶어둔 곳으로 절뚝절뚝 걸어갔다.

장무기는 그녀가 남긴 말을 되새김질해보았다. 어떻게 들으면 사백과 사숙들이 자신의 진정을 의심한다는 뜻 같기도 하고, 또 한편으로는 장무기 자신이 그녀의 진정을 의심한다고 원망하는 듯싶기도 했다. 비틀거리며 천천히 걸어가는 뒷모습을 눈여겨보는 동안 마음속에 연민의 정이 움터 나왔다. 비틀거리는 걸음걸이가 상처를 입은 뒤라 걷기에 무척 힘든 게 분명했다. 그 모습을 보니 안쓰럽다는 생각마저 들었다.

조민이 떠나고 얼마 안 되어 갑자기 북쪽에서 탄탄대로를 따라 급박하게 치닫는 말발굽 소리가 요란하게 들려왔다. 앞쪽에 한 필, 뒤쪽에 두 필, 도합 세 명의 기수가 사나운 기세로 질주해오는 소리였다. 절뚝거리는 걸음걸이로 얼마 가지 못한 조민도 말발굽 소리를 듣고 허둥지둥 되돌아왔다.

"누가 오고 있어요!"

장무기가 손짓해 부르자, 조민은 황급히 바위 더미 뒤로 돌아와 그 곁에 엎드렸다. 일부러 노출시켰는지 유연주의 몸뚱이가 절반쯤 바깥쪽으로 드러나자 그녀가 재빨리 그의 몸을 바위 뒤로 잡아끌었다.

"날 건드리지 마라!"

모처럼의 시도가 실패로 돌아가자, 유연주는 성난 눈초리로 노려보면서 호통을 쳤다. 조민도 질세라 마주 흘겨보고 비웃었다.

"별일이야, 누가 건드리고 싶어 건드렸남? 그 방법밖에 없으니까 그랬죠!"

뒤미처 장무기가 호통쳐 꾸짖었다.

"조 낭자, 내 사백 어른께 무례하게 굴지 마시오!"

바로 이때 말 한 필이 무서운 속도로 가까운 거리까지 달려왔다. 그 뒤로는 두 필이 돌개바람을 일으키며 추격해왔다. 거리는 줄잡아 200~300척가량 떨어졌다.

첫 번째 기마가 접근해오자, 장무기는 조민을 향해 속삭였다.

"송청서 형님이오!"

"어서 빨리 저 사람을 막아요."

"뭣 하게?"

"더 묻지 말아요. 미륵사에서 했던 말을 잊었어요?"

장무기의 머리가 재빨리 돌아갔다. 그는 땅바닥에서 얼음덩어리를 하나 집어 들고 손가락으로 튕겨 날렸다. 허공을 깨뜨리고 날아간 얼음 조각이 송청서가 탄 말 앞발목에 정통으로 들어맞았다. 난데없이 날아든 물체에 얻어맞은 짐승이 고통을 이기지 못하고 땅바닥에 털썩 무릎을 꿇었다. 그 순간, 말안장에서 몸을 솟구친 송청서가 지면을 밟기 무섭게 말을 일으켜 세우려 했으나, 짐승은 왼쪽 다리가 부러져 땅바닥에 쓰러진 채 버둥거리기만 할 뿐이었다.

뒤편에서 추격해오는 기수들이 점점 가까워지자, 송청서는 갈피를 못 잡고 허겁지겁 송원교와 장무기 일행이 숨은 곳으로 도망쳐 오기 시작했다.

장무기가 얼음 조각을 한 개 줍더니 또다시 손가락으로 튕겨 날렸다. 얼음 조각이 이번에는 송청서의 오른쪽 넓적다리 혈도에 명중했다. 이어서 그는 양 손가락을 번개같이 연속 네 차례 움직여 무당사협의 아혈啞穴을 모조리 찍었다. 아들을 발견한 송원교가 고함쳐 소리 지르지 못하도록 예방 조치를 해놓은 것이다. 때맞춰 송청서 역시 외마디 소리를 지르면서 눈밭에 나뒹굴었다.

"아앗!"

장무기가 잇따라 손을 써 제압하는 동안, 뒤에서 맹렬한 기세로 추격해오던 말 두 필이 들이닥쳤다. 뜻밖에도 개방의 장로 진우량과 장발용두였다.

장무기는 속으로 이상한 생각이 들었다. '진우량과 송청서, 장발용두는 집법장로가 분부한 대로 장백산에 함께 가서 독물을 캐내어 오독실심산인가 뭔가 하는 독약을 조제한다더니, 어떻게 해서 하나는 도망치고 둘은 뒤쫓아 여기까지 왔을까? 옳거니, 송 사형이 뒤늦게 양심의 가책을 느끼고 불충불효한 짓을 저지르지 않으려고 도망쳐 온 게 분명하다. 다행히 나하고 마주쳤으니 내 손으로 구해드려야지.'

송청서를 발견한 진우량과 장발용두가 훌떡 몸을 뒤채어 말안장에서 뛰어내리더니 조심스레 다가왔다. 송청서가 탄 말이 오래 치달린 끝에 기진맥진해서 앞발굽을 꿇고, 송청서 역시 낙마해 부상을 입은 줄로 오해한 것이다. 하지만 송청서는 무공 실력이 뛰어난 고수이니 대수롭지 않은 경상일 게 분명했다. 선불리 방심했다가는 오히려 자기네들이 역습을 당할지 모른다는 생각에 두 사람은 양편으로 나뉘어 재빨리 접근하면서도 이미 병기를 뽑아 송청서의 몸뚱이를 겨누고 있었다.

장무기가 얼음 조각 한 개를 거머쥐고 이제 막 진우량에게 튕겨 보내려는 순간, 조민이 팔꿈치로 툭 건드리면서 손사래를 쳤다. 흘낏 돌아보았더니 그녀는 왼 손바닥을 제 귓전에 갖다 대고 다른 손으로 송청서 쪽을 가리켰다. 저들 셋이서 과연 무슨 얘기를 나누는지 귀담아들어보자는 시늉이었다.

먼저 장발용두의 성난 목소리가 들려왔다.

"송가야, 무슨 짓을 하려고 야반도주를 했느냐? 무당산으로 달려가 네 아비한테 우리 계획을 고자질하려는 속셈이었지?"

다그쳐 묻는 가운데 손아귀에 들린 자금팔괘도紫金八卦刀를 송청서의 머리 위에서 번뜩번뜩 휘둘렀다. 여차하면 당장에라도 후려 찍을 태세였다.

무지막지하게 허공을 후려 찍는 자금팔괘도의 칼바람 소리가 바위 뒤편에서 꼼짝달싹 못 하는 송원교의 귀에도 똑똑히 들려왔다. 사랑하는 아들의 목숨이 그 칼바람 아래 놓여 죽을지 모르니 아비 된 사람의 심경이 얼마나 조마조마하겠는가? 송원교는 무심결에 흘낏 돌아보던 장무기의 눈길과 마주쳤다. 초조감과 근심 걱정에 들뜨던 기색이 삽시간에 간절히 애원하는 표정으로 바뀌었다. 아혈을 찍혀 벙어리가 된

32. 억울한 누명 하소연할 길 없으니 미칠 것만 같네

대사백의 눈빛 속에는 수천수만 마디의 애원이 담겨 있었다. 그는 대사백에게 고개를 두어 번 끄덕여 보였다. '안심하세요. 내 결코 송 사형이 몸을 다치게 하지는 않을 겁니다'라는 시늉이었다. 그러면서도 한편으로는 이들 부자간의 정리가 부럽다는 생각이 들었다.

'자식을 사랑하고 아끼는 어버이의 은혜야말로 하늘보다 높고 땅보다도 두텁구나. 내게 그토록 성을 내며 당장 천 토막 만 토막 쪼갤 것처럼 미워하시더니, 위기에 처한 송 사형을 보고 얼마나 다급했으면 도리어 내게 구원을 청하시는구나. 만일 대사백 자신이 저런 어려움에 부닥쳤다면 어떻게 처신하셨을까? 이분은 영웅호걸로서 간담이 크신 분이라 죽을망정 추호도 나약한 모습을 보여 애걸하지는 않으셨을 것이다.'

그는 송청서가 부러웠다. 또 한편으로는 안타깝고도 서글픈 심경을 금할 길 없었다. 저렇듯 아끼고 사랑하는 아버지를 둔 송청서가 부럽기도 하려니와 부모 없이 천애 고아가 되어버린 자신의 처지를 생각하니 가슴이 쓰라려왔다.

송청서의 대꾸가 들려왔다.

"난 아버님께 일러바치러 가는 길이 아니었소."

그래도 장발용두의 호통은 그치지 않았다.

"방주께서 네놈더러 나와 함께 장백산에 가서 약을 캐오라고 명하셨는데, 어째서 간다는 말 한마디 없이 훌쩍 떠나버린 거냐?"

"당신도 부모님이 계셨으니 세상에 태어나지 않으셨소? 당신들이 나더러 아버님을 해치도록 핍박하는데, 내 어찌 차마 그럴 수 있단 말이오? 난 절대로 그따위 짐승보다 못한 짓은 할 수가 없소."

"네가 감히 방주님의 명을 거역할 작정이냐? 우리 개방을 배반한 자가 어떤 처벌을 받는지 모른단 말인가?"

장발용두의 엄포가 매섭게 울렸다. 그러나 대꾸하는 송청서의 목소리도 누그러들지 않았다.

"나는 세상 천하에 용납 못 할 죄인으로 애당초 살고 싶은 생각이 없는 몸이오. 지난 며칠 동안 눈만 감으면 일곱째 사숙 막 칠협이 나더러 목숨을 내놓으라고 대드는 모습이 보였소. 그분의 원통한 넋이 흩어지지 않고 내게 달라붙은 채 떨어지지 않는 것 같아 견딜 수가 없었소. 자, 어서 그 팔괘도로 날 쳐서 죽여주시오. 내 이 더러운 목숨을 단칼에 깨끗이 없애주기만 한다면 더할 나위 없이 고맙겠소."

송청서의 말끝이 떨어지기 무섭게 장발용두가 팔괘도를 번쩍 치켜들더니 냅다 고함을 질렀다.

"오냐! 내 단칼에 네놈을 깨끗이 죽여주마!"

이때 진우량이 불쑥 끼어들었다.

"용두 형님, 고정하시구려. 송씨 아우가 말을 듣지 않는 마당에 죽여버린들 이로울 게 뭐 있소? 저 갈 데로 가게 그냥 내버려둡시다."

장발용두가 이게 또 무슨 소린가 싶어 두 눈을 휘둥그레 떴다.

"이대로 그냥 놓아주잔 말인가?"

"그렇지요. 이 친구는 제 손으로 일곱째 사숙 되는 막성곡을 살해한 자인데, 무당파 본문 제자들이 죽이지 않고 그냥 내버려둘 리 있겠습니까? 이런 불충불효하고 의리 없는 패륜아, 반역도의 더러운 피를 우리같이 의협의 길을 걷는 사람의 칼날에 묻힐 수야 없는 노릇이지요."

바위 더미 뒤편에서 장무기를 비롯한 모든 사람은 청천벽력과 같은 이 말에 대경실색했다. 다른 사람들이야 까맣게 모르는 일이었으나,

장무기와 조민은 미륵사 대웅전에서 진우량이 송청서와 주고받던 대화를 엿들었다. 당시 이들 두 사람의 대화 내용이 하극상을 저질렀느니 하면서 막성곡의 신변과 관계되는 내용으로 이어졌을 때부터 장무기는 송청서가 일곱째 사숙에게 무엇인가 죄스러운 짓을 저지른 것은 아닐까 하고 의심해왔다. 그러나 막성곡이 그의 손에 죽임을 당했으리라고는 꿈에도 상상하지 못했다.

놀라운 사실에 충격을 받은 사람은 물론 장무기 하나뿐이 아니었다. 송원교를 비롯한 무당사협 역시 어느새 얼굴빛이 해쓱하다 못해 시퍼렇게 질려 있었다. 비록 바위 더미에 시야가 가려 아무것도 볼 수 없었으나, 송청서와 개방 제자 두 사람이 주고받는 대화만큼은 똑똑히 들을 수 있었다. 조민은 혼자서 이들의 경악에 찬 모습을 보면서 입가에 보일 듯 말 듯 경멸의 미소를 짓고 있었다.

송청서의 목소리가 떨려 나왔다.

"진씨 형님, 그 일만큼은 절대로 발설하지 않겠다고 굳게 맹세하지 않으셨소? 형님이 얘기하지 않는다면 내 아버님이나 사숙들이 어찌 알겠소?"

진우량이 담담하게 웃는 소리가 들렸다. 그러나 대꾸는 냉랭하기 짝이 없었다.

"자넨 내가 맹세한 일만 기억하지, 자네 입으로 약속한 말은 다 잊었는가? 자네는 분명히 그 일이 있은 뒤부터 내 말에 절대 복종하겠노라고 약속하지 않았는가? 자네가 먼저 약속을 어겼는데, 나라고 맹세를 지켜야 할 필요가 있겠나?"

송청서는 더 이상 반박하지 못하고 한참 동안 생각에 잠겼다. 그러고는 마음을 굳혔는지 딱 부러지게 대꾸했다.

"나더러 태사부님과 아버님의 음식에 독을 타라고 했지만, 나는 차라리 죽을지언정 그 짓만큼은 못 하겠소. 어서 그 칼로 날 죽여주시오."

"이것 봐, 송씨 아우님. '시세의 흐름을 아는 자만이 준걸識時務者爲俊傑'이라고 하지 않았는가? 우리가 자네 부친과 태사부를 죽이려는 것은 아니야. 그저 몽혼약을 먹여서 혼미 상태에 빠뜨리자는 것뿐일세. 미륵사에서 철석같이 승낙해놓고 이제 와서 왜 또 그러나?"

"아니, 안 됩니다! 난 그저 몽혼약인 줄 알고 승낙했는데, 장발용두가 조제하겠다는 약은 살무사와 지네 독으로 만든 살인용 극독이지 않습니까? 그건 절대로 보통 사람을 혼절시킬 때 쓰는 몽혼약이 아닙니다!"

진우량이 한가로운 손길로 장검을 거두어들이더니 혼잣말하듯 허공을 우러르면서 중얼거리기 시작했다.

"아미파 주 낭자는 아리땁기가 하늘의 선녀 같단 말씀이야. 그렇게 아리따운 절세가인을 세상에서 두 번 다시 찾아보기 어렵지. 자네가 그런 미녀를 장무기란 놈한테 양보하다니, 거참 해괴한 일도 다 보겠군. 송씨 아우님, 자넨 그날 한밤중에 아미파 여제자들의 침실을 훔쳐보다가 일곱째 사숙한테 들키지 않은가? 그래서 밤새도록 쫓기다 석강石岡까지 가서 결국 싸움이 벌어져 끝내 사숙 되는 분을 시해하고 말

---

* 중국 이십오사二十五史 가운데 진수陳壽가 지은 《삼국지三國志》 〈제갈량전諸葛亮傳〉 주注에 "뛰어난 사람은 그 시대에 가장 시급히 해야 할 일이 무엇인지 안다識時務者在乎俊傑"라고 한 데서 처음 나온 말로, 후에 《동주열국지東周列國志》 제69회에서 "무릇 시대의 흐름을 아는 자가 준걸이요, 임기응변에 능통한 자는 영웅·호걸夫識時務者爲俊傑 通機變者爲英豪"이라고 바뀌어 쓰여 있다.

앉지. 그게 다 무엇 때문이었는가? 바로 온순하고 아리따운 미모의 주
낭자 때문이 아니었던가? 일이 어차피 그 지경으로 된 바에야 나 같으
면 갈 데까지 가보겠네. 그동안 애써 쌓은 공든 탑이 하루아침에 물거
품으로 돌아가다니 애석한 일이로군. 정말 애석한 노릇이야!"

　여태껏 눈밭에 주저앉았던 송청서가 후들후들 떨리는 몸뚱이를 가
누고 일어서더니 진우량에게 냅다 노성을 질렀다.

　"진 장로! 당신은 감언이설로 날 꾀고 그것을 빌미로 다시 내게 핍
박을 가해왔소. 우리 분명히 따져봅시다. 그날 밤 내가 일곱째 사숙한
테 쫓겨 도망치다 싸우던 끝에 당해내지 못하게 되었을 때, 그분의 손
에 죽었더라면 만사가 깨끗이 끝났을 거요. 무당파의 명예를 더럽히고
송씨네 가풍을 어지럽힌 패륜아가 되었으니, 그것이 내가 마땅히 걸어
가야 할 길이었소. 그런데 누가 당신더러 손을 써서 도와달라고 했소?
결국 나는 당신의 간계에 빠져 패가망신해서 내 한 몸조차 헤어날 길
이 없게 되고 말았소!"

　"흐흐흐! 좋아, 아주 좋은 말씀이야! 막성곡이 등줄기에 얻어맞은
치명적인 일장이 누구 솜씨였더라? 자네가 후려친 진천철장震天鐵掌이
었던가, 아니면 나 진우량의 보잘것없는 솜씨였던? 그것은 분명 무
당파의 본문 절기가 아니었는가? 난 그런 무공은 할 줄 모른다네. 그
날 밤 내가 손을 써서 자네 목숨을 구해주고 명예까지 보전해드린 것
은 사실이었네. 한데 이제 와서 그게 내 잘못이란 말씀인가? 이것 보
게, 송씨 아우님. 자네와 나는 벗으로 맺어진 사이일세. 과거지사를 다
시 들춰낼 필요가 없네. 자네가 막내 사숙 어른을 시해한 일은 내 입
꾹 다물고 두 번 다시 말하지 않겠네. 일언반구 누설하는 일이 없을 테

니까 마음 푹 놓고 자네 갈 데로 가보게나. 높은 산 아득히 멀고 강물은 하염없이 흐르니 기나긴 세월 어느 날인가 우리 또다시 만날 날이 있겠지!"

"진씨 형님…… 날…… 날 어떻게 하실 작정이오?"

그의 떨리는 목소리에 초조감과 걱정스러움이 가득 차 있었다.

"하하! 내가 자네한테 뭘 어쩌겠나? 아무 짓도 안 할 걸세. 한데 자네에게 한 가지 보여줄 것이 있네. 이게 뭔지 알겠는가?"

진우량이 능글맞게 웃으면서 무엇인가 꺼내 드는 기척이 들려왔다.

바위 더미 뒤에 몸을 숨긴 장무기와 조민은 진우량이 무엇을 꺼냈는지 궁금해 고개를 내밀어 보고 싶었으나 억지로 참을 수밖에 없었다. 송청서가 "앗!" 하고 비명을 지르더니 떨리는 목소리로 말했다.

"그건…… 그것은 아미파 장문을 상징하는 철지환이 아닙니까? 주낭자가 손가락에 끼고 있던 것인데…… 그 반지, 어디서 난 겁니까?"

이 말을 듣고 장무기의 가슴도 덜컥 내려앉았다. '내가 지약과 헤어질 때만 해도 그녀는 분명히 손가락에 철지환을 끼고 있었다. 그런데 어떻게 진우량의 손아귀에 들어갔단 말인가? 아마도 저 사기꾼 녀석이 남을 속이느라 가짜를 만들었을 거다.'

그러나 장무기의 지레짐작을 깨뜨리기라도 하려는 듯 진우량이 낄낄대고 웃으면서 말했다.

"자네, 잘 보라고! 이게 진짜인지 가짜인지."

한동안 침묵이 흘렀다. 잠시 후 송청서의 반응이 나왔다.

"내가 서역에서 멸절사태에게 무공을 가르쳐달라고 청했을 때 그 손가락에 낀 반지를 본 적이 있는데…… 아무래도 진짜인 것 같소."

뒤미처 "쨍그랑!" 하고 쇠붙이끼리 맞부딪는 소리가 울렸다.

"봤지? 만일 가짜로 만든 것이었다면 반지가 이 칼날에 두 토막으로 끊겼겠지. 자네, 다시 한번 들여다보게. 반지 안쪽에 뭐라고 새겨졌는가? '사랑하는 딸 양에게 남기도다留貽襄女'라고 쓰여 있는데 어찌 가짜일 턱이 있나? 이건 아미파의 창시자 곽양 여협의 유품으로 부모에게서 물려받은 것이라더군. 세상에 보기 드문 현철玄鐵로 만들어 역대 장문들에게 전해진 것이지."

"진씨 형님, 그걸…… 그걸 형님이 어디서 얻으셨소? 주 소저, 그녀는 어떻게 되었소? 지금 어디 있는 거요?"

송청서가 단숨에 세 마디를 물었으나, 진우량은 다시 능글맞게 끌끌대면서 장발용두에게 말을 건넬 따름이었다.

"용두 형님, 우린 갑시다. 이제부터 개방에는 저따위 친구가 없으니까."

뽀드득뽀드득 눈밭을 다지는 발걸음 소리, 두 사람이 돌아서서 떠나려는 기척이 들렸다.

"잠깐만……!"

송청서의 목소리가 다급하게 울렸다.

"형님, 잠깐만 기다려요! 주 소저가 지금 형님 수중에 있습니까?"

몇 걸음 내디뎠던 진우량이 다시 돌아오더니 미소를 머금은 채 대꾸했다.

"흐흐흐, 그야 이를 말씀인가. 틀림없이 내가 데리고 있네. 그처럼 아리따운 절세미인을 보고도 가슴 설레지 않을 남정네는 이 세상에 하나도 없을 걸세. 나도 아직까지 마누라를 얻지 못했는데, 방주님께 중신을 서달라고 부탁해서 주 낭자를 아내로 맞아들여야겠네. 방주님도 아마 허락해주시겠지."

송청서의 목구멍에서 꿀꺽하고 마른침 넘어가는 소리가 들렸다. 목이 메어 말을 못 하는 모양이었다. 진우량이 다시 말했다.

"본래는 말씀이야, '군자 된 사람은 남이 좋아하는 걸 빼앗지 않는다君子不奪人之所好'고 했지. 송씨 아우님은 그 주 소저 때문에 하늘보다 더 큰 화를 저지르지 않았던가? 그런데 나 진우량이 어찌 한낱 미색에 홀려서 형제간의 돈독한 의리를 깨뜨릴 수 있겠나? 다만 자네가 우리 개방의 반역도가 되었으니 우리 사이에 은혜라든가 의리란 것은 모두 다 끊어진 셈일세. 그런 마당에 나 역시 의리를 지켜야 할 필요가 없겠지. 안 그런가?"

송청서는 갈증이 나는지 꿀꺽하고 마른침을 삼켰다.

장무기가 곁눈질로 흘끗 송원교를 보았다. 어느덧 그의 얼굴 양 볼에는 두 줄기 눈물이 흘러내리고 있었다. 가슴속 비통함이 극에 달한 것이 분명했다.

불현듯 송청서의 목소리가 한결 누그러졌다.

"진씨 형님, 그리고 장발용두 형님! 이 아우가 한때 멍청한 생각을 했으니 두 분께서 부디 용서해주십시오. 제가 이렇게 사죄하겠습니다."

진우량이 그 말을 기다렸다는 듯이 속 시원하게 껄껄대고 웃었다.

"옳거니, 암 그래야지! 그래야 우리 좋은 형제 아닌가? 내 흉금을 탁 터놓고 장담하겠네만, 자네가 몽혼약을 가지고 무당산에 올라가서 아무도 모르게 찻물에 타기만 하게! 그럼 자네 부친의 생명은 절대 걱정할 필요도 없거니와 아리따운 주 낭자도 자네 집 안방 주인이 될 것일세. 우린 그저 장삼봉 진인과 무당파 협사 여러분을 인질로 삼아놓고 장무기란 놈이 개방의 호령을 따르도록 협박하기만 할 것이네. 만일에 장 진인과 자네 부친의 목숨을 해친다면 장무기란 녀석이 오히려 개방을 찾아와 복수하려 들 텐데, 그래서야 우리한테 이로울 게 뭐 있겠나?"

"옳은 말씀입니다."

"개방이 명교 세력을 끼고 이 땅에서 오랑캐를 몰아내는 날이면 중원 천하를 얻어 우리 방주님은 황제의 용상에 오르실 테고, 그때에는 자네와 나 할 것 없이 모두 개국공신이 되지 않겠는가? 그 음덕으로 처자식이 고귀한 신분이 되어 부귀영화를 누릴 것은 말할 나위도 없거니와 영친께서도 아마 자네 덕을 톡톡히 보게 되실 걸세."

그 말에 송청서가 떨떠름하게 웃었다.

"내 아버님은 세상의 속된 명리에 담박하신 분이십니다. 난 그저 그 어른이 날 죽이려 들지 않으시기만 하면 더 바랄 게 없습니다."

"하하! 자네 부친께서 신선이 아닌 바에야 어떻게 이 일의 곡절을 아시겠는가? 막 칠협이 누구 손에 죽었는지 영영 알지 못하실 테니 염려 말게. 한데 송씨 아우님, 방금 낙마를 한 모양인데 다리를 다치지 않았는가? 자네가 타던 말은 죽었으니 우리 둘이서 내 말을 같이 타고 가지. 저 앞마을에 도착하거든 다시 말 한 필 사도록 함세."

"제가 경황없이 달리다가 종아리가 얼음 조각에 부딪쳤습니다. 정말 재수가 없으려니 별일도 다 겪는군요. 하필이면 얼음 조각이 종아리 축빈혈築賓穴에 정통으로 맞았지요. 세상에 이렇듯 공교로운 일이 또 어디 있단 말입니까?"

그는 방금 장발용두와 진우량에게 쫓기느라 정신이 팔렸을 뿐 길 곁 바위 더미 뒤에서 누군가 암습하는 사람이 있는 줄은 꿈에도 상상 하지 못했다. 그저 자신이 부주의해서 운수 사납게 얼음 조각 모서리 에 종아리 혈도를 부딪친 것으로만 알고 있었다.

진우량이 또 한 번 껄껄대고 웃었다.

"그게 어디 재수 없다고 할 일인가? 송씨 아우님의 염복이 터졌다 고 해야 옳은 말이지. 얼음 조각에 종아리 혈도를 찍혔으니 절세가인 을 아내로 맞아들일 운수가 아니고 무엇이겠나? 공교롭게 그런 일이 생기지 않았더라면 우리가 자넬 따라잡지 못했을 테고, 잘못을 깨닫지 못한 자네는 결국 스스로 패가망신하고 우리 개방의 막중한 대사마저 그르쳤을 것일세. 어디 그뿐이겠나? 이제부터 그 향내 폴폴 나고 애 교가 뚝뚝 떨어지는 어여쁜 주 낭자마저 이 진우량을 남편으로 모시 고 평생을 보내야 할 터이니, 그야말로 봉황새가 까마귀 둥지에 깃들 인 셈이요, 싱싱한 꽃떨기를 쇠똥에다 꽂아놓는 격이 아니고 뭐란 말 인가?"

"흥!"

송청서가 세차게 콧방귀를 뀌었다.

"진씨 형님, 이 아우가 잘잘못을 가릴 줄 몰라서 그런 게 아니라 사 실은 형님을 믿지 못해서……."

그러자 진우량이 그의 말끝을 가로챘다.

"자네 빨리 가서 주 낭자를 만나봐야지! 안 그런가? 그거야 아주 쉬 운 일이거든. 지금 방주님과 장로들 모두 노룡진盧龍鎭에 계신데, 아마 주 낭자도 거기에 다 같이 있을 걸세. 우리 함께 노룡진으로 가서 만나

보면 되네. 무당산의 큰일이 끝나는 대로 이 형님께서 자네 두 사람을 짝지워줄 테니까 아무 염려 말게. 자네도 소원 성취하거든 평생토록 이 진우량에게 고마움을 잊어서는 안 되네. 알았지? 하하하!"

"물론이죠! 좋습니다. 그럼 우리 노룡진으로 떠나도록 합시다. 한데 진씨 형님, 주 낭자가 어떻게 해서…… 우리 개방과 어울리게 되었습니까?"

"그건 용두 형님의 공로가 크네. 그날 장발용두와 장봉용두 형님들께서 주루에 올라 술을 마실 때, 우리 개방 제자인 척하고 패거리 가운데 섞여 있는 세 사람을 발견했다네. 나중에 사람을 시켜 조사해보았더니 그중 하나가 주 낭자였지 뭔가. 그래서 장발용두 형님이 사람을 보내 초청해왔지. 자넨 그저 마음 푹 놓고 있게. 주 낭자는 털끝 하나 다치지 않고 평안 무사하니까 말일세."

바위 더미 뒤에서 엿듣던 장무기는 속으로 비명을 질렀다. 그날 주루 2층에서 점심상을 받았을 때 벌써 저들 눈에 발각되었을 줄이야 뉘 알았겠는가? '큰아버님이 실명하지 않으셨던들 그 이상한 낌새를 단박에 눈치채셨을 텐데. 허어, 그것참! 나하고 지약이 감쪽같이 모르고 있었다니 정말 한심한 노릇이다. 그건 그렇다 치고 큰아버님은 무사하신지 모르겠구나.'

그러나 진우량의 입에서는 금모사왕 사손에 관한 얘기는 한마디도 나오지 않았다.

"주 낭자가 자네와 혼인하게 되면 아미파와 무당파가 모두 우리 개방의 호령에 따를 것이고, 게다가 명교 세력까지 보태는 날이면 그 명망과 위세가 얼마나 크겠는가? 이 엄청난 세력으로 몽골 오랑캐를 북방 사막지대로 쫓아내기만 하면 중원 천하 꽃다운 금수강산은 어떻게 될까? 헤헤헤, 주인이 싹 바뀌겠지!"

자신만만하게 이 몇 마디 말을 입 밖에 쏟아내는 품이 마치 개방이 벌써 온 천하를 송두리째 장악하고 진우량 자신은 이미 황제에 등극한 것처럼 들렸다. 동료가 이러니 장발용두와 송청서 역시 덩달아 낄낄대고 맞장구를 쳤다. 진우량이 동료들을 재촉했다.

"자아, 우리 어서 떠나세!"

그리고도 흥분이 덜 가라앉았는지 엉뚱한 소리로 송청서를 놀려댔다.

"한데 송씨 아우님, 막 칠협이 요 부근에서 죽었으니까, 시신을 감춰둔 동굴도 그리 멀지 않을 거야. 안 그런가? 자네가 이리로 도망쳐 왔다가 별안간 말발굽을 꺾이다니, 혹시 막 칠협의 원혼이 들러붙어서 그런 게 아닐까? 하하, 으하하핫!"

송청서는 더 대꾸하지 않고 말이 있는 곳으로 뚜벅뚜벅 걸어갔다. 이윽고 셋은 말안장에 오르기가 무섭게 전속력으로 사라져갔다.

그들 셋이 멀리 사라지고 나서야 장무기는 서둘러 송원교 일행 네 사람의 혈도를 풀어주었다. 그러고는 땅바닥에 무릎 꿇어 그칠 새 없이 머리를 조아렸다.

"사백 사숙 어르신! 불초한 이 조카가 혐의를 뒤집어쓰고 스스로 변명할 처지가 못 되어 이렇듯 큰 죄를 지었습니다. 사백 사숙님들께서 중벌을 내려주십시오!"

대사백 송원교는 장탄식을 한 모금 토해내더니 허공을 우러른 채 눈물만 줄줄 흘릴 뿐 아무 말이 없었다. 둘째 사백 유연주의 손길이 황

32. 억울한 누명 하소연할 길 없으니 미칠 것만 같네

급히 장무기를 부축해 일으켰다.

"앞서 이런 줄도 모르고 온통 자네 탓으로만 돌렸으니 우리야말로 자네한테 잘못했네. 우리는 골육을 나눈 친부자 형제들이나 다를 바 없지 않은가? 그러니 이 모든 것을 더 따지지 말기로 하세. 정말 청서란 놈이…… 그런 짓을 저질렀을 줄은 꿈에도 생각 못 했네. 허어, 그것참! 우리 두 귀로 직접 듣지 않았던들 어느 누가 믿기나 했겠는가?"

어느새 송원교가 장검을 뽑아 들었다.

"청서…… 그 개보다 못한 놈이 음탕한 마음을 먹고 남몰래 아미파 여협들의 침실을 엿보았다니……. 그러다 일곱째 아우한테 들켰단 말인가? 일곱째 아우는 그 짐승 같은 놈이 도망치니까 뒤쫓아 가서 패륜아의 목숨을 끊어 우리 무당파의 명예를 깨끗이 지키려 한 것인데, 오히려 그놈이 사숙을 시해할 줄이야……. 여보게, 세 분 아우님들, 그리고 무기야, 우리 어서 뒤쫓아 가자! 저 짐승만도 못한 놈을 반드시 내 손으로 잡아 죽이고야 말 테다!"

넋두리로 중얼거리던 말투가 비통과 증오로 돌변하더니, 송원교는 말끝이 다 떨어지기도 전에 경공신법을 펼쳐 불효자 송청서를 질풍같이 뒤쫓기 시작했다.

"큰형님, 돌아오십시오! 모든 일을 길게 보고 신중히 의논해서 처리해야 합니다!"

장송계가 급히 외쳤으나, 송원교는 듣지 않고 장검을 치켜 든 채 쏜살같이 치닫기만 했다. 장무기의 두 발이 땅바닥을 박차며 두세 차례 도약을 거듭하더니 금세 송원교를 앞질러 가로막았다. 그러곤 공손히 허리 굽히고 여쭈었다.

"대사백님, 넷째 사백께서 드릴 말씀이 있답니다. 송 사형은 한때 간악한 자의 꾐에 빠졌으나, 훗날 반드시 깨닫게 될 터이니 그때 가서 책망하고 벌하셔도 늦지 않을 것입니다."

그러나 송원교는 그 말에 대꾸하지 않고 하늘을 우러른 채 울부짖었다.

"일곱째야…… 일곱째야…… 이 못난 형이 너한테 미안하구나!"

그는 이제 와서 20여 년 전 다섯째 아우 장취산이 유대암에 대한 죄책감을 이기지 못하고 스스로 목숨을 끊지 않으면 안 되었던 심정을 깊이 체득할 수 있었다. 앞길이 가로막히자 그는 맥없이 축 늘어뜨린 장검을 번쩍 들기가 무섭게 칼날을 되돌려 자신의 목줄기를 그어 갔다. 대경실색한 장무기가 건곤대나이 수법을 펼쳐 눈 깜짝할 사이에 장검을 빼앗았다. 그러나 칼끝은 어느새 목젖 부위를 긋고 지나간 뒤여서 핏물이 방울방울 배어나오고 있었다. 천만다행히도 치명상은 모면했다.

뒤미처 달려온 세 형제도 대사형이 자결하려 했다는 사실에 놀라 저마다 좋은 말로 위로했다. 형제들 가운데 제일 침착한 장송계가 대의를 들어 조리 있게 만류했다.

"큰형님, 청서가 그런 대역부도한 짓을 저지른 이상 우리 무당 제자들 어느 누구든 그런 패륜아를 용납하지 않을 것입니다. 하지만 문호를 깨끗이 정리하는 일은 역시 사소한 일이요, 오랑캐 족속들에게 잃어버린 강산을 되찾아 부흥시키는 일이 더 큽니다. 우리가 사소한 일 때문에 큰일을 저버릴 수는 없지 않겠습니까."

이 말에 송원교가 고리눈을 부릅뜨고 노성을 질렀다.

"문호를 정리하는 게 사소한 일이라고? 내가…… 내가 그런 불충불효한 놈을 자식으로 낳았어……."

"방금 진우량이란 자의 말을 들어보면, 개방 측이 청서의 손을 빌려 사부님과 우리 형제들을 모해하고, 단계적으로 강호 무림의 여러 문파를 제압해 그 세력을 끼고 이 나라 강토를 도모할 모양입니다. 물론 사부님의 안위가 본문에 으뜸가는 막중대사이긴 합니다만, 그보다 천하 무림계와 억조창생의 화복禍福이 더욱 큰일이 아니겠습니까. 청서, 그 아이는 여러모로 불의를 저질렀으니 반드시 조만간에 응당한 업보를 받을 것입니다. 그러니 우리는 역시 막중한 대사부터 논의해야 합니다."

넷째 아우가 스승까지 거론하면서 타이르자, 송원교는 원망스러운 눈길로 그를 흘겨보다가 어쩔 수 없이 장검을 거두어 칼집에 꽂아 넣었다.

"지금은 내 마음이 혼란스러워 아무런 결정도 내리지 못하겠으니, 그저 넷째 아우 자네 말을 듣기로 하겠네."

은리정이 금창약을 꺼내 맏형의 목덜미 상처에 발라주었다. 그동안에도 장송계의 두뇌는 재빨리 돌아가 다음 할 일을 구상하고 있었다.

"개방 측이 사부님께 이롭지 못한 흉계를 꾸미고 있는데, 지금 사부님께선 그런 실정을 모르시니 우리는 밤낮없이 길을 재촉해서 무당산으로 돌아가야 합니다. 진우량이란 자가 청서의 손을 빌린다고는 했으나, 흉계가 백출하는 놈이라 청서 모르게 벌써 손을 쓰고 있을지도 모릅니다. 현재 목전에 닥친 일로 무엇보다 먼저 해야 할 것은 사부님의 옥체를 보호해드리는 일입니다. 사부님께선 이제 연로하신 터라 앞서 소림사의 가짜 승려에게 암습을 당하셨던 일이 또 벌어지기라도 한다면, 우리는 제자 된 몸으로 골백번 죽어도 속죄하지 못하게 될 것입니다."

만형을 설득하면서 그의 눈초리는 멀찌감치 떨어져 서 있는 조민을 노려본 채 잠시도 벗어날 줄 몰랐다. 조민이 대병력을 이끌고 무당산으로 쳐들어갔을 때 한발 앞서 부하들 가운데 서역 금강문 제자 강상剛相이란 자객을 소림과 공상空相으로 변장시켜 달려 보내 비겁한 수단으로 장삼봉을 죽이려 한 사건을 떠올리고 아직도 그 분함을 이기지 못한 것이다.

송원교는 이 말을 듣자 등줄기에 식은땀이 부쩍 돋아났다.

"자네 말이 맞네! 내 불효막심한 자식을 뒤쫓아 죽여버릴 마음이 급해 사부님의 안위까지 도외시하다니 정말 죽어 마땅한 놈일세. 일의 경중을 헤아리지 못하다니 이런 바보가 어디 있겠나?"

해야 할 일이 무엇인지 깨닫게 된 대사형의 입에서 재빨리 지시가 떨어졌다.

"자, 어서 떠나세! 뭣들 꾸물대고 있나? 어서 떠나자니까!"

장송계가 조카에게 당부의 말을 건넸다.

"무기, 주 낭자를 구출하는 일은 자네가 떠맡아야겠네. 일이 잘 마무리되거든 무당산에 들러 다 같이 회포나 풀어보세."

어느덧 말씨가 존댓말 비슷하게 바뀌었다.

"예, 사백 어르신의 분부, 삼가 받들겠습니다."

조카의 응답을 들은 그가 다시 목소리를 낮춰 일렀다.

"저 조 낭자는 심보가 늑대 같은 처녀일세. 아무쪼록 각별히 조심하도록 하고. 송청서가 좋은 귀감이니 교훈으로 삼아야 하네. 호남아 대장부는 절대로 미색에 빠져 일을 그르쳐서는 안 되는 법일세."

무당사협과 장무기는 막성곡의 시신을 커다란 바위 뒤편에 잘 묻어놓고, 훗날 다시 무당산에 옮겨 장사 지낼 수 있도록 표시해놓았다. 그런 뒤 다섯이서 무덤 앞에 무릎 꿇고 엎드려 한바탕 서럽게 목 놓아 통곡했다.

송원교를 비롯한 네 사람은 장무기와 작별하고 한발 앞서 떠났다.

어느 틈엔가 조민이 살금살금 장무기 앞으로 걸어왔다.

"당신 넷째 사백이 뭐라고 했어요? 당신더러 조심하라고 그랬죠? 이 요사스러운 계집한테 홀리지 말고 송청서가 좋은 귀감이니 교훈으로 삼으라고요. 그랬어요, 안 그랬어요?"

숨 돌릴 틈도 주지 않고 다그쳐 묻는 그녀의 물음에 장무기는 얼굴이 벌게져서 얄궂은 표정으로 우물쭈물 딴청을 피웠다.

"그걸 당신이 어떻게 알았소? 순풍이順風耳*처럼 귀가 밝은 것도 아닐 텐데."

"홍! 내 분명히 말하죠. 송 대협 그 사람들, 앞으로 두고 보세요. 일이 다 끝나고 나서 돌이켜 생각할 때가 되면, 송청서를 효경梟鏡** 같은 불효막심한 녀석으로 탓하지 않고, 오히려 주 낭자더러 앞날이 창창

---

* 원래 도교의 신령으로, 귀가 밝은 사람을 뜻하는 말. '천리안千里眼'은 눈이 밝은 사람을 뜻한다. 《서유기西遊記》제1회에 옥황상제의 부하 장수 천리안과 순풍이가 온 세상을 두루 살펴 귀로 듣고 눈으로 본 사실을 보고하는 장면이 나온다.

** '효梟'는 올빼미, '파경破鏡'은 성질이 난폭한 상상의 동물. 두 종류 모두 사나운 짐승으로 '효'라는 올빼미는 자기를 낳아준 어미를 잡아먹고 '파경'은 아비를 잡아먹는 못된 짐승이라고 한다. 《설문說文》에 기록된 이래 심보가 모질고 사나운 배은망덕한 불효자를 일컫는 용어로 쓰였다.

한 무당파 소협 한 분의 일생을 망친 화근 덩어리였다고 원망할 테니까요."

장무기는 속으로 어쩌면 그럴지도 모른다고 생각했다. 하지만 입으로는 송원교 일행의 역성을 들어주고 있었다.

"우리 송 사백 형제분들이야 모두 사리에 밝은 군자이신데, 함부로 남을 탓하고 헐뜯을 리가 있겠소?"

"흥! 정인군자라고 자처하는 사람일수록 남의 탓을 더하고 헐뜯기만 잘하더군요!"

한마디 쏘아붙여 장무기의 말문을 막아버린 조민이 잠시 뜸을 들이더니 또 무언가 생각해내고 비죽 웃었다.

"어서 가셔야죠! 당신이 좋아하는 주 소저가 송청서의 손아귀에 떨어지지 않게 부지런히 달려가서 막아야 할 게 아니겠어요? 진우량의 말마따나 싱싱한 꽃떨기를 쇠똥에다 꽂아놓는 일이라도 생긴다면, 당신이야말로 닭 쫓던 개 지붕 쳐다보는 격으로 낭패 막심하게 될 테니까요."

이 말에 장무기의 얼굴이 또 한 번 화끈 달아올랐다. 속이 켕긴 그의 입에서 쭈뼛쭈뼛 군색한 변명이 흘러나왔다.

"내가 왜 닭 쫓던 개요, 낭패 막심하게 된단 말이오?"

32. 억울한 누명 하소연할 길 없으니 미칠 것만 같네

검은색과 흰색 옷의 네 처녀가 한 사람씩 서로 엇갈린 방위
로 조화를 이룬 채 늘어선 것이다.

여덟 처녀는 방위를 잡고 가지런히 서서 일제히 악기를 들
어 화음을 탄주하기 시작했다. 살벌한 싸움판에 때아닌 음
악이 울려 퍼지면서 긴장과 초조감으로 휩싸였던 저택 안마
당에 부드럽고도 따사로운 분위기, 그윽하면서도 평화로운
정취가 흘러넘쳤다.

노랫가락이 유창하게 울려 퍼지는 가운데 또 한 여자가 문
턱을 넘어 들어섰다. 담황색 얇은 경삼輕衫을 걸친 그녀는
한 손으로 열두세 살가량 어린 소녀의 손목을 부여잡고 있
었다.

33

긴 퉁소 짧은 거문고 가락에 담황색 옷자락 나부끼는데

장무기는 조민과 함께 말을 휘몰아 곧바로 관내를 향해 쉴 새 없이 치달리면서도 마음은 두 사람의 안위에 쏠려 있었다.

　'큰아버님이 개방의 수중에 떨어진 게 확실해진 이상, 개방 측은 그분을 인질로 잡아놓고 명교 측에 협박을 가하려 들 게 틀림없다. 그렇다고 송청서를 이용해서 무당파를 제압할 음모 또한 포기하지 않을 것이다. 그들은 양면으로 명교 세력을 장악하기 위한 협공의 포석을 깔아놓고 과감히 추진하고 있다. 다행히도 무당산 쪽은 송 대사백 이하 여러 사백 사숙이 진상을 깨닫고 미리 대비할 수 있게 되었으니 안심해도 될 것이다. 하지만 큰아버님은 현재 간악무도한 진우량의 손에 잡혀 계시다. 저들에게 소중한 인질이니 당분간 그분은 다치거나 해를 입지 않겠지만 굴욕은 면할 길이 없으리라. 지약은 또 어떻게 될까? 음험하고 악독하기 짝이 없는 진우량, 염치없고 비겁한 송청서가 핍박을 가하고 폭력이라도 써서 강제로 그녀의 몸을 차지하려고 덤벼든다면 그녀는 빙청옥결冰淸玉潔처럼 고이 간직한 정조를 지키기 위해 스스로 목숨 끊어 자결하는 길밖에 없으리라.'

　상념이 여기에 미치자, 그는 단숨에 노룡진까지 날아가지 못하는 게 한스러웠다. 하지만 곁에는 상처를 입은 조민이 있었다. 부상자를 데리고 불철주야 강행군할 수는 없는 노릇 아닌가? 또 그녀가 보는 앞에서 주지약에 대한 관심을 지나치게 드러내 보이고 싶지 않았다.

날이 저물자 두 사람은 어느 허술한 객점에 투숙했다. 장무기는 구들 침대에 누워 잠을 청했으나, 눈은 자꾸만 떠지고 밤이 깊어갈수록 조바심만 늘어갔다. 그는 벌떡 일어나 조민이 쉬고 있는 객실 창문가로 갔다. 귀에 그녀의 고른 숨결 소리가 들려왔다. 그 밖에 별다른 이상이 없는 것으로 보아 단꿈에 깊이 취한 듯싶었다.

장무기는 아래층으로 내려갔다. 객점 계산대 위에 필묵과 장부 한 권이 덩그러니 놓여 있었다. 결단을 내린 그는 거침없이 장부에서 백지 한 장을 뜯어내고 붓을 잡아 간략하게 편지 한 통을 써 내려갔다.

조 낭자, 사세가 급박해 밤을 새워서라도 길을 떠나야겠소. 일을 모두 마무리 짓고 나서 다시 만날 때가 있을 것이오. 부디 몸조심하고 상처를 요양하면서 천천히 돌아가기를 바라오. 장무기.

그는 편지를 계산대 위에 벼룻돌로 눌러놓고 창문 바깥으로 뛰쳐나와 남쪽을 향해 달음박질쳤다. 아침이 되면 객점 주인이 그 편지를 발견하고 조민에게 전할 것이다. 그녀는 상심이 크겠지만 이내 단념하고 대도로 돌아가겠지.

이튿날 아침 동이 트자, 장무기는 도보로 가려던 생각을 바꾸어 마을 장터에서 말 한 필을 샀다. 그리고 길 가는 도중 말이 지치는 대로 바꿔 타면서 밤낮을 가리지 않고 길을 재촉해 불과 며칠 만에 노룡진에 도착했다. 이렇듯 빨리 추격하고 보니 중도에 진우량, 송청서 일행과도 마주치지 않았다. 너무 급행으로 달리고 밤새워 길 재촉을 하는 동안 객점에서 잠을 자는 이들 세 사람을 앞질러 지나쳤을지도 모른다.

노룡진은 하북 지방 일대에서도 군사적으로나 교통 면에서 손꼽히는 요충지였다. 그래서 당나라 때에는 절도사 규모의 대병력을 주둔시켜 수비했으며, 송나라 때에는 북방 금나라의 침공이 잦아지면서 이 요충지를 중심으로 방어전을 전개하고, 이곳에서 금나라군과 여러 차례 격전을 벌이기도 했다. 거듭되는 전란의 불길 속에서 노룡진의 성시城市가 크게 무너져 옛날 번화하던 모습은 되찾을 수 없었으나, 인가와 호구는 여전히 조밀하고 활기찼다.

장무기는 노룡진에 들어서자 큰 길거리, 좁은 골목, 찻집과 술집까지 모조리 훑고 다녔다. 그러나 이상하게도 등에 포대를 매단 개방 제자는커녕 토박이 거지 하나도 눈에 띄지 않았다. 그는 실망하는 대신 오히려 안도의 한숨을 내쉬었다. 이처럼 규모가 큰 도시 길거리에 거지 한 명 없다면 예삿일이 아니다. 진우량의 말대로 개방은 이 노룡진에서 집회를 여는 게 틀림없다. 그러니까 성안의 모든 거지 떼가 방주를 알현하려고 어딘가에 몰려 있어야 마땅하다. 개방 집회소만 찾아낸다면 양부 사손과 주지약이 과연 개방 측에 납치되었는지를 알 수 있을 것이다. 그는 용기를 내어 성안의 절간과 사당, 허물어진 폐허, 으슥한 공터를 샅샅이 뒤지며 헤매고 다녔다. 그런데 어디에서도 개방의 단서는 발견되지 않았다. 성문을 벗어나 교외의 촌락과 장원莊園까지 답사했지만, 그곳에서도 개방의 패거리가 움직이는 흔적을 찾아낼 수 없었다.

날이 어둑어둑해지자 그는 초조감에 휩싸이기 시작했다. 공연히 조민을 따돌려놓고 왔다는 후회마저 들었다. 눈치 빠르고 기민한 그녀라면 벌써 개방의 동태를 파악했을 텐데, 속수무책으로 이곳저곳 마구잡이로 헤집고 다니는 자신이 얼마나 미욱한지, 새삼스레 조민의 장점이 돋보이고 그 존재가 절실히 그리웠다. '조민, 그녀가 내 곁에 있었더라면 이 지경으로 헤매지는 않았을 텐데.'

하나 지금은 더 할 일이 없었다. '우선 어두워질 때까지 기다리자. 개방 회합이 은밀하게 이루어진다면 어두운 밤에 움직일 것이다.' 장무기는 하릴없이 객점 한 곳을 찾아들어 거기서 저녁을 먹은 후 한동안 눈을 붙이고 선잠을 청했다.

이경에 가까워질 무렵, 그는 다시 행동을 개시했다. 남의 잠을 방해하지 않으려고 조심스레 객점을 벗어난 그는 지붕 위로 솟구쳐 올라 사면팔방의 동정을 살폈다. 동서남북 어디를 돌아보나 어둠 속의 정적만 가득할 뿐 강호 인물이 움직이는 자취는 보이지 않았다. 가슴속에 또다시 불안과 초조감이 일기 시작했다.

그때였다. 동남쪽 한 모퉁이에서 반짝 빛나는 불빛이 눈길에 들어왔다. 그 빛줄기는 어느 높다란 누각 창문을 통해 새어나왔다. 누각의 규모가 으리으리한 것으로 보건대 지위 높은 벼슬아치의 관저 아니면 이 지방에서 제법 거들먹거리는 부호의 저택임이 분명했다. 거지 패거리가 들락거릴 장소로는 너무 어울리지 않았다.

장무기는 그만 흥미를 잃고 말았다. 그러나 다른 곳을 찾으려고 돌아가던 눈길이 한순간 누각 건물에 못 박혔다. 어슴푸레 불빛이 내비치는 창문틀에서 사람 그림자가 어른거리더니 괴한 하나가 곧바로 창문을 뛰쳐나와 어둠 속으로 사라지는 뒷모습이 눈길에 잡힌 것이다. 거리가 어지간히 멀어 자세히 보이지는 않았으나 한밤중에 대문도 아닌 창문을 넘어 뛰쳐나오는 녀석이라면 도둑이 틀림없었다. 장무기는 속으로 생각했다. '지금 당장 어디로 가야 할지 모르는 형편이요, 또 이래저래 할 일도 없으니 우선 그곳으로 가보는 것도 나쁘지는 않으리라.'

생각을 굳힌 그는 즉시 경공신법을 펼쳐 단숨에 저택 곁에까지 달려갔다. 훌떡 뒤챈 몸뚱이가 담장 너머 안뜰에 내려서면서 발바닥이 막 지면에 닿는 순간이었다. 별안간 인기척이 들려 담장 밑 어두운 그늘 속에 몸을 감췄다. 누군가 안뜰을 가로질러 이쪽으로 다가오는데, 무슨 언짢은 일이라도 있는지 혼잣말로 투덜거리며 앞을 스쳐 지나갔다.

"진 장로도 참말이지 변덕이 죽 끓듯 하네. 어쩌면 사람을 이렇게 못 살게 굴 수가 있나? 정월 초파일 노하구에서 모이기로 철석같이 다짐해놓고서 이제 또 무슨 급한 일이 생겼다고 사발통문을 돌려 우리더러 여기서 기다리라는 거야? 자기가 방주도 아니면서 이래라저래라 지시를 내리다니, 세상에 이런 법이 어디 있담?"

우렁찬 목소리에 분노를 띤 것이 뭔가 개방 일에 중대한 변동이 생긴 모양이었다. 내용이야 어떻든 그 말을 듣고 나서 장무기의 가슴이 활짝 펴졌다. 드디어 개방의 꼬투리를 잡은 것이다.

안뜰 건너 대청 안에서 두런두런하는 사람들의 목소리가 들려왔다. 장무기는 주변에 아무도 없는 걸 확인하고 살금살금 대청으로 접근해 갔다. 제일 먼저 거칠고 난폭한 음성이 귓전에 울렸다.

"진 장로, 그 친구 정말 대단해! 제밀할 놈의 금모사왕 사손인지 뭔지 하는 녀석을, 강호에서 내로라하는 놈들이 자그마치 20여 년이나 찾아 헤매고 다녔으면서도 사자 갈기털 하나는커녕 사자 방귀냄새 한번 맡아보지 못했는데, 하룻밤 새 거뜬히 잡아오지 않았나? 우리 개방에 그 친구를 따를 자가 없는 건 둘째로 치고, 강호 무림계에 어떤 놈이 그렇게 멋들어지게 일을 해낼 수 있겠는가?"

귀에 익은 목소리, 상스럽고 경망스러운 말투로 보아하니 개방의 방주 사화룡이었다.

뜻밖의 소식을 엿들은 장무기는 반가움보다 놀라운 마음이 앞섰다. 하루 온종일 그렇게 애타게 찾아다닌 걸 생각하니 일이 너무 쉽게 풀린다 싶어 도리어 불안감마저 들었다. 이제 양부의 행방을 알았으니 구출하는 일쯤이야 식은 죽 먹기다. 미륵사 절간에서 본 경험으로, 개방 인물 가운데 별로 경계할 만한 고수가 없으니 말이다.

창문 틈으로 안을 들여다보니 커다란 탁자를 둘러싸고 사화룡이 윗자리에 앉았고, 전공장로와 집법장로, 장봉용두, 그리고 포대 자루 여덟 개를 등에 매단 팔대 장로 세 사람이 아랫자리를 차지했다. 또 한 사람, 옷차림새와 장식이 화려하고 사치스러운 중년의 뚱뚱보가 배석했는데, 복장이나 생김새로 보아서는 영락없이 지방 갑부임이 분명했다. 그러나 비단옷에 어울리지 않게 등에 포대 자루 여섯 개가 매달려 있었다. 개방 육대 제자의 신분 표지였다.

어두운 그늘 밑에서 장무기는 속으로 고개를 끄덕끄덕했다. '그랬군! 이 노룡진의 재산 많은 부호까지 개방에 소속된 제자였어. 빌어먹는 거지들이 위세 당당한 부잣집 저택에서 회합을 가졌으니 아무도 생각지 못할 수밖에 더 있겠나?'

사화룡이 말을 이었다.

"진 장로가 우리더러 노룡진에서 기다리라는 급보를 보내온 걸 보면 나름대로 무슨 까닭이 있는 모양일세. 우리가 막중한 대사를 도모하고 있으니, 제밀할…… 그놈의 사손인지 뭔지 하는 사자 녀석을 아무쪼록 조심해서 신중하게 다루어야 하네."

방주의 말이 끝나기를 기다려 장봉용두가 입을 열었다.

"방주님, 강호의 호걸들이 사손을 찾아 헤맨 까닭은 무림지존 도룡도를 빼앗기 위해서였습니다. 그런데 지금 그 칼은 사손에게 있지 않고, 또 아무리 어르고 협박해도 그놈은 도룡도가 숨겨진 장소를 실토하지 않으니 어떻게 해야 좋을지 모르겠습니다. 공연히 눈먼 장님 하나 붙잡아놓고 술 퍼 먹이고 하루 세 끼 꼬박꼬박 밥 먹여봤자 무슨 소용이 있단 말입니까? 제 생각 같아선 차라리 흠씬 고문을 해서 실토하도록 쥐어짜는 게 어떨까 싶은데……."

그러자 사화룡이 손사래를 쳤다.

"안 되지, 안 돼! 강압적인 수단을 썼다가는 오히려 일을 망치게 될지도 몰라. 우린 그저 여기 가만히 죽치고 앉아서 진 장로가 올 때까지 기다렸다가 그 친구 의견을 들어가며 시간을 두고 천천히 상의해야 하네."

장봉용두의 이마에 주름살이 굵다랗게 잡혔다. 일개 방회의 어른 되는 사람이 어째서 줏대 없이 무슨 일이든지 진우량이란 녀석의 주장대로만 따르려고 하는지, 무척이나 못마땅한 기색이었다.

사화룡은 부하의 이런 불만을 아는지 모르는지, 탁자 위에 놓인 편지 한 통을 집어 장봉용두에게 넘겨주었다.

"풍씨馮氏 아우, 자네는 이 서찰을 가지고 즉시 호주濠州로 떠나게. 가서 한산동에게 전하고, 아들이 우리 손에 잡혀 있으니 개방에 성심성의껏 투항하라고 설득하게. 아들 녀석이 지금은 무사 평안하지만 아비가 거절하면 우리도 달리 대할 것이라고 분명히 말해줘야 하네."

"편지 한 통 전하는 일쯤이야 뭐가 대단하다고 나더러 다녀오라는 겁니까?"

이마에 주름살이 잡힌 장봉용두가 얼굴마저 잔뜩 찌푸린 채 투덜거렸다. 부하가 대놓고 불평을 털어놓자 사화룡의 낯빛이 굳어지면서 대꾸하는 목소리가 착 가라앉았다.

"자네, 왜 이러나? 지난 반년 동안 한산동 일파의 세력이 부쩍 커져 흥청망청하는 꼴이 안 보이는가? 그 작자 휘하에 있는 곽자흥이니 주원장이니, 서달, 상우춘, 탕화, 등유 같은 놈들이 도처에서 싸움판만 벌어졌다 하면 제법 수완을 보이고 있다는 소문이 파다하네. 저것들이 원나라 관군을 파죽지세로 격파하고 세력을 넓혀가는데, 이런 추세로 나가다가는 중원이 마교 놈들 천하가 되고 말 게 아닌가? 이건 아주 중대한 일이기 때문에 자네더러 직접 나서라는 거야. 첫째, 한산동을 우리 개방에 투신하도록 설득하면서 그자와 부하들이 어떤 조건을 내걸려는지 알아야 하고, 둘째로는 명교 세력이 어느 정도로 실력을 갖추었는가, 또 어떻게 해서 현지 백성들의 지원을 받고, 얼마나 귀신같은 재주를 지녔기에 싸울 때마다 이기는지 그 내막을 낱낱이 염탐해 와야 한단 말일세. 그런데 이 임무가 어째서 하찮은 일이라고 불평인가? 빌어먹을…… 명교 녀석들이 도대체 얼마나 괴상야릇한 패거리인지 모르겠구먼! 아무튼 풍씨 아우, 자네 아니면 내 또 누구한데 이 막중한 대사를 맡기겠나? 언짢게 여기지 말고 잘 생각해서 다녀오게."

얘기가 이쯤 나오니, 장봉용두도 더는 할 말이 없었다.

"방주님 분부대로 따르겠습니다."

그는 편지를 받아 넣고서 방주 사화룡에게 허리 굽혀 작별을 고한

33. 긴 퉁소 짧은 거문고 가락에 담황색 옷자락 나부끼는데

다음, 대청 바깥으로 사라졌다.

장봉용두가 떠난 후에도 이들의 대화는 지저분하기 짝이 없는 속된 말투로 신바람 나게 이어졌다. 명교와 소림, 무당, 아미 등 여러 문파가 개방에 귀속되면 자기네 세력이 얼마나 강성해질 것이냐 하는 내용이 주된 화제였다. 어떻게 보면 개방 방주 사화룡의 야심은 진우량이 품고 있는 원대한 포부에 비해 훨씬 작다고 할 수 있었다. 사화룡의 꿈은 기껏해야 개방이 명교와 명문 정파 세력을 규합해서 강호 무림계의 패자로 군림하는 데 만족할 뿐, 진우량처럼 몽골 오랑캐 세력을 북방으로 몰아내고 천하 강산을 독차지해 황제 노릇을 한다는 것은 아예 생각도 못 하고 있으니 말이다.

장무기는 저들의 허망한 얘기를 더 들어봤자 귀만 더러워지고 비위나 거슬릴 것 같아 창문틀에서 떨어져 나왔다. 보아하니 양부 사손과 주지약은 이 저택 어딘가에 감금되어 있는 게 분명했다. 그는 우선 두 사람부터 구해내고 나서 이 형편없는 거지 패거리 녀석들에게 한바탕 혼뜨검을 내줘야겠다고 다짐했다.

안뜰로 내려선 그는 다시 땅바닥을 걷어차, 한 귀퉁이에 있던 높다란 나무 꼭대기로 올라갔다. 사방을 둘러보았더니, 누각 아래 10여 명의 개방 제자가 손에 병기를 뽑아 잡고 오락가락 순찰을 돌고 있었다. 그렇다면 누각 안에 사손과 주지약이 갇혀 있다는 얘기였다.

정탐을 끝낸 장무기는 나무 위에서 미끄러져 내려와 누각으로 접근해갔다. 그러고는 순찰 도는 두 녀석이 마주쳤다가 돌아서는 찰나 잽싸게 누각 아래 그늘 밑으로 들어가 몸을 숨긴 다음, 이번에는 누각 위로 솟구쳐 올라갔다.

누각 2층에는 촛불이 대낮처럼 밝았다. 창문 밖에 엎드린 자세로 귀를 기울여 방 안의 동정을 살폈으나 한참이 지나도록 인기척이 들리지 않았다. 아무도 없는 것일까, 아니면 고수급 인물이 호흡을 끊고 잠복해 있는 것일까? 또 한참을 더 기다렸으나 끝내 숨소리 하나 들리지 않았다. 그는 창틈으로 들여다보았다. 탁자 위에 큼지막한 촛대 한 쌍이 거의 절반이나 타 내려갔을 뿐 사람이라곤 보이지 않았다.

2층에는 방이 세 칸 나란히 꾸며져 있었다. 동쪽 방에 사람이 없는 걸 확인하고 다시 반대편 곁방으로 옮겨가 창밖에서 엿보았더니 환하게 밝힌 촛불 아래 탁자에 술잔과 요리가 질펀하게 차려지고 일고여덟 명분이나 되는 수저와 음식 받침 접시가 놓여 있었다. 누군가 손을 대려다 말았는지 술잔에 남은 술이 마르지 않았고, 요리 접시에는 기다란 공용 젓가락이 얹힌 채 사람은 하나도 없었다. 모두 한바탕 먹고 마시며 즐기려던 판에 무슨 긴급한 일이 생겨 자리를 뜬 모양이었다.

가운데 방은 칠흑같이 어두웠다. 살며시 방문을 밀어보았더니 안에 빗장이 걸려 있었다. 그는 목소리를 낮춰 문틈으로 사손을 불렀다.

"큰아버님, 안에 계십니까?"

그러나 대답이 없었다. 양부가 여기 없다면 개방 녀석들이 어째서 누각을 철통같이 경비하고 있을까? 어쩌면 포로들을 딴 데로 빼돌리고 일부러 함정을 파놓은 것은 아닐까?

방문 틈으로 안을 엿보던 장무기는 별안간 피비린내를 맡고 가슴이 철렁 내려앉았다. 왼손을 문짝에 대고 느긋이 공력을 주입하자 "우직!" 하는 소리와 함께 빗장이 부러져 나갔다. 그는 잽싼 동작으로 방 안에 들어서기가 무섭게 바닥에 떨어지던 빗장 토막을 소리 나지 않게 손

33. 긴 통소 짧은 거문고 가락에 담황색 옷자락 나부끼는데

으로 받아냈다. 방 안에 들어서서 첫걸음을 내딛자마자 무엇이 발에 걸렸다. 발바닥에 밟히는 감촉이 물컹한 게 사람의 몸뚱이 같았다. 어둠 속에서 허리를 굽히고 더듬어보았더니 사람의 시체였다. 숨이 끊어졌으나 얼굴에는 아직도 미미하게 체온이 남아 있었다. 손끝에 닿는 머리통 윤곽으로 보아 사손은 아니었다. 두개골도 작고 턱이 뾰족했다. 양부가 아니니 당장은 마음이 놓였다. 다시 한 걸음 내딛는데 또 시체가 밟혔다. 이번에는 두 사람이었다.

장무기는 손가락 끝으로 서쪽 곁방 널판 벽에 작은 구멍을 두 개 뚫어 촛불이 비쳐들게 만들었다. 희미하게 비쳐드는 빛줄기 아래 여기저기 널브러진 시체가 여덟 구나 되었다. 하나같이 개방 제자들이었다. 그중 한 구를 뒤집어놓고 겉옷을 찢어보니 가슴 한복판에 주먹자국이 완연히 찍혀 있었다. 무서운 치명 일격으로 갈비뼈가 모조리 부서져 즉사한 걸 보니 주먹의 위력이 보통 사나운 게 아니었다.

장무기는 매우 기뻤다. 이 정도 주먹 힘이라면 양부가 아니고 누가 쓸 수 있단 말인가? 필경 사손이 감시자들을 모조리 때려죽이고 탈출한 게 틀림없다. 사면을 둘러보니 그 예측을 증명이라도 하듯 벽 한 귀퉁이에 날카로운 기물로 불꽃 모양의 도형이 새겨져 있었다. 그것은 틀림없는 명교 신도들의 암호였다. 창문틀에 가로질렀던 빗장도 부러져 나간 채 허방으로 닫혀 있었다. 손으로 밀쳤더니 그냥 열렸다.

'그렇구나! 좀 전에 객점 지붕 위에서 바라보았을 때 이곳을 뛰쳐나간 그림자가 바로 큰아버님이셨어. 한데 어떻게 해서 개방 녀석들한테 사로잡히셨을까? 앞 못 보는 분이시니까 거지 녀석들의 암계를 눈치채기 어려웠을 거야. 그놈들이 몽혼약을 써서 혼미 상태에 빠뜨렸거나 반마삭絆馬索*, 갈고리 아니면 그물을 덮어씌워 사로잡았을 거야. 그렇다면 주 낭자는 도대체 그때 뭘 하고 있었을까? 한꺼번에 사로잡혔다면 양부 혼자서 탈출하실 리가 없을 텐데……. 어쨌든 그분이나마 무사히 탈출하셨으니 천만다행이다.'

속으로 기쁨을 이기지 못해 춤이라도 추고 싶은 장무기는 도둑 걸음으로 살금살금 방에서 나와 누각 아래쪽을 굽어보았다. 개방 제자들은 여전히 오락가락 순찰을 돌고 있었다. 안에서 무슨 사고가 터졌는지 까맣게 모르는 모양이었다. '큰아버님은 여기서 탈출하신 지 오래지 않으니 서둘러 뒤쫓아가면 만날 수 있을 것이다. 그분하고 다시 이곳으로 돌아와 한바탕 뒤집어엎어 쑥대밭을 만들고 말리라. 그래야만 이 형편없는 거지들도 우리 명교의 수완이 어떤지 알아볼 게 아닌가?' 생각만 해도 호기가 펄펄 끓어오르고 주먹이 근질근질해졌다. '가만있자, 좀 전에 검은 그림자가 서쪽으로 사라졌으렷다? 그럼 나도 어서 뒤쫓아가야지!'

누각에서 솟구쳐 오른 몸뚱이가 맞은편 나뭇가지를 타고 올랐다. 그리고 몸무게에 휘청거리는 가장귀의 탄력을 받아 담장 너머 바깥으로 훌쩍 튕겨 날았다. 장무기는 진기 한 모금을 끌어올린 다음 서쪽으로 질풍같이 치닫기 시작했다.

큰길을 따라서 2~3리쯤 추적하다 보니 갈림길이 나타났다. 하지

---

* 고대 중국 냉병기冷兵器의 일종. 적의 추격 기병대를 저지하기 위해 도로 주요 매복 지점에 밧줄로 성글게 엮은 그물을 깔거나, 밧줄을 가로질러 걸쳐놓았다가 통과할 때 끌어 올려 말을 쓰러뜨리고 잠복한 기습대가 낙마한 기병을 살상하는 데 쓰는 도구. 반마삭과 함께 섞어 쓰는 병기로 구겸창鉤鎌槍이 있는데, 이것은 낫처럼 안쪽으로 날을 세운 갈고리 창을 기다란 장대에 묶어 적 기병대가 통과할 때 말 다리를 옭아 베어 쓰러뜨리는 전법으로,《수호전》에 등장한다.

33. 긴 통소 짧은 거문고 가락에 담황색 옷자락 나부끼는데

만 장무기는 망설이지 않고 서남쪽으로 뻗은 작은 길을 골랐다. 갈림
길 곁 바윗돌에 불꽃 표지와 함께 새겨진 화살촉 끝이 그 방향을 가리
키고 있었기 때문이다. 불꽃 형태는 서투르고 거칠었으나 그어진 획이
모두 힘차고 날카로웠다. 사손처럼 문무를 겸전한 인물이 아니고서는
이토록 빼어난 필법을 자랑할 만한 사람은 명교 수뇌부 인물 가운데
광명좌사 양소를 비롯한 몇몇밖에 없으리라.

　이때쯤 되자 그는 더 이상 의심하지 않고 작은 길을 따라 거침없이
사하역沙河驛까지 추적했다. 그리고 날이 밝아올 무렵에야 음식점을 찾
아 되는대로 만두 몇 개 사서 대충 요기한 다음 규모가 제법 큰 봉자
진棒子鎭에 도달했다. 짐작한 대로 길거리 한 모퉁이 담벼락에 불꽃 표
지가 보였다. 화살촉 그림은 폐허가 된 사당을 가리키고 있었다. '옳거
니! 저런 사당 건물이라면 큰아버님이 골라 은신할 만한 장소다.' 장무
기는 주저 없이 성큼성큼 사당으로 걸어가 문짝을 열어젖히고 들어섰
다. 별안간 고함치는 소리가 울렸다. 뒤미처 손뼉 치며 좋아라고 외쳐
대는 환호성이 들렸다. 쥐 죽은 듯 조용하던 사당 안에서 갑작스레 왁
자지껄 떠드는 소리에 깜짝 놀란 장무기는 엉겁결에 경계 자세를 취했
다. 가만 둘러보니 사당 안쪽 대청에서 건달 한 패거리가 둘러앉아 노
름판을 벌이고 있었다. 밤새워 노름을 했는지 시뻘겋게 핏발 선 눈초리
들이 이른 아침부터 웬 훼방꾼이냐는 듯이 한꺼번에 장무기에게로 쏠
렸다. 하필이면 도박장에 발을 들여놓은 것이다. 언짢은 표정으로 불청
객을 흘겨보던 무뢰배 건달들의 얼굴이 이내 환해졌다. 장무기의 옷차
림새를 보고 부잣집 맏아들쯤으로 오인한 것이다. 건달 한 녀석이 궁둥
이를 툭툭 털고 부스스 일어서더니 반색을 하며 다가와 수작을 걸었다.

"도련님, 어서 오슈! 가만 보니 오늘 운수 대통하게 생기셨네? 관상이 세 판 내리 장땡 잡을 분일세. 여보게들, 어서 자리 내드리게! 판돈한번 듬뿍 따가지고 돌아가시게 해드려야 할 거 아닌가?"

장무기는 잡아끄는 그 손길을 뿌리쳤다. 저절로 얼굴이 찌푸려졌다. 아무리 둘러보아도 패거리 중에 무림계 인물다운 자는 없었다. 그는 노름꾼들을 무시하고 목청을 돋우어 크게 외쳤다.

"큰아버님, 큰아버님! 어디 계십니까?"

그러나 한참이 지나도록 대답하는 이가 없었다. 또 한두 차례 불렀어도 역시 마찬가지였다. 우두머리쯤 되어 보이는 건달 녀석이 흔들흔들 일어섰다. 한판 끼어들러 온 봉인 줄 알았더니 사람을 찾으러 온 녀석이라, 화가 난 우두머리 녀석이 손가락으로 제 가슴을 쿡쿡 찌르면서 장무기가 부르는 소리에 응답했다.

"요 녀석아, 네 큰아버님 여기 계시다. 잠자코 저리 가 앉아서 이 큰아버님하고 한판 놀지 않으련?"

좌중의 건달들이 와르르 웃음보를 터뜨렸다. 그래도 장무기는 차분히 노름꾼 우두머리에게 물었다.

"혹시 누런 머리에 키가 큰 노인장 한 분을 보지 못하셨소? 체구가 우람하고 눈먼 장님이신데……."

당장 건달 입에서 퉁명스러운 대꾸가 터져 나왔다.

"원, 세상에 별소릴 다 듣겠군! 장님이 노름판에 끼다니? 그 늙은이, 미친 놈 아냐? 에이, 아침부터 재수 옴 붙었네! 눈먼 소경 얘기를 들었으니……."

장무기의 눈썹이 당장 곤두섰다. 가뜩이나 양부 사손을 찾지 못해

33. 긴 통소 짧은 거문고 가락에 담황색 옷자락 나부끼는데

속이 타던 판에 욕까지 먹으니 울화통이 터졌다. 두말 않고 그는 우두머리 녀석을 단번에 움켜잡더니 사당 문턱으로 걸어가 바깥쪽 허공 위에 훌쩍 내던져버렸다.

"으악!"

외마디 놀란 외침과 함께 공중으로 올라간 몸뚱이가 지붕 꼭대기에 덜컥 얹혀버렸다. 다시 돌아선 장무기가 노름꾼들을 이리저리 헤치고 들어서더니 도박판 위에 널린 판돈을 휩쓸어 품속에다 쑤셔넣고 좌우를 돌아보며 싱긋 웃어 보였다.

"자, 보게들. 이 도련님이 오늘 운수 대통하셔서 판돈 싹쓸이해 가지고 돌아가시네!"

무뢰배 건달들은 얼이 빠졌는지 입만 딱 벌린 채, 뚜벅뚜벅 큰대자 걸음걸이로 사당 문턱을 넘어 나가는 장무기를 멍하니 보고만 있을 뿐이었다.

장무기는 계속 서쪽으로 나아갔다. 얼마 안 있어 다시 불꽃 표지를 발견한 그는 이번만큼은 확신을 품고 속력을 내어 달렸다.

그날 해 질 녘, 하북 지방의 대도시 풍윤성豊潤城에 다다르자, 그는 표지가 가리키는 대로 길거리 외딴 골목으로 접어들었다. 찾아든 곳은 막다른 골목 안 하얗게 회칠로 단장한 담이 끝나는 곳이었다. 그곳에 검은빛 대문이 달린 집 한 채가 있었다. 대문에는 반들반들 윤이 나게 닦아놓은 청동 문고리가 달려 있고, 담장 밖으로 늘어진 매화나무 가지에는 절반쯤 망울을 터뜨린 매화꽃이 흐드러지게 피어 있었다. 그윽하고도 정갈한 분위기가 풍기는 집이었다.

장무기는 문고리를 잡고 두세 번 가볍게 두드렸다. 잠시 후 신발 끄는 소리가 나더니 대문이 "삐거덕!" 열렸다. 문이 열리는 것과 동시에 짙은 향내가 코를 찔렀다. 문틈으로 머리통을 내민 것은 분홍빛 가죽 저고리를 걸친 어린 몸종이었다. 그녀는 앙큼한 눈초리로 장무기를 위아래로 훑어보더니 입술을 비죽 내밀고 웃음 지었다.

"공자님, 이게 얼마 만이에요? 그동안 너무 오래 안 오셨어요! 언니가 얼마나 학수고대하고 애간장이 탔는지 아세요? 어서 들어와 차 한잔 드세요."

계집아이가 종알거리면서 눈웃음을 쳤다.

'거참 이상하다. 날 처음 볼 텐데 어떻게 잘 아는지 모르겠군. 옳거니, 지약이 여기 이 집에 머물고 있는 모양이구나. 그러니까 불꽃 표지로 날 이리 인도하고, 이 어린 아가씨더러 내가 올 때까지 대문을 지키도록 한 거야. 허허, 지약이 오랫동안 날 못 만났으니 애간장이 탈 법도 하겠지.'

그는 불현듯 무인도에서 그녀를 품었을 때 느낀 체온을 기억에 되살리고 마음이 평온해졌다. 그는 더 이상 주저하지 않고 대문 안으로 선뜻 들어섰다. 이 깜찍한 몸종은 부끄럼도 안 타는지 장무기의 손을 잡고 안채로 인도했다. 달걀만 한 자갈이 고르게 깔린 오솔길로 안뜰을 지나 후원 깊숙이 자리 잡은 별채에 당도하자, 난데없이 귀신같은 목청으로 외쳐대는 소리가 들렸다.

"낭군이 오셨다! 언니야, 낭군이 오셨어!"

소스라치게 놀라 올려다보니, 새장 안에서 앵무새 한 마리가 푸드덕 나래를 치며 소리 지르고 있는 게 아닌가. 장무기는 겸연쩍어 얼굴을 붉혔다.

'원, 참! 앵무새란 놈조차 내가 올 줄 알고 있었구나.'

방 안에는 석탄불이 활활 타오르고 있어 공기가 봄날처럼 따뜻했다. 가지런히 놓인 의자에는 비단 방석이 깔리고, 탁자 위 향로에서는 모락모락 향기로운 연기가 피어오르고 있었다.

몸종이 바깥으로 나가더니 얼마 안 되어 쟁반을 받쳐 들고 돌아왔다. 쟁반에는 여섯 가지 꽃과자와 자기 찻주전자가 놓여 있었다. 몸종은 얌전하게 차를 한 잔 따라 건네더니 버릇없이 장무기의 손등을 가볍게 꼬집었다. 장무기는 이맛살이 저절로 찌푸려졌다.

'이 조그만 계집아이가 어쩌자고 이런 경망을 떠는지 모르겠구나. 하지만 지약의 체면을 봐서 참기로 하자.'

"아가씨, 사 선배님은 어디 계시는가? 그리고 주 소저는?"

"사 선배님이라니요? 호호호, 강짜도 부리실 줄 아시네. 그런 서방님은 없지만 기다려봐요. 언니가 곧 나올 테니까. 그렇게 보고 싶어 못 견디겠어요? 염치없는 양반, 우리 집에까지 와서 또 누굴 찾는 거죠? 주 소저니, 왕 소저니 아는 성을 다 주워섬기는 걸 보면 참 어지간한 바람둥이시네요. 호호호!"

장무기는 갈수록 영문을 모른 채 어리둥절했다. 그는 짐짓 눈알을 부라리면서 호통을 쳤다.

"이것이 허튼소릴 나불거리기만 하는구나! 어서 썩 모셔오지 못하겠느냐?"

그러나 몸종은 겁을 먹기는커녕 입술을 비죽 내밀고 웃더니 냉큼 돌아서서 바깥으로 나가버렸다.

얼마 후, "짤그랑, 짤그랑" 패옥佩玉끼리 맞부딪는 상큼한 소리와 함께 방문 휘장이 걷히면서 갓 스물을 넘긴 듯 젊은 여자 하나가 몸종의 부축을 받고 들어섰다. 매끄럽고도 하얀 가슴 살결이 온통 드러나 보이는 옷차림에 치마조차 허벅지가 비칠 만큼 얇고 투명했다. 입술 언저리에는 애교 점까지 찍고서 사람 애간장을 다 태울 듯이 추파를 던졌다. 무료하게 앉아 있던 장무기가 기겁을 해서 벌떡 일어섰다.

'아이고, 지약은 어딜 가고 이런 여자가 나타나는 거냐?'

콧속이 멜 정도로 짙은 향내를 풍기면서 여자가 하늘하늘 간드러진 맵시로 다가왔다. 장무기에게는 천하에 으뜸가는 고수보다 이런 여자가 더 무서웠다. 그녀가 한 걸음씩 다가들 때마다 그는 두 눈이 휘둥그레진 채 한 발짝씩 뒷걸음쳤다.

"서방님, 성함은 어찌 되시나요? 오늘 아주 잘 오셨어요. 마음 푹 놓으시고 기분 내세요. 소녀의 낯을 보아서 이렇게 찾아주시니 정말 고마워요."

마침내 방 한구석에까지 몰린 장무기의 어깨에 여인이 손을 턱 얹었다. 장무기는 얼굴이 화끈 달아올라 그녀의 손길에서 얼른 몸을 빼냈다.

"나는 장씨요. 사 선배님과 주 소저는 어디 있소?"

그러자 여인은 간드러지게 웃으면서 두 팔로 다시 장무기의 양어깨를 감싸더니 뒷덜미에서 깍지를 끼고 잡아끌었다.

"이봐요, 서방님. 여긴 이향원梨香院이에요. 주섬섬周纖纖이를 찾으려거든 벽도원碧桃院으로나 가실 일이지, 이향원에 와서 그년을 찾으실 게 뭐람? 호호호, 당신 그년한테 홀딱 빠지셨군요."

장무기는 그제야 정신이 번쩍 들어 속으로 비명을 질렀다.

'맙소사, 어쩌다가 기생집엘 들어왔구나! 분명 화살 표지는 여기를 가리켰는데, 도대체 어떻게 된 일일까? 뭔가 잘못되어도 한참 잘못되

33. 긴 통소 짧은 거문고 가락에 담황색 옷자락 나부끼는데

었구나.'

"미안하게 됐소!"

장무기는 그녀의 팔목을 뿌리치고 바깥으로 뛰쳐나왔다. 등 뒤에서 앙큼한 몸종이 쫓아 나오며 소리를 질렀다.

"공자님, 어딜 가요! 우리 언니가 주가 년보다 못한 줄 알아요? 어쩌자고 그냥 왔다 가는 거예요?"

장무기는 귀신한테 붙잡힐세라 뒤도 안 돌아보고 품속에서 은 덩어리를 한 줌 꺼내 어깨너머로 획 뿌렸다. 아침나절 사당 노름판에서 쓸어온 판돈이었다. 그러고는 나는 듯이 대문 바깥으로 도망쳐 나갔다.

"세상에, 용담호혈龍潭虎穴에 들어갔다 하더라도 이보다는 덜 무서웠겠다."

혼잣말로 투덜거리면서 하늘빛을 바라보니 어느덧 서쪽 지평선에 노을이 불바다를 이루더니 이내 땅거미가 깔리기 시작했다. 밤중에는 길을 잘못 들어 불꽃 표지를 놓치고 그냥 지나쳐버릴 가능성이 큰 터라, 그는 풍윤성 길거리를 이리저리 기웃거리다가 끝내 체념하고 객점을 한 군데 찾아들었다.

저녁을 마치고 구들 침대에 누워 오늘 낮일을 곰곰이 되새겨보았다. '도대체 큰아버님은 어디로 가셨단 말인가? 어째서 노름판으로, 기생집으로 돌아다니셨을까? 왜 나를 그런 데로 인도하셨을까?' 이런저런 궁리 끝에 그는 잠이 들었다.

한밤중에 그는 깜짝 놀라 이불을 걷어차고 일어났다.

'속았구나! 큰아버님은 두 눈이 멀어 아무것도 보지 못하신다. 그런 분이 어떻게 길목마다 또렷이 불꽃 형태나 화살촉 표시로 방향을 지적할 수 있단 말인가? 지약이 길 안내를 했을까? 아니면 보이지 않는 적이 고의적으로 명교 암호를 흉내 내어 나를 이리저리 끌고 다니면서 농락한 것일까? 이렇게 날 유인해서 함정으로 끌어들이려는 수작이라면? 오냐, 좋다! 내 호랑이 굴속에라도 사양치 않고 끌려가마!'

이튿날 아침, 객점을 나선 장무기는 풍윤성 교외에서 또 불꽃 기호를 발견했다. 지시 방향은 여전히 서쪽이었다. 오후가 되어서 옥전현玉田縣에 다다르니 불꽃 표지는 어느 부잣집으로 향하고 있었다. 웅장한 저택 정문에는 화려한 비단 장식에 벽사등롱碧紗燈籠이 내걸리고 그 곁면에는 '지자우귀之子于歸'*'란 글자가 붉은색으로 쓰여 있었다.

붉은 글씨는 경사스러움을 뜻하고 '우리 큰아가씨의 시집감이여!'란 내용은 이 댁 따님이 시집가는 날이라는 의미였다. 아니나 다를까 대문 앞을 기웃거려보니 하객들이 문전성시를 이루고, 징을 두드리는 소리에 북소리와 나팔 부는 소리가 온 집 안이 떠들썩하니 흥겹게 울려 나왔다.

장무기도 앞서 두 번씩이나 골탕 먹은 경험이 있는 터라 요령이 생겼다. 그는 이번만큼은 섣불리 잔칫집에 들이닥쳐 사손의 행방을 캐묻지 않고 조심스럽게 하객들 틈에 섞여 두 사람의 행적을 찾아보았다. 그러나 아무것도 발견할 수 없었다. 낙심천만한 기색으로 즉시 잔칫집을 빠져나온 장무기는 또 사방을 이리저리 기웃거리던 끝에 또다시 아름드리 고목 아래 그루터기에서 불꽃 표지와 화살촉을 찾아냈다.

• '이 댁 아가씨 시집감이여!'란 뜻.《시경詩經》〈주남周南〉 '도요桃夭' 편에 "어리고 어여쁜 나뭇가지여, 고운 복사꽃 활짝 피었네. 이 아가씨 시집가면 그 댁의 복덩어리桃之夭夭 灼灼其華 之子于歸 宜其室家"란 시구에서 딴 것으로, 딸을 시집보내는 집의 대문에 걸어놓는 풍습이 있다.

그로부터 불꽃 표지와 화살촉 기호는 줄기차게 장무기를 끌고 돌아다녔다. 옥전현에서 삼하三河로, 거기서 남쪽으로 꺾어 돌아 다시 향하香河에 이르기까지, 그는 도깨비에게 홀린 듯이 불꽃 표지 신호를 추격했다. 이때쯤 되어서 그의 마음속에 어느 정도 감이 잡히는 게 있었지만 그대로 추적을 계속했다. 틀림없이 개방 측은 진작 장무기의 정체를 꿰뚫어 알고 자기네 소굴에서 될 수 있는 대로 멀찌감치 끌어낼 요량으로 '조호이산지계'를 쓴 것이다. 그리고 한편에서 마음 놓고 간교한 계략을 추진하고 있을 터였다.

끌려가면 갈수록 장무기의 마음은 초조하고 다급해졌다. 그렇다고 여기까지 쫓아와서 불꽃 표지가 가리키는 화살 방향에 등을 돌릴 용기가 나지 않았다. 그것이 정말 사손이나 주지약이 남긴 신호라면 큰일 아닌가? 그 표식은 두 사람이 적에게 쫓겨 달아나면서 급박하게 구원을 청하는 표시인지도 몰랐다. 공연스레 적의 유인책이라는 짐작만으로 발길을 돌렸다가 두 사람이 끝내 화를 입는다면 평생을 두고 후회해도 소용없는 일이었다. 기왕지사 예까지 왔으니 표시된 방향으로 끝까지 따라가보자는 오기가 발동했다.

불꽃 표지는 향하에서 보성현寶城縣으로, 다시 대백장大白莊, 반장潘莊을 거쳐 동남방으로 뻗어가더니 영하寧河로 되돌아왔다. 그리고 영하에서 흔적도 없이 사라져버렸다. 아무리 이 잡듯 샅샅이 뒤져도 불꽃 표지나 화살촉 기호는 더 보이지 않았다.

장무기는 맥이 탁 풀렸다. 그러면서도 안도의 한숨을 내쉬었다. 불안과 초조감 속에서 몇 날 몇 밤을 지낸 걸 생각하면 차라리 잘되었구나 싶었다. 과연 개방 거지 놈들이 자기를 여기까지 끌어다 내팽개쳐버린 것이다.

현지 영하현에서 그는 건장한 말 한 필을 사서 사정없이 치달렸다. 노룡진에 되돌아온 장무기는 옷 가게를 찾아 백색 장포를 한 벌 샀다. 그러고는 붉은 주사 먹과 붓을 빌려 장포 앞자락에 큼지막한 불꽃을 하나 시뻘겋게 그려서 몸에 걸쳤다. 이제부터는 정정당당하게 명교 교주 신분으로 개방 총단에 쳐들어가기로 결심한 것이다.

백색 장포로 갈아입은 장무기는 으리으리하게 꾸민 부호의 거대한 저택을 다시 찾아가 정문 앞에 딱 버티고 섰다. 붉은 옷칠을 먹인 대문 두 짝이 거만하게 손님의 앞길을 가로막고 단단히 닫혀 있었다. 두 뼘 두께가 실해 보이는 대문짝에 밥공기만 한 구리 장식 못이 겹겹으로 박혀 번쩍번쩍 광채를 내고 있는데, 규모도 웅장하려니와 웬만큼 소심한 나그네는 아예 범접도 하지 못할 위엄마저 서려 있었다. 대문 앞에 두 다리로 딱 버티고 선 장무기가 두말없이 양 손바닥을 한꺼번에 내뻗어 문짝을 냅다 밀어 쳤다. 벼락 때리는 꽹음과 더불어 그 육중한 문짝 두 벌이 허공에 붕 뜬 채로 안마당을 향해 날아갔다. 안뜰로 날아든 대문 두 짝이 정자에 부딪치면서 그 안에 있던 거대한 어항 두 개가 박살 났다.

삽시간에 안뜰은 산산조각으로 부서진 어항 유리 파편과 진귀한 금붕어들이 사면팔방으로 흩어져 난장판을 이루었다. 지난 며칠 동안 사손과 주지약의 안위를 몰라 노심초사하면서 수백 리 머나먼 길을 도깨비 같은 불꽃 표지에 끌려다니느라 쌓이고 쌓인 울화통이 한꺼번에 터져 나온 것이다. 그는 휑하니 뚫린 대문 안으로 성큼 들어서면서 냅다 고함을 질렀다.

"개방 제자들은 들어라! 냉큼 방주 사화룡더러 이리 썩 나와서 명교 교주 장무기를 맞이하라고 전해라!"

안마당에 서성거리며 지키고 있던 10여 명의 개방 제자는 하나같이 오대 제자였다. 그들은 마른하늘에 날벼락 치는 소리와 함께 날아든 대문 두 짝을 보고 기절초풍하고 말았다. 문짝이 떨어져 박살 나고 안마당에 여기저기 날아 튀는 유리 파편과 나뭇조각을 피하느라 한바탕 대소동을 피운 끝에 정신을 가다듬고 내다보았더니, 새하얀 도포를 걸친 젊은 녀석 하나가 들이닥치면서 무엄하게도 방주 어른의 이름 석 자를 함부로 불러대는 게 아닌가!

"웬 놈이냐? 이게 무슨 짓이냐?"

분통이 터진 개방 제자들은 이구동성으로 호통쳐 꾸짖으면서 병기를 뽑아 들고 일제히 우르르 달려 나와 그 앞을 가로막았다.

다음 순간, 장무기의 양팔이 좌우로 한바탕 휘둘러 쳤다. 외마디 비명 소리와 충격음이 뒤섞여 울리는 가운데 개방 제자 일고여덟 명이 한꺼번에 맥없이 날아가더니 대청 벽을 따라 길게 뚫어놓은 창틀을 모조리 박살 내고 여기저기에 개구리 태질치듯 나뒹굴었다. 삽시간에 10여 명을 모조리 거꾸러뜨린 장무기가 곧바로 대청 안으로 들이닥쳤다. 대청 앞 중문이 발길질 한 번에 떨어져 나갔다.

안쪽을 들여다보니 대청 한복판에 술상이 떡 벌어지게 차려져 있고, 방주 사화룡이 가운데 자리에 버티고 앉아 있었다. 몇몇 개방 수뇌부 인사가 대문 쪽에서 왁자지껄 시끄러운 소리가 들려오자 이제 막 칠대 제자 한 명을 내보내 무슨 소동인지 경위를 알아보려던 참이었다.

그러나 장무기의 걸음걸이가 워낙 빠른 터라 심부름 나가던 칠대 제자는 대청 문턱을 넘어서기 직전 중도에서 그와 딱 마주쳤다. 장무기는 두말없이 그의 앞가슴을 덥석 움켜들고 다짜고짜 방주 사화룡을 겨냥하고 냅다 던져 보냈다. 말석에 앉아 있던 비단옷 차림의 중년 사내가 엉겁결에 자리를 박차고 벌떡 일어나더니, 이제 막 음식상 위를 가로질러 상석에 앉은 방주를 향해 날아가던 칠대 제자의 몸뚱이를 중간에서 덥석 채뜨려 안았다. 솜씨는 좋았으나 화가 머리 꼭대기까지 뻗친 장무기의 투척력은 엄청 강했다. 무지막지한 힘줄기에 떠밀린 중년 사내가 외마디 소리를 지르며 다급하게 천근추 수법으로 중심을 잡으려 했으나, 두 다리는 말을 듣지 않고 뒤쪽으로 "털썩털썩!" 연거푸 일고여덟 걸음이나 밀려가더니 대청 기둥에 등줄기를 호되게 부딪치고서야 겨우 멈춰 섰다. 양 팔뚝에 맥이 풀리고 껴안았던 칠대 제자의 몸뚱이가 제풀에 굴러떨어졌다. 중년 사내는 답답하게 막힌 숨통을 트려 했으나 숨 한 모금도 내쉬지 못한 채 온몸의 맥이 나른하게 풀리면서 기둥면을 따라 주르르 미끄러지듯 주저앉더니 그대로 앞을 향해 푹 고꾸라졌다.

대청 안에 있던 거지들은 아연실색, 너무 놀란 나머지 입만 딱 벌린 채 움직일 줄 몰랐다. 하나 그 순간, 장무기의 입에서도 실성이 터져 나왔다.

"아니, 이런!"

질탕하게 차려진 식탁 왼쪽 끄트머리에 단정한 자세로 앉아 있는 주지약을 발견한 것이다. 어디 그뿐이랴, 그녀 곁에는 어엿이 송청서가 앉아 있는 게 아닌가?

"무기 오라버니!"

주지약도 놀란 나머지 외마디 소리를 질렀다. 벌떡 일어서던 그녀가 웬일인지 휘청 흔들리면서 도로 맥없이 주저앉았다.

33. 긴 통소 짧은 거문고 가락에 담황색 옷자락 나부끼는데

"지약!"

대경실색한 장무기가 번개같이 달려들어 그녀를 부축해 끌어안았다. 그가 굽혔던 허리를 펴기도 전에 호된 일격이 등줄기를 강타했다. 둔탁한 충격에 놀랄 겨를도 없이 또다시 일격이 날아들었다. 송청서의 일장에 이어서 개방 고수 한 명이 내지른 주먹 한 대를 얻어맞은 것이다.

그러나 이때쯤 사생결단으로 일전을 각오하고 들이닥친 장무기의 체내에는 이미 구양신공이 전신을 두루 감싸고 있었다. 일장 일권이 연속으로 들이닥치자, 그 즉시 발동한 호체신공은 눈 깜짝할 사이에 장력과 권력을 모조리 풀어 몸 바깥으로 쏟아냈다. 그리고 장무기에게 한 차례씩 기습적으로 일격을 가한 송청서와 개방 고수는 그 호체신공의 반탄력에 튕겨서 앉은자리 그대로 의자에 몸을 기댄 채 뒤로 벌렁 나가떨어졌다. 앉아서 불안정한 자세로 얼결에 공격했으니 망정이지, 혼신의 기력을 다 끌어모아 후려쳤더라면 두 사람은 당장 피를 토하고 즉사했거나 중상을 면치 못했을 것이다.

장무기가 주지약을 안고서 몸을 솟구쳐 대청 바깥 안마당으로 뛰어나갔다.

"큰아버님은 어디 계시오?"

"저는…… 저는…….”

주지약은 말을 잇지 못했다.

"그분은 무사하시오?"

"전 혈도를 찍혔어요, 저 사람들한테…….”

그러나 장무기의 관심은 오직 사손에게 있었다.

"큰아버님은?"

"모르겠어요. 나 혼자만 저 사람들한테 붙잡혀 이리 끌려왔어요. 당신 큰아버님의 행방은 전혀 몰라요."

오로지 사손의 안위만 걱정하던 그는 주지약의 짜증스러운 대꾸를 듣고서야 정신이 번쩍 들었다. '아, 그렇군! 혈도를 찍혔다고 했지!'

장무기는 그녀의 대퇴부 안쪽 관절을 더듬어 추나 해혈推拿解穴 수법으로 몇 차례 주물러준 다음 땅에 내려놓았다. 그런데 이상하게도 그녀는 두 발이 땅바닥에 닿자마자 제대로 서지 못하고 두 무릎이 툭 꺾이더니 도로 주저앉았다. 두세 차례 밀어준 추나 해혈 수법이 효과를 보이지 않은 것이다. 장무기의 이마에 깊은 주름살이 잡혔다. '이것 참 괴상하다. 도대체 어떤 수법으로 혈도를 찍혔기에 내 추나 수법이 먹혀들지 않는단 말인가?'

그사이 거지 떼가 분분히 자리에서 일어나 섬돌 앞으로 내려섰다. 방주 사화룡이 두 주먹을 맞잡고 공손히 물었다.

"귀하께서 바로 명교 장 교주님이시오?"

장무기도 생각해보니 아무리 분김에 일을 저질렀다고는 해도 사화룡은 역시 일개 방회의 주인이라, 무례하게 대할 수가 없어 포권의 예를 취하고 정중히 대꾸했다.

"그렇소이다. 귀방의 총단에 무단 침입한 실례를 용서하시기 바라오."

"장 교주께서 근년에 들어 강호에 명성을 떨치신다는 소문, 귀에 못이…… 박히도록 들어왔소. 그런데 오늘 신수를 보니 과연 대단하구려. 제밀할, 아주 감탄했소, 감탄했어!"

"소생이 거칠게 군 점은 사 방주께서 웃고 이해해주시리라 믿소. 그건 그렇고, 제 양부 되시는 금모사왕은 어디다 모셨소이까? 그분을 뵙게 해주시오."

사화룡은 장무기가 단도직입으로 다그쳐 묻자, 일순 얼굴빛이 붉어지더니 이내 껄껄대고 웃음을 터뜨렸다.

"장 교주께선 나이도 젊으신데 하는 말씀이 남의 비위만 뒤틀어놓는구려. 우리는 호의적으로 사자왕을 초빙해 모셨소이다. 여기서 술 한잔 대접해드리려고 말이오. 한데 사자왕이 작별 인사 한마디 없이 훌쩍 떠나버릴 줄이야 뉘 알았겠소? 그것도 우리 개방 제자를 여덟 명씩이나 무거운 주먹질로 때려잡아 중상을 입혀놓고 말이오. 제밀할 것! 이 빚을 어떻게 갚아야 좋을지 모르겠네. 어디 장 교주님께 빚 청산을 요구해도 될는지요?"

이 말에 장무기는 속이 뜨끔해졌다. 과연 누각 안에 죽어 널브러진 여덟 명은 양부가 무거운 주먹질로 때려죽인 게 분명했다. 그렇다면 여기 없는 것이 확실한데 어디로 갔단 말인가?

"사 방주, 그럼 여기 이 주 낭자는? 귀방에서 무슨 까닭으로 주 낭자를 잡아다 여기 감금해놓으셨소?"

"그건, 저 그건……."

느닷없는 반문에 사화룡은 말문이 막혀 더듬거렸다. 그때 진우량이 대신해서 끼어들었다.

"소문에 명교 장무기가 무공 실력은 강해도 막무가내로 설쳐대기만 하는 새끼 마두라던데, 과연 오늘 보니……. 하하, 하하하!"

"뭐, 어떻다고?"

진우량의 비웃음을 듣고 장무기의 얼굴이 험상궂게 바뀌었다.

"하하, 과연 사람의 탈을 쓴 짐승이란 말이외다."

"내가 어떤 점에서 막무가내로 설쳐대기나 했단 말인가?"

"생각해보시면 알 게 아니오? 저분 주 낭자는 엄연한 아미파의 장문이시오, 명문 정파의 수뇌 인물이신데, 귀하께서 지배하는 명교 따위 사마외도의 무리와 무슨 상관이 있을꼬? 여기 계신 송청서 아우님으로 말씀드릴 것 같으면 무당파의 후배 중에서도 빼어난 인재요, 유식한 말로 '인중지룡人中之龍'이라 할 분이시지. 이 송씨 아우님과 주 낭자는 천생연분으로 짝지은 배필이요, 무당과 아미 양대 문파도 이미 쌍벽을 이루어 두 가문이 문벌로나 지위로나 걸맞다 하지 않겠소? 두 내외분께서 여행 도중 이곳을 지나치시는 길에 우리 개방이 모셔다 술 한잔 나누는 중인데, 명교 교주가 무슨 까닭으로 터무니없이 끼어들어 간섭하는 거요? 정말 가소로운 일이군, 가소롭기 짝이 없어! 여보게들, 안 그런가?"

진우량의 충동질에 개방 제자들이 맞장구치며 일제히 폭소를 터뜨렸다.

"주 낭자가 당신네 손님이라면 어째서 혈도를 찍었는가?"

"그것참 별소릴 다 듣겠소. 주 낭자는 이제껏 기분 좋게 여기서 술잔 들고 담소를 나누고 계셨는데, 누가 혈도를 찍었다고 합디까? 개방과 아미파는 연원이 아주 깊은 사이외다. 아시겠소? 아미파 개창 조사 곽양 여협께선 우리 개방의 전대 방주 황용 여협이 낳으신 친따님이요, 우리 전대의 야율제 방주께서도 곽양 여협의 친형부 되는 분이시외다. 이런 사실은 무림계 젖비린내 나는 어린 녀석도 모르지 않을 거요. 그런데 우리 개방이 현임 아미파 장문인께 죄를 지을 리 있겠소? 장 교주, 함부로 입을 놀리다가는 천하의 영웅들에게 웃음거리만 될 거요."

진우량의 말재간은 청산유수, 어느 구석 하나 막히는 데가 없었다. 과연 혓바닥 놀림 하나만큼은 대단한 인물이었다.

"흥! 그렇다면 주 낭자가 제 손으로 자기 혈도를 찍었단 말이군?"

"그럴 리야 있나? 하지만 말이오, 장 교주가 그 훌륭하신 무공 솜씨로 남의 잔칫상에 뛰어들어 무례하게 주 낭자를 억지로 껴안고 나간 모습은 여기 있는 사람들이 두 눈으로 똑똑히 목격했소. 주 낭자가 몸부림치면서 반항하니까 존귀하신 장 교주께서 혈도를 찍을 수밖에. 이것 보시오, 장 교주! 아무리 영웅호걸은 미인을 보면 그냥 지나치지 못한다 하고, 또 사람치고 호색지심好色之心이 없는 자가 어디 있겠소만, 대명천지 훤히 밝은 날 사방이 다 내다보이는 앞마당에서 뭇사람의 눈총이 쏠린 가운데 색심色心을 풀려고 허둥대다니, 자기 체신을 너무 잃으시는 행위가 아니오?"

장무기는 입심만으로는 진우량의 발치에도 못 따를 듯했다. 그가 한마디 던질 때마다 오히려 상대방에게 말꼬투리나 잡혀 모함을 당하니 그저 속에서 열화가 치솟기나 할 따름이었다. 장무기는 안색이 시퍼렇게 질린 채 버럭 호통을 쳤다.

"얘기가 그렇다면 끝끝내 금모사왕의 행방을 감추고 일러주지 않겠다, 그럴 작정인가?"

장무기의 목소리가 커지자, 진우량도 큰 소리로 맞섰다.

"장 교주, 말을 딴 데로 돌리지 마시오! 귀교의 광명좌사 양소는 당년에 아미파의 기효부 여협을 간음하고 살해했다는 사실만으로도 천하 무림동도의 지탄을 면치 못하고 있는 터인데, 교주라는 당신마저 높고 뛰어난 무공 실력만 믿고 이제 와서 양소처럼 비열하고 추잡스런 짓을 저지르다니, 무림의 공적公敵이란 죄명에서 벗어나기 어려울 거요!"

장무기는 화가 나기보다 어처구니가 없었다. 그는 당사자의 입을 통해 진상이 밝혀지면 저놈의 모함도 여지없이 깨어지리라 생각했다. 그래서 자신만만하게 주지약을 돌아보고 물었다.

"지약, 당신이 한마디만 대답해주구려. 저자들이 어떻게 당신을 이리로 납치해왔소?"

그런데 뜻밖에도 주지약은 머뭇거리며 송청서와 장무기를 번갈아보면서 말문을 제대로 열지 못했다.

"난…… 나는…… 나는……."

장무기가 답답해 주지약의 어깨를 부여잡고 흔들자 "나는……"이란 세 마디만 거듭 뇌까리던 주지약의 몸뚱이가 별안간 비스듬히 기울어지더니 그대로 까무러치는 게 아닌가! 그것을 본 거지 떼들이 일제히 아우성치기 시작했다.

"명교 마두가 사람을 죽였다!"

"장무기, 저놈이 아미파 장문을 겁탈하려다 뜻을 이루지 못하니까 죽였어!"

"저 음탕한 장무기란 놈을 쳐 죽여라!"

이때껏 은인자중하고 입씨름만 벌이던 장무기도 이번에는 눈에 불이 튀었다. 주지약이 어째서 하필이면 그 순간에 까무러쳤는지 이상한 노릇이었으나, 지금 이렇듯 긴박한 상황에 몰려서 그런 걸 생각할 여지가 없었다. 그는 속에서 들끓어오르는 분노의 불길을 억누른 채 방주 사화룡 앞으로 돌진했다.

243

'도적을 잡으려면 무엇보다 먼저 그 우두머리부터 잡는 게 상책이다. 누가 뭐래도 사화룡만 사로잡으면 양부 사손의 행방을 토설하게 만들 수 있을 것이다.'

장봉용두와 집법장로가 쌍쌍이 달려 나오더니 앞길을 떡 가로막았다. 장봉용두는 철봉을 바람개비처럼 휘두르고, 집법장로는 오른손에 강철제 갈고리 한 자루와 왼손에 철괴鐵拐를 갈라 잡고, 동시에 장무기를 무섭게 들이쳐갔다.

장무기의 입에서 맑은 기합 소리가 터져 나오더니 건곤대나이 심법으로 적에게 마주쳐갔다.

"챙그렁!"

갑자기 집법장로의 오른손에 잡힌 강철제 갈고리가 장봉용두의 철봉을 가로막아 쳐내더니 왼손에 잡힌 철괴마저 그 옆구리를 짓찧듯이 내질렀다. 곁에서 지켜보던 전공장로가 자루 긴 장도長刀를 내뻗으면서 동료들에게 버럭 고함쳐 경고를 발했다.

"저놈의 무공이 괴이하니 모두 조심하시오!"

경고를 발함과 동시에 들이치는 연속 두 차례 공격이 무시무시한 칼바람을 일으키면서 장무기의 앞가슴과 아랫배를 후려 찍었다. 자루 긴 칼을 휘두르는 힘줄기가 굳세고도 사나웠다.

"호오, 기막힌 도법刀法일세그려!"

매서운 공격 초식에 찬사를 던진 장무기가 슬쩍 몸을 뒤틀어 피해내더니 왼손 식지로 바짝 다가든 공격자의 넓적다리 급소를 찔렀다. 그러나 전공장로 역시 만만하게 혈도를 찍힐 리가 없었다. 아랫배를 후려치던 긴 칼이 중도에서 빙그르르 한 바퀴 원을 그리더니 수평으로 누인 칼날로 장무기의 손가락을 끊으려 들었다. 중도에서 급작스레 공격 각도를 꺾는 초식 변화도 재빠르거니와 그 커다란 칼날로 사람의 작은 손가락을 베어오는 겨냥 또한 정확했다. 그 도법 하나만으로도 무림계에서 보기 드문 일절一絶이라 일컬을 만했다.

장무기는 속으로 찬탄을 금치 못했다. 강호에 떨치는 개방의 위세와 명성이 100년 세월을 두고 쇠퇴하지 않고, 방회가 통째로 와호장룡臥虎藏龍의 소굴이라더니 과연 걸출한 인재가 적지 않았다. 미륵사 일전에서 현명이로와 개방 고수들이 접전을 벌였을 때만 해도 소나무 위에 숨은 채 자세히 보지 못했으나, 이제 직접 겨루고 보니 전공장로와 집법장로 두 사람은 당세 일류 고수의 반열에 오를 만한 실력자들이었다. 물론 장봉용두의 공력 수준은 두 장로보다 다소 뒤처지기는 해도 손색이 좀 있을 뿐 크게 차이가 날 정도는 아니었다. 조민의 부하 중 '아대'라는 가명을 쓰던 팔비신검 방동백이 누구던가? 바로 오랜 옛날 세상을 떠났다는 소문을 남기고 종적을 감춘 개방의 장로 출신이 아니던가? 방회가 창설된 지 수백 년의 역사를 자랑하는 개방이니만큼 그 안에 솜씨 대단한 고수들이 배출되지 않았다면 말이 안 되는 것이다.

순식간에 개방 원로 셋과 장무기는 20여 초의 공방전을 나누었다. 이때 진우량이 돌연 개방 제자들을 향해 목청을 돋우어 명령을 내렸다.

"타구진을 펼쳐라!"

타구진打狗陣은 개방 거지들이 사나운 동네 개를 때려잡을 때 쓰는 포위 진법이다. 명령이 떨어지자 개방 제자들이 일제히 함성을 지르면서 병기를 빼 들었다. 개방의 중견급 고수 스물한 명이 저마다 손에 칼등이 둥그렇게 굽은 만도彎刀 한 자루씩을 잡고 흰 무지개와 같은 칼 빛을 번뜩거리면서 장무기를 사면팔방으로 에워싸더니 차츰 포위망을 좁혀 가운데로 몰아넣었다. 이어서 그들의 입에서 괴상야릇한 아우성이 터져 나왔다. 각설이 타령에 병든 신음 소리, 미치광이의 웃음소리, 서럽게 우는 통곡 소리가 뒤범벅으로 섞여 정신을 못 차리게 만들었다. 어떤 자는 제 가슴을 주먹으로 쾅쾅 짓찧으면서 구걸하는 시늉까지 냈다.

"나리, 마나님! 찬밥 한술 줍쇼! 배고파 죽겠습니다!"

이쯤 되면 가관이 아니라 무시무시한 살기로 가득 찬 전투장이다. 잠시 영문을 모르고 멍하니 있던 장무기도 이내 그 아우성의 진의를 파악했다. 괴상망측한 어깨춤 동작에 맞춰 부르짖는 소리, 그 아우성과 동작은 적의 심신을 교란시키려는 의도가 담긴 것들이었다. 저들의 손짓 발짓 움직임도 얼핏 보아서는 난장판을 이룬 것 같지만, 실제로는 전후좌우 진퇴가 엄격하고 질서를 갖춘 동작이었으며 절도 있는 보법이었다.

"잠깐 멈춰라!"

갑자기 전공장로가 호통을 치더니 두어 걸음 물러서서 장검의 칼날을 가슴 앞에 가로누였다. 집법장로와 장봉용두 역시 제 위치에서 훌쩍 도약해 뒤로 물러났다. 그러나 타구진을 형성한 거지 떼는 여전히 장무기를 에워싼 채 이리 뛰고 저리 구르면서 단 한순간이나마 동작을 멈출 기색이 아니었다.

"장 교주, 우리가 다수로 소수 한 명을 상대하는 것이 떳떳치 못한 줄은 잘 알고 있소. 하지만 우리 개방에는 귀하와 일대일로 맞서 싸울 만한 인물이 없으니 어쩌겠소? 간악한 도적을 죽여 없애자면 의협의 도리에서 지향하는 단독 대결의 규칙을 돌아볼 수가 없으니 이해하시구려."

전공장로가 양해를 구해오자, 장무기는 빙그레 웃으면서 한마디로 대꾸했다.

"좋으실 대로!"

"우리 모두 병기로 무장했는데 장 교주께선 빈손이니 개방이 너무 우세를 차지한 듯싶어 미안하구려. 장 교주 손에 잡을 만한 병기가 있거든 말씀만 하시오. 내 당장 찾아서 대령하리다."

장무기는 속으로 또 한 번 감탄했다. 전공장로, 이 사람은 무공 실력도 높거니와 인품마저 의롭다. 진우량 같은 하류 잡배와는 전혀 딴판이 아닌가?

"여러분과 한바탕 놀아보는 마당에 살벌하게 칼부림이나 몽둥이찜질을 해서야 되겠소? 병기를 써야겠다면 소생 자신이 구하면 될 것이지, 굳이 남에게 부탁할 필요도 없겠지요. 이렇게 말이오!"

끝마디 말이 떨어지기 무섭게 어느덧 훌쩍 솟구친 몸뚱이가 타구진의 포위망을 벗어나더니, 좌우로 쫙 펼친 양손으로 진우량과 송청서의 어깨머리를 짚은 다음 집게손으로 그들의 장검 두 자루를 빼앗아 들었다. 그러고는 기우뚱하니 몸을 모로 누이며 또다시 포위망 속으로 뛰어들었다. 거의 눈에 보이지 않을 만큼 재빠른 동작의 연속, 포위망 돌파와 두 자루 장검을 동시에 탈취하고 다시 포위망 속으로 뛰어드는 모습이 실로 유령이나 허깨비와 다를 바 없었다. 칼춤 추던 거지 떼의 스물한 자루 만도가 급히 후려쳐 들었으나, 옷깃 한 조각 건드리지 못한 채 모조리 허방을 쪼개고 말았다.

거지 패거리가 아연실색한 채 멀뚱거리고 있을 때 장무기가 낭랑한 목소리로 말했다.

"개방의 타구진이라……. 그 이름 하나는 잘 붙였소. 그 솜씨로 역시 동네 하룻강아지 때려잡기는 쉽겠으나, 용호龍虎를 굴복시키기에는 쓸모가 없을 듯싶구려."

장무기가 비웃음을 던지며 양손에 든 쌍검을 한 번 떨치자, 형체 없는 구양신공의 잠력潛力이 검신에 전해지면서 "우웅!" 하고 용음을 토해내더니 두 자루 장검이 칼날 중턱부터 "쩔꺽!" 소리와 함께 뚝 부러져 나갔다.

"다들 한꺼번에 덤벼라!"

장봉용두가 자신부터 철봉을 내질러 장무기의 가슴팍을 찍어갔다. 뒤미처 집법장로의 갈고리와 철괴도 둥글둥글 춤추면서 허공에 새하얀 눈꽃을 뭉쳐 질풍같이 휘말아들었다.

장무기는 우선 두 다리가 좌측방으로 부딪쳐 들어가는 듯하더니, 몸뚱이는 그 반대로 우측 경사면을 비스듬히 그리면서 미꾸라지처럼 빠져나갔다. 이어서 그의 양손이 건곤대나이 수법을 펼치기 시작했다.

개방 제자들은 지금 눈앞에서 무슨 일이 벌어지고 있는지 알아차릴 겨를도 없었다. 저택 안마당 허공에 그저 햇볕을 받아 번쩍거리는 흰 무지개가 동서남북 여기저기 연달아 뻗쳐오르는 것만 보았을 뿐, 자기네들의 손아귀가 허전해지는 느낌조차 받지 못했다.

"타닥, 탁! 탁탁!"

도끼로 장작 쪼개듯 둔탁한 음향이 그칠 새 없이 울리더니, 타구진을 펼쳐놓았던 개방 제자들의 손아귀에서 벗어난 만도가 허공을 가로질러 대청 바깥 기둥에 날아가 꽂히기 시작했다. 스물한 자루의 만도는 기둥에 거의 한 자 깊이로 가지런히 박히고도 하나같이 여세에 못 이겨 손잡이를 부르르 떨고 있었다.

그때 갑자기 진우량이 고함을 질렀다.

"장무기! 이래도 그 손 멈추지 못하겠느냐?"

흘끗 뒤돌아보았더니 앞서 칼을 빼앗긴 진우량이 어느새 주지약의 허리춤에서 장검을 뽑아 들고 그녀의 어깻죽지를 잔뜩 움켜잡은 채 등 쪽 심장부에 칼끝을 겨누고 있었다.

장무기는 코웃음 쳤다.

"흥! 100년 전만 해도 강호에 명교, 개방, 소림의 명성이 어떠했는지 알기나 하는가? 교파 중의 으뜸은 명교, 방회 가운데 지존은 개방, 문파 중의 태두는 소림이라 했네. 그런데 후세에 와서 자네들이 하는 짓거리를 보아하니 저 옛날 개방 방주 홍칠공 노협 어른의 위엄과 명성에 똥칠을 하면서도 부끄러운 줄 모르시는군!"

전공장로가 듣다 못해 안색이 시퍼렇게 질렸다. 개방 원로로서 그의 수치심이 발동한 것이다.

"진 장로, 주 낭자를 놓아주시오! 우리 개방의 이 많은 제자가 외부 사람 앞에서 꼭 이런 추태를 보여야겠소?"

전공장로에게 질책을 받고서도 진우량은 막무가내로 듣지 않았다.

"하하! 모르시는 말씀을. 대장부는 지혜로 싸울 것이지 뚝심만으로 싸우지 않는 법이외다. 장무기! 아직도 굴복하지 않을 테냐?"

장무기는 두 손을 탁탁 털어내면서 껄껄대고 웃었다.

"그래, 이쯤 해두지! 오늘 장무기도 개방 어른들께 너무 많은 것을 배웠으니까! 위풍당당하신 개방 원로라는 분이 저런 비열한 수단을 쓰다니 정말 견식을 많이 넓혔소!"

주절주절 몇 마디 던지면서 두어 발짝 뒷걸음질 치던 장무기의 몸

33. 긴 퉁소 짧은 거문고 가락에 담황색 옷자락 나부끼는데

뚱이가 돌연 땅바닥을 박차고 뒤로 훌떡 재주넘기를 하더니 허공으로 솟구쳐 오르기가 무섭게 한 바퀴 공중제비를 돌았다. 두 차례의 동작만으로 벌써 포위망을 벗어난 장무기의 몸뚱이가 허공에서 곤두박질쳐 내리더니 한 사람의 머리 위를 덮치고 있었다.

"아앗, 저런……!"

개방 제자들의 입에서 경악성이 터져 나왔다. 장무기는 어느새 양다리로 싸움판에서 멀찌감치 떨어져 있던 개방 방주 사화룡의 어깨 위에 떡 걸터앉은 자세로 목말을 타고 있는 게 아닌가? 오른 손바닥은 사화룡의 정수리에 얹고 왼손은 뒷덜미 경맥을 움켜잡고 있었다.

그 수법은 성화령에 새겨진 페르시아 명교의 무공 괴초였다. 그러나 적의 우두머리를 일거에 제압한 장무기는 절대 우세를 장악하고서도 내심 허망한 생각이 들었다. 아무리 성화령의 공격 초식이 절륜하다 해도 이토록 쉽사리 목적을 달성할 줄은 정말 몰랐던 것이다. 애당초 의도는 이 괴상한 초식으로 상대방의 의표를 찔러 단번에 사화룡 근처에까지 육박해 들어갈 생각뿐이었다. 그리고 적어도 개방 방주에게서 3초쯤은 저항을 받으리라 예상했는데, 단 일초의 반격이나 역습도 받지 않은 것이다. 만에 하나, 사화룡의 저항이 있었다면 심성이 잔학무도한 진우량은 그 순간에 진짜 볼모로 잡아놓은 주지약을 찔러 죽였을지도 몰랐다. 그런 우려 때문에 최대한의 진력을 끌어올려 전광석화처럼 공격을 감행한 것인데, 사화룡이 시종 아무런 자위自衛 조치를 취하지 않았으니 실로 해괴한 일이 아니고 뭐란 말인가?

명교 교주 장무기의 자세는 별로 보기 좋은 꼴이 아니었다. 어린애가 어른의 어깨 위에 목말 타듯 사화룡의 양 목덜미로 두 다리를 내려뜨린 채 걸터앉았으니 말이다. 그러나 상대방의 정문頂門 급소를 제압해버린 마당에 장무기는 평생토록 땅바닥을 딛지 않아도 누가 뭐랄 사람이 없었다. 또 굳이 내려서고 싶은 생각도 없었다. 저 교활하기 짝이 없는 진우량이 언제 또 무슨 짓을 저질러 자신을 궁지에 몰아넣을지도 모르니까.

"와아아!"

방주가 사로잡히자, 개방 제자들은 이구동성으로 아우성치면서 술렁대기 시작했다. 그러나 어느 누구도 감히 나서는 자가 없었다. 장무기의 손바닥이 방주의 정수리 백회혈百會穴을 느긋이 쓰다듬고 있었기 때문이다. 백회혈이 어디냐? 인체 가운데 족태양경맥足太陽經脈이 독맥과 교차하는 급소 중 급소다. 쓰다듬는 손바닥에 한 번이라도 가볍게 장력을 쏟아붓는 날이면 사화룡은 그 즉시 뇌진탕을 일으켜 경맥이 토막토막 끊기고 말 것이다. 세상에 경맥이 끊긴 사람을 소생시킬 영약은 없다.

개방의 거지들은 그 자리에 우두커니 서 있기만 할 뿐 꼼짝달싹하지 못했다. 한바탕 아우성치는 소리가 허망하게 흩어지고 나서 대청 안팎에 난데없는 정적이 찾아들었다. 수십 쌍의 부릅뜬 두 눈동자들이 장무기와 사화룡에게 쏠린 채 모두 동작을 중단했다. 개방 측이나 장무기나 앞으로 어떻게 해야 좋을지 전혀 알지 못하고 팽팽한 대치 상태로 돌입한 것이다.

바로 그때였다.

대청 지붕 꼭대기에서 퉁소와 칠현금을 탄주하는 소리가 은은히 들려왔다. 퉁소 몇 자루를 한꺼번에 부는 가락과 칠현금 몇 틀을 구성지게

33. 긴 퉁소 짧은 거문고 가락에 담황색 옷자락 나부끼는데

뜯는 협주 화음이 바람결에 나부껴 들리는 듯 마는 듯 아련했다. 지붕 위 동쪽에서 들려오는 것인지 아니면 서쪽에서 들려오는 것인지 방향조차 종잡기 어려웠으나, 듣는 사람들의 귀에만큼은 아주 또렷이 잡혔다.

개방 방주의 덜미를 타고 앉은 장무기는 긴장했다. 저 퉁소와 칠현금을 합주하는 노랫가락이 어떤 의미를 지녔는지 알 수가 없었기 때문이다.

개방 측도 놀라기는 마찬가지였다. 여전히 주지약의 등판에 칼끝을 겨누고 있던 진우량이 목청을 드높여 낭랑하게 외쳐 물었다.

"어느 고인께서 우리 개방에 왕림하셨는가? 명교의 마귀 떼거든 도깨비놀음할 것 없이 어서 썩 모습을 드러내시지!"

"쟁그렁, 쟁, 쟁!"

그 외침에 화답하듯 칠현금 뜯는 소리가 연속 세 차례 울렸다. 때맞춰 네 명의 흰옷 입은 처녀가 동서로 둘씩 갈라져 처마 끝에서 대청 안마당으로 사뿐히 떨어져 내렸다. 가슴 앞에는 저마다 칠현금을 한 틀씩 안고 있었다. 네 틀 모두 여느 때 쓰는 칠현금보다 길이가 절반쯤 짧고 폭도 절반 정도 좁았으나 일곱 줄을 고루 갖춘 요금瑤琴이었다. 지면에 내려선 네 처녀가 말 한마디 없이 조용히 안뜰 네 귀퉁이에 나누어 자리 잡았다.

곧이어 이번에는 대문 밖에서 검은빛 옷을 입은 네 처녀가 문턱을 넘어 들어섰다. 저마다 검은빛 윤기 도는 퉁소를 한 자루씩 잡았는데, 의외로 퉁소 길이가 보통 것보다 절반 이상 길었다. 흑의 처녀 넷도 안마당 네 귀퉁이를 각각 하나씩 차지했다. 검은색과 흰색 옷의 네 처녀가 한 사람씩 서로 엇갈린 방위로 조화를 이룬 채 늘어선 것이다. 칠현금이나 퉁소나 모두 금속제로, 길이와 폭까지 한결같은 것으로 보건대 유사시에는 공격과 방어 병기로 쓸 수 있을 듯싶었다.

여덟 처녀는 방위를 잡고 가지런히 서서 일제히 악기를 들어 화음을 탄주하기 시작했다. 먼저 요금 네 틀이 가락을 뜯고 이어서 퉁소 네 자루가 합주에 가담했다. 살벌한 싸움판에 때아닌 음악이 울려 퍼지면서 긴장과 초조감으로 휩싸였던 저택 안마당에 부드럽고도 따사로운 분위기, 그윽하면서도 평화로운 정취가 흘러넘쳤다. 음률에 대해선 백치에 가까운 장무기였으나, 그 화음을 듣는 순간 굳어진 마음이 스르르 풀리고 두 눈에 어려 있던 살기마저 스러지는 것을 느꼈다. 몸은 비록 위급한 상황에 처했으면서도 일분 일각이나마 더 듣고 싶은 안일한 욕망이 솟구치는 것은 어인 일일까?

노랫가락이 유창하게 울려 퍼지는 가운데 또 한 여자가 문턱을 넘어 들어섰다. 담황색 얇은 경삼輕衫을 걸친 그녀는 한 손으로 열두세 살가량 어린 소녀의 손목을 부여잡고 있었다. 그녀는 대문 앞을 가로막은 개방 제자들을 헤치면서 느린 걸음걸이로 천천히 앞마당 한가운데까지 들어왔다. 나이는 어림잡아 스물일고여덟쯤 되었을까, 가냘픈 몸매에 용모는 아리땁기 그지없으나 얼굴에 핏기라곤 한 점도 없이 너무나 창백했다.

어린 소녀의 모습은 추루하기 짝이 없었다. 하늘 위로 불쑥 쳐들린 들창코, 메기 주둥이처럼 길게 찢어진 입, 절반쯤 벌어진 입술 사이로 앞니 두 대를 고스란히 드러낸 생김새가 한마디로 흉신악살凶神惡煞의 자식이라고나 해야 옳았다. 한 손은 아리따운 여인의 손길에 이끌리고 다른 한 손에는 유별나게 푸른 대나무 지팡이를 한 자루 쥐고 있었다.

두 여자가 대문에 들어섰을 때부터 개방 제자들의 눈길은 약속이나 한 것처럼 일제히 그 푸른 대지팡이에 쏠린 채 움직일 줄 몰랐다.

장무기의 눈길 역시 두 여인에게 쏠렸다. 사실 지붕 꼭대기에서 숱한 처녀들이 나타났을 때부터 사화룡의 어깨에 목말을 타고 앉은 자신의 꼬락서니가 너무 아이들 장난처럼 짓궂은 듯싶어 머쓱한 기분이 들었다. 그러나 진우량의 칼끝이 아직도 주지약의 등줄기를 겨누고 있는 한 자기도 선불리 개방 방주를 놓아줄 수는 없는 터라 그대로 자세를 유지하고 있었다. 그런데 이제껏 자신에게 따갑도록 집중되었던 개방 친구들의 살기 어린 눈초리가 별안간 사라져버리자 어딘가 모르게 허전한 느낌마저 들어 그 역시 저들의 눈길이 쏠리는 대로 쫓아갔다.

개방 사람들은 백의 처녀, 흑의 처녀, 담황색 얇은 경삼을 걸친 미녀, 못생긴 어린 소녀에 대해선 일체 관심이 없는 것 같았다. 오직 소녀의 수중에 들린 청죽봉靑竹棒만 의식하고 있는 게 분명했다. 그것은 통째로 투명한 벽록碧綠의 빛깔을 띠고 반들반들 매끄러운 정광晶光이 감도는 대지팡이였다. 도대체 얼마나 오랜 세월을 두고 몇 사람의 손때에 길들여졌는지 모를 정도로 고색창연한 윤기가 배어 있었다. 장무기가 보기에 그것 이외에 또 다른 특징은 없어 보였다.

두 가닥 냉전冷電과도 같이 날카로운 담황색 경삼 미녀의 눈빛이 대청 안팎에 가득 찬 사람들을 한차례 훑고 지나치더니 마지막으로 장무기의 얼굴에 가서 꽂혔다.

"장 교주님, 어린애도 아닌데 점잖지 못하게 무슨 장난질이시오?"

장무기는 순간 얼굴이 화끈 붉어졌다. 마치 누님한테 꾸중을 듣고 부끄러워하는 어린 동생이 되어버린 것 같은 느낌이었다. 그는 얼른 변명했다.

"개방의 진 장로가 비열한 수단으로 내 약혼…… 내 동료를 협박하기에, 저 역시 어쩌지 못하고 이 사람들의 방주를 인질로 잡았습니다. 저는 다만……."

그는 중간에서 한 번, 또 마지막에 가서 또 한 번 말끝을 더듬고 흐렸다. 아무리 부득이한 상황에서 취한 정당방위라곤 하지만, 사실 스스로 생각해봐도 너무 체통머리 없는 꼬락서니였기 때문이다. 담황색 경삼 미녀 역시 보기가 민망했던지 빙긋 미소를 짓더니 다시 한번 부드럽게 타일렀다.

"한 교파의 교주님이라곤 하지만 그래도 남의 방회 주인을 말 삼아 타고 다닌다면 너무 분수에 지나치다고 생각하지 않으시오? 장안에서 이리로 오는 동안 여러 사람에게 명교 교주가 소마두小魔頭란 소문을 듣긴 했으나, 이제 와서 보니, 흐흠……!"

말끝에 고운 이마를 찡그리며 잘레잘레 고개를 내저어 보였다. 장무기더러 그래선 못쓴다는 뜻인지 아니면 이제 보니 사악한 새끼 마두는 아니란 뜻인지, 도대체 알 수가 없었다.

별안간 사화룡이 몸부림치면서 악을 버럭 썼다. 담황색 경삼을 걸친 미녀가 개방의 원군인 줄 알고 용기가 솟구친 것이다.

"장무기, 이 음탕한 도적놈! 어서 내려오지 못하겠느냐?"

손을 뻗어 양어깨에 걸친 다리를 잡아당겨 끌어내리려 했으나 뒷덜미의 경맥을 단단히 움켜잡힌 터라 조금도 맥을 쓸 수가 없었다.

여인들의 면전에서 '음탕한 도적놈'이라고 욕을 얻어먹은 장무기가 분노와 수치감이 한꺼번에 치밀어 당장 사화룡의 덜미를 움킨 손아귀에 공력을 주입시켰다.

"아야, 아얏! 나 죽네!"

사화룡은 전신이 마비되는 아픔을 이기지 못하고 마구 고함을 질렀다.

개방 거지 패거리들은 두 눈이 휘둥그레진 채로 경악을 금치 못했다. 물론 장무기가 방주에게 무례를 범한 것은 사실이지만, 그래도 한 방회의 지존인 방주가 저토록 나약하게 추태를 보일 줄은 꿈에도 몰랐던 것이다. 적의 면전에서, 더구나 여인들이 지켜보는 가운데 주책없이 끙끙 앓는 소리까지 내가며 신음하고 비명을 지르다니, 개방의 어른인 영웅호한의 체면을 크게 실추시키는 짓이었다. 방주는 고사하고 일개 평범한 말단 제자 신분이라 해도 남들이 보는 앞에 함부로 머리를 숙이거나 나약한 면모를 보이지 않는 것이 개방의 자존심이 아닌가? 결국 방주 사화룡은 제자들에게 이루 말 못 할 서글픔과 충격, 수치감을 안겨준 꼴이 되고 말았다. 진우량도 그 꼴을 보자 도저히 안 되겠는지, 장무기에게 제안했다.

"장 교주! 그대가 우리 사 방주를 놓아주면 나도 칼을 거두겠네. 어떤가?"

휴전을 제의하면서도 그는 상대방이 응답할 때까지 기다리지 않고 선뜻 장검을 거두어 주지약의 칼집에 도로 넣었다. 그 술수가 효과를 보이리라 예상하고 선수를 친 것이다. 아니나 다를까, 장무기의 입에서도 선선히 응답이 나왔다.

"좋소!"

느긋이 사화룡의 어깨를 타고 앉았던 신형이 번뜩 움직였는가 싶었을 때 장무기는 벌써 주지약의 곁에 서 있었다. 무엇이 그리도 불편한지 양 눈썹을 잔뜩 찌푸리고 위축된 기색으로 맥없이 축 늘어진 주지약의 몰골을 본 장무기는 애처로운 마음이 들어 그녀를 부축해 안마당 한구석 돌 의자에 데려다 앉혔다.

방주가 무사히 풀려난 것을 확인한 진우량이 담황색 경삼을 걸친 미녀 쪽으로 돌아섰다.

"낭자께선 무슨 용건으로 저희 개방에 왕림하셨소? 또 방명芳名은 어찌 되시는지?"

그러나 상대방의 대답을 미처 듣기도 전에, 또다시 못생긴 소녀에게 질문을 던지고 있었다.

"꼬마 아가씨, 그 대지팡이는 어디서 가져왔지?"

황삼의 미녀가 쌀쌀맞게 되물었다.

"혼원벽력수 성곤은 어디 있소? 이리 썩 나오라 하시오!"

장무기는 '혼원벽력수 성곤'이란 말을 듣는 순간, 정신이 번쩍 들었다. 그자는 오래전 광명전 일전에서 외숙부 은야왕의 손에 죽임을 당하지 않았던가? 흘끗 진우량 쪽을 바라보니 그는 마치 날벼락이라도 맞은 것처럼 안색이 돌변했다. 그러나 역시 간웅답게 이내 평정을 되찾고 담담한 어조로 응수했다.

"혼원벽력수 성곤이라? 그 사람은 금모사왕 사손의 스승 아니오? 그렇다면 물어야 할 사람을 잘못 찾으셨소. 개방이 아니라 저기 서 있는 장 교주에게나 물어보시오."

"귀하는 뉘시오?"

"소생의 이름은 진우량, 개방의 팔대 장로외다."

33. 긴 퉁소 짧은 거문고 가락에 담황색 옷자락 나부끼는데

황삼 미녀가 입술을 비죽 내밀어 사화룡 쪽을 가리키면서 또 물었다.

"그럼 저자는 누구요? 생김새가 헌걸찬 게 제법 영웅호걸 흉내를 내고 있으면서 어쩌면 그렇게나 밥통 같은 꼴만 보이는지 모르겠군. 남이 좀 건드렸기로서니 '사람 죽이네 살리네' 엄살을 부리다니, 사내대장부가 그게 무슨 꼬락서니요?"

한창 새파랗게 젊은 여인에게서 맞대놓고 모욕을 당했는데도 방주 사화룡은 웬일인지 성을 내기는커녕 호통 한마디 치지 않았다.

개방 제자들은 너무 낯 뜨거워 고개조차 들지 못했다. 이미 방주의 체통은 명교 교주에게 구겨질 대로 구겨졌는데, 또다시 생면부지의 여인에게까지 수모를 당하고서도 쥐 죽은 듯 잠잠하니 그저 남부끄러울 뿐이었다. 제자들 가운데 몇몇은 분에 못 이겨 전신을 부들부들 떨면서 방주 사화룡을 사납게 흘겨보았다. 눈초리에 경멸과 분노가 철철 흘러넘쳤다. 진우량이 또 나섰다.

"이분은 바로 본방의 사 방주 어른이시오. 어른께서 근자에 중병을 앓고 이제 겨우 거동하시게 되어 몸이 다소 부자유스러울 뿐이오. 그대가 손님으로 왔으니 이번만큼은 무례한 언동을 눈감아주겠으나, 두 번 다시 그따위로 허튼소리를 지껄이면 용서하지 않겠소!"

마지막 끝마디가 매서워졌다. 하나 진우량의 엄포는 그녀에게 아무런 동요도 일으키지 못했다. 황삼 미녀는 그 소리를 못 들은 척 무시해버리고 아무런 감정도 내비치지 않은 채 검은빛 처녀 한 사람을 손짓해 불렀다.

"소취야, 그 편지를 저분께 돌려드리려무나."

"예!"

소취小翠라 불린 흑의 처녀가 품속에서 편지 한 통을 꺼내더니 정중히 손바닥에 올려놓았다. 개방 제자들뿐 아니라 장무기의 눈길도 저절로 그리 쏠렸다. 겉봉에는 받을 사람의 이름이 정중하게 쓰여 있었다.

명교 한산동 어른 앞, 친전親展

그리고 줄 바꿔 작은 글씨로 발신자의 이름이 적혀 있었다.

개방 사화룡 올림

장봉용두는 편지 겉봉만 보고도 대번 얼굴빛이 자주색으로 바뀌었다.

"이 죽일 년! 도중에 두 번 세 번씩 날 거듭해 농락하고 편지를 도둑질해간 것이 바로 네년이었구나!"

장봉용두는 체통이고 뭐고 가릴 것 없이 대뜸 욕설부터 퍼붓더니 철봉을 번쩍 치켜 들었다. 수틀리는 대꾸가 나오면 당장 흑의 처녀를 단매에 때려죽일 기세였다. 흑의 처녀가 낄낄대면서 약을 올렸다.

"저야 계집년은 계집년이죠. 하지만 아직 죽을 때는 안 됐답니다. 그럼 당신은 어떤 분이죠? 그만한 덩치에 나잇값도 못 하고 편지 한 통 제대로 간수하지 못하시다니 부끄럽지도 않으시나 봐?"

말끝에 섬섬옥수 고운 손길이 번쩍 휘둘리자, 편지는 바람결에 실린 듯 나풀나풀 장봉용두를 향해 날아갔다. 장봉용두가 단번에 편지

33. 긴 퉁소 짧은 거문고 가락에 담황색 옷자락 나부끼는데

봉투를 움켜갔다.

노룡진에 처음 당도하던 그날 밤, 장무기는 사화룡이 장봉용두를 시켜 한산동에게 편지를 보낸 사실을 알고 있었다. 편지 내용은 "당신 아들 한림아를 인질로 잡아놓았으니 개방에 투항하라, 그래서 당신이 장악한 의병 세력을 개방 측에 합류시켜라"는 요구 사항이었다. 그런데 이제 두 사람이 주고받는 대화를 듣자 하니, 흑의 처녀가 중도에 장봉용두를 골탕 먹이고 한산동에게 전할 방주의 친서를 가로챈 모양이었다. 따라서 빈털터리가 된 장봉용두는 어쩔 수 없이 노룡진 총단으로 되돌아온 것이 분명했다. 장봉용두와 같은 개방 원로 고수를 정신 못 차릴 정도로 농락하고, 편지를 채뜨려간 도둑이 누구인지 그 정체마저 알지 못하게 수단을 부렸다면, 이 여덟 명의 흑백 처녀가 얼마나 비범한 기지의 소유자들이며, 또 그 무공 실력이 얼마나 정교하고 뛰어난 강자들인지 상상만으로도 알 수 있었다. 어디 그뿐이랴, 이들 여덟 처녀의 주인인 듯싶은 황삼 미녀가 암암리에 조종했다면 이 여인의 수완이야말로 더 말할 나위가 없으리라.

편지를 주인에게 되돌려준 황삼 미녀가 다시 입을 열었다.

"한산동은 몽골 오랑캐를 이 땅에서 몰아내려고 강소성, 산동성 일대에서 의병을 일으킨 훌륭한 분입니다. 항간에 떠도는 소문을 들어봐도 그분은 인자하고 후덕하며 백성을 조금도 괴롭히지 않는다고 합니다. 이런 영웅이 아들 목숨 하나 때문에 명교를 배반하고 개방에 투항하리라 생각했습니까? 어림없는 일이지요. 그건 그렇다 치고, 만일 그 편지가 정말 한산동의 수중에 들어갔다면 아마 개방 여러분은 톡톡히 낭패를 당했을 겁니다. 물론 여러분이 자초한 업보이긴 하지만 말입니다. 제가 보기에 저 용두 노형께선 가소롭게도 너무 어수룩하시더군요. 앞으로도 개방에 중대한 전갈이 있거든 꼭 저 용두 노형을 시켜 보내주세요. 그래야 편지를 빼앗아보기 쉬울 테니 말이죠."

장무기는 명교를 위해 애써준 그녀의 행위에 오직 감격할 따름이었다. 고마움을 금치 못한 그는 앞으로 선뜻 나서서 포권의 예로 사의를 표했다.

"누님께서 도와주신 점, 불초 장무기가 깊이 감사드립니다."

"웬걸요, 고마워하실 일도 아닌데."

그녀는 답례를 하고 나서 개방 사람들을 향해 돌아섰다.

"당신들이 한림아를 잡아놓았다고 한산동 세력을 투항하게 만들 수 있을 것 같습니까? 장봉용두 노형, 그날 당신은 노상에서 우리 아이들한테 연달아 훼방을 당했죠? 그래서 큰길을 버리고 지름길로 바꾸어 가셨죠? 그렇다고 피할 수 있을 듯싶었나요? 호호호, 만일에 그 편지가 한산동의 수중에 무사히 들어갔다면, 당신네 개방 역시 좋은 꼴을 보지 못했을 겁니다."

진우량은 문득 짚이는 게 있어, 장봉용두의 손에 들린 편지를 넘겨받았다. 겉봉은 완전무결한 밀봉 상태 그대로였다. 겉봉을 찢고 알맹이를 꺼내 훑어보던 그는 첫 줄도 다 읽기 전에 얼굴빛이 돌변했다.

"앗, 이건……!"

애당초 그 편지는 한산동에게 투항을 권유하는 내용이었다. 그런데 어찌 된 노릇일까? 진우량이 읽은 내용은 정반대로 개방이 명교 측에 투항해 충성을 다 바치겠다는 맹세로 바뀌어 있지 않은가? 문장 투도 공손하다 못해 비굴하기 짝이 없었다. 진우량은 차마 소리 내어 읽지

33. 긴 통소 짧은 거문고 가락에 담황색 옷자락 나부끼는데

못하고 다시 눈으로 훑어 내려갔다. 그러나 두 번 세 번 거듭 읽어보아도 참담하기 이를 데 없는 비굴한 내용들로 가득 차 있을 뿐, 애당초 자기네들이 쓴 내용이라곤 단 한 줄도 섞여 있지 않았다.

……저희 개방이 명교 측에 저지른 죄, 골백번 빌어도 용서를 바랄 수 없사오나, 오늘 이후로는 전비前非를 통절히 뉘우치고 두 손 모아 비오니, 부디 명교 제위께서는 너그러우신 아량을 베푸시어 지난날의 과오를 질책하지 마시옵고 휘하에 거두어주소서. 저희 개방 무리들은 마땅히 장군님들의 말고삐를 잡고 진두에서 원나라 오랑캐를 물리치는 데 앞장서리다…….

황삼 미녀는 안색이 흙빛으로 바뀌어가는 진우량을 보고 비웃음을 던졌다.

"맞아요, 그 내용은 나도 읽어보았죠. 하지만 내가 뜯어고친 것은 아닙니다. 나도 그 편지를 다 읽고 나서야 장봉용두 노형께선 그 전에 벌써 남의 수단에 농락당했다는 사실을 알았으니까요. 농락을 당해도 아주 크게 당했다는 사실을 저분 자신은 끝끝내 모르고 우리가 훼방 놓은 행위만을 탓하고 계시는 겁니다. 나는 저희 집안과 개방 선대 어른들의 교분을 생각해서 위풍당당한 천하제일의 방회가 오늘날 후대에 와서 이렇듯 추태를 드러내는 것이 안타까웠습니다. 그기에 일부러 훼방을 놓고 중도에서 편지를 가로챈 겁니다. 여러분, 상상해보세요. 그런 내용의 서찰을 다른 이도 아닌 개방의 원로 장봉용두가 친히 명교 수중에 넘겨주었다면, 장차 개방이 무슨 낯으로 강호에 발을 내디딜 수 있단 말입니까."

전공장로, 집법장로, 장발용두, 장봉용두가 서로 다퉈가며 편지를 돌려 읽었다.

"맙소사!"

편지를 한 차례씩 훑어보던 그들의 입에서 차례로 외마디 실성이 터져 나왔다. 그들은 들끓어오르는 분노와 수치심에 겨워 고개를 떨어뜨린 채 온몸을 부들부들 떨었다. 황삼 미녀의 말이 백번 옳았다. 이 비굴하고도 염치없는 내용의 항복 문서가 진짜 명교 측 수중에 들어 갔다면 그날부터 개방의 더러운 명성이 강호 무림계에 길이 전해졌을 것이다. 그럼 10만 개방 제자는 과연 어떻게 될 것인가? 무림계 인사들이 던지는 모멸과 천시를 받기보다 차라리 한목숨 끊어 이 세상에서 말끔히 사라지는 게 더 나을지도 모른다. 저 여인이 중도에서 이것을 가로챈 의도는 실로 개방을 돕기 위해서였다. 그렇다면 편지 내용을 바꿔치기한 자는 또 누구란 말인가?

개방 수뇌 인사들의 눈길이 약속이나 한 듯 황삼 미녀에게 쏠렸다. 그 눈빛 속에 불타던 적의는 이제 사라지고 없었다.

흑의 처녀 소취가 빙그레 웃으며 물었다.

"여러분은 지금 그 편지를 누가 바꿔치기했는지 알고 싶으신 거죠. 안 그래요?"

개방 사람들은 묵묵부답이었다. 하나 범인을 알고 싶다는 욕망이 얼굴에 역력히 드러나 있었다.

소취가 장봉용두에게 엉뚱한 말을 던졌다.

"장봉용두 어르신, 겉옷을 벗어보시겠어요? 그럼 누가 그랬는지 당장 아실 수 있을 거예요."

진작부터 수치감에 겨워 얼굴이 시뻘겋다 못해 흑갈색으로 부풀어 있던 장봉용두의 목덜미에는 어느새 지렁이가 기어가듯 시퍼런 힘줄이 불뚝 돋아나 있었다. 가뜩이나 분에 못 이겨 씨근벌떡거리던 그는 또다시 흑의 처녀에게 지목을 당하자 어금니를 뿌드득 갈아붙이더니 옷자락을 움켜잡기가 무섭게 양쪽으로 난폭하게 잡아 찢었다. 단추가 한꺼번에 후드득 뜯겨나가고 거의 걸레가 되다시피 한 겉옷을 그는 등 뒤로 팽개쳐버리면서 사납게 물었다.

"자, 벗었다! 어쩔 테냐?"

악에 받쳐 호통을 지르는 순간, 등 뒤에 서 있던 개방 제자들이 무슨 괴물을 보았는지 일제히 경악성을 터뜨렸다.

"이크, 저게 뭐냐?"

장봉용두는 등 뒤에서 술렁대는 기척을 듣고 후딱 고개를 돌렸다.

"시끄럽다! 왜들 그러는 거냐?"

용두 어르신의 호통에 찔끔한 제자들 가운데 예닐곱 명이 어깨너머로 자기 등을 손가락질해 보였다. 장봉용두는 더욱 열이 뻗쳐 이번에는 홑저고리를 마주 잡아당겨 찢어버렸다. 울퉁불퉁 근육으로 뭉쳐진 알몸이 드러났다. 그러나 여자들의 면전에서 옷을 벗었다는 수치감도 잊은 채 찢어 벗은 홑적삼을 두 손으로 활짝 펼쳐 들었다.

"으악!"

마침내 그의 입에서도 혼비백산한 외마디 소리가 터졌다. 저고리 등 쪽 한복판에 푸른 빛깔의 흡혈박쥐 한 마리가 두 날개를 활짝 펼치고 있지 않은가? 흉악스럽게 딱 부릅뜬 두 눈알, 뾰족 내민 주둥이에는 방울방울 시뻘건 선혈까지 떨어져 내리고 있었다.

"청익복왕 위일소!"

전공장로와 집법장로가 이구동성으로 외쳤다.

장무기도 흐뭇한 마음에 보일 듯 말 듯 고개를 끄덕거렸다.

'과연 위 형다운 짓이다. 흡혈박쥐왕의 무영무종無影無縱으로 귀신도 모르게 오락가락하는 경공신법이 아니고서야 어느 누가 장봉용두 같은 고수를 눈치도 못 채게 골탕 먹일 수 있으랴?'

위일소의 무공 실력은 그가 중원 땅에 발을 들여놓기 전만 해도 별로 알아주는 이가 없었다. 궁벽한 서역 땅에서 주로 활약했기 때문에 그 명성이 강호 무림계에는 거의 알려져 있지 않았던 것이다. 그러나 명교의 내분이 수습되고 표면적으로 대외 활동을 개시한 지난 몇 년 전부터 위일소 역시 중원 강호에 신출귀몰하면서 대단한 솜씨를 드러내 이제는 천응교 교주이던 백미응왕 은천정에 못지않게 악명을 떨치고 흑백 양도 어느 쪽에서나 똑같은 공포의 대상이 된 터였다.

한순간 멍해졌던 장봉용두가 악에 받쳐 홑저고리를 들기가 무섭게 명교 교주 장무기의 면상을 냅다 후려치면서 욕설을 퍼부었다.

"잘했다, 이 마교 놈의 새끼들아! 네놈들이 감히 이 늙은이를 희롱하다니!"

그렇다고 호락호락 얻어맞을 장무기가 아니었다. 축 늘어뜨린 소맷자락을 훌쩍 뒤채자, 면상으로 날아들던 홑저고리가 거센 바람에 휩쓸려 공중으로 너풀너풀 날아오르더니 정원으로 다시 내려앉으면서 우뚝 솟은 은행나무 가장귀에 턱 걸렸다. 활짝 펼쳐진 옷자락이 바람결에 펄럭일 때마다 흡혈박쥐의 몸통과 활갯짓이 마치 살아 있는 것처럼 꿈틀거려 더욱 으스스한 분위기를 자아냈다.

장무기는 천연덕스레 뒷짐을 진 채 빙글빙글 웃었다.

"여보시오, 장봉용두 노형. 우리 명교 박쥐왕께서 손에 사정을 봐준 사실을 모르지 않을 텐데? 만약 그날 흡혈박쥐가 당신 목숨을 노리기라도 했다면 어쩔 뻔했소?"

장봉용두 역시 가만 생각해보니 과연 틀린 말이 아니었다. 그는 저도 모르게 몸서리를 쳤다.

진우량이 돌아가는 사세를 가만 보니 갈수록 구린내만 더 풍길 것 같았다. 그는 개방의 추태가 더 늘어나기 전에 이쯤에서 덮어두는 게 상책이라 여겼다. 그는 재빨리 화제를 황삼 미녀에게 돌렸다.

"낭자의 높으신 존함은 어찌 되시는지? 우리 개방과 또 어떤 연원이 있는지 말씀해주시겠소?"

황삼 미녀가 싸느란 비웃음으로 응수했다.

"흐흠, 당신네들과 어떤 연원이 있느냐고? 당신들하고는 아무 상관이 없죠! 난 그저 이 타구봉과 연분이 좀 있을 뿐이니까!"

손가락이 대뜸 못생긴 소녀의 수중에 들린 푸른빛 대지팡이를 가리켰다.

타구봉打狗棒이라니! 그 한마디가 개방 전체 사람들의 귀에 천둥 벼락 치는 소리로 들렸다. 그것은 한마디로 개방 방주의 지위와 품격을 상징하는 최고의 신물信物이었다. 그런데 이 개방 지존의 상징물이 어떻게 외부 사람의 수중에 들어갔단 말인가? 개방 제자들의 시선이 타구봉에서 떨어져 방주 쪽으로 옮아갔다. 그러나 사화룡은 얼굴빛이 허옇게 질린 채 어쩔 바를 모르고 있었다. 전공장로가 먼저 엄숙한 표정으로 질문을 던졌다.

"방주님, 저 계집아이가 들고 있는 것은 가짜겠지요?"

"내, 내가…… 보기엔 가짜 같네."

사화룡이 떠듬거리며 대꾸했다. 그러자 황삼 미녀가 대뜸 정곡을 찔러왔다.

"좋소이다, 그럼 어서 진짜 타구봉을 내놓아보시오! 어떤 게 진짜고 가짜인지 비교해보면 알 것 아니오?"

"타, 타구봉…… 타구봉은 개방 지존의 보물인데, 어찌 경솔하게 외부 사람한테 보인단 말인가! 나도 혹시 잃어버리지나 않을까 해서 가지고 다니지 않는데……."

개방 제자들이 그 소리에 또 한 번 기가 막혀 우거지상을 지었다. 개방 방주의 신분으로 타구봉을 잃어버릴까 봐 겁을 집어먹다니, 세상에 이런 체통머리 없는 소리가 어디 있단 말인가?

그때 갑자기 어린 소녀가 대지팡이를 번쩍 쳐들고 바락 악을 썼다.

"모두 이리 와보세요! 이 타구봉은 본방 대대로 전해 내려온 우리 방주님의 지팡이에요. 이게 어째서 가짜란 거죠?"

개방 사람들은 모두 제 귀를 의심했다. '본방'이라니, '우리 방주님'이라니? 생면부지의 낯선 계집아이가 거침없이 '우리 방주님'이라 외쳐대면서 개방 사람 행세를 하고 있으니, 도대체 무슨 영문인지 알 길이 없었다.

잔뜩 의심을 품으면서도 저들은 하나둘씩 소녀에게 다가가 대지팡이를 유심히 살펴보기 시작했다. 벽록의 수정처럼 투명한 빛깔에 옥같이 보드라운 윤기가 흐르면서도 굳기는 강철보다 더 단단해 보였다.

33. 긴 퉁소 짧은 거문고 가락에 담황색 옷자락 나부끼는데

개방 소속 제자라면 누가 보아도 그것은 틀림없이 역대 방주들만이 지녀온 타구봉이었다. 사람들은 저마다 서로 멀뚱멀뚱 얼굴만 바라볼 뿐, 어째서 이런 해괴한 일이 벌어졌는지 그 까닭을 이해할 수 없었다.

황삼의 미녀가 다시 사화룡에게 도전장을 던졌다.

"듣자니 개방의 역대 방주께선 항룡십팔장降龍十八掌과 타구봉법打狗棒法 두 가지 신공으로 개방을 수호하며 천하에 명성을 드날려오셨다고 했소. 어디 그 솜씨를 한번 봅시다! 소홍小虹아, 네가 먼저 사 방주에게 항룡십팔장의 신공을 한 수 받아보려무나. 소령小玲아, 넌 소홍 언니가 이기고 나거든 다시 사 방주에게 타구봉법 신공을 배우도록 해라."

여주인에게 지명된 소홍과 소령 두 흑의 처녀는 모두 검은빛 금속 통소 한 자루씩을 들고 조용히 걸어 나와 좌우로 갈라섰다.

진우량이 노발대발 호통쳐 꾸짖었다.

"아가씨가 성명을 밝히지 않은 것만 해도 우리 개방을 무시하는 태도인데, 게다가 어린 몸종까지 내세워 우리 방주에게 도전하다니, 강호에 이런 법이 어디 있단 말인가! 사 방주님, 우선 제가 이 두 계집종을 처치하고 나서 다시 저 아가씨의 고명한 솜씨를 받아보겠습니다. 도대체 이 요사스러운 것들이 어디서 굴러들었기에 이렇듯 개방을 업신여기는지 우리 한번 따져보기로 합시다!"

"제밀할 것! 좋소, 진 장로가 나서보시구려."

방주의 허락이 떨어지자, 진우량이 장검을 "쐐악!" 소리가 나도록 거칠게 뽑아 들더니 천천히 앞마당 한가운데로 걸어 나왔다.

소홍이라 불린 처녀가 그를 보고 물었다.

"우리 소저께서 나더러 항룡십팔장을 한 수 받아보라 명하셨는데,

당신이 그 장법을 쓰실 줄 아시나요? 항룡십팔장이란 게 칼부림으로
하는 겁니까?"

진우량이 또 한 번 호통을 쳤다.

"닥쳐라! 사 방주가 어떤 신분이신데, 너따위 어린 계집년들과 겨룬
단 말이냐? 항룡십팔장의 신공을 너 같은 계집년이 언제 보기나 했다
고 그런 주둥아리를 놀리는 거냐?"

말을 마치자 또 한 발짝 성큼 내디뎠다.

이때 황삼 미녀가 장무기를 돌아보고 요청했다.

"장 교주님, 내 한 가지 소청이 있습니다."

"말씀하시지요."

"저 진가 놈을 멀찌감치 떼어놓고 가짜 사 방주 노릇을 하는 사기꾼
의 정체를 벗겨주시겠습니까?"

"예, 그리하지요."

장무기는 고개 한 번 끄덕거리며 선선히 승낙했다. 그러고는 사화
룡 앞으로 바싹 접근해갔다. 그로서도 여태껏 사화룡이 하는 짓거리를
보아 그가 가짜가 아닌지 의심해왔다. 일개 방회의 주인이란 자가 사
사건건 진우량이 시키는 대로 따라만 할 뿐, 제 주장을 내세운 적이 언
제 한 번이라도 있었던가? 또 앞서 한림아가 뱉어낸 가래침을 피하지
못하고 이마에 들러붙도록 내버려둔 채 분노할 줄도 모르다니, 무공
실력으로 보나 식견으로 보나 개방의 어른치고는 너무도 어수룩했고,
또 비열하고 몰상식했다. 그런데 이제 황삼의 여인이 "가짜 사 방주 노
릇을 하는 사기꾼"이라고 꼭 짚어 말했다. 그렇다면 앞뒤 사리가 딱 들
어맞았다. 이 사화룡은 십중팔구 가짜다. 분명히 진우량의 조종을 받

33. 긴 퉁소 짧은 거문고 가락에 담황색 옷자락 나부끼는데

는 꼭두각시에 지나지 않는 것이다.

장무기가 바싹 다가들자, 사화룡은 주먹을 잔뜩 거머쥐고 있다가 앞가슴에 충천포沖天砲 한 대를 내질렀다. 이른바 허공에 포탄 한 발 터뜨리듯 회심의 일격으로 결정타를 날려 보낸 것이다. "픽!" 하고 둔탁한 소리가 들렸으나 장무기는 가소롭다는 듯이 껄껄대고 비웃었다.

"하하, 항룡십팔장 신공이란 게 고작 이거였소?"

불쑥 내뻗은 손아귀가 사화룡의 멱살을 움켜잡고 위로 번쩍 치켜들었다. 숨통을 죄었는지 사화룡이 캑캑대면서 사지 팔다리를 버둥거렸다. 흑의 처녀에게 앞길을 가로막힌 진우량은 이제 장애물을 젖히고 나서봤자 제 솜씨로는 장무기의 상대가 못 된다는 사실을 뻔히 아는 터라, 슬금슬금 뒷걸음질하며 개방 제자들의 틈을 비집고 들어가 섞였다.

이때였다. 못생긴 소녀가 별안간 목을 놓아 대성통곡하더니, 사화룡에게 달려들어 마구 할퀴고 물어뜯고 두들겨패면서 고래고래 악을 쓰기 시작했다.

"네가 아빠를 죽였어! 네놈이 내 아빠를 죽였단 말이야! 이 몹쓸 원수 놈아!"

장무기의 손에 멱살 잡힌 사화룡은 옴짝달싹 못 하고 소녀의 주먹질을 고스란히 얻어맞았다. 그러나 덩치가 너무 큰 데다 번쩍 쳐들린 상태라 키 작은 꼬마의 앙증맞은 두 주먹은 기껏해야 아랫배나 두드릴 따름이었다. 그것을 본 장무기가 한 손으로 사화룡의 멱살을 잡은 채 다른 손으로 머리통을 아래쪽으로 지그시 찍어 눌렀다. 그러고는 고개를 홀떡 젖혀 얼굴이 통째로 드러나게 만들었다.

소녀가 옳다 됐구나 싶었는지, 독 오른 삵처럼 사납게 덤벼들더니 양손으로 백발이 성성한 사화룡의 머리채를 덥석 움켜쥐고 흔들었다. 그러자 별안간 머리털이 맥없이 뭉텅 빠져 달아나고 그 대신 번들거리는 대머리가 통째로 드러났다. 어디 그뿐이랴, 뭇사람이 놀랄 겨를도 없이 사화룡의 얼굴을 마구 할퀴어대던 소녀의 손가락이 우뚝 솟은 콧잔등을 움켜 흔들어 붙이자 "쩍!" 하는 소리와 함께 콧날이 쑥 빠져나왔다. 그런데도 피 한 방울 나지 않았다. 끔찍스럽게 콧날이 빠져나간 곳에 납작코가 드러났다. 앞서 우뚝하던 주먹코는 가짜로 덧붙인 것이었다. 사람들의 놀라움은 이미 극에 달해 분노로 바뀌어갔다.

"우리가 속았다!"

"저 사기꾼한테 속았어!"

개방 제자들의 아우성을 들으면서, 장무기는 다시 그 육중한 몸뚱이를 번쩍 치켜들었다가 그대로 땅바닥에 내동댕이쳤다. 가짜 사화룡은 땅바닥에 사지를 뻗고 길게 널브러진 채 눈앞이 캄캄해지고 정신마저 아찔해져 버둥거리기나 할 뿐 말 한마디 하지 못했다.

장무기는 빙그레 웃더니 스스로 뒷걸음질해 물러났다. 자기 할 일은 다했으니, 가짜 방주 노릇을 한 사기꾼 녀석에게 분풀이하고 진상을 밝힐 몫은 개방 친구들이 알아서 처리하라는 뜻이었다.

누구보다 먼저 나선 것은 역시 성미가 불같은 장봉용두였다. 그는 이제 막 엉금엉금 기어 일어나려던 가짜 방주의 멱살을 움켜잡기가 무섭게 솥뚜껑 같은 손바닥, 손등으로 좌우 뺨따귀를 번갈아가며 후려때리기 시작했다. 순식간에 일고여덟 대나 얻어맞은 가짜 방주의 양 볼이 시뻘겋게 부풀어 올랐다.

"아이고, 나 죽네! 사람 살려! 내가 한 일이 아니오! 나 혼자 한 짓이 아니란 말이야……! 진 장로…… 진 장로가 시켰어…….”

가짜 방주는 얼굴이 됫박만큼이나 통통 부어오른 채 필사적으로 장 봉용두의 손바닥을 도리질해 피하면서 고래고래 아우성쳤다.

사기꾼의 자백을 듣고 집법장로가 퍼뜩 짚이는 게 있어 황급히 좌우를 돌아보면서 호통쳐 물었다.

“진우량은 어디 있느냐?”

그러나 눈치 빠른 진우량이 아직껏 그 자리에 어정대고 있을 리 없었다. 만사가 폭로되었다는 판단이 서자마자 일찌감치 꽁무니를 빼고 줄행랑을 놓은 지 벌써 오래였다.

“냉큼 뒤쫓지 못하고 뭣들 하고 있는 거냐! 그놈을 사로잡을 때까지 돌아올 생각은 마라!”

집법장로의 불호령에 칠대 제자 몇몇이 자라목을 움츠리고 응답하기가 무섭게 대문 바깥으로 뒤쫓아 나갔다.

“제밀할 놈! 이게 어디서 굴러든 녀석인지도 모르고 내가 ‘방주님, 방주님!’ 하고 떠받들면서 꾸벅꾸벅 절까지 했잖아?”

여태껏 이놈 저놈한테 수모를 당해 울화통이 치밀었던 장봉용두가 드디어 분풀잇감을 찾았다. 다섯 손가락을 부챗살처럼 활짝 펼친 커다란 손바닥이 대뜸 가짜 방주의 면상을 짓이기려 들었다.

“잠깐!”

집법장로가 얼른 그 손찌검을 막아 뿌리쳤다.

“풍씨 아우님, 제발 엄벙덤벙 설쳐대지 좀 말게. 이놈을 홧김에 때려 죽였다가는 아무것도 알아내지 못하네. 자네가 참게, 참아.”

그러고는 돌아서서 황삼 미녀 앞에 두 주먹 맞잡아 흔들어 예를 취하고 나서 공손한 태도로 감사를 표했다.

"낭자께서 이놈들의 간악한 음모를 폭로해주지 않으셨던들 우리 개 방은 아직도 꿈속에서 이들의 농간에 놀아나고 있을 뻔했소이다. 낭자 의 방명은 어찌 되시는지 알려주시오. 저희 방회 위아래 제자들 모두 낭자의 크신 은덕에 충심으로 감사드리고 싶소이다."

황삼 미녀가 담담하니 웃었다.

"소녀는 심산유곡에 파묻혀 사는 몸으로, 이날 이때껏 외부 사람들과 왕래를 끊고 지내왔습니다. 그러기에 성씨도 이름도 쓸모가 없어 진작 버렸답니다. 하지만 이 어린 아가씨는 여러분께서도 잘 아실 겁니다."

개방 사람들은 그 말을 듣고 못난이 소녀를 유심히 살펴보았다. 하 지만 이 아가씨가 누군지 알 만한 사람은 없었다. 이때 전공장로는 갑 자기 누굴 연상했는지, 성큼 다가와서 다시 한번 찬찬히 뜯어보다가 자신 없게 떠듬떠듬 물었다.

"이 아가씨는…… 생김새가 사 방주 부인을 좀 닮았는데…… 그럼 혹시……?"

황삼의 미녀가 내처 그 말을 받았다.

"네, 바로 보셨습니다. 이 아가씨의 이름은 사홍석史紅石, 바로 사화룡 방주님의 외동딸이지요. 사 방주께서 임종하실 때 부인에게 타구봉을 내어주시면서 홍석 아가씨를 데리고 저를 찾아가라는 유언을 남기셨 습니다. 반드시 복수해서 당신의 한을 풀어달라고……."

"뭣이? 낭자, 방금 뭐라고 하셨소? 그럼 우리 방주님께서 세상을 뜨 셨단 말이오? 그렇다면…… 그 어르신이 어떻게 돌아가셨소?"

전공장로의 묻는 목소리가 놀라움과 비통에 떨려 나왔다.

273

개방 대대로 방주들에게 전해 내린 진방절기鎭幇絶技 항룡십팔장은 애당초 18초식이 아니라 북송 연간에는 28초식이었다. 당시의 방주 소봉蕭峯은 세상을 뒤덮을 만한 무공 실력의 소유자로 개방을 천하에 으뜸가는 방회로 성장시키고, 강호 무림계에 그 명성을 드날린 불세출의 고수였다. 하지만 출생 내력이 드러나면서 한족이 아닌 당시 송나라의 숙적이던 거란족이란 사실이 밝혀져 개방에서 축출당하고, 중원 천하를 떠돌아다니는 신세가 되고 말았다. 그는 방주로 있을 때 역대로 전해 내려온 28초식의 항룡이십팔장 가운데 번거롭거나 별로 쓸모가 없는 부분을 과감히 줄여버리고 또 비슷한 초식을 융화시켜 항룡십팔장으로 만들었다. 그리고 개방을 떠난 후 자신과 의형제를 맺은 대리국 왕세자 단예段譽와 소림사 승려 출신의 허죽虛竹을 사귀면서, 이 절기를 나중에 영취궁靈鷲宮 주인이 된 허죽 선사에게 물려주어 대대로 전승하게 했다. 소봉이 비참하게 죽은 이후, 마음씨 너그럽고 착한 허죽은 이 절기를 또다시 개방 측에 전해주었다.[*]

남송 말엽, 방주 자리를 이어받은 야율제는 장인 곽정에게서 이 열여덟 초식의 장법을 전해 받고 열심히 배웠다. 그러나 이를 마지막으로 개방은 차츰 근기根基가 떨어지는 인물들이 후임 방주에 선출되면서 온전한 18초식의 형태를 잃기 시작하더니, 그 후 역대 방주들도 하

---

[*] 소봉, 단예, 허죽: 저자 김용의 또 다른 장편소설 《천룡팔부天龍八部》에 등장하는 세 주인공. 소봉은 일명 교봉喬峯으로 개방의 청년 방주로서, 《사조영웅전》 《신조협려》보다 약 130여 년 앞선 북송北宋 당시 강호 무림계에 이른바 "남방에는 모용박, 북방에는 교봉南慕容 北喬峯"으로 쌍벽雙璧을 이룬 절정 고수. 단예는 중원 남방 대리국大理國 황실의 왕세자로서 일양지一陽指의 고수. 허죽은 파계한 소림사 제자로서 영취궁의 주인이 된 인물. 모두가 정의로운 인물들로 의형제를 맺어 흥미진진하게 난국을 헤쳐나간다.

나둘씩 터득하지 못해 기껏해야 14초식이 한계가 되고 말았다. 사화룡이 방주로 추대받아 익힌 것은 고작 12초식이 전부였다. 사화룡은 20여 년 전 이나마도 고심참담 수련하던 도중, 부족한 내력을 억지로 끌어올리려다 주화입마에 빠져 상반신이 마비되는 바람에 두 팔을 쓰지 못하는 불구자가 되고 말았다. 그때부터 사화룡은 처자를 이끌고 심산유곡을 헤매면서 치료에 필요한 영약을 찾아다녔다. 그리고 떠나기 전 개방의 일체 업무와 운영을 전공, 집법 두 장로와 장봉, 장발 두 용두에게 맡겨 공동으로 처리하도록 했다.

그러나 이들 네 사람의 원로는 서로 남의 예속을 받지 않고 제각기 파벌을 조성해 관할해온 데다 개방의 중추를 이루는 양대 세력인 오의파汚衣派와 정의파淨衣派마저 대립 관계로 발전하면서 마침내 개방은 분열과 쇠퇴의 길로 접어들었다. 이렇듯 어려운 상황에 최근 가짜 방주가 느닷없이 나타나 진우량의 조종을 받으면서 분열된 개방 세력을 다시 끌어모아 장악하기에 이르른 것이다. 사실 20~30대 젊은 나이의 개방 제자들은 이때껏 방주의 얼굴을 한 번도 본 적이 없었다. 전공 장로와 집법장로 이하 모든 원로들 역시 사화룡과 헤어진 지 20여 년의 세월이 흐른 터라 새로 나타난 방주의 겉모습이 예전과 비슷하다는 기억밖에 달리 수상쩍은 점을 발견하지 못했다. 그런데 간덩어리도 크게 개방 방주로 변장하고 나타난 자가 있을 줄이야 어느 누가 상상이나 했겠으며, 또 천하제일의 으뜸가는 방회 내부에서 이렇듯 엄청난 음모를 꾸미는 자가 있을 줄 꿈에나 생각해보았으랴?

황삼 여인이 길게 한숨을 쉬며 배후의 진범을 지목해주었다.

"사 방주님은 혼원벽력수 성곤의 손에 목숨을 잃으셨습니다."

"이잇?"

누구보다 놀란 사람은 장무기였다. 성곤이라면 광명정에서 자기 두 눈으로 땅바닥에 널브러진 시체를 똑똑히 보지 않았던가? 그런데 어떻게 죽은 자가 사화룡을 살해할 수 있단 말인가? '옳거니, 성곤 그놈이 죽기 전에 저지른 짓이었구나!' 장무기는 자신의 추측이 옳다고 여기면서도 황삼 여인에게 확인차 물었다.

"낭자에게 한 가지 여쭙겠습니다. 사 방주께서 돌아가신 지 얼마나 되었나요?"

"작년 10월 스물엿새이니까 두 달쯤 지났습니다."

"그것참 이상하군요. 그럴 리가 없을 텐데……. 낭자께선 사 방주를 죽인 범인이 성곤이라는 걸 어떻게 아셨습니까?"

"방주 부인이 말해주었지요. 그날 사 방주는 느닷없이 찾아온 웬 늙은이와 연속 12장을 겨루었다고 합니다. 격전 끝에 그자는 피를 토하고 달아났으나, 사 방주 역시 그자의 장력에 다쳤답니다. 사 방주는 자신의 상처가 회복되지 못한다는 사실을 알았습니다. 하지만 그 늙은이가 사흘 후면 원기를 되찾고 다시 찾아오리라고 예측했습니다. 그분은 아내를 불러 뒷일을 당부했습니다. 부인은 그때 원수의 이름이 '혼원벽력수 성곤'이라고 분명히 들었다고 말했습니다. 당시 사 방주는 두 팔의 마비 증세가 이미 열에 아홉 정도까지 치유된 데다 그 이전에 항룡십팔장 가운데 열두 번째 진전眞傳을 터득하고 계셨으므로 무공 실력이 강호 일류급 고수로서 부끄럽지 않았으나, 주화입마 증세를 치료하는 동안 체내의 공력을 충분히 증진시키지 못한 탓으로 그 12초식을 구사하면서 혼신의 기력을 다 쏟고 탈진 상태에 빠진 것입니다. 그래서 적의 독수에서 벗어나지 못한 것이지요."

곁에서 가만 듣고 있던 어린 소녀 사홍석이 당시의 상황을 떠올리고 목 놓아 울기 시작했다. 전공장로 역시 비통한 나머지 굵다란 눈물을 뚝뚝 떨어뜨렸다. 그는 때가 덕지덕지 묻은 소맷자락으로 사홍석의 눈물을 닦아주며 달래주었다.

"어린 사매, 너무 가슴 아파하며 울지 말게. 방주님의 원수는 우리 개방 제자 수만 명의 원수이니까 하늘이 무너져 내리는 한이 있더라도 어떻게 해서든지 그 혼원벽력수 성곤이란 놈을 붙잡아 천 갈래 만 갈래 찢어 죽이고야 말 걸세. 그렇게 해서 우리 방주님의 원수를 갚아드릴 거야……. 그런데 어머니는 지금 어디 계신가?"

사홍석은 여전히 훌쩍이면서 황삼 여인을 가리켰다.

"엄마는 저 양 언니 댁에서 다친 데를 치료하고 계세요."

사람들은 그제야 황삼 미녀의 성이 양씨楊氏라는 사실을 알았다. 하지만 아직도 그녀의 출신 내력이나 거처에 대해서는 아무것도 추측해낼 수가 없었다.

황삼 여인은 가볍게 탄식하더니 얼굴빛이 흐려졌다.

"사 부인도 성곤에게 일장을 맞았답니다. 상세가 여간 중한 게 아니지요. 게다가 머나먼 길을 급하게 달려서 저희 집까지 도착했을 때는 숨이 거의 끊어질 지경이었습니다. 다시 예전처럼 완쾌될 수 있을는지…… 그것도 장담하기 어렵지요."

"도대체 그 성곤이란 놈이 방주님과 무슨 원한을 맺었기에 그토록 치명적인 독수까지 썼답디까?"

집법장로가 이를 갈아붙이며 물었다.

"사 부인이 사 방주의 유언을 전해주었는데, 그분은 성곤이란 자와 평소 알지도 못하는 사이였다고 했습니다. 그러니 원한 맺을 건더기도 없었겠지요. 그 때문에 사 방주께서도 눈을 감으면서 까닭도 모르는 죽음에 한을 품으셨다고 합니다. 사 부인의 짐작으로는, 개방에 속한 어느 제자가 어디서 성곤에게 죄를 짓고 성곤은 그 빚을 사 방주에게서 받아낸 것이라고 합니다만 그것도 한낱 추측에 지나지 않을 뿐, 내막은 성곤 자신만이 알고 있을 겁니다."

"으음…… 성곤은 자기 제자 사손의 추적을 피하느라 벌써 몇십 년 전부터 강호에서 종적을 감추어 죽었는지 살았는지조차 모르는데, 개방 제자가 무슨 재주로 그자에게 실수를 했겠소? 아무래도 그 중간에 어떤 중대한 오해가 있었든지, 아니면 무슨 음모가 개입된 듯싶소이다."

말을 마친 집법장로는 깊은 생각에 잠겨들었다.

여태껏 한 곁에서 말 한마디 없이 잠자코 듣기만 하던 장발용두가 별안간 허리춤에서 만도를 쓱 뽑아 들고 가짜 사화룡의 목줄기에 턱 얹어놓더니 천둥 벼락 치듯 호통을 질렀다.

"네 이놈! 이름이 뭐냐? 무슨 까닭으로 대담하게 사 방주 흉내를 냈느냐? 어서 썩 말하지 못할까? 반 마디라도 허튼소릴 했다가는…… 흐흥! 이 걸상처럼 될 줄 알아라, 에잇……!"

둥그렇게 굽은 칼날이 곁에 놓인 의자를 후려 찍어 단칼에 두 조각을 내고 또다시 가짜 사화룡의 목덜미에 얹혔다. 서슬 퍼런 칼바람에 혼비백산한 가짜 방주가 훌러덩 벗겨진 대머리를 바짝 움츠리고 얼른 입을 열었다.

"저…… 저는…… 나두원癩頭黿 유오劉敖라고 합니다. 별명대로 '옴

붙은 자라 대머리'올시다. 원래는 산서성山西省 해현解縣 난석강亂石岡 산채에서 산적 노릇을 하고 살았습지요. 그날도 밑천 안 드는 장사 좀 해보려고 산 밑에 내려갔다가 지나가는 길손을 털어먹는다는 것이 진우량 장로한테 걸리고 말았습니다. 그분 말고 또 한 분, 진 장로의 스승도 함께 있었는데…….'

그때 장무기가 불쑥 한마디 끼어들었다.

"진 장로의 사부가 누구라던가?"

대머리 유오가 고개를 갸우뚱하더니 고개를 가로저었다.

"소인은 모르겠는뎁쇼, 비쩍 마른 노승인데 무공이 아주 매섭더군요. 법명을 뭐라고 부르긴 했습니다만, 지금은 다 잊어서 기억이 나지 않습니다."

한참 동안 생각에 잠겼던 집법장로가 말문을 열었다.

"진우량은 소림파 출신으로, 그 사부는 소림사 고승이지. 법명이 원진이라 하던데 벌써 원적한 지 오래됐소. 그런데 그놈한테 무슨 사부가 또 있단 말인가?"

장무기가 얼른 깨쳐주었다.

"원진은 바로 혼원벽력수 성곤이 소림사에 들어가 얻은 가짜 법명입니다!"

그리고 성곤이 오래전부터 원진이란 가명으로 소림사에 섞여 들어가 소림의 신승 공견대사를 스승으로 섬겼다는 사실, 원진이 광명정을 기습해 명교 수뇌부를 몰살하려다 실패하고 달아난 일, 육대 문파가 광명정을 포위 공격하던 날 천응교의 당주 은야왕에게 맞아 죽었는데 어찌 된 일인지 그 직후 시체가 돌연 실종되었다는 사실 등을 간략하

279

게나마 들려주었다.

그 얘기를 듣자, 장발용두가 신중하게 제 생각을 밝혔다.

"아마도 성곤이란 놈은 광명정 일전에서 죽지 않은 모양이오. 죽은 척하고 시체들 틈에 섞여 있다가 혼란 통에 슬그머니 빠져 달아났을 거요."

장무기도 그 추측에 동의했다.

"바로 맞히셨소이다! 만일 그놈이 사 방주를 찾아가서 결투를 청하고 끝내 그 대고수의 목숨을 해치지 않았던들, 성곤이 아직도 인간 세상에 살아 있다는 사실을 아무도 몰랐을 겁니다."

장발용두가 또다시 유오를 다그치기 시작했다.

"네놈이 진 장로와 그 사부 되는 자를 만난 뒤에 또 어떻게 했느냐?"

"아이고, 바른대로 다 불 테니 제발 그 칼날 좀 치워주십시오! 무서워 입이 떨어지지 않습니다요!"

대머리 유오가 한겨울 북풍에 사시나무 흔들리듯 와들와들 떨어가며 진상을 털어놓기 시작했다.

산적 유오는 그날 진우량 일행 두 사람의 주머니를 털려다 재수가 없어 돈벌이는커녕 오히려 진우량의 발길질에 걷어차여 나둥그러지고 말았다. 진우량은 당장 패검을 뽑아 찔러 죽이려 들었다. 유오는 쉴 새 없이 땅바닥에 이마를 조아려가며 목숨만 살려달라고 손발이 닳아 빠지도록 애걸복걸 빌었다.

그런데 진우량이 갑자기 유오의 생김새를 요모조모 뜯어보더니 자기 스승한테 이렇게 말했다.

"사부님, 이 산적 놈의 상판이 엊그제 본 그자와 아주 닮았군요."

그러나 스승이란 늙은이가 단번에 도리질을 했다.

"흐흠, 나이가 틀려. 게다가 납작코에 대머리 아니냐?"

"하하! 그건 염려 마십쇼. 제자가 솜씨를 한번 부려볼 테니까요."

진우량은 껄껄 웃어가며 장담하더니 둘이서 유오를 데리고 하산해 인근 고을 해현에 도착했다. 객점을 하나 잡아 투숙한 후, 진우량은 석고에 물감을 반죽해가지고 유오의 납작코에 덧붙여 높직하게 콧날을 세우더니, 하얀 가발까지 사다 씌워놓고 요리조리 매만져 개방 방주 사화룡의 얼굴 모습으로 변장시켰다.

그러고는 유오를 데리고 개방 총단을 찾아 나섰다. 스승이란 늙은 이는 중도에 어디로 갔는지 떠나버렸다.

"……어르신네! 저도 꼼짝 못 하고 진 장로가 시키는 대로 할 수밖에 없었습니다요. 그러지 않고서야 소인이 무슨 호랑이 간을 먹었다고 언감생심 여러 어르신을 농락할 리 있겠습니까? 전 진 장로가 이렇게 해라 하면 이렇게 하고, 저렇게 해라 하면 저렇게 했을 뿐입죠. 소인이 비록 개보다도 못한 천것이지만, 하나밖에 없는 목숨을 진 장로가 꽉 붙잡고 있으니 어쩝니까? 소인도 집에 팔십 노모가 살아 계십니다. 그저 이 알량한 목숨이나마 살려주십시오!"

무릎 꿇고 엎드려 애걸복걸하는 유오는 도마에 마늘 짓찧듯 쉴 새 없이 땅바닥을 이마로 두드렸다.

기막힌 사연을 다 듣고 나서 전공장로는 이를 뿌드득 갈아붙였다.

"이제 보니 이런 음모를 꾸민 수괴는 바로 진우량 그 간적이었어!

스승과 제자 두 놈이 야심만만하게 중원 천하를 독차지해서 패자로 군림하겠다는 망상으로 사 방주를 살해한 것이야. 이 좀도적을 개방에 꼭두각시로 내세워놓고 배후 조종해서 우선 첫 단계로 명교를 협박하고 소림과 무당, 아미 등 삼대 문파를 차례차례 농락하려 들었다니……! 한데 송청서는 어디 있어? 언제 어디로 간 거야?"

그러고 보니 과연 송청서도 없어졌다. 사람들이 모두 가짜 방주와 황삼 여인, 사홍석 일행을 주목하느라 송청서는 신경 쓰지 않았는데, 그 역시 진우량의 뒤를 밟아 뺑소니친 모양이었다. 아무튼 얘기가 이쯤 되면 그동안 무슨 일이 벌어졌는지 아귀가 맞아떨어졌다. 진우량의 간계가 백일하에 드러난 것이다.

전공장로는 황삼 미녀를 향해 깊이 머리 숙였다.

"양 소저께서 저희 개방에 베풀어주신 그 크나큰 은덕을 어찌 갚아야 좋을지 모르겠습니다."

황삼 여인이 담담하게 웃었다.

"제 선친께서 귀방의 전대 방주님과 깊은 교분을 맺으셨습니다. 미약한 도움을 드렸기로서니, 선친께서 귀방에 입으신 은공을 어찌 다 갚으오리까? 이 사홍석 아가씨를 잘 보살펴주시기 바랄 따름입니다."

그녀는 개방 원로들에게 일일이 허리 굽혀 인사했다. 그러고는 한순간에 담황색 옷 그림자가 번쩍하더니 벌써 대청 지붕 위로 올라가 섰다.

"양 소저, 잠깐만 기다려주시오!"

전공장로가 다급하게 소리쳐 불렀으나, 그것이 신호인 양 네 명의 흑의 처녀와 네 명의 백의 처녀도 일제히 몸을 날려 지붕 위에 올라섰다. 이윽고 옥쟁반에 구슬이 구르듯 칠현금 가락이 다시 울리고, 구성진 통소의 운율이 흐느끼듯 길게 울려 퍼지기 시작했다. 칠현금과 퉁소의 합주 가락은 삽시간에 바람결을 타고 표연히 멀어져갔다. 소리의 여운은 아직도 귓결에 남았으나, 그들의 그림자는 이미 보이지 않았다.

"양 소저!"

장무기와 개방 원로들의 부름은 허망하게도 텅 빈 하늘에 울리다가 이내 흩어졌다. 양 소저, 담황색 경삼 차림의 미녀, 핏기 한 점 내비치지 않는 창백한 얼굴빛…… 지금 이 세상에 살아 있는 사람 가운데 신조대협 양과와 고묘파 전인 소용녀 부부의 혈육이 이어져 내려오고 있음을 아는 이가 없었다. 혹시 무당파 장문인 장삼봉이 여기 있었더라면 100년 전 소년 장군보 시절의 일을 기억으로 더듬어 추측해보기나 했을까.

전공장로가 어린 소녀 사홍석의 손을 잡고 장무기에게 다가왔다.

"장 교주, 잠시 안으로 드셔서 말씀을 좀 나누시지요."

개방 제자들이 모두 한 곁으로 비켜서서 공손히 앞길을 터주었다. 장무기도 사양치 않고 대청 안으로 들어가 전공장로 이하 개방 원로들과 자리 잡고 앉았다. 주지약도 그의 어깨 아래 앉았다. 장무기는 전공장로, 집법장로 이하 여러 원로들과 통성명하고 나서 다시 전공장로에게 요청했다.

"조ㅂ 장로님, 제 양부 되시는 금모사왕이 귀방에 계시거든 뵙게 해주십시오. 아니면 그분의 행방이라도 알려주셨으면 합니다."

그러자 전공장로는 한 모금 탄식을 섞어 대답했다.

"저희 개방이 간적 진우량의 수단에 놀아나 천하 영웅들께 누를 끼쳐 부끄럽기 짝이 없소이다. 숨김없이 말씀드리지요. 사 대협과 이분

주 소저는 확실히 저희가 힘을 합쳐 관외關外에서 억지로 청하여 모셔 왔습니다. 당시 저희는 찻물에 독문미약獨門迷藥을 타서 사 대협과 주 소저 두 분을 혼수상태에 빠뜨리고 이리로 모셔왔습니다. 진우량의 말로는 사 대협의 신변을 추적 조사하면 도룡도가 어디 있는지 알아낼 수 있고, 또 주 소저를 인질로 잡아놓으면 무당파와 명교 세력을 굴복시키는 데 아주 좋은 미끼가 되리라는 것이었습니다. 그런데 엿새 전날 밤중에 사 대협께선 갑작스레 당신을 지키고 있던 저희 개방 제자들을 습격해서 여러 목숨을 다쳐놓고 탈출하셨습니다. 장 교주님, 이 말씀은 믿어주십시오. 그날 맞아 죽은 제자들의 관이 아직 장사를 치르지 못한 채 뒤뜰에 놓여 있으니까요. 정 미덥지 않으시다면 직접 가서 살펴보셔도 좋습니다."

말씨는 간절하고 성의가 담겨 있었다. 더구나 장무기도 그날 밤 누각에 잠입했다가 방 안에 여기저기 널린 개방 제자들의 시신을 두 눈으로 보지 않았던가?

"조 장로님께서 그리 말씀하시는데 이 후배가 어찌 안 믿겠습니까?"

장무기는 일단 사례를 표하고 나서 다시 물었다.

"여기 노룡진에서 줄곧 서쪽 방향으로 풍윤성, 옥전현을 거쳐 영하까지 뻗은 길에 저희 명교 연락 표지를 해놓았기에 따라가보았습니다만, 아무래도 명교 형제들의 솜씨는 아닌 것 같았습니다. 혹시 그 표지들도 귀방 여러분과 어떤 관련이 있는 것은 아닙니까?"

"진우량, 그놈이 수작을 부려놓았을 겁니다. 말씀드리기 새삼 부끄럽지만 저희로서는 아는 바가 없습니다."

장무기가 고개를 두어 번 끄덕이더니 사홍석을 돌아보고 물었다.

"어린 아가씨, 저 양 소저는 어디 살고 있지? 옛날부터 아는 사이였는가?"

사홍석은 머리를 잘래잘래 내둘렀다.

"전에는 못 보았어요. 아빠가 돌아가시자 엄마는 대지팡이를 들고서 날 데리고 산으로 올라갔어요. 엄마는 못 걸으니까 한참 쉬었다 엉금엉금 기어가셨죠. 나무가 아주 많은 데였어요. 숲이 우거진 곳으로 가까이 가시더니 엄마는 마구 소리를 질렀어요. 그러니까 검정 옷을 입은 언니 하나가 숲속에서 걸어 나왔죠. 또 조금 있다가 양 언니도 나왔어요. 그리고 엄마하고 아주 많이 얘기하더니, 대지팡이를 가지고 가서 한참 있다가 도로 나왔죠. 엄마는 까무러쳐서 정신이 없었어요. 나중에 양 언니가 날 데리고 또 까만 옷 하얀 옷을 입은 언니들 여덟 명하고 같이 마차를 타고 왔지요."

어린 나이라서 말도 조리 있게 하지 못했다. 어디로 갔는지 언제 갔는지 물어도 기억하고 있는 게 하나도 없었다. 장무기는 결국 그 입에서 아무런 실마리도 잡지 못했다. 실의에 빠진 장무기를 위로하느라 전공장로가 다른 얘기를 끄집어냈다.

"귀교 한산동 어른의 아드님이 저희 개방에 와 계십니다."

그러고는 대답도 기다리지 않고 제자 한 명에게 몇 마디 분부를 했다. 제자가 총총걸음으로 나간 지 얼마 안 있어, 대청 바깥에서 마구 욕설을 퍼붓는 한림아의 목소리가 뒤채까지 쩌렁쩌렁 들려왔다.

"이 죽일 놈의 거지들아! 또 어르신을 속이려고? 어림없다. 우리 장교주님이 얼마나 존귀한 분이신데 네놈들의 이 냄새나는 거지 소굴에 왕림하셨단 말이냐? 그러지 말고 일찌감치 날 저승으로 보내다오. 그

33. 긴 통소 짧은 거문고 가락에 담황색 옷자락 나부끼는데

따위 도깨비장난질에는 안 넘어갈 테니까, 날 항복시킬 생각일랑 아예 꿈도 꾸지 마라!"

한림아의 푸진 욕설을 듣고도 개방 장로들은 하나같이 얄궂은 기색으로 멀뚱멀뚱 앉아 있기만 했다. 젊은 녀석한테 욕을 먹어도 싼 짓거리를 했으니 성이 나기는커녕 부끄럽기만 했다.

한림아가 적의 수중에 잡힌 몸으로 꿋꿋하게 지조를 꺾지 않고 버티는 것을 보자, 장무기도 탄복하지 않을 수 없었다. 그는 조용히 일어서서 대청 중문까지 마중하러 나갔다. 한림아가 노기등등하게 개방 제자들을 마구 꾸짖으며 들어섰을 때, 장무기는 빙그레 웃으며 한마디 건넸다.

"한 형, 나 여기 있소. 지난 며칠 동안 고생이 많으셨구려."

귀에 익은 목소리에 한림아는 흠칫 놀라 걸음을 멈추고 우두커니 섰다. 그러고는 이제 말을 걸어오는 사람을 바라보았다. 그런데 진짜 틀림없는 교주가 아닌가? 그는 반가움을 이기지 못하고 그 자리에 넙죽 엎드려 큰절부터 올렸다.

"교주님! 정말 여기 오셨군요! 소인이 얼마나 죽도록 보고 싶었는지……. 교주님, 어서 제게 명을 내려주십시오! 이 빌어먹을 거지 놈들을 깡그리 휩쓸어 죽이겠습니다!"

"하하! 한 형, 그럴 것 없소. 개방의 여러 장로께서도 남의 간계에 빠져 이렇듯 피차간에 오해받을 일이 벌어진 거요. 이제 모든 일의 진상이 밝혀져 오해도 다 풀렸고, 우리 명교와 좋은 벗이 되었으니 이 아우의 낯을 봐서라도 너무 개의치 마시구려."

장무기가 한림아를 부축해 일으키면서 좋은 말로 달랬으나, 그는 여전히 두 눈을 딱 부릅뜨고 전공장로 이하 개방 원로들을 차례차례 무섭게 흘겨보았다. 생각 같아서는 속이 후련해질 때까지 한바탕 욕설을 퍼붓고 싶었으나, 교주의 분부이니 억지로 눌러 참는 기색이었다. 집법장로가 어색해진 분위기를 바꿔보려고 짐짓 다정하게 장무기의 손을 부여잡았다. 그러고는 제자들을 향해 큰 소리로 분부했다.

"얘들아, 어서 잔칫상을 한판 크게 차려라! 장 교주님께서 오늘 왕림하셨으니 실로 우리 개방의 크나큰 영광인데 술 한잔 없어서야 되겠느냐? 우리 모두 장 교주님을 성심성의껏 환영하고 아미파 장문 주낭자께 위로의 술잔도 올리고 또 한 형에게 사과도 해야겠다!"

"예에!"

진작부터 대기하던 제자들이 한마디로 시원스레 응답하더니 우르르 몰려나갔다.

장무기는 양부 사손의 안위가 걱정되기도 하려니와 주지약에게 물어볼 것도 많은 터라 한가롭게 술잔이나 기울이면서 노닥거릴 여유가 없었다.

"여러분의 아름다우신 뜻, 감사합니다. 하지만 소생은 양부님을 찾는 일이 급하므로 훗날 다시 찾아뵙고 폐를 끼칠 수밖에 없겠군요. 널리 양해해주시고 나무라지는 마시기 바랍니다."

그러나 전공장로 이하 모든 원로가 간곡히 그를 붙잡았다. 장무기는 이들의 성의를 무시하고 이대로 떠났다가는 개방에 큰 결례를 범하는 것 같아 도로 주저앉고 말았다.

잔치 자리에서 개방의 원로들은 돌아가며 술잔을 들고 장무기에게 다시 정중하게 사죄했다. 그리고 10여 만 명 넘는 개방 제자를 사방천지에 풀어 사손의 행방을 추적하고, 소식을 얻는 대로 즉시 명교 측에 통보하겠노라고 약속했다.

장무기는 여러 장로, 용두들과 그 자리에서 우정을 맺고 한바탕 술잔을 돌려 통음하고 나서야 겨우 일어날 수 있었다. 개방 원로들은 장무기가 젊은 나이에 절세무공을 지녔으면서도 거만하지 않고 도량이 너른 데 반했다. 헤어질 때 그들은 모두 장무기의 손을 잡고 장차 몽골 오랑캐를 중원 땅에서 몰아내는 데 힘을 합치기로 굳게 다짐했다.

그날 밤, 장무기와 주지약, 한림아는 노룡진에서 아담한 객점을 한군데 찾아 투숙했다. 밤이 이슥하도록 잠을 이루지 못한 장무기는 홀로 노룡진 성 밖으로 나가 교외의 작은 산등성이로 올라갔다. 그러고는 커다란 고목에 기대선 채 조용히 마음을 가라앉히고 상념에 잠겼다. 생각은 무엇보다 양부 사손의 행방을 찾아내는 데 쏠렸다. 도대체 어디로 갔는지, 또 어떻게 해야 그를 위험에서 구해낼 것인지가 목전에 당면한 급선무였다.

그다음 혼원벽력수 성곤의 행방을 추적하는 일이 두 번째 과제였다. 장무기는 차근차근 생각을 정리해나갔다.

'앞서 나는 성곤이 죽은 줄로만 알았기 때문에 그 숱한 의혹들을 그자의 신상과 연계시켜 생각해보지 않았다. 그런데 이제 성곤이 죽지 않고 살아 있으니 적지 않은 의혹의 실마리를 그자에게서 찾아낼 수 있을 것이다. 무림계 인사들이 하나같이 내 양부를 찾는 데 혈안이 된 것은 '무림지존'이란 전설적인 칼 도룡보도를 얻기 위해서였다. 광명 우사 범요가 말하지 않았던가? 여양왕 차칸테무르가 성곤과 작당해서 노심초사 명교를 멸망시키려 한 것도 모두 성곤의 계략에서 비롯한 일이었노라고……. 그것은 20여 년 전의 일이었다. 금강문의 고수 아이와 아삼이 금강지력으로 셋째 사백 유대암의 사지 팔다리뼈를 부러뜨려 폐인으로 만들었을 때는 아버님과 어머니가 아직 혼인하지 않으셨고, 나 역시 이 세상에 태어나지 않았다. 나중에 학필옹이 내게 현명신장을 한 대 먹여 큰아버님의 소재를 알아내려고 핍박한 것도 모두가 도룡도를 빼앗기 위해서였다. 여양왕은 일국의 병마 대권을 장악한 중신으로 그런 강호 사람들의 행실 따위는 알지 못했을 터, 그 모든 계략을 꾸미고 사주한 자 역시 성곤이었을 가능성이 다분하다. 그렇다면 셋째 사백 유대암이 평생 불구자로 고통받고, 내 부모님이 스스로 목숨을 끊지 않으면 안 되게 만들었으며, 태사부님과 여러 사백 사숙 어른이 내 한목숨을 살리려고 무진 애를 쓰시고, 또 내가 한없이 음독의 고통에 시달려야 했던 것도 결국 성곤 때문이었다.

그놈의 악행은 결코 여기서 끝나지 않았다. 20여 년 세월이 지난 뒤에도 그놈과 조민이 작당해서 저지른 일이 얼마나 많은가? 육대 문파 고수들을 사로잡고, 녹류산장에서 독을 쓴 일도 역시 성곤 그놈이 한몫 거들었을 게 틀림없다. 그런데 지금 또다시 진우량과 모략을 꾸미며 개방, 무당파, 아미파, 명교 세력을 한꺼번에 말아먹으려 들다니. 흐흐흐! 정말 대단한 놈 아닌가? 성곤, 그 간악한 도적놈이 여양왕의 휘하에 투신한 의도는 오로지 우리 명교를 멸망시키려는 데 있을 뿐, 결코 제 한 몸의 부귀영화를 탐냈기 때문에 그랬던 것은 아니었다. 절대로……!'

이제 장무기의 눈앞에는 성곤과 진우량, 그리고 조민의 얼굴까지 겹쳐 떠올랐다. 음험하고 악랄하고 교활한 점으로 따지자면 이들 셋 모두 당세에 둘째가라면 서러워할 무서운 인물들이다. 이들 셋이서 힘을 합쳐 명교를 적대시한다면 양소, 범요, 외조부, 위일소 같은 고수들

33. 긴 퉁소 짧은 거문고 가락에 담황색 옷자락 나부끼는데

이 돕는다 해도 저들의 상대가 되지 못할지도 모른다.

생각이 여기에 미쳤을 때 그의 이마에는 식은땀이 송골송골 맺히기 시작했다. 두려웠다. 너무나 두려운 적수였다. 생각하면 할수록 놀란 가슴은 더욱 사납게 요동쳤다.

'큰아버님과 지약은 나하고 헤어진 지 반나절밖에 안 되었다. 그런데 개방이 미혼약으로 기절시켜 생포해 갔다. 어쩌면 누각에서 두 사람을 지키던 감시자들 역시 양부 사손이 죽인 게 아닐지도 모른다…… 아차! 혹시 성곤이 손을 쓴 것은 아니었을까? 그렇다면 그날 밤 누각 창문에서 뛰어나와 도망친 사람은 양부가 아니라 성곤이었을 가능성이 있다.

추적하는 길 내내 발견한 명교 불꽃 표지와 화살촉 기호의 필획이 힘차고 굳센 것이, 극도로 깊고 두터운 공력의 소유자가 아니고선 해내지 못할 솜씨였다. 조민 휘하 고수들 중 현명이로 두 늙은이는 우리 명교의 연락 방식을 모를 테지만, 성곤 그놈은 알고 있을 가능성이 다분하다. 그놈은 나를 유인해서 하북 일대 동서남북 사면팔방으로 끌고 다녔다. 어째서 그랬을까? 현명이로와 약속을 정해놓고 나를 어디선가 궁지에 몰아넣어 죽이려 들었을 게 분명하다. 그런데 저들 셋은 끝내 나를 협공하지 않았다. 설마 조 낭자가 날 죽이지 못하도록 미리 막은 것은 아니었을까? 큰아버님이 만일 성곤의 손아귀에 떨어졌다면…… 그야말로 보통 큰일이 아니로구나!

성곤과 진우량이 큰아버님을 잡아간 것은 물론 소림파 측의 의도에서 나왔을 리가 없다. 저들이 사화룡을 살해하고 가짜 방주를 내세워 조종한 의도는 일차적으로 개방 세력을 장악하고, 단계적으로 무당파와 명교 세력까지 잠식하기 위해서였다. 가령 이 음모가 여양왕의 명령이 아니었다면 바로 성곤의 사사로운 욕심에서 비롯했을 것이다. 그렇다면 큰아버님은 지금쯤 대도 감옥에 갇혀 있을 가능성이 가장 크다. 한시바삐 대도로 달려가야 한다. 무슨 방법을 쓰든지 양소 일행과 연락을 취해 합류해서 큰아버님을 구해낼 방법을 강구해야 한다.'

장무기가 이제 막 대문 곁까지 뒤쫓았을 때였다. 돌연 눈앞
에서 붉은빛 그림자가 번뜩하더니 웬 사람이 조민의 뒤에
바짝 따라붙었다. 그다음 찰나, 붉은 소맷자락 밑에서 뻗어
나온 다섯 손가락이 번쩍 치켜 들리기가 무섭게 조민의 정
수리를 겨냥하고 내리꽂혔다. 그야말로 토끼가 뛰면 새매가
곤두박질쳐 덮친다더니 거의 눈에 보이지 않을 정도로 잽싸
게 공격을 가한 것이다. 공격자는 오늘 경사스러운 날의 주
인공 신부, 바로 주지약이었다.

34

혼례식 날 저 신부는 섬섬옥수로 면사포를 찢어 던졌다네

다음 날 이른 아침, 장무기와 주지약, 한림아는 개방 소속의 육대 제
자인 노룡진 대부호가 선사한 준마를 타고 관도官道를 따라 서쪽으로
치달렸다.

　한림아는 교주에 대한 존경심이 누구보다 강한 터라 처음부터 끝까
지 공손한 태도를 잃지 않고 예의바르게 처신했다. 그래서 두 남녀와
말 머리를 나란히 하고 달릴 엄두를 내지 못한 채 멀찌감치 거리를 두
고 뒤따라갔다. 그뿐 아니라 가는 길 내내 그들의 행색이 먼지투성이
로 더러워지는가 싶으면 세숫물을 길어오고, 목이 마르면 차를 달여다
바치는 등 장무기와 주지약에게 종살이하듯 극진하게 시중들었다.

　장무기가 미안스러워 그런 짓을 못 하게 말렸다.

　"한 형, 이러지 마시오. 우리 교단에서는 비록 내 아래 형제이긴 해
도 나는 한 형의 인품을 존경하고 있소. 그런 만큼 공적인 자리에서는
내 호령을 들어야겠지만, 여느 때 사사로이 만날 때는 형제나 친구처
럼 허물없이 지냅시다."

　그러나 한림아는 송구스러움을 이기지 못하고 허리를 굽혔다.

　"제가 교주님을 위해서라면 목숨까지 바칠 정도로 공경하고 우러러
뵙는 터인데 같은 연배로 대하자고 하시니 그 말씀을 소인이 어찌 감
당하겠습니까? 평소에 교주님을 가까이 모실 연분이 없다가 이제 겨

우 기회를 얻어 미약하게나마 진심을 다하여 시중들게 된 것만으로도 소인에게는 실로 평생에 다시없을 행운입니다. 그런 말씀일랑 거두어 주십시오."

주지약이 웃으며 한마디 건넸다.

"난 당신의 교주님이 아니니까 나한테까지 이렇게 공대할 필요가 없잖아요?"

"무슨 말씀을! 주 소저처럼 하늘의 선녀 같으신 분과 몇 마디 말씀을 나눈 것만으로도 저한테는 전생의 큰 복이지요. 말투가 거칠고 서투른 점 나무라지나 말아주십시오."

간곡하고도 진심이 담긴 말씨, 눈빛 속에 흐르는 경건함과 숭배의 정을 보고 있으려니, 주지약은 그가 자기를 진짜 하늘의 선녀처럼 여긴다는 느낌을 받았다. 그녀는 자신의 용모가 곱고 아름다워 젊은 남자들치고 자기를 만나면 가슴 설레지 않는 이가 없음을 너무나 잘 알고 있었다. 하지만 한림아처럼 오체투지할 만큼 무조건 존경심을 품고 추앙하는 이는 평생 처음이었다. 그녀는 처녀다운 방심芳心에 저도 모르게 흐뭇함을 금할 길이 없었다.

장무기는 그녀에게 어떻게 해서 개방 사람들의 손에 붙잡혔는지 그 경위를 물었다.

주지약의 대답은 이러했다. 그날 장무기가 출타한 지 얼마 안 있어 객점 심부름꾼이 차를 가져왔는데 그녀와 사손 둘이 몇 모금 마시고 급작스레 현기증을 일으켰다고 했다. 머리가 어지러운 가운데 사손이 "조심해라! 찻물에 미혼약을 탔다"고 외쳐 경고했다. 그녀가 맑은 물 한두 대접 떠다 해독하려고 방문을 열고 막 나가던 찰나 개방 제자 예닐곱

34. 혼례식 날 저 신부는 섬섬옥수로 면사포를 찢어 던졌다네

명이 한꺼번에 들이닥쳤다. 그녀는 칼을 뽑아 방어할 겨를도 없이 그대로 까무러쳐 땅바닥에 쓰러졌다. 그리고 다시 정신을 차렸을 때는 두 사람 모두 노룡진으로 끌려와 별실에 따로따로 감금당했다는 얘기였다.

사연을 다 듣고 난 장무기가 신중히 입을 열었다.

"어젯밤에 생각해보았는데, 대도로 가서 행방을 알아보는 것도 괜찮을 듯싶소. 경사京師는 각 방면 사람들이 다 모이는 곳이고, 또 예서 그리 멀지 않으니 내 생각으로는 박쥐왕이 현지에서 크든 작든 실마리를 잡아놓았을지도 모르오."

그 말에 주지약이 입술을 비죽 내밀고 웃었다.

"대도엘 가시겠다고요? 진짜 박쥐왕을 만나보고 싶어서만은 아니겠죠?"

장무기는 그녀가 무슨 뜻으로 그렇게 묻는지 훤히 아는 터라 저도 모르게 얼굴이 달아올랐다.

"박쥐왕만을 꼭 찾겠다는 건 아니오. 어쩌면 양 좌사나 범 우사, 팽 화상 같은 사람들과 만나게 되면, 그들이 무슨 뾰족한 수를 짜내서 날 도와줄 수도 있으니까."

그러자 주지약이 또 빙긋 웃었다.

"신묘한 계책과 선견지명으로 제갈공명 뺨치는 꾀보가 또 한 사람 있죠. 대도에 가서 그 여자만 찾으면 더 기막히게 좋은 꾀를 내어 도와주지 않겠어요? 양 좌사나 범 우사, 팽 화상 같은 사람들이야 그 아가씨의 총명함에는 발치 밑에도 따르지 못할 테니 말이죠."

사실 장무기는 며칠 전 조민과 우연히 만난 일을 그녀에게 말해주지 못해 꺼림칙한 기분이 들었다. 그런데 이제 완곡하게나마 조민을 들춰서 빗대는 말을 듣고 보니 본의는 아니었으나 그런 사실을 숨기고 있다는 자체가 떳떳하지 못하다는 느낌에 언짢은 기분마저 들었다.

"지약, 그대는 자나 깨나 조 소저를 잊지 못하고 있구려. 기분이 좋을 만하면 꼭 한두 마디 야박한 말투로 내 속을 뒤집어놓으니 말이오. 너무 잔인하다고 생각하지 않소?"

"호호, 자나 깨나 그녀를 잊지 못하는 사람이 나인지, 아니면 또 다른 남인지 모르겠군요. 도둑이 제 발 저리다고, 당신 속이 찔려서 그런 소리를 하는 걸 내가 모를 줄 아세요? 당신 꿍꿍이속은 내가 훤히 들여다보고 있다고요!"

장무기는 자신이 주지약과 백년해로해 검은 머리가 파뿌리 되도록 일생을 함께하기로 언약한 몸이니만치 두 마음을 품을 수 없으며, 따라서 그녀에게 무엇이든지 숨겨서는 안 된다고 생각했다.

"지약, 내 당신에게 이야기할 게 있소. 듣고 화를 내지는 말구려."

"화낼 일이라면 화를 낼 것이고, 화낼 일이 아니라면 화내지 말아야겠죠."

장무기는 그만 말문이 턱 막혀버렸다. 자기는 분명 이 여자 앞에서 굳게 다짐했다. 결단코 조민을 죽여서 외사촌 아리의 복수를 해주겠노라고. 그런데 조민과 만난 이후 그녀를 죽이기는커녕 오히려 사이좋게 말 머리를 나란히 치달았을 뿐 아니라, 으슥한 동굴 속에서 함께 하룻밤을 지새우기까지 했다. 물론 그간에는 부득이한 사정이 있기는 했어도 결국 주지약 앞에 맹세한 대로 그녀를 죽여서 아리의 원수를 갚아주지 못한 것은 명백한 사실이 아닌가? 도대체 그 어쩔 수 없었던 경위를 어떻게 설명하고 양해를 구해야 한단 말인가? 장무기는 타고난

성품이 거짓을 꾸미는 데 서툴렀다. 그는 부끄러운 나머지 얼굴에 그 표정을 송두리째 드러냈다.

그가 깊은 상념과 번민에 빠져 있는 동안, 이들 남녀를 태운 말 두 필은 어느새 작은 고을 근처에 다다랐다. 하늘이 오래지 않아 어두워질 것 같아 이들은 허름한 객점을 찾아 투숙했다.

저녁을 마치고 나서 그는 주지약의 등줄기 심장 부위 혈도를 추나술로 한바탕 주물러주었다. 해혈 수법이 꼭 들어맞는 것은 아니었으나, 혈도를 찍힌 지 오랜 시간이 지난 데다 열심히 주물러준 덕분에 혈맥의 운행이 제대로 돌기 시작했다. 혈도가 풀리지 않으면 어쩌나 싶어 진땀 흘리던 장무기는 마음을 놓으면서도 속으로 희한한 생각이 들었다.

'정말 기묘하기 짝이 없는 점혈 수법이다. 도대체 누가 찍었을까? 개방 장로들의 솜씨가 아닌 것만은 분명하다. 그들이 찍었다면 어젯밤 잔치 자리에서 누군가 진작 나서서 풀어주었어야 마땅하다. 그렇다면 혹시 또 그놈의 성곤이 부린 수작은 아닐까?'

"지약, 이 혈도는 누구한테 찍힌 거요?"

"키가 아주 훤칠하게 큰 말라깽이 노승이었어요. 나도 처음엔 누군지 몰랐으나 어제 술자리에서 당신들이 하는 말을 듣고 보니 그자가 바로 성곤 같아요."

"과연! 또 그 악당이었군."

장무기가 이를 갈아붙이는데, 주지약이 자리에서 일어섰다.

"우리 바깥에 나가서 좀 걸어요. 기분 전환도 하고 혈맥이 잘 통하게 말이에요."

워낙 깔끔한 것을 좋아하는 그녀는 허름한 객점 분위기가 지저분하고, 객실에서 퀴퀴하게 나는 냄새가 싫은 모양이었다.

"좋소!"

장무기도 한마디로 응낙했다. 그러고는 그녀의 손을 부여잡고 마을 바깥으로 산책을 나갔다.

석양은 이미 서산에 걸려 핏빛처럼 붉은 저녁노을이 서쪽 하늘가를 벌겋게 불태우고 있었다. 한참 동안 말없이 걷기만 하던 두 사람은 커다란 나무를 한 그루 발견하고 그 아래에 앉았다. 둥그런 태양이 서서히 산 너머로 자태를 감추는 동안 햇살 대신 어스름한 땅거미가 차츰 주변으로 몰려들기 시작했다. 어둠 속에 어색한 표정을 감춘 장무기는 비로소 용기를 내 미륵사에서 조민을 만난 경위부터 차근차근 털어놓기 시작했다. 그리고 어떻게 해서 막성곡의 시신을 발견했고, 송원교 일행과 맞닥뜨려 터무니없는 오해를 샀다가 풀리게 되었는지, 또 사손과 주지약의 행방을 찾으려다 까닭 모를 명교 불꽃 기호에 이끌려 그 너르디너른 하북 지방 일대를 며칠 동안 헤매고 다녔는지 낱낱이 일러주었다. 그러고는 마지막에 가서 그녀의 두 손을 부여잡고 간곡히 당부했다.

"지약, 그대는 내 약혼녀요. 우리 둘이 부부로서 한 몸을 이루게 된 마당에 나는 그 어떤 일도 당신에게 감추거나 속이고 싶은 생각이 없소. 조 낭자는 내 큰아버님을 꼭 한 번 만나서 그분께 긴히 물어볼 얘기가 있다면서 고집을 부렸소. 그 말을 들을 당시 나는 그녀의 의도에 대해 의심을 품었는데, 지금 와서 돌이켜보니…… 생각하면 할수록 의심하기보다…… 자꾸만…… 두려운 느낌이 앞서는구려."

끝에 말 몇 마디가 끊기면서 떨려 나왔다.

"뭐가 두렵다는 거예요?"

장무기는 자신이 쥐고 있는 자그만 손이 마치 얼음처럼 차가워지고 가볍게 떨리고 있음을 느꼈다. 어떤 감정의 기복에 흔들리고 있다는 증거였다. 그러나 대수롭게 여기지 않고 그녀의 물음에 대답했다.

"난 두렵소. 큰아버님은 예전에 정신착란을 일으킨 적이 여러 번 있었소. 또 그 광기가 발작해서 의식을 잃고 무서운 일을 저지르지 않았을까 걱정스럽기만 하오. 옛날 미친병이 크게 도졌을 때는 내 어머니를 목 졸라 죽이려고까지 하셨소. 그래서 어머니가 은침을 쏘아 그분의 두 눈을 멀게 만드셨던 거요. 내가 세상에 태어났을 때만 해도 큰아버님은 광기가 발작해서 내 부모를 죽이려고 했는데, 다행히 갓 태어난 내가 터뜨리는 울음소리를 듣고 제정신으로 돌아왔다고 했소. 그때를 생각하면…… 난 두렵소, 정말 두렵기만 하오."

"도대체 어떤 점이 두렵다는 거죠?"

주지약이 또 한 번 다그쳐 물었다. 장무기는 한숨 끝에 속내를 털어놓았다.

"이 말은 내가 해선 안 되는데, 자꾸 마음에 걸려 안 할 수가 없구려. 내 외사촌 누이를 죽인 것이…… 혹시 큰아버님이 아닐까……."

주지약이 펄쩍 뛰어 일어났다. 그러고는 떨리는 목소리로 반박했다.

"사 대협은 의협심 많고 인자하신 분이에요! 우리 같은 후배들에게 그토록 자애를 베풀어주셨는데, 그런 어르신이 어떻게 은 소저를 죽일 수 있단 말이에요?"

"나도 터무니없이 추측해본 것일 뿐, 꼭 그렇다는 건 아니오. 설령 내 외사촌 누이가 큰아버님에게 죽임을 당했다손 치더라도, 그 어르신의 고질병이 급작스레 도져서 악몽을 꾸다가 가위에 눌린 몽유

병 환자처럼 무의식중에 그런 끔찍한 일을 저지르셨던 거지, 결코 그분이 멀쩡한 상태에서 의도적으로 한 일은 아니리라고 믿고 있소. 아아…… 이 모두가 성곤, 그 몹쓸 놈 때문이야. 이 모든 빚은 내 반드시 그놈을 찾아 청산하고야 말 거요!"

한동안 두 사람 사이에 대화가 끊기고 침묵이 이어졌다. 이윽고 깊은 생각에 잠겼던 주지약이 고개를 가로저었다.

"아니에요, 그럴 리가 없어요! 우리 일행 모두가 십향연근산에 중독되었는데, 어떻게 당신 양부님의 소행일 수가 있어요? 그분이 또 어디서 그 희귀한 독약을 구했단 말이에요? 급작스레 정신착란을 일으켰다면 사람을 죽인다 해도 이상할 것은 없겠지만, 미친 사람이 어떻게 그토록 꼼꼼하게 마음 써서 남이 먹는 음식에 독을 탈 수 있겠어요?"

장무기는 대꾸할 말이 없었다. 눈앞에 그저 짙은 안개만 뿌옇게 뒤덮여 한 치 앞도 내다보이지 않을 뿐이었다. 주지약의 음성이 차갑게 귓전을 때렸다.

"무기 오라버니, 지금 당신은 오만 가지 방법으로 어떻게 해서든 조 낭자의 혐의를 벗겨주고 싶은 거죠? 어디 그녀가 범인이 아니라고 분명히 말해봐요."

"만약에 조 낭자가 진범이라면 내 큰아버님을 피해 숨기에도 겨를이 없을 텐데, 어째서 집요하게 그분을 꼭 만나 몇 마디 긴히 물어볼 것이 있다고 요구했겠소?"

주지약이 쌀쌀맞게 비웃었다.

"참말 어수룩한 양반이군요! 그 아가씨는 세상에 둘도 없이 임기응변에 능한 여자예요. 느닷없이 당신과 맞닥뜨렸을 때 자신의 죄를 벗

34. 혼례식 날 저 신부는 섬섬옥수로 면사포를 찢어 던졌다네

어버리기 위해서라면 무슨 교묘한 방법인들 생각해내지 못하겠어요?"

비웃던 말씨가 급작스레 부드럽게 바뀌더니, 슬며시 장무기의 어깨에 기댔다.

"무기 오라버니, 당신은 이 세상에서 충직하고 후덕하고 성실하기로 으뜸가는 분이죠. 하지만 총명과 지혜, 모략을 꾸미는 솜씨로 따진다면 어디 조 낭자의 상대가 되기나 하겠어요?"

장무기의 입에선 그저 한숨만 흘러나왔다. 방금 그녀가 한 말도 분명 일리가 있었다. 긴 팔뚝을 슬그머니 뻗어 그녀의 보드랍고도 여린 몸뚱이를 가볍게 끌어안았다.

"지약, 내게는 세상만사 모든 게 끝없는 번뇌로 가득 차 있다는 느낌이 드는구려. 오죽하면 육친이나 다를 바 없는 양부님에게마저 의심을 품으니 말이오. 세상의 온갖 일과 맞닥뜨리면 난 그저 뿌연 안개 속에 빠져든 것처럼 방향을 잃고 헤매기나 할까, 진정 무엇이 옳고 그른 것인지 분별도 못 하고, 어떻게 처리해야 좋을지 모르겠다는 느낌뿐이오. 내가 바라기는, 이 땅에서 오랑캐를 몰아내는 큰일만 끝내면 당신과 함께 깊은 산중에 은거해 청복淸福을 누리며 가난뱅이로 살아갈망정 이 세상 속된 일일랑 말끔히 다 잊고 두 번 다시 거들떠보지 않았으면 좋겠소."

"당신은 명교 교주님이에요. 만일 세상 사람들이 바라는 것처럼 하늘의 도움으로 이 땅에서 오랑캐를 몰아낼 수만 있다면, 그때에는 온 천하가 당신네 명교 수중에 들어갈 터인데, 당신이 세상만사 다 잊고 조용히 청복이나 누리며 살아가게 그냥 내버려둘 리 있겠어요?"

"난 재간이 부족해 교주의 임무를 떠맡기가 버겁소. 더구나 교주 노릇을 하고 싶지도 않고 말이오. 그리고 우리 명교의 윗대 교주들께서 몇 가지 유훈을 남겨놓았소."

"유훈이라니, 그게 뭔데요?"

"우리 신도들은 관부의 벼슬아치가 되어서는 안 되오. 물론 황제나 왕이 되어서도 안 되지. 설령 이 땅에서 오랑캐를 몰아낸다 하더라도 명교 신도들은 초야에 묻혀 은둔 생활하면서 나라를 지키고 백성을 보호하는 일에나 전념해야지 천하의 권세를 잡아서는 절대로 안 된단 말이오. 장차 중원 천하가 태평성대를 이룩하게 되면 교주 자리는 영특하고도 명철한 인물이 떠맡아야 할 거요."

"명교 윗대에 정말 그런 규칙이 있었단 말인가요? 그럼 앞으로 황제나 조정 관부가 잘못을 저지르면 명교가 또다시 벼슬아치들을 죽이고 반란을 일으키는 일이 거듭되어야겠군요. 내가 보기엔 그런 규칙은 좀 고칠 필요가 있네요. 당신은 아직 나이도 젊은데 재간이 모자란들 그런 거야 천천히 배우면 안 되나요? 다시 말해서, 나도 아미파의 장문이라 어깨에 무거운 짐을 지고 있어요. 사부님은 내게 이 장문인의 철지환을 내려주셨을 때 나더러 본문의 위세를 크게 빛내라고 명하셨어요. 그런 만치 당신이 산림에 은거한다 해도 내겐 그것을 누릴 복이 없으니 어쩌죠?"

장무기는 그녀의 손가락에 낀 반지를 쓰다듬어보았다.

"그날 이 반지가 진우량의 수중에 있는 것을 나는 똑똑히 보았소. 혹시라도 당신이 간악한 자들에게 붙잡혀 능욕을 당하고 있는 것은 아닐까 싶어, 내 마음이 얼마나 초조하고 다급했는지 모를 거요. 겨드랑이에 날개가 돋쳐 당신이 있는 데까지 훨훨 날아가지 못하는 게 한스러웠을 따름이오. 지약, 내가 하루속히 당신을 위험에서 벗어나게 해주지 못해 지난 며칠 동안 고생이 많았을 거요. 그런데 이 철 반지는 그자들이 어떻게 돌려주었소?"

"무당파 송청서 소협이 가져와서 돌려주었어요."

주지약이 그 이름 석 자를 들먹이는 순간, 장무기의 머릿속에는 그녀가 송청서와 어깨를 나란히 하고, 개방 사람들이 벌여놓은 주연 석상에서 정답게 술을 마시던 정경이 불쑥 떠올랐다.

"송 사형이 잘 대해주던가요?"

주지약은 그가 묻는 말투가 이상하게 들려 반문했다.

"뭐가 나한테 잘 대해주었단 말인가요?"

"아, 아니오. 그저 입에서 나오는 대로 물어봤을 뿐이오. 송 사형은 당신에 대한 정이 너무 깊은 탓으로 무당파를 배반하고 부친의 명을 거역했을 뿐 아니라, 막내 사숙을 시해하고 태사부님마저 모해하려 들었으니 자연히 당신에게는 잘 대해주리라 생각한 거요."

주지약은 그 말에 대꾸하지 않았다. 그저 동편 하늘가에 이제 막 떠오르는 초승달을 바라보며 들릴 듯 말 듯 이렇게 말했다.

"난 당신이 그 사람의 절반만이라도 나를 위해준다면 그것으로 만족하겠어요."

"미안하구려. 난 송 사형처럼 그렇게 이성을 잃어버릴 만큼 분별없이 정에 얽매이지는 못하지만, 당신에 대한 진정과 일편단심은 송 사형보다 못하지 않소. 그렇다고 당신 때문에 의롭지 못한 일, 불충불효한 일은 내 결코 저지를 수 없소."

"날 위해서는 물론 못 하시겠죠. 하지만 조 낭자를 위해서라면 넉넉히 하고도 남을 거예요. 당신은 그 작은 무인도에서 굳게 다짐했어요. 기필코 그 요사스러운 계집을 죽여 은 소저의 복수를 해주겠노라고. 하지만 당신은 그 계집의 얼굴을 보자마자 맹세를 말끔히 잊어버리고 말았죠."

"지약, 내가 조사해서 도룡도와 의천검을 조 낭자가 훔쳐간 것이 명백한 사실로 확인되고 외사촌 누이가 그녀에게 죽임을 당했다는 것이 확실해지면, 나는 그녀를 절대로 용서하지 않을 거요. 그러나 만일 그녀가 결백한 몸으로 아무 죄도 없다면, 나는 이유 없이 감정이나 추측만으로 그녀를 죽일 수 없소. 어쩌면 내가 그 작은 무인도에서 맹세한 것이 잘못되었는지도 모르겠소."

주지약은 쓰다 달다 말이 없었다. 장무기는 자신에게 다짐이라도 하듯 내처 물었다.

"내 말이 틀렸소?"

"아니에요! 나는 지금 대도 만안사 높은 보탑에서 사부님께 올린 굳은 맹세를 생각하고 있었어요."

"만안사 보탑에서? 멸절사태에게 올린 맹세를……?"

주지약은 무인도에서 장무기에게 멸절사태가 자신더러 자자손손 저주가 담긴 악독하기 그지없는 맹세를 강요했다고 했다. 주지약이 장무기 자신과 결혼해 아내가 된다면 부모의 넋은 지하에서도 편치 못할 것이며, 멸절사태 자신은 죽어서 원귀가 되어 밤낮으로 따라 다니면서 괴롭힐 것이요, 둘 사이에 자식을 낳으면 아들은 대대로 노예가 될 것이고 딸은 창녀가 될 것이라고 말이다.

"지약, 그 맹세는 잊어버리구려. 정말 대수롭지 않은 일이오. 당신

34. 혼례식 날 저 신부는 섬섬옥수로 면사포를 찢어 던졌다네

스승은 우리 명교를 극악무도한 짓을 일삼는 마교로 잘못 알고, 또 이 장무기를 간사하고 염치 모르는 음탕한 자로 보았기 때문에 당신한테 그런 맹세를 시킨 거요. 아마 그 어른도 지하에서 진상을 아셨다면 지금쯤 그 맹세를 면해주셨으리라 믿소."

어느덧 주지약의 얼굴은 소리 없이 흘러내린 눈물로 범벅이 되었다. 대꾸하는 목소리마저 흐느끼고 있었다.

"하지만…… 그분은…… 그 어르신은 이제 아무것도 모르고 계시는 걸요."

말끝에 주지약은 장무기의 품속으로 와락 덮쳐들었다. 흐느껴 우는 소리가 좀처럼 그칠 줄 몰랐다. 보드라운 머릿결을 쓰다듬어 내리면서 장무기가 위안의 말을 건넸다.

"당신 사부님도 지하에서 알고 계실 거요. 또 당신이 맹세를 어겼어도 이해해주실 것이오. 혹시 당신마저 내가 진짜 간사하고 염치없는 음탕한 녀석이라고 생각하는 것은 아니겠지?"

주지약의 양팔이 그 허리를 껴안은 채 바싹 조여들었다.

"지금은 아니라고 해두죠. 하지만 앞으로 당신이 조민의 꾐에 넘어가면…… 진짜 간사하고도 염치없는 음탕한 녀석이 될지도 모르죠."

장무기가 손가락으로 그녀의 볼을 가볍게 튕겼다. 그러고는 웃음 섞어 장담했다.

"당신, 이 장무기를 너무 얕잡아보는구려! 당신의 낭군이 그런 사람밖에 안 되어 보이오?"

주지약이 고개를 쳐들었다. 두 뺨에는 아직도 눈물이 마르지 않은 채 수정처럼 반짝이는데, 눈에는 웃음기가 물결치듯 찰랑찰랑 넘쳤다.

"부끄러운 줄도 모르나 봐. 당신이 언제 내 낭군이 되었단 말이에요? 두 번 다시 그 조민이란 요망한 계집과 남몰래 못된 짓을 했단 봐라. 내 당신을 거들떠보지도 않을 테니까. 당신도 송청서처럼 여자 하나 때문에 비루하고 염치없는 짓거리를 하지 않는다고 누가 장담하겠어요?"

장무기가 고개를 숙여 그녀의 조잘대는 입술에 입맞춤을 하더니 빙 그레 웃었다.

"누가 당신더러 속세에 내려온 선녀가 되라고 했나? 우리 같은 범부 속자凡夫俗子들이야 도덕군자도 아닌데 무슨 재주로 항심恒心을 지키고 있겠어? 이건 모두가 당신 부모님이 잘못한 탓이오. 딸을 너무 예쁘게 낳아서 우리 같은 남정네들의 애간장을 말려 죽이고 있으니 말이오."

"헤헤헤……!"

돌연 20여 척 바깥 커다란 나무 뒤에서 비웃는 소리가 두세 차례 바람결에 실려왔다. 주지약을 품어 안고 있던 장무기가 흠칫 놀라는 사이, 웬 그림자 하나가 얼씬거리더니 순식간에 멀어져갔다.

주지약이 용수철 튕기듯 발딱 일어섰다. 종잇장처럼 하얗게 질린 얼굴빛에 부르짖는 목소리마저 파르르 떨려 나왔다.

"조민, 조민이야! 그 계집이 줄곧 우리 뒤를 밟아왔어!"

장무기도 방금 들려온 비웃음이 확실히 여자의 목소리였음을 알았으나, 조민의 것인지는 단정하지 못했다. 캄캄한 어둠 속에서 유령같이 사라져가는 뒷모습만 보고 가려낼 도리가 없었던 것이다.

"정말 그녀였소? 뭣 하러 우리 뒤를 밟아왔을까?"

주지약의 성난 목소리가 앙칼지게 쏘아붙였다.

"당신을 좋아하니까 따라왔겠죠! 이 위선자 같으니, 뻔히 알면서도

307

모르는 체하고 잡아뗄 작정이에요? 당신네 둘이서 남몰래 약속해놓고 이따위 귀신 놀음으로 날 희롱하는군요!"

"어이구, 원통한 말씀을! 난 억울하다고, 억울해!"

장무기가 연신 변명을 했다. 주지약은 더 이상 대꾸가 없었다. 그저 차가운 겨울바람 속에 다소곳이 선 채 앞뒤를 생각해볼 따름이었다. 무엇 때문에 서글퍼졌는지도 모르게 눈물만 하염없이 흘러내렸다.

장무기가 한 손으로 그녀의 어깨를 감싸 안았다. 그런 뒤 다른 손을 내밀어 소맷자락으로 눈물을 닦아주었다.

"멀쩡하게 있다가 왜 또 우는 거요? 나 때문에? 만약 내가 조 낭자와 여기서 만나기로 약속했다면 내 천벌을 받고 죽어도 좋소. 당신도 생각해보면 알 거 아니오? 내게 만약 그녀를 생각하는 마음이 있었다면, 그녀가 부근에 있는 줄 뻔히 아는데 당신하고 주책없이 시시덕대며 친숙하게 밀담을 나누었겠소? 설마 내가 일부러 그녀를 약 올려 죽이려고 당신을 포옹하고 또 입맞춤까지 했겠소?"

부드러운 목소리로 열심히 달래는 장무기를 보고 그녀는 땅이 꺼져라 한숨을 내리쉬었다.

"그 말도 틀리지 않군요. 무기 오라버니, 하지만 나는 어떻게 마음을 가라앉힐 도리가 없어요."

"어째서?"

"난 아무래도 사부님 앞에 굳게 한 맹세가 잊히지 않아요. 또 조민이 나를 붙잡고 놓아주지 않을 거라는 생각이 들어요. 내 무공 실력으로 보나 지혜 모략으로 보나, 그녀한테는 까마득히 뒤떨어져서 따라잡을 도리가 없어요."

"그런 걱정일랑 말구려. 내 전심전력을 다해서 당신을 보호해줄 테니까. 내 어찌 사랑하는 아내의 몸이 다치게 용납할 리 있겠소?"

"만일 내가 그녀의 손에 죽기라도 한다면 그야 내 팔자가 사나운 탓이니 그렇다고 치겠어요. 정작 두려운 것은, 당신이 그 계집의 유혹에 넘어가 달콤하게 속삭이는 말만 믿고 올가미에 빠져 날 죽이지 않을까 하는 점이에요. 정말 그런 일이 생길 때에는 난 죽어서도 눈을 감지 못할 거예요."

장무기는 빙그레 미소 지었다.

"하하, 그거야말로 기인우천杞人憂天*이구려! 하늘이 무너져 내릴까봐 늘 걱정하면서 사는 사람 봤소? 세상에 얼마나 숱한 사람이 날 해치려 들었고 내게 죄를 지었는지 당신은 모를 거요. 하지만 나는 그 사람들을 일일이 찾아서 죽이지 않았소. 그런 내가 어떻게 죄 없는 당신을 죽일 리 있단 말이오?"

그는 옷깃을 활짝 열어젖혀 앞가슴의 칼자국을 드러냈다.

"이 흉터는 당신이 칼로 찔렀던 상처 자국이오. 당신이 내 가슴을 깊이 찌르면 찌를수록 난 당신을 그만큼 더 사랑할 거요."

주지약이 섬섬옥수를 내밀더니 가슴의 상처 자국을 어루만졌다. 그리고 마음속에 격동하는 감정을 못 이기고 돌연 얼굴빛이 창백해지더니 떨리는 목소리로 말했다.

"업보는 업보로 갚는 법……. 장차 당신이 나를 단칼에 찔러 죽인다

---

* 쓸데없는 걱정, 무익한 근심을 한다는 뜻. 통상 '기우杞憂'라고 줄여 쓴다.《열자列子》〈천서天瑞〉 편에 "옛날 기나라의 어떤 이가 하늘이 무너져 내리지 않을까 두려워 침식을 잊고 날마다 걱정했다"는 우화에서 유래한 말이다.

34. 혼례식 날 저 신부는 섬섬옥수로 면사포를 찢어 던졌다네

해도…… 난 후회하지 않겠어요."

말을 마치고 그녀는 상처 자국에 입을 맞추었다. 장무기의 양팔이 기다렸다는 듯이 그녀를 탁 트인 가슴에 끌어당겼다.

"큰아버님을 찾거든 곧바로 그분에게 우리 둘의 혼사를 주관해달라고 부탁드립시다. 그리고 이후로 우리 두 사람은 어딜 가나 떨어지지 말고 죽을 때까지 백년해로하는 거요. 당신이 기쁘다면 얼마든지 또 칼로 날 찔러도 좋소. 난 당신에게 심한 말 한마디라도 책망하지 않을 테니까. 어떻소, 그렇게 하면 충분히 만족하겠소?"

주지약이 뜨겁게 달아오른 뺨을 그의 가슴에 찰싹 갖다붙였다. 그러고는 나지막하게 속삭였다.

"당신은 사내대장부이니 한번 입 밖에 낸 말은 신의로 지켜야 합니다. 오늘 밤 이 자리에서 하신 그 말씀을 잊지 않기만 바랄 따름이에요."

두 사람은 아주 오래도록 정답게 이야기를 나누었다. 한밤중 찬 바람에 이슬이 점점 두껍게 맺힐 때가 되어서야 객점으로 돌아가 저마다 잠자리에 찾아들었다.

다음 날 이른 아침, 일행 셋은 서쪽으로 길을 재촉했다. 가는 길 내내 조민의 종적은 발견되지 않았다.

이날은 정월 초하루였으나 여행길 풍진風塵에 시달릴 대로 시달린 세 사람은 새해를 경축할 마음의 여유조차 없었다. 도중에 주지약이 붉은 실 몇 가닥을 사서 머리 장식을 꾸미고, 장무기와 한림아의 옷깃에 따로따로 붉은 헝겊을 꿰매 달아준 것으로 설날 기분 풀이를 대신했다.

며칠이 지났을까, 대도에 도착한 일행 셋이 도성 안에 들어섰을 때는 벌써 날이 저문 뒤였다. 새해를 맞이한 도성 안은 남녀노소가 온통 쏟아져 나와 길을 청소하고, 집집마다 대문 앞에 향탁香卓을 내놓았다.

객점에 투숙한 장무기는 심부름꾼을 붙잡고 물었다.

"도성 안에 무슨 큰일이라도 생겼나?"

그러자 심부름꾼은 손사래를 치면서 말했다.

"아이고, 손님이 먼 데서 오시느라 모르고 계시는군요! 마침 잘 오셨습니다. 안복眼福이 있으셔서 구경 한번 잘하게 되셨군요. 내일이 바로 '대유황성大遊皇城' 날 아닙니까!"

"대유황성이라니, 그게 뭔가?"

"1년에 한 차례씩 황제 폐하께서 친히 도성 길거리에 행차하시는 날이랍니다. 이날 폐하께서 경수사慶壽寺에 납시어 분향을 올리시는데, 황성皇城 안의 남녀 수만 명이 분장하고 가장행렬하는 길이가 자그마치 30~40리는 되지요. 그러니 얼마나 볼만하겠습니까? 손님들도 오늘 밤은 일찌감치 쉬시고 내일 아침 일찍 일어나 옥덕전玉德殿 궁궐 문 밖에 좋은 자리 한 군데 맡아놓으시지요. 손님의 눈썰미가 좋으면 황제 폐하, 황후마마, 태자 전하, 공주마마들의 옥안을 하나하나 잘 보실 수 있을 겁니다. 저희 같은 미천한 백성들이야 이런 경사에 살지 않는다면 나라님의 용안을 직접 뵈올 복이 어디 있겠습니까?"

한림아가 이 말을 듣고 참다못해 불끈 성을 내며 꾸짖었다.

"원수를 제 아비로 여기다니, 이런 부끄러움도 모르는 매국노 같은 놈! 몽골 오랑캐 황제가 뭐 보기 좋다고 자랑스레 너불대는 거야?"

심부름꾼의 두 눈이 당장 휘둥그레지더니, 한림아를 손가락질하면서 떠듬떠듬 물었다.

34. 혼례식 날 저 신부는 섬섬옥수로 면사포를 찢어 던졌다네

"다…… 당신, 그, 그런 말을 하다니…… 그건 반역 아니오? 죽고 싶어 환장했소?"

한림아도 마주 삿대질해가며 다그쳤다.

"네놈은 한족 사람이야! 몽골 오랑캐 족속이 우리 한족 백성을 이렇듯 처참한 지경에 몰아넣었는데, 그놈의 아가리로 '황제 폐하'가 어떠니, '나라님'이 어떠니 하고 조상 신줏단지 떠받들 듯 섬기다니, 네놈한테는 기백도 좆대도 없단 말이냐?"

당장에라도 한 대 올려붙일 것처럼 사납게 윽박지르는 기세에 겁을 집어먹은 심부름꾼이 입을 꾹 다물더니 그대로 돌아서서 나가려 했다. 곁에서 가만 지켜보던 주지약이 선뜻 손가락을 내뻗어 심부름꾼 녀석의 등줄기 혈도를 찍었다.

"이대로 내보냈다가는 수다를 떨어서 관군들이 잡으러 올지 몰라요. 도성 주민들이란 게 이렇듯 남부끄러운 줄도 모른다니까."

"염치없는 자들이 어디 도성에만 있는 줄 아시오? 사방 천지 어딜 가나 있다오."

그러고는 장무기가 방바닥에 쓰러진 심부름꾼을 침대 밑바닥으로 툭 걷어차 넣으면서 픽 웃었다.

"한 사나흘 굶겼다가 우리 떠날 때 놓아줍시다."

얼마 안 있어 아래층에서 객점 주인이 큰 소리로 외쳐 불렀다.

"아복阿福, 아복아! 이놈이 또 어디서 진종일 수다를 떠느라 꽁무니도 안 보이는 거야? 아복, 이놈아! 어서 빨리 3호 객실 손님께 세숫물 떠다드려라!"

한림아가 터져 나오려는 웃음보를 꾹 참고 손바닥으로 탁자를 내리치며 아래층에다 대고 호통을 쳤다.

"여보, 주인장! 어서 빨리 술하고 밥상 차려오지 못하겠어? 이 어르신네들 배고파 돌아가시겠소!"

잠시 후 또 다른 심부름꾼이 술병을 곁들인 밥상을 차려가지고 들어오면서 투덜거렸다.

"이런 젠장! 아복, 요 녀석이 황성 불꽃놀이 구경을 간 모양이구나. 제 녀석 할 일이 태산 같은데 놀러 다니기만 좋아하니 정말 싹수가 노랗군!"

다음 날 이른 아침, 장무기가 침상에서 막 일어났을 때 창문 바깥 큰길 거리가 벌써부터 왁자지껄 시끄러운 소리로 들끓었다. 창문가에 다가서서 보니, 어느새 길거리에는 새 옷으로 말쑥하게 차려입은 남녀노소가 무수히 쏟아져 나와 북쪽을 향해 몰려가고 있었다. 하나같이 뭐가 그리 흥겨운지 시시덕거리며 와글와글 인파를 이루었는데, 사면팔방 어디서나 폭죽 터뜨리는 소리가 그칠 새 없이 진동했다. 어느 결에 주지약이 창문가로 다가왔다.

"우리도 가봐요."

"난 여양왕 부중의 호위 무사들과 싸운 적이 있어서 그들 눈에 띄면 안 되오. 가서 구경하려면 아무래도 변장을 좀 해야겠소."

그러고는 모두 시골뜨기 농부, 아낙네로 변장한 다음, 진흙을 이겨서 팔목 위에까지 누렇게 바르고 어슬렁어슬렁 길거리로 나가 황성으로 몰리는 인파 속에 휩쓸려 들었다.

때는 바야흐로 아침 해가 떠오른 묘시卯時 말 진시辰時 초, 황성 안팎은 그야말로 인산인해를 이루어 거의 발 디딜 틈조차 없었다. 장무기는 양팔을 내뻗어 사람들을 이리저리 가볍게 헤쳐 길을 터 나아갔다. 이들이 당도한 곳은 연춘문延春門 밖 어느 대갓집 처마 끝, 돌계단이 두세 자 높이로 돋워져 구경하기에 딱 알맞은 장소였다. 엉거주춤 서서 기다린 지 얼마 안 있어 징을 두드리는 소리가 요란하게 울리더니 인파 속에서 환호성이 한꺼번에 터져 나오기 시작했다.

"온다, 와! 저기 온다!"

사람들이 저마다 고개를 길게 뽑은 채 그쪽을 바라보았다.

징 소리가 점점 가까워지자 숱한 장정이 나타났다. 기골이 장대한 사내 108명이 쪽빛 일색의 옷을 걸치고, 왼손에는 지름 석 자가 됨 직한 커다란 징을 번쩍 치켜든 채 오른손에 든 나무 몽치로 장단 가락에 맞춰 두드리면서 질서 정연하게 다가오고 있었다.

거대한 징의 행렬이 통과하자, 360명으로 이루어진 고수鼓手 대열이 뒤를 이었다. 그다음에는 한족의 취타대가 풍악을 간드러지게 울리면서 나타났고, 또 서역 지방 특유의 비파 연주 행렬, 뒤미처 몽골족의 호각號角 행렬이 뿔나팔을 구성지게 불면서 지나갔다. 한 대오가 적게는 100여 명, 많게는 400~500명이나 되었다. 악대들의 행진이 끝나면서 붉은 비단 천으로 꾸민 거대한 깃발 두 폭이 높다랗게 다가왔다. 한 폭에는 '나라를 보호하여 안정시키다'라는 뜻의 안방호국安邦護國, 또 한 폭에는 '사악한 마귀를 눌러 굴복시키다'라는 뜻의 진사복마鎭邪伏魔 네 글자가 큼지막하게 수놓였다. 이들 네 글자 둘레에는 알아보지 못할 범문이 금빛 찬란하게 촘촘히 쓰여 있었다. 큰 깃발 행렬 앞뒤로 몽골족 정예병으로 편성된 기병대가 호위하는데, 선두 호위 부대가 든 자루 긴 기병용 장도長刀는 눈보다 더 하얀 서슬을 번뜩이고 후미의 호위대가 잡은 강철 장모長矛의 날카로운 창끝이 하늘 위 구름처럼 빽빽한데, 이들 기병대가 탄 400필의 전투용 말은 하나같이 백마 일색이었다. 위풍당당한 기병대 행렬이 앞뒤로 통과할 때마다 백성들은 일제히 큰 소리로 환호성을 질렀다.

장무기는 속으로 개탄을 금치 못했다. 바깥 지방의 백성들은 몽골 오랑캐 관군을 보면 너 나 할 것 없이 이를 갈아붙이고 미워하는데, 도성 사람들은 망국의 노예 신세가 되었으면서도 부끄러운 줄 몰랐다. 수십 년 동안 날이면 날마다 몽골 조정의 위세만 보고 살아오다 보니 자기네들이 노예가 된 멸망한 나라의 사람이라는 사실마저 잊은 모양이었다.

두 폭의 거대한 깃발 행렬이 막 지나쳐갈 때였다. 돌연 서쪽 끄트머리 인파 속에서 흰 무지개 같은 서슬이 잇달아 번쩍거리더니, 비도飛刀 두 줄기가 곧바로 허공을 가로질러 깃대를 목표로 날아갔다. 꼬리에 꼬리를 물고 가지런히 날아가는 비도 한 줄기마다 일곱 자루씩, 도합 열네 자루 비도가 안방호국 깃대와 진사복마 깃대에 나뉘어 차례차례 들이박혔다. 깃대는 서너 뼘이 넘을 만큼 굵다란 것이었으나 일곱 자루 비도에 연거푸 찍히고 깎여나가자 중턱이 뚝 부러져 맥없이 곤두박질쳤다. 펄럭이던 깃발이 "화르르!" 소리와 함께 반공중에서 덮쳐 내리는 가운데 처참한 비명 소리가 인파 속에서 터져 나왔다. 10여 명의 구경꾼이 깃대에 깔린 것이다.

백성들은 아우성치며 이리저리 피해 도망치느라 정신없고, 들끓는 인파로 흥청대던 길거리는 삽시간에 아수라장으로 변하고 말았다. 너무나 창졸간에 발생한 변괴라 장무기 일행에게도 뜻밖이었다. 신바람이 난 한림아가 좋아라고 박수갈채를 퍼부으려는데, 느닷없이 솜처럼

34. 혼례식 날 저 신부는 섬섬옥수로 면사포를 찢어 던졌다네

보드라운 손길 하나가 그 입을 꽉 틀어막았다. 주지약이 때맞춰 고함을 지르지 못하게 제지한 것이다.

아니나 다를까, 수백 명의 몽골 기병이 말 머리를 돌리기가 무섭게 제각기 병기를 휘두르며 인파 속으로 뛰어들더니 닥치는 대로 수색하기 시작했다. 장무기는 방금 열네 자루 비도를 발사한 솜씨가 무척 강하고 매서운 것을 보고 무림계 고수의 소행이라는 점은 알았으나, 구경꾼에게 가로막혀 누군지 알아볼 수는 없었다. 몽골 기병 역시 그저 눈먼 소경처럼 이리저리 마구잡이로 한바탕 뒤지며 날뛰었을 뿐 정작 범인을 사로잡지는 못했다. 얼마 안 있어 인파 속에서 몸집이 건장한 사내 일고여덟 명이 길바닥에 강제로 끌려나왔다.

"억울하오! 난 억울해!"

장정들이 저마다 큰 소리로 외쳐 억울함을 호소했으나 소용없는 일, 몽골 기병들이 마상에서 내려치는 창칼에 모조리 난도질을 당하고 삽시간에 처참한 시체로 바뀌어 널브러지고 말았다.

한림아가 분을 이기지 못하고 또 소리를 질렀다.

"저런 밥통 같은 관군 놈들 봤나! 비도를 쏘아 날린 사람은 벌써 달아나고 없는데, 저 병신 녀석들이 뭘 잡겠다고 설쳐대는 거야? 그러니 애꿎은 양민들만 마구잡이로 죽여서 분풀이나 할 수밖에……."

"쉬잇, 한 형, 제발 그 입 좀 다물어요! 우리가 지금 대유황성 구경 나왔지 오랑캐 황제가 있는 도성에 대소동을 부리려고 온 건 아니잖아요?"

"예, 알았습니다."

주지약에게 꾸중을 듣고 찔끔해진 한림아가 더는 감히 입을 열지 못했다.

한바탕 소란이 일고 나자 뒤이어 풍악 소리가 다시 울렸다. 이번에는 칼날을 삼키고 입으로 불꽃을 토해내는 재주꾼들의 행렬이 이어졌다. 모두가 서역 외부 종족들이 비장해오던 희귀한 절기라 구경꾼의 박수갈채가 끊이지 않았다. 방금 길바닥을 질펀하게 적시던 유혈 참극 따위는 벌써 말끔히 잊어버린 모양이었다. 그다음에는 꼭두각시 놀이 패였다. 커다란 독을 머리에 얹고 돌리거나, 접시를 돌리는 잡기 패거리의 행렬이 꼬리를 물었다. 그 행렬 뒤에는 비단 장막으로 꾸민 꽃마차 대열이 준마에게 이끌려 천천히 이어졌다. 꽃마차에는 하나같이 멋들어지게 잘생긴 동자들과 미녀로 분장한 배우들이 올라탄 채 당세에 인기 좋은 희곡 내용을 연출하고 있었다. 당나라 삼장법사가 서천 극락세계로 불경을 얻으러 가는 장면이 있는가 하면, 당명황唐明皇이 월궁月宮*에서 노니는 장면, 이존효李存孝**가 사나운 호랑이를 때려잡는 장면, 삼국시대 유비·관우·장비 세 의형제가 맹장 여포呂布를 상대로 번갈아 싸우는 장면, 장생張生이 달빛 아래 앵앵鶯鶯과 밀회를 즐기는 장면 등 온갖 희한하고 기막힌 연극 장면이 꽃마차 한 대 한 대마다 고스란히 연출되고 있었다. 분장한 배우들의 차림새도 구구각색으로

* '당명황'으로 알려진 현종玄宗이 꿈에 달나라 선녀 항아姮娥의 초청으로 월궁에 올라 기막힌 경치를 보고 "광한궁廣寒宮이 청허淸虛의 극치를 이루었구나!" 하고 찬탄하며 항아의 안내를 받아 유람했다는 야담이, 그 시대의 행적을 기록한《천보유사天寶遺事》에 전해온다.

** 이존효(?~894): 당나라의 용장. 본명은 안경사安敬思. 여러 차례 뛰어난 전공을 세워 황실의 이씨 성을 하사받았다. 전쟁터에서 늘 선봉이 되어 용맹을 떨치고 전술에 능통해 상승 무적의 장수로 명성이 높았으나, 훗날 반역을 도모했다는 죄목으로 붙잡혀 거열형車裂刑의 참혹한 죽임을 당했다.

34. 혼례식 날 저 신부는 섬섬옥수로 면사포를 찢어 던졌다네

화려할뿐더러 꽃마차 위에 꾸민 배경 무대 역시 섬세하고 정교했다. 장무기를 비롯한 일행 셋은 궁벽한 시골에서 태어나고 살아온 사람들이라, 이렇듯 번잡하고도 화려한 기상을 이제껏 한 번도 본 적이 없었다. 그저 너 나 할 것 없이 두 눈을 휘둥그레 뜬 채 멍하니 구경하며 속으로 오늘 안목 한번 크게 열었구나 하며 찬탄했다.

꽃마차마다 비단 깃발이 한 폭씩 꽂혀 있었다. 깃발에 쓰인 글자는 "신 호광성湖廣省 좌승左丞 아무개가 봉헌하나이다"라든가 "신 강절행성江浙行省 우승右丞 아무개가 봉헌하나이다"라는 붓글씨가 적혀 있었다. 전국 지방 큰 벼슬아치들이 황제에게 조공朝貢으로 바치는 봉헌 작품이란 뜻이었다. 뒤로 갈수록 봉헌자들의 벼슬과 작위가 점점 높아지고 꽃마차들의 꾸밈새도 화려할 뿐 아니라 연극배우로 분장한 남녀들의 옷차림에 보배로운 구슬이 번쩍번쩍 광채를 빛내는가 하면 장식 머리에 꽂은 비녀와 목걸이 따위도 모두 값진 비취 보석으로 꾸몄다. 몽골 왕족들과 공경대신公卿大臣들이 황제의 환심을 사겠답시고 제각기 호사스러운 부귀권세를 과시하느라 봉헌하는 꽃마차 장식에 공임工賃과 재물을 아낌없이 투자했다는 증거였다.

관현악기 소리가 은은하게 울려 퍼지는 가운데 〈유지원과 흰 토끼 이야기劉智遠白兎記〉의 내용으로 꾸민 꽃마차 한 대가 지나간 다음 곧이어 음악 소리가 고풍스럽고도 단조로운 가락으로 일변하더니, 또 한 대의 꽃마차가 흰 바탕에 "주공이 관숙과 채숙을 귀양 보내다周公流放管蔡"라고 쓰인 깃발을 나부끼면서 나타났다. 마차 위에는 주공으로 분

• 주공은 본명이 희단姬旦. 고대 중국 상商나라의 폭군 주紂를 타도하고 아버지 문왕文王과 형 무왕武王을 도와 주나라를 건국한 공신이다. 무왕이 세상을 떠나자 어린 조카 성왕을 추대했

장한 중년 사내가 손에 조정 대신들이 쓰는 옥홀玉笏을 쥐고 섰고, 그 곁에는 천자天子의 의관으로 차려입은 어린애가 앉았는데, 바로 주나라 성왕成王 역할을 맡은 소년 배우였다. 또 관숙管叔과 채숙蔡叔으로 분장한 대신 두 사람이 머리를 맞대고 귓속말을 주고받으면서 주공을 손가락질하는 장면을 연출하고 있었다.

뒤미처 또 한 대의 꽃마차가 나타났다. 깃발에 "찬탈자 왕망*이 거짓으로 인의를 베풀다王莽假仁假義"라는 내용의 글씨가 쓰이고, 수레 위에 왕망 역할을 맡은 배우가 흰 분가루로 얼굴에 칠갑을 하고 떡 버텨 앉은 채 양손으로 금은보화를 가득 움켜 궁상맞은 가난뱅이 선비들에게 뿌려주는 장면을 연출하고 있었다. 배경에는 무명 깃발 네 폭이 가지런히 꽂혀 있었는데, 한 폭에 한 구절씩 도합 네 귀의 시가 적혀 있었다.

주공은 유언비어가 나돌까 두려워하고,	周公恐懼流言日
왕망은 겸손히 아래 선비들을 공경하는데,	王莽謙恭下士時
만약 그날에 한 몸이 죽어버렸던들,	若使當時便身死

는데, 이때 형인 관숙과 채숙, 곽숙霍叔 두 아우가 시기해 전국에 "주공이 어린 조카를 꼭두각시로 내세우고 장차 왕위를 찬탈하려 한다"는 유언비어를 퍼뜨렸다. 주공은 이들 피붙이 세 형제를 모두 귀양 보내고 끝까지 성왕을 보필해 나라의 기반을 굳혔다고 한다.

* 왕망(B.C. 45~A.D. 23): 신新 왕조를 세운 인물. 재위 8~23년. 서한西漢 말엽 황실의 외척으로 정권을 장악, 당시 황제를 독살하고 국호를 '신'이라 고쳐 즉위했다. 처음에는 어진 선비를 후대하고 유능한 인재를 받아들이는 등 위선적 행동으로 민심을 끌어모았으나, 황제가 된 이후 정치제도를 마음대로 뜯어고쳐 백성들에게 큰 고통을 안겨주었다. 터무니없는 화폐개혁과 가혹한 세제로 말미암아 경제가 크게 어려워지면서 적미군赤眉軍을 비롯한 농민반란이 전국에서 봉기해 왕망은 붙잡혀 죽고 신 왕조도 건국 14년 만에 멸망했다. 이후 중원은 광무제光武帝 유수劉秀가 전국을 통일해 동한東漢을 세운 이후 약 200여 년간 존속되었다.

34. 혼례식 날 저 신부는 섬섬옥수로 면사포를 찢어 던졌다네

천고에 충신과 간신을 누가 분별하랴.　　　千古忠佞有誰知

　　시구를 보는 순간, 장무기는 가슴이 덜컥했다.

　　'세상 천하 시비 흑백은 애당초 분별하기 쉽지 않다. 주공은 위대한 성인이었는데도 그가 관숙과 채숙을 귀양 보내자, 당시 사람들은 주공더러 왕위를 찬탈하려 한다고 쑥덕공론을 퍼뜨렸다. 왕망은 천하에 둘도 없는 대간신이었으나 당초에는 인심을 얻어 온 세상이 통틀어 그의 공덕을 찬송했다. 이 두 가지 고사는 어릴 적 빙화도에서 큰아버님이 들려준 옛날얘기다. "갈 길이 아득히 멀어야 타고 가는 말의 다리힘을 알 수 있고, 오랜 나날이 흘러야 사람의 속마음을 알아볼 수 있다路遙知馬力 日久見人心"* 했듯이, 세상만사 진위야말로 하루아침에 판별해낼 것이 아니로구나.'

　　깃발에 적힌 네 줄의 시구를 바라보면서 그는 속으로 고개를 끄덕였다.

　　'저 꽃마차 두 대는 확실히 남다른 바가 크다. 은연중 깊은 뜻을 감춘 것으로 보건대 저 꽃마차 내용을 꾸민 사람은 분명 흉금에 학식을 갖춘 인사가 분명하다.'

　　이런저런 상념에 빠져든 채 그는 입에서 나오는 대로 시구를 두어번 거듭 되뇌어보았다.

　　그때 난데없이 깨지는 듯한 꽹과리 소리가 시끄럽게 울려 장무기를

---

* 이 관용어는 《원곡선元曲選》 무명씨 작 〈보은을 다투다爭報恩〉 첫 마당에 나오는 것인데, 그 연원은 훨씬 앞선 삼국시대 위나라 조식曹植이 지은 〈교지矯志〉에 "길이 멀어야 준마를 알아보고, 세상에 거짓이 많아야 현자를 알아볼 수 있다道遠知驥 世僞知賢"에서 나왔다.

상념에서 끌어냈다. 또 다른 꽃마차가 비루먹은 나귀 두 마리에게 이끌려 덜커덕덜커덕 굴러오고 있었다. 고삐를 잡은 마부의 옷차림새는 그저 소박하기만 했다. 너무나 어처구니없는 광경에 멀리서 바라보던 관중들이 벌써 웃음보를 터뜨리기 시작했다.

"아니, 저런 궁상바가지 연극 무대도 황제님 계신 도성에 오르다니, 정말 웃다가 턱이 빠질 노릇이로군!"

와글와글 떠들어대며 비웃는 소리가 질펀하게 들려왔다.

무심결에 흘끗 눈길로 스쳐 보내던 장무기는 꽃마차 위에 올라탄 배우들을 보고 그만 정신이 번쩍 들었다. 그리고 곧 대경실색하고 말았다. 수레 와탑臥榻 위에 두 다리로 똬리를 틀고 앉은 사람이 누구인가? 누르스름한 머리터럭에 축 늘어뜨린 양어깨, 두 눈을 질끈 감아 눈먼 소경 행세를 하는 배우는 영락없는 금모사왕 사손이었다. 그 곁에 푸른 옷을 걸친 미모의 처녀가 찻그릇을 떠받들고 은근한 태도로 시중을 들고 있었다. 생김새는 하늘의 선녀처럼 맑고 고운 주지약보다 훨씬 못해 보였으나, 옷차림과 매무새는 오래전 그녀가 만안사 보탑 위에 갇혔을 때와 똑같았다. 한림아도 그것을 느꼈는지 실성을 터뜨리고 말았다.

"이크, 주 낭자, 저 여배우의 분장이 어쩌면 아가씨를 꼭 빼닮았네요!"

주지약은 코웃음만 칠 뿐 아무런 대꾸도 하지 않았다. 장무기가 흘 끗 돌아보니 그녀는 얼굴이 시퍼렇게 질린 채 극도로 분노에 겨운 듯 가슴을 세차게 벌떡거리고 있었다. 그는 슬그머니 그녀의 손을 잡아주었다. 꽃마차를 그렇게 꾸민 의도가 무엇인지 좀처럼 알 수가 없어 그

34. 혼례식 날 저 신부는 섬섬옥수로 면사포를 찢어 던졌다네

역시 곤혹스러운 기색을 금치 못했다.

주지약으로 분장한 배우가 싱글싱글 웃으면서 사손 역을 맡은 배우 뒤로 돌아가더니 검지와 식지 양 손가락을 내뻗어 느닷없이 가짜 사손의 등줄기에 힘껏 찔러 넣었다.

"으악!"

가짜 사손이 외마디 소리를 지르면서 와탑 아래로 굴러떨어졌다. 가짜 주지약은 그를 짓밟은 채로 칼을 뽑아 찔러 죽이려는 시늉을 해 보였다.

급작스레 바뀐 두 사람의 연기에 관중들이 저마다 고함쳐 갈채를 보냈다.

"좋다, 잘한다! 죽여라, 어서 죽여!"

곧이어 개방 제자들로 분장한 예닐곱 명이 꽃마차 위에 뛰어오르더니 가짜 사손과 주지약을 한꺼번에 잡아 꿇렸다.

이쯤 되자 장무기도 더는 의심하지 않았다. 꽃마차 위에서 벌어진 모든 연극은 바로 조민이 연출한 것이 분명했다. 그녀는 주지약이 대도 황성에 오리라 예상하고 이렇듯 한바탕 욕을 보이려 한 것이다.

장무기는 슬며시 허리 굽혀 땅바닥에서 돌멩이 두 개를 주워 들었다. 그러고는 가운뎃손가락에 끼우고 가볍게 튕겨 보냈다. 쏜살같이 날아간 돌멩이 두 개가 힘겹게 꽃마차를 끌던 비루먹은 나귀 두 마리의 오른쪽 눈에 각각 들이박혔다. 돌멩이는 눈알을 깨뜨리고 뇌 속으로 깊숙이 파고들었다. 나귀 두 마리는 애처로운 비명을 지르면서 그 자리에 쓰러졌다. 나귀가 쓰러지면서 꽃마차도 벌렁 뒤집히고 가짜 사손과 주지약, 개방 제자들로 분장한 남녀 배우들이 와르르 굴러떨어져 길바닥에 나뒹굴었다. 신바람 나게 흥청거리던 길거리는 다시 한번 아수라장이 되었다.

주지약이 아랫입술을 악물고 혼잣말로 중얼거렸다.

"그 요사스러운 계집이…… 날 이렇듯 모욕하다니…… 내 반드시…… 반드시……!"

너무나 분하고 원통한 나머지 주지약은 말끝도 맺지 못한 채 울음보를 터뜨렸다. 장무기는 그녀의 곱고 여린 섬섬옥수가 급작스레 얼음같이 차가워지고 전신이 부르르 떨려오는 것을 느꼈다.

"지약, 그 여자는 온갖 해괴망측한 짓을 다 저지르고도 남을 사람이야. 당신은 그저 모른 척 무시해버려요. 내가 일편단심으로 당신을 위해주기만 하면 되는 것 아니오? 어느 누가 제아무리 우리 사이를 떼어놓으려고 충동질하더라도 내가 믿을 듯싶소? 난 그따위 수작에 넘어가지 않을 거요."

당황한 기색으로 위안의 말을 건네는 동안 몽골 관군 기병대가 또다시 관중들을 탄압하기 시작했다. 한편에서는 죽은 나귀의 시체와 부서진 꽃마차를 끌어내다 길거리 곁에 내던져놓고 뒤미처 또 다른 가장행렬이 이어졌다. 그러나 장무기와 주지약은 방금 목격한 일을 생각하느라 흥미진진한 꽃마차 대열을 더는 눈여겨보지 않았다.

꽃마차 행진이 다 끝나면서 이번에는 범패梵唄 가락이 구성지게 들려오더니, 붉은 가사를 걸친 라마승의 대열이 줄지어 성큼성큼 걸어오기 시작했다. 라마승들의 행진이 지나간 뒤 철갑끼리 부딪는 소리가 "철커덕철커덕!" 울리는 가운데 무려 2,000명이나 되는 철갑 어림호위부대御林護衛部隊 병사들이 저마다 기다란 장모長矛를 잡고 대오를 지

34. 혼례식 날 저 신부는 섬섬옥수로 면사포를 찢어 던졌다네

은 채 질서 정연하게 통과했다. 그다음에는 3,000명의 궁수 부대가 지나가고, 또다시 향불 연기가 자욱하게 피어오르면서 신상神像을 한 구씩 모셔놓은 가마채의 대열이 나타났다.

비단옷을 걸친 가마꾼들이 떠멘 가마에는 토지신土地神, 서낭신, 도교의 영관靈官,* 불가의 위타韋陀, 그리고 한족 백성들이 떠받드는 재신財神, 동악東嶽** 따위의 여러 신령, 그리고 서역 지방 토착민들이 섬기는 우상, 천축국의 범신梵神, 제석천帝釋天, 대흑천大黑天***, 비사누毗舍奴, 사면불四面佛 등등 불가의 신령들까지 모두 합쳐서 360구의 신상이 봉안되었다. 마지막으로 삼국시대 관운장을 신격화한 관성제군關聖帝君의 신상이 나타나자, 구경 나온 백성들은 너 나 할 것 없이 중얼중얼 염불을 외우며 허리 굽혀 존경의 뜻을 표했다. 참배객들 중에는 아예 무릎 꿇고 엎드려 절하는 이도 적지 않았다.

신상 행렬이 다 지나가자, 손에 금 몽치 금 도리깨를 잡은 의장대가 길을 터 나가면서 깃털 일산과 보개寶蓋 행렬이 무리 지어 나타났다. 백성들은 일제히 소리 맞춰 함성을 질렀다.

"황제 폐하께서 거둥하신다! 황제 폐하께서 납신다!"

멀리 바라보니 과연 황색 비단으로 꾸민 거대한 가마 한 채를 32명

---

* 도교의 신령. 인간으로서 공덕을 닦아 하늘에 올라 선관仙官이 된 신령. 천상과 인간 세상의 윤리와 법도를 규찰하는 왕령관王靈官을 비롯해 500영관이 있다고 한다.

** 위타는 고대 인도의 경전《베다Veda》의 음역으로서, 이를 신격화한 것. '동악'은 도교 신령 동악천제인성제東嶽天齊仁聖帝의 줄임말.

*** 제석천은 불법佛法의 수호신. 대흑천은 마하가라摩訶迦羅, Maha-kala의 음역, 삼보三寶를 옹호하며 먹을 것을 풍족하게 만들어준다는 인도의 여섯 신령.

금의 시위대錦衣侍衛隊가 어깨 위에 떠메고 절도 있게 걸어왔다.

장무기는 두 눈에 신경을 모으고 몽골족 원나라 황제를 뚫어져라 응시했다. 초췌한 얼굴 표정, 잔뜩 움츠러든 기색이 한눈에 보아도 정기가 부족한 게 뚜렷했다. 아마 주색에 빠져 헤어날 줄 모르는 황음무도荒淫無道한 폭군의 용색容色이 이러했으리라. 뒤이어 황태자가 말을 타고 수행했다. 자못 영웅다운 기백이 넘치는 모습인 데다 등에는 황금과 옥으로 아로새긴 장궁長弓을 멘 품이 전형적인 몽골족 사나이다운 본색을 벗지 못하고 있었다.

한림아가 낮은 목소리로 장 교주의 귀에 속삭여 물었다.

"교주님, 제가 덮쳐들어 오랑캐 황제를 단칼에 베어 죽이면 어떨까요? 그럼 천하 백성을 위해 커다란 해악을 제거할 수 있지 않겠습니까?"

"안 되네. 몽골 황제 신변을 에워싼 저 호위대 중에는 고수들이 적지 않을 걸세. 아무래도 내가 직접 나서야 할 거야."

이때 장무기의 왼쪽 곁에서 누군가 불쑥 한마디 던져왔다.

"아무렴, 안 되고말고요! 폭력으로 폭력을 바꿔치기한다는 말은 예나 지금이나 들어본 적이 없으니까요."

장무기와 주지약, 한림아 셋은 모두 가슴이 철렁했다. 후딱 고개 돌려 바라보았더니, 쉰 살 가까이 됨 직한 약장수 늙은이가 등에 약낭藥囊 한 개 달랑 메고 오른손에 호랑이 머리 형태의 지팡이를 짚고 서 있었다. 일행이 돌아보자 그는 양손 엄지손가락을 곧게 펴서 가슴 앞에 나란히 세워 보였다. 명교 신도들끼리 주고받는 불꽃 형태의 암호였다.

"팽형옥이 교주님께 문안 인사드립니다. 귀하신 몸 별고 없으신 걸

34. 혼례식 날 저 신부는 섬섬옥수로 면사포를 찢어 던졌다네

보니 천만다행입니다."

나지막하게 소곤거리는 목소리가 귀에 익었다. 장무기의 반가움은 이루 말할 수 없이 컸다.

"아니, 팽 화상! 당신이 언제……."

약장수 영감은 다름 아닌 팽형옥이었다. 교묘한 솜씨로 변장하고 곁에 서 있은 지 오래였는데도, 장무기 일행은 전혀 낌새를 채지 못했던 것이다.

"여기는 얘기를 나눌 곳이 못 됩니다. 또 오랑캐 황제를 제거해서도 안 되고요."

장무기는 더 말하지 않고 고개만 끄덕였다. 평소부터 팽 화상의 식견이 누구보다 너르다는 사실을 잘 알고 있었기 때문이다. 그는 반가움에 겨워 그의 왼손을 부여잡고 두세 번 가볍게 흔들었다.

황제와 황태자 행렬이 지나간 후, 또다시 3,000명의 철갑 어림호위대가 후미를 경호하고 지나갔다.

"저것 봐라! 황후마마와 공주마마가 행차하신다!"

수천수만 명이나 되는 구경꾼이 또 한 차례 와글와글 들끓기 시작했다. 큰길을 가득 메운 사람들이 황후와 공주의 행차를 뒤따라 한꺼번에 서쪽으로 몰려가는 대소동이 벌어졌다.

"우리도 따라가봐요."

주지약의 말에 일행 넷은 두말없이 인파 속으로 끼어들었다. 군중은 옥덕전玉德殿 궁궐 밖까지 단숨에 몰려갔다.

옥덕전 층층 누각 망대望臺 위에 비단 장막이 드리우고 한복판에는 일곱 자리가 마련되어 있었다. 누각 변두리에도 어림군御林軍 장병들이 등나무 줄기로 엮은 채찍을 쥐고 가까이 접근하는 구경꾼들을 쫓아내느라 여념이 없었다. 구경꾼들은 발 디딜 틈도 없이 숱하게 많았으나, 장무기 일행은 손쉽게 인파를 헤치고 채색 장막을 둘러친 누각 앞에 선두로 나설 수 있었다.

일곱 누각 한가운데 제일 높은 좌석에는 황제가 자리 잡았고, 양 곁에 두 명의 황후가 좌우로 앉아 있었다. 하나같이 중년 나이의 뚱뚱보 부인들인데, 온 몸뚱이를 진주 보석으로 치장한 탓에 이루 형언하지 못할 찬란한 광채에 휩싸였다. 머리에는 또 황관皇冠을 높다랗게 써 괴상야릇한 모습을 드러내고 있었다. 황태자는 왼쪽 아랫자리를, 또 오른쪽 아랫자리에는 스무 살 남짓한 여인이 앉아 있었는데 비단 금포錦袍를 몸에 걸친 품으로 보아하니 황제의 금지옥엽 공주가 분명했다.

누각 일곱 채를 이리저리 둘러보던 장무기의 눈길이 왼편 두 번째에 위치한 누각에서 담비 가죽 저고리를 입은 처녀를 하나 발견했다. 목에 드리운 황금 사슬 목걸이를 만지작거리면서 애교 있는 미소를 머금은 채 두 눈에 물기가 찰랑찰랑 감도는 미녀, 바로 소민군주 민민 테무르였다. 조민의 범속을 초월한 아리따움은 공주들과 견주어보자면 한마디로 달빛 아래 별빛이 무색하다고나 할밖에 달리 표현할 길이 없었다.

장무기는 한참 동안 넋을 잃은 채 멍하니 올려다보았다. 곁에 주지약이 없었더라면 정말 거기서 눈빛을 옮기고 싶지 않았다. 두 번째 채루 한가운데에는 조민 말고 수염을 길게 기른 황실의 친왕親王 한 사람이 앉아 있었다. 위엄 서린 얼굴 모습만 봐도 조민의 부친 여양왕 차칸테무르가 분명했다. 조민의 오라비 쿠쿠테무르, 왕보보는 누각 위에서 이리저리 한가롭게 거닐고 있었다. 매처럼 날카로운 눈초리, 호랑이를 닮아 어슬렁어슬렁 옮겨 떼는 걸음걸이가 언제 어느 때 먹잇감을 덮칠지 모를 만큼 날쌔고도 용맹한 들짐승을 연상시켰다.

이 무렵 일곱 채 누각 앞에서는 라마승들이 줄지어 늘어선 채 바라춤을 추고 있었다. 이른바 불가의 천마대진天魔大陣*이 연출되는 중이었다. 500명의 고수가 법기法器를 두드리면서 좌로 우로 맴돌다가 높이 뛰기와 낮은 포복 자세를 번갈아 펼치는데, 진법의 변환이 교묘하기 이를 데 없어 관중들의 박수갈채가 우레같이 터져 나오고 찬탄하는 소리가 그칠 줄 몰랐다.

한참 동안 조민을 뚫어지게 노려보던 주지약이 한숨을 내리쉬면서 일행을 조용히 채근했다.

"이젠 돌아가요!"

인파를 헤집고 빠져나온 일행 네 사람은 그길로 객점으로 돌아갔다.

팽형옥이 새삼스레 교주에게 정식 문안 인사를 올린 다음, 이들은 그동안 헤어진 이후 겪은 일을 모두 털어놓고 정보를 교환했다. 장무기가 단도직입으로 사손의 행방을 물었으나, 팽형옥은 안휘安徽, 강소江蘇 지역에서 곧바로 대도에 올라온 터라 사손이 중원 땅에 돌아왔다는 소식조차 알지 못하고 있었다.

그는 명교 의병들의 활약에 대해 설명했다. 주원장과 서달, 상우춘

---

* 욕계欲界의 정상 제6천第六天에 자리 잡고 불법 수행을 방해하거나 착한 일을 못 하게 훼방하는 '타화자재천마他化自在天魔'를 진압하는 서역 불가의 예식.

군은 해마다 공성전과 지역 공략에 잇따라 전공을 세워 지금은 총사령 격인 한산동의 위세와 명성을 압도할 지경에 이르렀다고 했다. 그러나 한산동의 아들이 곁에 있는 것을 보고 더 이상 자세한 경위는 일러주지 않았다. 또 다른 의병 부대 서수휘徐壽輝 군 역시 호광행성湖廣行省 지역에서 적지 않은 세력을 확장했다고 했다. 그 밖에 유복통劉福通과 '깨 곰보'란 별명으로 이름난 지마리芝麻李, 팽군용彭君用, 모귀毛貴의 의병들도 이곳저곳에서 큰 성과를 올려 원나라 조정 토벌군이 쫓아다니며 대응하느라 골머리를 썩고 있다는 얘기도 했다. 다만 태주台州 일대의 방국진方國珍 세력과 평강부平江府를 장악한 장사성張士誠 군이 명교를 적대시하고 있다는 실정도 밝혔다.

상황 설명이 다 끝나자 한림아가 기다렸다는 듯이 따져 물었다.

"팽 대사님, 아까 왜 황성에서 우리가 칠층 누각을 덮쳐 오랑캐 황제 늙은이를 단칼에 베어 죽이게 내버려두지 않았습니까? 그럼 단 한 번의 수고로 영영 우리 백성들 모두 태평성대를 누릴 수 있었을 게 아닙니까?"

팽형옥은 고개를 가로저었다.

"지금 황제가 혼암무도昏闇無道한 폭군이라는 점이 바로 우리한테 큰 도움을 주는 셈인데, 어떻게 그런 훌륭한 조력자를 죽여 없앤단 말인가?"

그러자 한림아는 이게 무슨 소리냐는 듯이 두 눈을 휘둥그레 떴다.

"오랑캐 황제가 혼암무도한 폭군이기 때문에 우리 백성들을 괴롭혀 고통받게 하고 있지 않습니까? 그런데 어째서 그것이 오히려 우리에게 이롭다는 말씀입니까?"

34. 혼례식 날 저 신부는 섬섬옥수로 면사포를 찢어 던졌다네

"한씨 아우님, 그건 자네가 모르고 하는 소릴세. 지금 오랑캐 황제는 라마승을 깊이 신봉하고 등용해서 정사가 문란해질 대로 문란해졌네. 어디 그뿐인가, 가로賈魯란 벼슬아치에게 명을 내려 황하 굴착 사업을 벌여놓는 바람에 백성의 기력과 재물을 탕진시켜 천인공노할 지경에 이르렀네. 근년에 들어 우리 명교 의병들이 전국 각처에서 오랑캐 관군들을 풍비박산으로 섬멸하고 있다는 사실을 자네도 잘 알고 있겠지? 어디 말해보게. 그런 오합지졸의 무리 말고 우리가 진짜 천하를 종횡무진 누비면서 정복 전쟁을 펼친 몽골 정예병과 맞붙어 싸워본 적이 있었는가? 이게 다 그 흐리멍덩한 황제 늙은이가 좋은 인재를 등용해서 쓰지 않은 덕분이라네. 여양왕 차칸테무르만 해도 그렇지 않은가. 그자는 용병술에 아주 능통한 명장일세. 하지만 오랑캐 황제는 그자의 공로가 너무 커지면 자기 황제 자리를 빼앗을까 봐 겁을 집어먹은 나머지 여양왕의 일거수일투족에 경계심을 품고 사사건건 견제하는 실정일세. 그렇기 때문에 기회가 오는 대로 끊임없이 병권兵權을 깎아내리고 있지. 어디 그뿐인가, 조정 대신들과 대장군들끼리 파벌을 조성하고 서로 적대시하는데도 황제나 황실 귀족이 화해를 붙이기는커녕 오히려 중간에서 이간질이나 하고 부추겨 권력자들의 세도를 약화시키는 데만 정신이 팔려 있단 말일세. 토벌군을 출동시킬 때마다 그저 아첨이나 떨 줄 아는 모주꾼에 밥통 같은 장수들만 지명해서 관군들을 거느리게 하고 있으니, 몽골 정예병들이 제아무리 전투를 잘한다 해도 그따위 무능한 장수 때문에 싸우는 족족 패하고 억울한 죽음이나 당할밖에. 이 모두 다 그 어수룩한 오랑캐 황제 덕분에 우리가 큰 도움을 받는 것이 아니고 뭐란 말인가?"

"옳습니다! 참으로 지당하신 말씀입니다."

팽형옥의 예리한 상황 분석에 장무기는 연신 고개를 끄덕여가며 수긍했다. 얘기는 계속되었다.

"우리가 오랑캐 황제를 죽일 경우, 황태자가 그 자리를 이어받겠지. 그자의 생김새를 보니 아주 무서운 인물이더군. 설령 새로운 황제로 등극하더라도 흐리멍덩한 늙은 아비보다 좀 더 낫기는 하겠지. 하나 만약 그자가 토벌 작전에 능숙한 명장을 기용해서 우리를 친다면 그때는 보통 큰일이 아닐 걸세."

"대사님이 때맞춰 일깨워주셔서 다행입니다. 그러지 않고 오늘 저희가 천둥벌거숭이로 날뛰었다면 대사를 망칠 뻔했군요."

장무기가 솔직히 잘못을 인정하는 동안 한림아는 제 손으로 입을 마구 쥐어박으면서 욕설을 퍼붓고 있었다.

"어이구, 요놈의 방정맞은 주둥아리! 죽어도 싸다, 싸! 앞으로 두 번 다시 터무니없는 소리를 지껄여봐라, 내 당장 주둥아리를 뭉개버리고 말 테다!"

삽시간에 객실 안은 장무기와 주지약, 팽형옥의 웃음소리로 가득 찼다. 팽형옥이 다시 말을 이었다.

"교주님은 천금같이 귀하신 몸이요, 양어깨에 오랑캐를 몰아내고 이 나라를 부흥시켜야 할 막중한 짐을 떠안고 계시니, 저 옛날 박랑사博浪沙*에서 진시황을 저격하던 창해역사滄海力士 흉내를 내어 크나큰

---

* 박랑사는 지금의 허난성河南省 위안양현原陽縣이다. 전설에 따르면, 전국시대 말엽 모국 한나라가 진시황에게 멸망당하자 그 신하였던 장량張良이 창해역사를 설득해 쇠몽치로 진시황을 저격하려다 실패한 곳이라고 한다.

34. 혼례식 날 저 신부는 섬섬옥수로 면사포를 찢어 던졌다네

위험을 무릅써서는 절대 안 됩니다. 제가 보건대 황제 신변의 호위병 중에는 얕잡아볼 수 없는 고수들이 실로 적지 않아 교주님께서 비록 신용神勇이 절륜하시다 해도 중과부적의 곤경에 처하기 십상이었을 겁니다. 만에 하나 실수라도 하셨다면 어쩌실 뻔했습니까?"

타이르는 듯 꾸짖는 말에 장무기도 두 손 모아 겸손히 받아들였다.

"대사님의 금옥 같으신 말씀, 새겨듣겠습니다."

주지약이 청승맞게 한숨을 내리쉬었다.

"팽 대사님의 그 말씀, 반 마디도 틀리지 않습니다. 명교 교주쯤 되시는 분이 어찌 경솔하게 위험을 무릅쓴단 말인가요? 두고 보세요. 우리 막중한 대사가 일단 성공하는 날이면 아까 보았던 칠층 누각 높은 용상에 앉을 분은 바로 당신일 테니까요."

그러자 한림아가 맞장구를 쳤다.

"지당하신 말씀! 그때가 되면 말입니다, 교주님은 황제 폐하가 되시고 주 소저는 황후마마, 양 좌사와 팽 대사님은 좌승상 우승상 자리에 오르셔야겠죠. 하하! 이 얼마나 멋진 일입니까?"

주지약의 두 뺨에 발그레하니 달무리가 지고, 수줍은 듯 고개 숙인 틈으로 내다보인 눈초리에도 기쁨을 이기지 못하는 기색이 드러났다. 장무기가 손사래를 쳤다.

"한 형, 그런 말 두 번 다시 하지 마시오. 우리 교는 그저 천하 백성을 도탄에서 건져내고 공을 이루면 은퇴해 부귀영화를 탐내지 말아야 하오. 그래야 하늘을 우러러 한 점 부끄러움이 없는 떳떳한 대장부가 되지 않겠소? 더구나 성화령에 명시된 엄격한 가르침을 어겨서는 안 되는 거요."

팽형옥이 감탄해마지않았다.

"교주님의 흉금 도량은 실로 보통 사람이 미칠 바가 아닙니다. 하지만 그때가 되어서 천자의 곤룡포袞龍袍를 몸에 걸치게 되면 아마 교주님이 사양하고 싶으셔도 물리치지 못할 것입니다. 저 옛날 진교병변陳橋兵變이 일어났을 때 조광윤趙匡胤[*]이 황제 노릇을 하고 싶은 생각이 있어서 그 일을 저질렀겠습니까?"

"천만의 말씀을 다 하십니다! 안 되고말고요. 제가 분수에 넘치는 생각을 한다면 천지신명이 저를 벌하고, 죽더라도 곱게 죽지 못할 겁니다."

딱 부러지게 거절하는 말을 듣는 순간, 주지약의 안색이 싹 변하더니 눈길을 창밖으로 던진 채 더는 말이 없었다.

이런저런 대화를 나누던 끝에 일행 넷은 저녁 식사를 마쳤다. 장무기가 일행을 보고 말했다.

"난 큰아버님의 소식 좀 알아볼 겸 팽 대사님과 길거리에 나가 산책이나 하리다."

"저도 따라가면 안 될까요?"

한림아가 자리를 털고 일어서며 조심스레 물었다. 그러나 장무기는 고개를 저었다. 이 젊은이의 성격이 워낙 고지식한 데다 수틀리면 주먹다짐부터 벌여 사고를 치는 줄 뻔히 아는 터라, 이 경계 삼엄한 도성

---

[*] 조광윤(927~976): 송나라를 건국한 태조 황제이며 군사가. 당나라 멸망 후 오대십국이 난립했을 때 후주後周에 예속된 장수로 군소 국가를 정벌해 큰 공을 세우고 군사 대권을 차지했으나, 국운이 기우는 것을 보고 진교역에서 군사 반란을 일으켜 후주를 멸망시키고 스스로 송나라를 세웠다. 진교는 지금의 허난성 위안양현 동북방 천차오진陳橋鎭, 역참이 설치된 북쪽 다리 이름을 따서 '진교역'으로 부른다.

34. 혼례식 날 저 신부는 섬섬옥수로 면사포를 찢어 던졌다네

에서 또 무슨 화를 불러일으킬지 모르기 때문이었다.

"한 형제, 그대는 오늘 밤만큼 지약과 바깥출입을 하지 말고 객점에서 푹 쉬기나 하구려."

"예, 그럼 교주님, 조심해서 다녀오십시오."

교주의 말 한마디에 한림아는 고분고분 응낙하고 도로 주저앉았다. 이윽고 장무기와 팽형옥이 대문을 나섰다. 두 사람은 동쪽과 서쪽으로 길을 갈라 사손의 행방을 알아보기로 하고, 이경 전에 다시 객점으로 돌아와 만나기로 약속했다.

객점을 떠난 장무기는 서쪽으로 길을 잡았다. 가는 길 내내 백성들이 쑥덕거리는 유언비어를 모조리 귀담아들었다. 화제는 하나같이 오늘 있었던 대유황성의 호사스러운 행사 규모와 흥청거리던 분위기였다. 그중에서도 화려하고도 거창한 꽃마차 가장행렬이 주로 입에 올랐다.

"남쪽 지방에서 명교가 반란을 일으켰다는데, 오늘 관제보살關帝菩薩이 행진하실 때 보니 두 눈에 살기가 아주 크게 돌더군. 그러니 이제 반란을 일으킨 놈들은 박살 나고 말 거야."

"명교는 미륵보살이 도와주시는데, 그럼 관제성군하고 미륵보살이 한판 붙을 거 아냐?"

"하하! 두 보살님이 대판 싸움을 벌이시면 그것참 볼만하겠군."

"여보게들, 이런 소문 들어봤나? 가로 대감이 황하를 굴착하다가 외눈박이 석상을 하나 캐냈다는데, 그 돌 인간 등판에 글씨가 두 줄 새겨졌다는 거야."

"글씨라니, 무슨 글씨?"

"말도 말게. 이런 글씨가 새겨졌더라는 거야. '돌사람이 외눈박이라

비웃지 말 것을, 황하의 강물 뒤집어 온 천하가 반역하게 만들리라.'
자네도 생각해보게. 이게 어디 억지로 되는 일이겠나? 하늘의 운수가
그렇게 돌아간다는 얘기지."

　이렇듯 어리석은 백성들의 대화를 무심결에 들어 넘기면서 장무기
는 발길 닿는 대로 마냥 걸었다. 얼마쯤 걸었을까, 가는 길이 점점 으
슥하고 외진 곳이라 소스라쳐 고개를 들고 보니 언젠가 조민과 만나
술잔을 나누던 허름한 술집 문 앞에 서 있는 것이 아닌가? 그는 가슴
이 철렁 내려앉았다. '어쩌자고 내가 부지불식간에 여길 또 왔을까?
아직도 내 마음속에서 조 낭자를 떨쳐버리지 못했단 말인가?'

　술집 대문이 허술하게 절반쯤 닫혔을 뿐 그 안쪽은 쥐 죽은 듯 조용
한 것이 술 마시러 온 손님 하나 없는 모양이었다. 잠시 머뭇거리던 그
는 대문을 밀치고 안으로 들어갔다. 계산대 옆 식탁에 점원 하나가 엎
드린 채 꾸벅꾸벅 졸고 있었다. 안채로 들어섰더니 텅 빈 식당 한 귀퉁
이 네모난 식탁 위에 촛불 하나가 꺼질 듯 말 듯 가물가물한데, 식탁에
한 사람이 안벽을 향해 우두커니 앉았다. 거기는 바로 조민과 두 번씩
이나 마주 앉아 술 마시던 장소였다. 이 술 손님 말고는 술청 안에 다
른 사람은 하나도 없었다.

　발걸음 소리를 들었는지 손님이 벌떡 일어서서 뒤를 돌아보았다.
일렁거리는 촛불 그림자가 그 사람의 얼굴을 비쳤다. 다름 아닌 조민
이었다.

　"앗!"

　두 사람의 입에서 외마디 실성이 동시에 흘러나왔다. 그녀나 장무
기나 이 자리에서 다시 보게 될 줄은 꿈에도 생각지 못한 것이다.

"당신…… 당신이 어떻게 여길 오셨어요?"

조민이 나지막하게 물었다. 떨리는 목소리가 격동하는 심사를 여실히 드러냈다.

"산책하던 길에 여길 지나치다 한번 들러본 거요. 그런데 당신이 여기 있을 줄이야……."

식탁에 다가서고 보니, 그녀 맞은편 자리에 술잔과 젓가락 한 벌이 더 놓여 있었다.

"또 올 사람이 있소?"

장무기가 묻는 말에 그녀는 얼굴을 붉혔다.

"아니, 없어요. 앞서 두 번씩이나 당신하고 나하고 여기서 술을 마셨죠. 당신이 내 맞은편 자리에 앉아 있었기에…… 그래서 점원더러 술잔하고 젓가락 한 벌 더 갖다놓게 했죠."

장무기는 불현듯 가슴이 뭉클해졌다. 그러고 보니 식탁 위에 차린 술안주 네 접시도 조민과 함께 여기 처음 왔을 때 시킨 것과 같았다. '역시 그랬구나, 조민……. 내게 품은 애정을 아직도 뿌리치지 못하고 이런 데서 외롭게 홀로 되새기고 있다니…….' 그는 가슴속 밑바닥에서부터 우러나오는 격한 감동을 도저히 억누를 길이 없었다. 덥석 내민 손길이 그녀의 양 손목을 부여잡은 채 떨리는 목소리로 불러보았다.

"조 낭자!"

그녀는 암울한 기색으로 혼잣말하듯 자그맣게 푸념했다.

"미워요……. 몽골 왕족 가문에서 태어나 당신과 원수가 된 내가 미워요……."

이때였다.

"헤헤, 헤……!"

돌연 창밖에서 두어 마디 비웃는 소리가 들려오더니, 무엇인지 모를 물체 하나가 창호지를 뚫고 날아들어 촛불을 탁 꺼뜨렸다. 술청 안은 삽시간에 칠흑 같은 어둠 속으로 잠겨들었다.

장무기와 조민은 한순간 흠칫 놀랐으나 행동으로 반응하지 않았다. 방금 들린 비웃음이 주지약의 목소리였음을 아는 터라 당황해서 어쩔 바를 모르기는 했어도 그녀를 뒤따를 생각은 없었던 것이다. 과연 지붕 위에서 바스락거리는 발걸음 소리가 한두 차례 울리더니 허공으로 돌개바람같이 사라졌다. 역시 주지약이 떠나는 기척이었다.

"당신, 그녀와 백수지약白首之約을 맺었군요. 그렇죠?"

조민이 나지막하게 물었다.

"그렇소. 애당초 당신에게 숨길 것도 아니었소."

"그날 당신이 그녀에게 달콤한 밀어를 건넸을 때 나는 고목 뒤에서 다 들었어요. 정말 죽고 싶도록 미웠죠. 내가 이 세상에 태어나지 말았어야 할 사람이라고 얼마나 원망했는지 몰라요. 그때 내가 두어 번 비웃은 걸 당신들도 들었겠죠? 그녀 역시 지금 그대로 비웃어 앙갚음한 거예요. 하지만…… 하지만 당신은 나한테만은 내가 좋아하는 말을 일언반구도 해주지 않았군요. 그때 그녀에게 들려준 것처럼 달콤한 밀어를……."

장무기는 겸연쩍은 마음에 얼굴을 붉혔다.

"조 낭자, 솔직히 말해서 난 여기 오지 말았어야 했소. 또 당신과 다시 만나지 말았어야 했고……. 내 마음속에 임자가 따로 있는 만큼 두 번다시 당신의 번뇌를 불러일으키지 말아야 했소. 소민군주, 당신은 금지옥엽이오. 앞으로 이 장무기 같은 강호의 떠돌이는 잊어버리시오.”

조민이 그의 손을 잡더니 손등에 난 상처 자국을 어루만졌다.

“이건 내가 이빨로 깨문 자국이죠. 당신의 무공이 아무리 높고 의술에 정통하다 해도 이 상처 자국은 지워버리지 못할 거예요. 당신 손등에 난 상처 자국을 스스로 없애지도 못하면서 내 마음속의 상처를 지워버릴 수 있단 말인가요?”

손등을 놓은 그녀가 양팔로 장무기의 목덜미를 감싸 안더니 와락 끌어당겨놓고 그 입술에 깊이 입을 맞추었다. 보드랍고도 여린 앵두 입술이 다가들어 눌렀을 때 장무기는 코끝에 확 끼쳐오는 그윽한 향내를 맡고 그만 정신이 아찔해졌다. 그러나 다음 순간, 조민은 한 모금에 피가 나도록 그 입술을 힘껏 깨물었다. 느닷없는 통증에 외마디 소리를 지를 수도 없었다. 입술을 깨문 조민이 그 어깨를 와락 떠밀더니 몸을 뒤채기가 무섭게 창문 바깥으로 뛰쳐나갔다. 이어서 바락 고함치는 소리가 들려왔다.

“너, 이 음탕하기 짝이 없는 녀석! 미워, 난 너를 미워할 거야!”

어둠 속에 홀로 남겨진 장무기는 부싯돌을 꺼내 촛불을 밝혀놓고 그 자리에 우두커니 섰다. 허름한 술청, 희부옇게 가물거리는 촛불 아래 그는 식탁 위에 널린 배갈 주전자와 술잔, 젓가락 한 번 대지 않은 술안주 접시를 내려다보았다. 마주 앉을 자리에 가지런히 놓인 술잔과 젓가락을 바라보면서, 조민이 남기고 떠난 쌉쓸하고도 감미로운 입맞춤을 돌이켜 음미해보았다. 달콤한 입맞춤, 여인의 입술연지 향내와 깨물린 상처에서 흘러나온 피의 짭짤한 맛까지 엉겨 뭐라고 형언하지 못할 야릇한 감회를 안겨주었다. 조민, 그녀는 이제 떠나갔다. 하지만 그는 그녀를 도저히 떨쳐버릴 수 없었다. 갑자기 무엇인가 잃어버린 듯 허탈한 느낌이 온몸을 휩쓸고 지나가면서 서글픈 심사에 뒤이어 극렬한 상처의 아픔이 밀려들었다.

상념은 술청 바깥 객점 쪽으로 치닫기 시작했다. '지금쯤 주지약은 날 원망하고 있으리라. 내가 아무도 모르게 조민과 여기서 밀회를 즐기고 있었노라고…….' 그건 정말 억울한 오해였다. 그는 그 오해를 어떻게 변명해야 할지 막막했다. '지약, 내 방황하는 마음을 이해해주려무나. 이 장무기는 어떻게 해서든지 조민을 잊으려고 무진 애를 쓰고 있단 말이다.'

그러나 자신이 살아생전에 이대로 조민과 영이별하고 두 번 다시 만나서는 안 된다는 생각이 들자, 마음속 깊은 곳에서 반발심이 용솟음쳐 나오기 시작했다. '안 된다. 절대로 그녀를 떨쳐버릴 수는 없다. 장무기, 네가 과연 그녀를 마음속에서 말끔히 지워버릴 수 있을까?' 생각이 여기에 미쳤을 때, 그는 주지약이 자신을 원망하든 말든 그런 문제쯤이야 별로 중요하지 않다는 결론에 도달했다. 술청 바깥으로 달려 나가 지붕 꼭대기로 뛰어오른 그는 다음 집 지붕에서 지붕으로 한바탕 치달리면서 조민을 찾아 헤맸다. 하지만 그녀의 종적은 어디서도 찾아볼 길이 없었다.

실의에 찬 장무기는 서글픈 마음을 가슴 가득 안은 채 객점으로 발길을 돌렸다.

객점 문턱에 서서 초조하게 대문 앞 길거리 좌우를 두리번거리던 한림아가 이제 막 추연한 기색으로 돌아오는 장 교주를 발견하고 기

34. 혼례식 날 저 신부는 섬섬옥수로 면사포를 찢어 던졌다네

다렸다는 듯이 휑하니 마주 달려왔다.

"어이구, 어딜 갔다 이제 오십니까?"

"왜 그러시나?"

"주 낭자가 반 시진 전에 돌아왔는데, 무슨 일로 화가 났는지 짐 보따리를 챙겨가지고 씩씩대며 도로 나가버렸지 뭡니까. 언제 돌아오시겠느냐고 물었더니, 얼굴 표정이 잔뜩 굳어져서 '안 돌아와요! 난 다시 안 돌아온다니까!' 하고 악을 쓰다가 눈물을 뚝뚝 흘리지 않겠습니까. 좋은 말로 달래주려 했지만, 마구간에서 말 한 필 끌어내다 훌쩍 올라타더니 질풍같이 사라져버리는 겁니다. 동쪽으로 갔는지 서쪽으로 갔는지, 남쪽인지 북쪽인지 알 수가 없었습니다."

한바탕 사설을 늘어놓던 한림아가 다급하게 재촉했다.

"교주님, 이걸 어쩌면 좋습니까? 우리 어서 주 낭자를 찾아서 데려옵시다!"

장무기도 조급하기는 마찬가지였다. 한편으로는 자책감도 들었다. 그는 당장 심부름꾼을 시켜 팽형옥에게 전갈 한마디 남겨놓고 한림아와 함께 길을 나누어 뒤쫓기 시작했다. 그는 대도 성안 구석구석을 찾아 헤매고 다녔다. 객점이란 객점을 모조리 뒤지고 사찰과 도관, 성밖 교외의 시골 촌까지 샅샅이 찾아보았으나, 하늘빛이 훤히 밝아올 때까지도 시종 주지약의 종적을 발견할 수 없었다. 하늘로 올라갔는지 공기처럼 사라져버린 것이다.

객점으로 다시 돌아왔을 때, 팽형옥과 한림아도 벌써 앞서거니 뒤서거니 돌아와 있었다. 셋이서 마주 바라본 채 눈길 한 번 던지고는 모두 고개를 가로저었다. 아무도 주지약을 찾지 못한 것이다. 장무기의 심사는 헝클어진 실꾸리처럼 어지럽기만 할 뿐 아무런 대책도 떠오르지 않았다.

"이제 큰아버님의 행방도 모르는 판에 지약마저 내 곁을 떠나갔으니, 이 노릇을 어쩌면 좋단 말인가?"

팽형옥이 좋은 말로 장무기를 위로했다.

"교주님, 너무 심려하지 마십시오. 제 추측으로 보건대, 주 낭자도 어차피 아미파 장문의 중책을 맡은 몸이니, 여길 떠났다면 아미파로 돌아갔을 겁니다. 교단의 형제들을 보내 수소문하면 찾아낼 수 있으리라 봅니다."

"그도 옳은 말씀이오. 지금은 무엇보다 사 법왕을 찾아 모셔오는 게 가장 급한 일이고, 그다음에는 성곤, 진우량, 두 놈의 행방을 서둘러 추적해야겠소."

말은 쉽게 나왔으나 머릿속은 그저 깜깜할 따름이었다. 불현듯 장무기는 조민을 떠올렸다.

'큰아버님이 중원 천지 어느 구석에 갇혀 계시다면, 반드시 성곤이란 놈과 무슨 연관이 있을 것이다. 지금의 내 신세는 눈먼 파리처럼 여기저기 마구잡이로 헤매고 다니는 격이나 다를 바 없다. 조 낭자를 찾아가서 도와달라고 청해볼까? 그녀는 지혜가 풍부하고 계략이 많은 데다 여양왕의 따님으로 막강한 신통력을 발휘하는 신분이니까, 혹시 무슨 실마리라도 잡을 수 있을 것이다. 에이, 장무기 이 못난 녀석아! 조민이 또 보고 싶으니까 별 이유를 다 끌어대는구나……'

생각은 다시 의혹으로 바뀌었다.

'혹시 조민이 큰아버님의 실종과 어떤 관련이 있는 것은 아닐까? 성곤이란 놈이 그녀의 명을 받아 저지른 일은 아닐까? 아니, 그럴 리 없다. 조 낭자가 나를 이렇듯 위해주는데, 겉으로만 호의를 보이는 척하고 딴 짓을 할 사람은 절대 아니다. 큰아버님을 내가 얼마나 끔찍이 여기는지 그녀도 아는데 결코 그분을 해칠 리 없다. 더구나 미륵사 대웅전 앞뜰에서 보여주었듯이, 개방의 적이면 적이지 친구는 아니다. 어쩌면 큰아버님의 실종은 성곤과 진우량이 한통속이 되어 저질렀을지도 모른다.'

조민에 대한 의심을 떨쳐버리고 났더니 마음이 다소 누그러졌다. 그러나 조민은 역시 간교한 계략이 백출하고 속마음을 헤아리기 어려운 변덕쟁이라는 데 생각이 미치자 또다시 불안해졌다. 이래저래 속수무책이 된 그는 불현듯 양소, 범요 등 교단 수뇌부 중에서 지략과 계교가 뛰어난 사람들과 대책을 상의해보고 싶은 생각이 들었다. 그는 팽형옥의 입을 통해 한산동, 주원장을 비롯한 의병 주력이 근년에 들어 공성전과 지역 공략을 활발히 펼쳐 안휘, 강소성 일대에 엄청난 기반을 구축하고 은연중 중원 명교 총단이 그곳에 형성되었다는 사실을 알았다. 이리하여 그는 교주의 이름으로 좌우 광명사자, 백미응왕 은천정, 청익복왕 위일소, 오산인, 그리고 오행기 장기사를 중심으로 하는 교단 수뇌급 인물들에게 일제히 한산동의 근거지인 호주성濠州城에 집결하라는 긴급명령을 하달했다.

다음 날 아침, 장무기는 팽형옥더러 대도에 사흘간 더 머무르면서 금모사왕 사손의 행방을 계속 탐지하도록 당부해놓은 후 한림아와 더불어 안휘, 강소성을 바라고 남행길에 올랐다. 산동 지역 경내에 접어들자 과연 의병들과 싸워 참패를 당한 몽골군 패잔병들이 창칼 병기는커녕 갑옷을 찢기고 투구마저 내던져버린 채 빈손으로 북상해오는 장면을 목격할 수 있었다. 장무기와 한림아 두 사람은 더욱 길을 재촉한 끝에 마침내 산동과 안휘 접경지대로 들어섰다. 그 일대는 이미 명교 의병들의 천하였다. 의병 진영을 통과하자, 그들 중 한림아를 알아본 사람이 즉시 원수부元首府로 달려가 급보를 전했다.

호주성에 거의 다다랐을 무렵, 한산동은 어느새 주원장, 서달, 상우춘, 등유, 탕화를 비롯한 대장들을 거느리고 30리 밖까지 영접하러 나와 있었다. '나비의 골짜기'에서 명교 세력이 항원抗元의 기치를 높이 올려 다짐하고 헤어진 지 벌써 몇 해 전이었던가. 오랜만에 상봉한 이들은 모두 반가움에 겨워 어찌할 바를 몰랐다. 더구나 한산동은 개방 측에 사로잡혔던 아들이 순전히 장 교주의 도움으로 구출되었다는 얘기를 듣고 감사의 예우를 거듭해마지않았다. 모처럼 교주를 만난 의병들이 사기충천해 두드리는 징과 북소리에 하늘마저 뒤흔들리고, 병기와 갑옷에서 발산되는 광채가 눈부시도록 빛났다. 일행은 장 교주를 옹위하고 호주성으로 들어갔다.

장무기가 성안에서 며칠 쉬는 동안 좌우 광명사자, 은천정, 위일소 두 법왕과 은야왕, 철관도인, 설부득, 주전, 오행기의 다섯 장기사가 저마다 현지에서 소식을 듣고 속속 호주성으로 달려와 교주를 알현했다.

여러 수뇌부 인사들이 모인 자리에서 장무기는 사손이 중원 땅에 귀환했다는 사실, 개방 측에 잡혀갔다가 또다시 실종된 경위를 낱낱이 밝혔다. 여론은 한결같았다. 사손이 성곤 일당에게 납치된 것이 확실해진 이상, 지금으로서 할 일은 사 법왕과 성곤, 진우량의 행방을 수소문하는 길밖에 없다고 입을 모았다. 그러나 사 법왕에게 원수진 사람들이 숱하게 많은 데다 적의 수중에 떨어진 이상 무림계 인사 가운데 도룡도를 넘보는 자들 또한 적지 않은 만큼 사 법왕이 중원에 귀환했다는 소문이 누설되지 않도록 단속할 필요가 있었다.

장무기는 즉석에서 오행기 제자들을 전국 각처로 풀어 보내 소식을 탐문하게 했다. 하지만 여러 날이 지나도록 성곤과 진우량의 소식은 묘연했고, 사손을 구출하려던 일은 전혀 갈피를 잡지 못하게 되었다.

이날 설부득은 장무기 앞에 한 가지 희소식을 전해왔다. 홍수기 제자들이 강절행성江浙行省 경원로慶元路(지금의 닝보시寧波市) 일대를 탐문하던 중 교외에서 동작이 유별나게 민첩한 몇몇 여인을 발견하고 수상히 여겨 남모르게 뒤를 밟아 조사한 끝에 그들이 아미파 제자였다는 사실을 알아냈다는 것이다. 진상은 곧이어 밝혀졌다. 아미파의 총본산은 원래 아미산 금정봉에 있었으나, 무슨 일이 생겼는지 현재는 경원로 동쪽 바닷가 정해현定海縣(지금의 전하이鎭海)으로 옮겨오고 장문인 주지약은 몇몇 대제자와 함께 관음보살을 모시는 '백의암白衣庵'이란 암자에 임시로 거처하고 있다는 보고였다. 정해현에서 동쪽으로 그리 멀지 않은 섬에 있는 보도산普渡山은 예나 지금이나 관음보살의 도량道場으로 유명한 곳이다. 따라서 인근 불자들이 바치는 향화香火가 끊이지 않았다. 아미산은 애당초 보현보살의 도량이었으나, 비구니들 중 관음보살을 숭배하는 이가 더 많은 만큼 아미파의 임시 총본산이 관음보살을 모신 사찰로 옮겨졌다고 해서 이상하게 여길 것은 없었다. 하지만 왜 옮겨왔는지 그것은 의문이었다.

뜻밖의 낭보를 받고서 기쁨을 이기지 못한 장무기는 부랴부랴 서둘

러 예물을 갖춘 다음 양소, 범요, 위일소, 설부득 네 사람을 대동하고
아미파의 임시 총본산이 자리 잡은 정해현으로 찾아갔다.

안휘성 호주에서 절강성 경원로 정해현까지의 거리는 무려 1,300여
리, 마음 다급한 장무기는 일행과 함께 그 머나먼 여행길을 하루같이
불철주야로 치달린 끝에 드디어 백의암에 당도했다.

아미파 제자가 안채로 들어가 통보하자, 주지약이 정현사태와 정공
사태를 비롯한 대제자 몇 명을 데리고 영접하러 나왔다.

주인과 손님 간에 문안 인사치레를 나누고 나서, 주지약은 사손의
종적을 여전히 찾아내지 못했다는 얘기를 듣자, 담담한 기색으로 이렇
게 대꾸했다.

"왜 장 교주님께서는 친히 대도에 올라가 군주마마에게 여쭤보지
않으십니까? 그 존귀하신 마마더러 사람을 놓아달라고 통사정하면 될
것을……."

감정 하나 섞이지 않은 말투였으나 단도직입으로 정곡을 찔러대는
바람에 장무기는 적지 않게 당황했다.

"그러지 않아도 위 복왕을 보내 조 낭자에게 물었지만, 그녀는 내 양
부님을 본 적이 없다더군요. 위 복왕이 남몰래 여양왕의 저택과 만안
사 일대를 몇 차례나 구석구석 뒤져보고 또 저들의 말을 엿들었지만,
결국 아무런 실마리도 잡지 못하고 빈손으로 돌아왔소."

"사 법왕은 기개 있는 영웅호걸로서, 뭇사람의 존경을 받는 선배 고
인이십니다. 만에 하나, 그분이 군주마마의 손에 목숨을 잃는다면 소
녀는 누가 뭐래도 그 어르신을 위해 복수하겠습니다만, 장 교주님은
아마 개의치 않으시겠지요."

주지약은 눈시울에 촉촉하게 물기가 감돌면서 당장에라도 울음보를 터뜨릴 것만 같았다.

"정말 그런 불행한 일이 생긴다면 그 불공대천지 원수야말로 하늘이 두 쪽 나는 한이 있더라도 내 기필코 갚고야 말리다!"

장무기가 그녀 앞에 굳게 다짐했다.

아미파 제자들이 소찬素餐을 차려 명교 수뇌부 인사들을 접대했다. 식사가 끝나고 나서 양소, 범요는 교주와 주지약 사이에 개인적으로 할 얘기가 많으리라 짐작하고 바다 경치를 구경한다는 핑계로 자리를 피해 슬그머니 빠져나왔다. 그리고 정현사태를 비롯한 아미파 대제자들의 안내를 받아 해변 산책에 나섰다.

호젓하게 둘만 남은 방 안에 한동안 무거운 침묵이 흘렀다. 얼마쯤 지났을까, 주지약이 손님에게 눈길 한 번 던지더니 비로소 입을 열었다.

"장 교주님, 저 혼자서 내공 수련 중에 모를 것이 몇 군데 있습니다. 교주님께 가르침을 받고 싶은데 일러주시겠습니까?"

상대방이 정중한 말씨로 부탁하니, 장무기는 어색함을 이기지 못하고 떠듬떠듬 대꾸했다.

"왜 갑자기 무뚝뚝하게 겸사를 쓰는 거요? 예전처럼 부드럽게 대해주면 안 되겠소? 뭐든지 원하는 대로 일러줄 테니 말씀해보구려."

주지약은 그를 데리고 조용한 정실靜室로 건너갔다. 그러고는 내공 수련에 관한 요결을 꼬치꼬치 묻기 시작했다. 장무기는 추호도 숨김없이 상세히 일러주면서 속으로 어지간히 놀랐다. 질문 내용이 예상외로 심오했던 것이다.

"허허허! 지약, 그런 수준의 요결까지 묻는 걸 보니 그동안 내공 수련에 장족의 발전을 한 모양이구려. 정말 기쁘오. 앞으로 내가 날마다 가르쳐서 2~3년만 지나면 당신의 내공 수준도 나하고 맞먹게 되리다."

주지약이 눈을 하얗게 흘기면서 원망스러운 투로 핀잔을 주었다.

"남을 속이려거든 믿음직스러운 말을 골라 써야죠! 나를 하루나 이틀쯤 가르치다가 좀이 쑤시면 횅하니 대도로 달려가 그 아담한 술집에서 조 낭자와 밀회를 즐길 분이 어느 겨를에 날마다 무공 요결을 가르쳐줄 턱이 있겠어요?"

또 한 차례 속을 찔린 장무기가 얼른 변명 겸해서 다짐을 두었다.

"지난번에는 확실히 무심결에 맞닥뜨린 일이었소. 내가 맹세라도 하리다. 만에 하나 또다시 당신의 눈을 속이고 조 낭자와 만날 때는 당신 손으로 이 장무기의 몸뚱이를 천 토막 만 토막 내어 죽여도 좋소. 난 절대로 원망하지 않을 거요."

그 다짐을 듣는 순간, 주지약의 얼굴이 화끈 달아오르더니 격한 감동을 이기지 못해 가슴이 마구 일렁거렸다.

"무슨 터무니없는 소리예요? 내가 당신 몸뚱이를 천 토막 만 토막 내지 못할 줄 뻔히 알면서도……."

"하하, 그럼 내 두 발목을 썽둥 끊어놓으면 되겠군! 아무 데도 가지 못하게 말이오."

주지약은 고개를 툭 떨어뜨렸다. 구슬 같은 눈물이 후드득 떨어졌다. 장무기가 그녀 곁으로 살며시 옮겨가 앉았다. 그러고는 양팔로 어깨머리를 감싸 안고 부드럽게 물었다.

34. 혼례식 날 저 신부는 섬섬옥수로 면사포를 찢어 던졌다네

"왜 또 상심하는 거요?"

그러나 흐느껴 울기만 할 뿐 대꾸가 없었다. 두 번 세 번 거듭 물었는데도 다그쳐 물을수록 상심만 더 깊어지는 기색이니 참말 뜻밖이었다. 장무기는 저주까지 곁들여 독하게 맹세했다. 자신은 결단코 사랑과 의리를 저버리는 박정한 사내가 되지 않겠노라고. 주지약은 두 손으로 얼굴을 가린 채 손가락 틈으로 말했다.

"당신 탓을 하지는 않겠어요. 그저 내 팔자가 사나운 걸 원망할 따름이에요."

"우리 모두 팔자를 사납게 타고났소. 오랑캐가 중원 천지를 독차지하고 세도를 부려 우리 한족 백성들을 억압하는데, 어느 누군들 고난을 겪지 않겠소? 장차 우리가 부부로 맺어지고 오랑캐를 북방 사막지대로 다시 몰아내는 날이 오면, 그때는 기쁨과 즐거움만 있을 뿐 가슴 아파할 일은 다시 없을 거요."

그제야 주지약이 고개를 들었다.

"무기 오라버니, 당신이 내게 진정을 품고 있다는 사실은 저도 알아요. 문제는 조민이에요. 그 요사스러운 계집이 당신을 유혹하기 때문이지, 당신이 우유부단하게 딴마음을 품은 탓은 아니죠. 하지만……하지만 그녀는 너무나 총명하고 지혜로워요. 무공 실력으로 보나 아리따운 용모와 권세로 보나, 이 주지약보다 열 곱절은 월등해요. 난 그녀와 싸워서 끝내 이길 자신이 없어요. 이렇듯 평생을 두고 가슴 아프게 사느니보다 차라리…… 돌아가신 사부님처럼 머리 깎고 비구니가 되어버리는 게 낫겠어요. 더구나 우리 아미파 역대 장문 중에 시집간 분은 하나도 없었으니까요."

"끝끝내 마음을 놓지 못하는군. 그럼 이렇게 합시다. 우리 내일 당장 여길 떠나서 안휘, 강소 지방으로 올라갑시다. 호주성에 도착하는 그날 중으로 혼례식을 올리면 되겠지."

"당신 양부님을 아직 못 찾으셨잖아요. 더구나 당신은 언젠가 '오랑캐를 이 땅에서 멸하지 못했는데 어찌 가정을 이루겠느냐?' 하고 다짐하셨지 않아요? 결국 우리 사이는…… 우리 사이는……."

말끝에 또다시 눈물이 주르르 흘러내렸다.

"큰아버님을 찾는 일이야 물론 더욱 다그쳐서 추진할 거요. 하지만 오랑캐를 도대체 어느 때에나 몰아낼 수 있을 것인지 아무도 예상할 수가 없으니 그게 문제요. 설마 우리 둘이 늙어빠진 꼬부랑 할아범 할망구가 되어서 비실비실 혼례식장에 걸어 나가 맞절하게 되지는 않겠지? 하긴 꼬부랑 할아범 할망구가 천지신명님께 절하고 부부가 되는 거야 별문제가 없겠으나, 우리 둘 사이에 자식이 태어나지 못하면 우리 장씨 집안의 대가 끊기고 말 거요. 하하하!"

주지약이 눈물 젖은 얼굴을 붉히면서 "푸웃!" 하고 웃음보를 터뜨렸다.

"멀쩡한 분이 누구한테 가서 그따위 경망스러운 말씨를 배워왔는지 모르겠네요. 난 그래도 당신이 무척 점잖고 성실하다고 봤는데……."

지난 달포 남짓 두 사람 사이에 끼었던 참담한 먹구름, 짙은 안개 장막이 그 웃음소리 한 번으로 삽시간에 연기처럼 스러졌다.

해변으로 산책 나갔던 양소 일행은 그만하면 얘기가 끝났으려니 싶어 암자로 돌아왔다. 그리고 장무기와 함께 아미파 장문 주지약에게 작별을 고한 다음 서둘러 호주로 돌아왔다. 떠날 무렵, 장무기는 "호주에서 모든 일이 잘 마무리되는 대로 그녀를 맞아들여 혼례식을 올리겠노라"고 단단히 약속했다. 그리고 아미파와 힘을 합쳐 사손을 찾는 일에 협조해달라고 요청했다.

이와 거의 같은 시기에 명교 의병들은 원나라 관군 토벌대와 여러 차례 크게 싸워 승리를 거두기는 했으나, 그들 역시 막대한 손실을 입어 이후 3~4개월 동안 휴양과 정비 정돈을 취하면서 새로운 병력을 모집하지 않고서는 원나라군과 대규모 전투를 벌일 수 없는 처지에 이르렀다.

의병 활동이 휴식기에 접어들자 양소와 범요는 장 교주가 아미파 장문 주지약과 애정을 나누고 두 사람이 사손의 주재 아래 정혼까지 했다는 사실을 알게 되었다. 더구나 범요는 벙어리 고두타의 신분으로 있을 때부터 장무기와 조민의 사이가 심상치 않다는 것을 눈치채고 있었다. 그런데 만일 명교 교주가 몽골 왕족의 군주를 아내로 맞아들일 경우, 이른바 '항원 광복抗元光復' 대업에 적지 않게 큰 걸림돌이 되는 터라 현재 시국에 별 큰일이 없는 틈을 타서 장무기와 주지약의 결혼을 적극 권유해 서둘러 밀어붙이기로 동료들 간에 합의를 보았다. 장무기는 앞서 주지약에게 언약한 일이 있는 만큼 그 역시 주저하지 않고 즉석에서 이들의 요청을 받아들였다.

양소는 6월 보름날을 이른바 혼례식에 길하다는 '황도길일黃道吉日'로 택한 다음, 위일소와 둘이서 중신아비 역할을 맡아 장무기가 준비한 예단을 받들고 정해현 백의암으로 주지약을 찾아가 정식으로 청혼해 결혼 날짜까지 허락을 받아냈다.

이때부터 명교와 아미파 양측은 기쁨과 즐거운 분위기에 들떠 위아래 사람 모두가 경사스러운 혼례 준비를 하느라 바쁘게 돌아가기 시작했다.

그 무렵만 해도 명교는 온 천하에 위엄과 명성을 떨쳐 동쪽 방면은 한산동 군이 안휘·강소 일대의 큰 성을 점령하고, 서쪽 방면의 서수휘 군도 장강을 중심으로 호북湖北과 하남河南 지역에서 원나라군을 연패시키고 있었다. 명교 교주가 성대한 혼례식을 치른다는 희소식이 전해지자 무림계 인사들의 축하 행렬이 조수처럼 밀려들기 시작했다. 곤륜파, 공동파 등 오랜 세월 명교와 원수를 맺은 명문 정파들도 하객 행렬에 참여했다. 대도 만안사 보탑에서 자기네 문파 원로 고수들이 장무기의 손에 구출된 은혜도 있거니와 신부가 될 주지약으로 말하자면 아미파 장문의 신분을 갖춘 터라, 여러 문파 장문들도 그 위신을 생각해서 예물을 보내 축하하지 않을 수 없었던 것이다. 그중에서도 더욱 융숭한 예물을 보내온 것은 역시 공동파 다섯 원로였다.

장삼봉은 친필로 족자 한 폭을 써 보냈다.

우리 착한 아이, 며느리佳兒佳婦

그리고 족자에 손수 정리한 《태극권경太極拳經》 필사본까지 한 벌 곁들여 송원교와 유연주, 은리정 세 사람의 대제자에게 들려 보내 축하해주었다. 이 무렵 양불회도 이미 은리정과 결혼한 몸으로 하객들을 따라서 함께 호주성에 왔다. 오랜만에 양불회를 만난 장무기는 반가움에 싱글벙글 웃으면서 문안 인사를 나누는 자리에서 큰 소리로 "여섯

34. 혼례식 날 저 신부는 섬섬옥수로 면사포를 찢어 던졌다네

째 숙모님!" 하고 불러대어 양불회의 얼굴을 새빨갛게 만들어놓았다. 둘이서 맞잡은 손길에는 아주 오랜 옛날 철부지 오누이 시절 온갖 풍진을 함께 겪어가며 하염없이 서로 의지하고 아득히 머나먼 서역 땅으로 향하던 추억, 그리고 둘만이 아는 기쁨과 서글픔의 감회가 한꺼번에 묻어나 있었다.

장무기는 진우량과 송청서 두 녀석이 간사한 심보를 못 버리고 무당파 고수들이 혼례식 하객으로 참석한 틈을 노려 태사부에게 해를 끼칠까 우려한 나머지, 특별히 위일소를 지명해 무당산으로 달려 보냈다. 명색은 태사부 장삼봉의 축하에 고마움을 표하기 위한 사례 사절이었다. 떠나기 전, 그는 위일소를 따로 불러 송청서가 막성곡을 죽이고 장삼봉까지 해치려는 음모를 소상하게 일러준 다음, 무당산에 가서 장삼봉을 뵙는 대로 유대암, 장송계와 협력해서 진우량 일당의 간계에 방비하되 송원교 일행이 다시 귀환할 때까지 무당산에 머물렀다가 돌아오도록 신신당부했다.

이 말을 들은 위일소는 두 눈을 부릅뜨고 으르렁댔다.

"교주님의 유시를 받든 이래로 이 위일소가 더는 사람의 피를 빨아 마신 적이 없습니다만, 이번만큼은 예외로 해야겠습니다. 그 두 놈의 간적이 제 눈앞에 나타났다 하는 날이면 가차 없이 빈껍데기만 남도록 피 한 방울 남기지 않고 모조리 빨아 마실 테니까요!"

위일소가 한번 하겠다면 무슨 일이 있어도 해내는 성격인 줄 뻔히 아는 터라, 장무기는 이거 큰일 나겠다 싶어 한마디 당부를 덧붙였다.

"아니, 그래서는 안 되오. 사 법왕이 지금 누구 손에 떨어졌는지 알 만한 자는 진우량뿐이오. 그놈의 입에서 캐낼지도 모르니까 그저 사로

잡기만 할 것이지 함부로 죽여서는 안 되오. 또 한 가지, 송청서는 대사백 어른이 사랑하는 외아들이요, 무당파의 미래 장문으로 촉망받던 젊은이니까 그 사람의 죄는 무당파 측이 알아서 처리하도록 맡겨두시고, 대사백 어른과 나 사이의 정리를 다치는 일이 없도록 해주시오."

"예, 알겠습니다."

위일소도 수긍이 가는지 선선히 응낙하고 떠나갔다.

6월 초 열흘째 되는 날, 아미파 여협들이 예단을 지참하고 호주성에 당도했다. 주지약은 호주 동남쪽 종리성鍾離城 내 어느 부호의 저택에 머무르면서 혼인날을 기다렸다. 독수무염 정민군은 인편에 축하 예물만 보내왔을 뿐 정작 본인은 오지 않았다.

드디어 6월 보름 열닷새, 혼례식 날이 닥쳐왔다. 명교 사람들은 위아래 할 것 없이 모두 새 옷으로 갈아입었다. 천지신명께 절하는 예배당은 호주성 내에서도 으뜸가는 갑부의 저택 대청에 마련되었다. 청사홍사靑紗紅紗 초롱이 내걸리고 비단 장막이 드리웠다. 혼례식장 안이 온통 알록달록한 비단 장식으로 꾸며지고, 정면 벽 한복판에는 장삼봉이 친필로 축하문을 쓴 족자가 내리받이로 걸렸다. 은천정이 신랑 측 혼주가 되고 상우춘이 신부 측 혼주가 되었다. 오산인 가운데 철관도인 장중이 호주성 내의 총순찰을 맡아 제자들을 사면팔방에 분산 배치해 적들이 혼란 중에 섞여 들어오지 못하도록 물샐틈없는 경계를 펼치고, 탕화와 등유 두 의병 대장은 정예군으로 편성된 부대를 이끌고 성밖에 주둔해 적의 엄습에 대비했다.

이날 오전, 소림파와 화산파도 제자들 편에 축하 예물을 보내왔다. 은야왕이 천응기 예하 교도들을 인솔해 꽃가마, 취타대, 전례典禮 진행

34. 혼례식 날 저 신부는 섬섬옥수로 면사포를 찢어 던졌다네

을 맡은 집사를 데리고 신부가 기다리는 종리성으로 가서 영친迎親의 예식을 거행했다.

신시申時 일각一刻(오후 3시경), 신부를 태운 꽃가마가 신랑 댁에 당도했다. 길시吉時가 되자, 기다렸다는 듯이 축포를 터뜨리는 소리가 잇따라 울렸다. 하객들이 모두 대청에 운집한 가운데 예식 진행을 맡은 서생이 목청을 가다듬어 낭랑하게 외쳤다.

"신랑 듭시오!"

송원교와 은리정이 신랑 예복으로 차려입은 장무기를 양편에서 부축하는 시늉으로 걸어 나왔다.

집전 서생이 다시 한번 낭랑하게 외쳤다.

"신부 듭시오!"

비파, 생황, 현금을 뜯는 관현악 소리가 은은하게 울려 퍼지면서 뭇하객의 눈앞이 갑자기 환해졌다. 아미파 젊은 남녀 제자 여덟 명이 신부를 옹위하고 얌전한 걸음걸이로 조심스럽게 대청 안에 들어섰다. 주지약은 커다란 비단 홍포를 몸에 걸치고 머리에는 봉황관을, 어깨걸이로는 목덜미에서 앞가슴까지 드리운 하피霞帔를, 그리고 얼굴에 붉은 면사포를 덮어썼다. 남자는 왼쪽, 여자는 오른쪽 이윽고 신랑 신부가 어깨를 나란히 하고 섰다.

"천지신명께 삼배요!"

장무기와 주지약이 붉은 융단 깔린 바닥에 무릎 꿇고 엎드리려는 찰나, 돌연 대문 바깥에서 야무지게 호통치는 여인의 목소리가 들려왔다.

"잠깐!"

뒤미처 푸른 옷 그림자가 번뜩 움직였는가 싶더니, 어느 틈에 청색 옷차림의 처녀가 빙글빙글 웃으며 대청 앞뜰에 들어섰다. 조민이었다.

"앗, 저 계집이……!"

그녀의 정체를 알아보는 순간, 엄숙하게 혼례식을 거행하던 대청 안이 삽시간에 경악과 분노에 찬 호통 소리로 왁자지껄 외쳐대는 아수라장이 되고 말았다. 하객으로 참석한 수백 명의 호걸이 너도나도 한마디씩 호통쳐 꾸짖고 욕설을 퍼붓기 시작한 것이다. 명교 사람들이나 여러 명문 정파 고수들이 조민의 손에 얼마나 큰 고통을 겪었는지 모르지 않을 터인데, 그 장본인이 혈혈단신으로 험지에 뛰어들 줄이야 누가 꿈에나 상상했겠는가. 성미 급하고 왈살스러운 몇몇 사람은 당장에라도 덤벼들어 주먹다짐을 할 것처럼 팔뚝부터 걷어붙였다. 양소 역시 호통을 지르면서 양팔을 활짝 펼쳐 그녀 앞을 가로막았다.

"잠깐만! 거기 서시오!"

그러고는 여러 사람을 향해 돌아섰다.

"오늘은 저희 교주님과 아미파 장문께서 혼인하시는 경사스러운 날입니다. 조 낭자도 축하차 왕림하셨으니 저희 귀빈이라 하겠습니다. 여러분, 아미파와 저희 명교의 체면을 보아 오늘만큼은 옛날 묵은 원혐을 잠시 접어두시고 조 낭자에게 무례를 범하지 않도록 배려해주시기 바랍니다."

여러 호걸에게 부탁의 말을 하는 중에도 설부득과 팽형옥에게 눈짓을 보내는 걸 잊지 않았다. 신호를 받은 두 사람이 보일 듯 말 듯 고개를 한 번 끄덕이더니 슬그머니 뒤채로 돌아서 바깥으로 나갔다. 조민이 홀몸으로 나타났을 리는 없을 테고, 도대체 얼마나 많은 고수를 데

34. 혼례식 날 저 신부는 섬섬옥수로 면사포를 찢어 던졌다네

려왔는지 살펴볼 작정이었다.

양소가 다시 조민에게 돌아서서 말을 건넸다.

"조 낭자께선 저쪽에 마련된 상석에 편히 앉으셔서 예식을 구경하시지요. 좀 있다가 소인이 박주薄酒나마 축하의 뜻으로 석 잔 술을 올리겠소이다."

조민이 미소 지으며 그 말을 맞받았다.

"나는 장 교주님께 몇 마디 말씀만 드리고 곧 떠날 겁니다. 축배는 훗날 다시 들기로 하죠."

"무슨 말씀이신지, 예식이 끝나거든 하셔도 늦지 않을 겁니다."

"예식이 끝나면 이미 늦죠!"

양소와 범요가 마주 바라보았다. 이 처녀는 오늘 마음먹고 재를 뿌리러 찾아든 게 분명했다. 경사스러운 혼인 대사를 뒤죽박죽 엎어버려 난장판으로 만들어놓는다면 대청 안에 가득 찬 무림계 인사들을 아미파 측이나 명교 측이 무슨 낯으로 대한단 말인가? 그런 얄궂고도 낭패 막심한 일은 어떻게 해서든지 막아야 했다.

양소가 두어 걸음 앞으로 나섰다.

"우리 오늘만큼은 주객 간에 지켜야 할 도리를 다하기로 합시다. 조 낭자, 부디 자중해주시오."

앞으로 바싹 나설 때부터 그는 이미 생각을 굳히고 있었다. 만약 조민이 소란을 부릴 기척만 보이면, 그 즉시 손을 내뻗어 훼방꾼의 혈도부터 찍어 제압해놓고 따질 작정이었다.

조민은 범요를 향해 돌아섰다.

"고 대사, 저분이 내게 손찌검을 할 모양인데. 날 도와주지 않으시겠어요?"

단도직입으로 지목을 당한 범요가 이맛살을 찌푸렸다.

"소민군주님, 이 세상일이란 게 십중팔구 뜻대로 되지 않는 법입니다. 일이 기왕에 이렇게 된 바에야 억지를 부린다고 돌이킬 수 없지 않겠습니까?"

"난 일부러라도 억지를 부려야겠어요!"

딱 부러지게 한마디 던진 그녀가 이번에는 장무기 쪽으로 고개를 돌렸다.

"장무기, 당신은 명교 교주님이시요, 떳떳한 남아대장부이신데, 그 입으로 한번 약속한 말씀을 어길 작정이신가요?"

조민이 나타났을 때부터 장무기는 가슴이 쿵쿵 마구 뛰어 거의 정신을 차릴 수 없었다. 그저 양소가 그녀를 좋게 타일러 돌려보내면 얼마나 다행이랴 싶어 잔뜩 기대를 걸고 있었는데, 느닷없이 자기 쪽으로 질문을 던져오니 답변하지 않을 도리가 없었다.

"내 입으로 한 말은 물론 지킬 것이오."

"그럼 내가 당신의 셋째 사백, 여섯째 사숙의 목숨을 구해주던 날, 당신은 내게 세 가지 일을 해주마고 약속했죠. 그것도 어김없이……. 아닌가요?"

"그렇소. 당신은 내게 도룡도를 한 번 빌려보게 해달라고 요구했소. 그런데 당신은 그 칼을 보기만 했을 뿐 아니라 아예 훔쳐 달아나기까지 했소."

장무기의 대꾸에 갑자기 대청 안이 물 끓듯이 술렁대기 시작했다. 지난 수십 년 동안 강호 인사들의 가장 큰 관심사는 무림지존 도룡보

34. 혼례식 날 저 신부는 섬섬옥수로 면사포를 찢어 던졌다네

도의 행방이었다. 그런데 그 도룡도가 벌써 조민의 수중에 들어갔다니 모두 긴장하지 않을 수 없었던 것이다.

조민이 지지 않고 야무진 말투로 대거리를 했다.

"도대체 그 도룡도가 어떤 사람의 수중에 있는지, 그것은 금모사왕만이 알고 계시겠죠. 누가 훔쳐갔는지 알고 싶거든 그분을 직접 찾아가 물어보세요."

사손이 중원 땅에 돌아왔다는 사실을 군웅의 대다수는 여전히 알지 못한 상태였다. 한데 이제 조민이 '금모사왕' 넉 자를 입에 올렸으니 어쩌랴. 술렁대던 대청 안의 분위기가 삽시간에 쥐 죽은 듯 조용해졌다. 금모사왕 사손, 그는 무림지존 도룡도의 행방뿐만 아니라 강호의 피맺힌 원한과도 깊은 연관이 있는 인물이었다.

"나도 양부님이 현재 어디 계신지 몰라 조석으로 근심하고 있는데, 조 낭자께서 일러주시면 고맙겠소이다."

장무기의 무뚝뚝한 되물음에 조민은 미소로 응수했다.

"나는 당신한테 세 가지 일을 해달라고 요구했어요. 그때 무림계 의협의 도리에 어긋나지만 않는다면 반드시 해주기로 약속하셨죠. 도룡도를 빌려보는 일이 그리 떳떳하게 이루어지지는 않았어도 결국 내 눈으로 보았으니 나중에 도둑맞았다고 해서 당신을 탓할 수는 없겠죠. 그 첫 번째 일은 당신이 약속을 지킨 셈으로 치겠어요. 이제 난 두 번째 요구를 하겠습니다. 장무기, 천하 영웅호걸이 지켜보는 앞에서 신의 없이 딴소리를 해선 안 됩니다."

"무슨 일을 해달라는 거요?"

장무기의 말이 끝나자마자 양소가 얼른 끼어들었다.

"조 낭자, 그대가 우리 교주님께 무슨 부탁을 하려는지 모르겠으나, 앞서 무림 도의를 배반하지 않겠노라고 언약하신 바 있으니, 장 교주님께서 응낙하시는 것은 더 말할 나위도 없거니와 우리 명교 위아래 사람들도 마땅히 진심갈력盡心竭力해서 반드시 이루어드리리다. 그러나 지금은 장 교주님이 새 부인 되실 분과 천지신명께 참배 예식을 올려야 할 좋은 때이니만큼 딴 일은 잠시 제쳐두고 여러 말로 방해하지 말아주시기 바라겠소."

말씨가 뒤로 가면서 무척 준엄해졌다. 그러나 조민의 기색은 태연자약, 강호에 위엄 떨치는 명교 광명좌사의 엄한 말 따위야 안중에도 두지 않겠다는 태도로 느긋하기만 했다.

"딴 일이라뇨? 지금 내가 요구하는 그 일이 더 중요해요. 잠시도 늦출 수 없죠."

그러고는 두세 걸음 장무기 앞으로 더 나서더니 키가 작은 탓인지 발뒤꿈치를 들고 귓전에 가볍게 속삭였다.

"두 번째 요구 사항은 오늘 당신이 주 소저와 혼례식을 올리지 말라는 겁니다."

"뭐라고?"

장무기는 일순 멍해졌다. 머릿속이 띵하도록 충격을 받아 제 귀를 의심할 정도였다.

조민의 속삭임이 이어졌다.

"지금 올리고 있는 결혼식을 하지 말라는 게 두 번째 요구 조건이에요. 마지막 세 번째 것은 이후에 생각나면 다시 말씀드리죠."

이 몇 마디 속삭임은 당사자에게만 들리도록 아주 작았으나 주지

34. 혼례식 날 저 신부는 섬섬옥수로 면사포를 찢어 던졌다네

약을 비롯해 다른 하객들보다 가까이 서 있던 송원교, 유연주, 은리정, 그리고 신부를 수행하고 온 아미파 제자 여덟 명의 귀에는 똑똑히 들렸다. 본의 아니게 엿들은 셈이 되긴 했으나, 이들 모두 너무나 뜻밖의 말인지라 깜짝 놀라 얼굴빛이 대번 하얗게 질리고 말았다. 아미파 여제자들은 저마다 소매 춤에 가려진 두 주먹을 불끈 쥐었다. 조민이 다시 한번 불손한 언사로 아미파 장문에게 모욕을 가했다가는 당장 혼뜨검을 면치 못할 판국이었다.

장무기는 절레절레 고개를 내저었다.

"용서하오. 그 일만큼은 명대로 따르지 못하겠구려."

"약속한 말을 어길 작정인가요?"

"앞서 우리가 분명히 얘기해둔 말이 있소. 무림 도의에 어긋나는 일을 하지 않겠노라고. 나하고 주 소저는 이미 부부가 되기로 약혼한 몸이오. 당신이 말한 대로 따른다면 그것이 의리에 어긋나는 행위가 아니고 뭐란 말이오?"

조민이 차갑게 웃었다.

"만약 당신이 주 소저와 혼사를 이룬다면 그야말로 의롭지 못한 일이요, 불효라는 점을 아셔야 합니다. 대도 황성에서 가장행렬이 벌어졌을 때 당신 양부님이 어떻게 남의 손에 암습을 받았는지 못 보셨단 말인가요?"

이 말에 장무기는 노기가 치밀어 버럭 고함을 질렀다.

"조 낭자! 오늘 나는 당신을 손님으로 여겨 다소 양보해왔소만, 계속 허튼소리를 지껄이면 가만두지 않겠소!"

"그렇다면 두 번째 일을 안 하시겠다는 말씀인가요?"

그녀의 목소리도 따라서 높아졌다.

장무기는 기가 찰 노릇이었다. 일국의 존귀한 군주마마 신분으로 뭇남정네가 보는 앞에서 얼굴을 드러내고 체면도 부끄러움도 다 내던져버린 채 자기더러 혼례식을 거행하지 말라고 강요하는 조민, 지금 이 처녀가 자신에게 외곬으로 애정을 드러내는 것을 보고 있으려니 그는 저도 모르게 다시 마음이 여려져 심한 말을 차마 할 수가 없었다.

"조 낭자, 일이 이렇게 된 바에야 아무래도…… 당신…… 당신이 모든 것을 이해하고 양보해주시구려. 나 장무기는 한낱 촌뜨기 필부에 지나지 않는데, 어찌 왕공 귀족 출신 규수에게 어울리겠소? 솔직히 말해서 나는 절대로 당신의 배필이 되지 못……."

말끝을 다 맺기도 전에 조민이 오른손을 펼쳐 눈앞에 내밀었다.

"좋아요. 당신, 이게 뭔지 보겠어요?"

무심코 그녀의 손바닥을 굽어보던 순간, 장무기는 대경실색하고 말았다. 온 몸뚱이가 북풍에 사시나무 흔들리듯 와들거릴 뿐 아니라 묻는 목소리마저 떨려 나왔다.

"이건…… 이건 내……."

조민이 재빨리 손바닥을 오므리더니 움켜쥐고 있는 것을 품속에 쑤셔넣었다.

"두 번째 요구 조건을 따르든지 말든지, 당신 뜻대로 하세요."

그러고는 후딱 돌아서서 대문 바깥으로 걸어 나갔다. 그 손바닥에 무엇이 담겼는지, 어째서 장무기가 그것을 보자마자 이렇듯 놀라 어쩔 줄 모르고 허둥거리는지 아무도 알아볼 길이 없었다. 주지약은 두 눈이 붉은 면사포에 가려져 장무기와 조민이 주고받는 대화만 들었을

34. 혼례식 날 저 신부는 섬섬옥수로 면사포를 찢어 던졌다네

뿐 장막 바깥의 물체는 보이지 않았다.

"조…… 조 낭자! 잠깐 거기 멈추시오!"

장무기의 다급한 외침이 울렸다.

"날 따라오고 싶거든 따라오고, 말려면 어서 저 신부와 천지신명 앞에서 맞절을 나누고 부부가 되세요. 사내대장부가 결단을 내리지 못하고 머뭇거렸다가 평생 한을 남기진 말고요!"

낭랑한 목소리로 이 몇 마디를 던지는 동안에도 발걸음은 멈추지 않고 곧바로 대문 바깥으로 걸어 나가고 있었다.

"조 낭자, 잠깐만! 우리 천천히 상의합시다."

장무기가 급하게 외쳐 불렀다. 그러나 조민의 발걸음은 오히려 속도가 빨라졌다. 장무기는 황급히 그녀를 앞질렀다.

"좋아, 당신 말대로 따르지! 오늘 혼례식은 올리지 않으리다."

그제야 조민이 걸음을 멈추었다.

"그럼 날 따라오세요."

장무기가 뒤돌아보니, 주지약은 여전히 그 자리에 오뚝 서 있었다. 미안하기 그지없어 뭐라고 몇 마디 해명하려는데, 조민의 발길이 또다시 바깥으로 걸어 나가기 시작했다. 한순간 망설이던 장무기는 이를 악물었다. 목전의 일이야말로 긴급하기 짝이 없었다. 즉석에서 결단을 내린 그는 주지약에게 변명하기를 단념하고, 곧바로 조민의 뒤를 따라나섰다.

장무기가 이제 막 대문 곁까지 뒤쫓았을 때였다. 돌연 눈앞에서 붉은빛 그림자가 번뜩하더니 웬 사람이 조민의 뒤에 바짝 따라붙었다. 그다음 찰나, 붉은 소맷자락 밑에서 뻗어나온 다섯 손가락이 번쩍 치켜 들리기가 무섭게 조민의 정수리를 겨냥하고 내리꽂혔다. 그야말로 토끼가 뛰면 새매가 곤두박질쳐 덮친다더니 거의 눈에 보이지 않을 정도로 잽싸게 공격을 가한 것이다. 공격자는 오늘 경사스러운 날의 주인공 신부, 바로 주지약의 솜씨였다.

장무기는 가슴이 철렁 내려앉았다.

'정말 지독스럽기 짝이 없는 초식이다! 지약이 언제 어디서 저런 정묘한 무공 초식을 배웠단 말인가?'

그러나 한가롭게 감탄이나 하고 있을 때가 아니었다. 신부의 손바닥은 벌써 조민의 정수리를 덮어씌운 채로 다섯 손가락이 한꺼번에 내리꽂히는 찰나지간이었다. 눈 한 번 깜짝하는 순간 조민의 머리가 박살 나는 재앙에 부딪고 말리라. 그는 이것저것 따져볼 겨를도 없었다. 앞으로 와락 내뻗은 손길이 우선 주지약의 맥문을 덥석 거머잡았다. 그와 동시에 주지약의 왼쪽 팔꿈치가 불쑥 뛰쳐나오더니 "픽!" 소리가 나도록 호되게 앞가슴을 정통으로 내질렀다. 체내의 구양신공이 발동하면서 팔꿈치로 쥐어박은 충격력을 순식간에 풀어버렸다. 그러나 장무기는 가슴과 아랫배 사이에 기혈이 홀떡 뒤집히면서 중심을 잃은 발밑이 휘청 흔들리고 말았다.

범요 역시 위기를 목격했다. 옛 주인과의 정리를 생각하니 차마 그녀의 정수리가 파열되는 것을 보고만 있을 수 없었다. 번뜻 내뻗은 손바닥이 주지약의 어깨머리를 떠밀어갔다. 주지약의 왼손이 기다렸다는 듯 가볍게 휘둘러 떨쳐버렸다. 범요는 팔목이 시큰하고 저려오는 느낌에 깜짝 놀라 도로 움츠러들고 말았다. 모처럼 내뻗은 구원의 손길이 상대방을 떠밀지 못하고 실패로 돌아간 것이다.

그러나 이렇듯 주춤하는 순간, 조민은 벌써 반걸음 앞으로 내디딘 덕택에 뇌문 요혈의 급소를 피해낼 수 있었다. 그다음 찰나, 어깻죽지에 극심한 통증을 느꼈다.

"아앗……!"

장무기와 조민이 동시에 외마디 실성을 터뜨렸다. 한 사람은 경악에 찬 놀라움의 외침, 다른 한 사람은 고통에 겨운 비명이었다.

어느새 주지약이 내리꽂은 다섯 손가락은 그녀의 목덜미 가까운 오른쪽 어깨머리에 깊숙이 박혔다. 외마디 실성을 터뜨린 장무기가 대뜸 손바닥을 내뻗어 주지약을 거세게 떠다밀었다.

주지약은 머리 위에서 덮어씌워 내린 붉은 면사포를 걷어내지 않았다. 그녀는 바람 소리만 듣고도 상대방의 동작 형태를 알아볼 수 있었다. 왼 손바닥이 한 바퀴 빙그르르 도는가 싶더니 떠다민 장무기의 손목을 그대로 베어 내렸다.

장무기는 진정 그녀와 싸울 생각이 없었다. 단지 그녀의 공격 초수招手가 너무나 지독스럽고 매서워 단 일초 만에 조민의 목숨을 빼앗을 것 같아 어쩔 수 없이 그녀를 제지한 것이다. 그러나 주지약은 달랐다. 그녀는 상·하반신을 부동자세로 꼿꼿이 세운 채 양 손바닥만으로 잇따라 험악한 공격 초식을 펼쳤다. 장무기는 건곤대나이 심법을 써서야 겨우 그 무시무시한 공격을 막아낼 수 있었다. 잇따른 여덟 차례 공격, 여덟 차례 수비가 전광석화처럼 펼쳐지고 사라져갔다. 대청 안의 군호들은 숨을 죽인 채 이 희한한 신랑 신부의 대결을 멍청하게 구경만 하고 있을 따름이었다.

조민은 어깨에 중상을 입은 채 땅바닥에 쓰러져 있었다. 구멍 난 상처 다섯 군데에서 선지피가 샘물처럼 용솟음쳐 잠깐 사이에 옷자락을 시뻘겋게 물들였다.

별안간 주지약이 손찌검을 거두었다. 그 대신 붉은 면사포 안에서 얼음같이 차가운 목소리가 들려왔다.

"장무기, 그대가 저 요사스러운 계집에게 홀려 끝끝내 나를 저버리고 갈 건가요?"

일방적으로 공격만 받던 장무기가 안도의 한숨을 내쉬면서 부드럽게 달랬다.

"지약, 내 고충을 좀 이해해주구려. 우리 둘 사이의 혼약은 내 절대로 후회하거나 뒤집는 일이 없을 거요. 그저 며칠만 좀 기다려주면……."

주지약의 냉랭한 목소리가 중도에서 매정하게 딱 끊어놓았다.

"이대로 가면 다시 돌아올 생각 말아야 합니다. 훗날 당신에게 후회하는 일이 없기만 바라겠어요!"

조민이 이를 악물고 발딱 일어서더니 말 한마디 없이 바깥으로 걸어 나갔다. 어깻죽지에서 방울방울 흩뿌려진 선지피가 어느새 땅바닥을 온통 시뻘겋게 적셔놓았다.

군웅들은 강호에서 기이한 일을 적지 않게 보아왔지만, 오늘처럼 두 여인이 지아비 하나를 사이에 두고 싸움을 벌여 경사스러운 혼례식장을 피로 물들이는 광경은 본 적이 없었다. 더구나 신부 되는 사람이 붉은 면사포를 쓴 채 신묘하기 그지없는 무공 초식으로 연적에게 치명상을 입히는 것을 두 눈으로 직접 목격하자, 누구 한 사람 할 것 없이 모두 정신이 어찔해지고 놀란 가슴이 두근거려 아무도 말 한마

34. 혼례식 날 저 신부는 섬섬옥수로 면사포를 찢어 던졌다네

디 하지 않았다.

장무기가 거세게 발을 굴렀다.

"양부님이 내게 베풀어주신 은혜는 태산처럼 무겁소. 지약! 지약! 그대가 부디 내 마음을 알아주기 바라오!"

이 말 한마디를 남겨두고 그는 급히 조민을 뒤쫓아 나갔다.

외조부 은천정, 이번 혼인을 성사시킨 양소, 무당파 대사백 송원교, 둘째 사백 유연주, 여섯째 사숙 은리정, 그 밖에 장무기를 아는 사람들은 무슨 까닭인지 영문을 모르는 터라 어느 누구도 섣불리 나서서 그 앞을 가로막지 못했다.

신부 주지약의 섬섬옥수가 얼굴을 가린 붉은 면사포를 확 뜯어내더니 그 자리에서 발기발기 찢어버렸다. 그러고는 뭇사람 앞에 목청껏 낭랑하게 소리쳤다.

"여러분께서 친히 보신 바처럼 저 사람이 날 저버렸을 뿐 내가 저 사람을 저버린 것이 아닙니다. 오늘 이후로 나 주지약은 장씨 성의 남자와 맺은 인연을 모두 끊고 의절하겠습니다!"

말이 끝나자 머리에 쓰고 있던 봉황관을 들춰 내리고 손으로 움켜 진주 장식을 한 줌 뜯어내더니, 봉황관을 툭 내던져버린 다음 손바닥에 한 줌 가득 담긴 진주알을 양손으로 비벼 모조리 가루로 만들어 땅바닥에 푸수수 흩뿌렸다.

"나 주지약이 오늘의 수모를 설욕하지 않는다면 이 진주 가루처럼 되리라!"

은천정, 송원교, 양소 일행은 모두 좋은 말로 위로하고 싶었다. 어떻게 해서든지 장무기가 돌아올 때까지 기다렸다가 내막을 따져 묻고 다시 화해하도록 권유하고 싶었다. 그러나 주지약이 화려하게 금빛 꽃떨기가 수놓인 신부의 홍포 예복을 양손으로 움켜쥐고 "찌익!" 소리가 나도록 난폭하게 찢어발겨 두 조각을 내어버리는 순간, 이내 그 생각을 접고 말았다.

신부 예복은 이렇듯 처참하게 찢겨 흙바닥에 던져진 채 버림받았다. 훌쩍 몸을 솟구쳐 날린 주지약이 반공중에서 민첩한 동작으로 훌떡 재주넘기를 하더니 어느덧 지붕 꼭대기에 올라섰다.

양소, 은천정을 비롯한 몇몇 고수도 한꺼번에 뒤쫓아 지붕 위로 올라섰다. 그러나 주지약은 바람결에 나부끼는 한 떨기 붉은 구름장처럼 표연히 동쪽을 향해 날아가고 있었다. 청익복왕 위일소에 뒤떨어지지 않을 만큼 멋들어진 경공신법이었다. 양소 등은 따라잡지 못하리라 여기고 멍하니 서 있다가 뛰어내려 대청으로 돌아왔다.

기쁨으로 들뜬 분위기 속에서 흥청대던 혼인 경사가 느닷없는 불청객 조민의 등장으로 이렇듯 순식간에 풍비박산이 났으니, 명교 측은 위아래 사람 할 것 없이 모두 고개를 들지 못했다. 모처럼 축하하러 온 영웅호걸들 역시 난처했다. 모두 시무룩한 기색으로 여기저기서 쑥덕공론이나 하는 수밖에 없었다. 도대체 그 요사스러운 계집이 얼마나 중요한 물건을 보여주었기에 장 교주가 허겁지겁 뒤따랐을까? 저들끼리 주고받은 대화 내용으로 보건대 그것이 금모사왕 사손과 중대한 관계가 있는 듯싶은데, 도무지 그 내막을 알 길이 없었다. 군웅들 사이에 온갖 추측이 분분했으나 결국 진상은 아무도 모른 채 하나둘씩 제풀에 지쳐 입을 다물었다.

장문인 주지약을 놓친 아미파 제자들은 나지막한 목소리로 몇 마디 의논하더니, 하나같이 분에 못 이겨 매정하게 혼주 측에 하직을 고했다. 신랑 측 혼주 역을 맡은 은천정의 입에선 미안하다는 사과의 말이 그치지 않았다. 장 교주가 돌아오는 대로 정해현 백의암을 방문해 정중히 사죄하고 혼사를 다시 의논하겠으니, 절대로 양 가문의 화목을 다치지 말아달라고 긴청했다. 그러나 아미 제자들은 귓등으로도 듣지 않고 즉시 패를 나누어 장문인 주지약을 찾아 나섰다. 주인공들을 다 잃고 썰렁해진 혼례식장을 떠나면서 이들 여협들의 입에선 야박한 남정네의 배신, 몰염치하고 양심 없는 사내를 통렬히 책망하는 언사가 그치지 않고 쏟아져 나왔다.

아무도 몰랐으나, 조민이 손아귀에 움켜 장무기에게 보여준 것은 바로 노르스름한 빛깔의 머리카락 한 줌이었다. 장무기는 한눈에 그것이 양부 사손의 머리카락임을 알아보았다. 사손은 조상 대대로 색목인 혈통을 지녀 얼굴 생김새는 중원 사람과 다를 바 없었으나 머리털 빛깔만은 담황색을 띠었다. 그 머리털을 조민이 한 움큼 잘라가지고 있다면 양부는 분명 그녀의 수중에 들어갔다는 의미였다. 이제 자기가 주지약과 천지신명 앞에 삼배를 올려 부부의 연을 맺으면 그녀는 분김에 사손을 죽이거나 아니면 자신에게 극히 불리한 짓을 저지를 것이다. 이런 고충을 군웅들이 모두 듣는 가운데 어떻게 낱낱이 해명할 수 있단 말인가? 하객들 중에는 명교와 무당파, 아미파를 제외하면 거의 모두가 사손을 손에 넣으려고 절치부심하는 자들이었다. 옛날 피맺힌 원한을 갚기 위해서 또는 무림지존 도룡도를 빼앗기 위해서, 어떤 목적에서든지 사손을 잡아야만 해결되는 것이다. 따라서 그는 주지약에게 이루 말할 수 없이 미안한 생각이 들었지만, 양부의 목숨이 무엇보다 중요했기 때문에 뭇사람이 보는 앞에서 미처 해명하지 못하고 조민의 손에 쥔 것을 보기가 무섭게 뒤쫓아 달려 나갈 수밖에 없었다.

대문을 나서자 눈앞에 미친 사람처럼 정신없이 질주하는 조민을 발견했다. 길거리에는 발자국을 내딛는 대로 어깨죽지에서 흘러내린 핏방울이 뚝뚝 떨어져 있었다. 새삼스레 결의를 다지기라도 하듯, 숨 한 모금 깊숙이 들이켠 그는 단숨에 20~30척을 치달려 그녀를 앞질러 간 다음 양팔을 벌려 가로막았다.

"조 낭자, 날 궁지에 몰아세우지 마시오! 이 장무기가 의롭지 못한 사람이 되어서 천하 영웅들의 조소를 받게 만들어야 당신 속이 시원하겠소?"

조민의 어깨 상처는 무거웠다. 처음에는 그래도 한 모금 진기로 버텨 다리를 움직일 수 있었으나, 이제 그 말 몇 마디를 듣고 보니 맥이 탁 풀리고 말았다.

"당신…… 당신이 그런 말을……."

입을 열자 그나마 지탱하던 진기가 새어나가면서 그 자리에 털썩 쓰러졌다. 장무기는 허리를 굽히고 다그쳤다.

"먼저 얘기해주시오! 내 큰아버님은 어디 계시오?"

"날 데리고 가면 구해드릴 수 있어요……. 내가…… 길을 가르쳐드릴…… 테니까."

"그 어르신, 목숨은 무사하오?"

"당신 양부님…… 양부님은 성곤의 수중에 있어요."

대꾸에 숨결은 붙었어도 맥이 없었다.

34. 혼례식 날 저 신부는 섬섬옥수로 면사포를 찢어 던졌다네

'성곤'이라는 이름을 듣는 순간, 장무기는 간담이 쪼개져 나가는 듯 또 한 번 충격을 받았다. 진작 그러리라고 예상은 했어도 막상 현실로 확인하니 그저 눈앞이 캄캄했다.

"당신 혼자서는 안 돼요…… 양소, 그 사람들을 데리고 가서……."

조민이 안간힘을 다 써가며 서쪽을 가리키더니 갑작스레 머리가 뒤로 툭 떨어지면서 까무러쳐 인사불성이 되고 말았다.

양부 사손이 지금 이 시각 엄청난 위험에 빠져 고초를 겪고 계시리라 생각하니, 장무기는 오장육부에 불이 붙은 듯 초조해졌다. 그는 우선 몇 마디라도 더 들어볼 요량으로 당장 조민을 껴안고 황급히 옷깃 한 자락을 길게 찢어 피가 흐르는 상처부터 싸매주었다. 그러고는 때마침 길가에 서 있던 명교 신도 한 사람을 손짓해 불러들여 당부 말을 전했다.

"냉큼 가서 양 좌사에게 이르게. 내가 긴요하게 분부할 말이 있으니 그분더러 될 수 있는 대로 많은 사람을 데리고 서쪽으로 뒤쫓아오라고 하게!"

"예!"

교주의 명을 받든 신도가 시원스레 응답하더니 쏜살같이 달려갔다.

"일각이 여삼추一刻如三秋"란 말이 있듯이, 지금 장무기의 마음은 한시가 급했다. 세상만사 헤아리기 어려운 법, 어쩌면 반 시각만 지체해도 양부의 목숨을 구해내지 못한다는 생각이 들자, 그는 조민을 껴안은 채 빠른 걸음걸이로 성문 곁까지 달려가 문지기 병사더러 튼튼한 말한 필 끌어오게 한 다음, 훌쩍 몸을 날려 올라타기가 무섭게 서쪽으로 질주해나가기 시작했다.

단숨에 2~3리를 치닫고 났을 때, 품어 안고 있는 조민의 몸뚱이가 점점 차가워지는 느낌이 들었다. 맥박을 짚어보니 뛰는 듯 마는 듯 미약했다. 놀랍고 당혹스러운 마음에 허겁지겁 상처를 싸맨 헝겊을 들춰보았다. 아니나 다를까, 다섯 손가락에 찍힌 상처 구멍이 어깨뼈마저 드러나도록 깊숙이 뚫려 있었다. 상처 둘레가 온통 짙은 보랏빛으로 물든 것이 무엇인지 모를 아주 극악무도한 기문외공奇門外功의 솜씨에 다친 게 분명했다.

놀랍고도 당황한 중에도 의혹이 크게 일었다. 지약은 아미파 제자인데 어떻게 이렇듯 음독한 무공을 구사할 수 있단 말인가? 공격 초식이 매섭고 모질기가 그녀의 스승 멸절사태보다 훨씬 지독한데, 이게 도대체 어찌 된 까닭일까?

그러나 한가롭게 생각만 하고 있을 때가 아니었다. 이제 급히 손을 쓰지 않으면 조민은 당장 독이 발작해서 목숨을 잃고 말 것이다. 하지만 몸에 걸친 것이라곤 신랑의 예복 한 벌뿐이니 독을 치료할 약 한 봉지가 어디 있으랴? 잠시 생각해본 그는 말안장에서 훌쩍 뛰어내린 다음 조민을 껴안은 채 왼쪽 산등성이로 올라가 제독除毒할 약초를 찾기 위해 사방을 두리번거리기 시작했다. 하나 마음만 다급할 뿐 그 흔해빠진 약초 한 뿌리마저 찾아내지 못했다.

가슴속 염통이 두근두근 마구 날뛰는 가운데 정신없이 산등성이를 몇 군데 헤집고 돌아가면서 어느 구석에 계실지도 모를 신령님한테 그저 입속으로 중얼중얼 축원을 드렸다. 그 정성에 산신령이 감동했는지 갑자기 눈앞이 번뜩 트였다. 오른쪽 앞 자그만 실폭포 한 줄기가 쏟아져 내리는 곁에 붉은 꽃 네댓 송이가 얌전히 피어 있었다. 바로 불좌소홍련佛座小紅蓮, 부처님 연화대 앞에 핀다는 빨간 연꽃으로 독을 뽑

34. 혼례식 날 저 신부는 섬섬옥수로 면사포를 찢어 던졌다네

아내는 데 무척 효과가 좋았다. 때는 바야흐로 한여름 무더위 속, 온갖 꽃이 제멋대로 피어서 어디를 돌아보나 울긋불긋 무성한 꽃 천지인데, 그 가운데서 이 작은 꽃떨기를 단번에 찾아내다니 이야말로 천행이 아닐 수 없었다.

그는 너무나 기뻐 춤이라도 추고 싶은 심정이었다. 두 번 생각해볼 것도 없이 단숨에 골짜기 냇물 두 줄기를 건너뛰어 폭포수 곁으로 달려간 그는 껴안고 있던 조민을 내려놓기가 무섭게 허둥지둥 붉은 꽃을 따서 입에 넣고 잘게 씹은 다음, 절반은 조민의 입에 넣어주고 나머지는 어깻죽지 상처에 붙여주었다. 일단 응급치료가 끝나자 그는 또다시 부상자를 안고 서쪽으로 질주해나갔다.

30여 리쯤 달렸을까, 조민이 "끄응" 소리를 내면서 깨어났다. 그러고는 힘없는 목소리로 물어왔다.

"내가…… 내가 아직도 살아 있나요?"

환자의 음성을 들은 장무기의 기쁨은 그야말로 뭐라고 형언할 길이 없이 컸다. 과연 부처님 연화대 앞에 핀 약초라더니 그만한 신통력을 발휘한 모양이었다. 그제야 장무기의 얼굴에도 웃음꽃이 피어났다.

"어깨가 무척 가려울 거요. 에이, 주 소저 그 솜씨 한번 아주 지독스럽구먼!"

조심스레 환자를 내려놓고 어깨 상처를 살펴보았더니 보랏빛 기운이 추호도 가신 기미가 없었다. 그 대신에 맥박은 앞서처럼 그리 미약하지는 않았다. 장무기의 이맛살이 저절로 찌푸려졌다. 독기가 가시지 않았다면 불좌소홍련의 약성이 독을 뽑아내기에 너무 느리다는 증거였다. 잠시 생각해보던 그는 환자의 어깻죽지 상처에 입을 대고 독혈을 한 모금씩 빨아내기 시작했다. 시꺼먼 핏물을 빨아내어 땅바닥에 뱉어낼 때마다 역겨운 비린내가 콧속으로 스며들어 구역질이 났다. 조민이 고개를 외로 꼬아 별빛처럼 반짝거리는 곁눈질로 지켜보면서 그의 머리칼을 부드럽게 쓰다듬어 내렸다.

"무기 오라버니, 그동안 무슨 일이 있었는지 경위를 알아내셨나요?"

장무기는 대답하지 않고 독혈을 다 빨아낸 다음, 휑하니 시냇가로 달려가 물로 입을 헹구어내더니 다시 그녀 곁에 돌아와 앉았다.

"무슨 경위?"

"주 소저는 명문 정파 제자인데, 어떻게 해서 그런 음험하고도 지독스러운 사문의 무공을 썼을까요?"

"나도 그게 이상하다고 느꼈소. 도대체 누가 가르쳐주었는지 모르겠소."

"보나 마나 마교의 음탕한 교주 녀석이 가르쳐줬겠죠, 뭐……."

조민이 방그레 웃는 바람에 장무기도 덩달아 멋쩍게 웃었다.

"우리 마교 중에 마귀 두목이 많기는 하오만, 그런 무공을 쓸 줄 아는 자는 하나도 없소. 있다면 청익복왕이 사람의 목덜미를 깨물어 피를 빨아 마시고, 교주란 사람은 남의 어깻죽지 피나 빨아낼 줄 아니까 거의 피장파장이라 할 수 있겠지."

그러고는 내처 물었다.

"나도 진작 큰아버님이 성곤의 손아귀에 떨어졌으리라고 짐작했소만, 시종 어디로 끌려가셨는지 전혀 소식을 알아내지 못해 애만 태우던 참이었소. 도대체 그분이 지금 어디 계시오?"

"내가 데리고 가서 구해드리면 될 테니까 염려 마세요. 어디 갇혀 계

34. 혼례식 날 저 신부는 섬섬옥수로 면사포를 찢어 던졌다네

신지는 포대화상 설부득의 이름처럼 아직은 말씀드리지 못해요."

"그건 어째서?"

"내가 한마디라도 밝혔다가는 그 즉시 당신이 날 여기다 버려놓고 나 몰라라 휑하니 혼자 가버릴 테니까요."

장무기는 그저 한숨밖에 나오지 않았다.

"내가 그렇게 의리 없고 무정한 놈으로 보이오?"

"물론이죠. 양부님을 구하기 위해 꽃같이 아리따운 신부마저 내버렸는데, 하물며 나 같은 거야 더 말할 나위가 있겠어요?"

종알종알 약을 올리면서도 슬그머니 몸을 기대어왔다.

"오늘 밤 깨가 쏟아질 당신네 동방화촉을 망쳐놓았는데, 이런 내가 밉죠. 안 그래요?"

그런데 어찌 된 노릇일까, 장무기의 심중에는 지금 뿌듯한 즐거움만 가득 찼을 뿐 양부 사손의 안위에 대한 걱정만 제쳐놓는다면 주지약과 혼례식을 거행하던 때보다 더 마음이 평안하고 가슴속까지 후련해진 느낌을 금할 길 없었다. 도대체 어째서 그런지 그 까닭을 뻔히 아는데도 말이 나오지 않았다. 물론 조민이 경사스러운 잔치 자리를 뒤엎어 아수라장으로 만들어버린 행패를 용인하겠다는 것은 아니었다. 그러나 입으로 원망의 말 한마디 낼 수 없으니 이게 무슨 심사인지 자신도 알 수 없었다.

"물론 당신이 밉소. 훗날 어떤 영웅호걸이 소민군주의 부마가 되어서 당신과 혼례식을 올릴지 모르겠으나, 그때는 나도 가서 한바탕 뒤엎어 난장판으로 만들어버릴 거요. 내 절대로 당신이 평온무사하게 신부 노릇을 못 하게 만들 테니까 어디 두고 보시구려."

순간 조민의 창백한 얼굴이 발갛게 달아오르더니 입술을 비죽 내밀고 웃었다.

"당신이 내 혼례식장을 난장판으로 만들었단 봐요. 내 단칼에 찔러 죽이고 말 테니까!"

장무기가 느닷없이 한숨을 지었다. 암울해진 기색에 더는 말이 없었다.

"웬 또 한숨이에요?"

"모르겠소. 어떤 부마 나리가 전생에 그렇듯 큰 공덕을 쌓고 착한 일을 많이 해서 당신 같은 복덩어리를 차지하게 되는지……."

"아직 늦지 않았어요. 당신도 이제부터 공덕을 쌓고 선행을 많이 베풀면 혹시 누가 알아요?"

웃음 섞어 던지는 이 한마디에 장무기의 가슴이 철렁 뒤흔들렸다.

"뭐라고?"

외마디 되물음에 그녀는 얼굴만 발갛게 물들인 채 더는 말을 이어받지 않았다. 대화는 여기서 끊겼다. 두 사람 가운데 어느 누구도 더는 깊은 얘기를 끌고 나가기가 멋쩍어 입을 다문 것이다.

한참을 쉬고 나서 장무기는 약초를 갈아 붙여준 다음, 환자를 다시 안고 서쪽으로 나아갔다. 조민은 아예 그의 어깨머리에 기댄 채 보드라운 뺨을 사내의 왼쪽 볼에 찰싹 갖다 붙였다. 코끝에 스며드는 지분 향내, 두 손으로 품어 안은 보드랍고도 여린 몸뚱이, 장무기는 저도 모르는 사이에 마음을 집중시키지 못하고 야생마 날뛰듯 들뜰 대로 들떠 도무지 다잡을 수 없었다. 그저 놀란 넋이 하늘 위로 둥실둥실 떠오르듯 한없는 망념에 젖어들어 만약 양부 사손을 구출하는 일이 급하

34. 혼례식 날 저 신부는 섬섬옥수로 면사포를 찢어 던졌다네

지 않다면 정말 발걸음을 늦추고 이 황량한 산골짜기 들판, 영마루 고 갯길을 이대로 끝도 없이 쉬지 않고 영원히 걷고만 싶었다.

그날 밤, 두 사람은 호주 서쪽 교외 궁벽한 산중에서 찬 이슬을 맞아 가며 하룻밤을 노숙했다. 그러고는 이튿날 어느 이름 모를 마을에 도 착하자 약방을 한 군데 찾아 독상 치료에 쓰는 약품을 구입해 환자에 게 먹이고 상처에 발라준 다음, 네 다리가 튼튼한 말 두 필까지 샀다.

조민의 독상은 하루아침에 말끔히 뽑아낼 것이 아니어서, 허약해진 몸으로 혼자 말을 타고 달릴 기력이 없었다. 그녀는 어쩔 수 없이 장무 기의 가슴에 기댄 자세로 안장 하나에 같이 앉았다. 두 사람은 말 두 필을 지칠 때마다 갈아타면서 곧바로 서쪽 길로 치달렸다.

이렇듯 닷새가 지났을 때, 벌써 하남 강북행성江北行省 경내에 접어들 었다. 그리고 거기서 북쪽으로 길을 잡아 2~3일 만에 허주許州를 거쳐 신정新鄭에 거의 다다르게 되었다.

이날도 한참 길을 가는데, 불현듯 앞쪽에서 흙먼지가 뿌옇게 일더 니 100여 기나 되는 마필이 전속력으로 치달려 왔다. 갑옷끼리 거칠 게 부딪는 소리가 바로 몽골 기병대였다. 장무기는 한 곁으로 비켜서 서 길을 터주었다. 몽골 기병대가 200~300척 거리를 지나쳐 간 뒤에 또다시 한 패거리가 꼬리를 물고 들이닥쳤다. 행군 대열이 들쭉날쭉 흐트러진 데다 기마 대열도 듬성듬성 끊겨 뒤떨어진 자가 많았다. 곁 눈질로 흘끗 살펴보니, 대열 가운데 뜻밖에 신전팔웅 여덟 명의 궁수 가 섞여 있었다.

'아뿔사……!'

장무기는 속으로 외마디 실성을 터뜨리며 얼른 고개를 돌려 외면했다.

이들 20여 명의 기마대는 옷차림새가 화려하고 또 가슴에 젊은 여인까지 안고 있는 두 남녀를 목격했으나, 별로 마음에 두지 않고 그냥 지나쳐 갔다. 신전팔웅 역시 마찬가지였다.

저들이 다 지나쳐 가고 나서, 장무기는 다시 말 머리를 앞으로 돌려 계속 길 재촉에 나섰다. 그때 갑자기 말발굽 소리가 경쾌하게 울리더니 세 명의 기수가 쏜살같이 되돌아왔다. 기마 세 필 중 가운데 것은 터럭이 눈처럼 하얀 백마, 안장에 올라탄 사람은 비단 장포 차림에 번쩍거리는 금관을 쓰고 있었다. 그를 중심으로 밤색 준마를 한 필씩 타고 좌우에 자리 잡은 두 늙은이는 뜻밖에도 녹장객과 학필옹, 바로 현명이로 형제였다.

장무기가 막 돌아서려는데 눈썰미 좋은 녹장객이 먼저 두 사람을 알아보았다.

"군주마마 놀라지 마십시오! 저희가 구해드리러 왔습니다."

뒤미처 학필옹이 길게 휘파람을 불자, 신전팔웅을 비롯한 20여 명의 기사가 빙그르르 말 머리를 돌리더니 득달같이 달려와 두 사람을 에워싸고 한복판에 몰아넣었다.

흠칫 놀란 장무기가 품 안의 조민을 바라보았다. 말은 없으나, '네가 복병을 배치시켜놓고 날 습격하려는 거냐?' 하고 묻는 기색이 역력했다. 하지만 그녀 역시 다급하고 걱정스러운 기색이라, 이내 오해했구나 싶어 마음이 놓였다. 조민의 목소리가 들렸다.

"오라버니, 이런 데서 만날 줄은 생각도 못 했군요. 아버님은 평안하

34. 혼례식 날 저 신부는 섬섬옥수로 면사포를 찢어 던졌다네

신가요?"

오라버니라니! 조민의 입에서 나온 말을 듣고서야 장무기는 비로소 백마를 타고 앉은 비단 장포의 젊은이를 유심히 눈여겨보았다. 조민의 오라비 쿠쿠테무르, 중국식 이름으로 왕보보란 청년 왕세자였다. 앞서 대도 만안사에서 두 차례 본 적은 있으나, 지금은 현명이로 두 늙은이에게 온 신경을 쏟고 있던 터라 그에게는 전혀 마음을 쓰지 않은 것이다.

왕보보도 난데없는 장소에서 누이동생을 보자 놀라움과 반가움을 이기지 못했다. 만안사 보탑 곁에서 비록 장무기와 맞닥뜨리기는 했어도, 사태가 워낙 총망중이어서 그 얼굴 생김새를 기억하지 못했다. 그는 누이동생이 낯선 젊은 녀석의 품에 안겨 있는 것을 보고 눈살이 저절로 찌푸려졌다.

"누이야, 네가…… 네가 어떻게……?"

"오라버니, 난 적의 암습을 받고 중독된 몸의 상처가 가볍지 않아요. 다행히도 이분, 장 공자님께 구원받았기에 망정이지, 아니었다면 오늘 이렇게나마 오라버니를 만나보지도 못했을 거예요."

녹장객이 슬금슬금 다가오더니 왕보보에게 넌지시 귀띔을 해주었다.

"왕세자 저하, 저놈이 바로 마교 교주 장무기란 놈입니다."

그제야 왕보보도 퍼뜩 생각이 났는지 장무기와 조민을 번갈아 노려보았다. 혹시 저놈에게 사로잡혀 협박당한 나머지 마음에도 없는 그런 거짓말을 하는 게 아니냐 의심하는 기색이었다. 그가 오른손을 번쩍 휘두르자, 현명이로 두 늙은이가 어느새 장무기의 좌우 다섯 자 거리까지 육박해 들었다. 그리고 신전팔웅 네 사람도 저마다 안장 위에서 버텨 일어선 자세로 장궁 시위에 화살을 먹이고 깍짓손으로 힘껏 당겨 장무기의 등판을 겨누었다.

부하들의 공격 준비가 끝나자, 왕보보는 여유만만하게 목청을 드높여 장무기에게 소리쳤다.

"장 교주, 그대의 무공 실력이 제아무리 강해도 맨주먹 한 쌍만으로 네 적수를 당해내기는 어려울 걸세. 어서 냉큼 내 누이동생을 내려놓게나. 오늘은 우리 둘이서 피차 건드리지 않기로 하세. 어떤가? 이 왕보보가 입 밖에 낸 말은 반드시 지키니까 의심하지 않아도 되네."

장무기도 속으로 헤아려보았다. '조 낭자의 중독 상태는 아주 무겁다. 날 따라서 1,000리 길을 분주다사하게 뛴다면 쉽사리 나을 상처가 아니다. 기왕 오누이끼리 만났으니 오라비를 따라가는 것이 그녀에게 이로우리라.'

"조 낭자, 오라버님이 데려가시겠다고 하니 우리 여기서 헤어집시다. 내 양부님의 소재만 일러주면 나 혼자 방도를 강구해서 구해드리리다. 언젠가 우리 다시 만날 때가 있을 거요."

여기까지 말하고 나자, 웬일인지 마음이 서글퍼졌다. 헤어질 때가 눈앞에 닥치니 연연戀戀하는 정을 이길 수 없는 것이다.

그런데 조민의 입에서 뜻밖의 말이 나왔다.

"내가 시종 사 대협의 소재를 당신한테 일러주지 않는 데에는 나름대로 깊은 뜻이 있답니다. 난 그저 당신을 데리고 가서 그분을 구해드리겠고만 약속할 뿐이지, 그곳이 어딘지 일러주지는 못하겠어요."

장무기가 찔끔하더니 이내 다시 한번 설득했다.

"당신은 중상을 입었소. 그런 몸으로 날 따라서 머나먼 길을 가다니 아주 온당치 못한 처사요. 역시 오라버님 되시는 분과 함께 돌아가는 것이 좋겠소."

하지만 조민의 얼굴에는 집요한 기색이 역력했다.

"날 여기다 떨쳐버리고 가기만 해봐요. 사 대협의 소재는 영영 모르게 될 테니까. 내 몸을 걱정해서 그러는 거죠? 하루가 다르게 좋아지고 있으니 염려 마세요. 가는 길 내내 걸으면 오히려 빨리 회복된다니까요. 왕부에 돌아가면 답답해서 난 미쳐 죽을 거야."

당사자가 고집을 부리고 뻗대니 장무기도 어쩔 도리가 없었다. 그는 왕보보를 향해 돌아섰다.

"왕세자 저하, 당신이 직접 누이동생을 타일러보시지요."

왕보보는 이것 봐라 싶어 두 눈이 휘둥그레졌다. 그러나 생각은 이내 바뀌어 차갑게 비웃었다.

"그럴듯하게 호의를 베푸는 척하고 무슨 꿍꿍이속을 차리는 거냐? 네 손바닥이 누이동생의 사혈死穴을 주물럭거리고 있으니, 저 아이도 그저 네놈이 시키는 대로 터무니없는 소리를 지껄이고 있지 않느냐?"

그 말끝이 미처 다 떨어지기도 전에 장무기의 몸뚱이가 훌쩍 뛰어오르더니 곧바로 땅바닥에 내려섰다. 신전팔웅 가운데 두 사람이 그 동작을 오해하고 말았다. 장무기가 왕세자 저하를 습격하는 줄 알고 잔뜩 당겼던 활시위를 놓아버린 것이다.

지근거리에서 발사된 신궁의 화살 두 대가 바람을 끊고 무서운 힘줄기로 날아갔다. 표적은 조정의 반역도 마교 우두머리였다. 장무기의 왼손이 허방을 이리 끌고 저리 당겼다. 늑대의 송곳니로 다듬어 박은 낭아전狼牙箭 살촉 두 대가 건곤대나이 신공에 홀려 후딱 반대 방향으로 꺾어 돌더니 발사되었을 때보다 더욱 매서운 기세로 제각기 주인에게 돌아갔다.

"따닥!"

활대 부러지는 소리가 거의 동시에 울렸다. 화살은 주인의 손에 잡힌 활대를 쪼개놓고도 여세를 잃지 않은 채 그대로 날아가더니 멀찌감치 떨어진 땅바닥에 꽂혀 들어갔다. 만에 하나, 저들 두 사람이 재빨리 회피 동작을 취하지 않았던들 몸통까지 꿰뚫려 중상을 면치 못했으리라. 왕보보를 비롯한 몽골 기사들이 아연실색, 입을 딱 벌리고 다물지 못했다. 그도 그럴 것이, 땅바닥에 꽂히고 나서도 살대 끄트머리에 끼운 독수리 깃털이 여전히 힘에 겨워 파르르 떨리고 있었다.

장무기는 땅바닥에 내려놓은 조민에게서 멀찌감치 떨어져 섰다.

"조 낭자, 우선 왕부로 돌아가 상처부터 잘 치료하시오. 우리 다시 만날 때를 기약합시다. 내 반드시 기다리겠소."

조민이 딱 부러지게 고개를 내저었다.

"왕부에 처박힌 의원 녀석들의 솜씨가 어디 당신처럼 고명한 줄 아세요? 의술이라곤 하나같이 돌팔이 같은 숙맥들이라, 자기네가 병이 나더라도 고치기는커녕 서천 극락세계 부처님한테나 가기 십상일 거예요."

왕보보는 장무기가 멀찌감치 떨어졌는데도 누이동생이 그를 따라가겠다고 고집 부리자, 놀라움과 의아스러움에 부아통까지 겹쳤다. 그는 두말 않고 현명이로에게 지시했다.

"수고스럽지만 내 여동생을 보호해주시오. 자, 떠납시다!"

34. 혼례식 날 저 신부는 섬섬옥수로 면사포를 찢어 던졌다네

"예!"

현명이로가 한마디로 응답하더니 조민 곁으로 다가왔다. 조민은 목청을 돋우어 소리쳤다.

"녹 선생, 학 선생! 난 지금 긴요한 일이 있어 장 교주와 함께 가서 처리해야 합니다. 우리 둘의 힘으로는 너무 외롭고 단출해서 어쩌나 걱정하던 참이었는데, 마침 잘됐군요. 두 분도 날 따라 함께 가시죠."

엉뚱한 요청을 받은 현명이로가 왕세자의 눈치부터 살피더니 고개를 가로저었다.

"마교의 대마두는 하는 짓거리마다 요사스럽고 괴팍스럽기 짝이 없습니다. 그러니 군주마마께서도 저런 자와 어울려 다니지 않으시는 게 좋을 듯싶군요. 아무래도 왕세자 저하를 따라서 함께 왕부로 돌아가셔야겠습니다."

녹장객이 어른답게 한마디 하자 조민의 고운 이마에 당장 쌍심지가 돋았다.

"옳거니! 지금 두 분께선 내 오라버니의 말씀만 듣고 내 분부에는 따르지 않겠다, 그 말인가요?"

여주인이 성질을 부리자 녹장객은 아첨 섞인 웃음을 지어가며 변명했다.

"고정하십시오. 왕세자 저하께서 군주마마를 애호하는 마음에서 호의적으로 이러시는 겁니다."

"흥!"

조민이 세차게 콧방귀를 뀌더니 왕보보를 향해 딱 부러지게 말했다.

"오라버니도 알다시피 내가 강호를 떠돌아다니는 것은 오래전에 아버님의 윤허를 받아서 하는 일입니다. 내 일은 내 나름대로 조심해서 할 테니까 오라버니는 걱정하실 것 없어요. 아버님을 뵙거든 나 대신 안부 말씀이나 전해드리세요."

왕보보는 무서운 아버지가 딸을 어릴 적부터 총애해 응석받이로 키운 줄 너무 잘 아는 터라, 애당초 지나치게 압박할 의사는 없었다. 그러나 여동생이 홀몸으로 마교 교주를 따라간다는 데야 아무리 좋게 봐주려 해도 마음이 놓이지 않았다. 그는 여동생이 말안장에 다시 올라 거의 엎드린 채 힘없는 손길로 채찍 휘둘러 서쪽으로 떠나려는 것을 보자, 양 팔뚝을 활짝 벌려 그 앞을 가로막았다.

"애야, 잠깐만 기다려다오. 아버님이 곧 뒤따라오실 테니까 여쭙고 떠나도 늦지 않을 게다."

조민이 싱긋 웃었다.

"아버님이 오셨다가는 난 못 떠나죠. 오라버니, 나도 오라버니 일에 간섭 안 할 테니까 오라버니도 내 일에 참견 마세요."

왕보보는 다시 장무기를 눈여겨보았다. 다부진 몸매, 훤칠하게 큰 키, 준수한 용모에는 영웅다운 기백이 철철 흘러넘쳤다. 누이동생의 말투를 들어보면 이 야만적인 한족 젊은 녀석에게 마음이 기울 대로 기운 것은 분명한데, 이놈으로 말하자면 몽골 황실에 반역을 도모하고 원나라 제국 통치에 항거하는 대역부도한 조정의 원수가 아닌가? 그런데 누이동생이 이렇듯 위험한 인물의 유혹에 넘어가 놀아난다면, 가뜩이나 조정에서 황제와 정적들의 견제에 몰려 고생하시는 부친 여양왕께서 돌이킬 수 없는 궁지에 몰릴 뿐 아니라, 최악의 경우에 역모를

34. 혼례식 날 저 신부는 섬섬옥수로 면사포를 찢어 던졌다네

꾀했다는 누명을 뒤집어쓰고 일족이 멸문지화를 당할지도 몰랐다.

왕보보는 왼손을 번쩍 휘두르면서 호통쳤다.

"우선 저 마귀 두목부터 잡아 꿇려라!"

명령 한마디에 녹장객이 먼저 녹각장을 수레바퀴 돌리듯 휘둘러가며 달려들었다. 때를 같이해서 학필옹 역시 학취필 두 자루를 양손에 갈라 잡고 어지러이 춤추기 시작했다. 한 조각 누른 광채와 두 뭉치 시꺼먼 기운이 한꺼번에 장무기 한 사람을 노리고 덮어씌웠다.

조민은 다급해졌다. 현명이로의 무공 실력이 얼마나 지독스러운지 그녀는 너무나 잘 알고 있었다. 장무기가 비록 일신에 뛰어난 무공을 지녔다 해도 1 대 2로, 그것도 수중에 병기 한 자루 없이 맞선다면 다치기 십상이었다.

"현명이로! 당신네들 장 교주에게 상처를 입히기만 해봐요. 내 아버님께 여쭈어서 절대로 용서치 않을 거예요!"

조민의 호통에 현명이로의 공격 동작이 일순 주춤했다. 그것을 본 왕보보가 노발대발 고함을 질렀다.

"난신적자亂臣賊子는 천하 사람 누구든지 보는 대로 죽여야 한다! 현명이로, 그대들이 저 소마두를 죽여버리시오! 그럼 부왕 전하와 내가 똑같이 무거운 상을 내리리다!"

그러고도 뭔가 부족한 느낌이 들었는지 잠시 뜸을 들였다가 녹장객에게 한마디 보탰다.

"녹 선생, 본 왕세자가 그대에게 따로 미녀 넷을 더 내려주겠소. 아마 그대 마음에 꼭 들 것이오!"

결국 오누이 둘이서 정반대의 명령을 내렸다. 하나는 기어코 죽이라 하고 또 하나는 상처도 내지 말라니, 현명이로는 이러지도 저러지도 못할 진퇴양난에 빠진 셈이었다. 녹장객이 재빨리 두뇌를 회전시켜 속셈해보더니 대뜸 사제를 향해 눈짓을 보내면서 자그맣게 속삭였다.

"산 채로 잡기로 하세!"

두 형제가 속닥대는 찰나, 장무기가 느닷없이 성화령에 기재된 괴상아릇한 무공심법을 펼치기 시작했다. 상반신이 비스듬하게 기우뚱하는가 싶더니 오른팔을 구부려 두 형제가 전혀 예상하지 못할 불가사의한 방위로 꺾어 들었다.

"철썩!"

뭐라고 형언하기 어려운 각도에서 들이쳐오는 손바닥 후림새에 녹장객이 영문도 모른 채 따귀 한 대를 호되게 얻어맞고 말았다. 정신이 아찔해지는 순간 귓결에 천둥 벼락 치는 호통 소리가 고막을 찢었다.

"어디 산 채로 잡아보시지!"

느닷없이 따귀를 한 대 얻어맞은 녹장객은 놀랍기도 하려니와 이가 갈릴 정도로 분노가 치밀었다. 하나 그 역시 일류 고수쯤 되는 위인이라 얼얼하게 쑤셔대는 볼 따귀 통증을 억누른 채 정신을 이내 가다듬고 더는 흐트러짐이 없었다. 손아귀에 잡힌 사슴뿔 지팡이 한 자루가 눈코 뜰 새 없이 돌아가는데 빗방울은커녕 바람 한 점 뚫고 들어가기 어려울 지경이었다. 장무기는 다시 한번 암습을 시도하려 했으나 이번에는 어떻게 손을 써볼 여지가 없었다. 조민이 말채찍을 번쩍 들더니 고삐를 다 풀어주고 달려 나갔다. 그와 동시에 왕보보의 채찍도 허공을 갈랐다.

"쏴악, 철썩!"

조민이 타고 있던 짐승은 채찍 초리에 얻어맞고 아픔을 견디지 못해 길게 울부짖더니 앞발굽을 번쩍 치켜들었다. 중상을 입고 허약해진 조민의 몸뚱이가 하마터면 안장에서 굴러떨어질 뻔했다. 노기가 치밀어 오른 조민이 바락 악을 썼다.

"오라버니! 기어코 내 앞을 가로막아야겠어요?"

"얘야, 제발 내 말 좀 얌전히 들어라. 집에 돌아가서 이 오라비가 사과하마."

"오라버니가 날 못 가게 막으면 누군가 한 사람이 비명에 죽게 됩니다. 그럼 장 교주가 날 뼈에 사무치도록 미워해서…… 이 누이동생도…… 누이동생도 살아남지 못할 거예요."

"무슨 소릴 하는 거냐? 그런 염려 말아라. 우리 여양왕 부중에 구름처럼 많은 고수가 네 한목숨 온전히 지켜주지 못할 듯싶으냐? 저 요망한 녀석이 널 다치기는 고사하고 아마 네 얼굴 한 번 볼 생각도 말아야 할 거다."

조민은 그저 한숨밖에 나오지 않았다.

"저 사람을 다시 만나보지 못할까 봐 겁이 나는 건 바로 나예요. 그랬다가는…… 그랬다가는 난 살아가지 못할 거예요."

이들 오누이 간의 정리는 엄격한 부모 자식보다 더 돈독했다. 그래서 이날 이때껏 못 할 말이 없었다. 조민은 너무 다급한 나머지 장무기에게 기울어진 자신의 심정을 추호도 숨김없이 솔직히 다 털어놓고 말았다. 노기등등한 왕보보가 버럭 호통쳐 꾸짖었다.

"이런 바보 멍텅구리 같은 년 봤나! 너는 몽골 왕족이야. 여양왕 전하의 당당한 금지옥엽 따님이 어찌 개만도 못한 야만족의 천덕꾸러기한테 정을 베풀 수 있단 말이냐? 만일 아버님께서 이 일을 아셨다가는 그 어르신네 역정 내시다 못해 돌아가실 거다."

말끝이 떨어지자마자 번쩍 들린 왼손이 부하들에게 공격 신호를 보냈다. 기다리고 있던 고수 셋이 또 협공을 가하겠답시고 한꺼번에 달려들었다. 그러나 장무기와 현명이로 쌍방이 바야흐로 제각각 신공을 써서 싸우느라 200~300척 둘레 안에 칼날 같은 돌개바람이 휘몰아치고 있으니, 제아무리 솜씨 좋다는 고수들이라 해도 어딜 감히 끼어들 여지가 있겠는가?

뒤미처 조민이 고함을 질렀다.

"장 공자, 당신 양부를 구하려거든 나부터 먼저 구해줘야 해요!"

누이동생에게 마음 돌릴 기미가 전혀 보이지 않자, 왕보보는 초조함을 견디지 못하고 양 팔뚝을 내뻗어 그녀를 껴안더니 안장 앞쪽에 툭 걸쳐놓고 두 다리로 말 배때기를 바짝 조이는 것과 동시에 고삐를 다 풀어놓아 급작스레 치닫기 시작했다. 혼란스러운 싸움판에서 일단 멀찌감치 떨어져 나갈 속셈이었다.

조민은 무공 실력이 오라비보다 한 수 높았다. 그러나 중상을 입은 뒤끝이라 기력이 전혀 없어, 그저 입만 딱 벌려 고래고래 고함이나 치는 일이 고작이었다.

"장 공자, 나 좀 살려줘! 날 구해줘요!"

장무기의 손바닥에서 세찬 회오리바람이 연속 두 차례 일었다. 구양신공의 힘줄기를 최대한으로 발휘하는 것이다. 별안간 눈코 뜰 새 없는 폭풍이 밀어닥치자, 현명이로는 그 따가운 압력에 못 이겨 연거푸 세 걸음이나 뒤로 밀려났다. 두 강적을 뒷걸음질하게 만든 장무기

34. 혼례식 날 저 신부는 섬섬옥수로 면사포를 찢어 던졌다네

가 경공신법을 펼쳐 쏜살같이 왕보보의 말 궁둥이를 뒤쫓기 시작했다. 현명이로와 나머지 고수 셋은 대경실색, 허둥지둥 그 뒤에 따라붙었다. 쫓고 쫓기는 추격전이 벌어졌다. 뒤따라붙은 다섯 추격자가 접근할 때마다 장무기는 뒷손질로 잇따라 장력을 쏟아내어 물리쳤다. 구양신공의 위력이 얼마나 무서운가? 일장을 쳐낼 때마다 현명이로도 그저 피하는 데만 급급할 뿐 섣불리 그 예봉 앞에 맞설 엄두조차 내지 못했다. 이렇듯 서너 차례 추격을 저지하고 났을 때, 장무기도 무서운 속도로 치닫는 말꼬리가 손끝에 닿을 만큼 지근거리까지 육박해 들었다. 훌쩍 솟구친 몸뚱이가 허공에서 왕보보의 덜미를 움켰다. 그 손길에는 나혈수법마저 감추고 있어, 왕보보는 상반신이 삽시간에 마비되어 조민을 부여잡지 못하고 양 팔뚝이 저절로 풀렸다. 어디 그뿐이랴, 그 몸뚱이는 어느새 장무기의 손에 번쩍 쳐들리더니 이제 막 따라잡은 녹장객의 면상에 냅다 던져지는 신세가 되고 말았다.

녹장객이 엉겁결에 주인의 몸뚱이를 받아 든 찰나, 장무기는 벌써 조민을 껴안고 말안장 위에서 그대로 뛰어내리더니 두 발바닥이 지면을 딛기가 무섭게 왼쪽 산등성이를 타고 치달려 오르기 시작했다.

"저놈 잡아라!"

"놓치지 마라!"

학필옹과 나머지 고수들이 고래고래 악을 써가며 뒤쫓았다. 그러나 장무기가 벌써부터 눈여겨둔 이 산봉우리는 높이만도 수천 척, 산으로 올라가는 추격자들의 경공 실력을 견주기엔 최상의 시험장이었다. 현명이로는 공력만큼은 최강자였으나 경공 수준은 일류급이 못 되었다. 학필옹은 기를 쓰고 치달렸지만, 오히려 손아래 부하들이 염치없게도 선배를 앞질러 나가기 시작했다.

경공 솜씨 좋은 고수들이 따라붙자, 장무기는 조민을 내려놓고 큼지막한 바윗돌만 골라 연거푸 내던졌다. 헐레벌떡 정신없이 뒤쫓아 올라오던 추격자들 가운데 몇 명이 운수 사납게 바윗돌을 정면으로 얻어맞고 가파르게 경사진 비탈을 따라 산 밑으로 떼굴떼굴 굴러 내려갔다. 이것을 본 나머지 동료들은 속으로 겁을 집어먹었다. 왕세자가 감시하는 눈이 있는 만치 감히 추격하던 발길을 멈추지는 못하고, 그 대신 슬그머니 걸음걸이의 속도를 늦추기 시작했다.

장무기는 이제 뛸수록 높은 곳으로 올라가고 있었다. 더는 뒤쫓을 자가 없어지자 왕보보가 미친 듯이 욕설을 퍼부으며 고래고래 호통을 질렀다.

"활을 쏘아라! 저놈을 쏘아 죽여라!"

부하들에게만 호통쳐 명령하는 게 아니라 자신도 활대를 잡았다. "씽!" 하고 바람 가르는 소리……. 화살 한 대가 장무기의 등줄기 심장부를 겨누고 날아갔다. 활시위를 당겼다 놓는 뚝심이 어지간했으나, 거리가 워낙 멀어 살촉은 목표에 닿기도 전 10여 척 거리를 남겨놓은 채 뚝 떨어질 뿐이었다.

장무기의 목덜미를 감싸 안은 채 뒤쪽으로 얼굴을 향한 조민은 더는 추격자들이 따라붙지 못하는 것을 보고 비로소 마구 뛰던 심장박동이 가라앉기 시작했다. 안도의 한숨이 절로 새어나왔다.

"역시 내가 선견지명이 있었네. 당신한테 사 대협의 소재를 알려주지 않았기에 망정이지, 안 그랬다가는 이 양심 없는 소마두가 날 구하려고 이렇듯 애썼겠어?"

장무기는 그저 걸음걸이만 부지런히 놀릴 뿐 말대꾸를 하지 않았다. 산마루 한 군데를 더 감돌아 나갔을 때에야 비로소 입이 열려 투덜투덜 불평을 쏟아냈다.

"내가 뭐랬소? 양부님이 계신 곳을 내게 일러주고 자기는 왕부로 돌아가 상처나 치료했으면 누이 좋고 매부 좋은 격이 아니고 뭐겠소? 어쩌자고 오라비한테 죄를 지어가며 이 고생을 사서 하는 거요? 난 또 이게 무슨 고생이고…….."

"난 당신을 따라다니면서 고생하기로 작심한 몸이에요. 오라버니한테는 이르나 늦으나 죄를 짓게 마련이죠. 당신이 주 소저와 결혼하고 나면 난 뭐가 되는 거예요? 난 그저 당신이 따라다니지 못하게 할까봐 그게 제일 걱정이에요. 다른 건 아무래도 좋다니까요."

장무기는 이 처녀가 자기를 무척 좋아하는 줄 알고는 있었다. 그러나 사춘기에 접어든 처녀가 한때 마음이 동한 줄로만 여겼을 뿐이었다. 그런데 이 여자가 부귀영화를 헌신짝 내던지듯 저버리고 이처럼 깊은 정이 한결같을 줄은 예상치 못했다. 저도 모르게 애틋한 마음이 우러나와 고개 숙여 굽어보니, 피를 많이 흘려 종잇장처럼 하얗게 질린 초췌한 얼굴에 정감이 담뿍 서렸는가 하면 물기를 머금은 두 눈망울에 뭐라고 형언하기 어려운 요염한 교태가 물결치듯 남실댔다. 그는 복받쳐 오르는 감정을 이기지 못하고 굽어본 자세 그대로 머리 숙여 파르르 떨리는 그녀의 앵두 입술에 입맞춤을 했다.

두 입술이 떨어졌을 때 조민의 얼굴은 온통 새빨간 홍시가 되어 있었다. 그녀는 무기력한 심신에 격한 감정을 못 이겨 그대로 까무러쳤다. 의학의 도리에 밝은 장무기는 그녀가 정신을 잃은 것을 보고도 별

탈은 없으리라 생각했다. 마음 한구석에 한층 더 격렬해지는 감정을 새김질하고 있을 따름이었다. 문득 떠오른 것은 지약이 자신을 이처럼 대해주었으면 오죽 좋으랴, 하는 아쉬움이었다.

까무러쳤던 조민의 정신이 도로 피어났다. 그러고는 아직도 깊은 상념에 빠진 장무기를 발견했다.

"뭘 생각해요? 주 소저 생각을 하고 있었죠?"

장무기도 감추고 싶지 않아 고개를 끄덕였다.

"그녀한테 미안하다는 생각을 하고 있었소."

"후회가 되세요? 아닌가요?"

"내가 혼례식장에서 그녀와 함께 무릎 꿇고 천지신명께 절하려던 때 나도 모르게 당신 생각을 하고 가슴이 무척 아팠소. 그런데 지금 와서 그녀 생각을 하니 무척 미안스러운 마음을 금치 못하겠구려."

조민이 방그레 미소 지었다. 흡족한 웃음기였다.

"그럼 당신 마음속으로는 나를 더 사랑하시는군요. 안 그래요?"

"내 솔직히 말하리다. 당신에게는 사랑과 미움, 지약에게는 존경과 두려움을 품고 있소."

"하하……!"

갑자기 조민의 웃음소리가 밝아졌다.

"차라리 당신이 나한테는 사랑과 두려움을, 그녀한테는 존경과 미움을 품었으면 더 좋겠는데!"

장무기도 따라 웃었다.

"하하, 지금은 또 달라졌소. 당신한테 품은 것은 미움과 두려움뿐이란 말이오."

34. 혼례식 날 저 신부는 섬섬옥수로 면사포를 찢어 던졌다네

"어째서요?"

"내 아름다운 천생연분을 깨뜨려서 밉고, 당신이 그걸 물어내지 않을까 봐 두려운 거요."

"뭘 어떻게 물어내란 말이죠?"

"하하, 오늘 당신 몸으로 대신 갚아야지! 내 잃어버린 동방화촉의 짝을 당신이 대신해야 한다, 그 말이오."

이 말에 조민의 얼굴은 삽시간에 홍당무가 되었다.

"아이고머니, 망측해라! 안 돼요, 안 돼! 그 일은 내 아버님께 먼저 잘 여쭙고…… 내 오라버니한테 사과드려 당신과 화해가 이루어지고 나서…… 그래야 되는데……."

"당신 아버님이 끝까지 허락을 안 하실 텐데?"

얘기가 여기까지 나오자 조민이 청승맞게 한숨을 폭 내리쉬었다.

"그땐 나도 어쩔 수 없죠. 음탕한 마귀 두목한테 시집가서 따를 수밖에……. 당신 같은 마귀 두목을 따라야 한다면 나 자신도 마귀할멈이나 될 수밖에 더 있겠어요?"

장무기가 얼굴 표정을 굳히고 엄히 호통쳤다.

"요녀가 정말 대담하기 짝이 없구나! 장무기와 같은 음탕한 도적놈을 평생 따르면서 역적질이나 하고 반란을 일으키려 하다니, 네 죄를 알렷다!"

조민 역시 얼굴 표정이 굳어지더니 정색을 하고 대거리를 했다.

"본관이 판결을 내리겠노라! 너희 둘은 이 세상에서 부부가 되어 백년해로하고 검은 머리가 파뿌리 되도록 행복하게 살다가, 명이 다하거든 18층 지옥에 떨어져 온갖 형벌을 다 받고 억만 겁이 지나도록 환생하지 못할 것이로다!"

"하하하!"

"호호호!"

둘이서 주거니 받거니 한마디씩 나누더니, 서로 마주 본 채 웃음보를 터뜨렸다. 그리고 이때껏 울적해진 가슴이 맑게 갠 하늘처럼 후련하게 탁 트이는 것을 느꼈다.

"옴, 마, 니, 반, 메, 홈……!"

갑자기 산마루 뒤편에서 범어로 읊조리는 염불 소리가 바람결에 실려왔다. 곧이어 누군가 목청을 돋우어 조민을 외쳐 불렀다.

"군주마마! 소승이 왕 전하의 명을 받들어 모시러 왔습니다. 어서 왕부로 돌아가시지요."

흠칫 놀란 두 사람이 뒤돌아보니 산등성이 뒤편에서 20여 명이나 되는 라마승이 꾸역꾸역 감돌아 나왔다. 헐렁헐렁한 붉은빛 홍포로 맨몸을 감싼 유별난 외국 승려의 차림새, 장무기는 그들의 정체를 한눈에 알아보았다. 그날 밤 대도 만안사 보탑 아래에서 육대 문파 고수들을 구출하던 때 자기 앞을 가로막은 '십팔금강' 열여덟 명, 그리고 낯선 승려 네댓 명이 더 섞여 있었다. 당시 그들의 무공 실력은 실로 대단했다. 다행히 위일소가 여양왕의 저택에 불을 지르는 바람에 가까스로 떨쳐버리고 무사히 일을 마무리 지을 수 있었는데, 그러지 않았던들 육대 문파 고수들을 구출하기가 쉽지 않았을 것이다.

선두로 다가온 라마승이 조민 앞에 두 손 모아 합장하고 허리를 굽혔다.

34. 혼례식 날 저 신부는 섬섬옥수로 면사포를 찢어 던졌다네

"군주마마의 옥체에 상처를 입으셨단 말씀을 전해 들으시고 전하께 서 걱정이 이만저만 크지 않으시어, 소승들에게 마마를 모셔오라 분부 하셨습니다."

말을 마치자 홍포 자락 아래 감추었던 손을 번쩍 쳐들었다. 라마승 의 손아귀를 벗어난 비둘기 한 마리가 허공으로 푸드득 활개 치며 날 아올랐다. 눈에 익은 하얀 비둘기, 조민은 그것이 오라비가 곧잘 쓰던 전서구傳書鳩임을 이내 알아보았다. 이제 라마승들을 급히 출동시켜 자 기네 두 사람의 갈 길을 차단해놓았다는 사실을 아버지 여양왕에게 통보한 것이다.

"아버님은 어디 계신가요?"

조민의 물음에 라마승이 공손히 대답했다.

"전하께서는 지금 산 밑에서 기다리고 계십니다. 군주마마의 상세 가 어떠하신지 무척 궁금해 애를 태우고 계시지요."

장무기는 이러쿵저러쿵 더 얘기해봤자 이로울 게 없는 줄 아는 터 라, 대뜸 앞으로 달려 나가면서 호통을 쳤다.

"목숨이 아깝거든 냉큼 길을 비키시오! 공연히 앞을 가로막았다가 내 손찌검이 무정하다고 탓하지나 마시오!"

으름장에 대꾸라도 하려는 듯 라마승 둘이 어깨를 나란히 하고 앞 으로 한 걸음 내딛고 나섰다. 이어서 불쑥 내지른 두 사람의 오른쪽 두 손바닥이 장무기 앞가슴을 호되게 들이쳐왔다. 장무기는 왼 손바닥을 휘둘러 맞받아쳤다. 잡아당기기와 길게 끌어내기, 건곤대나이의 오묘 한 심법이 두 라마승의 장력을 되돌려보냈다.

"아미아미훔阿米阿米哞! 아미아미훔!"

주문인지 욕설인지 모를 소리가 두 라마승의 입에서 가지런히 터져 나왔다. 조민 역시 저들의 주문을 알 턱이 없어 마주 외쳐댔다.

"네 녀석들이나 '아미아미훔' 하거라!"

자신들의 장력에 떠밀린 두 라마승이 "털썩털썩!" 소리가 나도록 거세게 세 발짝이나 뒷걸음질했다. 바로 뒤에 있던 라마승 둘이 저마다 오른 손바닥을 내뻗어 앞사람의 등줄기를 버텨주어 다시 제자리로 떠밀어 보냈다. 먼저 공격을 시도한 두 라마승은 공격 초식을 바꾸지 않은 채 여전히 배산장排山掌 일초로 또 한 번 들이쳐왔다. 산악이라도 밀어붙일 듯 무서운 장력이 담긴 공세였다.

장무기가 건곤대나이 심법으로 두 라마승의 힘줄기를 풀어버리려 했을 때였다. 손가락이 막 두 승려의 손바닥 변두리에 닿는 순간, 뜻밖에도 아교처럼 찰싹 달라붙은 채 떨어질 줄 모르는 것이 아닌가? 이때 두 승려가 버럭 고함을 질렀다.

"아미아미훔! 아미아미훔!"

장무기는 잇따라 두 차례나 거세게 뿌리쳤다. 그러나 도무지 떨쳐버릴 도리가 없어 구양신공으로 반격해나갔다. 그런데 이번만큼 두 라마승도 떠밀리지 않았다. 흘낏 그 뒤편을 넘겨다보았더니, 나머지 스물두 명이나 되는 동료들이 두 줄로 가지런히 선 채 제각기 오른 손바닥을 내뻗어 앞 동료의 등줄기를 버텨주고 있었다. 그것을 보는 순간, 장무기의 머릿속에 퍼뜩 떠오른 말 한마디가 생각났다.

'태사부님께서 언젠가 일러주신 말씀이 있다. 천축 무공에 병체연공倂體連功이란 수법이 있다. 여럿이서 줄지어 늘어선 채 혼신의 기력을 합쳐 적에게 대항하는 무공이 바로 그것이다. 역시 그렇구나. 이들 스물네 명의 라마승이 집중된 힘으로 나 한 사람의 장력에 맞서다니, 내 공력이 제아무리 강해도 스물넷의 힘줄기를 무슨 수로 당해내랴? 그리고 또 다른 추격대가 언제 또 들이닥칠지 모르는데, 이들과 마냥 엉겨 붙어 실랑이만 벌이고 있을 수야 없는 노릇 아닌가?'

"이여업!"

마침내 그의 입에서 맑은 기합 소리가 한 모금 터져 나왔다. 아교처럼 달라붙은 손가락 끝에 3할 공력이 보태지면서 돌연 비스듬히 경사 각도를 그리고 밀어내는 것과 동시에 몸뚱이는 왼쪽 방향으로 선뜻 피해 빠져나갔다. 이렇게 되니 한 목표를 향해 집중된 힘줄기가 어긋나 일사불란하게 한 가닥으로 뻗어나가던 스물네 명의 병체연공 힘줄기가 일직선을 유지하지 못하고 단번에 흐트러졌다.

"우와앗!"

앞쪽 선두에 이열종대로 나란히 서 있던 라마승 여섯 명이 중심을 잃고 다리 힘을 미처 거두지 못한 채 무서운 기세로 장무기를 향해 무작정 돌진해오기 시작했다. 그야말로 저돌맹진猪突猛進, 사나운 멧돼지 같은 돌격이었다.

"따닥, 딱, 딱……!"

장무기의 양 손바닥에서 잇따라 후려치는 소리가 여섯 차례 울렸다. 타격음의 여운이 스러지기도 전에 선두 대열 라마승 여섯 명이 한꺼번에 입으로 피를 토하면서 땅바닥에 쓰러졌다. 그 뒤편에서 좌우 양편으로 또 다른 오른손 장력이 동시에 들이닥쳤다. 일곱 번째 여덟 번째 승려가 꼬리를 물고 달려들어 선두 대열의 무너진 공백을 메운 것이다.

장무기의 오른 손바닥도 기다렸다는 듯이 마주 내뻗어 두 승려의 쌍장과 맞부딪쳤다. 이제 공력이 모이는 대로 비스듬히 떠밀어 보내기만 하면 이들 역시 동료들과 똑같은 낭패를 당하고 거꾸러질 게 틀림없었다. 손바닥에 응축된 공력을 쏟아내려는 순간, 그는 불현듯 배후에서 살금살금 다가드는 발소리를 들었다. 본능적으로 왼 손바닥을 뒤채어 냅다 후려갈기는 찰나, 장무기는 불현듯 손끝에 이상야릇한 감촉이 느껴졌다. 언제 이런 느낌을 받아보았던가? 번개같이 머나먼 저 옛날 소년 시절의 경험이 떠올랐다.

방금 뒷손질로 상대방의 장력을 흩어버리기란 별로 어렵지 않았다. 그러나 건곤대나이 심법은 순전히 구양신공에 바탕을 둔 것으로 이제 눈앞에서 라마승 열여덟 명이 이열종대로 공격하는 병체연공의 집중력을 상대하느라 그 혼신의 기력을 다 쏟아붓고 있었으니, 뒷손질에는 기껏해야 평소의 2할 공력밖에 실리지 않았다. 장무기는 손가락 끝, 손바닥, 팔뚝 어깨머리를 거쳐 순식간에 심장부까지 곧바로 찔러드는 섬뜩한 기운을 느끼고 저도 모르게 몸서리를 쳤다. 음습하고도 차가운 기운, 그것은 장무기의 몸뚱이를 얼음물 속에 빠뜨려놓은 것처럼 와들와들 떨리게 만들었다. 아무리 몸을 가누려 애써보았으나, 중심을 잃은 두 다리가 휘청하더니 그대로 맥없이 앞으로 털썩 고꾸라졌다.

"앗, 녹 선생! 그 손 멈춰요!"

대경실색한 조민이 외마디 호통을 지르면서 와락 달려들더니, 장무기의 몸뚱이를 제 몸으로 덮어씌웠다.

"누구든지 어디 한 번 더 손찌검만 해봐요!"

장무기를 덮어 가린 조민이 고개를 바짝 쳐들고 악을 썼다.

배후에서 암습을 가한 도둑고양이는 역시 녹장객이었다. 현명신장 일격이 성공을 거두자, 그는 일장을 보태려 마음먹었다. 그것으로 평생 으뜸가는 강적의 목숨을 결딴낼 수 있으니까. 그러나 상전인 소민 군주가 이렇듯 몸을 던져 보호하고 있으니 어쩌랴? 하는 수 없이 물러서는 수밖에. 그 대신 입에서 휘파람 소리가 길게 울려 나왔다. 기습 공격이 성공했으니 안심하고 달려오라는 신호였다.

"군주마마, 전하께서 왕부로 귀환하시라는 분부를 내리셨기에 부득이 손을 썼을 뿐 제게 딴 뜻은 없었습니다. 그자는 대역부도한 반역자인데, 군주마마께서 어찌 이러실 수 있습니까?"

변명 겸해서 어른답게 타이르는 말이었다.

얼마 안 있어 말방울 소리가 울리더니 세 필의 기마가 산길 따라 급속도로 치달려 올라왔다. 하나는 학필옹, 하나는 왕보보, 그리고 마지막 한 필에 탄 기수는 나이 지긋한 장년의 남자, 바로 여양왕이 친히 나타난 것이다. 순식간에 싸움터 근처까지 들이닥친 이들 세 사람의 몸뚱이가 날렵한 동작으로 안장에서 훌떡 뒤채어 지면에 내려섰다. 여양왕이 못마땅한 듯 눈살을 찌푸렸다.

"민민아, 어떻게 된 거냐? 어쩌자고 오라비 말을 안 듣고 이런 데서 함부로 날뛰는 거냐?"

조민의 두 눈에서 눈물이 왈칵 쏟아져 나왔다.

"아버지! 아버지가 저 사람들을 시켜 딸년에게 이렇듯 욕을 보이셨 군요!"

"얘야, 그런 게 아니다. 자, 날 따라가자꾸나."

여양왕이 서너 걸음 다가와 손을 내밀어 붙잡으려 했다. 다음 순간, 조민의 오른손이 훌떡 뒤집히더니 어느새 뽑아 들었는지 비수 한 자루가 손아귀에 번쩍거리고 있었다. 그녀는 칼끝을 제 가슴에 돌려대고 울부짖었다.

"아버지, 제 뜻대로 따라주세요! 그러지 않으면 오늘 이 딸년은 당신 보는 앞에서 목숨 끊고 죽습니다."

깜짝 놀란 여양왕이 황급히 두세 걸음 물러났다.

"애야, 제발 이러지 말고 할 얘기가 있거든 말로 하자꾸나. 너……너 어쩌려고 이러느냐? 어떻게 하겠다는 말이냐?"

조민은 왼손으로 어깻죽지를 덮은 옷자락을 당겨 활짝 벌려놓고 붕대를 마구 뜯어 발겨 다섯 손가락에 찍힌 상처를 드러냈다. 독기는 이제 가셨으나 상처가 아직도 아물지 않아 핏덩어리로 뭉쳐진 살이 보기만 해도 끔찍스러웠다.

"애야, 어쩌다…… 그 지경이 되었냐? 어쩌다가 그 지경이……?"

여양왕은 애지중지하는 딸의 몸에 상처가 이토록 심한 것을 보자 너무도 가슴 아파 떨리는 목소리로 같은 소리만 되풀이해 물을 뿐 어떻게 위로할 말을 찾지 못했다.

조민이 두말 않고 녹장객을 손가락질했다.

"저 늙은이가 못된 심보를 먹고 이 딸년을 간음하려 했어요. 제가 한사코 반항했더니…… 저 늙은이가…… 저 늙은이가 다섯 손가락으로 움켜서…… 이 지경으로 만들어놓았어요. 아버지, 부탁이에요. 제발 아빠가 처단해주세요!"

곁에서 가만 듣고 있던 녹장객이 혼비백산하도록 놀라 뒷걸음쳤다.

"아이고, 전하……! 소인네가 어찌 감히…… 대담하게 그런 짓을…… 그런…… 짓을…….″

말끝도 미처 다 맺지 못하고 녹장객이 자라목을 움츠렸다. 노여움에 딱 부릅뜬 여양왕의 매서운 눈초리가 정면으로 노려보는 데야 배겨날 장사가 어디 있으랴?

"흥! 참으로 대담하기 짝이 없구나! 먼젓번에 한희의 일만 해도 너그러운 아량으로 추궁하지 않고 은혜를 베풀었는데, 이젠 또다시 내 딸까지 범하려 들다니……. 여봐라, 저 늙은이를 냉큼 잡아 꿇려라!"

이때쯤 되어서 여양왕을 수행하던 시위 무사들도 이미 앞서거니 뒤서거니 모두 달려와 대기하고 있던 참이라, 왕의 명령 한마디가 떨어지기 무섭게 일제히 녹장객을 전후좌우로 에워싸기 시작했다. 포위망을 단단히 쳐놓긴 했으나, 녹장객은 왕부에서 아무도 맞서지 못할 최정상급 원로 고수였다. 호위 무사들이 섣불리 손대지 못하고 쭈뼛거리는데, 그나마 용기가 제법 가상한 무사 넷이 전후좌우로 나뉘어 슬금슬금 접근하기 시작했다.

녹장객은 놀라다 못해 기가 막혔다. 자신더러 군주마마를 겁탈하려 했다니, 이런 억울할 데가 어디 또 있겠는가? 원통한 마음에 슬그머니 울화통마저 치밀어 올랐다. '그렇구나. 이들 부녀는 골육지친骨肉之親이다. 소민군주는 지금 내가 자신의 정랑情郎에게 상처를 입힌 것이 노여운 나머지 날 무함誣陷하고 있다. 속담에 친분이 먼 사람은 친분이 가까운 사람을 이간질시켜 떼어놓지 못한다疏不間親*고 했다. 더구나 소민군주는 온갖 흉계가 백출하는 불여우인데, 내가 어찌 다퉈 이길 수 있단 말인가?'

• 이간책의 하나.《삼국연의》제16회에서 원소袁紹 측이 여포呂布와 유비劉備 사이를 갈라놓기 위해 쓴 계략이다.

"저리 비켜라, 이놈들. 에잇!"

분통이 터진 녹장객의 양 손바닥이 주춤주춤 다가서던 호위 무사 넷을 한꺼번에 휩쓸어 쳤다.

"사제, 우리 떠나세!"

녹장객이 한숨 섞인 목소리로 아우에게 재촉했다. 뜻밖에도 학필옹은 머뭇거리기만 할 뿐, 여간해서 사형의 말대로 따를 기색이 아니었다. 눈치 빠른 조민이 큰 소리로 충동질했다.

"학 선생! 당신은 착한 분입니다. 사형 같은 호색지도好色之徒가 아니죠. 망설이지 마시고 어서 저 늙다리를 잡아 꿇리세요. 그럼 내 아버님께서 당신에게 큰 벼슬에 내려주시고 아주 무거운 상을 주실 거예요."

현명이로 두 사형제로 말하자면 무공 실력이 탁월한 고수들이다. 단지 부귀공명과 사리사욕에 열중하다 보니 일세를 풍미할 정상급 고수의 신분으로 몽골 왕부에 투신해 앞잡이 노릇을 하고, 시키는 대로 부림을 당해온 것이다. 학필옹은 평소부터 사형이 너무나 여색을 즐기는 위인인 줄 뻔히 알고 있던 터라, 소민군주의 권유를 듣고 보니 십중팔구 믿음이 갔다. 게다가 높은 벼슬에 올려주고 무겁게 포상한다는 조건까지 내걸었으니, 공명심에 들뜬 그로서는 상상만 해도 가슴이 마구 뛰어 도무지 견딜 수가 없었다. 이래서 좀처럼 결단을 내리지 못하고 망설였다. 사제의 꼬락서니를 본 녹장객의 안색이 참담하게 일그러졌다.

"여보게, 사제. 벼슬 오르고 돈 많이 벌고 싶거든 어서 날 묶게."

사형의 입에서 목소리가 떨려 나오자, 학필옹도 비로소 정신이 들었는지 한숨을 내리쉬었다.

"그래, 떠납시다. 사형, 우리 여길 떠납시다!"

34. 혼례식 날 저 신부는 섬섬옥수로 면사포를 찢어 던졌다네

두 번째로 떠난다는 말을 거듭하고 났을 때, 마음도 이미 단단히 굳혔다. 그는 녹장객과 어깨를 나란히 하고 그 자리를 떠나갔다. 오랜 세월 섬기던 상전들에게 작별 인사 한마디 건네지 않았다.

모욕을 느낀 여양왕 차칸테무르가 불호령을 내렸다.

"어딜 가려고? 게 섰지 못하겠는가? 여봐라, 저 늙은이들을 잡아 묶어라!"

현명이로는 원나라 수도 경사에서 위엄을 떨쳐온 호랑이들로서, 여양왕 부중의 호위 무사들이 하늘의 신장神將처럼 떠받드는 어른들이다. 그런데 이제 그들이 떠난다고 해서 어느 누가 감히 앞을 가로막으려 나서겠는가? 여양왕의 명령이 연달아 떨어지는데도 호위 무사들은 그저 허장성세로 호통쳐 엄포나 놓고 붙잡으려는 시늉만 할 뿐 섣불리 뒤쫓아갈 기미를 보이지 않았다. 그동안 현명이로 두 형제는 유유자적 홀가분한 걸음걸이로 산 밑으로 내려갔다.

여양왕이 딸을 돌아보았다.

"민민아, 너도 상처 입은 몸이니 부질없이 딴생각 말고 이 아비를 따라서 돌아가자. 가서 다친 몸부터 치료해야 할 게 아니냐?"

조민의 손가락이 장무기를 가리켰다.

"여기 이 장 공자는 녹장객이 저를 욕보이려 했을 때, 의분에 못 이겨 손을 써서 도와준 분이에요. 오라버니가 내막도 알아보지 않고 공연히 저분더러 '역적질하는 반역도'니 뭐니 하고 몰아세운 거예요. 아버지, 부탁이에요. 저는 이 장 공자하고 같이 가서 해야 할 아주 중요한 일이 있어요. 그 일이 끝나면 다시 저분과 함께 돌아가 아버님을 뵙겠어요."

여양왕의 이맛살이 절로 찌푸려졌다. 딸이 하는 말투로 들어보건대

이 젊은 녀석에게 시집가 한평생을 맡기겠다는 뜻이 분명했다. 아들의 말에 의하면, 이 젊은 녀석은 원나라 조정에 반역하는 무리의 괴수 명교 교주라고 했다. 이번에 경사를 떠나 남쪽으로 내려온 목적도 토벌군 병력과 장수들을 이동시켜 안휘·강소·하남·호북 일대에 창궐하는 명교 반역 세력을 소탕하기 위해서였는데, 어떻게 사랑하는 딸이 반역도의 수괴를 따라가도록 잠자코 내버려둘 수 있단 말인가?

"네 오라비 말이, 저놈은 마교 교주라던데 거짓말은 아니겠지?"

"아이참…… 오라버니가 우스갯소리도 잘하시네요. 아빠가 좀 보세요. 이 사람이 몇 살이나 되어 보여요? 이런 풋내기 머리에서 어떻게 반역을 도모할 생각이 나올 수 있겠어요?"

여양왕이 매서운 눈초리로 장무기의 위아래를 훑어보았다. 아무리 요모조모 뜯어보아도 나이는 기껏해야 스물두셋밖에 안 들어 보이고, 부상을 당한 뒤끝이라 용색마저 초췌하기 이를 데 없는 것이 영웅호걸다운 빼어난 기백은 엿보이지 않았다. 요런 풋내기 녀석이 수십만 대군을 통솔하는 반역의 우두머리라니, 평생토록 살벌한 전쟁터에서 닳고 닳은 자신의 안목으로 볼 때 전혀 그럴싸해 보이지 않았다. 하지만 그는 평소 딸년이 얼마나 교활하고 꾀 많은 아이인지 너무나 잘 알고 있었다. 또 한 가지, 명교 세력이 원나라 황실에 화근이 된 마당에 설령 이 젊은 녀석이 교주가 아니라 해도 마교 일당 가운데 주요 인물일 가능성은 다분했다. 그렇다면 일단 잡아두어야 할 위험인물이 아닌가?

"그럼 우선 그 녀석을 데리고 성안으로 돌아가자꾸나. 자세히 알아보고 나서 마교 인물이 아닌 것으로 판명되거든 벼슬을 높여주고 큰상을 내리마."

그가 이 정도 완곡한 표현으로 말한 것만 봐도 딸의 체면을 고려했다고 할 수 있었다. 또 그래야만 여러 부하가 보는 앞에서 응석받이로 자란 딸년이 아비의 총애를 믿고 안하무인격으로 투정 부리는 일이 없으리라 생각했다.

"애들아, 군주와 저 젊은이를 모셔라!"

"예에!"

호위 무사 넷이 한마디로 응답하더니 두 사람 앞으로 다가왔다. 일이 다급해지자 조민의 입에서 울음보가 터져 나왔다.

"아빠! 정말 이 딸년이 죽는 꼴을 보고 싶으세요?"

그러면서 비수의 칼끝으로 가슴을 반 치 남짓이나 찌르고 들어갔다. 선지피가 삽시간에 옷깃을 시뻘겋게 물들였다.

대경실색한 여양왕이 두 손을 마구 휘저으면서 애걸했다.

"민민아, 제발 그러지 마라! 함부로 목숨을 끊다니, 천부당만부당한 일이다!"

조민은 부친 앞에 통곡하며 아뢰었다.

"아버님, 이 불효 여식은 사사로이 장 공자와 연분을 맺어 이미 부부가 된 몸입니다. 제발 이 딸년의 불효를 용서하시고 저희 둘을 놓아 보내주십시오! 저희 앞길을 가로막으시면 이 딸년은 아버님 보시는 앞에서 자결하고 말겠습니다."

여양왕은 제 손으로 그칠 새 없이 수염을 잡아당겼다. 이마에는 온통 식은땀이 배어나왔다. 일국의 병권을 장악하고 전쟁터에 나가 100만 대군을 질타하며, 적을 무찌를 때마다 말 한마디로 결단을 내리던 그가 오늘 사랑하는 딸의 이렇듯 곤혹스러운 사태에 직면하자 어떻게 처리해야 좋을지 모른 채 당황하고 있는 것이다. 곁에서 왕보보가 보다 못해 누이동생을 구슬렸다.

"얘야, 너하고 장 공자는 모두 상처를 입은 몸이다. 일단 아버님과 함께 돌아가서 이름난 의원을 모셔다 치료부터 하자꾸나. 그런 다음 아버님의 주재 아래 혼례식을 올리면 되지 않겠느냐? 아버님은 훌륭한 부마 사위를 맞으시니 좋고, 나 역시 영웅호걸 매부를 얻게 되니 이 얼마나 경사스러운 일이냐?"

왕보보의 말은 아주 그럴듯했다. 듣기에 따라서는 상대방을 감동시킬 만한 너그러운 제안이었다. 그러나 조민은 이것이 적의 투지와 사기를 완화시켜 방심한 틈에 기습 공격을 가해 무너뜨리는 이른바 '완병지계緩兵之計'임을 진작 꿰뚫어보고 있었다. 장무기가 아버지와 오라버니의 수중에 떨어지는 날이면 목숨이 어찌 붙어 있으랴? 아마도 일시삼각一時三刻 안에 형장으로 끌려가 목이 달아나기 십상이리라. 그녀는 속으로 고개를 내저었다.

"아버님, 옛말에 '딸이 닭에게 시집가면 수탉을 따르고 개한테 시집가면 개를 따르는 법嫁鷄隨鷄 嫁犬隨犬'*이라 했습니다. 죽거나 살거나 저는 평생토록 장 공자를 따르렵니다. 제 앞에는 두 길만 있을 뿐입니다. 당신께서 이 딸의 목숨을 용서해주신다면 그것으로 끝납니다. 하오나 딸이 죽기를 원하신다면 손바닥에 흙먼지 불 듯이 힘 하나 들지 않을

---

* 옛날 중국 풍습에 여자가 일단 시집가면 남편이 잘났든 못났든 평생토록 따라야 한다는 속담이다. 《홍루몽》 제81회에서 인용되었는데, 장계유莊季裕의 《계륵편鷄肋編》에는 한술 더 떠서 "수탉에게 시집갔으면 수탉 따라 활갯짓 쳐야 하고, 개한테 시집갔으면 개가 뛰는 대로 따라 내뛰어야 한다嫁鷄隨鷄飛 嫁狗隨狗走"라고 썼다.

34. 혼례식 날 저 신부는 섬섬옥수로 면사포를 찢어 던졌다네

겁니다."

"닥쳐라, 요 발칙한 것!"

드디어 여양왕의 입에서 노성이 터져 나왔다.

"민민아, 너 똑똑히 알아두거라. 지금 네가 저 역적을 따라가면 앞으로 너는 내 딸이 아니다!"

조민은 아버지도 오라버니도 저버리지 못하는 안타까운 마음에 애가 끓었다. 평소 이들 부형父兄이 자기를 얼마나 아끼고 사랑해주었는지를 생각하면 가슴속을 칼로 도려내듯 아프기만 했다. 그러나 자신이 한순간이라도 망설이는 기미를 보였다가는 그 즉시 장무기의 목숨이 끝장날 것 아닌가? 이제 무엇보다 먼저 사랑하는 이의 목숨부터 구해놓고, 훗날 다시 부친과 오라비에게 양해를 간청하는 길밖에 없었다.

"아버님, 그리고 오라버니, 이 모두가 민민의 잘못이에요. 아버님, 오라버니…… 부디 절 용서해주세요!"

여양왕은 딸에게 마음을 돌이킬 뜻이 없음을 분명히 깨달았다. 그리고 속으로 끝없는 후회감에 빠져들었다. 어릴 적부터 너무 귀엽게만 보아주고 응석받이로 키운 게 잘못이었다. 다 큰 말괄량이를 험악한 강호에 내보내 제멋대로 날뛰며 돌아다니도록 방치해둔 탓으로 이렇듯 엄청난 일을 저지른 것이 아닌가? 그렇다고 이제 와서 어떻게 단속해서 해결될 일도 아니었다. 이 딸년은 어릴 적부터 자기 마음대로 해야만 직성이 풀리는 터라, 만약 아비의 위엄을 내세워 윽박지른다면 자기 말대로 분명 칼로 가슴을 찌르고 자결하고도 남을 성미였다. 그는 저도 모르게 한 모금 장탄식을 토해냈다. 두 눈에서 눈물만 하염없이 흘러내렸다. 이윽고 울음 섞인 목소리가 그 입에서 새어나왔다.

"민민아, 부디 몸조심해라……. 이 아비는 떠나마……. 아무쪼록 매사에 조심해야 한다."

조민은 말없이 고개만 끄덕였다. 부친의 자애로운 얼굴을 한 번 더 우러러보고 싶었으나 감히 그럴 엄두가 나지 않았다.

여양왕이 돌아서더니 천천히 걸어 산 아래로 내려갔다. 좌우 시종들이 탈것을 끌어왔으나, 그는 불현듯 귀머거리 장님이 되어버린 듯 본 척도 들은 척도 하지 않았고 안장 위에 오르지도 않았다. 그렇듯 도보로 100여 척을 내려가던 그가 후딱 돌아서더니 딸을 향해 소리쳐 물었다.

"민민아, 상처는 괜찮겠느냐? 몸에 쓸 돈은 지녔고?"

조민은 눈물을 가득 머금은 채 고개만 끄덕였다. 여양왕이 좌우 측근들에게 분부했다.

"내가 타던 말 두 필을 군주에게 갖다주어라."

"예에!"

시종들이 말고삐를 끌어다 조민 곁에 놓아두더니, 여양왕을 옹위하고 부지런히 산 밑으로 내려갔다.

라마승 여섯 명은 아직도 땅바닥에 웅크려 앉아 있었다. 자기네들 힘으로 어떻게 일어서지 못하는 것이다. 나머지 동료 열댓 명이 다가와 말없이 둘이서 부상자 하나씩 부축해 일으켜서 여양왕 일행 뒤에 따라붙었다.

얼마 안 되어 뭇사람은 다 사라지고, 산등성이 비탈 위에는 조민과 장무기 두 사람만 남았다.

34. 혼례식 날 저 신부는 섬섬옥수로 면사포를 찢어 던졌다네

바로 그때, 마법통이 번개 벼락 치듯 장검을 뽑아 들더니 불문곡직하고 장무기의 목젖을 내찔렀다. "씽!" 하는 칼바람 소리가 울렸다.

"으악!"

칼끝이 바람을 끊고 날아들자, 외마디 비명을 지른 장무기가 상체를 앞쪽으로 불쑥 내밀었다. 칼날을 피하려는 게 아니라 반대로 목덜미를 갖다 대는 자세였다.

"이크!"

이번에는 마법통과 역삼낭이 외마디 실성을 터뜨렸다.

누가 금빛 갈기털 사자를 도륙하려다 살신지화를 입으랴

녹장객이 암습을 가한 그 일장은 공교롭게도 장무기가 라마승 열여덟 명이 구사하는 병체연공에 대처하느라 전심전력을 다 쏟아붓던 순간에 들이닥쳤다. 모든 공력을 정면 대결에만 집중했으니 배후의 울타리는 다 무너져 내린 셈, 몸을 보호하던 호체진기가 상실된 마당에 현명신장의 한독이 거칠 것 없이 침입해 소년 시절 겪은 그 지긋지긋한 고통을 새삼 일깨워놓았다.

장무기가 받은 상처는 실로 가볍지 않았다. 모든 적수가 떠난 후 그는 땅바닥에 주저앉은 채 결가부좌 자세를 취한 다음, 구양진기를 체내에 연속 세 바퀴 회전시키고 웅어리진 핏덩이를 두 모금이나 토해내고 나서야 가까스로 막혔던 숨통이 트이는 듯 후련한 느낌을 받았다. 두 눈을 번쩍 뜨고 보니, 조민이 얼굴 가득 근심 어린 기색을 띤 채 마주 앉아 있었다. 그는 부드럽게 위안의 말을 건넸다.

"조 낭자, 너무 고생을 시켰구려."

"이 마당에 와서도 여전히 '조 낭자'라고 부를 거예요? 나는 이제 조정 사람도 아니고 군주마마도 아니에요. 당신은 아직도 나를 요녀로 여기는 모양이군요?"

장무기가 가부좌하고 있던 두 다리를 펴고 천천히 일어섰다.

"내 한 가지만 묻겠소. 바른대로 대답해줘야 하오. 내 외사촌 누이 아리의 얼굴에 칼질을 한 것은 당신이오, 아니오?"

"난 아니에요!"

"그녀를 바닷물에 내던져 죽이려 한 것은 당신이오, 아니오?"

"난 절대로 아니에요!"

두 번째 물음에 조민이 바락 악을 써가며 대꾸했다.

"그럼 누가 독수를 썼다고 보시오?"

"내 수중에 증거가 없으니 말 못 해요. 사 대협을 직접 만나보세요. 그분이 내막을 알려주실 테니까."

"큰아버님이 다 알고 계신단 말이오?"

"당신 내상은 가볍지 않아요. 아직 치료도 못 하고 있는데 공연한 일로 심기를 흐트러지게 해선 안 돼요. 내 한마디만 하죠. 만약 당신이 그 진상을 밝혀내고 은 소저의 죽음이 확실히 내 소행이란 증거를 잡기만 하세요. 그럼 구태여 수고스럽게 당신 손을 빌릴 것도 없이 나 스스로 당신 보는 앞에서 칼을 물고 자결해서 사죄할 테니까요."

조민의 입에서 못을 때려 박듯 딱 부러지는 말이 나왔다. 태도에서조차 꾸밈이라든가 거짓을 찾아보기 어려워 장무기는 믿지 않고 싶어도 믿을 수밖에 없었다. 이제까지 품어온 생각에 혼란이 일었다. 한참동안이나 깊은 생각에 빠졌던 장무기가 자기 나름대로 이리저리 추측한 것을 털어놓았다.

"아무래도 그 페르시아 사람들이 타고 온 배에 고수가 잠복해 있었던 모양이군. 그자들은 우리가 무인도에 상륙하던 첫날 밤 미약으로 우리 일행을 모조리 혼절시켜놓고 도룡도와 의천검을 훔쳐갔을 거요. 때마침 깨어난 아리에게 들키자 그녀를 해치고 달아났겠지. 무엇보다 먼저 큰아버님을 구출하고 나서 페르시아로 가봐야겠소. 가서 아소에게 물으면 진상을 알려주겠지."

조민은 어처구니가 없는지 입술을 비죽거리며 웃었다.

"아소를 만나보지 못해 안달이 나셨군요. 어떻게 해서든지 핑계를 대서라도 그 아가씨 있는 곳에 가보고 싶어 터무니없는 이유마저 끌어다 대고 있는 거 아닌가요? 그따위 허무맹랑한 꿈일랑 걷어치우고 상처나 치료할 생각부터 하세요. 사실 아소는 너무나 착한 소녀예요. 나도 정말 보고 싶다니까. 그녀 앞에서 진정으로 고맙다는 말을 한마디라도 하고 싶어요."

"고맙다니, 뭐 말이오?"

"아소만큼은 내게 속내를 다 털어놓았으니 고맙지 뭐예요. 그날 영사도 바닷가에서 헤어질 때, 아소는 슬며시 날 한쪽 곁으로 데려가더니 이렇게 말했어요. '조 낭자, 난 이제 아득히 머나먼 페르시아로 떠나지 않으면 안 돼요. 오늘 이후로는 두 번 다시 교주님께 시중을 들어드리지 못하고 돌봐드릴 수도 없어요. 저분은 무공이 뛰어나기는 해도 마음씨가 너무 착해서 남의 술수에 곧잘 넘어가곤 해요. 그래서 앞으로 당신이 잘 돌봐드려야 해요. 난 잘 알아요. 당신이 교주님 마음에 든 분이라는 사실을……. 저분은 차라리 자기 목숨을 버릴지언정 당신만큼은 끝까지 두루두루 평안하게 보호해주실 겁니다.' 이런 말을 들었으니 내 마음이 아주 개운해졌죠. 이날 이때껏 나한테 그런 말을 해준 사람이 한 명도 없었거든요. 나도 그러기를 얼마나 바랐는지 몰라요. 하지만 진짜 그렇게 할 수 있을지는 알지 못했죠. 아소는 내게 그런 말을 해준 첫 사람이었어요. 그런 만치 내 마음속으로 그녀에 대해서 격한 감동을 느낄 수밖에요. 내가 물었어요. '그걸 어떻게 알았어?' 아소는 이렇게 대답했죠. '난 다 아는 수가 있어요. 냉철한 눈으로 곁에서 지켜보고 벌써 오래전부터 알고 있었으니까요. 난 사실 한마음 한뜻으로 교주님의 어린 몸종 노릇을 하고 싶었어요. 영원히, 죽을 때까지 그분 곁에서 시중을 들어드리고 싶었으니까요. 그분께서 당신을 아내로 맞아들인다 해도 나는 그렇게 교주님을 위해드리고 싶었답니다.' 난 정말 아소의 말을 듣고 가슴 벅차도록 깊은 감동을 받았어요."

장무기는 이제 조민의 말을 듣고 있지 않았다. 불현듯 콧날이 시큰해지면서 가슴속 깊숙이 쓰라려오는 아픔을 견딜 수가 없었다. 눈앞에 영롱한 구슬처럼 떠오르는 자그만 얼굴, 감미롭고도 귀여운 아소의 자태가 좀처럼 스러지지 않고 머나먼 하늘가에 아련히 비치는 것이다.

"페르시아 땅에서 평안히 잘 살고 있는지 모르겠군."

장무기는 혼잣말인지 묻는 말인지 저도 모르게 중얼거렸다. 그러나 조민은 대답 대신에 딴 얘기를 끄집어냈다.

"그날 밤 나는 십향연근산에 중독되어서……."

그제야 장무기는 아득한 페르시아 땅으로 달려가 헤매던 상념에서 벗어나 소스라쳐 물었다. 미심쩍은 눈초리가 그녀의 입가를 맴돌았다.

"당신이 십향연근산에 중독되었다니, 어떻게 그럴 수가 있소?"

"내가 중독되지 않았다면 어떻게 남의 손에 의천보검을 빼앗기고 망망대해 깊은 바닷물에 내던져질 수가 있었겠어요?"

"당신도…… 바닷물 속에 내던져졌단 말이오?"

장무기의 두 눈이 휘둥그레졌다. 조민은 고개를 끄덕였다.

"그날 밤, 나는 차가운 바닷물을 뒤집어쓰고 짠물을 몇 모금 좋이 들이켰죠. 덕분에 비위가 뒤집혀 구토증을 일으키고 배 속에 든 독수를 적지 않게 토해낼 수 있었어요. 독기를 쏟아냈더니 띵하게 납덩어리처럼 무겁던 머릿속이 다소 맑아지고 흐리멍덩하던 정신이 번쩍 들었어요. 당신은 모르겠지만, 이래 보여도 난 자맥질 솜씨가 대단해요. 헤엄칠 줄 알았던 게 천만다행이었죠. 물속에 빠져 죽지 않을 수 있었으니까. 하지만 헤엄을 치면서도 마음속은 온통 혼란으로 뒤죽박죽이었어요. 어째서 그랬을까?"

"뭐가 어째서 그랬다는 거요?"

"공연한 말을 덧붙였군요. 그 얘기는 나중에 차차 알게 될 테니까 더 캐묻지 마세요. 아무튼 얼마나 오래오래 망망대해를 표류했는지 몰라요. 다행히도 어선 한 척이 고기를 잡으러 지나가다 날 건져서 구해주었죠. 기진맥진한 나는 몽롱한 의식 속에서 그들더러 무인도까지 도로 데려다달라고 요구할 수도 없었어요. 얼마나 시간이 흘렀는지 모르겠으나 어선이 바닷가에 닻을 내리고 정박했을 때에야 나는 겨우 중원 대륙에 돌아왔다는 사실을 깨달았죠. 배에서 내리기 전, 어부들에게 그 무인도가 어디 있느냐고 물어보았지만, 그들 역시 대답을 못 했어요. 후에 나는 아주 한바탕 크게 앓고 나서야 억지로 몸을 추슬러 일어날 수가 있었죠. 그길로 곧장 대도 왕부로 돌아가 수군 함대에 긴급명령을 내리고 동남방 연안 일대 작은 섬들을 수색해서 당신네들의 행방을 찾아내게 한 거예요."

일장 사연을 다 듣고 난 장무기는 기가 막혀 말이 나오지 않았다. 안타깝다고나 할까 고맙다고나 할까, 뭐라고 형언하기 어려운 착잡한 감정에 휩쓸려 무슨 말부터 해야 좋을지 그저 머릿속이나 눈앞이 아득하기만 했다. 그러나 진정이든 거짓 사연이든 간에 격한 감동을 느끼게 해주기에는 충분했다.

장무기의 감정을 읽었는지, 조민의 입가에 옅은 미소가 감돌았다.

"우리 한시바삐 상처부터 요양해요. 어서 속히 소림사로 달려가야 하니까요."

"소림사엔 가서 뭘 하려고?"

"사 대협을 구해야죠."

이 말에 장무기는 가슴이 덜컥 내려앉았다.

"큰아버님이 소림사에 갇혀 계신 건 확실하오?"

"그동안에 우여곡절이 어떻게 돌아갔는지, 그 까닭은 나 역시 몰라요. 하지만 사 대협이 소림사에 계신 것만큼은 누가 뭐래도 확실해요. 이제 말씀드리죠. 내 부하 가운데 목숨 걸고 소림사에 잠입한 밀정이 하나 있었어요. 물론 오래전부터 승려로 출가해서 소림사 제자가 되었죠. 그동안 소림파의 모든 움직임은 그 부하를 통해 낱낱이 내게 전해지고 있었어요. 사 대협의 소식은 그가 목숨하고 맞바꿔 얻어낸 것이었어요."

"목숨과 맞바꾸다니?"

"그 부하는 사 대협이 소림사에 잡혀 있다는 증거를 내게 보이려고 그분의 머리털 한 줌을 베어냈어요. 그리고 소림사를 빠져나오다가 사 대협을 엄밀하게 지키고 있던 감승監僧들에게 정체가 탄로 나서 집중 공격을 받았답니다. 치명상을 입었죠. 가까스로 포위망을 탈출해서 나한테 달려와 머리털을 전했지만 얼마 못 가서 끝내 죽고 말았어요."

"허어, 참 무서운 일이군!"

장무기는 가슴이 뭉클해지도록 깊은 감동을 받았다. '무섭다'는 말 한마디가 소림사와 같은 용담호혈龍潭虎穴에 밀정을 심어놓은 조민의 기막힌 수완을 칭찬하는 것인지, 성곤의 치밀하고도 악독한 수단에 찬탄한 것인지, 아니면 목숨 던져가며 그 어려운 일을 해낸 밀정의 대담성에 찬사를 보낸 것인지, 쌍방이 아슬아슬하게 쫓고 쫓기던 당시 상황을 머릿속에 그려보고 내뱉는 찬탄인지 장무기 자신도 알 수가 없었다.

"어쩐지 우리 명교 측에서 소림사에 정탐꾼을 보냈는데도 아무 소득이 없다 했더니, 소림사가 그토록 엄밀하게 봉쇄된 탓이었어……으윽!"

감정의 기복이 심해지는 바람에 겨우 가라앉혔던 내식이 흔들려 장무기는 울컥 치밀어 오른 선혈을 억누르지 못하고 한 모금 토해내고 말았다.

"어머나, 빨리 운기하세요! 참 당신도, 얼마나 중상을 입었으면 들뜬 기운마저 가라앉히지 못하는 거예요? 내 이럴 줄 알았으면 얘기하지도 않았을 텐데……."

장무기는 땅바닥에 털썩 주저앉았다. 조민이 부축해서 산비탈 바위에 기대앉혔다. 들뜬 마음을 가라앉히고 고요히 운기 조식에 들어가려 했으나, 양부가 소림사에 잡혔다는 소식을 듣고 심란해진 마음을 시종 진정시킬 도리가 없었다. 가슴만 떨릴 뿐 아니라 목소리마저 떨려 나왔다.

"소림의 신승 공견대사는 큰아버님의 칠상권에 얻어맞고 원적하셨소. 지난 20여 년 동안 소림파 문하인들은 승려와 속가 제자 할 것 없

416

이 위아래 사람들이 그분의 원수를 갚으려고 이를 갈며 큰아버님의 행방을 찾아다녔소. 성곤, 그놈마저 소림사에 출가해 원진이란 법명으로 투신했으니, 그놈의 손에 사로잡히셨다면 소림사로 끌려가셨기 십상이지. 저들 소림파 제자들에게 잡혀 계신 이상 큰아버님의 목숨이 여태껏 붙어 있을 턱이 있겠소?"

"너무 조급하게 단정 내리실 것 없어요. 한 가지 물건만 있으면 사 대협의 생명을 구해드릴 수 있으니까."

"무슨 물건?"

"도룡보도!"

조민의 대꾸 한마디에 장무기는 정신이 번쩍 들었다. 과연! 무림지존 도룡도라면 소림파가 탐낼 만한 보물이다. 수백 년 이래 무림의 영수로 자타가 공인해왔으니, 무슨 수를 써서라도 그 보도를 얻어야만 명실상부 강호 무림계의 우두머리로 행세할 수 있지 않겠는가? 그 칼의 소재를 아는 인물은 세상천지에 양부 사손밖에 없다고 소문이 나 있었다. 저들이 칼을 얻기까지는 함부로 금모사왕에게 해를 가할 리 없었다. 단지 사손이 한바탕 큰 욕을 당할 것은 면할 길이 없겠지만 말이다.

조민이 말을 이었다.

"내 생각으로는 사 대협을 구출하는 일은 아무래도 당신과 나, 둘이서 남몰래 손을 써서 은밀히 추진해나가는 게 좋을 듯싶어요. 명교에 영웅호걸이 많다고는 하지만, 다수로 소림사를 정면 공격해봤자 쌍방간에 사상자만 적지 않게 날 테고, 그 결과 역시 알 수 없을 겁니다. 또 명교 측이 승세를 잡으면 소림파 측은 어떻게 나올까요? 명교의 공세

35. 누가 금빛 갈기털 사자를 도륙하려다 살신지화를 입으랴

를 감당하기 어렵다는 판단이 들면, 사 대협을 가만히 놓아둘 리 없죠. 어쩌면 궁지에 몰린 끝에 하지하책下之下策으로 그분의 목숨을 해칠지도 몰라요."

참으로 주도면밀한 생각이었다. 장무기는 격한 감동을 느꼈다.

"민누이敏妹, 그대 말이 옳소."

민누이는 피붙이 간에 누이동생을 일컫는 말이지만, 젊은 남녀 연인 사이에, 또는 신혼부부 사이에 남편이 아내를 정겹게 부르는 호칭이기도 했다. 장무기에게서 처음 이런 호칭을 듣고 나자, 조민의 마음속은 꿀보다 더 감미로웠다. 장무기가 이제 자신을 남으로 대하는 게 아니라 가장 가까운 여인으로 인정하고 있는 셈이었다. 얼마나 듣고 싶은 한마디였던가? 그러나 부모의 은혜도 저버리고 오누이 간의 정분도 모두 흐르는 물결에 흘려보내 이제는 혈육지친의 관계가 한낱 허사로 돌아간 걸 생각하니 그녀는 서글픈 심경을 금할 길이 없었다.

장무기도 그 심중을 헤아렸다. 하지만 무슨 말로 위로하고 다독거려야 할지 합당한 말이 떠오르지 않았다. 그저 측은한 마음과 안쓰러운 생각만 들 따름이었다.

'이제 이 처녀는 죽을 때까지 한 생애를 내게 의탁했다. 이 깊은 애정, 두터운 뜻을 내 어찌해야 보답할 수 있을지 모르겠다. 지약과 나는 혼인하기로 언약한 사이다. 그것을 또 어떻게 저버릴 수 있단 말인가? 아, 참말 난감한 일이구나! 이제 무엇보다 중요한 것은 어떻게 해서든지 큰아버님을 구해내는 일이다. 그것이 지금 가장 요긴하고 급박한 일이다. 이렇듯 아녀자들에게 얽매인 사사로운 정일랑 당분간 한옆에 접어두고 목전에 닥친 일부터 해결하자.'

생각이 여기에 미치자, 그는 안간힘을 다 써가며 일어섰다.

"자, 우리 이제 떠납시다!"

조민의 고운 이마가 찌푸려졌다. 핏기 한 점 없어 창백하다 못해 죽은 잿빛으로 질린 그 얼굴을 보니 입은 상처가 보통 무거운 게 아니었다. 그녀는 잠시 생각한 끝에 입을 열었다.

"아버님은 날 어여삐 여기고 사랑해주시는 분이니 별로 걱정되지 않아요. 하지만 오라버니는 일단 앙심을 품으면 용서라는 걸 모르는 사람이니까 우리를 그냥 내버려두지 않을 겁니다. 아마 두어 시진도 못 되어 오라버니는 무슨 핑계를 대서라도 아버님 곁에서 떠나, 그분 모르게 따로 부하들을 시켜 우리를 잡으러 올 게 틀림없어요."

장무기는 말없이 고개를 끄덕였다. 왕보보는 조민의 말대로 집요하고 과단성 있는 위험인물이었다. 명교 교주라는 표적을 한번 눈독 들인 바에야 그냥 놓치고 지나갈 리 만무했다. 하물며 이들 두 사람은 모두 중상을 입은 몸인데 쉽사리 손 털고 놓아 보낼 턱이 있겠는가? 장무기는 일어서긴 했으나 망연자실한 기색으로 멀거니 서 있기만 했다. 설령 왕보보의 추격을 벗어난다 하더라도 이런 몸으로 소림사까지 간다는 것은 절대로 불가능했다. 한 걸음 한 걸음 내딛는 곳마다 가시밭길일 테니. 장무기의 허망한 눈길이 먼 하늘가를 헤매기 시작했다.

"무기 오라버니, 우선 위험한 이곳부터 급히 떠나야 해요. 저 산속 깊숙이 숨어 들어가서 어느 정도 상처가 아물거든 다시 방침을 정하기로 해요."

조민이 채근했다. 장무기로서도 그럴 수밖에 없었다. 휘청거리는 걸음걸이로 말고삐를 끌어다 안장 위에 올라타려는 순간, 가슴이 터져

35. 누가 금빛 갈기털 사자를 도륙하려다 살신지화를 입으랴

나갈 듯한 극심한 통증이 밀어닥쳐 한 발로 겨우 등자를 디뎠던 몸뚱이가 맥없이 도로 굴러떨어지고 말았다. 이젠 말안장에도 올라타지 못하는 신세가 된 모양이다. 조민이 성한 팔로 이를 악물어가며 힘껏 떠받쳐준 덕택에 그는 가까스로 말 잔등에 오를 수 있었다. 그러나 조민은 이렇듯 힘을 쓰다 보니 비수로 찌른 앞가슴의 상처에서 선지피가 적지 않게 흘러나왔다. 그녀는 버둥버둥 안간힘을 다 쓴 끝에 말안장 위로 기어 올라가 장무기의 뒤에 걸터앉았다. 여느 때 같았으면 장무기가 거뜬히 부축해 올리곤 했으나, 지금은 반대로 그녀가 양팔로 장무기의 허리에 깍짓손을 끼어 부축하는 모양새가 되어버렸다. 두 사람은 한참 동안이나 가쁜 숨을 헐떡거리던 끝에 비로소 말고삐를 다 풀어주고 조심스레 치닫기 시작했다. 또 한 필의 준마는 주인 없이 텅 빈 안장을 들썩거리면서 홀가분하게 뒤따라왔다.

말 한 필에 함께 타고 비탈진 산길을 내려온 그들은 내친김에 아예 탄탄대로 큰길을 골랐다. 관도에 오르자, 왕보보의 추격대와 마주치지 않을 속셈으로 말 머리 방향을 동쪽으로 꺾었다. 그리고 잠시 뒤에 또다시 샛길로 접어들었다. 호젓한 산길로 말을 몰아가면서 두 사람은 마음이 다소 놓였다. 아무리 세심한 왕보보라 해도 추격대가 이 외진 샛길을 찾아내기 어려우리라 생각한 것이다. 이제 얼마 안 있으면 해가 질 터였다. 날이 어두워지고 산속 깊숙이 틀어박히면 또 다른 전기를 마련할 수 있으리라.

그러나 마음을 놓은 것도 잠시뿐, 갑자기 배후에서 말발굽 소리가 요란하게 울리더니 두 필의 기마가 무서운 속력으로 급히 치달려 왔다. 조민의 꽃같이 어여쁜 얼굴에 핏기가 싹 가셨다. 그녀는 장무기의 허리를 껴안은 채 등에 얼굴을 파묻었다.

"하늘도 무심하시지, 오라버니가 이리도 빨리 뒤쫓아올 줄이야. 끈덕진 그 손에서 벗어나지 못하다니, 참말 우리 명이 모질기도 하군요. 무기 오라버니, 우리 이렇게 해요. 일단 내가 오라버니를 따라 왕부로 돌아가게 허락해주세요. 무슨 방도를 쓰든지 아버님께 간청해서 우리 다시 만날 기회를 찾아보겠어요. 한없이 오랜 세월 헤어져 있더라도 서로 저버리지만 않는다면 우리 언젠가는 만날 날이 있을 거예요."

그녀는 절망 속에서도 장무기를 안심시켰다. 장무기는 그저 씁쓰레하니 웃어 보일 따름이었다.

"딴 사람은 몰라도 당신 오빠는 이 장무기를 놓아 보내려 하지 않을 거요."

말끝이 다 떨어지기도 전에 뒤따라오던 말발굽 소리가 200~300척 거리까지 접근해왔다. 조민은 말고삐를 낚아채어 길 한 곁으로 물러났다. 그러고는 마음을 굳게 다져먹고 품속의 비수를 뽑아 들었다. 추격대와 싸워 이길 승산은 없었지만 요행으로 만회할 여지가 있다면 계략을 써서 탈출할 생각이었다. 그리고 오라비가 장무기를 기어코 죽이려 들 경우, 그녀 역시 함께 죽기로 결심한 것이다.

뒤따라온 기수는 과연 몽골족 병사들이었다. 조민과 장무기는 숨을 훅 들이켰다. "휙!" 하고 먼지구름이 일었다. 그러나 두 몽골 기병은 일행이 탄 말 머리를 스치고 그냥 지나쳤다. 흘끗 눈길 한 번 던져보고 나서 두 사람을 앞질러 달려 나간 것이다.

조민이 안도의 한숨을 토해냈다. '하늘이 돌봐주셨구나! 우리를 추격하는 병사들이 아니라 전혀 다른 부대의 졸병들이었어.'

35. 누가 금빛 갈기털 사자를 도륙하려다 살신지화를 입으랴

그때 앞질러 나가던 몽골 기병 둘이 갑자기 고삐를 당겨 속도를 늦추었다. 그러고는 저들끼리 무슨 말인가 몇 마디 주고받더니 후딱 말머리를 돌려 두 사람 앞으로 치달려 왔다.

"어이, 요 잡놈들! 그 좋은 말 두 필은 어디서 도둑질한 거야?"

텁석부리 몽골 병사 하나가 채찍으로 삿대질을 해가며 호통쳐 물었다.

조민은 속으로 실성을 터뜨렸다. 말투를 들어보니 아버지가 선사한 준마에 눈독을 들인 모양이었다. 일국의 태위 여양왕이 타던 말이라 종자도 순수 혈통의 명마인 데다 금은보석으로 화려하게 꾸민 범상치 않은 안장과 등자까지 보았으니, 마필이라면 제 목숨처럼 아끼는 몽골족이 어찌 마음이 동하지 않을 리 있겠는가? 그녀는 재빨리 속셈을 해보았다. '아버님이 주신 말 두 필이 비록 아깝기는 하다만, 이런 상황에서 저 못된 놈들이 빼앗기로 작심했다면 곱게 내주는 것이 차라리 나을지도 모른다.' 조민은 이렇게 생각하면서 우선 수작을 걸어보았다.

"너희 두 놈은 어느 장군의 부하들이냐? 감히 나한테 이렇듯 무례하게 굴다니!"

그녀는 몽골어로 호되게 질책했다. 느닷없는 호통에 찔끔 놀란 몽골 병사가 곧바로 되물어왔다.

"아가씨는 뉘시오?"

되묻는 목소리에 주눅이 들어 있었다. 두 남녀의 옷차림새가 으리으리한 데다 타고 있는 마필도 범상한 준마가 아니었다. 더구나 처녀의 입에서 유창한 몽골어까지 쏟아져 나왔으니 기가 꺾일 수밖에 없었다.

조민은 저들의 눈치를 봐가면서 천연덕스레 대꾸했다.

"나는 카르부치花兒不赤 장군의 따님이시다! 이분은 내 오라버니고.
여기 오는 도중에 강도를 만나 부상을 입었다."

카르부치 장군으로 말하자면 몽골군 안에서도 뛰어난 용장이요, 부
하 장병들에게 호랑이보다 더 무서운 존재로 알려진 인물이었다. 조민
은 일부러 그 이름을 내세워 겁을 주고 제 발로 순순히 물러가게 하려
고 했다. 그런데 두 몽골 병사가 서로 눈짓을 주고받더니 겁을 먹기는
커녕 도리어 허리를 잡고 껄껄 웃기만 했다.

"마침 잘 걸려들었군, 잘 걸려들었어! 기왕지사 내친김에 요 풋내기
두 연놈의 모가지나 따버리고 가세!"

텁석부리 녀석이 동료한테 한마디 던지더니 허리춤에서 칼을 뽑아
들고 말을 치달려 돌진해왔다. 깜짝 놀란 조민이 호통쳐 꾸짖었다.

"이놈들, 뭣 하는 짓이냐! 카르부치 장군께 말씀드려 네놈들을 사마
분시四馬分屍형에 처하고 말겠다!"

사마분시라면 몽골군의 최고 극형에 속하는 끔찍한 형벌이었다.
군법을 어긴 죄인의 사지를 말 네 필에 각각 나누어 묶어놓은 다음
채찍을 후려쳐 죄수의 팔다리를 순식간에 산 채로 찢어 죽이는 것이
었다.

그러나 텁석부리는 외눈 하나 깜짝하지 않고 표독스러운 웃음을 지
었다.

"카르부치 장군님이라고? 흐흐흐, 그놈은 명교 반란군에게 패전하
니까 우리 졸병들을 마구 쳐 죽여서 분풀이를 했지. 그러다가 어찌 되

었는지 알기나 하느냐? 어젯밤 진중에서 장병들이 한꺼번에 들고일어나서 반란을 일으켰단 말이다. 카르부치, 그 못된 네 아비 녀석은 우리 칼날에 난도질을 당하고 진작 고기 떡이 되어 형체도 없이 죽었어. 그런데 여기서 그놈의 자식들까지 만나게 되다니, 잘됐지 뭐냐! 요것들마저 고기 떡을 만들어줘야겠다!"

텁석부리가 만도를 머리 위로 번쩍 치켜들더니 단칼에 조민부터 두 토막을 내려고 후려 찍었다. 조민은 재빨리 말고삐를 낚아채어 피했다.

"여보게, 고 계집년은 죽이지 말고 살려두게! 꽃같이 예쁘장하게 생긴 걸 그냥 죽여서야 쓰나? 우리 둘이서 한바탕 데리고 놀다가 요절내세!"

또 한 녀석이 중간에 얼른 뛰어들면서 외쳤다.

"그것참 좋은 생각이군! 아주 좋은 생각이야!"

텁석부리 녀석이 눈알을 데굴데굴 굴리더니 휘두르던 칼을 내렸다. 이때 조민의 머릿속에 퍼뜩 떠오르는 게 있었다. 선뜻 안장 위에서 뛰어내린 그녀가 길 곁을 바라고 허겁지겁 도망치기 시작했다. 몽골 병사 두 녀석도 지면에 홀쩍 뛰어내리더니, 놓칠세라 바짝 뒤쫓았다.

"아앗!"

조민이 무엇에 걸렸는지 외마디 비명을 지르면서 고꾸라졌다. 앞장서 뒤쫓던 텁석부리가 옳다 됐구나 싶어 그녀의 몸뚱이를 덮쳤다. 왁살스러운 손길이 등에 닿으려는 순간, 조민은 엎어진 자세 그대로 팔꿈치를 위로 뻗어 올려 그자의 가슴을 힘껏 내질렀다. 무작정 덮쳐 내리던 앞가슴 요혈에 팔꿈치가 정통으로 들어맞았다. 급소를 강타당한 텁석부리가 숨 한 모금 제대로 내쉬지 못하고 눈이 허옇게 뒤집히더니 옆으로 털썩 나뒹굴었다. 뒤따르던 녀석은 동료가 어떻게 당했는지 눈여겨볼 틈도 없었다. 멋모르고 덩달아 덮쳐들던 그자 역시 팔꿈치에 요혈을 찍히고 벌렁 나자빠졌다.

똑같은 수법으로 아슬아슬하게 위기를 모면한 조민이 헐떡헐떡 가쁜 숨을 몰아쉬면서 일어났다. 팔꿈치 연속 찌르기는 여느 때 같았으면 손바닥 뒤집기나 다를 바 없이 쉬운 일이었으나, 지금은 중상을 입은 끝에 허약해질 대로 허약해진 몸이라 숨이 턱에 차고 얼굴은 온통 진땀으로 범벅이 되었다. 억지로 버텨 선 그녀가 이제 막 안장에서 내리는 장무기를 부축해 그대로 땅바닥에 앉히더니 비수를 뽑아 들고 호통쳤다.

"개 같은 놈들! 아무리 졸병이라 해도 천하에 위세 떨치는 몽골군이 하극상을 저지르다니, 이런 짓을 저지르고도 살기를 바라느냐?"

"아이고, 용서해주십쇼!"

몽골군 병사 둘은 팔꿈치에 혈도를 찍혀 상반신이 마비된 채 양손을 꼼짝달싹 못 해도 주둥이하고 아랫도리만큼은 감각이 살아 있었다. 물론 하반신도 저릿저릿 쑤셔대 도무지 견딜 수가 없었다.

"내 칼에 목숨을 버리겠느냐, 살고 싶으냐?"

조민의 호통에 그들은 정신이 번쩍 들었다. 이제 꼼짝없이 죽은 목숨이라 단념하고 있었는데, 뜻밖에도 그런 소리를 들었으니 한 가닥 살길이 엿보이는 것 같았다.

"아이고, 아가씨! 목숨만 살려주십시오. 카르부치 장군님은 소인네가 죽인 게 아닙니다. 절대로 소인네들이 손을 쓴 게 아닙니다!"

"좋다, 내가 시키는 대로 한 가지 일만 해주면 너희 그 개 같은 목숨을 살려주마."

"합죠! 하고말고요! 그저 분부만 내려주십시오. 뭐든지 시키는 대로 하겠습니다."

조민은 자기네 두 사람이 타고 온 준마를 가리켰다.

"너희 둘이서 저 말 두 필을 타고 동쪽으로 급히 치달려라. 하룻밤 하루 낮 안에 반드시 300리 바깥으로 나가야 한다. 빠르면 빠를수록 좋다. 절대로 시각을 어겨서는 안 된다! 알겠느냐?"

몽골군 병사 둘이서 멀뚱멀뚱 마주 바라보았다. 하루 열두 시진 이내에 300리 바깥으로 달려 나가기만 하면 목숨을 건질 수 있다니, 그것도 준마 두 필까지 공짜로 얻지 않는가? 장군의 따님께서 시킨다는 일이 이렇듯 기막히게 좋은 심부름일 줄이야 꿈에도 생각지 못한 것이다. 그들은 혹시 자기네들을 놀리다 죽이려고 반대로 말하는 게 아닌지 몰라 잔뜩 겁먹은 기색으로 다시 한번 애걸했다.

"아가씨, 소인들이 아무리 간덩어리가 크기로서니 아가씨의 말을 어떻게 타겠습니까? 놀리지 마시고 그저 목숨 하나만 용서해주십······!"

조민이 그 말을 중도에서 가로채며 말했다.

"살고 싶으면 시키는 대로 해라! 일이 너무 긴박하니 어서 빨리 저 말 두 필에 한 놈씩 올라타라. 가는 도중에 누가 묻거든 이 준마를 장터에서 샀다고 대답해야 한다. 그리고 우리 두 사람을 봤단 말은 절대로 해선 안 된다. 네놈들의 생김새는 내 단단히 기억해두었으니까 훗날 내 눈에 다시 뜨였다가는 그길로 저승 행차를 하는 줄 알아라!"

그래도 몽골 병사 두 녀석은 반신반의로 미덥지 못한 기색이었다.

하지만 조민이 계속 다그치자 당장 그 자리에서 비수에 찔려 죽느니 일단 말을 타야겠다고 결심했다. 이윽고 두 다리로 딱 버텨 선 그들이 허리를 구부렸는가 싶더니 날쌘 동작으로 하반신을 뒤채어 안장 위에 올라탔다. 몽골인은 태어나서부터 말 잔등에서 자라온 몸이라, 두 팔은 뻣뻣이 마비되어 고삐를 잡지 못했으나 두 다리만으로 말을 모는 것쯤이야 식은 죽 먹기였다. 마상에 오른 그들은 혹시나 조민이 변덕을 부려 딴소리할까 봐 처음에는 눈치를 봐가며 20~30척 거리를 천천히 몰아가더니 두 다리로 말 배때기를 잔뜩 조이고 준마를 휘몰아 질풍같이 동쪽으로 사라져갔다.

"아주 기막힌 계략을 짜냈구려. 당신 오라버니가 추격대를 풀었다면 저 녀석들이 탄 준마를 보고 우리가 동쪽으로 달아난 줄 알겠지. 자, 그럼 우리는 어느 쪽으로 가야 좋겠소?"

장무기가 흐뭇한 기색으로 묻자, 그녀는 한마디로 대꾸했다.

"물론 서남쪽으로 가야죠."

두 사람은 몽골군 병사가 남겨두고 간 전마戰馬를 끌어다 올라탔다. 그러고는 이번만큼은 관도를 따라가지 않고 거친 들판 길만 골라 서남쪽으로 향했다.

탄탄대로를 벗어나 일부러 거친 들판 길에 들어섰으니 온통 험준한 바위투성이에 가시나무까지 무성하게 뒤엉킨 산길뿐이었다. 두 필의 전마를 번갈아 타고 갔지만 말 다리는 가시에 찢기고 날카로운 바위 모서리에 채여 선혈이 낭자했다. 가파른 언덕을 오르면서 절뚝절뚝 다리를 절던 짐승은 입으로 거품마저 내뿜기 시작했다. 한 시진에 겨

35. 누가 금빛 갈기털 사자를 도륙하려다 살신지화를 입으랴

우 20리밖에 나아가지 못하는 지루하고도 험난한 여로였다. 해 저물녘 두 사람은 산허리 굽이에서 밥 짓는 연기가 모락모락 피어오르는 것을 발견했다.

"저기 인가가 있는 모양이오. 우리 잠자리를 빌려 하룻밤 쉬었다 갑시다."

"잘됐군요!"

두 사람은 반가워하며 말을 재촉했다.

커다란 나무 그늘 속에 누른빛으로 칠한 담장 모퉁이가 나타났다. 민가가 아니라 절간이었다.

조민은 장무기를 부축해 안장에서 내린 다음, 길바닥에 떨어진 가시나무 한 가지를 주워 말 볼기를 두어 차례씩 후려쳤다. 느닷없이 매를 맞은 전마 두 필은 비명을 길게 지르면서 오던 길로 되돌아 횅하니 치달려 사라져갔다. 오라비 왕보보의 추격대를 따돌리느라 가는 곳마다 속임수를 써서 판단을 흐리게 만든 것이다.

조민과 장무기 두 사람은 서로 몸을 맞대어 의지한 채 절간 대문 앞으로 다가섰다. 대문 위에는 '호국사護國寺'란 편액이 높다랗게 걸려 있었다. 조민이 먼저 문고리를 잡고 두세 차례 두드렸다. 안에선 아무런 응답이 없었다. 한참을 기다리다가 또다시 문고리를 두드렸더니 그제야 마지못한 듯 인기척이 나더니 음산한 목소리가 들려왔다.

"사람이냐, 귀신이냐? 강시殭屍라도 왔단 말이냐?"

대문이 삐거덕삐거덕 조심스레 열리고 문짝 뒤에 사람의 그림자가 나타났다. 어슴푸레 땅거미가 질 무렵인 데다 석양을 등지고 서서 얼굴 모습은 알아볼 수 없었으나, 대머리에 승복 차림새를 보아하니 스

428

님인 것만은 분명했다. 장무기는 공손히 읍례를 건네고 간청했다.

"저희 남매가 여행길에 강도를 만나 몸에 중상을 입었습니다. 이 사찰에 하룻밤 묵어가게 스님께서 자비를 베풀어주시면 고맙겠습니다."

그러자 스님이 대뜸 콧방귀를 뀌며 매정하게 문전 축객을 했다.

"흥! 출가승은 절간에 아무도 들이지 않는다네. 다른 데로나 가보시게!"

"제발 하룻밤만……."

"안 된다니까!"

스님은 두말도 하기 싫다는 듯이 문을 닫으려 했다.

"잠깐만!"

조민이 돌아서는 스님을 다급하게 불러 세웠다.

"남에게 선심을 베푸시면 보답이 없다고 말씀드릴 수는 없죠. 가는 정이 있으면 오는 정도 있다고 하지 않습니까?"

"무슨 보답?"

"이걸 드리죠."

조민은 제 손으로 귓불을 더듬더니 진주가 박힌 귀고리 한 쌍을 떼어 스님의 손바닥에 얹어놓았다.

스님이 손바닥에 놓인 귀고리 한 쌍을 찬찬히 들여다보았다. 귀고리 한 개마다 새끼손톱만큼씩이나 굵은 진주알이 박혀 있었다. 값진 보물이 분명했다. 그제야 다시 한번 나그네들의 행색을 요모조모 뜯어보더니 대문을 활짝 열고 한 곁으로 비켜주었다.

"좋소, 오는 정이 있으면 가는 정도 있어야겠지. 자, 어서 들어오시게나."

429

조민이 장무기를 부축하고 절간으로 들어섰다. 스님은 두 사람을 인도해 대웅전과 안뜰을 가로질러 동쪽 끄트머리 곁방으로 데려갔다.

"여기서 편히 쉬시게."

방 안에는 등잔 불빛 하나 없이 깜깜했다. 조민이 잠잘 데를 더듬어 보니 침상에는 짚으로 짠 거적 한 장 달랑 깔렸을 뿐 이부자리 따위는 없었다. 이때 바깥쪽에서 걸쭉한 목소리가 물어왔다.

"학郝 사제, 누굴 데리고 들어왔는가?"

"나그네 둘이 하룻밤 묵으러 왔소."

대답 한마디 던지고 방문턱을 넘어서려는 스님을 조민이 다시 불러 세웠다.

"스님, 밥이 있거든 두 그릇하고 채소 반찬이라도 한 접시 보시하세요."

"흥! 출가인은 시방세계 두루 돌아다니며 얻어먹기나 하지, 남한테 보시하는 법이 없다네!"

한마디 퉁명스레 뱉어내곤 휘적휘적 가버렸다.

"저런 괘씸한 땡추 녀석 봤나! 무기 오라버니, 배가 몹시 고프죠? 이럴 줄 알았다면 먹을 걸 좀 마련해 가지고 왔을 텐데."

이때 안마당에서 갑작스레 불빛이 번쩍거리더니 두런대는 인기척과 발걸음 소리가 어수선하게 들려왔다. 어림잡아 일고여덟 명이 다가오는 기척이었다. 곧이어 방문이 활짝 열리고 촛대를 높이 치켜든 승려 둘이 나그네 두 사람의 얼굴을 비춰보았다.

장무기가 흘끗 보았더니, 꺽다리에 땅딸보 승려가 모두 여덟이었다. 굵다란 눈썹, 부리부리한 왕방울 눈매, 얼굴과 목덜미에 온통 근육이

불끈 돋아나고 하나같이 왁살스러운 생김새가 선량하고 자비로운 불
문 제자의 상판이라곤 하나도 없었다.

만면에 주름살투성이의 노승이 먼저 입을 열어 물었다.

"당신들 몸에 금은보석 진주를 지니고 있지? 그걸 이리 다 내놓으
시게."

그러고는 다짜고짜 염치없게 손바닥부터 내밀었다.

"그건 뭘 하시게요?"

조민이 묻는 말에 노승은 빙글빙글 웃어가며 천연덕스레 대꾸했다.

"허허, 두 분 시주께서 여기 오신 것도 다 부처님 연분이지. 마침 우
리 절간이 다 낡아서 수리 좀 할까 했는데 돈이 없어 걱정하던 참이었
소. 산문山門도 수리해야 하고 부처님 법신法身에 금박을 다시 입혀야겠
고……. 그러니 두 분께서 몸에 지닌 금은보화로 보시를 좀 하시구려.
만약 인색하게 내놓지 않으신다면 보살님께 죄를 짓고, 또 그러면 일
이 골치 아프게 될 거외다."

조민이 바락 성을 냈다.

"그건 날강도 짓이 아니고 뭐예요?"

"하하, 업보로다, 업보야! 우리 여덟 형제는 당최 살인 방화를 생업
으로 삼던 강도들이었소이다. 근자에 마음 고쳐먹고 부처님의 제자가
되기로 작심했지. 부처님 말씀에도 '살생하던 칼을 내려놓으면 그 자
리에서 부처가 된다放下屠刀 立地成佛' 하지 않았소? 그래서 얼렁뚱땅 중
노릇 좀 하던 판인데, 두 분 시주께서 연분이 있어 제 발로 찾아드신
거요. 이제 겨우 마음을 좀 잡았다 싶었는데……. 허어, 참! 살찐 양고
기를 보니까 옛날 생각이 도로 나는군. 아무래도 수행이 부족해서 육

근청정六根清淨*을 못 한 탓인가 보구려."

장무기와 조민은 대경실색하고 말았다. 겨우 목숨 건져 찾아든 곳이 떼강도 여덟이 승려로 가장하고 도사린 소굴이었다니, 정말 기막힐 노릇이 아닌가? 더구나 이 늙은 땡추가 하는 말투에 숨김없이 자기네 정체를 솔직히 다 털어놓는 걸 보면 아예 손님들을 다 죽여버리기로 작심한 게 분명했다. 살려 보낼 것 같으면 결코 자기네 비밀을 툭 털어놓을 까닭이 없을 테니 말이다.

또 한 녀석이 징그럽게 웃음을 흘렸다.

"여시주는 두려워할 것 없소. 우리 여덟 형제도 중 노릇은 하지만 명색이 남자니까, 여기 살면서 마누라 노릇을 좀 해주시구려. 절간에 여주인 되실 분이 없어서 걱정하던 참이었소. 생김새가 꽃처럼 아리땁고 달덩이처럼 복스러운 상이 진짜 관세음보살께서 속세에 강림하신 듯 싶구려. 요렇게 아름다운 미녀 앞에선 우리 속물들은 둘째로 치고 석가여래 부처님도 마음이 동하시지 않겠나? 아주 잘됐어, 잘됐고말고! 하하하!"

조민은 그 말을 못 들은 척 무시해버리고 품속에서 금화 여덟 덩이와 진주 목걸이를 선뜻 풀어 탁자 위에 놓았다.

"이걸 다 가져가요! 우리 오누이도 무림계 사람들이니까 여러분 역시 강호의 도리는 지켜주시겠죠?"

---

* 불교 용어로, 인간이 갖춘 여섯 가지 감각기관. 즉 눈·코·귀·혀·몸의 촉감, 자유의지 곧 인식 작용을 육근六根이라 하는데, 이는 번뇌를 일으키는 근원이요, 수행을 방해하는 도적이라 하여 '육적六賊'이라고도 부른다. 육근청정은 이 여섯 가지 감각이 지닌 더러움을 버리고 심신이 온갖 공덕으로 맑고 깨끗해지는 것을 말한다.

노승이 빙글빙글 웃으며 실눈을 가늘게 뜨고 물었다.

"호오, 두 분 시주가 무림계 인사들이라…… 그것참 더욱 잘되었구면. 그래, 어느 문파 출신들인가?"

"소림 제자들이죠."

조민은 한마디로 내처 대꾸했다. 그녀가 소림 제자를 자처한 데는 나름대로 이유가 있었다. 이들 여덟 명의 강도가 소림 출신은 아니라 해도 호국사란 절이 소림사 근처에 자리 잡았으니 말사末寺일 수도 있었다. 그렇다면 친구 중에 승려든 속가 제자든 소림파 계열의 인물과 연관이 있어주었으면 하고 일말의 희망을 걸어본 것이다. 그러나 조민의 이런 희망은 산산조각이 나고 말았다. 늙은 승려가 험상궂은 얼굴에 흉포한 눈빛을 띠었기 때문이다.

"소림 제자라고? 흥! 너희들 잘못 걸렸구나. 하고많은 방회 문파 중에서 하필이면 소림 출신이란 말이냐? 이리들 오너라! 오늘이 너희 연놈들 제삿날이다!"

늙은 승려가 선뜻 손길을 내뻗어 조민의 팔목부터 잡아끌려 들었다. 조민이 손을 움츠리자 노승은 허방을 잡고 말았다.

정세는 위급하기 짝이 없었다. 장무기도 당혹스러워 어쩔 바를 몰랐다. 자신과 조민은 중상을 입은 몸이었다. 이 상태에선 여덟 명이 아니라 단 한 놈도 거꾸러뜨릴 수 없었다. 그는 기가 막혔다. 지난 몇 년 이래 무림계에서 명성 높은 인물로 관록을 쌓아왔는데, 그런 자신이 오늘 삼류 잡배도 못 되는 좀도둑들의 손에 목숨을 잃게 되다니 이럴 수가 있단 말인가? 하지만 지금은 그런 위신을 따질 때가 아니었다. 누가 뭐래도 두 눈 멀거니 뜬 채 조민이 욕을 당하는 꼴은 보고만 있을 수 없었다. 그는 벽에 기대앉은 채 크게 소리쳤다.

"민누이, 내 뒤에 돌아와 숨어요. 내가 저 좀도둑 여덟 놈을 처치할 테니까."

아무리 지략과 계교가 뛰어난 조민이라 해도 이렇듯 궁지에 몰리고 나니 속수무책이었다. 그녀는 하릴없이 노승에게 질문을 던져보았다.

"당신들은 어디 출신이죠?"

"우린 소림사에서 쫓겨난 반역도들이야. 그러니까 다른 문파 친구라면 강호의 도리를 보아서 사정을 봐주겠지만, 소림 제자 놈들이라면 죽여 없애지 않고는 못 배기지. 이봐, 젊은 아가씨. 우리 저 아우님이 본래 아가씨 하나만큼은 살려두어서 이 절간지기 부인으로 삼아놓고 우리가 교대로 기분 풀이나 해볼까 했는데, 소림 문하 제자라는 사실을 알게 된 이상 그렇게 할 수가 없군. 우선 그 야들야들한 몸뚱이나 실컷 주물러주고 저승으로 보내야겠어. 소림 제자라면 산 입 하나 남겨두지 않고 몽땅 씨를 말려버릴 테니까."

이때 장무기가 그 말끝을 가로챘다.

"그렇군, 이제야 알겠어. 당신들 모두 원진대사의 부하들이지? 안 그렇소?"

착 가라앉은 목소리로 묻는 말에 노승이 흠칫 놀라 "엇?" 하고 외마디 소리를 질렀다.

"이것 봐라, 네가 그걸 어찌 아느냐?"

눈치 빠른 조민이 옳다 됐구나 싶어 얼른 그 말을 받았다.

"우리도 지금 소림사로 올라가는 길이거든요. 진우량 형님을 만나 뵙고 원진대사를 소림사 방장 스님으로 추대할 계획을 전하러 가는 길이었어요."

"호호, 그랬는가? 잘된 일이야, 잘된 일이지! '우리 여래 부처님께서 중생을 두루 건져주러 오시도다! 我佛如來 普渡衆生' 어떤가?"

"아무렴 이르다마다요. 우리 모두 합심 협력해서 큰일 한번 이룩해야죠."

조민도 능수능란하게 맞장구를 쳤다. 그런데 말끝이 떨어지기 무섭게 여덟 명의 땡추가 한꺼번에 허리 잡고 웃음보를 터뜨리는 게 아닌가!

"우하하하! 으하하핫!"

가까스로 꼬투리를 잡고 잘나가는 듯싶더니 폭소 한바탕에 물거품이 되고 말았다.

조민과 장무기, 두 남녀는 몰랐다. 물론 이 여덟 명이 원진과 진우량의 일당이라는 사실만큼은 제대로 짚었다. 강호의 하류 잡배들을 진우량이 끌어모아 원진의 문하 제자로 삼은 것은 확실했다. 원진은 앞서 육대 문파를 책동해 광명정 포위 공격전에 끌어들였으나 결국 아무런 효과도 보지 못하고 실패로 돌아가자, 나중에 조민과 계획을 짜서 소림파의 공문 방장과 공지대사를 비롯한 원로 고수들을 사로잡아 대도로 끌고 갔다. 하지만 그 간계마저 장무기의 활약으로 대사를 망쳐버리자, 소림사 안에서 일을 벌여놓고 자신이 방장 지위에 오를 계략을 추진했다. 그러기 위해서는 자신의 세력을 크게 확장해야 할 필요가 있었다. 원진은 진우량을 시켜 사방 천지에서 인재들을 규합해 문하생으로 받아들였다. 다만 소림사의 계율이 너무나 엄격하고 정밀했다. 그래서 제자 한 사람을 받아들일 때마다 계율을 집행하는 감사監寺

의 세밀한 조사를 받고 출신 내력이 온당치 못하거나 불투명한 인물은 가차 없이 쫓겨나곤 했다. 이 때문에 원진은 자기 음모에 맞춰 부려먹을 만한 충분한 세력을 좀처럼 확보하지 못해 고민하기 시작했다.

그러자 진우량이 또 다른 편법을 썼다. 진우량은 각 지방에 산재한 조무래기 방회 문파 소속 호걸들과 산적, 수상 강도를 가리지 않고 받아들여 소림사 밖에서 원진과 만나게 주선했다. 불한당 같은 난폭자들이 일개 노승을 보았으니 시비를 걸 수밖에. 하지만 원진의 무공 실력이 얼마나 깊고 정교한가? 길들여지지 않은 이 강호의 불한당 난폭자들은 원진의 공격 단 일초 만에 두려움을 품고 무릎을 꿇기에 이르렀다. 진우량의 손에 이끌려온 무림계 인사들은 흑백정사黑白正邪를 떠나서 모두 명문 정파 소림의 위세와 명망을 흠모하고 있었고, 원진의 신공절기까지 보았으니 앞다투어 제자가 되기를 자청할 수밖에 없었다. 그들 가운데 적지 않은 사람이 당초 몸담고 있던 방회 문파를 배반할 생각이 없었으나, 그런 자가 떠나려 할 때마다 원진은 가차 없이 죽여 입막음을 해버렸다. 따라서 오랜 세월 간악한 모략을 추진해왔으면서도 끝끝내 들통 나지 않았던 것이다.

원진의 제자들은 소림사에 투신하지 않고도 사찰 주변에 수백 명이 잠복해 신분을 감추고 적절한 때가 오면 일제히 스승 원진의 명을 받아 큰일을 저지르도록 만반의 준비를 갖추고 있었다. 이들은 서로 만나는 일이 적었으나, 피차 미리 암호를 정해놓고 일당끼리 신분을 확인하면서 긴밀하게 연락을 취했다. 방금 늙은 승려가 조민에게 던진 그 말 한마디도 암호였다.

'우리 여래 부처님께서 중생을 두루 건져주러 오시도다.'

미리 정해진 대꾸 암호는 이러했다.

'꽃피어 부처님 뵈오니 마음속이 곧 영산일세花開見佛 心卽靈山.'

조민은 이 늙은 승려가 원진의 제자임을 스스로 인정하자, 이내 원진이 소림 방장의 자리를 노리고 소림사 주변에 은밀히 세력을 배치해놓은 사실까지 추리해냈다. 하지만 그들 사이에 미리 정해진 암호를 귀신이 아니고서야 어떻게 알 수 있겠는가? 아니나 다를까, 이들의 신분이 거짓임을 간파한 땡추 여덟 명은 폭소를 터뜨려 비웃은 것이다.

"부늱 형님, 우리 사부님께서 방장 자리에 오르실 것이란 소문을 요 계집년이 어디서 들었을까요? 이건 중대한 문제니까 주리를 틀어서라도 실토하게 해야 합니다."

뚱뚱보 땡추 한 놈이 노승에게 조민을 문초하자고 의견을 냈다. 머리 깎고 승려 행색을 차렸으면서도 '형님, 아우' 하고 부르는 꼬락서니가 영락없는 산적 패거리였다.

그들이 웃음보를 터뜨렸을 때 장무기도 순간적으로 일이 잘못되었음을 깨달았다. 현명신장 한독에 중상을 입은 후로 체내의 진기가 전혀 응축되지 않았으나, 이 절박한 위기를 맞아서 그냥 앉은 채로 당할 수만은 없었다. 그는 심신을 가다듬고 억지로나마 다시 한번 체내의 진기를 모아보려고 애쓰기 시작했다. 뜨거운 진기는 체내 구석구석 여기 한 덩어리, 저기 한 덩어리씩 갈라진 채 좀처럼 경맥을 따라서 돌아가지 않았다. 이제 눈앞에선 늙다리 땡추 화상의 다섯 손가락이 조민을 움켜잡으려고 쏜살같이 뻗어나가고 있었다. 막아낼 기력이 없는 조민이 궁여지책으로 침대 밑으로 움츠려 피했다. 다급해진 장무기는 두 다리를 똬리 틀고 앉아 다시 한번 운기를 시도했다.

35. 누가 금빛 갈기털 사자를 도륙하려다 살신지화를 입으랴

'더도 덜도 말고 그저 2~3할 정도의 공력만 회복해다오! 그것만으로도 이 여덟 놈의 불한당 녀석은 내 상대가 안 된다. 어서, 제발 뭉쳐주려무나!'

뚱뚱보 땡추가 장무기를 보았다. 그럴듯하게 가부좌를 틀고 앉아서 거드름을 피우는 걸 아니꼽게 여겼는지 대뜸 호통쳐 꾸짖었다.

"요놈의 자식, 당장 죽을지 살지도 모르는 판에 무슨 가부좌냐? 에잇, 거치적거려 안 되겠군! 이 어르신네가 한 주먹에 네놈부터 서천 극락세계로 보내주마!"

뒤미처 팔뚝에서 "우두둑!" 소리가 나더니 세찬 주먹질 한 대가 장무기의 앞가슴을 강타했다.

"아얏!"

조민의 입에서 째질 듯 날카로운 비명이 터져 나왔다. 하나 그다음 순간, 일격을 가한 뚱뚱보 녀석의 팔뚝이 축 늘어지더니 고리눈을 딱 부릅뜨고 그대로 선 채 꼼짝달싹하지 않았다.

"여보게, 아우! 왜 그러나?"

늙다리 화상이 깜짝 놀라 어깨를 잡아 흔들었다. 손길이 닿기가 무섭게 뚱뚱보의 몸뚱이가 맥없이 스르르 기울더니 그 자리에 털썩 쓰러지고 말았다. 어느새 죽었는지 숨결마저 끊겼다.

"이크, 저런!"

동료 패거리의 입에서 경악성이 터졌다. 우르르 뚱보 녀석 앞으로 몰려든 나머지 일당 일곱이 시체를 보고 놀라움과 분노에 못 이겨 왁자지껄 고함을 지르기 시작했다.

"요 녀석이 요술을 부렸다! 사술邪術이야!"

엄청난 뚝심이 얹힌 뚱보의 일격은 사나운 기세로, 그리고 정확히 장무기의 전중혈膻中穴에 들어맞았다. 장무기의 구양신공은 적을 공격하기엔 아직 모자랐다. 그러나 호신하기에는 넉넉했다. 신공은 상대방이 후려 때린 주먹 힘을 도로 튕겨냈을 뿐만 아니라, 그 공격력이 체내에 응집되지 않고 흩어져 있던 구양진기를 순간적으로 격발시켜 활력을 불어넣기에 이르렀다. 결국 뚱보의 일격은 구양신공의 반탄력에 도로 튕겨나가면서 제 몸으로 되돌아가 주인을 즉사하게 만든 것이다.

늙다리 화상은 장무기의 가슴 어딘가에 독화살이나 독을 바른 바늘이 장치되어 있어 동료를 중독시켜 죽였다고 믿었다. 그렇다면 가슴을 피하고 다른 부위를 공격해야 했다. 눈길이 닿은 곳은 장무기의 찢겨진 옷자락 사이로 드러난 어깻죽지였다. 늙다리 화상은 더 생각해볼 것도 없이 일장을 어깻죽지에 후려쳤다. 팔뚝을 부러뜨려놓고 나서 천천히 요절낼 심산이었다. 강력하고도 사나운 일장이 장무기의 어깨머리에 떨어져 내렸다. 장력이 살갗에 닿는 순간, 또다시 구양진기를 격발시켰다. 호체신공을 건드렸으니 성할 리가 없었다.

"으와아……!"

늙다리 화상의 몸뚱어리가 시위를 벗어난 화살처럼 뒤로 날아가더니 창문틀을 "와장창!" 때려 부수면서 바깥으로 사라졌다. 곧이어 "우지끈!" 하는 둔탁한 소리와 함께 앞마당에 우뚝 선 느티나무 둥치를 들이받고 머리통이 박살 나고 말았다.

나머지 여섯은 눈을 허옇게 까뒤집고 미친 듯이 아우성을 지르면서 장무기에게 덤벼들었다. 한 놈은 주먹으로 관자놀이 태양혈을, 또 한 놈은 두 손가락을 뻗어 쌍룡창주雙龍搶珠 초식으로 장무기의 눈알을 후

35. 누가 금빛 갈기털 사자를 도륙하려다 살신지화를 입으랴

벼 파려고 대들었다. 그리고 또 한 녀석이 발길질을 날려 단전을 냅다 걷어찼다. 장무기는 먼저 눈을 감은 채 자라목을 움츠려 이마로 그 손가락을 받았다. 어디 마음껏 찔러보라는 무방비 자세였다. 순식간에 방 안은 아수라장이 되었다.

"우당탕퉁탕! 따악, 우지끈!"

촛불까지 꺼져 캄캄절벽 어둠 속에서 온갖 둔탁한 소리가 연거푸 울렸다. 제일 먼저 장무기의 관자놀이를 주먹으로 내지르던 땡추와 눈알을 후벼 파려던 땡추, 그리고 발길질하던 녀석이 연달아 구양신공의 반탄력에 충격을 받고 죽었다. 세 번째 발길질로 걷어찬 땡추는 힘줄기가 너무나 강한 탓에 오른쪽 넓적다리뼈가 통째로 부러져 나갔다. 그리고 다시 무거운 정적이 찾아들었다. 누군가 불을 밝히자 촛불 아래 이리저리 널브러진 시체 세 구가 처참한 모습을 드러냈다. 주먹으로 제 이마뼈를 부순 놈, 남의 눈알을 후비려던 손가락으로 제 목줄기를 꿰뚫은 놈, 그리고 넓적다리뼈와 함께 척추까지 뒤틀려 꺾인 참상이 눈에 들어오자, 나머지 세 녀석은 그만 혼비백산하고 말았다. 눈 깜짝할 사이에 다섯 동료가 즉사한 것이다. 이들은 혹여 뒤질세라 서로 상대방을 밀쳐가면서 앞다투어 방문을 빠져 달아났다.

한편에서는 장무기가 느긋한 표정으로 몸을 추스르고 있었다. 방금 세 번째 땡추가 걷어찬 발길질이 단전에 들어맞으면서 웅크려 있던 체내의 진기 덩어리가 충격을 받고 극심하게 소용돌이치더니, 오른쪽 반신 경맥 곳곳을 꿰뚫고 거침없이 나돌기 시작한 것이다. 그는 속으로 흐뭇함을 이기지 못하면서도 아쉬운 생각에 입맛을 다셨다.

'못된 놈의 땡추 녀석이긴 하지만, 너무 일찍 죽어 야속하구나. 내 단전에 발길질 몇 번만 더 해주었더라면 공력을 되찾는 데 큰 도움이 되었을걸. 그리고 보니 내 상처가 무겁기는 해도 원상을 회복하기는 그리 어렵지 않겠다. 한 열흘이나 보름쯤 휴식을 취하면 잃어버린 공력을 모조리 되찾을 수 있겠어.'

꽁무니 빠지게 절간 대문 밖까지 한달음에 도망쳐 나가던 세 녀석은 장무기가 뒤쫓아오는 기척이 없자, 그제야 발을 멈추고 서서 쑥덕공론을 벌였다.

"그놈이 사술을 부렸어!"

"아닐세, 내가 보기에 사술 같지는 않아. 그놈의 내공이 지독스러워 반탄력으로 튕겨 사람을 죽인 거야."

"그 말이 옳네! 시비곡직은 따져볼 것도 없이 그놈의 손에 죽어간 형제들의 복수나 해주세."

한참 동안 쑤군대다 한 녀석이 불쑥 의혹을 제기했다.

"고놈의 상처가 여간 무겁지 않은 모양이야. 멀쩡한 몸이라면 왜 뒤쫓아 나오지 않겠는가?"

"그렇군, 걷지도 못할 만큼 다쳤어. 방금 우리 다섯 형제는 주먹질 발길질로 두들겨패다가 그놈의 내공이 너무 강해서 반탄력에 튕겨 죽지 않았는가? 우리 병기를 가져다 후려 찍고 베고 찔러 죽이세. 설마 제까짓 녀석의 몸뚱이가 진짜 동근철골銅筋鐵骨로 빚어진 것은 아니겠지?"

한바탕 쑥덕공론을 마친 셋이 제각기 방으로 들어가 병기를 한 자루씩 찾아 들고 나왔다. 한 녀석은 기다란 장창을, 한 녀석은 칼날이 넓적한 대도를, 또 한 녀석은 장검을 뽑아 들고 안마당을 가로질러 돌

35. 누가 금빛 갈기털 사자를 도륙하려다 살신지화를 입으랴

아왔다.

방 안은 쥐 죽은 듯 고요했다. 부서진 창틀 사이로 들여다보니 젊은 녀석은 여전히 침상 위에 똬리 틀고 앉아 있었다. 피로에 지친 기색이 역력한 채 금방이라도 침대 밑으로 굴러떨어질 것처럼 휘청거렸다. 곁에서 처녀가 손수건으로 이마에 맺힌 땀방울을 닦아주느라 바빴다.

셋은 서로 눈짓을 주고받았다. 한꺼번에 들이치자는 신호였다. 그러나 막상 뛰어들 용기가 없어 공연히 창칼을 휘두르면서 고래고래 악을 쓰기 시작했다.

"요 풋내기 놈아! 배짱 있거든 바깥으로 썩 나오너라. 이 어르신네들하고 딱 300합만 싸워보자!"

"제까짓 놈이 무슨 재주가 있겠나? 기껏해야 요사스러운 수법으로 사람이나 해칠 줄 알겠지. 어린놈이 요술을 부리다니, 하류 잡배가 아니고서야 그따위 장난질을 누가 치겠어? 염치없는 녀석!"

아무리 악을 쓰고 온갖 지저분한 욕설을 다 퍼부어도, 방 안에서는 젊은 녀석이 침상 아래 내려서는 기척도 없고 대꾸 한마디 나오지 않았다. 그러자 셋이서 번갈아가며 차마 듣기 거북한 말만 골라 악담을 퍼부었다. 불문 제자들 가운데 음담패설을 잘하는 이가 없지 않다지만, 이들 세 스님의 걸쭉한 입담을 능가할 사람은 아마 없을 터였다.

장무기와 조민은 잠자코 못 들은 척했다. 성을 내지도 않았다. 이제 두 사람에게 가장 큰 걱정거리가 있다면 세 놈이 동료들의 복수를 하겠답시고 방 안으로 뛰어드는 게 아니라, 겁을 집어먹고 그대로 뺑소니쳐 달아나 두 번 다시 돌아오지 않을까 하는 점이었다. 여기서 숭산 소림사까지는 거리가 별로 멀지 않았다. 이 땡추 녀석들이 소림사로 달려가 자기네 스승인 원진에게 고해 바치기라도 하는 날이면 그야말로 만사 끝장이다. 장무기의 상처는 적어도 열흘이 걸리지 않고선 도저히 회복될 수 없었다. 그사이에 성곤이 달려오는 것은 둘째로 치고, 하다못해 이류급 고수 한두 명만 오더라도 당해낼 도리가 없을 것이다. 천만다행히도 이들 세 명은 도망쳤다가 이내 되돌아왔다. 문밖에서 마구잡이로 듣기 거북한 욕설을 퍼붓고 있지만, 장무기는 오히려 그 욕설이 흥겨운 가락으로 들릴 지경이었다. '오냐, 실컷 떠들어라!' 그리고 제발 덕분에 셋이서 모조리 방 안으로 뛰어들기나 하면 오죽이나 좋으랴 싶었다.

장무기는 방금 다섯 명의 땡추중에게 연속 다섯 차례나 습격을 받고 이제 체내의 구양진기가 몇 군데 응결되기 시작하는 것을 느낌으로 알고 있었다. 비록 공력을 발출해서 적에게 상처를 입히기는 어렵더라도 마음은 앞서처럼 그렇게 놀라거나 당황스럽지 않았다.

아니나 다를까, 지성이면 감천이라더니 그 정성이 통한 모양이었다.

"꽈당!"

문짝을 사납게 걸어차는 소리에 뒤미처 휑하니 열린 방문 안으로 승려 하나가 뛰어들었다. 서슬 푸른 창날이 번쩍거리고 붉은 술이 파르르 떨리는 가운데 장창 한 자루가 스님의 수중에 들려 있었다. 적의 손에 병기가 들린 것을 발견한 조민이 외마디 실성을 터뜨렸다.

"아이고머니!"

급히 손에 잡고 있던 비수를 장무기에게 넘겨주었으나, 그는 고개만 내저을 뿐 받지 않았다. 그 역시 예상이 빗나가 속으로 비명을 지르고 있었다. 맨주먹 발길질을 하는 줄 알았더니 병기로 무장하고 들이

35. 누가 금빛 갈기털 사자를 도륙하려다 살신지화를 입으랴

닥칠 줄이야 생각하지 못한 것이다. 조민이 다시 한번 비수를 건네려 했으나 역시 고개를 저었다. 수중에 기력이라곤 한 점도 없는데 병기가 있다 한들 어떻게 대적할 수 있으랴?

공격 자세를 갖춘 승려의 창끝이 원을 그리면서 번개 벼락 치듯 찔러들었다. 창날과 창대 사이에 축 늘어졌던 붉은 술이 활짝 펼쳐지는 순간, 창끝은 이미 장무기의 가슴팍으로 찔러들고 있었다. 창끝을 내지르는 속도도 빨랐지만, 조민의 두뇌 회전 역시 그 못지않게 빨랐다. 그녀는 전광석화처럼 내뻗은 손길이 장무기의 품속에서 물건 한 개를 끄집어냈다. 페르시아 세 사자가 마지못해 남기고 간 성화령이었다. 그녀는 성화령을 쥐자마자 창끝이 겨눈 방위에 따라 잽싸게 장무기의 앞가슴에 갖다 댔다. "땅!" 하고 경쾌하고도 예리한 쇳소리가 울렸다. 창끝은 정확하게 성화령 겉면을 찍었다. 의천보검의 예리함으로도 베어내지 못한 성화령인데, 보통 쇠붙이로 벼린 창끝 따위로 찔러봤자 흠집 한 군데 날 턱이 없었다. 그러나 창끝으로 내지른 일격의 힘이 또다시 장무기의 체내 구양신공을 격발시켰다. 호체신공이 발동하면서 저절로 우러난 반탄력은 곧바로 상대방에게 충격을 안겨주었다.

"으아아!"

그저 들리는 것은 길게 토해내는 처참한 비명 소리뿐이었다. 팅겨진 창대 끝이 반대로 주인의 가슴에 박혀 들어간 것이다.

창잡이가 미처 땅바닥에 쓰러지기도 전에 두 번째 땡추가 뛰어들었다. 그러고는 숨 한 모금 돌릴 겨를도 없이 손에 들린 한 자루 단도가 장무기의 정수리를 후려 찍어 내리고 있었다. 단칼에 수박 쪼개듯 머리통을 두 토막 내버릴 기세였다.

조민은 성화령 한 개만으로 무서운 칼날을 막아내지 못할까 봐 얼른 품속에서 또 한 자루 성화령을 꺼내기가 무섭게 양손에 하나씩 갈라 쥐고 장무기의 정수리 위에 포개놓았다. 간발의 차이도 용납하지 않은 진짜 위기일발의 순간에 이루어진 대응 동작이었다.

"쩡!"

또 한 차례 날카로운 금속성이 울리고 났을 때, 반탄력에 튕겨진 칼날이 되돌아가면서 칼등으로 제 주인의 이마뼈를 후려쳐 박살 냈다. 그러나 조민의 왼쪽 새끼손가락도 무사하진 못했다. 내려친 서슬에 손가락 끝마디를 날려 보낸 것이다. 위급한 처지에서 경황이 없던 터라 그녀는 아픔조차 느끼지 못했다.

장검을 든 세 번째 땡추중이 방 안에 막 들어서려다 두 동료가 거의 동시에 죽어 넘어지는 광경을 목격했다. 혼비백산하도록 놀란 그는 짐승처럼 비명을 지르면서 오던 길을 되돌아 절간 바깥으로 정신없이 도망치기 시작했다.

"저놈 잡아요! 놓쳐선 안 돼!"

고함은 장무기에게 쳤으나, 그녀의 손에 들린 성화령 한 자루가 먼저 부서진 창문 바깥으로 날아가고 있었다. 성화령은 곧바로 그자의 등줄기에 들어맞았다. 하지만 힘줄기가 전혀 실려 있지 않아 맥없이 툭 떨어지고 말았다.

"다시 던져요!"

이번에는 장무기가 그녀의 몸을 감싸 안으면서 고함을 쳤다. 가슴속에 한 방울 한 방울씩 엉겨 붙기 시작한 진기를 모조리 그녀의 등줄기 심장 부위로 쏟았다. 조민의 왼손에서 또 한 개 남은 성화령이 날아

445

갔다. 첫 번째 것을 얻어맞고 두세 걸음도 떼놓기 전에 도망자는 두 번째로 등 한복판을 정통으로 얻어맞았다.

"우억!"

도망자가 미친 듯이 피를 토하면서 앞으로 털썩 고꾸라졌다. 몸을 피할 수 있는 담장 모퉁이를 눈앞에 두고 아깝게도 목숨을 잃어버린 것이다.

두 번째 성화령이 손아귀를 벗어나는 순간, 장무기와 조민은 동시에 까무러쳐 서로 껴안은 채 침상 아래 바닥으로 굴러떨어졌다. 마지막 한 방울 기력까지 고갈되고 만 것이다. 방 안에는 이미 승려 여섯의 시체가 나뒹굴고, 안뜰에도 두 사람이 죽어 널브러졌다. 혼절한 두 사람은 질편한 피바다 속에 쓰러진 채 움직일 줄 몰랐다.

황량한 산중 외진 절간은 삽시간에 정적이 감돌았다. 차디찬 달빛이 허공을 교교히 비추고 어쩌다 한바탕 소슬바람이 "쏴아!" 하고 나무숲을 흔들어놓고 지나칠 뿐, 인간이 서로 목숨을 빼앗고 빼앗기던 무서운 살기와 긴장은 이제 어디로 사라졌는지 흔적조차 없었다.

아주 오랜 시간이 흐른 뒤에야 조민이 먼저 깨어났다. 아직도 몽롱한 의식 속에서 본능적으로 손을 뻗어 장무기의 코끝 숨결부터 더듬었다. 호흡은 미약하지만 그래도 평온함을 잃지 않은 채 유장하게 들락거리고 있었다. 그녀는 휘청거리는 몸뚱이를 겨우 일으켜 침상 위로 장무기를 안아 올리려 했다. 하지만 기력이 없었다. 하는 수 없이 사내의 몸뚱이를 뒹굴려 바로 누이고 죽은 시체를 베개 삼아 머리에 받쳐주었다. 그러고 나서 자기도 시체 더미 한가운데 털썩 주저앉아 쉴 새 없이 가쁜 숨을 몰아쉬었다.

또 한참이 지났다. 촛불도 다 녹아 꺼지고 캄캄한 어둠 속에서 부스럭대는 기척이 나더니 장무기의 몸뚱이가 꿈틀하고 움직였다. 이제야 정신을 차리고 눈을 뜬 것이다.

"민누이, 당신…… 어디 있소?"

조민이 대답 대신 화사한 미소를 지어 보였다. 부서진 창문으로 한 줄기 맑고도 싸느란 달빛이 비쳐들었다. 두 사람이 서로 상대방의 얼굴을 바라보니 온통 피투성이였다. 보기만 해도 무서운 모습이었으나 저승의 문턱에서 빠져나온 목숨들이라 두렵다기보다 이루 말할 수 없이 사랑스러운 느낌만 들었다. 두 남녀는 누가 먼저랄 것도 없이 양팔을 벌려 와락 껴안았다. 서로 죽음의 신령이 잡아가지 못하게 하려는 듯 단단히 포옹한 채 바위처럼 굳어졌다.

이제 둘을 해칠 사람은 없었다. 격렬한 싸움 끝에 두 남녀는 구사일생으로 목숨을 건졌다. 안마당과 골방, 도합 일곱 구의 시체가 질펀한 피바다 속에 그들은 엎어져 있었다.

앞서 이들 일곱 명을 죽일 때만 해도 장무기는 한 방울의 힘도 쓰지 않았다. 오로지 일방적으로 공격해오는 상대방의 힘을 역이용해서 물리쳤을 뿐 아니라, 오히려 체내의 진기마저 격발시키는 원동력을 얻을 수 있었다. 그러나 마지막 한 사람을 거꾸러뜨리기 위해 성화령을 내던졌을 때 장무기와 조민은 원기를 크게 상하고 말았다. 두 사람은 서로 부여안은 채 죽은 자들의 무더기 한복판에 몸을 누였다. 이제는 탈진한 기력이 회복될 때까지 조용히 기다리는 수밖에 없었다. 조민은 왼손 새끼손가락의 상처를 헝겊으로 싸매고 나서 어렴풋이 잠 속으로 빠져들었다. 두 남녀는 다시 움직일 줄 몰랐다. 그러나 이번에는 혼절이 아니라 깊은 안식에 잠겨들었다.

"민누이!"

이튿날 정오 무렵, 장무기는 눈을 뜨자마자 조민을 찾았다. 그녀는 피바다 속에서도 혼곤히 잠든 채 깨어나지 않았다. 칼날에 베인 새끼 손가락은 헝겊에 싸맨 그대로 핏덩이로 엉겨 붙어 있었다.

장무기는 일어나 앉아서 가부좌를 틀고 운기 조식에 들어갔다. 반 시진 남짓 기를 고르고 났더니 정신이 다소 떨쳐졌다. 침대 모서리를 붙잡고 억지로 몸을 일으키다 보니 배 속에서 꼬르륵꼬르륵 소리가 났다. 더듬더듬 부엌을 찾아 나갔다. 부뚜막 아궁이에 걸린 무쇠솥이 눈에 들어오자 엊저녁 밥 짓는 연기를 떠올리고 허겁지겁 끌어내다 뚜껑을 열었다. 탄내가 물컥 코를 찔렀다. 한 솥 가득 담긴 밥이 절반 은 새까맣게 숯덩이가 되고 나머지 절반도 탄내가 견딜 수 없었지만 그나마 누룽지로 성하게 남았다. 그는 솥째 들고 방으로 돌아왔다. 어 느새 깨어났는지 그녀 역시 침상 위에 걸터앉아 손가락 상처를 다시 매만지고 있었다.

"이것밖에 없구려."

멋쩍은 기색으로 밥솥을 통째 보여주는 장무기에게 그녀는 미소로 화답했다.

"어엿하신 명교 교주님하고 조정의 군주마마하고 오늘 이렇듯 낭패 스러운 꼬락서니를 하고 있는 것을 하늘이 알고 땅이나 알까? 또 당신 과 나나 알까? 세상 사람들 눈에 뜨였다가는 아마 기절초풍해서 나자 빠질 거예요."

두 사람은 마주 보고 웃었다.

그것은 세상에 어떤 진수성찬보다 더 맛있는 음식이었다. 두 사람은 체면 불고하고 맨손으로 누룽지 밥을 움켜서 입에 틀어넣었다. 젊은이들의 왕성한 식욕은 곁에 죽어 널브러진 시체 더미 속에서 피비린내를 맡고도 역겹게 느껴지지 않았다. 한솥밥이 거의 바닥날 무렵이었다. 멀리서 아련하게 말발굽 소리가 들려왔다.

흠칫 놀라는 조민의 손에 들려 있던 무쇠 밥솥이 바닥으로 떨어졌다. 겁난劫難이 아직도 끝나지 않은 것이다.

조민과 장무기는 서로 얼굴만 멀뚱멀뚱 마주 바라보았다. 두 가슴 속 심장박동이 쿵쾅쿵쾅 두방망이질하기 시작했다. 귓전에 들려오는 말발굽 소리는 도합 두 필이었다. 이윽고 두 필의 말이 절간 대문 앞에서 우뚝 멈춰 서더니, 곧이어 누군가 문고리를 두드리는 소리가 네 번 울렸다. 잠시 사이를 두고서 또 한 차례 문고리 두드리는 소리가 났다. 역시 네 번이었다.

"어쩔까?"

장무기가 그녀에게 속삭여 물었다. 그런데 미처 대답도 듣기 전에 대문 바깥에서 누군가 큰 소리로 고함쳤다.

"상관上官 셋째 형님 계시오? 나요, 진로오秦老五가 왔소!"

조민의 이마에 주름살이 잡혔다.

"어차피 저자들은 대문을 부수고라도 들어올 거예요. 우리 여기서 죽은 척 엎드려 있다가 기회를 봐서 손쓰기로 하죠."

장무기는 말없이 고개만 끄덕였다. 두 사람이 시체 더미 속에 머리를 파묻고 엎드리자마자, "꽈당!" 하는 소리가 요란하게 울리더니 절간

35. 누가 금빛 갈기털 사자를 도륙하려다 살신지화를 입으랴

대문짝이 부서져 나가는 기척이 뒤를 이었다. 단 일격에 육중한 대문 빗장을 부러뜨렸다면 찾아온 손님의 뚝심도 어지간할 터였다. 그 소리를 듣고 조민은 퍼뜩 한 가지 꾀가 떠올라 곁에 엎드린 장무기에게 귀띔을 했다.

"당신, 저 방문 곁에 가서 엎드려 있어요. 그리고 저자들이 들어오거든 도망치지 못하게 퇴로를 막아요."

장무기가 다시 고갯짓을 끄덕이고 엉금엉금 기어서 문지방 옆으로 옮겨갔다.

"이크, 이게 뭐냐?"

"아이고, 이런!"

바깥마당에서 놀라는 소리가 두 번 울리더니 곧이어 병기를 꺼내 드는 쇳소리가 들렸다. 보나 마나 안뜰에 널린 시체를 발견하고 경계 태세를 취한 게 틀림없었다.

"쉿, 조심! 적의 암습을 방비하게."

소곤대는 소리 한마디를 끝으로 바깥은 다시 잠잠해졌다. 그러나 한동안 경계를 해도 인기척이 없자, 손님들은 조바심이 나는지 이번엔 큰 소리로 고함을 질렀다.

"어이, 친구들! 귀신처럼 숨어서 무슨 꿍꿍이수작을 하는 거야? 그래가지고 영웅호걸 행세를 하겠나? 어디 배짱 있거든 이리 썩 나와서 어르신네하고 죽기 살기로 한판 붙어보자고!"

쩌렁쩌렁 울리는 걸쭉한 목청에 기력이 철철 넘쳤다. 일격에 대문 짝을 때려 부순 그 뚝심 좋은 역사力士가 분명했다. 연거푸 몇 번 소리쳐도 반응이 없자 맥 풀린 목소리로 투덜거렸다.

"놈들이 벌써 달아났구먼, 젠장!"

뒤미처 쉰 목소리가 들려왔다. 같이 뛰어든 동료였다.

"진씨 형님, 사방 주변을 한번 둘러봅시다. 방심했다가는 적의 흉계에 빠져들지도 모르니까요."

"음, 그도 좋겠군. 수노제壽老弟, 그럼 자넨 저쪽으로 뒤져보게. 난 이쪽 반대로 돌아갈 테니까."

"아니, 안 돼요. 적의 인원수가 많을지 모르니까 둘이서 함께 다니면서 뒤져보는 게 좋겠네요."

아무래도 수씨 성을 가진 녀석은 겁이 나는 모양이었다. 진씨가 못마땅한지 혀를 끌끌 찼다.

"원, 겁도 많기는…… 잔소리 말고 저쪽으로 가게!"

이윽고 발걸음 소리가 살금살금 두 사람이 있는 쪽으로 다가왔다.

"어이쿠!"

수씨가 외마디 소리를 질렀다.

"왜 그러나?"

진씨가 화닥닥 놀라 달려왔다.

"저…… 저 안에도 죽은 사람이……."

수씨의 쉰 목청이 와들와들 떨려 나왔다. 진씨는 두 사람이 엎드려 있는 방 안으로 머리통을 쑥 들이밀고 훑어보았다. 좁디좁은 단칸방에 시체들이 어수선하게 널려 있었다.

"아니, 이건…… 우리 절간 형제들 아냐? 어쩌다 한꺼번에 떼죽음을 당한 거야? 도대체 어떤 놈들 손에 이 지경으로 몰살당했는지 모르겠군!"

35. 누가 금빛 갈기털 사자를 도륙하려다 살신지화를 입으랴

진씨는 그래도 뚝심깨나 있는 친구라 대담하게 할 말을 다했다.

"지…… 진씨 형님……! 우리 어서 절간으로 돌아갑시다. 빨리 가서 사…… 사부님께…… 알려야죠."

잔뜩 겁먹은 수노제의 목소리가 말더듬이처럼 뚝뚝 끊겨나왔다.

"으음…… 하지만 사부님은 우리더러 한시바삐 청첩장을 전하라고 분부하셨네. 자칫 잘못해서 늦었다가는 '도사 영웅대회屠獅英雄大會'가 열리는 9월 9일 중양절重陽節까지 오지 못하는 분도 있을 거야. 그랬다가는 사부님이 우릴 그냥 두실 듯싶은가? 그 죄, 감당하기가 만만치 않지!"

방 안에서 저들의 대화를 엿듣던 장무기는 도사 영웅대회란 말 한마디에 가슴이 덜컥 내려앉았다. '사자를 도살하는 모임'이라니, 그 사자가 누구란 말인가? '금모사왕!' 순식간에 추리해낸 장무기는 뜻밖의 소식에 놀라움과 기쁨, 부끄러움과 분노가 한꺼번에 치밀어 올랐다. '그렇구나, 이놈들의 스승이 만천하 영웅들을 초청해놓고 그들 면전에서 양부의 목숨을 보라는 듯이 끊을 계획이구나. 중양절, 그날이 오기 전까지 금모사왕의 목숨에는 별탈이 없으리라.' 그러나 간악한 도배들의 손에 얼마나 심한 수모를 겪을 것인가를 생각하니 불효막심한 자신이 그저 원망스럽기만 했다. 생각할수록 치밀어 오르는 분노에 몸을 떨면서 그는 두 주먹을 움켜쥐었다. 손에 힘이 솟구치고 칼이 들려 있으면 이 간악한 놈들을 단칼에 요절내버릴 터인데, 마음만 앞설 뿐 그러지 못하는 자신의 형편이 원망스럽기만 했다. '오냐, 이놈들! 이리 들어오기만 해봐라. 간밤에 한 것처럼 나갈 길을 틀어막고 구양진기의 반탄력으로 모조리 처치해버리고야 말 테다!' 장무기는 속으로 빌고 또 빌었다. 제발 덕분에 이놈들이 눈치채고 도망치지 않는다면 오죽이나 좋을까.

아니나 다를까, 우려한 대로 두 녀석은 방 안에 시체가 즐비하게 널린 것을 보고 좀처럼 들어설 기미를 보이지 않았다.

"진씨 형님, 이렇게 큰일이 났는데 빨리 사부님께 고해야 할 게 아닙니까?"

"그럼 이렇게 하세. 우리 둘이서 일을 분담하세. 나는 이 길로 청첩장을 전하러 떠날 테니까, 자넨 절간으로 돌아가 사부님께 알려드리게. 어떤가?"

하나 수씨란 친구는 대답을 않고 우물쭈물 망설였다. 아무래도 소림사까지 돌아가는 도중에 적과 마주칠까 봐 걱정되는 기색이었다.

그러자 진씨가 버럭 울화통을 터뜨렸다.

"이런 멍청한 작자 봤나! 대체 뭐가 무섭다고 벌벌 떠는 거야? 그럼 자네 마음대로 하게! 청첩장을 전하러 갈 텐가, 아니면 절로 돌아가겠는가?"

수씨는 면박을 당하고 나서도 한참 동안 주저하더니 마침내 절간으로 돌아가는 것이 낯선 길보다 안전하다고 판단을 내렸다.

"형님이 먼저 분부하신 대로 따릅죠. 제가 산으로 돌아가서 사부님께 여쭙겠습니다."

"겁쟁이 녀석 같으니!"

진씨는 한마디 윽박지르고 돌아서서 휘적휘적 대문 바깥으로 나가버렸다. 수씨 친구도 뒤따라 문턱을 넘어섰다.

방 안에서는 두 사람이 다급해졌다. 절대로 이들을 그냥 떠나게 내버려둘 수 없었다. 조민이 무슨 생각을 했는지 갑자기 몸을 꿈지럭거리면서 나지막하게 신음 소리를 냈다.

"끄응, 으흐흐!"

앞서거니 뒤서거니 대문을 나서던 두 친구가 기겁을 해서 뒤돌아보았다. 휑하니 열린 문짝을 통해 들여다보이는 방 안에서 피투성이 시체 하나가 꿈틀거렸다.

진씨가 놀란 가슴을 가라앉히고 대담하게 성큼성큼 다가왔다. 때맞춰 조민은 다시 한번 꿈틀꿈틀 움직였다. 자세히 들여다보더니, 웬걸! 온몸에 피 칠갑을 한 여자 하나가 몸부림을 치고 있는 게 아닌가?

"이것 봐라, 여자 아냐? 누굴까?"

진씨가 혼잣말로 중얼거리더니 방 안으로 선뜻 들어섰다. 담보 작은 수씨도 덩달아 들어섰다. 시체로 알았던 사람이 여자인 데다 중상을 입고 숨이 꼴딱 넘어가기 직전의 형국이라 두려운 생각이 없어진 모양이었다. 진씨의 솥뚜껑만 한 손바닥이 여자의 어깨를 잡아 젖혔다. 바로 그 순간이었다.

"어흠!"

갑자기 방문 곁에 엎어졌던 시체 하나가 헛기침 소리와 함께 벌떡 일어나 앉았다. 등 뒤에서 느닷없는 인기척이 나는 바람에 기절초풍한 두 사람은 저도 모르게 외마디 소리를 지르면서 뒷걸음질했다. 진씨가 후딱 고개 돌려 바라보니, 얼굴은 온통 시뻘건 피투성이에 두 눈을 반쯤 내리감은 남자 시체 하나가 두 다리를 틀고 앉아서 마주 쳐다보는데, 그야말로 무시무시한 저승사자 악귀가 나타난 형국이었다.

"으악, 저건 강시야! 원통하게 죽은 강시가 저승에 가지 못하고 떠돌다가…… 산 사람 넋을 뽑으러 나타났구나! 혀, 형님, 조심하십시오. 잡히면 죽습니다!"

수씨는 혼비백산해서 엉겁결에 개구리 뜀질하듯 풀쩍 침상 위로 뛰어오르더니, 그때부터 와들와들 떨기 시작했다.

"대낮에 강시가 나타나다니! 이 진로오가 네놈을 무서워할 줄 알았더냐? 에잇!"

진씨가 대갈일성을 터뜨리면서 칼을 번쩍 들어 사정없이 내리쳤다. 장무기는 벌써부터 성화령 두 개를 쥐고 있다가 재빨리 정수리에 겹쳐 얹었다.

"땅!"

무지막지한 뚝심으로 내리친 칼날이 성화령을 후려 찍기 무섭게 다시 튕겨 오른 칼등은 주인의 이마에 정통으로 부딪쳐 박살 냈다.

"으아악!"

외마디 비명 소리와 함께 산산조각 부서진 두개골과 뇌수가 사면팔방 흩뿌려지면서 몸뚱이는 뒤로 벌렁 나가떨어졌다. 즉사한 것이다.

절반쯤 내리감은 '강시'의 눈길이 침상 쪽으로 돌아갔다. 손에 귀두도鬼頭刀 한 자루를 들고 입을 딱 벌린 채 수씨는 침상 위에서 몸이 얼어붙은 듯이 꼼짝달싹하지 않았다. 그저 공포에 질려 툭 불거져 나온 두 눈망울로 멍청하니 '강시'를 넋 빠지게 바라보기만 할 뿐이었다.

장무기는 그가 어서 내려와 칼부림을 하기만 기다렸다. 그럼 구양진기의 반탄력으로 이 녀석마저 거뜬히 처치해버릴 수 있을 터였다. 수씨란 녀석도 생각은 마찬가지, 용기를 내어 칼부림을 하고는 싶었으나 몸이 말을 듣지 않았다.

시간은 자꾸만 흘러갔다. 이윽고 기다리다 지친 조민이 마침내 소리를 빽 지르고 말았다.

"이런 얼빠진 녀석 봤나!"

조바심 끝에 소리를 지르고 나서 그녀는 아차! 후회했다. 이 겁쟁이 녀석이 칼을 내던져버리고 창문으로 뛰어 도망치는 날이면 만사 끝장 아닌가?

그런데 조민의 호통 소리가 충격을 주었는지, 침상 위에 있던 녀석은 북풍 한설 찬 바람에 사시나무 흔들리듯 마구 떨기 시작했다. 위아래 이빨끼리 딱딱 마주치는 소리마저 요란하게 울렸다.

"철그렁!"

수중에 들고 있던 귀두도가 힘없이 침상 아래로 툭 떨어지면서 맑은 쇳소리를 냈다.

상대방이 이러니 장무기도 어쩔 도리가 없었다.

"배짱이 있거든 날 단칼에 찍어다오. 아니면 주먹으로 한 대 후려치든지."

"소…… 소인은…… 배…… 배짱이 없습니다요. 어찌 감히 어르신네한테 손찌검을……."

"그럼 발길질로 날 한 대 걷어차주게."

"어이구, 아, 안 됩니다. 못하고말고요!"

상대방이 끝까지 못 하겠다니 장무기는 그만 짜증이 났다.

"이런 바보 멍텅구리 봤나! 저놈보다 더 처참하게 죽기 싫거든 어서 그 칼을 집어 들고 날 찍어라. 날 쳐 죽이는 솜씨가 괜찮으면 네놈의 목숨 하나만큼은 살려줄 수도 있어."

"예에, 예……!"

수씨는 목숨을 살려준다는 말에 용기가 나서 얼른 방바닥에 떨어뜨린 귀두도를 주워 들었다. 그러고는 허리를 펴고 일어서는데 눈에 뜨인 것이 하필이면 끔찍스럽게 박살 난 진씨의 머리통이었다. 그는 다시 맥이 탁 풀리고 말았다. 모처럼 용기를 내어 잡았던 칼자루도 다시 떨어졌다. 아무래도 이 강시의 법력이 너무 뛰어나게 강했다. 끔찍한 저승사자에게 걸려들었다고 생각하니 이제는 그저 애걸복걸 목숨만 살려달라고 비는 수밖에 딴 도리가 없어, 그 자리에 무릎 꿇고 이마가 터지도록 쉴 새 없이 땅바닥을 짓찧기 시작했다.

"강시 어르신네, 제발 목숨만 살려주십시오! 원통하게 돌아가신 건 제 탓이 아닙니다요. 저는 조금 전에 왔지 않습니까? 이렇게 싹싹 빌테니 제발 덕분에 날 잡아가진 말아주십시오!"

조민은 부아가 치밀었다. 이 바보 멍텅구리가 자기네 두 사람을 아예 죽은 귀신 취급을 하는 게 싫었던 것이다.

"흥! 무림인 가운데 이따위 멍청이가 다 끼어 있다니, 정말 한심하구나!"

"예에, 예! 그러고말고요! 저는 멍텅구리고 정말 바보 천치올시다!"

그는 얼른 등 뒤로 돌아앉았더니, 이번에는 조민을 향해 그칠 새 없이 이마를 조아리고 절을 했다. 조민은 그저 한숨밖에 나오지 않았다. 겁을 먹었든 힘이 빠졌든 간에 당사자가 손을 쓰지 않는 바에야 어쩔 방법이 없는 것이다.

장무기가 퍼뜩 무슨 생각이 들었는지 엄한 소리로 호통쳐 불렀다.

"이리 가까이 오너라!"

35. 누가 금빛 갈기털 사자를 도륙하려다 살신지화를 입으랴

"예, 예!"

수씨는 엉금엉금 기어서 장무기 앞에 바짝 다가와 무릎 꿇고 앉았다. 장무기는 두 손가락을 뻗어 그의 눈동자를 더듬었다.

"우선 네놈의 눈알부터 파내야겠다!"

"으악!"

또다시 혼비백산한 그는 엉겁결에 장무기의 양어깨를 있는 힘껏 떠밀었다. 비록 보잘 것은 없어도 장무기가 얼마나 고대하던 힘줄기였는가? 수씨가 본능적으로 떠미는 힘을 되받는 순간, 얼굴을 더듬던 장무기의 손길이 아래쪽으로 미끄러져 내리더니 좌우 젖가슴 안쪽의 신봉혈神封穴과 그 아래 보랑혈步廊穴 두 군데를 보기 좋게 찍어버렸다.

"아이고, 나 죽는다!"

느닷없이 혈도를 찍히자, 수씨는 앞으로 털썩 엎어졌다. 당장 온 몸뚱이의 맥이 나른하게 풀리고 구석구석 안 쑤시는 데가 없으니 영락없이 죽는 줄 알고 고래고래 악을 써가며 애원하기 시작했다.

"살려주십시오! 강시 어르신네, 제발 나 좀 살려주십쇼! 아이고머니, 제발…… 이크, 이런! 강시가 아니라 산 사람일세! 휴우, 이젠 살았다. 죽은 귀신이 아니니까 더 잘됐군요! 나리, 제발 이 한목숨만 용서해주십시오!"

이제야 상대방이 죽은 강시가 아니라 산 사람인 줄 알아차린 수씨는 애걸복걸 빌면서도 한편으로는 마음이 놓였다. 살아 있는 인간이라면 자기를 무턱대고 저승으로 끌어가지는 않을 테니까 우선은 절반쯤 살아난 셈 아닌가?

한 곁에서 조민은 속셈을 해보았다.

'무기 오라버니가 다행히도 차력타력 수법으로 이 녀석의 혈도를 찍기는 했으나 그 힘줄기가 너무 약하다. 일시적으로 팔다리를 못 쓰게 마비시켜놓기는 했어도 폐쇄된 혈도는 곧 저절로 풀릴 것이다. 그때 가선 여간 골치 아픈 게 아니리라. 미욱한 황소도 한 번 빠진 구덩이에 두 번 다시 발을 내딛지 않는다던데, 아무리 멍청한 녀석이기로서니 똑같은 수법에 또 당할 리가 없지 않은가? 더구나 이 녀석의 입을 통해 소림사 측 상황에 대해서 알아낼 것도 많다. 그 점을 생각해서라도 당장 죽여버릴 수는 없다. 우선 목숨을 붙여놓고 구슬려보기로 하자!'

일단 결심을 한 조민이 눈앞에서 정신없이 데굴데굴 구르는 수씨를 향해 으름장을 놓았다.

"너는 저 어르신에게 사혈死穴을 찍혔다. 어디 숨 한 모금 크게 들이켜보겠느냐? 왼쪽 갈빗대 모서리가 뜨끔할 거다."

수씨가 그 말대로 숨을 한 모금 들이켰다. 그랬더니 왼쪽 갈비뼈 몇 대가 뜨끔해지고 욱신욱신 결려왔다. 그는 당장 얼굴빛이 새파랗게 질렸다.

"사람 살려! 사람 살려!"

이제는 애걸복걸 정도가 아니라 고래고래 비명을 질러댔다. 가슴속 기혈이 일시적으로 막히면 으레 나타나는 증상인 줄이야 그가 알 턱이 없었다.

"목숨이 아까우냐? 그럼 내가 살려주랴? 금침으로 사혈을 풀어놓으면 되지. 하지만 너무 귀찮구나."

조민의 말 한마디에 그는 눈이 번쩍 뜨였다. 마구 뒹굴면서 악을 고래고래 지르던 수씨는 조민 앞으로 기어가서 이마로 방바닥을 쿵쿵 소리가 나도록 짓찧었다.

"어이구, 아가씨! 아무리 귀찮으시더라도 제발 한 번만…… 꼭 한 번만 해주십시오! 소인 목숨을 구해주신다면 소나 말이 되어서라도 무엇이든지 시키는 대로 다하겠습니다!"

"흐흠, 그렇게 할 테냐? 좋다, 내 살려주지! 밖에 나가서 벽돌 한 개 주워오너라. 아무튼 너같이 생겨먹은 강호 인물도 난생처음 보았구나."

"예에, 예!"

수씨가 황망히 대꾸하더니 비틀비틀 일어서서 앞마당으로 나가 벽돌을 찾기 시작했다.

"벽돌은 뭣에 쓸 거요?"

장무기가 나지막하게 물었다. 조민은 싱긋 웃어 보였다.

"이 도사님한테 묘책이 다 있다니까요."

이윽고 수씨가 벽돌 한 장을 찾아 들고 방으로 들어왔다. 조민은 머리에서 끝이 날카로운 금비녀를 뽑아 수씨의 어깨 빗장뼈 끄트머리 움푹 파인 결분혈缺盆穴에 겨누고 지시를 내렸다.

"우선 금침으로 네 몸의 맥락부터 풀어놔야겠다. 사혈의 기운이 두 개골 뇌문으로 치밀어 오르면 그때는 끝장이라 구해줄 도리가 없지. 한데 저 어른께서 네놈을 용서해주실지 모르겠구나."

수씨는 얼른 장무기 쪽을 바라보았다. 부리부리한 눈망울에 간절히 애원하는 빛이 가득했다. 장무기가 잠자코 고개를 끄덕이자, 그는 펄쩍 뛰다시피 기뻐했다.

"저 어르신네가 허락했습니다, 허락했어요! 자, 아가씨, 어서 손을 써주십시오. 어서, 늦기 전에⋯⋯!"

"흠, 좋다. 그럼 내 손을 써주지. 아픈 게 무섭지 않으냐?"

"소인은 죽기가 무섭지, 아픈 것쯤은 무섭지 않습니다. 아무것도 아닙죠!"

"좋다! 그 벽돌로 비녀 끄트머리를 한 번만 두드려라."

그러자 수씨는 서슴지 않고 벽돌을 들어 비녀 꼬리를 내리쳤다. 어깨에 상처가 나봤자, 그쯤이야 살갗하고 근육이나 좀 다치는 정도니 죽기보다 훨씬 나은 셈 아닌가. "탁!" 하는 소리가 나더니 금비녀 끝이 그대로 결분혈에 박혀 들었다. 아프기는커녕 도리어 시원한 느낌마저 드는 터라 입에서 혀가 닳도록 고맙다는 소리가 쏟아져 나왔다. 이제는 아가씨를 잔뜩 믿고 시키는 대로 뭐든지 다할 참이었다.

조민은 금비녀를 뽑아내게 한 다음, 이어서 그의 혼문혈魂門穴, 백호혈魄戶穴, 천주혈天柱穴, 고방혈庫房穴 등 일고여덟 군데를 차례차례 찌르게 했다.

"좋아, 아주 좋아!"

장무기가 빙글빙글 웃으면서 찬사를 보냈다. 조민이 무슨 묘책을 생각해냈는지 비로소 깨달은 것이다. 지금 차례차례 찍힌 부위들이야말로 진짜 치명적 급소였다. 평소에는 아무런 고통이나 마비 증세 같은 것이 없지만, 일단 힘을 내어 달음박질하는 날이면 그 즉시 발작해서 즉사하게 만드는 요혈이었다.

수씨가 제 손으로 마지막 혈도에서 금비녀를 뽑아내 건네자, 그녀는 저도 모르게 한숨이 나왔다. 일단 명줄을 잡아놓았으니 안심이 되었다. 수씨는 그녀가 자기 목숨을 구해주느라 애를 써서 한숨을 쉬는 줄로 생각했다. 그래서 쉴 새 없이 머리 조아려 큰절을 했다. 조민은 귀찮다는 듯이 손사래를 쳐가며 분부했다.

"얼른 나가서 세숫물 두 대야만 떠다 우리 얼굴을 씻기고, 그런 다음에 밥이나 짓도록 해라. 만일 죽고 싶거든 밥이나 반찬에 독을 섞어도 좋다. 너하고 우리 셋이서 함께 죽으면 되니까."

"어이구, 소인이 어찌 감히 그런 짓을…… 절대로 그런 일은 없습니다! 암, 없고말고요!"

분부를 받은 수씨가 이젠 살았구나 싶어 신바람 나게 뛰어나갔다. 그리고 보니, 움쭉달싹 못 하는 두 남녀에게 멀쩡한 시중꾼이 한 명 생겨났다. 조민은 부지런히 들락거리는 틈틈이 그자의 성명과 내력을 캐물었다. 성씨와 이름은 수남산壽南山, 별명은 무림계 인물답지 않게 만수무강萬壽無疆이었다. 그도 그럴 것이 싸움판에 나설 때마다 하도 겁을 집어먹고 꽁무니를 빼는 겁쟁이라, 남에게 얻어맞아 죽을 염려 없이 천년만년 평생토록 오래오래 살겠다고 해서 강호 친구들이 조롱 섞어 붙여준 별명이었다.

수남산은 어쩌다 녹림 패거리에 굴러들어 산적 노릇을 하던 중 동료들과 함께 도매금으로 원진의 문하에 휩쓸려서 제자가 되었다고 했다. 하지만 워낙 근골도 약한 데다 품성마저 변변치 못한 터라 애당초부터 원진의 눈 밖에 나서 무공을 배우기는커녕 다리품이나 팔아가며 심부름꾼 노릇을 하는 게 고작이었다. 그러니 무공이나 담력을 익힐 기회가 주어질 리 없었던 것이다.

혈도를 찍힌 몸이면서도 기력은 잃지 않아, 수남산은 조민이 시키는 대로 부지런히 일했다. 마지못해 하는 게 아니라 아주 열심이어서 분부가 떨어지기 무섭게 척척 해냈다. 동료들의 시체 아홉 구를 하나씩 끌어다 뒤뜰에 파묻고 물을 길어다 절간 안팎의 핏자국을 말끔히 씻어냈다. 그뿐만 아니었다. 묘하게도 이자의 무공 수단은 형편없었으나 부엌에서 요리 만드는 솜씨만큼은 최고는 아니더라도 이류·삼류급쯤은 되어서 몇 가지 요리를 만들어 대령했을 때 그것을 맛본 장무기와 조민이 칭찬을 아끼지 않을 정도였다.

어느 정도 급한 일을 마무리 짓고 나서, 장무기는 수남산을 앉혀놓고 도사 영웅대회가 무슨 행사인지 상세한 내막을 캐묻기 시작했다. 수남산 역시 나름대로 감추거나 속임 없이 대답했다. 하지만 일당 중에서도 꼴찌 가는 막내인 데다 동료들이 깔보는 멍청이라 일러준 것이 거의 없어, 중요한 내용에 대해서는 깜깜절벽이었다. 그저 소림사 방장 스님 공문대사가 원진에게 이번 대회를 주관하도록 떠맡기고, 공문과 공지 두 분 신승의 이름으로 '영웅첩'을 전국 각처에 대량 발송해 천하 여러 문파 방회의 영웅호걸을 초청하고, 오는 중양절에 소림사로 모여 중대한 일을 상의토록 한다는 정도만 알고 있을 뿐이었다.

장무기는 수남산에게 문제의 영웅첩이란 걸 가져오라고 해서 훑어보았다. 앞서 죽은 진로오가 전하려던 청첩장으로, 운남성 점창파點蒼派의 원로 검객 부진자浮塵子, 고송자古松子, 귀장자歸藏子 세 사람에게 가는 초대장이었다. 점창파는 절묘한 검법으로 세상에 명성을 이룩한 지 오래였으나, 중원 땅 남쪽 외진 곳에 깊숙이 은거해 중원 무림계 인사들과의 왕래가 극히 드물었다. 이제 소림파가 그들마저 초청하는 것으로 보아, 이 도사 영웅대회 규모가 얼마나 성대하고 손님이 들끓을지 미루어 짐작하고도 남았다. 무림계의 영수 소림파, 게다가 신승으로 추앙받는 공문대사, 공지대사 이름으로 초청한다면 강호 무림계 인사들이 제아무리 눈앞에 긴요한 일이 닥쳤다 해도 만사 제쳐놓고 달려올 것이 분명했다.

예상외로 초청장에는 단지 몇 줄 문장으로 간략한 내용만이 담겨 있었다.

중양가절에 삼가 소림에 초청하오니 부디 왕림하시어 천하 영웅들과 열흘간 술잔을 나누면서 환담하시고, 함께 부처님을 참배하여 무림의 대사를 상의하소서.

장무기는 청첩장을 아무리 훑어보아도 금모사왕 사손을 죽인다는 도사屠獅 두 글자를 찾아내지 못했다. 그래서 다시 수남산에게 물었다.

"어째서 진로오가 이 모임을 도사 영웅대회라고 했는지 아는가?"

모처럼 상대방이 친근하게 물어오자, 수남산은 의기양양한 기색으로 자신 있게 대답했다.

"그건 장씨 나리가 모르실 겁니다. 우리 사부님께서 얼마 전에 명성이 쟁쟁한 대인물을 한 명 붙잡아 오셨지요. 금모사왕 사손이라고 부르는 인물입니다. 우리 소림파는 이번에 천하 영웅들이 보는 앞에서 금모사왕을 죽여 소림파의 위엄을 크게 떨쳐 보일 작정입니다. 그래서 대회 이름도 도사 영웅대회라고 붙였답니다."

과연 '사자'는 양부 사손을 말하는 것이었다. 장무기는 울화가 치밀어 오르는 것을 꾹 눌러 참고 다시 물었다.

"자네, 금모사왕이 어떻게 생겼는지 본 적이 있는가? 또 자네 스승이 어떻게 금모사왕을 잡았다던가? 지금 어디에 가두어놓았는지 아는가?"

연달아 질문이 건너갔다. 수남산은 첫 번째 질문부터 대답했다.

"말씀 마십시오. 헤헤, 금모사왕은 말입니다. 진짜 무시무시하기 짝이 없어요. 키가 소인보다 두 배는 더 큰 데다 팔뚝이 소인의 넓적다리만큼이나 굵다랗지 뭡니까. 하나 그건 문제도 아닙니다. 다른 건 몰라도 금모사왕이 눈을 한 번 딱 부릅떴다 하는 날이면 그 번쩍번쩍 빛나는 눈초리에 혼비백산을 안 하는 사람이 없다니까요. 그 눈초리 앞에선 움쭉달싹하기는커녕 저절로 무릎이 꿇리고 두 손 싹싹 빌 수밖에 없습니다요. 목숨만 살려달라고……."

장무기와 조민은 어처구니가 없어 서로 마주보았다. 말을 못 하게 막으려 했으나, 한번 신바람 나게 입담이 터진 수남산은 침방울까지 튀겨가며 계속 지껄여댔다.

"우리 사부님은 그자와 이레 낮 이레 밤을 쉬지 않고 싸웠는데 승부를 내지 못했습니다. 나중에 가서 크게 진노한 사부님이 천하에 위엄 떨치는 금룡복호공擒龍伏虎功을 써서야 간신히 그놈의 사자를 굴복시켰단 말씀입니다. 지금 어디 가둬놓았는지 아십니까? 하하! 모르실 겁니다. 우리 소림사 대웅전에 큼지막한 철롱鐵籠을 하나 만들어놓고 그 속에 가뒀는데, 온 몸뚱이를 순 강철로 이어진 쇠사슬 여덟 가닥으로 친친 옭아매고……."

"닥쳐라!"

들을수록 분노가 치민 장무기는 더 이상 참지 못하고 호통쳐 입막음을 했다.

35. 누가 금빛 갈기털 사자를 도륙하려다 살신지화를 입으랴

"내 묻는 말에 사실대로 대답하라고 했지 누가 허풍을 떨라고 했느냐? 날 속이려 들다니, 괘씸한 놈! 그 개 같은 모가지를 당장 비틀어버릴 테다. 뭐 어쩌고 어째? 눈을 부릅뜨면 번쩍번쩍 빛난다고? 이놈아, 금모사왕은 눈이 먼 장님이란 말이다!"

수남산의 허풍은 거기서 들통나고 말았다. 장무기가 눈을 부릅뜨고 불호령을 내리자, 기겁을 한 그는 얼른 바른말을 했다.

"예, 예! 소인이 잘못 본 것 같습니다."

"도대체 네 눈으로 직접 금모사왕을 보았느냐, 못 보았느냐? 그분의 인상착의부터 자세히 얘기해봐라!"

수남산은 실상 사손의 근처에 얼씬해본 적도 없었다. 이제 허풍을 떨었다가는 목숨마저 남아나지 못하게 된 터라 마침내 이실직고했다.

"사실은…… 형님들이 하는 말을 귓결에 들었을 뿐입니다요. 거짓말한 걸 용서해주십시오."

장무기는 사손이 갇혀 있는 곳을 알아내려고 닦달을 거듭했으나, 이자가 모르는 게 확실한 듯했다. 하긴 금모사왕이 감금된 장소는 기밀 중에서도 으뜸가는 기밀일 텐데, 그런 곳을 수남산 같은 졸개들이 모르고 있는 게 오히려 당연하지 않은가? 수남산을 다그치던 일을 포기하면서도 한편 다행스럽다는 생각을 했다. 9월 9일 중양절까지는 아직도 두어 달 남짓 여유가 있다. 우선 그 시간이면 내상을 완전히 회복하고 나서 전신전력으로 구출 작업에 뛰어들어도 충분할 것이다.

세 사람이 호국사 절간에서 며칠을 보내는 동안 소림사 쪽에서도 아무런 심부름꾼이 나타나지 않아 장무기와 조민은 나름대로 무사태평한 가운데 상처 치료에 전념할 수 있었다.

여드레째 되던 날, 조민의 상처는 이미 7~8할 정도 치유되고, 장무기의 체내 구양진기도 단계적으로 소통됨에 따라 팔다리에 기력이 붙기 시작했다. 이쯤이면 적들이 쳐들어온다 해도 상대의 실력에 따라서 막아낼 수 있거나, 그것도 안 되면 도망치기가 그리 어렵지 않을 듯싶었다.

수남산은 온갖 정성을 다 기울여 두 사람의 시중을 들었다. 잠시라도 게으름을 부리거나 딴마음을 먹는 기색이 추호도 없었다. 정성껏 섬기는 태도가 갸륵해서 조민이 우스갯소리를 건네기까지 했다.

"이것 봐, 만수무강. 네 천성으로 무공을 배우기는 아예 싹수가 노랗고, 대감 댁 집사나 부잣집 살림꾼 노릇을 하면 딱 제격이겠다."

그런 말이 건너갈 때마다 수남산도 무척 흐뭇해 웃음으로 응답하곤 했다.

"아가씨께서 아주 썩 잘 보셨는걸요. 소인이 아가씨 댁 집사 노릇 좀 하게 해주시면 안 됩니까?"

장무기와 조민은 날마다 수남산이 정성껏 요리한 맛있는 음식을 들면서 또 열흘 가까이 나날을 보냈다. 두 사람은 체력이 완전히 회복되자 사손을 구출할 방도를 궁리하기 시작했다.

조민의 생각은 장무기보다 훨씬 꼼꼼했다.

"애당초 제일 좋은 방법은 저 만수무강 녀석의 사혈을 진짜 찍어놓고 소림사에 들여보내 저들의 계획을 탐지시켜 알아내는 것이었어요. 하지만 저 친구는 너무 어수룩하고 아둔해서 금방 마각이 드러나기 십상일 거예요. 그랬다가는 오히려 큰일을 망치고 저들한테 쫓기는 신세가 되겠죠. 무기 오라버니, 우리 이렇게 해요. 저 만수무강 녀석일랑

35. 누가 금빛 갈기털 사자를 도륙하려다 살신지화를 입으랴

엄포를 놓아 멀찌감치 쫓아 보내고, 둘이서 소림사 근처에까지만 접근해서 기회를 보아 적절히 대응해서 움직이면 어떨까요? 우리 함께 변장을 하고……."

"무엇으로 변장하지? 머리를 박박 깎고 스님이나 비구니 차림새로 꾸밀까?"

그 말에 조민은 얼굴이 발개지더니 툭 쏘아붙였다.

"피이! 기껏 생각해냈다는 게 까까중머리예요? 새파랗게 젊은 스님이 여승을 데리고 오락가락해보세요. 남들의 눈에 무슨 꼬락서니로 비치겠나!"

"하하, 그럼 아예 시골뜨기 부부 행세를 하면 어떨까? 소림사 근방에서 밭이나 갈고 나뭇단을 지고 다니면 누가 수상쩍게 볼 리도 없지 않을까?"

조민이 또 피식 웃으면서 면박을 주었다.

"남매라면 어때서 꼭 부부 행세를 해요? 그러다가 주 소저한테 들키는 날이면 내 한쪽 어깨마저 또 다섯 구멍이 뚫리게요?"

장무기도 말을 하고 보니 멋쩍어져 쑥스러운 웃음으로 얼버무린 채 변장 문제에 대해 더는 얘기를 꺼내지 않았다.

그는 수남산을 불러다 앉혀놓고 소림사 경내의 모든 건물 배치 상태를 꼬치꼬치 캐물었다. 수남산은 기억나는 대로 낱낱이 일러주었다. 대답을 다 듣고 난 장무기는 그더러 이곳을 떠나도록 분부했다.

"수남산, 자네 몸에 찍혔던 사혈은 이제 다 풀렸으니, 안심하고 여길 떠나게."

조민은 그 정도로 마음이 안 놓이는지 마지막 엄포를 놓았다.

"이것 봐, 만수무강. 사혈이 다 풀리기는 했어도 한평생 남쪽 지방 더운 곳에서 살아야 해. 겨울철에 눈이나 얼음 한 톨이라도 보는 날이면 당장 숨이 막혀서 죽을 거야. 지체 말고 냉큼 남쪽으로 떠나거라. 알겠느냐? 사는 곳이 더운 지방일수록 좋아. 만약 조금이라도 추위를 타거나 찬 바람을 맞아 감기라도 드는 날이면 아주 위험한 줄 알아야 해!"

만수무강 수남산은 조민의 엄포를 정말 곧이곧대로 믿었다. 두 사람에게 작별을 고한 그는 뒤도 안 돌아보고 부지런히 남녘으로 하염없이 내려갔다. 그리고 영남嶺南 광동廣東 지방에까지 내려가 남해 부근 바닷가에서 평생토록 살아가며 한시 한때나마 양생養生과 보신保身을 잊은 적이 없었다. 그 덕분에 수남산은 훗날 원나라 제국을 멸망시킨 주원장이 명나라를 건국한 이후 또 20여 년이 흐른 명 성조成祖 영락永樂 연간(1402~1424)에 이르기까지 무려 90세나 장수하고서야 세상을 떠났다. 그의 별명대로 천년만년 길이 사는 만수무강은 아니었으나, 인간으로서 누릴 수 있는 수명은 훨씬 넘도록 살고 죽은 셈이었다.

수남산이 멀리 사라진 후, 장무기와 조민 두 사람도 조심스럽게 호국사 절간 경내에 묵은 자취를 살펴 말끔히 지워버리고 홀가분한 심경으로 출발했다.

20여 리쯤 벗어났을 때, 이들은 농가를 한 군데 찾아들어 남자와 여자 농사꾼의 허름한 옷을 한 벌씩 사서 갈아입고 예전 옷가지는 모두 땅속에 파묻었다.

그들은 마침내 소림사에서 7~8리쯤 떨어진 계곡에 이르렀다. 여기까지 오는 도중 도합 세 차례 소림 승려들과 마주쳤으나 별다른 주목

35. 누가 금빛 갈기털 사자를 도륙하려다 살신지화를 입으랴

을 받지 않았다. 하지만 소림사에 가까워질수록 승려들의 왕래가 빈번해지고 경계하는 눈초리도 차츰 날카로워지는 것을 느낌으로 알 수 있었다. 조민의 말마따나 더 이상 앞으로 나가기 어렵게 된 것이다.

이날 오후 늦게 장무기는 비탈진 산기슭 양지바른 녘에 있는 두 칸 짜리 외딴 초가집 한 채를 발견했다. 사립문 앞 채소밭에서는 웬 늙수그레한 농부 한 사람이 거름을 뿌리고 있었다.

"우리 저 집에 가서 하룻밤 쉬어 가기로 하지."

장무기는 조민의 손을 잡아 이끌고 정겹게 밭두렁을 넘어 다가섰다.

"영감님, 저희는 길 가던 오누이올시다. 목이 마른데 물 한 그릇 얻어 마실 수 있을까요?"

농부의 등 뒤에다 대고 꾸벅 절하면서 말을 붙였으나, 늙은 농부는 못 들은 척 여전히 채소밭에 거름 주는 일만 계속했다.

"영감님, 물 한 그릇 주십시오."

또 한 차례 불러도 역시 돌아보지 않았다. 이상하다 여기고 있는데 갑자기 초가집 사립문이 열리더니 머리 하얗게 센 노파 하나가 웃음을 머금고 걸어 나왔다.

"우리 영감은 귀머거리에 벙어리라우. 무슨 일로 왔소?"

"누이동생이 다리가 아파서 더 걷지 못하는군요. 물이나 한 사발 얻어먹을까 해서……."

"이리 들어오구려."

두 사람은 노파를 따라서 집 안으로 들어갔다. 가난뱅이 농사꾼의 허름한 초가집인데도 안팎이 여간 깔끔하지 않았다. 걸상과 탁자는 물론이려니와 노파의 거칠게 짠 무명옷에마저 흙먼지 한 톨 묻지 않은 것이 여느 농사꾼의 거처와는 생판 달랐다. 조민도 정갈한 집 안 꾸밈새가 마음에 들었는지, 물 한 대접을 다 마시고 나서 자그만 은 덩어리 한 개를 꺼내 노파의 손에 쥐여주었다.

"할머니, 저희 오누이는 외갓집에 가는 길인데 다리에 쥐가 나서 걷지를 못하겠어요. 오늘 밤 여기서 쉬어 가면 안 될까요?"

웃음 지어가며 은근히 부탁하는 조민의 말에 노파가 인심 좋게 선뜻 응낙했다.

"하룻밤 묵어가는 게 뭐 대수로운가? 돈은 필요 없네. 한데 우리 영감하고 나하고 두 늙은이만 사는 집구석이라, 이불이 한 채밖에 없구면. 우리야 어떻게 아무거나 덮어쓰고 누우면 그만이지만, 자네들 오누이가 한 이불에서 자겠는가? 헤헤헤, 이봐 젊은 아가씨, 이 할멈한테 솔직히 말해주지? 둘이 정분이 나서 좋아 지내다가 집을 도망쳐 나온 거지?"

노파의 눈치가 여간 빠른 게 아니었다. 조민은 당장 얼굴이 새빨개졌다. 가만히 노파의 신색을 훑어보니 말투도 예사 농부 아낙네 같지 않은 데다 허리는 활등처럼 구부정하게 휘었으나, 눈초리만큼은 번쩍번쩍 생기가 감도는 품이 아무래도 심상치 않았다. 조민은 속으로 긴장했다.

'아뿔사! 이 노파는 무예를 익힌 고수가 틀림없다. 내 용모와 행동거지, 말씨와 기색을 보고 무기 오라버니와 내가 농사꾼 자식들이 아니라는 걸 한눈에 간파했다. 얘기가 이쯤 되면 하는 수 없지, 바른대로 실토하는 수밖에…….'

그녀는 장무기가 멀찌감치 떨어진 틈을 타서 노파만 들을 수 있게 소곤소곤 통사정을 했다.

"어쩌나, 할머니가 눈치를 채셨군요. 바른대로 말씀드려야겠네요. 저 증씨 오라버니하고 저는 어릴 적부터 서로 좋아했어요. 그런데 오빠네 집안이 너무 가난해서 아버지가 우리 둘 사이를 갈라놓고 혼인을 허락하지 않으시니 어떻게 해요? 난 오라버니한테 꼭 시집가야 하는데. 이웃 마을 부잣집에서 혼담이 들어오니까, 아버지는 대뜸 승낙해버렸지 뭐예요. 그래서 난 죽으려고 목을 매달았죠. 엄마가 그걸 아시고 말렸어요. 아무리 나를 타일러도 안 되니까 엄마는 할 수 없이 아버지 몰래 증씨 오라버니하고 달아나게 해주셨어요. 둘이서 멀리멀리 도망가서 한 2~3년만 살다 돌아오래요. 그리고…… 아기를 낳아서 안고 오면…… 아버지도 고집이 꺾여 허락할 수밖에 없다고 하셨어요."

능청스레 잘도 꾸며대던 조민도 말 끄트머리 아기를 낳는다는 대목에 가서는 얼굴이 잘 익은 홍시처럼 새빨개졌다. 그녀는 정이 담뿍 담긴 눈빛으로 장무기 쪽을 연신 흘끔거리면서 말을 이었다.

"할머니, 우리 집은요, 대도에서도 아주 이름난 집안이라 체면을 무척 내세워요. 또 아버지는 벼슬이 아주 높고요. 우리 둘이 잡혔다가는 아버지 손에 살아남지 못해요. 아빠가 저 송아지 오라버니를 단매에 때려죽이고 말 거예요. 할머니 지금 한 말, 절대로 남한테 하시면 안 돼요."

조민의 얘기를 다 듣고 나자 노파는 허리를 잡고 웃었다. 그러고는 연신 고개를 끄덕끄덕했다.

"하하, 그랬구면! 나도 한창 젊은 시절에 연애 좀 해봤지. 새색시, 염려 마시우. 내 우리가 쓰던 방을 새댁 부부한테 양보하지. 여기는 아주

외딴곳이라 아가씨네 집안 사람들이 못 찾아올 거야. 또 찾아온다 하
더라도 걱정할 것 없어. 이 할망구가 모조리 때려 내쫓아버릴 테니까.
아무렴, 당신네 두 내외가 붙잡혀가도록 손 털고 지켜볼 리가 있나?"

노파는 무엇보다 온유하고 아리땁게 생긴 조민이 첫눈에 맘에 들었
다. 더구나 자기네 둘만의 비밀을 초면임에도 솔직하게 다 털어놓고
도움을 청하는 젊은이들이 사랑스러워 선뜻 도와주기로 마음먹은 것
이다.

이런 호언장담을 듣고, 조민은 이제 노파가 무림 인물이라는 확신
이 섰다. 이 계곡은 소림사에서 아주 가까운 거리에 있었다. 농부 차
림을 한 이들 두 노인 역시 호국사에 잠복한 패거리처럼 악적 원진이
배치한 고수급 부하들인지, 아니면 그자의 적인지 알 수 없는 만큼 일
거수일투족에 조심할 필요가 있었다. 눈곱만치라도 허점을 드러냈다
가는 호국사에서처럼 낭패스러운 일을 당하고 위기에 처할 수도 있었
다. 그녀는 냉큼 노파의 발치 앞에 무릎 꿇고 날아갈 듯이 큰절을 드
렸다.

"할머니, 우리 두 사람을 받아주시겠다니 정말 고맙습니다. 송아지
오라버니, 얼른 이리 와서 할머니께 인사드려요!"

장무기도 그녀 말대로 노파에게 허리 굽혀 사례했다.

청춘 남녀에게 큰절을 받게 된 노파는 사뭇 흡족한 듯 실눈을 가늘
게 뜬 채 웃으며 고개를 끄덕끄덕했다. 그러고는 당장 두 사람을 단칸
방으로 안내해주고 휑하니 나가버렸다. 곧이어 부스럭거리는 소리를
듣자니, 노파가 마루 한 귀퉁이에 널판 쪽으로 임시 침대를 엮어놓고
짚단을 두툼하게 포개 얹은 다음 그 위에 거적을 까는 기척이 들렸다.

35. 누가 금빛 갈기털 사자를 도륙하려다 살신지화를 입으랴

방에 둘만이 남게 되자, 장무기는 조민의 귀에 대고 속삭였다.

"채소밭에서 거름 주는 노인 역시 보통 인물이 아니더군. 당신도 봤지?"

"아, 그래요? 난 못 알아봤는데……."

"어깨에 거름 두 통을 지고 발걸음을 천천히 옮겨 떼는데, 허리를 굽히거나 주걱으로 거름을 떠내느라 몸을 돌리는데도 거름통이 전혀 출렁거리지 않더군. 공력을 어깨 멜대에 주입시킨 거야. 내공 수련이 아주 높다는 증거지."

"당신에 비해 어때요?"

"하하! 나도 거름통을 져보지 않고선 잘 모르겠는걸. 이렇게 말이야!"

말끝이 떨어지기 무섭게 장무기는 대뜸 조민의 몸뚱이를 번쩍 안아 들더니 어깨 위에다 털썩 걸쳐 메었다. 그녀가 깔깔대며 소리쳤다.

"아이고머니, 망측해라! 당신, 날 거름통으로 만들 셈이에요? 어서 내려놔요!"

마루에서 잠자리를 깔던 노파는 두 남녀가 시시덕대는 기척을 듣고 저도 모르게 소리 없이 실소를 터뜨렸다. 조금 전까지 두 사람에게 품은 일말의 의심마저 그 웃음에 섞여 사라졌다.

저녁이 되자 두 남녀는 노부부와 함께 한 상에서 식사를 했다. 농사꾼의 집답지 않게 닭고기며 쇠고기까지 풍성하게 차린 식탁이었다. 장무기와 조민은 일부러 노부부의 눈에 뜨이게 서로 손등을 꼬집으랴 팔꿈치로 쥐어박으랴 장난질을 쳤다. 그래야 정분이 나서 야반도주한 젊은 연인으로 보일 수 있기 때문이었다. 한참 토닥거리다 보니 이젠 일부러 하는 짓거리가 아니라 정말 장난질이 되고, 서로 주고받는 웃음소리조차 자연스러워졌다. 노파는 흘금흘금 바라보면서 자애로운 미소를 지었다. 영감님은 전혀 듣도 보도 못한 척 고개를 수그리고 밥그릇을 비우기에만 열중했다.

저녁을 마친 두 사람은 손을 맞잡고 방으로 돌아왔다. 빗장을 걸어 놓고 마주 바라보니 식탁에서 희롱하던 여운이 아직도 남아 있었다. 두 사람은 등잔불을 사이에 놓고 마주 앉았다. 두 남녀가 호젓이 한방에 들어앉으니 갑작스레 두근거리는 가슴을 진정시킬 도리가 없었다. 조민의 얼굴에 발그레하니 홍조가 피어올랐다. 그녀는 들릴락 말락 장무기에게 한마디 건네 금을 그었다.

"방금 장난질은 연극으로 한 거예요. 정말 그러면 안 되는데……."

장무기는 그녀를 덥석 품어 안고 입을 맞추었다.

"연극만 해서 2~3년 동안에 어떻게 아기를 낳아가지고 안다다 장인어른한테 보여드릴 수 있겠나?"

"피이! 그러고 보니 멀찌감치 곁에 떨어져 있었으면서도 내 얘기를 몽땅 엿들었군요. 아이, 저리 가요! 이러면 안 돼……."

조민은 부끄러움에 못 이겨 남자의 품 안에서 빠져나오려고 버둥거렸다. 그러나 장무기는 조민을 품어 안은 채로 한없는 풍정風情에 들뜨기 시작했다. 그는 그녀의 입술과 볼에 입을 맞추었다. 솟구쳐 오르는 젊음의 혈기가 불덩어리처럼 뜨겁게 달아올랐다. 하지만 이내 자신을 억제하면서 상념을 바꾸느라 무진 애를 썼다. 자신은 이미 주지약과 혼약을 맺은 몸이 아닌가? 이 냉혹한 현실이 떠오르면서 장무기를 차츰 갈등의 늪 속에 빠뜨렸다. 그러나 분명한 것은 주지약과 조민, 두 여인 가운데 어느 누구도 저버릴 수 없다는 사실이었다. 그는 속으로 다짐했다.

'우선 주지약과 혼인을 성사시켜야 한다. 그러고 나서 조민을 다시 맞아들이는 것이다. 지금 여기서 한때의 정욕에 못 이겨 조민을 범한다면 주지약에 대한 의리를 영영 배반하게 된다. 참아야 한다, 자신을 억제해야 한다……!'

하염없는 욕정에 사로잡혀 소경이 된 장무기는 두 눈을 번쩍 떴다. 그녀의 입술에서 얼굴을 떼고 양팔로 몸뚱이를 안아든 채 후들거리는 다리로 침상까지 겨우 다가갔다. 침대 위에 살며시 여인의 몸뚱이를 내려놓고 침대 머리맡 방바닥에 조용히 가부좌를 틀고 앉았다. 깊고도 기나긴 호흡 한 모금으로 불타오르던 욕정을 잠재우면서 운기 조식에 들어갔다. 생각도 지워버리고 자기 자신도 잊는 무념무아無念無我의 경지로 몰입하기 위해 구양진기를 일주천一周天* 시켰다. 그러나 격탕하는 진기가 좀처럼 가라앉지 않았다. 한 차례 또 한 차례, 그는 십이 주천十二周天 열두 바퀴를 다 돌리고 나서야 마침내 결가부좌 자세 그대로 깊은 잠에 빠져들었다.

조민은 밤늦도록 두 눈을 뜨고 있었다. 장무기의 그런 뜻을 모르는 바 아니었다. 그러나 전통문화의 수양이 한족보다 모자란 몽골족 혈통을 이어받은 처녀의 야성으로는 도무지 이대로 잠을 이룰 수가 없었다. 아무리 정심定心을 하려 해도 입가에 맴도는 뜨거운 남성의 입술 감촉과 거친 숨결이 지워지지 않았다. 얼굴뿐만 아니라 온 몸뚱어리가 불덩이처럼 달아오르고 마구 날뛰는 심장박동이 좀처럼 가라앉을 줄

---

* 도가에서 수도자들이 단丹을 이루어내는 단계. 체내 오행의 기를 360도로 한 바퀴 회전시키는 과정.

몰랐다. 그녀는 엎치락뒤치락, 난생처음으로 이 세상에서 가장 불안하고도 지루한 잠자리를 뒹굴어야 했다.

한밤중에야 겨우 가물가물 잠들려던 그녀는 멀리서 다가오는 어수선한 발걸음 소리에 다시 눈을 떴다. 누군가 재빠른 걸음걸이로 삽시간에 초가집 문전까지 다가드는 기척이었다. 당황한 조민은 침대 아래 장무기를 흔들어 깨우려고 손을 뻗쳤다. 그러나 남자의 손길이 먼저 다가와 어깨를 흔들었다. 장무기 역시 발걸음 소리에 놀라 잠이 깬 것이다. 둘은 손을 맞잡은 채 숨을 죽이고 바깥 동정에 귀를 기울였다.

사립문 바깥에서 맑은 목소리가 카랑카랑 울렸다.

"두씨杜氏 내외분 계시오? 옛날 친구가 야반에 실례를 무릅쓰고 이렇게 찾아왔소이다."

한참 만에야 집 안에서 노파가 대꾸를 했다.

"호오, 서량삼검西凉三劍이신가? 우리 내외는 당신네 옥진관玉眞觀의 체면을 보아 그 머나먼 사천 북방에서 이리로 피해왔는데, 그까짓 대수롭지 않은 일을 가지고 무슨 불구대천지 원수를 맺었다고 여기까지 쫓아오셨을꼬? 당신네 옥진관이 그토록 도량이 좁으신가? 속담에도 '고갯짓 한 번 끄덕이면 살인도 눈감아준다殺人不過頭點地' 했는데……."

그러자 문밖의 사나이가 껄껄대고 웃었다.

"두 내외분께서 진짜 두려움을 품으셨다면 우리한테 땅땅 소리가 나도록 이마를 조아려 큰절 세 번만 하시구려. 그럼 옥진관 측도 과거 지사를 더 캐묻지 않고 싹 잊어버리리다."

이윽고 초가집 판자문이 삐거덕 열리는 소리가 났다.

"당신네들 소식통 한번 기막히게 빠르구려. 어찌 알고 예까지 찾아왔소?"

비록 한밤중이었으나, 엊그제 보름을 넘긴 달이 막 이지러지기 시작하면서 맑고 차가운 은빛 광채를 온 천지에 흩뿌려 대낮처럼 환하게 밝았다.

장무기와 조민은 창틈으로 머리를 맞대고 바깥을 내다보았다. 대문 밖에 황관 도사 셋이 나란히 서 있었다. 그들 중 짧은 턱수염이 고슴도치 바늘 끝처럼 날카롭고 키가 작달막한 땅딸보 도사가 노파의 말을 받았다.

"두 내외분께서 큰절로 사과하시겠소, 아니면 옛날같이 쌍구雙鉤와 연자창鏈子槍으로 생사 결판을 내시겠소?"

노파가 미처 대꾸하기도 전에 그녀의 남편이 큰대자 걸음걸이로 휘적휘적 대문 앞에 나서더니 양손을 허리에 떡 짚고 차가운 눈초리로 불청객들을 노려보았다. 뒤따라 나선 노파도 남편 곁에 나란히 섰다.

고슴도치 수염을 기른 도사가 먼저 물었다.

"두杜 선생께선 어째 말 한마디 없으신가? 우리 서량삼검은 말 상대거리도 안 된다는 거요?"

"우리 영감은 귀가 먹어서 세 분 말씀을 듣지 못하신다오."

노파의 대꾸에 고슴도치가 흠칫했다.

"어, 그게 무슨 말씀이오? 바람 소리만 듣고도 적의 동태를 알아채는 두 선생의 '청풍판기지술清風辨器之術'이야말로 무림계의 일절로 손꼽히는 재주인데, 어째서 귀가 먹었단 말씀인가? 애석한 일이로다, 애석한 일이야!"

곁에 섰던 도사가 "쏴악!" 소리가 나도록 거칠게 장검을 뽑아 들었다. 고슴도치 동료보다 더 뚱뚱했다.

"두백당杜百當, 역삼낭易三娘! 허튼수작 말고 어서 병기나 꺼내 잡으시지. 쌍갈고리와 사슬 달린 창은 어디다 감추고 쓸데없는 소리만 늘어놓는 거요?"

"하하, 마 도장馬道長! 그놈의 급한 성미는 여전하시구려. 지난 몇 해못 뵌 사이에 머리가 많이 세었군요. 소 도장邵道長 두 분 형제께서도마찬가지고……. 헤헤헤, 사소한 과거지사를 너그러우신 아량으로 떨쳐버리지 못하고 끝끝내 이래야 되겠소?"

말끝이 떨어지기 무섭게 노파 역삼낭이 두 손을 번쩍 쳐들었다. 어느덧 그 손에는 길이 다섯 치도 못 되는 단도 세 자루가 시퍼런 서슬을 번쩍거리면서 가지런히 들렸다. 한 손에 석 자루씩 도합 여섯 자루였다. 두백당이라 불린 귀머거리 남편도 뒤따라 양손을 번쩍 휘둘렀다. 양 손바닥에 아내와 똑같이 단도 여섯 자루가 번쩍거렸다. 역삼낭의 단도 여섯 자루는 허공에 꽃잎 펼치듯 활짝 들린 채 요지부동이었으나, 두백당의 단도는 끊임없이 움직였다. 오른손의 칼이 왼 손바닥으로, 왼손의 것은 오른 손바닥으로 잠시도 멈추지 않고 뒹굴뒹굴 엇갈려 바뀌면서 도막刀幕을 형성했다. 여섯 자루 칼날을 바꿔 쥐는 솜씨가 손가락 놀림보다 더 익숙하고 정교했다.

불청객 세 도사가 찔끔 놀랐다. 무림계에서 이제껏 처음 보는 병기와 초식이었던 것이다. 칼날의 모양새나 크기는 비도飛刀와 흡사한데, 비도를 날려 보낼 때 취하는 파지법把持法의 자세와는 전혀 달랐다. 하물며 두백당은 쌍갈고리 쓰기로 천서川西 일대에 위명을 떨치고, 그 아내 역삼낭은 사슬 달린 창 쓰기의 고수였다. 그렇기 때문에 이들 서량삼검도 미리 쌍구·연자창에 충분히 대비하고 자신만만하게 찾아온 것인데, 뜻밖에 두백당과 역삼낭 부부는 수십 년을 두고 손에 익힌 병기를 꺼내 잡지 않은 것이다. 그렇다면 저 열두 자루 단도에는 굉장히 지독스럽고도 괴상야릇한 초수가 감춰졌을 게 분명했다. 상대방의 수중에 있는 낯선 병기를 본 세 도사는 즉각 경계심을 돋우었다.

뚱뚱보 도사 마법통馬法通이 장검을 한 차례 떨쳐 위세를 보이더니 두 동료를 향해 엄숙하게 읊조렸다.

"삼재검진三才劍陣이라! 천天, 지地, 인人!"

고슴도치 턱수염 소학邵鶴 도장이 구결을 받았다.

"전축電逐, 성치星馳, 옥진관을 나서도다!"

세 도사가 구결에 따라 과연 번쩍 빛나는 섬전閃電에 별똥별이 날듯, 그 자리에 선 채로 보법이 서로 엇갈리는가 싶더니 삽시간에 두씨 부부를 중심으로 삼면 포위 태세를 갖추었다.

창틈으로 내다보던 장무기는 의아한 생각이 들었다. 세 도사가 좌우로 자리바꿈을 하면서 취하는 동작은 '천, 지, 인' 삼재인 것처럼 보이나 실상 삼재진이 아니었다. 장검 세 자루도 검막을 형성하고 있지만 그 방위는 포위망 속 목표물을 지향한 것이 아니었다. 세 도사는 잠시도 발걸음을 멈추지 않고 서로 방위를 바꿔가며 엇갈려 돌았다.

'옳거니, 그것이구나!'

장무기는 도사들이 일고여덟 차례 회전하는 자세를 보고 비로소 깨달았다. 여간 교활한 작자들이 아니었다. 입으로는 삼재검진이라 말해놓고 암암리에 정正과 반反 오행五行을 숨기고 있는 것이다. 만일 상대방이 그 속임수에 넘어가 고지식하게 '천, 지, 인' 삼재 방위를 깨뜨리려 했다가는 그 즉시 오행의 함정에 빠져들어 살상을 면치 못할 터였다. 셋이서 오행검진을 구성하려면 한 사람이 적어도 한 방위 이상의 상생상극相生相剋 변화에 통달해야 하고, 게다가 민첩한 기동력과 검술상의 공수攻守 양면 변화 초식이 동시에 조화를 이뤄야만 했다. 그렇다면 이들 서량삼검은 역리와 경공신법, 검법에 뛰어난 고수들임이 틀림없었다.

두씨 부부는 서로 등을 기댄 자세로 갈라섰다. 손에 들린 열두 자루 단도가 바람개비 돌 듯 사면팔방으로 서슬 푸른 광채를 흩뿌리면서 정신없이 회전했다. 단도 열두 자루가 두백당의 오른손에서 역삼낭의 왼손을 거쳐 오른손으로, 그리고 다시 남편의 왼손으로 쉴 새 없이 돌아갔다. 열두 자루 가운데 단 하나도 빗나감이 없이 일사불란하게 두꺼운 광막光漠을 형성하고, 회오리바람처럼 소용돌이치면서 끊임없이 자리바꿈을 하고 있는 것이다.

"저들 내외가 강적 앞에서 무슨 놀음을 하는 거죠?"

조민이 보기에도 이상했던지 귓속말로 속삭여 물었다. 장무기는 이맛살을 찌푸릴 뿐 대꾸가 없었다. 그녀가 팔꿈치를 잡아당겨도 갑자기 목석이나 된 듯 움직이지 않았다. 조금 있다가 장무기의 입에서 엉뚱한 말이 새어나왔다.

"옳거니, 이제 알겠군! 저 영감은 내 큰아버님의 사자후가 두려운 거야."

"사자후라뇨?"

조민이 되묻자 그는 연신 고개를 끄덕이더니 느닷없이 코웃음을 쳤다.

35. 누가 금빛 갈기털 사자를 도륙하려다 살신지화를 입으랴

"흥, 저따위 무공 실력으로 금빛 터럭 사자를 잡겠다니! 어림도 없지."

"이봐요, 무슨 수수께끼를 하는 거예요? 답답해 죽겠네! 혼자서만 중얼중얼, 나 같은 건 아예 눈에 보이지도 않나 봐!"

조민이 영문을 모르고 채근하다가 상대조차 해주지 않으니 이제는 손을 꼬집고 투정을 부리기 시작했다. 그제야 장무기가 입을 귀에 바싹 갖다 대고 소곤소곤 일러주었다.

"가만있어요. 이 집에 사는 노부부하고 저 도사들 셋, 다섯 사람 모두가 내 큰아버님하고 원수지간이야. 영감은 사자후에 당할까 봐 일부러 제 귓속 고막을 꿰찔러 귀머거리가 되었단 말이오."

장무기가 속삭임으로 설명하는 동안 바깥마당에서는 치열한 접전이 벌어졌다. 쇠구슬을 철 쟁반에 가득 굴리듯 길고 짧은 금속성이 연달아 귀청을 때렸다. 쌍방 다섯이서 동시에 맞부딪친 것이다.

서량삼검이 펼친 다섯 차례 연속 공세는 두씨 부부의 절묘한 수비에 모조리 차단당했다. 보름달 빛 아래 번쩍이는 열두 자루 단도에 어느덧 가속도가 붙었는지 칼날을 감추고 세 줄기 빛의 고리를 형성한 채 부부의 전후좌우 신변을 물샐틈없이 감싸고 돌았다. 울리는 것이라곤 오로지 밤하늘 차가운 공기를 찢는 날카로운 회전음뿐이었다. 그것은 공격이 아니라 엄밀한 수비 태세에서 나오는 소리였다.

장시간의 연속 공격이 효과를 거두지 못하자 서량삼검도 즉각 수비 태세로 전환했다. 이들의 수비 전환이 곧바로 두백당의 공세를 유발했다. 두백당은 몸을 뒤틀어가며 세 적수 중 가장 젊은 말라깽이 소안邵雁 도장의 아랫배를 노리고 질풍노도 같은 기세로 힘차게 단도를 내질렀다. 무학의 이른바 "한 치가 길면 그 한 치만큼 강해지고, 한 치가 짧으면 그 한 치만큼의 위험성도 높아진다─寸長 一寸强 一寸短 一寸險"라고 한 금언金言도 두백당에게는 통하지 않았다. 단도의 길이는 불과 다섯 치밖에 안 되는데도 공세가 실로 험악하기 짝이 없었다.

"쐐아악, 쐑, 쐐아아!"

바람을 가르고 연달아 한 목표만 겨누어 보폭을 넓혀가며 직진하는 칼끝에 살기가 서렸다. 단 한 번 피할 기회를 잃어버린 소안 도장은 끝끝내 단도의 공세에서 벗어나지 못하고 허둥거려야 했다.

마법통과 소학 도장의 장검 두 자루가 동료를 구원하려고 이들의 공수攻守 틈바구니로 뻗어갔으나, 중도에서 역삼낭이 찔러드는 세 차례 역습에 걸려 모조리 차단당하고 말았다. 그제야 서량삼검은 이들 부부가 그전에 쓰던 병기를 버리고 새로 창안해낸 도법刀法의 묘를 깨달을 수 있었다. 한 사람이 전면 공격에 몰입한 사이, 또 한 사람은 전수 방위專守防衛로 일관해 공수 양면의 절묘한 조화를 이루고 있는 것이다.

잇달아 세 차례의 단도 공격을 받은 소안 도장이 손발을 어디다 둘지 모른 채 허둥거리면서 뒷걸음쳤다. 두백당은 대담하게도 적의 가슴팍으로 곧장 파고들었다. 칼끝이 전신 급소에서 도무지 떠날 줄 몰랐다. 소안 도장은 갈수록 위기에 몰렸다.

"이여엽!"

소학 도장이 길게 기합 소리를 터뜨리더니 검법을 일변시켰다. 그와 마법통의 장검 두 자루가 동시에 두백당의 좌우 측면으로 찔러 들어갔다. 어느 한 군데 정확한 목표를 노리지 않고 부드럽게 휘청거리

35. 누가 금빛 갈기털 사자를 도륙하려다 살신지화를 입으랴

는 칼끝에서 번쩍번쩍 검화劍花가 일더니 둘레 3척 안팎의 원을 그리며 그 한복판에 두백당을 몰아넣고 물샐틈없이 에워쌌다. 장검 두 자루가 그 칼날 길이만큼의 장점을 발휘한 것이다.

마침내 서량삼검은 다시 결합되어 엄밀한 검막을 형성했다.

가만히 지켜보던 장무기가 조민의 귀에 속삭이면서 다시 한번 두백당 부부와 서량삼검을 비웃었다.

"민누이, 당신도 보았지? 저 도사들의 검법이나 두씨 부부가 펼치는 도법 모두 내 큰아버님과 대결하기 위해 수련한 것이야. 저 사람들은 공세보다 수비 초식이 더 많아. 공격이 아니라 수비 일변도로만 나가서야 어디 하루 이틀 싸워서 승부가 날 턱이 있나?"

"맞아요. 금모사왕의 탁월한 무공 앞에 저따위 전수 방어에만 의존해서 어떻게 이기겠다는 것인지 모르겠네요."

과연 두백당은 소안 도장을 향해 몇 차례 공격을 퍼붓다가 그 역시 효과를 거두지 못하자, 방금 서량삼검이 했던 것처럼 공세를 포기하고 재빨리 수세로 전환했다. 다섯 사람의 도검은 달빛 아래 어지러이 춤을 추면서 잇달아 7~8초식이나 공수 변환을 거듭했다. 그러나 어느 쪽도 끝내 우세를 잡지 못했다.

"잠깐 멈추시오!"

돌연 마법통이 버럭 고함을 지르더니 자신부터 싸움판 영향권 바깥으로 벗어났다. 두백당 역시 뒷걸음질 도약 자세로 훌쩍 물러섰다. 밤바람에 흩날리는 은빛 수염이 아직도 위풍당당하게 여유를 보이고 있었다.

싸움은 중단되었다. 휴전을 요청한 마법통이 장검을 칼집에 꽂아

넣으면서 두백당 부부에게 수작을 걸었다.

"두씨 내외분께서 펼친 그 도법은 역시 사자를 잡기 위한 것이 아니오?"

역삼낭이 흠칫 놀랐다.

"이런! 마 도장, 눈썰미가 딴은 매섭구려."

"하기야 두 내외분께서 아드님을 사손의 손에 잃으셨으니 그 불구대천지 원수를 갚지 않을 수야 없으리다. 사손이 소림사에 있다는 걸 탐지하셨을 텐데, 어째서 진작 들어가 요절내지 않으셨소?"

"그건 우리 집안일이니까, 수고스럽게 마 도장이 걱정해주지 않으셔도 되오."

역삼낭이 곁눈질로 흘겨보았으나 마법통은 개의치 않고 한 가지 제안을 했다.

"우리 옥진관과 두 내외분 사이의 원혐은 아까 역삼낭께서 말씀하신 것처럼 사소한 일이오. 이제 생각해보니 그런 걸 놓고 목숨까지 걸어가며 싸울 필요는 없겠소. 지난 일일랑 모두 물에 흘려보내고 적대시할 게 아니라 벗이 되어 우리 함께 사손을 찾는 것이 어떻겠소?"

"옥진관도 사손에게 받아내야 할 혈채가 있소?"

"하하, 원한 같은 거야 물론 없지요."

"사손과 아무 원한도 없으면서 무엇 하러 그런 검법을 고생해가며 익히셨소? 우리 부부의 도법이나 당신네 검법이나 쌍방의 공수 초식이 비록 길은 달라도 모두가 칠상권을 제압하기 위한 무공 아니오?"

"하하, 역삼낭의 눈썰미 한번 날카롭소이다! '도통한 사람 앞에선 거짓말이 안 통한다眞人面前不說假話'더니, 과연 그 말씀대로요. 이젠 꼼짝

35. 누가 금빛 갈기털 사자를 도륙하려다 살신지화를 입으랴

못 하고 말씀드려야겠군요. 사실 우리 옥진관은 도룡도를 좀 빌려보고
싶소이다."

마법통이 속셈을 털어놓자, 역삼낭은 고개를 끄덕끄덕하더니 남편
의 손바닥에 날렵한 솜씨로 몇 글자를 써 보였다. 두백당 역시 손가락
으로 아내의 손바닥에 글자를 썼다. 혓바닥 놀림 대신 필담으로 대화
를 나눈 것이다. 한참 만에 역삼낭이 다시 마법통 쪽으로 돌아섰다.

"우리 부부는 그저 원통하게 죽은 아들의 복수를 해주기만 바랄 뿐,
도룡도 따위에는 손끝 하나 댈 의사가 없소이다. 원수만 갚을 수 있다
면 늙으나마 우리 부부의 목숨마저 기꺼이 바칠 거요!"

마법통의 얼굴에 대뜸 희색이 감돌았다.

"그것참 잘됐소이다! 우리 다섯이서 소림사로 쳐들어가 두 내외분
께선 아드님의 원수를 잡아 죽이시고, 저희 옥진관은 도룡도를 얻으면
끝날 테니까 더 말할 나위도 없겠소이다. 자, 이제부터 일심협력하여
소원을 이루기로 하고, 더 이상은 화목한 기운을 다치지 맙시다. 어떻
소이까, 우리 함께 맹세하는 것이⋯⋯?"

다섯 사람은 즉석에서 손바닥을 마주쳐 굳게 맹세했다. 그러고 나
서 두씨 부부는 세 도사를 집 안으로 받아들였다. 아들의 복수와 도룡
도를 탈취할 구체적 계획을 상의하기 위해서였다.

집 안에 들어서서 자리 잡고 앉은 서량삼검이 곁방 문짝이 굳게 닫
힌 것을 보고 당장 경계심을 일으켰다. 그들이 곁눈질로 문 쪽을 흘끔
거리자 역삼낭은 빙그레 웃어가며 변명을 해주었다.

"세 분께선 의아스레 여기실 것 없소이다. 저 방에 든 사람은 대도에
서 온 젊은 부부랍니다. 눈이 맞아 집에서 도망쳐 나왔는데, 그저 예쁘

고 어수룩하기만 하지, 무공이라곤 눈곱만치도 모르는 아이들이오."

하나 마법통은 경계심을 풀지 않았다.

"삼낭께선 고깝게 생각지 마십시오. 우리가 두 내외분을 못 미더워서 그러는 게 아니라, 우리 계획이 너무나 중대하기 때문에 조심하느라 그러는 거요. 지금 우리가 꾸미는 일은 천하 호걸들에게 오해받을 우려가 있소. 만에 하나라도 비밀이 새어나가는 날이면 흑백 양도가 모두 들고일어날지도 모르는 일이라……."

"하하, 우리 다섯이서 한밤이 다 새도록 싸웠는데도 어디 깨어나기나 합디까? 아마 지금도 돼지 새끼들처럼 쿨쿨 곯아떨어졌을 거외다. 하지만 마 도장께서 정 마음이 안 놓이신다면 직접 가보시는 것도 좋겠지요."

역삼낭은 대수롭지 않다는 듯이 웃으며 곁방으로 다가가 문을 밀었다. 침실에는 역시 안으로 빗장이 걸려 있었다.

이들 다섯 명의 대화 속에서 양부를 구해낼 단서를 찾을 수 있으리라 잔뜩 기대한 장무기는 마법통과 역삼낭이 주고받는 얘기를 듣기가 무섭게 대뜸 조민을 껴안고 옷을 입은 채로 침상에 뛰어올랐다. 이불을 덮어쓰다 보니 둘이서 모두 신발을 신은 채였다. 그는 얼른 조민의 신발을 벗겨서 자기 것과 나란히 침대 아래에 놓고 다시 이불을 뒤집어썼다. 바로 그 순간, 방문에 가로지른 빗장이 뚝 부러져 나가더니 문짝이 벌컥 열렸다. 역삼낭이 촛불을 밝혀 들고 방 안으로 들어섰다. 뒤따라 서량삼검도 한꺼번에 들어섰다.

불빛이 환하게 밝혀지자 장무기가 부스스 몸을 일으키고 졸린 눈을 비벼가며 멍하니 이 무례한 침입자들을 쳐다보았다.

"할머니, 무슨 일이신가요?"

장무기는 일부러 잠결에 어리둥절한 표정을 지어 보이면서 물었다. 바로 그때, 마법통이 번개 벼락 치듯 장검을 뽑아 들더니 불문곡직하고 장무기의 목젖을 내찔렀다. "씽!" 하는 칼바람 소리가 울렸다.

"으악!"

칼끝이 바람을 끊고 날아들자, 외마디 비명을 지른 장무기가 상체를 앞쪽으로 불쑥 내밀었다. 칼날을 피하려는 게 아니라 반대로 목덜미를 갖다 대는 자세였다.

"이크!"

이번에는 마법통과 역삼낭이 외마디 실성을 터뜨렸다. 마법통은 내뻗은 팔꿈치를 억지로 구부려 장검을 거둬들이느라 한순간 무진 애를 써야 했다. 어느새 이마에 진땀이 부쩍 돋아났다. 이건 무공을 못하는 녀석이라기보다 숫제 바보 명청이가 아닌가? 하마터면 생사람의 목젖을 꿰찌를 뻔했다. 아무리 미운한 강아지라도 부지깽이를 쳐들면 본능적으로 꽁무니를 도사리는 법인데, 어쩌자고 칼끝 앞으로 덤벼든단 말인가? 만약에 무학지사가 실력을 감추고 있다면, 제아무리 담대한 고수라 할지라도 이 기습적인 일검의 위협 앞에서 본능적으로 회피 동작을 취하지 않고는 배겨나지 못했으리라.

전신을 부들부들 떨고 있는 넋 빠진 얼간이 곁에서 젊은 여인이 "씽!" 소리를 내며 몸을 뒤척였다. 얼마나 고단한지 외마디 소리가 울렸는데도 깨어날 줄 몰랐다. 일렁거리는 촛불 빛을 받아 환히 드러난 그녀의 아리따운 얼굴이 발그레하니 도화색을 띠고 교태마저 깃들었다. 무뚝뚝하기 짝이 없는 마법통조차 두 눈이 휘둥그레지고 심금이

흔들릴 지경이었다. 소학 도장이 동료의 소맷자락을 툭툭 잡아당겼다.

"마 형, 역삼낭 말씀이 맞소. 어서 나갑시다."

멀뚱멀뚱 넋 잃은 얼간이를 남겨놓고 다섯 일행이 침실 바깥으로 나섰다. 역삼낭은 미안한 기색으로 방문을 조심스레 닫았다.

장무기는 재빨리 침상에서 뛰어내려 신발부터 찾아 신었다. 잘만 하면 이들 다섯 사람을 통해서 양부를 구해낼 단서를 얻을지도 모르는 일이다. 그때까지는 아무도 건드리지 않아야 했다.

마법통의 목소리가 들려왔다.

"두 내외분께선 사손이 소림사에 잡혀 있다는 소식을 확인하셨습니까?"

"확인하고말고요. 소림파는 벌써 영웅첩을 천하 무림계에 띄웠습니다. 9월 9일 중양절이 되면 소림사에서 '도사 영웅대회'를 열겠다는 내용이지요. 그들이 사손을 잡지 않고서야 천하 영웅들 면전에서 체면 깎이게 허풍 떨 리가 있겠소?"

역삼낭의 대꾸에 마법통이 깊은 신음 소리를 냈다.

"으음…… 소림파는 공견신승이 사손의 칠상권에 맞아 죽임을 당했으니, 소림의 승려들이나 속가 제자들이 그 원수를 갚지 않고는 못 배기겠지요. 그렇다면 두 내외분께선 그저 중양절에 소림사로 섞여 들어가 그 원수 놈이 스님의 법도法刀 아래 목을 늘여 죽는 광경만 보셔도 힘 한 푼 들이지 않고 피맺힌 원수를 갚는 셈이 될 터인데, 어째서 고막을 꿰뚫어 귀머거리가 되시고 소림파를 적으로 돌려가면서까지 애써 원수를 갚으려 하시는지 모르겠소이다."

"우리 영감이 양쪽 귀 고막을 훼손한 것은 벌써 5년 전의 일이지요.

35. 누가 금빛 갈기털 사자를 도륙하려다 살신지화를 입으랴

아시다시피 우리 늙은 부부는 사랑하는 외아들을 악적 사손에게 잃었소. 그 바다보다 깊은 원수를 어찌 남의 손을 빌려 갚는단 말이오? 그 원수와 마주치는 날, 이 늙은 할망구도 제일 먼저 내 양쪽 귓구멍을 뚫어 귀머거리가 될 작정이오. 그래야 그놈의 사자후를 듣지 않고 복수할 수 있으니까. 우리 부부는 그놈과 동귀어진해서 함께 저승으로 행차하기만 바랄 뿐이외다. 흐흐흐, 내 귀여운 자식 놈의 목숨을 사손이 빼앗아간 뒤로 우리 두 늙은이는 일찌감치 인간 세상에 아무런 미련도 두지 않았소. 소림파와 적이 되어도 좋고 무당파와 원한을 맺어도 좋소. 기껏해야 천 토막 만 갈래 찢겨 죽기밖에 더하겠소? 이러나저러나 죽기는 마찬가지, 그런 건 다 부질없는 걱정이라니까…….”

침실 벽을 사이에 두고 장무기는 노파 역삼낭의 탄식을 들었다. 아니, 그것은 탄식이라기보다 원한과 독기가 넘쳐흐르는 복수의 다짐이었다. 장무기는 가슴이 철렁 내려앉고 살이 떨렸다. 괴로운 상념이 머릿속을 온통 휘저어놓았다.

‘큰아버님은 오랜 옛날 간악무도한 스승 성곤의 계략에 빠져 일가족을 다 잃고 가슴속 그득 찬 원한을 숱한 사람에게 쏟아붓고 말았다. 이들 두씨 내외도 애당초 나쁜 사람은 아니었다. 사랑하는 아들이 무참하게 죽자 비로소 앙심을 품고 이렇듯 고심참담하게 내 양부를 죽여 복수하려는 게 아닌가? 이 원한에 사무친 마음을 내가 중간에 나서서 어떻게 돌이킬 수 있을까? 그건 천부당만부당한 일이다. 빙법은 오직 하나뿐, 양부를 구출해서 더는 업보가 늘어나지 않도록 멀리멀리 피신해 살아가는 수밖에 없다.’

이제 마루 쪽에서는 아무런 기척도 나지 않았다. 대화를 나누는 소리도 들려오지 않았다. 판자벽 틈으로 내다보니 다섯이서 여전히 탁자를 둘러싸고 앉아 있었다. 두씨 부부와 마법통 일행 셋이 멀거니 앉아만 있는 게 아니라 손가락으로 찻잔의 물을 찍어 탁자 위에 번갈아 글씨를 써가며 의견을 교환했다. 자기와 조민이 강호 인물이 아닌 줄 뻔히 알면서도 만에 하나 기밀 누설을 방지하기 위해 필담으로 의사소통을 하는 것이다. 장무기는 속으로 찬탄하면서도 기가 막혔다.

'다섯 사람 모두 조심성이 이만저만 아니다. 큰아버님이 강호에 맺어놓은 원수가 이토록 많고 더구나 도룡도를 넘보는 자 역시 수두룩한데, 중양절이 오기 전에 미리 손을 쓰려는 패거리가 또 얼마나 많을 것인가? 이들 모두가 온갖 수단 방법을 가리지 않고 치밀한 계략을 세우거나, 아니면 거의 대다수가 무공 실력이 뛰어나고 솜씨 또한 악랄한 인물들이다. 만에 하나, 소림사 측에서 털끝만치라도 경계를 소홀히 하는 날이면 큰아버님의 목숨은 그것으로 끝장나고야 말리라. 서둘러야겠다. 어서 구출 계획을 마련하자!'

침실 밖 마루 쪽에서는 다섯 사람의 소리 없는 손가락 밀담이 그칠 줄 모르고 계속되었다.

장무기는 침실 안에 놓인 걸상에 걸터앉은 채 눈을 붙였다. 상대편이 필담하는 바에야 더는 바깥 동정에 귀를 기울일 필요가 없었다. 이튿날 아침 깨어나고 보니 서량삼검은 어느새 떠나가고 보이지 않았다. 장무기는 시치미 뚝 떼고 노파에게 말을 붙였다.

"할머니, 간밤에 그 도사들은 무엇 하러 왔답니까? 꼬챙이처럼 뾰족한 칼을 번쩍번쩍 흔들어 붙이는 바람에 정말 혼비백산했지 뭡니까.

혹시 우리를 잡으러 온 건 아닐까 싶어 간이 콩알만해졌는데, 나중에 보니 아니더군요."

장검을 보고 '꼬챙이 같은 칼'이라니, 역삼낭은 속으로 실소를 금치 못했다. 하지만 별것 아니라는 듯이 딴전을 피웠다.

"밤중에 길을 잘못 찾아든 길손이었네. 차 한 잔 얻어 마시고 금방 가버렸지. 이봐, 증송아지 젊은이. 점심 먹고서 우린 소림사로 장작을 팔러 갈 텐데, 자네도 한 짐 져다주지 않으려나? 스님들이 묻거든 우리 아들이라고 둘러대게. 진짜 아들이 되라는 게 아니라 절에서 미심쩍어할까 봐 그런다네. 자네 색시는 너무 예쁘니까 아무 데도 나가선 안 되네."

도와달라는 부탁 같지만 실상 거절 못 하게 명령하는 말투였다. 장무기는 즉각 그 의도를 간파했다. 두백당 부부는 서량삼검과 상의한 대로 이제 소림사의 동정을 탐색하러 본격적으로 나설 참이었다. 공연한 의심을 사지 않기 위해 그를 진짜 시골뜨기 선머슴으로 여기고 없는 아들까지 있는 것처럼 꾸며서 자기네 신분을 위장할 속셈인 것이다. 장무기 쪽에서도 바라던 일이었으니 거절할 이유가 없었다.

"할머니가 시키는 대로 할 테니까, 우리 두 사람이 여기 숨어서 목구멍에 풀칠이나 하며 살게 해주세요. 둘이서 낯선 곳을 천방지축 도망치기에도 이젠 지쳤어요. 누가 쫓아오지 않을까 밤낮으로 간이 조여서 하루도 마음 편할 닐이 없었거든요."

오후가 되자, 장무기는 두씨 부부를 따라서 잘 마른 장작 한 짐씩 지고 소림사로 올라갔다. 머리에는 밀짚모자를 비스듬히 걸치고 도끼 한 자루 허리춤에 꾹 지른 다음, 맨종아리 걷어 올리고 짚신짝을 꿰었다.

세 사람 가운데 그가 진 나뭇단이 제일 큼지막했다. 조민이 사립문에 기대서서 미소 띤 눈길로 배웅하더니 저 혼자 집 안으로 들어갔다.

두씨 부부는 힘겨운 듯 일부러 가쁜 숨을 헐떡헐떡 쉬어 가며 천천히 산길을 올랐다. 소림사 산문 밖 돌 정자 앞에 이르자, 두백당이 먼저 장작 짐을 내려놓고 가쁜 숨을 몰아쉬었다. 역삼낭과 장무기도 나뭇단을 털썩 부려놓고 땅바닥에 주저앉았다.

돌 정자 안에는 젊은 승려 둘이서 한가롭게 잡담을 나누고 있었다. 일행 쪽에 흘끗 눈길을 던졌으나 별로 주목하지 않았다.

역삼낭은 거칠게 짠 무명 머릿수건을 벗어 땀이 난 얼굴을 훔치더니, 장무기의 어깨를 부여잡고 목덜미에 흐르는 땀을 닦아주며 물었다.

"얘야, 힘들지?"

처음에는 듣기가 어색하고 쑥스러웠으나, 장무기는 어쩐지 그녀의 말투에 거짓 꾸밈이 아니라 사뭇 깊은 모정이 서린 것을 느끼고 자기도 모르게 그녀 쪽으로 눈길이 갔다. 어느덧 역삼낭의 눈에는 글썽글썽 눈물이 괴었다. 장무기의 모습에서 악적 사손의 손에 죽임을 당한 아들을 떠올리는 표정이 완연했다. 장무기는 자신을 응시하는 그녀의 눈빛이 응답을 바라고 있음을 깨달았다. 마침내 그의 입에서도 자연스럽게 대꾸가 흘러나왔다.

"엄마, 난 괜찮아요. 나보다 엄마가 더 힘들 거야."

제 입으로 "엄마"라고 부르고 났을 때, 장무기는 갑작스레 가슴이 꽉 메었다. 그 역시 정말 어머니를 그리워하는 정이 북받쳐 오른 것이다.

역삼낭은 "엄마" 소리를 듣자, 흥건히 고였던 눈물이 왈칵 쏟아져 내렸다. 그녀는 땀을 훔치는 시늉으로 눈물을 닦았다. 아내의 표정을 살피던 두씨 영감이 슬그머니 일어서더니 나뭇단을 지고 손짓했다. 대화를 듣지 못하는 귀머거리였으나 아내의 그런 표정에서 죽은 아들을 생각하고 있다는 것쯤은 눈치챈 듯했다. 스님들이 보는 앞에서 아내가 공연스레 감상에 빠져 일을 그르칠지도 모른다고 생각한 것이다.

장무기는 장작 짐을 메기 전에 역삼낭의 짐에서 나뭇단 두 묶음을 끌러다 자기 짐에 얹어 묶었다. 그러고는 다시 말했다.

"엄마, 우리 이제 가요."

장무기가 곰살궂게 자기 짐까지 덜어내면서 위해주는 것을 보고 역삼낭은 그만 심사가 어지러워지고 말았다.

'내 아들이 오늘까지 살아 있었다면 이 젊은 녀석보다 나이가 훨씬 더 많겠지. 그럼 나도 지금쯤 이런 나뭇단이 아니라 귀여운 손자 손녀 한둘쯤 업고 안고 다닐 텐데…….'

역삼낭은 하염없는 상념에 빠져 발길을 쉽게 옮겨 떼지 못하고 우두커니 서 있었다. 장작 짐을 떠멘 장무기가 정자 바깥으로 나서는 걸 보고서야 마지못해 뒤따르기는 했으나 심란해진 탓에 돌부리를 헛디뎌 비틀거렸다. 장무기가 흘끗 돌아보고 얼른 손을 내밀어 부축해주었다. 그 역시 나름대로 상념에 젖어 있었다.

'내 엄마가 지금 여기 살아 계시고 이 노파처럼 비틀거렸다면, 이렇게 부축해드렸을 텐데…….'

성사 안에서 이들의 모습을 눈여겨보던 승려가 탄성을 질렀다.

"젊은이의 효성이 지극하군. 요즘 보기 드문 청년일세!"

또 한 승려가 역삼낭의 등 뒤에다 대고 한마디 물었다.

"여보, 할멈! 그 나뭇짐 우리 절에 갖다 팔 거요?"

"예에, 그런데요?"

"요 며칠 전 방장 어른께서 법지를 내렸소. 외부 사람은 아무도 절에 들어가지 못하니까 헛걸음하지 말고 내려가시오!"

이 말을 듣고 역삼낭은 적잖이 실망했다. 과연 짐작한 대로 소림사의 방비가 주도면밀했다.

두백당은 20~30척 거리를 앞서가다가 아내와 장무기 둘이서 뒤따르는 기척이 없자 그 자리에 서서 기다렸다. 이들 셋이 오도 가도 못하고 엉거주춤 서 있으려니, 가는 길을 막던 승려가 보기에 딱했는지 동료를 돌아보고 말했다.

"여보게, 사제. 이 시골 사람들 말일세, 모자간에 효성과 자애가 무척이나 두텁지 않나? 아무래도 우리가 융통성을 보여주는 게 도리일 듯싶구먼. 자네가 저 사람들을 데리고 뒷문으로 해서 향적주香積廚(부엌)까지 들여보내주게. 감사監寺 스님한테 들키거든 우리 절간에 단골로 장작 대는 사람이라 둘러대고 말일세. 그럼 별 탈은 없을 거야."

"그러지요. 감사 스님이 절에 들이지 말라는 외부 사람이야 잡스러운 무림인들이니까. 공연히 성실하고 우직한 시골 나무꾼까지 생계를 끊어서야 되겠습니까?"

젊은 승려가 선뜻 정자를 나서더니 두씨 부부와 장무기를 데리고 산길을 돌아 절간 뒷문으로 들어갔다. 그러고는 장작단을 곳간에 차곡차곡 쌓아놓게 하고 주방 스님을 불러다 셈을 쳐주도록 했다.

역삼낭은 너무 고마워 젊은 스님에게 연신 절을 했다.

"우리 집에 통배추가 아주 실하게 자라고 있는데, 내일 이 송아지 녀석을 시켜서 몇 근 보내드리지요. 돈은 안 받을 테니 스님들 맛이나 좀

보시도록 하세요."

길 안내를 맡았던 스님이 껄껄대고 웃으면서 도리질을 했다.

"하하, 그 배추 맛은 아무래도 못 보겠소. 내일부터 당신들은 여기 들어오지 못해요. 오늘만큼은 특별히 봐주었지만, 감사 스님이 아시는 날엔 우리가 벌을 받게 되니까 앞으로는 오지 마시오."

그때 주방 감독 스님이 장무기의 위아래를 훑어보더니 젊은 승려에게 말했다.

"중양절을 전후해서 사찰에 오실 손님이 1,000명이 넘는다던데, 물 길으랴 장작 뻐개랴, 앞으로 손이 바빠질지 모르겠네. 이 친구, 보아하니 몸집이 아주 단단하게 생겼어. 이봐, 젊은이! 여기 와서 한 두어 달 잡일을 좀 거들어주면 안 되겠나? 한 달에 은자 닷 전씩 줌세. 어떤가?"

곁에서 역삼낭이 옳다구나 싶어 자기가 먼저 냉큼 대답했다.

"그것참 잘됐군요! 아이고 스님, 우리 이 송아지 녀석이 하루 온종일 빈둥거리면서 놀기나 하던 참이었는데……. 얘야, 스님들 심부름이나 좀 해드리고 은자 몇 냥 벌어서 집안 살림에 보태면 얼마나 좋겠니?"

장무기도 생각해보니 딴은 그것도 괜찮겠다 싶었다. 소림사의 경계 태세가 이토록 삼엄한데 자연스럽게 허락을 받아 떳떳이 들어설 수 있는 방도가 생긴 것이다. 그러나 문제가 전혀 없는 것은 아니었다. 소림사 승려들 가운데 명교 교주 장무기의 얼굴을 아는 이가 적지 않다. 공연히 절간 경내를 여기저기 심부름하고 다녔다가는 그들에게 들통 날 위험성도 다분했다. 하지만 어쩌겠는가? 어차피 위험을 무릅써야 한다. 여기 주방은 외딴곳에 있고 또 소림사 승려 중 직급이 비교적 낮은 사람들만 드나들 테니까, 두어 달 정도 눈치 빠르게 피하면 안 될 법도 없을 듯싶었다.

"얘야······."

역삼낭이 재촉했다. 그래도 장무기는 선뜻 마음의 결단을 내리지 못했다. 그래서 핑계를 댔다.

"어머니, 내 색시는······."

역삼낭으로선 그야말로 천재일우의 기회를 놓칠 수가 없었다. 장무기가 마누라 걱정을 하는 걸 보자 얼른 대답해주었다.

"얘야, 네 색시는 걱정 마라. 설마 이 시어미가 며느리 구박할까 봐 그러느냐? 너 여기서 게으름 피우지 말고 스님들 말씀 잘 듣고 있으면, 이 어미가 며칠 있다 색시를 데리고 오마. 이렇게 다 큰 녀석이 어미하고 단 하루도 떨어져 있지 않으려 하다니, 아직도 이 어미가 젖 먹여주고 오줌똥 받아내주었으면 좋겠느냐?"

역삼낭은 달래듯이 장무기의 머리를 쓰다듬어주었다. 어느덧 눈빛 속에는 또다시 자애로운 모정이 담뿍 담겼다.

주방 감독 스님 역시 장무기가 믿음직스럽고 성실해 보였던지, 연신 혀가 닳도록 권유했다. 앞으로 고양이 손이라도 빌려 써야 할 만큼 일이 바빠질 게 분명한 터라 어떻게 해서든지 이 충직하게 생긴 선머슴 녀석을 붙잡아두고 싶은 것이다. 중양절 대회를 전후해서 천하의 영웅호걸이 다 모여들 텐데 하루 세 끼 밥과 반찬에 찻물까지 대령하려면 얼마나 골치 아프겠는가? 감사 스님이 적지 않게 많은 제자를 주방으로 빼돌려 예행연습을 시켜보았지만, 이들은 참선 수행에 몰두하

35. 누가 금빛 갈기털 사자를 도륙하려다 살신지화를 입으랴

거나 무공 수련에만 열중하던 패거리라 힘들고 거친 주방의 잡일 따위에는 도무지 손을 대려 하지 않았다. 이러니 감사 스님이 일껏 뽑아서 보낸 일손들도 전혀 쓸모가 없었다. 그들은 주방 안에서 뒷짐 지고 거들먹거리며 오락가락 서성대기나 할 뿐 심지어는 하릴없이 두 눈딱 부릅뜨고 불목하니들에게 호통까지 쳐대기 일쑤였다. 지금도 이러한데 손님들이 구름처럼 몰려드는 그때는 어쩌겠는가. 그는 생각만 해도 눈앞이 캄캄했다.

장무기도 나름대로 다시 생각해보았다. 낮에는 주방 구석에 틀어박혀 일에만 열중하면 소림 고수들의 눈에 띌 염려는 없으리라. 그리고 한밤중에 움직이면 될 터였다. 하지만 그는 여전히 미루적거리기만 할 뿐 좀처럼 응낙하지 않았다. 자기네들을 인도해온 젊은 승려마저 경계심을 다 풀 때까지 버텨볼 작정이었다. 이윽고 젊은 승려마저 권유해오자, 장무기는 마지못한 듯 고개를 끄덕였다. 그러나 조건을 다는 걸 잊지 않았다.

"스님, 한 달에 은자 닷 전은 너무 적소. 여섯 전은 줘야지……. 그럼 다섯 전은 어머니 드리고 나머지 일 전으로 우리 색시 옷감을 줄 테니까……."

"하하! 그래그래, 여섯 전 주기로 함세. 내가 약속했으니까 더도 덜도 말고 여섯 전 주겠네."

주방 감독 스님은 껄껄 웃으면서 시원스레 품삯을 올려주었다. 역삼낭은 다시 어미답게 미주알고주알 당부의 말을 남기더니 남편과 함께 산을 내려갔다. 장무기는 뒤따라 나가면서 그녀의 등 뒤에다 대고 소리쳤다.

"어머니, 내 색시 잘 돌봐줘야 해요!"

"걱정 말려무나, 이 녀석아! 내 어련히 알아서 하겠니?"

그날로 장무기는 주방에서 장작 패고 토탄±炭 캐다 져 나르고, 아궁이 불 지피고 물 긷는 일에 매달렸다. 정신없이 몰아치는 호통을 들으면서 눈알이 핑핑 돌아갈 정도로 바빴지만, 일단 행동 목표가 정해진 바에야 고된 노역도 기꺼운 마음으로 해냈다. 그는 일부러 아궁이에서 재를 한 줌 움켜다 얼굴에 온통 개칠을 하고 머리를 풀어 헤쳐 봉두난발로 까마귀 둥지를 만들었다. 물독에 비춰보았더니 자신도 알아보지 못할 정도였다.

저녁이 되면 장무기는 향적주에 소속된 불목하니 화공 두타들과 함께 주방 곁에 딸린 오두막 골방에 쓰러져 잤다. 소림사는 한마디로 와호장룡의 중지重地였다. 하잘것없는 불목하니 승려들 중에도 절세무공을 감춘 고수가 가끔씩 있는 터라 말 한마디 섣불리 꺼낼 수가 없었다. 그저 매사에 조심하고 행동거지 하나하나에 신중해야 했다.

이렇듯 7~8일이 지났다. 그동안 역삼낭은 조민을 데리고 두 차례나 다녀갔다. 물론 장무기의 입을 통해 소림사 내부 동태를 파악하기 위해서였다.

장무기는 맡겨진 일을 열심히 했다. 새벽녘부터 밤늦도록 아무리 힘들고 거친 일이 주어지더라도 서슴지 않고 해냈다. 주방 감독 스님뿐만 아니라 채소밭, 곳간, 불목하니 동료들까지 모두 그를 좋아했다. 불평 한마디 하지 않으면서 묵묵히 일에만 열중했으니, 너도나도 친근해지려 애쓰고 환심을 사려 들었다.

그는 아직도 본격적인 탐색에 나설 엄두를 내지 못했다. 그저 할 수

35. 누가 금빛 갈기털 사자를 도륙하려다 살신지화를 입으랴

있는 일이라곤 귓결에 스치는 승려들이나 동료의 대화 속에서 양부 사손이 감금된 장소에 관한 실마리를 찾으려 신경을 집중시켰을 따름이다. 죄수도 사람이니만치 끼니때마다 식사를 나르는 사람이 있을 터, 그 심부름꾼만 찾아내면 양부의 행방을 추적할 수 있을 것이다. 그러나 어찌 된 노릇인지 며칠 동안 꾹 참고 기다렸어도 주방에서 밥을 나르는 일도 없을뿐더러 죄수가 어디에 갇혀 있다는 낌새마저 전혀 챌 수가 없었다.

아흐레째 되던 날 밤, 그는 잠결에 어렴풋이 들려오는 호통 소리를 듣고 깨어났다. 그 외침은 반 리 바깥에서 나는 소리였다. 슬그머니 잠자리에서 빠져나와 골방 앞뜰로 내려간 그는 잠자코 귀를 기울여 소리 나는 방향을 어림잡았다. 그러고는 선뜻 경공신법을 펼쳐 유령 같은 동작으로 소리 없이 그쪽으로 달려갔다.

소림사 왼쪽 우거진 숲속, 그곳에서 병기 맞부딪는 쇳소리가 울렸다. 장무기는 나무 꼭대기로 뛰어 올라갔다. 그런 뒤 사방 수풀 속에 매복자가 없음을 확인한 다음, 나무줄기를 차례차례 건너뛰어 숲 한복판으로 접근했다.

기합 소리와 금속성이 엇갈리는 가운데 몇몇 사람의 그림자가 한데 뒤엉켜 격렬한 싸움을 벌이고 있었다. 자세히 눈여겨 바라보았더니, 가로세로 도광 검영 刀光劍影을 번뜩이면서 도합 여섯 그림자가 두 패로 나뉘어 혼전을 벌이고 있었다. 장무기는 첫눈에 괴한 셋을 알아볼 수 있었다. 바로 서량삼검이었다. 그들은 정반 오행의 검진을 펼쳐놓은 채 엄밀한 수비 태세를 취하고 있었다. 물론 그것이 가짜 삼재진임을 장무기는 단번에 알아보았다.

서량삼검에게 맹렬한 공격을 퍼붓고 있는 세 사람은 소림의 승려들이었다. 그들은 저마다 계도를 휘두르면서 세모꼴로 형성된 가짜 삼재진을 한 귀퉁이씩 맡아 들이치고 있었다. 일방적인 공격, 일방적인 수비, 서량삼검의 역습이라곤 단 한 차례도 없었다. 20~30초가 지났을 때 돌연 "푹!" 하고 둔탁한 소리와 함께 서량삼검 중 하나가 계도의 육중한 칼날에 찍혀 쓰러졌다. 소안 도장이었다. 수비진의 한 모서리가 무너지면서 파탄이 드러나자, 나머지 두 사람은 더욱 소림 승려들의 상대가 못 되었다.

"으악!"

처참한 단말마의 비명을 남기고 또 한 명이 칼날에 찍혀 거꾸러졌다. 땅딸보 도사 마법통이 이 세상에 남긴 마지막 소리였다. 이제 최후의 한 사람은 소학 도장이었다. 그 역시 오른팔에 상처를 입었다. 그러면서도 한사코 절망적인 싸움을 이끌어갔다.

"잠깐 멈추게!"

승려 중 한 사람이 짧고 낮게 외치자, 계도 석 자루가 소학 도장을 에워싼 채 더는 움직이지 않았다. 뒤미처 늙수그레한 승려의 목소리가 매섭게 울렸다.

"그대들 서량 옥진관은 우리 소림사와 아무런 갈등도 원수도 맺은 일이 없을 터, 무슨 까닭으로 야반 침입을 자행했는가?"

소학 도장이 피를 철철 흘리면서 참담한 기색으로 대꾸했다.

"우리 사형제 셋은 이미 패전지장의 몸, 스스로 배운 무학 실력이 낮음을 원망할 뿐 대꾸해 좋을 말이 뭐 있겠소?"

노승이 차갑게 비웃으며 말했다.

35. 누가 금빛 갈기털 사자를 도륙하려다 살신지화를 입으랴

"흐흠, 그대들은 사손을 빼내러 왔든지 도룡도를 꿈꾸고 왔든지 둘 중 하나렷다? 하하하! 이날 이때껏 사손이 옥진관 문하 제자를 해쳤다는 소문을 들어본 적이 없으니, 필시 도룡보도 때문이겠군. 그따위 보잘것없는 손재간 몇 수 가지고 소림사를 뒤엎을 생각을 했다니! 무림계 1,000년 영수 소림파가 남의 눈에 이렇듯 깔보일 줄이야 정말 생각지 못했구나!"

소학 도장은 궁지에 몰려 놀림까지 당하자 치욕에 겨워 이를 갈아붙였다. 그는 더 참지 못하고 궁한 쥐가 고양이를 물어뜯듯 노승을 향해 건곤일척乾坤一擲으로 '중궁직진中宮直進'의 마지막 일격을 시도했다. "휙!" 소리가 나도록 세찬 장검의 칼끝이 곧바로 노승의 앞가슴을 노리고 찔러들었다. 한참 의기양양하게 지껄이던 노승이 뜻밖의 일격에 깜짝 놀라 황급히 회피 동작을 취하기는 했으나 역시 한발 늦었다. 칼끝은 급소를 비켜가긴 했지만 노승의 왼쪽 팔뚝을 꿰찌르고 들어갔다. 그와 때맞춰 양 곁에서 겨누고 있던 두 승려의 쌍도가 한꺼번에 소학 도장을 내리찍었다. "철썩!" 하고 목이 떨어진 소학 도장의 몸뚱이가 풀밭에 맥없이 쓰러졌다.

승려 셋은 말 한마디 없이 서량삼검의 시체를 하나씩 주워 들고 빠른 걸음걸이로 절간 쪽을 향해 바쁘게 사라져갔다.

장무기는 그 뒤를 쫓기로 마음먹었다. 결과가 어떻게 될 것인지 알아볼 참이었다. 그러나 이제 막 추격에 나서려던 동작이 급작스레 멈칫했다. 오른쪽 전방 무릎까지 차도록 웃자란 수풀 속에서 들고 내쉬는 숨결의 기척이 미약하게나마 느껴진 것이다. 그는 가슴을 쓸어내렸다. 하마터면 큰일 날 뻔했다. 이제 봤더니 또 다른 패거리가 매복해 있었다! 즉시 몸을 잔뜩 낮추고 꼼짝달싹하지 않은 채 반 시진 남짓이 지났을 때에야 수풀 속에서 누군가 가볍게 손뼉 치는 소리가 두 번 울리더니, 멀찌감치 떨어진 곳에서도 손뼉으로 호응하는 소리가 들려왔다. 이윽고 널따란 수풀 전후좌우에서 도합 여섯 명의 승려가 허리를 펴고 우뚝 일어섰다. 손에는 제각기 선장이나 도검 같은 병기가 들려 있었다. 여섯 매복자는 부챗살 대형으로 널찍하게 산개한 채 절간으로 들어갔다.

장무기는 여섯 승려의 뒷모습이 멀리 사라진 뒤에야 주방 곁 오두막으로 돌아왔다. 동숙同宿하는 불목하니들은 여전히 깊은 잠에 빠져 깨어날 줄 몰랐다. 잠자리에 누우면서 그는 속으로 한탄을 금치 못했다. 잠깐 사이에 내로라하는 호걸들이 비명횡사를 당할 줄이야. 눈으로 직접 보지 않았다면 누가 믿기나 했겠는가? 소림사 경내의 경계 태세는 생각한 것보다 훨씬 엄중했다. 서량삼검, 세 목숨을 삽시간에 인정사정없이 도륙해버릴 만큼 소림파는 긴장해 있는 것이다.

그 사건이 있은 후 다시 며칠이 지나고 8월도 이제 중순에 접어들었다. 날씨는 점점 무더워지고 중양절은 하루하루 다가왔다. 절간 주방에서 거친 일에 파묻혀 나날을 보내던 장무기는 이날 이때껏 사손의 행방을 알아내지 못하자 갈수록 조바심이 났다. 마침내 그는 위험을 무릅쓰고라도 소림사 경내 곳곳을 뒤져보기로 결심했다.

그날 밤 삼경三更(밤 11시경)이 다 되도록 잠들었던 장무기는 다시 슬며시 골방을 빠져나와 지붕 꼭대기로 솟구쳐 올라갔다. 용마루 뒤에 몸을 숨기고 안정된 자세를 잡는 순간, 처마 끝 아래쪽에서 두 사람의 그림자가 남북을 가로질러 유령처럼 날렵한 동작으로 스쳐 지나갔다.

승포 자락을 밤바람에 부풀리면서 표연히 사라지는 저들의 손에서 계도 두 자루가 달빛을 받아 번뜩거렸다. 바로 경내를 순찰 도는 소림 승려들이었다.

순찰 승려들이 지나가자, 그는 20~30척 거리의 허공을 건너뛰어 다음 건물 지붕으로 약진했다. 허술하게 덮인 기왓장이 발밑에서 "와작!" 소리를 냈다. 그 순간, 장무기는 맞은편 건물 지붕 위로 솟구쳐 오르는 두 그림자를 발견했다. 역시 순찰 돌던 승려들이었다. 그들은 청력이 아주 민감했다. 장무기는 호흡마저 끊은 채 재빨리 용마루 그늘 속에 납죽 엎드렸다. 기왓장을 스치는 승포 자락과 육중한 선장이 가볍게 지붕 바닥을 찍는 소리가 한동안 주위를 맴돌다 사라졌다. 아래쪽을 굽어보았다. 승려들이 떼 지어 대오 정연하게 위치를 바꿔가며 쉴 새 없이 순찰을 돌고 있었다. 전후좌우, 사방 천지 어디를 둘러보나 승려들의 순찰대가 가로세로 그물을 엮은 채 움직였다. 황제가 있는 궁궐이 금성철벽金城鐵壁이라지만, 그보다 더 엄밀해 보였다.

경계가 이래서는 바람이 아니고야 더 이상 앞으로 나아갈 도리가 없었다. 그대로 염탐을 강행했다가는 바람결마저 놓치지 않을 것 같은 이들의 눈초리에 발각될 듯싶었다. 장무기는 낙심천만, 일찌감치 탐색을 포기하고 시무룩하게 오두막 골방으로 돌아왔다.

다시 사흘이 지났다. 그날 저녁부터 내리기 시작한 비는 밤이 깊어지면서 천둥 번개까지 동반하고 억수같이 퍼부었다.

장무기는 하늘이 돕는구나 싶었다. 사방 천지 칠흑 같은 어둠 속을 뚫고서 그는 또다시 앞채 전각 지붕으로 뛰어올랐다. 엄청나게 쏟아지는 폭우, 장대 같은 빗줄기가 등판과 머리통을 사정없이 두드렸다. 배

속 창자까지 울릴 만큼 세찬 빗줄기였다. 소림사 경내에서 제일 중요한 근거지는 네 군데, 바로 나한당과 달마당, 반야원般若院, 그리고 방장 스님의 거처인 정사精舍였다. 장무기는 그곳부터 차례차례 탐색해나가기로 작정했다.

그러나 코끝도 보이지 않는 암흑 속에서 겹겹이 우뚝우뚝 솟은 건물 가운데 어느 것이 나한당이고 어느 것이 반야원인지 방향조차 종잡을 길이 없었다. 그는 도약과 엄폐를 거듭해가면서 발길 닿는 대로 약진했다.

얼마나 힘든 시간이 흘렀을까, 마침내 장무기의 방황은 끝이 났다. 우거진 대나무 숲속 깊숙이 자리 잡은 곳에서 반짝이는 불빛을 찾아낸 것이다. 그것은 허름하고도 작은 정사였다. 불빛은 창문을 뚫고 비쳐나오고 있었다. 장무기는 창틀 아래로 접근해갔다. 온 몸뚱어리가 이미 흠뻑 젖었는데도 콩알만큼씩이나 굵다란 빗방울은 얼굴이며 손등을 사정없이 때리고 튕겨나갔다.

정사 안에서 두런두런 사람의 말소리가 들려나왔다. 그것은 바로 소림사 방장 스님 공문대사의 음성이었다. 장무기는 온 신경을 두 귀에 집중하고 방 안의 대화를 엿듣기 시작했다.

"금모사왕 하나 때문에 우리 소림파는 지난 한 달 동안 무려 스물세 명이나 살상했소. 아무리 무단 침입자들이기는 하지만 불제자의 신분으로 죄업이 너무나 크오. 이는 불조佛祖의 자비지심에 실로 어긋나는 짓이라 하겠소. 게다가 명교 광명좌사 양소, 광명우사 범요, 백미응왕 은천정, 청익복왕 위일소, 이들이 번갈아가며 사자를 보내 사손의 석방을 요구해왔소. 그럴 때마다 우리 측은 이런저런 구실을 붙여 회피

35. 누가 금빛 갈기털 사자를 도륙하려다 살신지화를 입으랴

하기는 했으나, 명교 측이 어찌 그 정도로 단념할 리 있겠소?”

공문 방장의 말을 듣고서 장무기는 마음이 활짝 펴졌다.

‘과연! 외조부님과 양 좌사 일행도 저마다 금모사왕의 소식을 들었구나. 범 우사, 위 복왕까지 외부에서 소림파 측에 압력을 가하고 있다면 어쩌면 일이 쉽게 풀릴 수도 있겠다.’

방장 스님의 말이 이어졌다.

“그뿐만 아니라 장 교주는 무공이 출신입화의 경지에 든 사람인데, 시종 모습을 드러내지 않는 것을 보면 역시 그 나름대로 사손을 구출하기 위해 암암리에 또 다른 계략을 추진하고 있는 게 분명하오. 나를 비롯해 공지 사제, 그리고 또 우리 소림의 중진들이 장 교주의 도움으로 사지에서 탈출할 수 있었던 사실은 모두가 잘 아는 터, 남에게 은혜를 입고도 아직 갚지 못한 처지에 장 교주가 불쑥 나타나 사손의 석방을 직접 요구한다면 우리는 과연 어떻게 대답해야 옳겠소? 이게 가장 난처한 점이오. 사제, 그리고 사질, 고견이 있거든 말씀해보시구려.”

바로 그때였다. 방 안에서 음침하고도 늙수그레한 기침 소리가 “쿨럭!” 울렸다. 그 소리는 방장 스님의 것이 아니었다. 장무기의 가슴이 철렁 내려앉았다. 기침 소리의 주인공은 다름 아니라 ‘원진’이란 법명으로 이름을 고친 악적 혼원벽력수 성곤이었다.

장무기는 이날 이때껏 성곤과 맞대면하고 직접 대화를 나눈 적이 없었다. 그러나 포대화상 설부득의 괴상야릇한 부대 자루 건곤일기대 속에 갇혔을 때 성곤의 목소리만큼은 충분히 귀에 익었다. 그뿐만 아니라 광명정 지하 비밀 통로까지 추격해 들어갔을 때 그자가 지르는 호통 소리와 기침 소리를 아직도 잊지 않고 있었다. 광명정 비밀 통로를 떠올리는 순간, 느닷없이 아소가 생각났다. 감미로운 추억에 이어 쓰라린 이별의 슬픔이 온몸을 휩쓸고 지나갔다.

귀에 익은 원진의 목소리가 울렸다.

"현재 사손은 세 분 태사숙太師叔께서 지키고 계시니 잘못될 리 만무합니다. 이번 영웅대회는 우리 소림파의 1,100년 흥망성쇠와 영욕이 달린 막중대사입니다. 마교의 무리들이 베푼 보잘것없는 은혜쯤이야 방장 사숙께서 마음에 거리끼실 필요가 없습니다. 더구나 만안사 보탑에서 벌어진 사건은 마교 놈들이 암암리에 몽골 오랑캐 조정과 한통속이 되어 획책한 음모였음을 방장 사숙께서도 알고 계시지 않습니까?"

"어떻게 명교와 조정이 결탁했단 말이오? 증거라도 있소?"

"명교 장 교주는 애당초 아미파 장문 주지약 소저와 혼인하기로 되어 있었습니다. 그런데 혼례식이 거행되던 날, 여양왕의 딸이 나타났습니다. 그 처녀는 조민, 몽골식 본명은 민민테무르라고 합니다만, 바로 방장 사숙 여러분과 육대 문파 고수들을 비겁하게 중독시켜 사로잡아갔던 계집이지요. 그녀는 결혼식이 벌어지는 순간에 불문곡직하고 신랑이던 장가 녀석을 이끌고 달아나버렸습니다. 그 해괴한 사건은 이미 강호 무림계를 벌컥 뒤집어놓았으니까 사숙께서도 들어 아실 겁니다."

"그래, 우리도 그 소문은 들었지."

"그 민민테무르의 부하 중 '고두타'라고 일컫던 유력한 고수가 있지요. 두 분 사숙께서도 만안사에서 그자를 보신 적이 있을 겁니다."

원진의 끝말 한마디가 공지대사에게 잊혔던 굴욕감을 한순간에 일깨워놓았다. 만안사 보탑에 갇힌 채 그는 날이면 날마다 조민 앞에 끌려나가 소림의 무공절기를 털어놓으라고 온갖 협박과 수모를 다 겪었다. 그중에서도 고두타, 내력을 송두리째 잃어버리고 반항할 힘도 없는 몸으로 그놈과 대결을 강요당한 끝에 얼마나 지독한 모욕을 받았던가? 칼자국투성이의 험상궂은 얼굴에 빙글빙글 냉소를 띠던 모습을 생각하면 지금도 가슴살이 떨리고 이가 갈렸다.

공지대사의 격앙된 목소리가 울려 나왔다.

"흥, 그놈의 고두타란 놈! 이번 대회만 끝나면 그자를 만나러 대도엘 한번 다녀올 작정일세."

"두 분 사숙께선 그 고두타가 누군지 아십니까?"

원진의 물음에 공지대사가 내처 대꾸했다.

"고두타, 그놈은 박학다식한 고수였네. 여러 큰 문파의 무학과 무공을 모조리 섭렵한 모양이던데, 실상 그놈이 어느 문파 출신인지 알아보지를 못하겠더군."

"고두타는 바로 마교의 광명우사 범요입니다."

"뭐라고? 아니, 그게 정말인가?"

공문 방장과 공지대사가 펄쩍 뛰다시피 놀라 이구동성으로 외쳐 물었다. 말투에 도저히 믿을 수 없다는 기색이 역력히 묻어났다.

"소질小姪 원진이 어찌 감히 사숙 어른들을 기만하겠습니까. 중양절 영웅대회에 그자도 반드시 나타날 것이오니 두 분께서 한눈에 알아보실 수 있을 것입니다."

공지대사는 깊은 신음을 내뱉었다.

"으음…… 그렇다면 장무기와 소민군주가 분명 암암리에 결탁했다는 말이 되겠군. 표면적으로는 소민군주가 육대 문파 수뇌부 인물들을 사로잡아 가두고, 다시 장무기가 구출해서 생색을 냈다는 말이렷다?"

"십중팔구는 그렇습니다."

원진이 확신을 주듯 잘라 말했다. 그러나 공문 방장은 아직도 원진의 말과 공지 사제의 추측을 믿고 싶지 않았다. 그는 신중하게 말문을 열었다.

"내가 보기에 장 교주는 인품이 중후하고 의로운 인물이었네. 아무래도 그런 사람이 조정과 결탁할 자는 아닌 듯싶으이. 우리가 공연히 생사람을 잡아 나무라선 안 될 것일세."

방장 스님의 신중론에 원진이 반박했다.

"방장 사숙께선 밝혀 살피십시오. 속담에도 '사람의 표정은 읽을 수 있어도 속마음을 헤아릴 수는 없다知人知面不知心'* 하지 않았습니까? 우리가 잡은 사손이 어떤 자입니까? 바로 마교 교주 장무기의 양부요, 마교 사대 호교법왕 가운데 하나입니다. 그러기에 마교도들은 수단 방법을 가리지 않고 사손을 구해내려 날뛸 것입니다. 두고 보십시오. 도사 영웅대회가 열리는 날, 모든 사실이 명명백백하게 드러날 것입니다."

곧이어 세 사람의 화제는 중양절 대회에 참석할 손님 접대를 비롯해서 사손을 탈취하려는 적들을 어떻게 막아낼 것인가, 또 초청한 여러 문파 고수들 중에서 어느 정도가 소림사를 지원할 것이냐 하는 문제로 옮아갔다.

---

* 인심의 험악함을 헤아리기 어렵다는 비유. 《수호전》제45회, 《홍루몽》제11회에서 각각 인용했다. 우리 속담에 "열 길 물속은 알아도 한 길 사람의 속은 모른다"는 말과 비슷하게 쓰인다.

35. 누가 금빛 갈기털 사자를 도륙하려다 살신지화를 입으랴

그중에서도 장무기의 신경을 곤두세운 것은 원진이 역설한 무서운
계획이었다. 원진은 중양절 영웅대회에서 도룡도를 내걸고 여러 문파
고수들을 충동질해 서로 싸우도록 안배한 다음 그들 세력이 양패구상
으로 약화될 때까지 기다렸다가 다시 소림파 세력을 총출동시켜 이른
바 '변장척호卜莊刺虎'의 계략으로 일거에 모든 문파를 위압하고 명실
공히 도룡도를 차지해 천하 무림계의 패자, 곧 무림지존으로 군림하겠
다는 것이었다. 그야말로 '양호경식지계兩虎競食之計'로써 무림계의 정기
를 쇠퇴시키고, 소림파가 어부지리를 취하자는 주도면밀한 흉계가 아
닐 수 없었다.
　원진의 주장에 공문 방장은 여전히 신중을 기하자고 역설했다. 수

---

* 　변장자卜莊子는 춘추시대 노魯나라 대부大夫로서 용맹이 뛰어난 사람.《전국책戰國策》〈진책
秦策〉제2권에 "호랑이는 사나운 짐승이다. 사람은 좋은 먹잇감이다. 이제 호랑이 두 마리가
한 사람을 놓고 다투는데, 힘이 약한 놈은 반드시 죽을 것이요, 강한 놈은 다칠 것虎者戾蟲 人
者甘餌也 今兩虎諍人而斗 小者必死 大者必傷"이라 했다. 이것은《사기史記》〈진진전陳軫傳〉에서 나온
고사를 바탕으로 한 말이다. 즉 "변장자가 호랑이 사냥을 나갔는데 호랑이 두 마리가 소 한
마리를 잡아놓고 다투는 것을 보고 창을 들어 찌르려 했다. 이때 그 친구 관수자館竪子가 말
렸다. '지금 호랑이 두 마리가 소를 잡아놓고 으르렁거리는데, 서로 빼앗으려고 다투다가 곧
싸움을 벌일 것이다. 싸움이 벌어지면 힘센 놈은 상처를 입을 것이고 약한 놈은 죽을 터이
니 그때 가서 다친 놈을 찔러 죽이면 손쉽게 호랑이 두 마리를 얻을 것이다.' 이 말을 듣고
변장자가 기다렸더니 과연 두 마리가 싸움 끝에 한 마리는 다치고 한 마리는 죽었다. 변장
자는 다친 놈을 창으로 찔러 한꺼번에 호랑이 두 마리를 다 잡을 수 있었다."
　이 고사를 이용해《삼국연의》에서 이른바 '양호경식지계兩虎競食之計'라는 외교전 수법으로
곧잘 인용되었다. 또 제62회에서는 노장 황충黃忠과 혈기에 찬 젊은 장수 위연魏延이 서로 출
전하려고 다투자, 유비가 "내 이제 서천西川 땅을 공취攻取함에 오로지 그대들 두 사람의 힘
에 의존하고 있는데, 사나운 두 호랑이가 싸우면 하나는 반드시 다치게 될 터, 그렇게 되면
나의 대사를 그르치게 될 것이다. 내가 화해를 권유하는 바이니 두 사람은 다투지 말라今兩
虎相鬪 必有一傷 須誤了我大事 吳與你二人勸解 休得爭論"하는 등 공명을 다투는 장수들에게 경고하
는 의미로 쓰기도 했다.

많은 인명을 살상해 무림동도에게 죄를 짓기도 싫었지만, 명교의 막강한 세력이 그렇게 호락호락 넘어가지는 않을 듯싶은 것이다.

공지대사는 어느 쪽 의견에도 모두 일리가 있다고 생각했다. 그는 적당한 때를 보아가며 임기응변으로 적절히 대처하자고 주장했다. 그러나 탁상에서 토론하기보다는 차라리 양면 공작으로 일을 추진해나가기를 제의했다.

"방장 사형, 우리가 여기서 탁상공론을 벌이기보다는 제일 시급한 일부터 해결해야 합니다. 어떻게 해서든지 도룡보도가 숨겨진 소재를 사손이 실토하게 만들어야 합니다. 그 도룡도의 실체를 드러내 보이지 못한다면 원진 사질의 계획이 수포로 돌아가는 것은 물론, 모처럼 우리 소림파가 주관하는 영웅대회도 실속을 잃고 용두사미로 끝날 위험마저 있습니다. 그러면 도리어 본파의 명망과 위엄만 깎이는 결과가 되고 말 것이 아니겠습니까."

마침내 공문 방장이 절반쯤 공지대사의 견해에 찬동을 표했다.

"사제의 고견이 지당하이. 우선 대회 기간에 '양도입위'를 해야 할 것일세. 그리고 무림지존이라는 도룡보도가 본파에 귀속되었음을 선포한다면, 장차 우리 소림파가 정도에 입각해서 무림 천하를 호령하게 될 터인즉, 그때에는 이 나라를 위해서나 백성을 위해서나 큰 복이 이루어질 것으로 보네."

"좋습니다. 그럼 일단 대강의 계획은 결정된 셈이로군요. 이보게, 원진 사질. 자넨 어떤 방법을 써서라도 사손을 설득해서 도룡도의 행방을 토설하도록 하게. 우리한테 그 칼만 넘겨주면 목숨을 살려준다는 조건으로 달래보게."

"예에, 두 분 사숙 어른의 분부대로 즉시 거행하오리다."

한마디로 응답하는 소리에 뒤미처 발걸음 소리마저 경쾌하게 들렸다. 원진이 흡족한 기색으로 정사 바깥에 나서는 기척이었다. 그것으로 소림파 수뇌의 밀담이 끝난 것이다.

원진의 모습을 발견한 장무기는 기쁨에 겨워 심장박동이 마구 뛰었다. 하지만 이들 세 사람 소림 승려의 무공 실력이 워낙 뛰어난 줄 익히 아는 터라, 폭우가 억수같이 퍼붓는 속에서도 호흡을 멈추고 움직이지 않았다. 손가락 하나 까딱했다가는 그 기척에 즉시 발각되고 말 터였다. 공문 방장과 공지대사, 여기에 악적 원진마저 가세해서 세 사람이 한꺼번에 손을 써 공격해온다면 절대로 승리를 장담하기 어렵다. 기껏해야 자기 자신 하나 도망쳐 빠져나가기나 할까, 양부 사손을 구출하기란 하늘의 별 따기나 다를 바 없으리라.

원진의 홀쭉한 뒷모습 그림자가 너울너울 북쪽으로 향하고 있었다. 손에 받쳐 든 기름 먹인 지우산紙雨傘 윗면에 떨어지는 빗방울 소리가 콩 볶듯 요란했다.

장무기는 그가 100여 척 앞서 나갈 때까지 느긋이 기다렸다가 조심스레 정사 처마 밑을 빠져나왔다. 그러고는 발걸음 소리를 죽인 채 도둑고양이 걸음걸이로 그 뒤를 쫓기 시작했다.

〈8권에서 계속〉